나에게
진실이라는
거짓을
맹세해

Elskeren by Helene Flood
© Helene Flood 2021
First published by Aschehoug & Co. (W. Nygaard) AS

This translation of is published by
Prunsoop Publishing Co., Ltd. by arrangement with Oslo Literary Agency
through MOMO Agency, Seoul.
All rights reserved.

이 책의 한국어판 저작권은 모모 에이전시를 통한
Oslo Literary Agency와의 독점 계약으로 (주)도서출판 푸른숲이 소유합니다.
저작권법에 의하여 한국 내에서 보호를 받는 저작물이므로
무단 전재 및 복제를 금합니다.

나에게
진실이라는
거짓을
맹세해

ELSKEREN

헬레네 플루드 지음
권도희 옮김

푸른숲

일러두기

* 모든 주석은 옮긴이 주입니다.
* 원서에서 이탤릭으로 표기한 부분은 볼드체로 옮겼습니다.
* 이 책은 앨리슨 맥글로우Alison McCullough가 노르웨이어를 영어로 번역한 원고를 바탕으로, 노르웨이어 원본을 참조하여 번역했습니다.
English translation copyright ⓒ 2022 by Alison McCullough

상어는 이빨을
모두가 볼 수 있게 드러내고 있지만
맥히스는 칼을 가지고 있어도
그 칼이 어디에 있는지 아무도 모른다네.

_베르톨트 브레히트 〈서푼짜리 오페라〉

차례

1
방해하지 않겠다고 약속할게요

첫 번째 토요일 … 16
첫 번째 일요일 … 66
월요일 … 102
화요일 … 160
화요일 밤 … 199

2
인지 부조화

수요일 … 207
수요일 밤 … 276
첫 번째 목요일 … 281
금요일 … 328
두 번째 금요일 밤 … 379

3
안녕, 어둠

두 번째 토요일 … 387

두 번째 일요일 … 436

두 번째 목요일 … 480

4
그저 가엾은 사람

마지막 날 … 489

마지막 저녁 … 515

1

방해하지 않겠다고 약속할게요

요르겐을 언제 만났느냐고 물으셨나요. 기억나지 않는다고 말하면 믿지 못하시겠죠? 정원이나 계단, 집으로 들어가는 정문 옆 어딘가에서 마주쳤을 게 분명한데, 기억이 나지 않아요. 이 집으로 이사 오자마자 아들을 조산했거든요. 병원을 수도 없이 들락날락해야 했고, 걱정해야 할 일들이 너무 많았어요. 둘러대려고 하는 말이 아니에요. 정말예요. 정말 기억이 나지 않아요.

하지만 그 사람을 처음으로 봤던 순간은 기억하고 있어요. 우리가 그 집으로 이사 갔던 그해, 7월 초였을 거예요. 날짜까지 정확하게 기억하는 이유는 우리가 새 아파트의 열쇠를 받고 며칠 지나지 않았을 때였거든요. 온화한 여름날 저녁이었어요. 나는 그때 낡은 아파트에서 오스먼드와 함께 할 일 없이 뒹굴고 있었죠. 그러다 도저히 가만히 있을 수가 없어서, 자리에서 벌떡 일어나 머지않아 우리가 살게 될 새집을 보러갔어요.

내가 그 집에 도착했을 때, 그들은 정원에 있는 테라스에 앉아 있었어요. 공용 출입구로 가려면 그 옆을 지나칠 수밖에 없었죠. 그 옆을 지나가면서 그들을 보고 인사를 건네려고 준비했어요. 하지만 그들은 식사 중이라 아무도 내게 신경을 쓰지 않았죠. 모두 다섯 명이었는데, 아주 친한 친구 사이처럼 보였어요. 나는 혼자였고, 만삭이라 몸이 무거웠어요. 빠른 걸음으로 그 옆을 지나치다 보니 땀에 흠뻑 젖어 있었죠. 더군다나 그들은 전부 모르는 사람들이었으니까요. 나는 건물 안으로 들어갔어요.

집 안에는 아무도 없었어요. 전 주인이 짐을 전부 다 뺐음에도 불구하고 향기가 남아 있었죠. 우리 냄새가 아니었어요. 문을 닫고 이 집 안에 들어섰을 때 우리는 어떤 생활 방식, 아니, 특정한 사회 계층으로 통하는 길을 산 것 같은 느낌이 들었어요. 마치 이 장소, 이 주소를 우리가 소유했다는 것만으로 더는 스스로가 초라하게 느껴지지 않는 것 같았죠. 하지만 지금처럼 이 아파트 안에 세련된 가구들이 놓여 있지 않고, 벽에 못구멍만 남은 텅 빈 공간 사이로 내 발자국 소리만 울리고 있는 이런 상황에서는 아무것도 확신할 수 없었어요. 마치 내 발에 맞지 않는 큰 신발을 신고 노는 것 같은 느낌이 들었다는 말 이외에는 그 상황을 달리 설명할 수 없네요.

주방에서 창가로 다가가니 테라스에 앉아 있는 사람들이 보였어요. 집 안이 더웠지만 창문을 열지 않았어요. 방해하고 싶지 않았거든요. 그 사람들은 막 식사를 끝마친 것처럼 보였고 테이블 위에는 빈 와인 병이 몇 개 놓여 있었죠. 그들은 뭔가 대화를 나누고 있었는데, 창문이 닫혀 있음에도 불구하고 말소리가 들렸어요. 정확하게 무슨 이야기를 하는지 들리지는 않았지만 어조는 알 수 있을 정도였죠. 그들은 뭔가를 격렬하게 토론하고 있었는데 분위기는 좋아 보였어요. 가끔 다섯 명 모두 웃음을 터트리곤 했거든요. 그들은 남자 세 명에 여자 두 명으로, 남자들 중 한 명은 눈에 익은 사람이었어요. 잘 기억은 나지 않지만 몇 년 전에 뭔가 논란이 됐던 다큐멘터리를 만든 영화 제작자였죠. 난민 정책이나 통합과 같은, 그런 비슷한 문제를 다뤘을 거예요. 신문 기사로 제법 많이 나왔을 걸요. 여자들 중 한 명도 안면이 있었어요. TV에서 봤던 것 같은 느낌이 들더라고요. 식탁의 긴 측면 한쪽에는 커플로 보이는 남자와 여자가 앉아 있었어요. 남자는 한쪽 팔을 여자의 의자 등받이에 걸치고 있었죠. 모두가 웃고 있던 와중에 여자가 남자 쪽으로 돌아앉더니 미소를 지으며 남자의 뺨에 묻은 뭔가를 닦아줬어요. 어느 순간 남자의 팔이 움직이더니, 말을 하면서 식탁 쪽으로 몸을 내밀고 있는 여자의 허리에 그가 손을 올렸어요. 여자가 이야기를 하며 몸을 앞으로 숙이자 정교하게 땋아 등 위로 길게 드리워져 있던 여자의 짙은 붉은색 긴 머리가 한쪽 옆으로 흘러내렸어요. 옆에 앉아 있던, 여자의 남편처럼 보이는 남자가 그 머리를 부드럽게 뒤로 넘겨줬죠. 여자는 남자의 손길을 알아차리고 남자를 돌아봤어요. 그런 뒤 남자에게 미소를 지어 보이며 이야기를 계속 이어나갔죠. 아마 다른 사람들에게 이야기하고 있던 내용이 두 사람이 함께 경험했던 일인 모양이었어요.

남자는 등을 기대고 앉아 있어서 내가 있는 자리에서는 얼굴이 잘 보이지 않았어요. 하지만 남자가 고개를 한쪽으로 돌리자 얼굴이 또렷하게 보였어요. 희끗해지기 시작한 곱슬머리의 아주 잘생긴 남자였어요. 눈에 띄게 두드러진 광대뼈에, 자주 보여주는 것이 분명한 매력적인 미소를 짓고 있었죠. 사십 대 중반 정도 된 것 같았어요. 어쩌면 쉰에 가까울지도요.

그 남자가 바로 요르겐이었어요. 내가 그 사람을 처음 본 것이 그때였죠.

아무도 내 존재를 알아차리지 못하고 있기에, 나는 계속 그 자리에 서서 그들을 지켜봤어요. 다섯 친구들은 어느 여름날 저녁, 카스타네스빈겐의 정원에서 식탁에 둘러앉아 중요한 문제들을 논의하고 있었죠.

그때 머리를 땋은 여자가 자리에서 일어났어요. 식탁 위에 놓여 있던 빈 접시를 들더니 공용 출입구로 통하는 포장된 길을 따라 걸어오더군요. 그 길을 따라 중간쯤 왔을 때 여자는 내 존재를 알아차렸어요. 내가 창문 바로 앞에 서 있었으니 당연한 일이었죠. 대놓고 그들을 쳐다보고 있었던 것처럼 보였을 거예요. 그들에게 매료돼 자리를 옮겨야 한다는 생각조차 하지 못하고 있었거든요. 여자는 그 자리에 멈춰 서서 이쪽을 쳐다봤어요. 그래서 나는 손을 들고 흔들었죠.

여자는 가만히 그 자리에 서 있었어요. 화가 난 것처럼 보이지는 않았는데도, 손을 들고 인사하지도 나를 보며 미소 짓지도 않았죠. 여자는 그대로 중간에 가만히 서서, 나를 주시하고 있는 것 같았어요. 잠시 그 순간이 지속되다 여자가 다시 걸음을 옮겼어요. 내가 서 있는 자리에서 여자가 공용 출입구 문을 열고 들어와 계단을 올라가는 소리가 들렸어요. 나는 그렇게 대놓고 쳐다보다가 들킨 것이 부끄러워 황급히 창가에서 물러났고요. 내 행동이 얼마나 부적절했는지 뼈저리게 느꼈어요. 너무나도 부끄러웠죠.

첫 번째 토요일

근방의 나무들은 낙엽수로, 나무 꼭대기가 우뚝 솟아 있고 가지들이 튼튼하다. 내가 자랐던 집 근처에 있던 전나무 숲과는 완전히 다르다. 그렇지만 나는 몽상가들이 하는 방식으로 어린 시절의 숲에 있는 것처럼 느낄 수 있다. 또한 그 느낌이 아주 쉽게 사라진다는 것도 안다. 아주 잘 닦여진 길을 따라가다가, 사슴 소리나 길에서 벗어나 있는 울창한 블루베리 밭에 이끌려 우회했다가 다시 돌아와 보면 모든 것이 변해 있다. 어둠과 침묵 속에 나무들이 사방을 겹겹이 에워싸고 있다.

꿈속에서 나는 사라진 누군가를 찾는 중이다. 처음에는 내가 찾는 사람이 누군지 알지 못한다. 하지만 이내 아이들을 찾고 있다는 사실을 깨닫는다. 루카스! 나는 소리치며 달리기 시작한다. 엠마! 내 앞에 있던 숲이 평지로 이어진다. 그리 넓지는 않다. 아마 5미터만 더 가면 다시 울창한 숲으로 들어가게 될 것이다. 하지만 이곳에서는 잎사귀 사이로 햇살이 내리친다. 땅에는 가볍고 생기 넘치는 신선한 풀들이 자라고 있다. 나는 멈춰 선다. 몹시 아름다운 곳이지만 목이 죄는 것 같다. 이유를 알 수는 없어도, 뭔가 무서운 일이 일어났다고 확신한다.

거실 밖은 여전히 차가운 아침 공기로 가득 차 있다. 나는 가족들을 깨우지 않기 위해 조용히 침실 문을 닫는다. 아파트 안의 거실을 비추는 새벽빛이 낯설다. 아무래도 내 몸이 아직 악몽에서 벗어나지 못한 모양이다. 가구들이 거대하고 무섭게 보이는 것을 보니. 책장은 컴컴하게 닫혀 있는 것처럼 보이고, 커피테이블은 평소와 달리 깔끔하게 정리돼 있다. 맨발에 조각마루 바닥에서 올라오는 한기가 스며든다. 나는 복도에서 찾은 슬리퍼에 발을 밀어 넣고 주방으로 향한다.

주방 역시 깜짝 놀랄 정도로 깔끔하게 정리돼 있다. 오스먼드와 나는 엊저녁, 영화를 보면서 와인 한 병을 나눠 마셨다. 영화가 별 재미없어서 그랬을 것이다. 나는 피곤했고, 중간에 잠을 자러 침실로 들어갔다. 그래서 오스먼드가 뒷정리를 한 듯하다. 식기세척기에 설거지가 끝났음을 알리는 빨간 불이 깜박거리고 있다. 오스먼드가 침실로 들어가기 전에 잊지 않고 세척기를 돌린 모양이다.

나는 주방 조리대에 기대선다. 이곳은 우리 아파트의 가장 큰 장점이다. 우리가 집을 보러 왔을 때 받은 팸플릿의 앞표지를 장식한 곳이기도 하다. 주방은 크고 채광이 좋다. 게다가 다른 창문들이 아파트 뒤편의 무성하게 우거진 언덕이나 옆 아파트 건물을 향하고 있는 반면, 주방 창문은 정원을 향해 나 있다. 1950년대에 이곳을 설계했다는 건축가는 빛을 최대한 활용하기 위해 이쪽 벽에 긴 전면 창을 달았다. 우리는 창문 앞에 식탁을 놨다. 그래서 이 자리에 앉으면 작은 정원 전체를 내려다볼 수 있다. 정원용 가구들이 비치된 테라스, 열매가 열리지 않은 사과나무, 우체통 대와 하얀 목재 울타리까지. 그 너머로 우리 대문을 지나 40미터쯤 돌아가면 카스타네스빈겐의 작은 막다른 길이 나온다. 그 길 건너편은 단독 주택 단지로, 그중 일부는 네 가구로 나눠진 우리 아파트와 같은 시기에 지어졌고, 나머지는 그 뒤에 새로 지은 집들이다. 그 주택 단지 뒤편에 있는 박케헤우겐이라는 언덕이 이 지역을 도심과 분리해준다. 비록 주방 창문으로 도심이 보이지는 않지만 그 언덕 뒤 도심의 존재를 알고 있는 것만으로도 따뜻한, 가정적인 분위기를 느낄 수 있다. 우리가 사는 곳은 아주 조용하고 막다른 골목이지만 손에 닿을 정도로 가까운 곳에 시내가 있다.

　나는 자리에 앉는다. 생쥐처럼 조용히 앉아 귀를 기울인다. 그는 잠에서 깼을까? 그가 움직이면 그 소리를 들을 수 있을까? 아니, 지금은 시간이 너무 이르다. 아마 이 건물 전체에서 깨어 있는 사람은 나밖에 없을 것이다. 그렇지만 완전히 고요하지는 않다. 벽의 방음이 충분하지 않아서 가볍게 불어오는 산들바람 소리, 호두나무 가지가 거실 창문에 부딪치는 소리, 이웃집 사람들이 움직일 때마다 울리는 삐걱거리는 소리를 들을 수 있다.

　여전히 졸음이 가시지 않아 나는 몸을 쭉 편다. 지난밤에는 너무 깊이 잠들었다. 루카스가 우리 방에 들어오는 소리조차 듣지 못했다. 앞이 깜깜한 채로 악몽에 쫓기다 눈을 번쩍 떴을 때, 아이의 헝클어진 머리와 내 옆에 놓여 있는 작은 손이 보였다. 손톱 밑에 때가 낀 작은 손가락. 검지의 보이지 않는 상처 위에 녹색 반창고가 붙어 있다. 나는 안도감을 느끼며 꿈에서 깨어났다. 아이는 앞에 있고, 아무 문제도 없다. 아이의 앞머리를 옆으로 쓸어 넘긴다. 루카스가 언제 방에 들어온 거지?

호프모가 길 건너편, 갈색 페인트를 칠한 집에서 나오는 모습이 보인다. 그는 현관 계단에 서서 자신의 왕국을 내려다보는 작은 왕처럼 주위를 둘러본다. 그런 다음 툭 튀어나온 배를 내민 채 양손을 허리에 올리고는 몸을 쭉 폈다가 엉덩이를 먼저 돌리고 배를 흔든다. 호프모는 이제 달리기를 할 것이다. 늘 그렇게 했다. 그는 70세가 넘은 나이에도 날씨에 상관없이 일주일에 두 번씩 달린다. 다리 쪽에 하얀 줄무늬가 있는 푸른색 운동복은 70년대의 유물이다. 그것이 노인의 몸매를 더 우스꽝스럽게 만들었지만 호프모가 풍기는 타고난 위엄 때문인지 아무도 그를 비웃지 못했다. 우리 두 사람은 사이가 좋은 편이다.

"최근에 뛴 적 있어?" 호프모는 나를 볼 때마다 울타리 너머에서 크게 소리친다. "몸을 움직여야 뇌에 좋아. 알고 있지, 프리츠? 건강한 몸에 건강한 정신이 깃드는 법이야."

우리는 농담처럼 서로를 성으로 부른다. 나는 호프모가 땅에 손이 닿게 몸을 앞으로 숙이는 모습을 지켜본다. 내가 보기에 그는 나이와 몸매를 감안하면 유연성이 나쁘지는 않다. 호프모는 다시 몸을 일으킨 뒤, 달릴 준비를 한다. 창문 앞에서 손을 들고 흔들었지만 호프모는 나를 보지 못한다.

아이가 주방에 도착하기도 전에 발걸음 소리부터 들린다.

작고 빠른 발이 바닥에 찰싹찰싹 부딪힌다. 루카스는 나를 붙잡고 무릎 위로 기어 올라오더니 머리를 내 어깨에 기댄 채 눈을 감는다. 아이는 그 상태로도 쉽게 잠에 든다. 나는 루카스가 어디서든 잘 수 있다는 것을 안다. 내 마음 한편에서는 잠든 아이를 무릎에 안은 채, 조용하고 평화롭게 그 자리에 가만히 앉아 있고 싶다.

"루카스. 어젯밤에 너 혼자서 엄마 아빠 침실에 찾아온 거야?" 내가 묻는다.

아이가 눈을 뜨고 나를 쳐다본다.

"응." 아이는 긍정하지만, 마치 질문하는 것처럼 대답한다. 그래? 내가 그랬어?

"네가 들어오는 소리를 못 들었어." 내가 말한다.

아이는 대답할 생각이 없다. 내 어깨에 머리를 다시 기댄 뒤, 눈을 감는다. 나는 숨을 깊이 들이마신다. 위층 아파트에서 무슨 소리가 들리지 않는지 귀를 기울인다. 루카스가 다시 눈을 뜬다.

"엄마, 내 커다란 티라노사우루스를 찾을 수 있을까?" 아이가 묻는다.

나는 호프모가 짧고 가벼운 걸음으로 진입로에 들어서는 모습을 보기 위해 자리에서 일어난다. 호프모가 대문 앞에 도착해 문을 연다. 그러다 내가 자기를 보고 있다는 것을 알아차리고 손을 들고 흔들어준다. 내가 그의 노력에 경의를 표하기 위해 군대식으로 경례를 하자 호프모는 커다랗게 웃음을 터트린다. 커다란 몸이 흔들릴 정도로 소리 내 웃는다.

아침 식사를 끝마친 뒤, 우리는 옷을 입고 하루를 보내기 위해 준비한다. 몹시 바쁜 하루가 될 예정이다. 오래전에 짜뒀던 계획이다. 지금부터 12월이 될 때까지 매주 주말마다 이럴 것이다. 가끔 나는 끝도 없이 고군분투하면서 한 가지 일이 끝나면 서둘러 다음 일로 넘어가는 우리 모습이 쳇바퀴를 돌리는 다람쥐 같다는 생각을 한다. 몇 년 전 아파트를 세놓고, 저축을 다 털어 베트남으로 가는 비행기 표 네 장을 사는 꿈을 꾼 적이 있었다. 그곳에 정착해 해변에서 작은 호텔을 운영하는 꿈을 꿨다. 현재의 삶에 충실하면서 서로를 위한, 아이들을 위한 시간을 가질 수 있는 생활. 제시간에 활동하기 위해 시간에 쫓기지 않는 생활. 다음 날 다시 반복될 일상을 버틸 힘을 충전하기 위해 침대에 쓰러지기 전까지 모든 일을 다 끝내놓으려고 애쓰지 않아도 되는, 해가 뜨고 지는 모습을 지켜보면서 우리 자신을 제대로 돌아볼 수 있는 생활. 자연과 맞닿아 진정한 삶을 사는 것. 이제는 그런 생각을 하지 않는다. 베트남의 해변에도 다른 문제들이 있을 테니까. 우리가 호텔을 운영해 충분히 돈을 벌 수 있을지 걱정될 것이다. 손님들이 불만을 가질 수도 있고, 태풍이나 가뭄이 들 수도 있고, 배관이 너무 오래 돼 교체 비용이 너무 많이 들지도 모른다, 등등.

오스먼드가 구석에 쌓여 있는 옷가지들 사이에서 티셔츠를 빼낸다. 나는 밤에 꾼 꿈에 대해 말하며 침대를 정리한다. 세세한 일들은 기억이 나지 않는다. 뭘 찾고 있었고 뭘 두려워했는지. 아무래도 죽은 듯이 잠들었던 모양이다. 루카스가 우리 침대로 올라왔는데도 깨지 않았으니까.

"이제 슬슬 애를 떼어놓을 때가 됐어." 오스먼드가 손목에 시계를 차면서 말한다. "혼자 자도 될 나이잖아."

"겨우 네 살이야." 내가 말한다.

"엠마는 네 살 때 자기 침대에서 혼자 잤어." 오스먼드가 말을 잇는다. "낮잠 재워주는 것도 그만둬야 해. 이제 낮잠 자지 않아도 될 만큼 컸으니까."

"그래. 그렇지." 나는 그 문제로 말을 더 얹고 싶지 않아 얼버무린다.

나에게 루카스는 기적이다. 그 애는 두 달이나 일찍 태어났다. 우리가 이 아파트로 이사 왔을 때 루카스가 태어났다. 상자에서 컵과 그릇을 꺼내다가 배가 찢어지는 것 같은 통증을 느꼈다. 오스먼드는 새로 산 가구를 가지러 나가 집에 없었고, 엠마는 할머니와 함께 있었다. 나는 텅 빈 주방 찬장 앞에 서서 생각했다. 짐을 들고 옮기느라 너무 무리했나? 몸을 너무 혹사했나? 잠깐 앉아 쉬는 것이 나으려나?

고통이 절정에 달했을 때 결국 병원에 가기로 마음먹었다. 택시를 기다리는 동안 오스먼드에게 연락했다. 그는 곧장 차에 올라탔고, 간신히 때맞춰 도착할 수 있었다. 아기는 태어나자마자 내 손을 떠났다. 아기는 여러 가지 검사를 받고 키와 몸무게를 재야만 했다. 시간이 중요했다. 너무 다급한 상황이다 보니 유실된 정보도 있을 것이다. 아마 내가 아기를 낳고 너무 정신이 흐릿한 상태라 알아듣지 못한 사항들이 있을 수도 있다. 그때 나는 아기가 죽었는지 살았는지, 아무 이상이 없는지 확신할 수 없었기 때문이다. 의료진이 아기를 데리고 가버리자 오스먼드를 돌아보며 물었다.

"당신이랑 나, 다시 부모가 된 거야?"

오스먼드는 울고 있었다. 그는 원래 그렇다. 자신도 어쩔 수 없었을 것이다. 결혼식에서도, 세례식에서도 눈물을 흘렸으니까. 그때 의사가 들어왔다. 이마를 찡그린 채 입술을 꼭 다물고 있었다. 나는 그 모습을 보면서 생각했다. 아기가 죽었구나. 공포심이 팔과 다리까지 퍼지기도 전에 제일 먼저 내 복부를 내리치면서 온몸을 사로잡았다. 의사와 오스먼드는 그 사실을 알아차리지 못했다. 하지만 의사는 그 즉시 아기는 아무 이상이 없고, 작기는 하지만 튼튼하다고 말해줬다. 많은 검사가 필요하고 앞으로 병원의 후속 처치가 필요할 수도 있지만 별 다른 이상은 없을 것으로 보이는, 믿을 만한 충분한 근거가 있다고 했다. 그 짧은 순간에 나는 아기를 잃었다고 확신했다. 나한테는 그 확신이 현실이었다. 그래서 아기를 잃지 않았음을, 아기가 무사할 것임을 깨닫자 너무 큰 안도감이 들었다. 아기에게 천식이나 ADHD, 문제가 될 만한 폐 감염의 위험이 있을 수 있다는 사실 따위는 중요하지 않았다. 나는 그때 그 순간으로 여러 번 되돌아갔다. 지금도 그렇다. 내 기적의 아기. 어떤 진정한 의미에서 루카스는 보너스다. 나는 그 아이를 잃었다가 다시 찾았다.

"나는 준비 끝났어." 오스먼드가 말한다.

그는 측면에 형광 노란색 줄무늬를 넣은 검정색 라이크라 사이클링복을 입고 있다. 내가 엠마를 학교 연극 연습에 데려다주고, 여동생과 커피를 마시고 올 동안 오스먼드는 루카스와 함께 자전거를 타고 베룸에 있는 친구를 찾아갈 것이다. 당연히 전동 자전거를 타고 갈 건데도 그는 선수 훈련이라도 하는 것처럼 차려입었다. 오스먼드는 최근 몇 년 사이에 살이 붙었다. 어떻게 보면 당연한 일이다. 그의 친구들도 모두 살이 쪘으니까. 아무래도 삼십대 중반이 되면 무슨 일이 생기나 보다. 그렇게 나이가 신체에 흔적을 남기는 것을 보면.

"왜 그래?" 그가 묻는다.

"뭐가?"

"나 쳐다봤잖아?"

내가 미소 짓는다.

"라이크라라서."

"아. 너무 딱 붙나? 보기 안 좋아?"

"아니, 그런 거 아니야. 선수처럼 보여서 그래."

오스먼드가 나를 보고 윙크한다.

"자기, 잘 다녀와." 오스먼드가 인사를 한 뒤 거실을 나선다.

나는 남편이 밖으로 나가 루카스를 번쩍 안아 올리며 웃는 소리를 듣는다. 루카스도 까르르 웃는다. 양심이 날카롭고 고통스럽게 내 속을 찌른다. 내 아이들의 아버지인 그가 떠난다. 내가 사랑하고 존경하기로 맹세했던 남자. 재빨리 침대 정리를 끝내고 바닥에 떨어져 있는 지저분한 옷들을 집어 든다. 요르겐의 집, 그곳은 여전히 아무 소리 없이 고요하다.

"어쨌든 그 일은 너무 기분 나쁘다는 생각이 들어요." 리아의 엄마가 사가의 엄마에게 말한다.

"윽." 사가의 엄마가 얼굴을 찡그린다.

나는 천으로 감싼 체조용 사다리 옆 기둥에 등을 기대고 서서, 무대를 보며 그들의 이야기를 듣고 있다. 배우들은 무대 앞과 무대 뒤를 돈다. 그렇게 불러도 되는지 모르겠지만. 의상을 담당한 아이 엄마 두 명은 애들의 치수를 재고 있다. 나는 엠마를 보기 위해 조금 전 무대 뒤쪽으로 왔지만 아이는 친구들과 함께 서서 나와 아는 척 하고 싶어 하지 않는 것 같았다. 여자애들 중 한 명이 치수를 쟀다. 줄자와 안전핀을 들고 있던 의상 담당 엄마들 중 한 명이 말했다. 어디보자, 사이즈가 어떻게 되나? 그 여자애는 얼굴이 빨개지면서 낮은 소리로 웅얼거리며 대답했다. 엠마와 다른 친구 두 명이 웃음을 터트렸다. 나는 내 딸을 쳐다봤다. 엠마는 키가 크고 말랐다. 아이답게 여성스러운 곡선미는 전혀 없다. 하지만 지금 치수를 잰 친구는 벌써 가슴과 엉덩이가 살짝 나온 상태였다. 달리 할 일이 없기에 다시 홀로 나왔다.

옆에 있는 엄마들은 학교에서 활발하게 활동하는 부류다. 아직 나는 그들에 대해 잘 알지 못한다. 엠마가 새로 사귄 친구인 사가의 엄마는 대형 신문사 기자로, 가끔 기사 옆에 올라오는 사진을 본 적이 있다. 얼마 전에는 요즘 여자애들의 성장이 얼마나 빨라졌는지에 관한 것과 신체의 압박에 관한 다소 개인적인 논조의 기사를 썼다. 리아의 엄마는 전업주부다. 영국 명문대에서 석사 학위를 받았다고 하니, 집에 있는 것은 본인의 선택이겠지. 8월에 학기가 시작했을 때 리아의 엄마와 아빠는 딸과 같은 학년인 여자애들을 모두 집으로 초대했다. 그들은 토센의 높은 언덕에 있는 빌라에 산다. 엠마를 데리러 그곳에 갔던 나는 큰 집과 잘 가꿔진 정원에 기죽지 않으려 애를 썼다.

"내가 듣기로는 불쌍한 고양이가 완전 엉망이 된 채로 발견됐대요." 석사 학위를 가진 엄마가 말한다. "내장이 사방에 흩어져 있고, 가죽이나 뼈 같은 나머지 부위들이 철책 사이에 걸려 있었다나 봐요."

"끔찍해라." 다른 엄마가 말한다.

"어린애가 그 고양이 시체를 발견했던 모양이에요. 불쌍한 것. 열 살이나 열한 살 정도 밖에 안 됐다고 하던데. 그 고양이를 키우던 쌍둥이 여자애들도 엄청난 충격을 받았대요. 그 애들이 우리 집 막내랑 같은 반인데, 그 애들 엄마 말로는 쌍둥이들을 이틀간 집에 데리고 있겠다고 했대요. 그 나이 때 애들은 반려동물에 애착이 크잖아요. 반려동물을 잃어버렸다거나 자연스럽게 죽음을 맞이했으면 모를까, 그런 식으로 죽으면…."

"애들이 불쌍하네요." 사가의 엄마가 말한다.

나는 기둥에 머리를 뒤로 기대면서, 이 일에 끼지 않으리라 생각한다. 그대로 내버려 둘 것이다.

무대 위에서는 어린 배우들이 연습을 시작할 준비를 하며 정렬한다. 엠마와 친구들은 오른쪽에 무리지어 서 있고, 무대 중앙에 놓인 소파에는 칼잡이 맥*을 연기하는 9학년 학생과 주연을 맡은 다른 소년 두 명이 앉아 있다. 감독은 아이들 앞에 서서 그 장면에서 자신이 원하는 연출 방향을 설명하고 있다. 여학생들은 전혀 관심이 없다. 엠마가 말을 하고 있지만 너무 멀리 떨어져 있어서 무슨 이야기를 하는지 알아들을 수 없다. 그 애를 둘러싼 친구 네 명이 함께 웃음을 터트린다. 아무래도 연극과 관련된 것인 모양이다. 방금 들은 이야기가 정말 재미있는지 아닌지와 상관없이 큐 사인에 맞춰 웃고 있는 것 같다.

"모두들 아시겠지만, 이런 일이 처음도 아니잖아요." 전업주부가 말한다.

"그렇죠. 봄에도 그런 일들이 있었으니까요." 사가의 엄마가 말한다.

"맞아요! 처음에는 고달스파르센에서 발견됐고, 그 다음에는 토센 밑에 있는 어느 정원에서 발견됐죠. 교수형이라도 당한 것처럼 나무에 매달려서요. 그나마 그때는 고양이 시신을 발견한 사람이 어른이라 다행이지." 전업주부가 말한다.

"너무 끔찍한 일이에요. 아이들한테는 정말 안 좋은 영향

---

* 독일의 극작가 브레히트의 희곡 〈서푼짜리 오페라〉에 등장하는 인물

을 미칠 거예요." 사가의 엄마도 동의한다.

"맞아요. 정신적인 충격을 받을지도 몰라요." 전업주부가 말한다.

그들은 잠시 입을 다문다. 마치 불안을 쌓아올리고, 그 상황의 심각성을 음미하는 것처럼.

무대 앞에 있던 감독은 소년들과 이야기를 끝마친다. 그는 소녀들 쪽으로는 가지 않고 소리만 지른다. 이 자리에 부모님들 계신다는 거 잊지 마, 알겠지? 감독은 젊은 남자로, 키가 크고 마른 체형이다. 짙은 갈색 머리카락을 가졌고, 자기가 얼마나 창의적인지를 사람들에게 보여주고 싶어 하는 이십대들이 쓸 법한 뿔테 안경을 쓰고 있다. 학교 측은 틀림없이 여름이 되기 직전에 그 남자를 고용했을 것이다. 그는 8월에 있었던 학부모 모임에 나와 인사했다. 자신의 이름은 가드로, 갓 졸업했으며 청소년들을 위해 일하고 싶다고 했다. 왜냐하면 인간에게 있어 충동과 발상에 가장 개방된 시기가 그때라고 믿기 때문이라면서. 그는 학생들에게 세계문학을 소개하고 싶다며 첫 번째 연극은 베르톨트 브레히트의 〈서푼짜리 오페라〉가 될 것이라고 했다. 그 덕에 가드의 목표가 원대하지 않다고 비난할 수 있는 사람은 아무도 없었다. 학생들은 선택 과목인 드라마를 고르지 않을 수도 있었지만, 가드는 자기 의견을 강력하게 피력해 독일어와 노르웨이어, 음악 선생님 들로부터 연습 시간을 몇 시간 빌렸다. 이런 시간 조정 덕분에 신규 가입자들이 대폭 늘어났다. 원래 연극에는 별 관심이 없던 엠마도 독일어 동사 활용을 공부하는 대신 무대 위에서 시간을 때워도 된다는 것을 알게 되자, 연극 무대에 배역을 달라고 지원했다.

"준비됐지?" 가드가 숱이 많은 앞머리를 쓸어 올리며 아이들을 향해 소리친다. "그래, 여기서 음악이 들어가게 될 거야. 하지만 오늘은 메레테가 없으니까 그냥 빼고 연습해보자. 내가 박자만 넣어줄게. 하나, 둘, 딴-따-딴-따-따."

그는 볼품없는 외모에 비해 인상적인 깊은 목소리를 가지고 있다. 그럼에도 가드의 흥얼거림은 그 장면에 들어갈 메레테의 깊이 있고 도발적인 피아노 연주를 대신할 수는 없다. 전업주부가 말한다.

"메레테가 안 왔나요?"

"필리파를 데리고 여행갔을 거예요. 아시다시피 요르겐은 연극에 관심이 없잖아요." 사가의 엄마가 말한다.

"여행이요? 리허설을 해야 하는데 말인가요?" 전업주부가 눈썹을 치켜올리며 말한다.

그 눈썹은 다른 사람이라고 토요일에 연극 연습을 하고 싶겠냐고 말하고 있다. 누가 벽에 무대용 커튼을 단 뒤에도 여전히 땀 냄새가 나는 체육관에 서 있고 싶겠는가? 우리라고 여름에는 문을 닫아뒀다가 겨울이면 문을 여는 오두막이 없겠는가? 우리 역시 주택 관리를 위해 정원을 갈퀴질하고 시즌이 시작되기 전에 스키를 준비해야 하지 않겠는가?

나는 아무 말도 하지 않는다. 엠마는 연극 연습이 끝난 뒤 사가의 집으로 간다고 했다. 내가 여동생과 커피를 마시기로 했기 때문이다. 그래서 한 시간쯤 있다가 몰래 빠져나갈 것이다. 그렇게 하는 편이 좋을 것 같다.

맨 앞줄 복도 건너편에는 우리 이웃이자 이 학교의 교감인 니나 스파레가 앉아 있다. 쇼트커트를 한 그의 작은 머리가 용수철처럼 위아래로 까딱거린다. 나는 생각한다. 저 여자는 여기서 뭘 하는 것일까? 어째서 토요일마다 이 연극 연습에 참석하고 있는 것일까? 아마 학교 행정부를 대신해서 참석했겠지. 가을 초입 무렵에 이 연극에 대한 논쟁이 있었다. 학부모 중 일부는 이 브레히트의 연극에 부적절한 수의 매춘부들이 등장한다고 생각했고, 그에 분노한 항의 이메일들이 쏟아졌다. 학교 측에서는 대본의 원문을 살짝 고쳐 쓰기로 했다. 다시 말해 매춘부들을 무용수로 고쳐서 그 문제를 틀어막은 것이다. 그렇게 했음에도 혹시 모를 일이 생겨 나중에 후회할 상황이 일어나는 것보다는 안전한 것이 낫다고 여긴 운영진은 마찰이 일어날 소지를 미연에 방지하기 위해 니나를 보냈다. 니나가 새처럼 가느다란 목을 쭉 편다. 비록 나는 그의 머리 뒤쪽만 볼 수 있지만, 니나가 그 어떤 것도 자신의 눈을 피할 수 없음을 자랑스럽게 여기는 듯한 모습으로, 주위에 있는 사람들을 차례대로 살피는 것을 상상할 수 있다.

"아무래도 그 고양이들 생각이 계속 나요." 사가의 엄마가 말한다. 그런 뒤 그가 나를 돌아보며 말을 건다. "리케, 그중 한 마리는 당신 집 근처에서 발견되지 않았던가요?"

"아뇨. 아니에요. 그 고양이는 헤우게스 베이에서 발견됐어요. 우리 집에서는 제법 떨어진 곳이죠." 내가 재빨리 대답한다.

사가의 엄마가 고개를 끄덕인다. 전업주부는 나를 회의적인 표정으로 쳐다본다. 사실 내가 보기에는 사람들이 이 사건, 그러니까 고양이들이 사라지고 살해된 채 발견되는 일들을 너무 심각하게 받아들이는 것 같다. 물론 등골이 오싹해질 수 있는 일이고 사람들에게 영향을 미친다는 사실을 이해할 수는 있다. 그렇지만 이런 집단적인 공황 상태는 지나치다. 별일 아닌 일을 정신적 외상을 불러일으키는 흉악한 범죄라고 거창하게 부르는 것이다. 더군다나 경찰까지 출동했다.

전업주부가 말한다. "아시겠지만, 토셴 어디에서든 일어날 수 있는 일이에요. 일단 사이코패스 같은 누군가가 이런 짓을 저지르기 시작했으니, 이 근방에서 안전한 사람은 아무도 없어요."

두 사람의 얼굴에 근심이 가득하다.

"그런 짓을 저지르는 사람이 머릿속으로 무슨 생각을 할지 어떻게 알겠어요?" 사가의 엄마가 속삭이듯 말한다.

나는 입을 다물고 있을 수 없다.

"하지만 그런 추측은 너무 지나치지 않을까요?"

그들이 나를 쳐다본다.

"물론 지역 사회 내에서 이런 일이 벌어졌으니 두려운 것은 당연해요. 하지만 어느 정도는 실제로 벌어진 일보다 더 나쁘게 해석되고 있는 것 같아서요." 내가 말한다.

"동물이 고문을 당했어요." 전업주부가 방어적으로 말한다. "지금껏 죽은 고양이가 그런 식으로 철책 위에 매달렸던 일은 없었어요. 경찰도 그렇게 말했고요."

"끔찍한 일이라는 것은 분명해요. 하지만 이번 일을 놓고, 아까 뭐라고 하셨죠? 근원적으로 사악한 일이라고 하기는 조금 과한 것 같아요. 나는 죽은 고양이를 발견한 애들이 실제로는 약간 재미를 느꼈다고 해도 놀라지 않을 거예요."

마지막 말은 분위기를 띄우는 것처럼 살짝 농담조로 던진다. 하지만 내 의도는 완전히 빗나간다. 나는 무뚝뚝하게, 거드름을 피우면서 그들의 말을 폄하하고 그들의 두려움을 깎아내린 것이다. 물론 나는 틀리지 않았다. 적어도 나는 그렇게 생각한다. 하지만 내 뜻을 제대로 전달하지 못한 탓에 모든 것을 엉망으로 만들었다. 저들이 나를 주시한다. 그들은 이번 일을 잊지 않을 것이다. 나는 숨을 가다듬고, 뭔가 말을 해보려고 한다. 하지만 내가 말을 꺼내기 전에 낡은 청바지에 벨트와 글루건을 찬 아이 아빠가 나타난다.

"피자 왔어요." 그가 말한다.

전업주부는 가방을 어깨에 메더니 그 남자를 따라 나간다. 전업주부의 운동용 레깅스가 몸 위에 스프레이를 뿌린 것처럼 보인다. 그의 몸에는 피부와 뼈밖에 없다.

운 나쁘게도 여동생과 만날 수 없게 됐다. 기둥에 등을 기댄 채 여동생이 보낸 문자 메시지를 읽는다. 뭔가 중요한 일이 생겼고 그 일을 해결해야 한다는 내용이다. 옆에 서 있던 사가의 엄마는 정신없이 자기 휴대폰을 들여다보고 있다. 연극 연습이 끝난 뒤, 엠마는 사가와 함께 집에 돌아온다고 했다. 오스먼드와 루카스도 몇 시간은 지나야 집에 돌아올 것이다. 아파트에 나 혼자 있어야 한다.

요르겐 역시 집에 혼자 있을 것이다. 어제 아침 그가 보낸 문자 메시지에 따르면, 그는 메레테와 필리파가 일요일까지 집을 비워 주말 내내 혼자 있을 거라고 했다. 반쯤은 자기 집에 오라는 뜻이었지만 무시했다. 그저 행운을 빈다고 답장했을 뿐이다. 다른 말은 하지 않았다.

무대 위에서는 피첨이 배후에서 조종해 칼잡이 맥이 체포된다. 뿔테 안경을 쓴 감독이 이 연극의 도덕적인 측면에 대해 아이들에게 설명했고, 나도 연습 때마다 그 이야기를 들었다. 칼잡이 맥은 끔찍한 범죄를 눈도 깜박하지 않고 수없이 저질렀으면서도, 피첨의 딸인 폴리는 합법적으로 유혹한다. 그러자 피첨은 칼잡이 맥이 반드시 죽어야 한다고 선언한다. 칼잡이 맥이 그런 사람이니, 피첨의 분노가 이해되니? 아니면 칼잡이 맥을 고발해서 사형 선고를 받게 만든 피첨이 이 연극의 악역인 것 같아? 감독이 수사학적으로 묻는다. 젊은 배우들은 이 문제에 대해 별다른 말을 하지 않는다. 그 애들은 의상이나, 무대 위에서 누가 키스를 할지에 관심이 더 많다.

여자애들이 계단을 내려와 관객석에 앉는다. 엠마는 빠르고 능숙한 손놀림으로 머리를 매만진다. 내가 보기에 그 동작은 어쩐지 성숙하고 여성스러운 느낌을 준다. 아이의 머리카락은 나와 똑같은 금발이다. 사람들은 종종 우리가 닮았다고 말한다. 나는 아이가 어깨 너머로 누군가를 찾는 것을 본다. 어쩌면 나를 찾는 것일 수도 있다. 왜냐하면 아이의 시선이 내가 서 있는 기둥을 따라가다 나와 눈이 마주쳤기 때문이다. 나는 엠마를 보며 미소 짓는다. 아이도 나를 봤다는 것을 살짝 알려주는 듯 표정이 미세하게 변한다. 그런 뒤 엠마는 다시 고개를 돌린다. 이제 내게 보이는 것은 탱탱한 목과 올려 묶은 금발이 등 뒤로 굽이치듯 흘러내린 모습뿐이다.

"나는 범죄자가 아닙니다. 그저 불쌍한 사람일 뿐이죠. 브라운 경감님." 무대 위에서 피첨이 애처로운 높은 목소리와 과히 듣기 좋지 않은 어조로 말한다.

피첨 역의 소년이 피첨이 자신의 배신을 정당화하는 장면을 연기한다. 그러자 두 번째 줄에서 웅성거리는 소리가 들린다. 엠마와 친구들 중 한 명이 키득거리며 웃음을 터트린다. 무대 위에 있던 피첨이 재빨리 시선을 그쪽으로 돌린다. 아무래도 자기를 비웃는다고 생각한 것 같다. 감독이 "그만"이라고 외친다.

"이제 다시 처음부터 연습하겠죠." 사가의 엄마가 나를 돌아보며 한숨을 쉰다.

"그럴 것 같네요." 나는 이것으로 우리 사이의 우호적인 관계가 다시 정립됐기를 바라며 대답한다.

나는 생각한다. 요르겐에게 메시지를 보내지 않을 거라고. 당연히 연락하지 않을 것이다. 앞으로 남아있는 몇 시간을 내 마음대로 보낼 것이다. 어쩌면 산책을 나갈 수도 있겠지. 책을 읽을 수도 있다. 벌써부터 기대가 된다. 그 자리에 선 채 몸을 지탱하고 있던 발을 바꾼다. 이제 가도 될까? 아니, 너무 이른가? 어떻게 보이려나?

"좋아, 이 다음은 필리파의 노래가 나올 차례야. 하지만 그 애는 여행 가서 이 자리에 없지. 그러니 지금은 이 장면을 신경 쓰지 않아도 될 것 같구나."

앞쪽에서 논의를 시작한다. 니나가 몸을 앞으로 내민 채, 감독에게 뭔가를 말하고 있다. 그 말을 들으면서 감독도 고개를 끄덕인다. 피첨이 홀을 보며 싱긋 웃는다. 내 뒤에 누군가 서 있다는 느낌이 든다. 고개를 돌리자 무대를 향해 손짓하는 시멘 스파레가 보인다.

"안녕." 내가 인사를 건넨다.

시멘은 나를 보더니, 상냥하게 미소 지으며 인사한다.

"예전 활동 무대로 돌아온 거야?"

그는 작년에 박케헤우겐을 졸업하고, 지금은 시내에서 대학 입학 시험 대비 칼리지를 다니고 있다.

"연극을 도와주려고 왔어요. 조명이나 음향 시스템 같은 일을 해보려고요." 시멘이 말한다. 나는 시멘이 제법 매력적인 소년이라고 생각한다. 비록 아직은 잠재력을 충분히 발휘하지 못하고, 반에서 가장 인기가 많은 남자애도 아니겠지만. 시멘은 안 어울리는 카키 바지를 입고 다니는 데다가, 여드름투성이에 면도도 깔끔하게 하지 못한 상태다. 하지만 시멘은 대기 만성형이다. 몇 년 뒤에는 여자애들이 떼를 지어 따라다닐 것이다.

"착하구나. 엄마를 도와주고 싶은 거야?" 내가 묻는다.

시멘이 무대 쪽으로 시선을 돌리더니, 어딘가 방어적으로 느껴지는 목소리로 말한다.

"돈을 받고 하는 일이에요."

조금 뒤 우리 두 사람은 아무 말 없이 나란히 서서 무대를 쳐다본다. 시멘은 아마 조명 쪽을 담당했거나 아니면 다른 일을 배정받으려고 기다리는 모양이다. 앞쪽에서는 여전히 시멘의 엄마와 끈기 있는 감독 사이에 대화가 오가고 있다. 하지만 시멘은 엄마를 보고 있지 않다. 마치 엄마가 그 자리에 있다는 사실도 모르는 것 같다. 정원이나 계단, 길거리에서 두 사람이 함께 있을 때 시멘은 아무 말이 없고, 니나만 말을 하던 모습이 인상적이었다. 시멘의 아버지는 구인 구직 알선 회사를 운영하고 있다. 내가 제대로 알고 있는 것인지 모르겠지만. 그는 엄청난 돈을 벌며 시끄럽고 거만한데다 종종 자신의 생각을 말하는 것처럼 가장해 무례한 말들을 내뱉는 사람이다. 시멘은 열일곱 살로, 그런 아버지에 대한 반항인지는 모르겠지만 아주 예의가 바르다.

니나가 하고 싶은 말을 다한 듯, 감독이 무대 위에 있는 학생들을 향해 뭐라고 소리친다. 시멘은 양손을 주머니에 꽂은 채 내게 인사한 뒤 무대 위를 가로지른다. 피첨은 출구를 가리는 두 개의 무대 커튼 사이로 사라지는 시멘을 쳐다보고 있다. 나는 삼십 초 정도 더 기다렸다가 재킷을 들고 사가의 엄마를 돌아본다.

"이제 그만 가봐야 할 것 같아요. 6시쯤에 엠마를 데려다 주실 수 있을까요?"

요르겐의 아파트 주방에 불이 켜져 있다. 나는 정문 밖에서 멈춰 선 채 시선을 정면에 고정한다. 요르겐을 찾는 것이 아니라, 내 집에 대해 생각하고 있는 것처럼. 이 건물은 재밌게도 노르웨이적인 가치를 가졌다. 동등한 기회, 성장, 자유, 진보 같은 진정한 가치들을 지닌 것 같다고 할까. 1950년대에 지어진 이 건물에는 사회민주주의 주택 정책과 전쟁 이후의 낙천주의가 스며들어 있다. 그 이후로 신자유주의가 이 지역을 휩쓸면서 이 건물 내에 있는 모든 집 그리고 다른 모든 개조된 주택에 다락이나 지하실을 만드는 확장 공사가 이뤄졌다. 가장 독점적인 방식으로 개조되고 개선된 집들이지만, 외부에서는 여전히 검소하고 수수해 보인다. 그 덕에 내부의 과도함을 드러내지 않고 이전 시대의 절제를 보여준다. 나는 숨을 깊이 들이마신다. 정원에는 아무도 없다. 집집마다 창문도 어둡다. 대부분의 주민들이 외출 중인 모양이다. 그렇지만 요르겐의 집에는 불이 켜져 있다. 별다른 의미는 없다.

문을 열고 들어가면 거대하고 현대적이면서도 수수한 건물 외관과 현격한 대조를 이루는 계단참이 나온다. 그 앞에는 진취적인 니나가 이끄는 주민자치회에서 일 년 전에 들여놓은 원목으로 만든 새까만 마스토돈이 장식돼 있다.

"보안이 철저한 감옥에 있을 법한 물건처럼 보여." 나는 그 마스토돈이 설치될 때 오스먼드에게 말했다.

약해져 있던 때를 노린 니나의 압력으로 자치회에 들어가게 된 오스먼드는 그저 어깨만 으쓱했다.

"당신도 알잖아. 니나는 그 자리에서 결정을 내리더니, 그대로 자치회에서 공표했어. 그래도 괜찮은 것 같지 않아? 확실히 안전해 보이니까." 오스먼드가 말했다.

이런 집단적인 편집증이 어디서 왔는지 모르겠다. 왜냐하면 그때는 동네에서 고양이들이 사라지는 사건이 일어나기 전이었기 때문이다. 최첨단 방식으로 작동하는 문에는 열쇠 구멍이 없다. 우리는 비밀번호를 입력해 문을 연다. 각 세대는 공용 출입구에 입력한 자신들만의 비밀번호가 있고, 정기적으로 비밀번호를 변경한다. 어느 화요일 오후, 계단에서 마주친 니나는 비밀번호 변경 주기는 각자 알아서 하는 거라고 말했다. 하지만 자기 집에서는 한 달에 한 번씩 비밀번호를 변경할 거라고 했다.

"그렇게 하는 게 좋아요, 리케. 습관을 들여요. 이를테면 매달 1일에 변경하는 거죠. 일정표에 기입해두고 말예요." 니나가 말했다.

오스먼드와 나는 한 번도 비밀번호를 변경하지 않았다. 일 년 전 이 집에 들어오면서 설정했던 번호를 그대로 쓰고 있다. 1812. 우리가 첫 키스를 한 날짜. 그것만 봐도 우리는 감상적인 사람들이다. 아니, 적어도 오스먼드가 얼마나 감상적인지 알 수 있다. 우리가 원했던 그 비밀번호로 양식을 작성해 제출한 사람이 오스먼드니까.

문을 열고 안에 들어가지만 아무도 없는 계단참은 고요하다. 문 옆에 걸린 게시판에는 이번 가을 완수해야 할 공동 작업 목록이 매달려 있다. 니나가 몇 주 전에 꽂아놓은 목록은 광범위하다. 울타리 페인트칠 하기, 잡초 뽑기: 잔디밭에 난 잡초 뽑고 돌멩이 치우기. 게시판 밑에 다음과 같이 적혀 있다. **할 일이 아주 많지만, 우리 모두 협력한다면 아주 쉽게 끝날 겁니다!** 심지어 끝에는 웃는 얼굴까지 그려놨다. 오스먼드는 아직 어디에도 기입을 하지 않았고, 나 역시 하지 않았다. 게시판을 빠르게 지나쳐 우리 아파트 안으로 들어간다. 문틀에 등을 기대고 선 채 생각한다. 다른 가족들은 몇 시간 뒤에나 돌아올 것이다. 집에서 가족들이 생활하는 냄새가 난다. 음식 냄새, 빨래 냄새, 버릴 때가 지난 쓰레기봉투에서 나는 냄새. 내 앞에는 몇 시간이 놓여 있다.

나는 앉지 않는다. 거실 커피 테이블 위에는 요즘 읽는 책이 놓여 있고, 주방에는 오늘 아침에 봤던 신문이 그대로 펼쳐져 있다. 하지만 꼼짝도 할 수 없다. 가족들을 위해 정리해야겠다는 생각을 한다.

위층에서는 아무 소리도 들리지 않는다. 온통 고요하기만 하다. 좀 이상한 것 같은데? 불이 켜져 있었고, 요르겐은 내게 집에 있겠다고 했다. 그럼에도 내가 들르기를 바라냐고 그에게 묻지 않을 것이다. 주방 조리대 위에는 아침 식사를 끝내고 놔둔 설거짓거리가 쌓여 있다. 그 그릇들을 식기세척기에 넣기로 마음먹는다. 아침 식사 때 먹었던 시리얼의 우유가 응고돼 있다. 몇 시간 동안 우유 속에 담겨 있던 시리얼들은 통통 부풀어 올라 죽으로 변했다. 나는 그릇에 반쯤 남아 있는 음식 쓰레기들을 차례대로 긁어낸다. 요르겐이 무엇을 하든 나와는 상관없다. 음식물을 비운 그릇들을 전부 식기세척기에 집어넣은 뒤 주위를 둘러본다. 어느 정도 정리가 된 것 같다. 이 정도면 산책을 나가도 되겠지.

나는 삼십 분을 버티다 결국 그에게 문자 메시지를 보낸다. 그런 내 모습이 부끄럽다. 왜냐하면 결국 문자 메시지를 보낼 것을 이미 알고 있었으니까. 여동생이 약속을 취소한 순간부터 그랬다. 청소를 하거나 책을 읽어야겠다고 스스로 가장했던 내 모습에 어쩐지 우울해진다.

요르겐에게서 답장이 오지 않는다. 심지어 문자 메시지를 읽은 것 같지도 않다.

어제 아이들이 가져왔던 가방에 든 물건들을 꺼낸다. 오스먼드는 자기가 하겠다고 했지만, 잊어버렸을 것이다. 복도에 아이들의 신발을 꺼내둔다. 신발 두 켤레를 나란히 놓는다. 신발은 반드시 두 짝이 있어야 한다. 한 짝만 있어서는 쓸모가 없으니까. 그리고 루카스의 장난감들을 정리한다. 더 이상 할 일이 없다. 휴대폰은 여전히 조용하다.

하지만 그는 집에 있다. 불이 켜져 있으니까. 어쩌면 예전에 그랬듯, 일에 너무 몰두해서 시간과 공간을 잊었을지도 모른다. 그래서 휴대폰을 확인하지 못하는 것일 수도 있다.

물론 그냥 올라가도 된다. 문을 두드리고, 인사를 하면 되는 일이다. 어제 요르겐이 보냈던 메시지 대로 아직도 시간이 있는지 묻는 것이다. 그가 답장을 보낼 때까지 기다릴 필요가 없다. 이런 것이 이웃이라서 좋은 점이다. 그 생각에 기운을 얻은 나는 소파 위에 놓여 있던 쿠션들을 정리하고 아이패드를 한쪽으로 치운 뒤, 복도 서랍장 위에 놓아둔 편지들을 대충 살핀다. 요르겐은 여전히 답장이 없다. 한 시간이 지났다. 이제 우리에게는 시간이 별로 남지 않았다. 그래서 나는 아파트를 나와 위층으로 올라간다.

위층에는 문이 두 개 있다. 한쪽은 메레테와 요르겐의 집이고 다른 쪽은 사만과 자밀라의 집이다. 메레테와 요르겐의 현관 매트에는 '여기는 친환경 공간입니다'라고 쓰여 있다. 문에는 탕겐이라고 새겨진 황동 명패가 달려 있다. 그리고 지금 나는 그 앞에서 망설인다. 내가 너무 부담스럽게 행동하는 것은 아닐까? 너무 가까운 사이처럼 굴고 있지는 않나? 이런 것이 이웃이라서 나쁜 점이다. 우리, 그러니까 요르겐과 나는 이 문제에 대해 이야기했다. 공간의 필요. 분별력의 필요. 이웃인 것은 우리 두 사람만이 아니기 때문이다. 우리 가족들 역시 이웃이다.

나는 그 자리에서 물러나 우리 집으로 다시 돌아가려고

마음먹는다. 계단 아래를 돌아보고 방향이 꺾이는 벽에 있는 창문을 쳐다본다. 역시 이대로 돌아가는 편이 낫겠지. 심지어 그렇게 하는 것이 잘한 일이고, 유혹을 이겨냈다는 느낌까지 든다. 너무 멀리 왔지만, 그 뒤로 충분히 혼자 남겨져 있었다. 하지만 그런 반면… 나는 망설이고 있다. 어느 쪽으로든 갈 준비가 된 채, 그 자리에 서 있다. 나쁜 짓을 하기로 마음먹으면 너무 짜릿하게 느껴진다. 어떤 일이든 일어날 수 있을 것 같은 무중력과 유연한 감각.

요르겐과의 만남은 다람쥐 쳇바퀴에서 벗어나는 일이다. 그는 시간을 정지시키고, 나를 피할 수 없는 흐름처럼 느껴지는 일에서 벗어나게 해줄 능력이 있다. 우리는 자식이 생기면, 그들을 키우고 보살핀다. 그 자식들이 유치원을 거쳐 학교에 들어가면, 휴가와 경비를 계획한다. 그러다 자식들이 중학교에 들어가면, 연금을 위해 저축하고 자신이 인생에서 원하는 것이 무엇인지 생각한다. 자식들이 대학입학시험 대비 칼리지에 들어가면, 그 애들이 밤에 집에 들어올지, 앞으로 어떻게 될 것인지를 걱정한다. 자식들이 집을 떠나면, 파트너에게 공간이 조금 넓어져서 좋다고 말하며 자식들에게 경제적인 지원을 하고, 그 애들이 멀어지려 할 때마다 옆에 붙잡아 두려고 애쓴다. 그러다 나이가 들어 은퇴를 앞두게 되면, 노후 자금이 충분히 마련됐을 경우 일을 그만둔다. 자식들이 자식들을 낳으면, 우리는 여행을 간다거나 친구들의 오두막 여행, 손주들을 보살펴주는 일까지 모든 일에 대한 계획을 세운다. 마치 이 모든 계획이 인생 그 자체인 것처럼. 죽거나 요양원에 들어가기 전에 가능한 많은 것을 확인할 작정이라도 한 것처럼. 아, 나도 알고 있다. 알고 말고. 이것은 지나치게 단순하게 그린 캐리커처다. 물론 행복한 순간들도 있다. 아이들이 잠든 크리스마스이브에 화이트 와인 한 잔을 든 채로 베란다에서 보는 일몰. 초가을에 자전거를 타고 퇴근할 때 골목 끝에 서 있는, 노란색과 주황색 잎사귀들로 뒤덮인 밤나무를 보는 일상의 즐거움 같은. 하지만 그런 순간조차 지나간 시간의 흔적이 남기 마련이며, 그 순간을 멈추기 위해 집중하며 다시 숨을 들이키는 숨 가쁜 시도일 뿐이다. 요르겐과 함께 있을 때면 이 끝없고 피할 수 없는 사슬은 산산조각난다. 우리는 밖에서 만난다. 한순간에 불과할지라도, 시간이 사라지는 감각을 거부할 수 있는 사람이 어디 있을까?

문을 두드린다. 손가락 관절이 나무에 부딪힌다. 아파트 안에서는 아무 소리도 들리지 않는다. 나는 요르겐의 발소리가 들리기를 기다린다. 아무래도 몸을 일으키는 데 시간이 좀 걸리는 모양이지. 깊은 생각에 빠져 있었다면 문을 열어주러 나오기 위해 일종의 각성이 필요할 테니까. 요르겐에게 시간을 준다. 하지만 여전히 아무 소리도 들리지 않는다. 다시 한 번 노크한다. 좀 더 세게. 그리고 기다린다. 여전히 아무도 나오지 않는다. 오직 정적만 흐를 뿐이다.

요르겐이 집에 없나? 하지만 불이 켜져 있다. 그리고 그는 오늘 집에 있겠다고 말했다. **주말 내내 집에 혼자 있을 거야.**

시간을 내줄 수 있을까? 나는 그 자리에 그대로 서 있다. 이제 어떻게 해야 할까? 이런 상황은 예상하지 못했다. 나는 다시 계단 쪽으로 돌아선다. 아무래도 우리 집으로 돌아가는 것이 낫겠다. 기회는 날아갔다.

계단참 창틀에는 베고니아를 심은 작은 화분이 놓여 있다. 그 베고니아는 특히 튼튼한 것 같다. 관심을 받지 못한 것처럼 보이는 데도, 추운 겨울과 건조하고 뜨거운 여름을 견뎌냈기 때문이다. 이 건물 안에 사는 사람들은 모두 그 도자기 화분 안에 담긴 플라스틱 화분 밑에 요르겐과 메레테의 아파트 열쇠가 놓여 있다는 것을 안다. 우리는 두 사람을 대신해 화분에 물을 주기도 하고, 두 사람이 집을 비울 때면 우편물이나 확인사항 같은 것들을 챙겨주기도 한다. 만일 지금 요르겐이 헤드폰을 끼고 앉아 있는 거라면? 나는 서재 안에서 컴퓨터 앞에 앉아 깊은 생각에 잠긴 요르겐의 모습을 떠올릴 수 있다. 종종 그렇듯 자신이 하는 일에 깊이 몰두하고 있는 그를. 어쩌면 탈레반 병사들이나 아프가니스탄의 근래 역사에 관한 하버드나 옥스퍼드의 강의, 세계적인 전문가들의 대화를 녹화한 영상 같은 것이 카스타네스빈겐에 있는 요르겐의 컴퓨터에서 흘러나오고 있을지도 모른다. 헤드폰을 쓰고 있다면 문을 두드리는 소리 같은 것은 잘 들리지 않을 테고. 지정학 박사 학위를 가진 이런저런 교수의 목소리에 집중하고 있다면 더 듣기 힘들 것이다.

나는 손가락으로 화분 밑을 더듬어 열쇠를 찾는다. 열쇠

고리나 다른 장식은 달려 있지 않다. 도자기 화분 안에는 금속 열쇠만 덩그러니 놓여 있다. 열쇠를 손바닥에 올리고 꼭 쥐어 본다. 흙 때문에 축축하다. 그런 뒤 다시 계단을 올라가 요르겐의 현관 앞에 선다. 열쇠를 구멍에 놓고 돌린다. 문이 활짝 열리자, 안으로 들어간다.

아파트 안은 고요하다. 집 안에서는 흐릿하지만 향긋한, 기분 좋은 청량한 냄새가 난다. 비온 뒤의 숲에서 나는 향기 같다. 나는 복도에 서서 거실을 쳐다본다. 메레테의 반들거리는 그랜드 피아노가 보인다. 입을 벌리고 있는 것처럼 뚜껑이 열려 있다. 크림색 모직 담요가 놓인 소파, 열대 나무로 만든 책장. 서재 문은 닫혀 있다. 요르겐은 분명히 그 안에 있을 것이다. 하지만 나는 그 자리에 멈춰 선다. 그 자리에서 꼼짝하지 않는다. 내 발이 복도 바닥에 딱 달라붙은 채 떨어지려 하지 않는다. 어딘가 잘못됐다는 느낌이 든다.

거실은 텅 비어 있다. 어떤 이유에서인지 버려진 것처럼 보인다. 불길해 보일 정도로 깨끗하게 정리돼 있다. 내가 할 일은 입을 때 요르겐을 부르는 것이다. 서재까지 걸어가 문을 여는 것이다. 하지만 나는 움직이지 않는다. 공기에서 흐릿한 기운이 느껴진다. 나는 가쁘게 숨을 몰아쉰다. 그리고 정신없이 주위를 살핀다. 단정하게 정리된 소파 쿠션에서부터 주름 한 점 없이 깔려 있는 러그, 주방에서 새어나온 한 줄기 불빛이 거실 벽을 가로지르며 선을 긋는 모습, 닫혀 있는 서재 문까지. 여기, 위험한 것이 있다. 손가락 하나 움직일 수 없다. 그것이 뭔지 몰라도 내가 아는 것은 여기서 나가야 한다는 사실, 멀리 떨어져야 한다는 사실이다. 하지만 움직일 수가 없다. 일 초가 지나고, 이 초가 지나간다. 그 자리에 가만히 서서 숨만 쉬고 있다. 한 곳을 쳐다보고 다른 곳을 쳐다보면서, 공기를 들이마신다. 그제야 내 몸이 자유를 찾는다. 두 걸음 만에 아파트 밖으로 나간 뒤, 문을 닫는다. 떨리는 손으로 열쇠를 구멍에 넣고 문을 잠그려 애를 쓴다. 몇 번의 시도 끝에 간신히 성공한다. 나는 숨을 가다듬어본다. 생각하자. 두려워할 것은 아무것도 없다. 생각하자. 아무것도 아닌 일에 너무 흥분했다. 나는 열쇠를 주머니에 넣은 뒤 아래층으로 내려가기 위해 돌아선다. 바로 그때 뒤에서 누군가 헛기침을 하는 소리가 들린다.

맞은편 문 앞에 사만이 서 있다.

"안녕하세요." 그가 말한다.

"안녕하세요." 내 목소리는 기운 없이 공기만 새어 나온다.

그가 나를 본다. 나는 정신을 차리려고 애를 쓴다. 침을 몇 번 삼켜본다. 생각하자. 사만은 무슨 생각을 할까? 그는 뛰기라도 한 것처럼 헐떡거리며 서 있는 내 모습을 보고 있다. 어쩌면 사만은 내가 요르겐의 집에서 나와 문을 잠그는 모습을 봤을 수도 있다. 아니, 아닐 것이다. 하지만 완전히 배제할 수도 없다. 적어도 요르겐이 혼자 있을 때 내가 여기 서 있는 모습을 봤으니까. 평정을 되찾기 위해 목청을 가다듬는다.

"나는 그저…." 입을 열어보지만, 여전히 손과 목소리가 떨린다. 생각을 제대로 할 수가 없다. "빌릴 것이 있어서요. 달걀이요. 빵을 굽고 있는데, 딱 떨어졌지 뭐예요. 미리 확인해봤어야 했는데 말예요. 시작하기 전에—"

나는 숨을 쉬는 것을 잊어버린 채, 침을 삼키다가 사레가 걸린다. 기침을 두 번 한 뒤, 다시 침을 삼킨다.

"…생각했어야 했는데. 그래서 달걀을 좀 빌릴 수 있을지 물어보러 왔어요. 그런데 집에 아무도 없나 봐요."

내 말에 사만이 고개를 끄덕인다.

"메레테는 집에 없어요." 그가 대답한다.

여기서는 모두가 알고 있다. 저녁 시간에 외출을 하면, 그 다음 날 이웃 사람 모두가 시내에서 좋은 시간을 보냈는지 물어본다. 가끔은 그런 것도 좋지만 그 외에는 숨이 막힌다.

"우리 집에 달걀이 있는지 확인해볼게요. 잠깐만 기다려봐요." 사만이 돌아서며 말한다.

그는 현관문을 열어둔 채 집 안으로 사라진다. 짐을 최소화한 깔끔한 공간이 엿보인다. 자밀라가 원한다면 현대적이면서도 텅 빈 공간에 그의 사진을 걸어둘 수 있을 것이다. 나는 요르겐의 집 열쇠를 주머니 속 깊이 밀어 넣는다. 너무 작아서 청바지 주머니 위로 튀어나오지 않았음에도 어떻게든 스웨터를 끌어내려 감춘다.

사만이 갈색 달걀을 양손에 한 개씩 들고 다시 나온다.

"여기 있어요." 그가 말한다.

사만이 내게 달걀을 내민다. 나는 손이 떨리지 않도록 애

쓰며 받아들고 차가운 달걀을 감싸 쥔다.

우리 집으로 돌아와 식탁에 앉는다. 십 분 뒤, 계단을 내려가는 발소리가 들린다. 빠르고 정확한 발걸음. 사만의 발소리다. 나는 정문이 닫히는 소리가 나고 그가 밖으로 나간 뒤, 칠 분을 더 기다린다. 그런 뒤 다시 계단을 올라가 계단참 창틀에 놓여 있는 베고니아 화분 앞에 멈춰 선다. 요르겐의 집 열쇠를 조심스럽게 화분 밑에 밀어넣고, 아무 일도 없는 집 옆 비탈을 창밖으로 내려다본다. 그곳은 가지치기를 하거나 마른 잎을 치워주는 사람이 없어 덤불이 우거져 있다. 분수 벽에는 사다리가 걸쳐져 있다. 누군가가 벽에 생긴 녹조를 없애기로 마음먹었거나 처마에 말벌 집이 생긴 것을 알아차린 모양이다. 나는 그렇게 창가에 서 있다. 누군가 나를 보더라도 녹이 슬기 전에 사다리를 헛간에 넣어둬야 한다는 생각을 하고 있는 것처럼 보이도록. 나는 다시 계단을 내려가 집으로 돌아간다. 이제 몸의 떨림은 거의 그쳤다.

오스먼드는 4시 반경 집에 돌아온다. 헬멧을 계속 쓴 채로, 이마가 번들거린다.

"어이, 어이!" 그가 소리치자, 온 집에 울려 퍼진다.

나는 그들이 기분 나쁘게 불안한 위층의 문제가 해결된 뒤에 돌아오기를 바랐다. 그 이후로 시간이 부분적으로 위축된 채로 흘러갔다. 하지만 지금 오스먼드는 너무 과해 보인다. 너무 시끄럽다. 나는 억지로 미소를 짓는다. 균형을 잃은 것 같은데, 이유를 알 수 없다. 그럴 이유가 없기 때문이다. 위층 아파트 때문에 내가 불편을 느껴야 할 일은 없다. 그것은 우스꽝스러운 일이다. 정신을 차려야만 한다. 지금 이런 기분은 어쩌면 학교 연극 연습을 보러가서 커피를 너무 많이 마셨거나, 빌어먹을 고양이 사건 때문인지도 모른다.

    그 일은 크리스마스 직후에 일어났다. 고양이들이 사라지는 일이야 새로울 것이 없었지만, 갑자기 세 마리가 동시에 없어졌다. 그 뒤로 다시 한 마리가 사라졌고, 또 한 마리가 더 사라졌다. 거의 6개월이 지나서야 첫 번째 고양이 시신이 발견됐고, 몇 주 뒤에 다음 시신이 나왔다. 카스타네스빈겐에서 남쪽으로 조금 떨어진 이면도로 아래쪽 정원의 올가미에 매달린 채. 그리고 몇 달 지나지 않아 더 많은 고양이가 사라졌다. 시신은 더 이상 나오지 않았다. 그러다 2주 전, 가필드가 박케헤우겐 농장 영지를 둘러싸고 있는 울타리에 매달린 채로 발견됐다. 가필드는 아래쪽 전원도시에 사는 가족이 키우던 노르웨이 숲 품종의 고양이다. 첫 번째 고양이가 발견된 뒤로 말이 나오기 시작했던 동네에서는 고양이 사체들이 잇달아 발견되자 점점 더 시끄러워졌다. 길거리나 가게, 정원에서 사람들이 고양이 이야기를 하는 것이 들린다. 모든 사람이 한마디씩 말을 얹었다. 그 사건의 의미부터 동기, 직접적이든 간접적이든 목격담들이 덧붙여졌다. 무수한 의견들 중에서도 가장 큰 목소리를 낸 사람은 호프모였다.

    두 번째 고양이가 발견됐던 몇 주 전, 호프모는 근심을 떨쳐버릴 의도로 니나 스파레의 집 초인종을 눌렀다. 그의 우렁

찬 목소리가 계단참에 울려 퍼졌다. 오스먼드와 나는 집 안에서도 그 대화 내용을 다 들을 수 있었다. **심각한 일이에요, 니나. 이 문제는 자치회에서 진작 나섰어야 해요. 어째서 아무 조치도 취하지 않는 겁니까?** 주민자치회 회장이자, 자칭 이웃의 첫 번째 수호자인 니나는 최선을 다해 응대했다.

"하지만 지금 가장 중요한 것은 경찰의 의도예요. 도시환경청은 말할 것도 없고요. 게다가 반려동물과 가축 관리의 책임은 지방자치단체에 있어요. 당신도 알다시피 일단 지방자치 수준에서 우리가 할 일은 다 했어요."

"경찰이라고요?" 호프모가 코웃음을 쳤다. "그 자들은 그런 빌어먹을 일은 안 할 거요. 그래서 어떻게 할 겁니까?"

"뭔가 목격한 사람이 있으면 경찰에 가라고 요청했어요. 이제는 그쪽에서 알아서 해야죠." 니나가 거드름을 피우며 말했다.

호프모가 다시 코웃음을 쳤다. 그 역시 자칭 이 지역의 수호자였고, 그 의무를 행하는 데 있어 니나 못지않게 헌신적이었다. 호프모는 일평생을 노르웨이 군대에서 복무했다. 퇴역한 지 십 년 정도 됐음에도, 그 세월은 위험이 닥쳤을 때 맞서려는 본능적인 충동을 전혀 억눌러주지 못한 것 같았다. 아이들의 심한 장난처럼 보이는 이번 일조차도 호프모의 말을 듣다보면, 적대적인 정부가 무력으로 위협하고 있는 것 같다는 생각이 든다.

몇 년 전, 오스먼드와 내가 이곳으로 이사 온 지 얼마 되지 않았을 때 근방에서 공공 기물 파손 사건이 있었다. 특별히 거칠거나 거창한 사건이 아니라 그저 여기저기에 스프레이 페인트로 낙서를 그려놓은 것이었다. 하지만 호프모는 이 일을 공격으로 받아들였다. 자신이 생각하는 것만큼 경찰이 심각하게 여기지 않자, 호프모는 문제를 스스로 해결했다. 그는 놀이터와 카스타네스빈겐의 울타리에 싸구려 감시 카메라들을 설치하고 자신의 집 주위에는 철사로 덫을 놓은 뒤, 매일 저녁 동네를 순찰했다. 그의 작전은 큰 성과를 거두지 못했다. 그 카메라 중 절반이 도난당하거나 망가졌고, 덫으로 쳐둔 철사에 걸린 것은 부인 밖에 없었다. 호프모의 야간 순찰 결과, 밝혀진 사실은 카스타네스빈겐의 선량한 주민들 중 누가 집에 늦게 들어오고 술에 많이 취했는지에 대한 상세한 개요였다. 경찰은 호프모의 작전에 관심이 없음을 노골적으로 드러냈다. 그리고 그가 몰래 이웃 사람들을 촬영하고 있다는 말이 나오자, 호프모는 자신이 골목 끝에 사는 변호사에게 분노를 샀다는 것만 알게 됐다. 그 변호사는 호프모에게 마음대로 카메라를 설치해서는 안 되며, 함부로 사람들을 촬영하는 일은 법에 어긋난다고 말했다. 호프모 부인이 남편과 진지한 대화를 나누지 않았더라면 그 뒤로 이어진 논쟁은 장기화됐을 것이다. 결국 호프모가 더 이상 쓸데없는 짓을 하지 않기로 하고, 성의라고는 없어 보이는 사과를 하는 것으로 그 일은 마무리됐다.

"지역의 평화를 지키기 위해서는 희생이 따를 수밖에 없어." 내가 그 일에 관해 물어보자, 그가 중얼거렸다. 하지만 그 말 이외에 호프모는 자신의 작전과 그 뒤에 이어진 후퇴에 대해 더 이상 말하지 않았다. 그는 그 모든 사태에 살짝 당황한 것처럼 보였다.

하지만 그 이웃 감시 작전은 니나를 위한 것이었다. 호프모는 카스타네스빈겐의 모든 일을 올바로 진행시킬 책임이 니나에게 있다고 생각했기 때문이다. 우리 아파트와 스파레 가족이 사는 아파트 사이의 단열재에는 틈이 살짝 있다. 그래서 보일러를 숨겨둔 주방 찬장을 열면 그쪽 주방에서 나는 소리가 우리 집에서 나는 것처럼 잘 들린다. 우리가 그 찬장 문을 여는 일이 자주 있진 않았지만, 호프모가 억지로 사과를 하고 난 뒤 어느 날 우연히 그 문을 열었다가 니나가 남편에게 말하는 소리를 들었다. 니나는 마을이 다시 화합하게 됐다고 안도하며, 그 말만 반복했다. 첫 번째 고양이 사체가 발견됐을 때 니나가 스베인에게 뭐라고 말했는지는 모르지만 주민들과 학부모에게 누구든 수상한 것을 봤다면 경찰에 신고하라고 권하는 중이라고 말하는 것을 들었다. 경찰은 실제로 토센에 출동했다. 그들은 고양이 사체를 치우기 전에 사진을 찍고 주변 사람들을 탐문했다. 어쩌면 니나가 그 사건에 대해 잘 이야기했을 수도 있다. 아니면 경찰 쪽에서 그냥 적당히 상대해주는 편이 니나를 치워버리는 데 더 낫다고 생각한 것일 수도 있지만.

"경찰이 고양이 사체들을 찾으러 나왔어." 그날 저녁, 경찰 한 명이 고양이 살해 현장을 사진으로 찍는 것을 본 뒤에 내가 오스먼드에게 말했다. "별일을 다 본다니까."

"사람들이 무서워할 만하잖아. 리케." 오스먼드가 말했다.

주민자치회 회의에서 사람들이 소리치기 시작했다. 사람들 말에 이리저리 흔들렸던 오스먼드는 내가 냉소적이라고 생각한다. 나는 오스먼드의 사고가 유연하다고 생각한다. 하지만 죽은 고양이 사건에 대해 이런 식으로 생각하는 사람은 나밖에 없다는 것을 알고 있기에, 내 생각은 말하지 않기로 했다. 오늘 학교 연극 모임에 나온 엄마들에게 내 생각을 살짝 흘린 것을 이미 후회하고 있다.

왜 그렇게 짜증이 났을까? 답을 알 수가 없다. 다른 엄마들에 대한 나의 날선 반응에 스스로도 놀랐다. 결국 두려웠던 것일까? 내가 미처 모르고 있었던 것일까? 그래서 요르겐의 아파트에서 심한 불안을 느꼈나? 오늘 아침 6시, 기분 나쁜 꿈을 꾸고 잠에서 일찍 깼던 일도 그 때문인가?

요르겐은 여전히 내가 보낸 문자 메시지에 답을 주지 않는다. 심지어 그 문자를 읽은 것 같지도 않다. 위층에서는 여전히 아무 소리도 들리지 않는다.

루카스는 소파에 몸을 웅크리고 앉아 TV 어린이 채널에서 저녁마다 하는 프로그램을 볼 준비를 한다. 내가 아이에게 건네주려고 리모컨을 집어 들었을 때, 주방에 있던 오스먼드가 소리친다.

"리케? 조리대 위에 달걀 두 개는 왜 꺼내놓은 거야?"

나는 리모컨을 손에 쥔 채 그대로 방 한복판에서 얼어붙는다. 이런, 달걀을 잊어버렸네. 애써 화분 안에 열쇠를 돌려놓은 뒤, 계단참에 서서 잠시 창밖을 내다보기까지 했다. 혹시라도 지나가다 나를 본 사람이 있더라도 비탈에 쌓인 정원 폐기물들을 퇴비로 쓸 수 있을지 고민하는 것처럼 보이게끔 말이다. 만사 빈틈없이 처신했다. 하지만 달걀을 잊어버렸다. 도저히 믿을 수가 없다.

"사만한테서 빌려온 거야." 내가 경직된 목소리로 말한다. "머핀을 만들어볼까 했거든."

리모컨 버튼을 잘못 누르는 바람에 BBC가 나온다. 루카스가 불평한다. 뒤에서 오스먼드가 주방에서 거실로 나오는 소리가 들린다.

"우리 냉장고에도 달걀 있어." 오스먼드가 말한다.

"그래?" 계속 리모컨 버튼을 누르며 대답한다. 루카스가 보는 채널이 몇 번인지 기억해내기 위해 애를 쓰면서. "없는 줄 알았어."

나는 그를 등지고 선 채 숨을 깊이 들이마신다. 마침내 리모컨 버튼을 제대로 누른다. 화면 위로 웃기고 생생한 색상의 만화가 나온다. 뒤에 서 있던 오스먼드가 살짝 웃는다.

"그랬구나…. 그래서 머핀은 만들었어?"

"아니." 내가 대답한다.

나는 테이블 위에 리모컨을 내려놓은 뒤, 힘겹게 오스먼드를 돌아본다. 그는 문틀에 기대 서 있다. 자전거를 탄 뒤라 샤워를 했는지, 머리카락이 여전히 젖은 채로 두피에 달라붙어 있다.

"마음이 변했어. 어쩐지 좀 귀찮아져서."

"알았어. 그럼 내가 먹을게. 냉장고 밖에 뒀으니 먹어치우는 것이 낫겠어."

나는 소파에 앉아 있는 네 살짜리 아들 쪽으로 돌아서서, 헝클어진 아이의 머리를 손으로 누른다. 아이는 화면에 시선을 고정한 채 몸을 비튼다.

"그렇게 해." 내가 말한다.

오스먼드는 문틀에 기대셨던 몸을 바로한 뒤, 다시 주방 쪽으로 돌아선다.

"당신이 귀찮아하지 않고 그냥 만들어줬으면 좋았을 텐데." 그가 어깨 너머로 말한다. "자전거 타고 난 뒤에 머핀을 먹을 수 있었으면 좋았을 거야."

그런 반면 그들이 사는 아파트에 처음 갔던 순간은 뚜렷하게 기억나요. 그곳 분위기에 얼마나 압도됐는지 말예요. 그 집은 너무 깔끔하고, 단정했어요. 우리 집에서는 토사물 냄새, 음식물 냄새, 몸 냄새, 입 냄새, 기저귀 냄새처럼 희미하기는 해도 온갖 안 좋은 냄새들이 난다면, 그 아파트에서는 아주 좋은 향기가 났어요. 마치 그곳에 살아 있는 존재 자체가 없는 것처럼. 그곳에서 숨을 내쉬거나 땀을 흘리거나 음식을 소화시키는 일 따위는 없는 것 같았죠. 그 공간에서는 인간성이 제거된 것 같았어요. 그들의 거실에 우뚝 서서 '도대체 어떻게 관리를 하는 것일까'라고 생각했던 것이 기억나요.

메레테가 우리를 초대했어요. 카스타네스빈겐으로 이사 오고 나서 일 년 동안 종종 말이 나왔던 일이었죠. 우리는 서로 언제 시간 되면 저녁이나 함께 하자고, 서로 좀 더 잘 알고 지내자고 말하고는 했어요. 그럼에도 불구하고 식사 한 번 같이 하는데 일 년이 걸렸지만요. 우리 집에는 어린 루카스가 있다 보니 밤에 잠을 제대로 잘 수가 없었어요. 의사 진료와 병원 방문, 검진 받아야 할 일들도 연이어 있었죠. 루카스는 그때 11개월이었어요. 아이가 태어난 이후로 저녁 시간 내내 떨어져 있었던 것은 그날이 처음이었죠. 우리가 위층에 올라가 문을 두드렸을 때, 나는 아기 모니터를 목에 걸고 있었어요. 오스먼드가 그 모습을 보고 웃으며, 바닥이 얇아서 소리가 다 들리니 모니터는 필요 없을 거라고 말했어요.

처음 그 아파트에 들어갔을 때 당신이라면 어떻게 했을지 모르겠네요. 틀림없이 당신이라면 실내 장식 같은 것보다 더 중요한 일들을 생각했겠죠. 하지만 나는 마치 미술관에 들어가기라도 한 것 같은 경외심으로 가득 차 있었어요. 벽에 걸려 있는 그림들. 카슈미르 분쟁, 바이마르 공화국, 러시아 혁명을 가능하게 만든 정치사상에 관련된 책들과 나란히 꽂혀 있는 르네상스 회화와 현대 사진에 관한 서적들. 주방 입구 한쪽 구석에는 얼굴이 비쳐 보일 정도로 반들거리는 거대한 그랜드 피아노 한 대가 놓여 있었죠. 그 표면에 손가락 얼룩이 남을까 무서워 건드릴 수 없을 정도였어요. 건반 뚜껑이 덮여 있었지만, 그 아래 놓여 있을 흰색과 검정색 건반을 상상할 수 있었죠. 메레테의 늘씬하고 힘찬 손가락이 피아노 건반을 누르는 장면이 그려졌어요. 그 피아노는 전체적으로 보기 드문 아름다운 악기였죠. 우리 집과 똑같이 생긴 거실에 그런 특별한 물건이 놓여 있을 수 있다는 사실이 믿기지 않았어요.

　식탁에 앉은 뒤, 나는 메레테에게 그 피아노에 관해 언급했어요. 내 앞자리에는 요르겐이 앉았는데, 부드러운 린넨 셔츠를 입고 목에 단추를 두어 개 풀고 있었어요. 일할 때 입고 갔던 구겨진 셔츠를 그대로 입고 있는 오스먼드에 비하면 아주 우아한 모습이었죠. 식탁에는 화이트 와인 잔이 놓여 있었고, 우리는 가리비와 랍스터 꼬리가 들어간 리조또를 먹었어요.

　"스테인웨이에요. 아주 좋은 것은 아니지만, 내가 쓰기에는 괜찮은 악기죠. 콘서트를 하던 시절에 샀던 거예요. 아무래도 그때는 필요했으니까." 메레테가 말했어요.

"이제는 콘서트를 하지 않으시나요?" 오스먼드가 물었어요.

메레터는 아무 말도 하지 않았어요. 잠시 동안 우리들이 음식 씹는 소리와 삼키는 소리만 들릴 뿐이었어요. 그러다 메레테는 요르겐을 처음 만났을 때는 공연을 많이 다니던 시기로, 자신이 과감하기만 했다면 촉망된 미래가 기다리고 있었던 때라고 말했어요. 당시 그는 젊었지만 출세 가도를 달리는 중이었다고 했죠. 메레테는 계속 일을 했고 공연 여행도 많이 다녔던 모양이에요.

"고단한 삶이이었어요. 가정을 꾸리면서 동시에 하기는 힘든 일이었죠. 우리 부부가 아이를 갖고 싶다고 마음먹게 되자, 아무래도 몇 가지 변화가 필요했어요."

메레테는 가족을 만드는 일과 몇 년간 꿈꿔왔던 직업 사이에 하나를 선택할 수밖에 없었어요. 그가 스물 한 살이었을 때는 콘서트 피아니스트가 되는 것이 짜릿하게 느껴졌겠지만, 아주 힘든 일이기도 했으니까요. 학창 시절 피아노 선생님이 하고자 하는 마음만 있다면 무엇이든 할 수 있다고 말해줬을 때 상상했던 것처럼 화려한 일도 아니었던 모양이에요. 막상 그때가 되자, 선택은 쉬웠죠.

"아쉽게도 가정생활을 원활하게 하면서 피아니스트로 활약할 수 있는 길은 많지 않아요. 그래서 지금은 학생들을 몇 명 가르치고, 합창단을 위한 연주를 하고 있어요. 이따금 세간의 이목을 끌 만한 일자리를 제안받기도 하지만… 글쎄요. 나는 대부분 포기해요."

메레케가 웃었어요.

"그 편이 좋으니까요. 사실이에요. 나는 한 번도 후회한 적이 없어요."

메레테가 이야기를 하는 동안 한 마디도 하지 않던 요르겐이 나를 돌아봤어요.

"리케, 당신은 어떤 일을 하나요?" 그가 물었죠.

"연구소에서 일하고 있어요. 지금은 소비자 행동의 인지적, 정서적 구성 요소에 대한 프로젝트를 담당하고 있죠." 내가 대답했어요.

요르겐이 몸을 앞으로 내밀었어요.

"구성 요소에 어떤 것이 있죠?"

"글쎄요." 나는 그 사람이 진심으로 관심을 가질 리 없다고 생각하는 것처럼 잠시 머뭇거리다 대답했어요. "이를테면 죄책감 같은 것이 있죠."

"죄책감이요?"

"네. 나는 태도와 행동의 교차점에 관심을 가지고 있어요. 우리는 종종 한 가지를 도덕적으로 옳다고 간주하지만, 그럼에도 불구하고 그것과는 정반대로 행동하게 돼요. 예를 들자면 나는 스스로를 환경에 관심이 많은 좋은 사람이라고 생각하고 있지만, 만일 휴가 기간에 뉴욕으로 쇼핑 여행을 갔을 경우 가치관의 충돌이 생기게 될 거예요. 스스로를 환경을 의식하는 사람으로 보고 있는 상황에서, 환경에 해가 된다는 사실을 알면서도 그런 식으로 행동했을 때 죄책감을 느끼는 것이 정상적이라는 거죠."

"기후 수치처럼 말인가요?"

"그렇다고 볼 수는 없죠. 수치심과 죄책감은 다른 감정이고, 기능도 다르니까요. 죄책감은 우리가 망가뜨린 것을 고치게끔 동기를 부여하지만, 수치심은 그것을 숨기라고 동기부여하니까요."

요르겐이 미소 지었어요. 앞니 중 한 개가 살짝 비뚤어지면서 벌어진 작은 틈이 그의 미소를 교활해 보이기도 하고, 영리해 보이기도 하는 모습으로 만들어줬죠. 그가 내게 주의를 기울인 순간 마치 자신의 따뜻하고 친근한 거품 속으로 나를 초대하는 것만 같았어요. 그 안에는 생각과 신선한 발상 들을 위한 공간이 있고, 가설들을 세우며 놀 수 있는 시간과 의지가 있었어요. 그 가설들 중 뭔가를 선택하고 뒤집으면 어디로 이끌고 가는지도 볼 수 있었죠.

"우리는 죄책감 안에 변화의 씨앗이 있다고 생각해요. 만일 사람들이 자신이 한 일에 대해 죄책감을 느낀다면 그 일을 바로잡을 동기 역시 가지고 있다는 거죠. 첫 번째 단계는 그 연결을 설정하는 거예요. 우리는 사천 명의 사람들에게 설문지를 보냈어요. 나중에는 실험도 가능할 수 있어요."

접시들이 부딪치는 소리가 들렸어요. 메레테가 빈 접시들을 쌓을 때 부딪치는 소리였죠. 그때 식탁 위에 올려둔 아기 모니터에 밝은 주황색 불이 들어오면서 우지직거리는 소리가 나자 나는 그 자리에서 벌떡 일어났어요. 그러자 오스먼드가 내 팔을 붙잡았죠.

"별일 아니야, 리케. 침착해. 아이가 울면 소리가 들릴 거야." 남편이 말했어요.

나는 요르겐을 보며 미소를 지은 뒤, 오스먼드의 손에서 내 팔을 뺐어요.

"오스먼드는 공공기관에서 일한다고 했죠?" 요르겐이 오스먼드에게 물었어요.

"네. 교육훈련위원회에서 IT 지원을 하고 있어요." 오스먼드가 대답했어요.

그러면서 남편은 엄지로 자기 가슴을 가리켰어요. 오스먼드가 그런 동작을 하는 모습을 처음 봤는데, 유인원이 연상되더군요. 메레테가 요르겐 앞에 디저트용 접시들을 내려놓자 두 사람은 시선을 교환했어요. 메레테가 과장된 표정으로 남편을 향해 눈썹을 치켜 올렸고 그것을 본 요르겐은 나른한 동작으로 디저트용 접시를 집어 우리에게 건네줬어요.

"교육훈련위원회에서 IT 전공자는 무슨 일을 하나요?" 요르겐이 물었어요.

오스먼드가 이야기를 시작했어요. 지나치게 세세한 내용까지 털어놓기는 했지만, 적어도 남편은 자신이 하는 일에 관해서는 잘 알고 있었기에 요르겐의 질문에 바람직하게 대답할 수 있었죠. 메레테가 식탁 위에 케이크를 내려놨어요.

"머드 케이크라고 해요. 필라델피아에 사는 친구한테 조리법을 얻었죠. 모양이 좀 이상하지만, 일부러 그렇게 보이도록 만든 거예요. 리케, 먼저 한 조각 먹어볼래요?"

나는 케이크 서버를 집어 들었어요.

"맛있어 보여요." 내가 말했죠.

메레테가 힘없이 미소 지었어요. 그의 표정에 뭔가 있었어요. 마치 자신은 다른 곳에 있고, 더 이상 관심이 없다는 것 같은. 어쩌면 두 사람은 우리가 도착하기 직전에 싸웠을지도 모르죠. 아니면 그냥 피곤한 것일 수도 있고요. 내가 케이크를 자르려는 순간, 아기 모니터에서 루카스가 칭얼거리는 소리가 들렸어요. 오스먼드가 또 다시 팔을 붙잡기 전에 나는 케이크 서버를 내려놨어요.

"잠시 실례할게요." 그리고 주방에서 나와 반들거리는 피아노를 지나 복도를 갔죠.

스타킹만 신은 발로 서둘러 계단을 내려가 우리 아파트로 들어갔어요. 토사물에서 풍기는 신 냄새와 기저귀, 남은 음식 냄새와 함께 아기 냄새도 풍겼어요. 가족이 살고 있다는 증거였죠. 침실에 들어서자 루카스가 작은 손으로 차단막을 꼭 잡고 요람에서 일어나 있었어요. 아기가 나를 쳐다봤어요. 뺨에 눈물 자국이 가득하더군요. 루카스를 안아 올린 뒤, 꼭 끌어안았어요. 아기 몸이 내 몸에 닿자 그제야 숨을 쉴 수 있었어요.

루카스가 다시 잠들자 나는 천천히 뒷 계단을 올라가 가능한 조용히 메레테와 요르겐의 집 안으로 다시 들어갔어요. 적어도 내가 기억하기로는 그랬어요. 비록 왜 그런 식으로 들어갔던 것인지는 기억이 나지 않지만요. 어쩌면 이야기를 엿들을 생각에서 그랬을지도 몰라요. 신발을 벗고 있던 상태였기 때문에 주방에서 새어나오는 이야기를 들을 수 있었거든요. 말을 하고 있는 사람은 오스먼드였죠.

"완전히 미친 짓이죠. 이제는 알게 됐지만요. 그러니까 내 말은 그때 이후로 계속 생각해보니, 그런 생각을 떠올렸다는 것 자체를 믿을 수 없다는 뜻입니다. 하지만 젊을 때는 다 그런 법이잖습니까. 무모하게 행동하다보니, 다소 통제할 수 없는 일들이 벌어질 수 있었죠. 지금은 그런 생각만 해도 무섭네요. 아무래도 아이들이 있으니까요. 우리가 목숨을 잃을 수도 있는 상황이었으니 말입니다. 하지만 그 당시에는 이런 일들에 대해 전혀 생각하지 못했어요. 그저 친구와 나는 차가 얼마나 세게 미끄러질 수 있는지 알고 싶었던 것뿐이니까. 실제로는 피해가 그 정도에서 그친 것이 기적이었어요. 우리가 타고 있던 차는 도로에서 방향을 틀어 가드레일에 부딪쳤는데, 도로 옆에 서 있던 나무 두 그루 덕분에 20미터나 되는 긴 비탈길로 굴러 떨어지지 않을 수 있었던 거였죠. 그 나무 중 한 그루가 차를 버터처럼 꿰뚫었어요. 50센티미터만 더 갔어도 뒷자리에 앉아 있던 남자는 죽었을 거예요. 가드레일에 부딪치면서 내 옆에 있던 문이 차 안으로 밀고 들어오는 바람에 나는 허벅지에 큰 부상을 입었고요. 출혈이 아주 심했고, 신경 몇 개가 손상됐죠. 지금도 그때 부상당했던 부위가 쑤시고는 해요. 물론 일상생활에 영향을 미칠 정도는 아니지만요."

여기서 오스먼드가 웃었어요. 다른 사람들의 웃음소리는 들리지 않았죠.

"그 문에 부딪치면서 허벅지 뼈가 골절됐어요. 일주일 정도 병원에 입원해 있었고, 몇 달 동안 깁스를 해야 했죠. 학교도 6주 정도 나가지 못했고요. 그 덕분에 몇몇 과목은 다음 해에 들어야 했어요."

"세상에." 메레테의 목소리가 들렸어요. "정말 위험했네요."

나는 그 집 복도 벽에 기대 선 채, 눈을 감았어요. 이제 오스먼드가 무슨 이야기를 할지 알고 있었으니까요.

"그때가 리케와 함께 산 지 이 년 정도 됐을 때였죠. 리케가 병원에 나를 보러 와서 얼마나 화를 냈는지. 엄청 나무랐죠."

오스먼드가 작게 웃었어요.

"나를 멍청이라고 불렀어요. 정말 그랬죠. 어떻게 그런 바보 같은 짓을 할 수 있냐고 따지는데, 할 말이 없었어요. 리케는 그대로 밖으로 나가버렸고 나는 그 사람을 잃었다고 생각했어요."

아무 소리도 들리지 않았어요. 오스먼드가 진지한 표정을 짓고 있는 모습이 눈에 선했어요. 그게 아니면 자기 스스로 감동해서 이야기를 하기 전에 침을 몇 번 삼켰을지도 모르죠. 요르겐이 헛기침을 한 뒤 말을 꺼냈어요. 그 목소리에 담긴 것이 동정심인지, 유머 감각인지는 알 수 없었지만요.

"하지만 그렇지 않았죠."

오스먼드는 그 주제에서 벗어나려고 하지 않았어요.

"리케는 열여덟 살이었어요. 그때 나를 버릴 수도 있었죠. 아마 그렇게 하고 싶었을 거예요. 그래도 리케를 탓할 수는 없었을 겁니다. 하지만 아내는 그대로 내 옆에 남아줬어요. 물리치료를 받아야 하는 재활 기간 동안 병원까지 데려다 줬죠. 뿐만 아니라 면허가 정지됐던 이 년 동안 여기저기 데리고 다녀줬어요."

다시 침묵이 흐르고, 덜그럭거리는 그릇 소리만 어렴풋이 들렸어요. 누군가 케이크를 자르는 것일 수도 있고, 메레테가 식탁을 정리하는 소리일 수도 있겠죠.

"절대 잊지 못할 겁니다. 리케가 내게 보여준 사랑을 말예요. 그때 병원에서 그 사람이 내 사람이라는 것을 알았어요. 육 년이 지나서야 결혼했지만, 그 중간에도 나는 리케와 결혼할 거라는 것을 알고 있었죠. 우리는 함께일 거라는 사실을 말입니다." 오스먼드가 말했어요.

그리고 웃음소리가 들렸어요. 요르겐은 미담이라고 했고, 메레테도 끝이 좋으면 다 좋은 거라고 말한 뒤 커피를 마실지 물었어요. 오스먼드는 커피를 달라고 하더군요. 나는 그 이야기와 자신이 그 안에 속해 있다는 중요성에 너무나도 만족스러워하며, 만면에 행복한 미소를 짓고 있을 오스먼드의 모습을 떠올릴 수 있었어요. 그대로 복도 벽에 기대 선 채, 이대로 바닥이 열려 내 몸이 빨려 들어가버리면 좋겠다고 생각했어요.

첫 번째 일요일

카스타네스빈겐에 들어서기도 전에 푸른 불빛이 보인다. 불빛은 우리 집 뒤쪽 비탈의 위쪽에 있는 대저택들의 벽면 위를 디스코 조명장치처럼 푸른색으로 번쩍거리며 비춘다. 고요한 가운데 사이렌 소리만이 울린다.

"이상하네. 무슨 일이 생겼나?" 오스먼드가 말한다.

"소방대가 나온 거겠지." 오스먼드가 집 앞의 좁은 골목으로 들어서기 위해 브레이크를 밟아 급커브를 하는 동안, 나는 그 불빛이 어디서 새어나오고 있는지 확인해보려고 대시보드 쪽으로 몸을 내민다.

우리는 밤늦게 집으로 돌아가는 중이다. 잠잘 시간이 훌쩍 지난 루카스는 뒷좌석에서 조용히 잠들어 있다. 원래 계획대로라면 시어머니와 이른 저녁을 먹고 잘 시간이 되기 전에 돌아왔어야 했다. 하지만 그곳에 도착하자마자 계획대로 되지 않을 것이라는 사실을 알았다. 시어머니가 우리를 붙잡는 거야 늘 있는 일이니까. **벌써 가려고?** 내가 집에 돌아갈 준비를 할 때마다 시어머니는 말한다. **조금만 더 있다 가렴. 아직 프레첼도 안 먹었잖아.** 그럴 때마다 내가 오스먼드에게 신호를 보내면서, 시간이 너무 늦었다고 말해도 그는 못 본 척 한다. 남편은 불쌍한 자기 엄마에게 약했다. 시아버지가 돌아가신 뒤로 시어머니는 일이 있을 때마다 자기 남편에게 하듯 어리광 부리는 목소리로 우리에게 전화를 걸었다. **오스먼드, 세금 신고서가 날아왔어. 너도 알다시피 내가 숫자에 약하잖니. 엄마는 뭐가 뭔지 도통 모르겠으니, 네가 와서 한번 봐주지 않을래?** 그럼 오스먼드는 자기 엄마한테 바로 달려가 오후 내내 세금 신고를 해준다. 그동안 시어머니는 케이크와 커피를 주면서 자기 아들을 어르고 달랜다. 아낌없이 칭찬을 퍼붓는다. 사실 시어머니야말로 아들이 없다면 아무것도 할 수 없으니. 그러면 오스먼드는 자랑스럽게 웃으며, 자신의 봉사에 대한 보답으로 어머니가 구워준 케이크나 달콤한 빵 같은 것을 먹는다. 그들은 그렇게 봉사와 직접 구운 빵을 맞바꾸며 서로 이야기를 나눈다. 만일 내가 두 사람 사이의 그런 소통을 안 좋게 여기는 것처럼 보이면 오스먼드는 불쾌한 티를 낸다. 나는 그런 행위들이 사랑에 기인한다고 생각하지 않는다. 그런 것이 자신을 아끼는 사람들을 위해 하는 일이란 말인가? 그래서 그들을 그대로 내버려둔다. 이제 그만 집으로 돌아가야한다고 말을 꺼냈을 때 오스먼드도 따라나서게끔 최선을 다할 뿐이다. 그가 나를 무시해도 그저 웃으며 참는다. 비록 집으로 돌아오는 차 안에서 화가 치밀어 한숨을 내쉴 수밖에 없기는 하지만. 우리는 이렇게 또 다시, 이 늦은 시간에 집으로 돌아가는 차 안에 있다.

    차를 타고 돌아오는 내내 시위하듯 아무 말도 하지 않는다. 하지만 우리가 링비엔을 벗어나자, 오스먼드가 갑자기 나를 돌아봤다.

    "오늘 자기 정말 예쁜 거 알아?" 그가 내 허벅지 위에 손을 올리며 미소 지었다.

남편의 예상치 못한 상냥함은 우리가 차를 타고 푸른 불빛을 향해 가는 동안에도 계속 남아 있다.

"저게 뭐야, 엄마?" 뒷자리에 있던 루카스가 묻는다.

아이는 평소 구급차만 보면 흥분했지만, 지금은 우리가 느끼는 불안을 감지한 모양이다.

"화재경보기 오작동일거야." 내가 말한다.

"어쩌면 고양이 시체가 또 나왔을지도 몰라." 엠마가 말한다. 나는 루카스를 놀라게 하지 않기 위해 딸애의 이름을 날카롭게 부른다. 지금까지 루카스의 귀에 고양이 이야기가 들어가지 않게 막아왔기 때문이다.

하지만 우리가 가까이 갈수록 불빛은 더 강해진다. 밤나무를 지나자, 번쩍이는 푸른색 경광등을 밝힌 채 길가에 서 있는 첫 번째 경찰차가 보인다. 그 뒤로는 두 번째 경찰차가, 우리 아파트 대문 옆에는 세 번째 경찰차가 서 있다.

"우리 집 앞에 서 있는 거야?" 내가 묻는다.

"잘 모르겠어." 오스먼드가 몸을 앞으로 내밀며 말한다. "아무래도 그런 것 같은데."

우리는 더 이상 아무 말도 하지 않는다. 세 번째 경찰차는 천천히 대문을 통과해, 다른 경찰차 두 대 중 한 대 옆에 멈춰 선다. 경찰차들은 사이렌을 끄고 경광등만 번쩍거리며 서 있다. 소리 없이 끈질기게 깜박거리는 불빛들. 경각심이 더욱 강해진다. 오스먼드는 차를 세운다. 서 있는 세 대의 경찰차 뒤로 구급차가 보인다. 구급차 역시 사이렌은 울리지 않은 채 밤하늘 아래 푸른 불빛만을 번쩍거리고 있다. 가만히 그 자리에 앉아, 집을 쳐다본다. 아무도 말을 꺼내지 않는다.

정복을 입은 경찰이 주차된 차들을 지나 우리 쪽으로 다가온다. 그는 천천히 걸어온다. 경찰의 몸짓에서는 긴급함도, 다가올 위기감도 전혀 보이지 않는다. 오스먼드가 운전석 창문을 내리자, 그 경찰이 우리 쪽으로 몸을 숙인다.

"어떻게 오셨죠?" 경찰이 묻는다.

"여기 주민입니다만." 오스먼드가 말한다.

"무슨 일이 생겼나요?" 내가 핸드브레이크 쪽으로 몸을 내밀며 묻는다. 경찰이 목소리를 가다듬는다.

"아파트에서 시신이 발견됐습니다."

우리 모두 그 말의 무게를 느낀다. **시신이 발견됐다.** 마치 낯선 사람이 정원에 쓰러져 있기라도 한 것처럼 말하지만, 그게 아니다. 이미 알고 있다. 걱정할 만한 일이 벌어진 것이다. 내가 앉은 자리에서 오스먼드가 앉아 있는 운전석 쪽으로 상반신을 내밀자, 아파트가 잘 보인다. 우리 집은 불빛 없이 깜깜하다. 사만과 자밀라의 집 역시 마찬가지다. 하지만 니나와 스베인의 집 그리고 요르겐과 메레테의 집에는 불이 켜져 있다.

"정말요?" 오스먼드가 묻는다.

"유감스럽게도 그렇습니다." 경찰이 대답한다.

그 경찰은 사각턱에 면도를 하지 않았다. 미국 영화에 나오는 경찰처럼 강하고 날카로워 보인다.

"어디서요? 어디서 시신이 발견됐죠?" 내가 묻는다.

하지만 나는 이미 답을 알고 있다. 주말 내내 위층에서 발소리가 들리지 않았다. 문자 메시지에도 답이 없었고, 현관문도 굳게 닫혀 있었다. 그의 집 복도에 서 있을 때는 몸에 소름이 돋았었다.

"맨 위층, 오른쪽 아파트에서 발견됐습니다." 경찰이 대답한다.

오스먼드가 나를 돌아본다. 믿을 수 없는 일이 일어났다는 듯 눈을 휘둥그레 뜨고 뭔가가 목을 조르기라도 한 것처럼 숨 쉬기가 힘들다. 마치 아이들을 찾아다니던 꿈속처럼. 나는 가만히 자리에 앉아 이 사태의 무게를 느낀다. 지금 들은 이 사건의 여파에 휩쓸리지 않기란 불가능하다. 이 일은 우리 모두에게 흔적을 남길 것이다.

그 순간, 루카스가 울음을 터트린다.

우리는 잔디밭에 그대로 서 있다. 루카스는 오스먼드의 품에 안겨 아빠 목에 얼굴을 파묻고 있다. 나는 엠마 옆에 서 있다. 우리는 아파트를 올려다본다. 우리 집 주방 쪽에 나 있는 긴 창문도 보이지만, 우리의 시선은 그 위쪽에 멈춰 있다. 그 집 창문을 통해 안에서 왔다 갔다 하는 사람들이 보인다. 가끔 주방 창문 위로도 사람이 보인다. 그들은 대부분 실루엣만 비치지만, 창문에서 멀리 떨어질 때면 얼핏 푸른색 정복 셔츠가 보인다. 엠마를 끌어당기기 위해 팔을 내민다. 처음에는 마지못해 끌려온 아이는 이제 온 몸을 내게 기대고 있다. 엠마는 내 품에 안겨 있다. 남동생이 아빠 품에 안겨 있는 것처럼.

우리 집 옆 아파트 창문으로 니나의 모습이 보인다. 실루엣만 봐도 알 수 있다. 가녀린 어깨, 작아도 탄탄해 보이는 몸집. 본인은 최신 유행 스타일이라고 하지만 사실은 그렇지 않은, 위로 솟구친 짧은 머리. 귀족처럼 보이는 긴 코. 너무 작아서 목에 가려 잘 보이지 않는 턱. 니나가 밖을 내다본다. 그의 시선에서는 정원과 도로가 제법 장관이겠지. 번쩍거리는 경찰차와 모여 있는 사람들. 아무래도 니나가 우리를 본 것 같다. 그가 손을 흔들지 않았기에, 우리도 손을 흔들지 않는다. 나로서는 어떻게 대처해야 할지 알 수 없기 때문이다. 순간 니나의 모습이 창문에서 사라진다.

"아무래도…." 오스먼드가 말한다.

"맞아." 내가 대답한다.

루카스가 이따금 코를 훌쩍거린다. 오스먼드의 목에 얼굴을 파묻은 채 내는 소리라 계속 울고 있는 것인지, 이제는 그친 것인지 알 수가 없다. 나는 엠마를 좀 더 꼭 끌어안는다.

공용 출입구가 열리고 니나가 우리 쪽으로 다가온다. 나는 그가 다가오는 모습에서, 지금처럼 결의에 찬 모습으로 걷는 모습을 보는 것은 처음이라는 인상을 받는다. 적당히 찡그린 얼굴과 진지한 표정은 완전히 흥분한 것 같지는 않지만, 니나는 평소와는 다른 에너지를 뿜어내고 있다.

그는 내 앞에 다가와 나를 끌어안는다. 예전보다 훨씬 진한 향수 냄새가 난다. 니나는 나를 세 번 정도 다독거린 뒤 품에서 놓아준다. 내 얼굴을 보려는 듯 어깨를 계속 붙잡고 있다. 니나가 내 표정을 살피더니 내가 아이라도 되는 것처럼 말한다. 오, 리케. 뭐라고 말을 해야 할지 알 수가 없다. 아직까지는 아무것도 알 수가 없다. 모든 것이 순식간에 지나가는 듯 느껴진다. 마치 특별히 생생한 환상이나 악몽처럼. 눈을 깜박이면 모두 사라지겠지. 정원도 예전 모습으로 돌아갈 것이다. 푸른 불빛, 사람들, 전체적인 고요함, 긴장된 상황은 아무것도 아닌 것으로 사라질 것이다.

니나가 고개를 젓는다.

"이게 무슨 일이래요. 정말 끔찍한 일이에요. 스베인한테도 말했지만 믿을 수가 없어요. 정말 믿을 수가 없다니까."

"정말 그래요." 내가 대답한다.

나로서도 믿을 수 없는 일이다. 심지어 아무 말도 할 수 없다. 하지만 믿을 수 없다는 말과 다르게, 니나는 이 사실을 믿을 수 있는 모양이다. 저렇게 쉽게 말하는 것을 보면. 니나는 내 어깨를 놓은 뒤 오스먼드에게 다가가 나를 끌어안을 때보다 가볍게 안아준다. 그리고 남편의 품에서 훌쩍거리고 있는 아이를 한 번 보고 엠마를 돌아본다.

"너도 있었구나, 엠마." 니나가 말한다.

그는 엠마의 머리를 쓰다듬으며 깊은 한숨을 내쉰다. 엠마가 니나를 쳐다본다.

"필리파는 어디 있어요?" 엠마가 묻는다.

경찰이 우리 차 안에 '시신이 발견됐습니다'라는 불길한 씨앗을 뿌린 뒤로 처음 듣는 딸의 목소리다.

"내가 알기로는," 니나는 자신이 알고 있는 수많은 정보를 모으기 위해 집중하는 것처럼 허공을 올려다본다. "메레테와 함께 다른 곳에 있을 거야. 두 사람 다 아직 돌아오지 않았거든. 물론 지금쯤은 이 소식을 전해 들었겠지만."

니나가 고개를 젓는다.

"이게 대체 무슨 일인지. 불쌍해라. 정말 끔찍한 일이야."

"이번 일은…." 나는 말을 꺼내지만, 더 이상 잇지 못한다.

니나가 나를 쳐다본다. 눈에는 경계심이 가득하고, 준비가 돼 있다. 그가 도와줄 수 있는 것은 질문에 대답하는 것밖에 없다. 하지만 더 이상 아무것도 묻고 싶지 않다. 적어도 정원에서, 가족들과 함께 있는 이 자리에서 니나에게 더 알아내고 싶은 사실은 없다.

하지만 오스먼드는 그렇지 않은지, 질문을 한다.

"누군지 밝혀졌나요?"

"아." 니나가 다시 한번 정보를 모으는 듯 허공을 쳐다본다. "경찰 쪽에서는 아직 아무 말도 없어요. 그러니까 내 말은, 경찰들로서는 말할 수 없다는 뜻이에요. 하지만 요르겐밖에 없잖아요?"

구둣발에 가슴이 챈 듯 그 말이 나를 때린다. 하지만 아무 감정도 들지 않고, 이해할 수도 없는 상태에서 받은 이 충격으로 인해 쓰러지지는 않았다. 그 대신 누군가에게 실제로 걸어차이기라도 한 것처럼 숨을 가쁘게 몰아쉰다. 니나가 나를 쳐다본다.

"정말 끔찍한 일이죠. 경찰이 왔을 때, 스베인과 함께 거실에 가만히 앉아 있을 수밖에 없었어요." 니나가 동정하듯 말한다.

아무도 그 말에 대꾸하지 않는다. 우리는 아파트를 올려다본다. 니나도 돌아서서 아파트를 쳐다본다.

"여기서, 저 건물 안에서 이런 일이 일어나다니. 정말 이해할 수 없는 일이에요. 이 동네가 얼마나 안전한데. 스베인과 나는 이 동네에서 십오 년을 살았지만, 이런 일은 지금껏 한 번도 없었어요." 니나가 말한다.

심장에 뚫린 구멍이 아프다. 도저히 숨을 쉴 수 없을 것 같다. 조금 뒤 공황이 올 것 같은 느낌이 들자 안으로 들어가고 싶어진다. 니나로부터, 가족들로부터 떨어지고 싶다. 이 모든 일의 무게가 나를 내리칠 때 혼자 있고 싶다. 하지만 아직은 들어갈 수 없을 것 같다. 아무도 우리에게 건물 안으로 들어가도 된다고 말해주지 않는다. 그때 공용 출입구가 다시 열리고 경찰이 밖으로 나온다. 우리를 보더니, 이쪽으로 다가온다.

정보를 교환하게 될 것이다. 우리가 누군지 말을 하면, 경찰도 우리에게 정보를 알려줄 것이다. 당연히 니나도 자신이 누군지, 우리에게 무슨 말을 했는지 말해야 할 것이고 경찰의 이야기를 통해 자신이 알고 있는 사실과 자신이 내린 결론이 맞는지 확인하고 싶겠지. 앞뒤에서 많은 말이 오갈 것이다. 견딜 수 없을 정도로 긴 시간을 버텨야 한다. 그래야 혼자 자리에 앉아 목덜미에 털썩 부딪쳐 올, 크고 검은 파도에 뒤덮일 시간을 갖게 될 테니까. 내가 언제까지 버틸 수 있을지, 맞서 싸우려면 내 의지가 어느 정도 있어야 하는지 알 수 없다. 이 모든 일이 빨리 끝나기만을 바라지만, 이미 그렇게 되지 않을 거라는 사실을 알고 있다.

경찰이 우리 앞에 멈춰 선다. 정말 놀랍게도 그는 거칠고 억센 동료와 전혀 닮지 않았다. 얼굴은 어려 보였고, 막 성인이 된 것처럼 둥글고 순진해 보인다.

"안녕하십니까." 경찰이 손을 내밀며 인사를 건넨다. "로빈 페테르센이라고 합니다. 오슬로 경찰서 소속이죠."

그의 손은 크고 하얗다. 내 앞으로 내밀어진 손을 보면서 내 몸이 뜻대로 움직여지지 않는다는 생각을 한다. 손이 자동으로 올라가 경찰의 손을 맞잡는다.

"리케 프리츠예요."

내 목소리는 차갑고 기계적이다. 내 목에서 나온 소리 같지 않다. 다른 사람들은 알아차리지 못한 것 같다. 로빈 페테르센은 오스먼드 그리고 니나와도 악수를 나눈다. 니나는 그와 이미 만났고, 사건 현장이 있는 아파트 아래층 왼편에 살고 있다는 말을 하면서 손짓을 한다.

놀랍게도 로빈 페테르센은 우리에게 밝고 친절한 목소리로 지금 바로 아파트에 들어가도 된다고 말을 한다.

"잠시 뒤에 댁으로 찾아갈 겁니다. 저녁 내내 댁에 계실 건가요?" 그가 묻는다.

오스먼드와 나는 고개를 끄덕인다.

"다행입니다. 그럼 댁으로 들어가셔서 자녀분들을 재우시고, 편하게 볼일을 보십시오. 잠시 뒤에 찾아뵙겠습니다." 로빈 페테르센이 말한다.

그는 우리를 지나쳐 대문에 세워져 있던 경찰차 쪽으로 간다. 우리는 서로를 쳐다본다. 오스먼드의 얼굴 역시 초췌해 보인다. 그가 말한다.

"그럼 이만 들어가보겠습니다."

우리는 몸을 움직인다. 루카스가 훌쩍거린다. 나는 엠마의 손을 잡는다. 아이의 손도 내 손처럼 차갑고 거칠다.

그런 일들이 있었던 뒤라 루카스를 재우는데 시간이 걸릴 거라고 생각했지만 〈아기 곰 보보 구출대작전 In the Forest of Hucky-bucky〉 한 페이지를 다 읽어주기도 전에 아이의 눈은 스르륵 감겼다. 내가 한 일은 아이의 숨소리가 천천히, 규칙적으로 변한 뒤에 조명을 끈 것뿐이다.

그럼에도 나는 여전히 밖으로 나가지 않고 루카스 옆에 누워 있다. 오스먼드의 발자국 소리가 들린다. 아마도 정리를 하는 것 같다. 옷가지들을 나른 뒤, 욕실에서 나온다. 엠마는 자기 방에 있다. 루카스에게 책을 읽어주고 있을 때 그 애의 방문이 닫히는 소리가 들렸다. 그 뒤로 아무 소리도 들리지 않는다. 엠마는 헤드폰을 쓰고 있을 것이다. 딸애가 괜찮은지 살펴봐야 한다. 침대 끝에 걸터앉아 아이의 말을 들어주는 것이다.

딸이 혼자 침대에 누워 겁에 질려 있을 때, 모든 일들에 대해, 나중에 생각해도 의지가 될 만한 좋은 이야기를 해줘야 한다. 하지만 내가 그 일을 할 수 있을 것 같지 않다. 오스먼드에게 무슨 말을 해야 할지도 모르겠다. 그냥 이렇게 루카스 옆에 누워 있는 것이, 크기와 시기, 멸종된 순서대로 벽 선반 위에 나란히 서 있는 공룡들의 경계심 가득한 시선 아래 잠자는 아들의 옆에 누워 있는 것이 낫다. 내가 어떤 반응을 보일지 확신이 선 뒤에 나가고 싶다. 그래야 주방 한복판에서 갑자기 울음을 터트리거나, 그와 비슷한 상황에 처하는 일을 피할 수 있을 테니까. 오스먼드가 의심할 거라는 생각은 하지 않는다. 그는 그런 사람이 아니다. 오스먼드는 나를 완전히 믿고 있다. 남편의 그런 자상함, 무조건적인 신뢰를 내가 이용한다는 것도 알고 있다. 설령 내가 눈물을 흘린다고 해도 오스먼드는 어떤 의심도 하지 않을 텐데. 그렇더라도 내가 우는 모습을 그가 주책없다는 눈으로 보는 것도 불편한 일이다. 차라리 지금 나를 뒤덮은 검은 파도를 완전히 통제할 수 있다는 확신이 설 때까지 남편을 보지 않을 것이다. 이 순간에도 그 검은 파도는 가끔씩 내 목구멍 안을 맴돌고 있다. 조금 전 정원에서 내 온 몸을 뒤덮을 때처럼 위협적이지는 않지만.

    공룡들의 그림자가 벽에 비친다. 나는 생각을 멈추려고, 당연한 결론을 내리지 않으려고 애를 쓴다. 요르겐은 미처 감지하지 못한, 언제라도 뇌를 마비시키거나 심장을 멈출 준비를 하고 몸속에 숨어 있던 질환으로 쓰러지지 않았다. 그랬다면 대문 옆에 경찰차 두 대가 서 있지도 않을 것이고, 수많은 경찰이 그의 아파트 안을 조사하고 있지도 않을 것이며, 경찰이 할 이야기가 있으니 우리 집에 찾아온다고 하지도 않았을 것이다. 하지만 지금 나는 그 사실을 받아들일 수 없다. 그런 결론을 내릴 수가 없다. 그렇게 되면 더 많은 의문이 이어질 테니까. 저 위에서 무슨 일이 있었는지, 그 일이 있었을 때 우리는 어디에 있었을지. 그가 스스로 한 짓인지, 다른 사람들이 저지른 짓인지. 50년대 건축가들이 만든, 벽이 얇은 공동주택에서 그것도 아래층 사람들이 평범한 일상을 영위하는 사이에 어떻게 바로 위층에서 이처럼 언급하기도 힘든 폭력이 자행될 수 있지? 그런 일들을 생각하고 싶지 않다. 적어도 지금은. 나는 루카스의 숨소리를 센다. 루카스는 아이기에 우리 아파트가 뒤집어질 정도로 큰일이 생겼는데도 이토록 평안하게 잠들 수 있나보다.

현관 벨소리가 울린 뒤에야 그 방을 나선다. 그 전에 아이의 이마에 키스하고 헝클어진 머리에 손을 올린다. 나는 조심스럽게 방문을 닫는다. 엠마의 방문은 굳게 닫혀 있고, 안에서는 아무 소리도 들리지 않는다. 심장을 찌르는 것 같은 아픔이 느껴진다. 내가 가봤어야 했다. 딸과 이야기를 나눴어야 했다. 엄마라면 그렇게 해야 했는데. 이제 늦었다. 우리와 이야기를 나누고 싶어 하는 경찰이 문 앞에 서 있다. 내 딸을 실망시켰다는 가책을 느끼며 무거운 발걸음을 옮긴다.

젊은 로빈 페테르센이 질문한다. 우리가 이야기를 하는

동안 사각턱을 가진 그의 동료가 아파트 안을 둘러본다. 그는 한참 동안 주방 창문 앞에 서서 뚫어지게 쳐다보더니, 창문 고리를 만지작거리면서 하나씩 열어본다.

로빈 페테르센은 식탁에 앉아 있고, 오스먼드와 나는 그 맞은편에 앉아 있다. 내가 나갔을 때 그들은 이미 주방에 있었다. 오스먼드가 경찰들에게 커피를 권했다. 로빈은 사양했지만, 사각턱을 가진 경찰과 나는 커피를 마시겠다고 했다. 그리고 우리는 자리에 앉았다. 오스먼드와 내 앞에는 커피 잔이 있고, 식탁 맞은편에 앉아 있는 로빈 앞에는 커피 잔이 없다.

"주말 동안 행적을 말씀해주시겠습니까?" 로빈이 말한다.

오스먼드와 나는 서로를 쳐다본다.

"음… 그러니까 우리가 실제로 무슨 일을 했는지 말해달라는 뜻인가요?" 오스먼드가 대답한다.

나는 목청을 가다듬는다.

"어제는 엠마의 연극 연습이 있어서, 같이 갔어요. 연습은 박케헤우겐 학교에서 했죠."

"나는 루카스를 데리고 베룸에 있는 친구한테 갔습니다. 종일 그곳에 있었어요." 오스먼드가 말한다.

"그러셨군요." 로빈이 어려운 퍼즐을 막 푼 어린아이처럼 눈부시게 환한 미소를 지으며 말한다.

오스먼드는 경찰에게 인정받은 것이 자랑스럽다는 듯 나를 쳐다보며 미소 짓는다. 로빈의 동료는 창문 하나를 잡고 덜그럭거리고 있다.

"시간이 중요합니다. 그러니까 제 말은 정확하게 기억하는 데 한계가 있겠지만, 가능한 최선을 다해주셨으면 좋겠다는 뜻입니다."

"연극 연습은 10시에 시작했어요. 오후 1시 무렵까지 그곳에 있었습니다. 그 뒤에 여동생을 만나기로 했는데, 약속이 취소됐죠. 그래서… 집에 돌아왔어요."

나는 그 말을 하면서 오스먼드의 시선을 피한다. 1시에 집에 돌아와서 몇 시간 동안 혼자 있었다. 딱히 이상한 일은 아닐 것이다. 나는 여기 사니까. 내가 원하면 언제든 집에 돌아올 수 있지 않은가?

"나는 9시 반쯤 집을 나섰던 것 같습니다." 오스먼드가 나를 돌아보며 묻는다. "그렇지, 리케? 그때쯤이었지?"

나는 고개를 끄덕인다. 거실 창문에서 덜그럭 소리가 난다. 사각턱을 가진 경찰이 그쪽으로 나갔기 때문이다.

"친구 집에 도착한 것은, 음, 10시쯤일 겁니다. 그리고 집에 돌아온 시간은… 그게 언제였지, 리케? 4시경이었나?"

그때 로빈의 동료가 거실 창문을 쾅 닫고 소리친다.

"이 창문은 보통 닫아두시나요?"

"네." 둘 다 동시에 대답한다.

"금요일과 토요일에도 닫혀 있었습니까?"

우리는 서로를 쳐다본다.

"그럴 겁니다." 오스먼드가 말한다.

"네, 아침에 환기한다고 잠깐 열기는 했지만, 오래 열어두지는 않았어요. 이십 분 정도 열어뒀을 거예요. 집을 나가기 전에 창문을 전부 닫았으니까요." 내가 대답한다.

그 경찰은 잠시 생각에 잠긴 듯하다. 잠깐 침묵이 흐르더니, 다시 창문에서 덜그럭거리는 소리가 나기 시작한다.

"금요일에는 뭘 하셨습니까?" 로빈이 묻는다.

"우리 둘 다 일을 하러 갔죠. 유치원에 들러 루카스를 데리고 4시 반경 집으로 돌아왔습니다. 엠마는 학교를 마치고 친구와 함께 있다가 5시쯤 집에 왔어요. 리케도 그쯤 돌아왔던 것 같은데?" 오스먼드가 말한다.

"5시 반에 돌아왔어." 내가 말한다.

"그래, 그때가 5시 반이었지. 그리고 저녁 내내 집에 있었습니다. 피자를 먹고, TV를 봤어요. 아이들을 재운 뒤에는 영화를 봤습니다. 그게 제목이 뭐더라?"

로빈이 미소를 짓는다. 그에게는 우리가 무슨 영화를 봤든 상관없을 텐데. 나는 어깨를 으쓱하지만, 오스먼드는 포기하지 않는다.

"제목에 숨결 같은 것이 들어갔지?" 오스먼드가 묻는다.

"별로 중요한 거 아니잖아." 내가 말한다.

"그럼 오늘은 무슨 일을 하셨나요?" 로빈이 묻는다.

"오늘 아침에는 집에 있었어요. 그러다 12시경에 베룸에 계신 시어머니를 뵈러 갔죠. 루카스가 낮잠을 자게 된다면 거기서 잘 수 있게 말예요. 집에 돌아왔을 때는 이미 경찰 분들이 계셨고요. 우리가 집에 돌아왔을 때가 7시쯤이었던 것 같은데?"

시간과 상황을 받아 적느라, 로빈의 펜이 빠르게 수첩 위를 움직인다.

"탕겐 가족은 언제 마지막으로 봤습니까?" 로빈이 묻는다.

"금요일 아침에 계단에서 메레테와 마주쳤었죠. 필리파도 함께 있었어요. 메레테가 짐을 싸는 중이라고 했으니 여행을 갔을 겁니다." 오스먼드가 말한다.

"부인은요?" 로빈이 내게 묻는다. 나는 기억을 더듬는 것처럼 먼 곳을 응시한다. 그러면서 요르겐이 주말 내내 집에 혼자 있을 거라고 한, 금요일에 받은 문자 메시지를 떠올린다.

우리의 마지막 연락. 경찰은 바로 그것을 묻고 있다. 문자 메시지를 언급하지 않는다면 이상하고 부자연스럽게 여기겠지. 경찰한테 그 문자 메시지에 대해 말해야 한다. 그리고 내가 토요일에 보냈던 문자 메시지와 답장을 받지 못했다는 이야기도다. 중요한 사안일 수도 있다. 하지만 내 옆에 오스먼드가 앉아 있다. 만일 지금 그 문자 메시지에 대해 언급한다면 로빈은 메시지를 보여 달라고 요청하겠지. 가방에 들어 있는 휴대폰을 꺼내 그 문자 메시지를 찾은 뒤 여기 있는 사람들, 로빈과 그 동료, 오스먼드에게 보여주기 위해 식탁 위에 올려놓아야 할 것이다. **주말 내내 집에 혼자 있을 거야.** 그가 그렇게 썼던가? 혹시 더 노골적으로 쓰지는 않았던가? 그리고 그 문자를 보면 요르겐이 내게 왜 그런 문자를 보냈는지 궁금하게 여길 것이다. 그럴 경우 뭐라고 대답한단 말인가?

그래서 나는 생각한다. 로빈이 물어본 것은 마지막으로 그들을 언제 봤냐는 것이다. 그들을 본 것. 마지막으로 그들 중 누군가를 봤을 때. 그러니 엄밀히 말하면 문자 메시지는 관계없다.

"지난 주중에 계단에서 요르겐을 본 적이 있어요. 그리고 로센센테레트 쇼핑센터에 있는 슈퍼마켓에서 메레테와 필리파와 마주친 적이 있고요. 지난 수요일이었던 것 같네요." 내가 말한다.

어려울 것이 없다. 로빈은 수첩에 그 사실을 받아 적고, 오스먼드는 아무것도 모른다. 물론 문자 메시지 문제는 이대로 해결되지 않고 다시 튀어나올 것이다. 사실 내가 먼저 꺼내야 하는 일이다. 누군가 요르겐의 휴대폰을 발견하기 전에 로빈이나 그 동료를 끌고 가서 말해야 한다. 그들에게 내가 저지른 죄를 은밀히 털어놔야 한다. 오스먼드 앞에서 그 문자 메시지에 대해 말하지 못한 점은 이해해주겠지. 비난할 만한 일이지만, 이해 못할 일은 아닐 테니. 그리고 어찌 됐든 그것은 범죄가 아니다. 적어도 법적으로는 그렇다. 경찰들에게 말해야 한다. 지금이 아니라, 나중에. 온라인으로 로빈의 번호를 찾아 직장에서 그에게 연락할 것이다. 내일이나, 아니면 다른 날에. 아무래도 시간이 좀 필요하다.

로빈의 동료가 거실을 다 살펴본 모양이다. 그는 다시 주방 창문을 손가락으로 만지작거리며 조사한다. 로빈이 펜을 내려놓더니 우리를 차례로 쳐다본다. 그의 동그란, 어린아이 같은 얼굴이 진지해진다. 그 모습에 로빈 페테르손은 나쁜 소식을 들으면 많이 당혹스러워하는 남자인 것 같다는 생각이 든다. 그도 경찰 일이 아주 힘들다는 사실을 알게 됐을 것이다.

"두 분께 알려드리고 싶은 것이 있습니다." 로빈이 무거운 목소리로 말한다. "시신으로 발견된 남자는 45세에서 50세 사이로 보입니다. 아직 신원이 파악되지 않았기에 누구라고 말씀드리고 싶지는 않습니다만… 여러 가지 정황상 지금까지 우리가 이야기했던 사람일 것으로 보입니다."

우리는 로빈의 말을 알아듣는다. 그리고 나는, 이미 알고 있었다. 비록 다른 방식으로, 무의식적으로 인지하고 있던 것이기는 했지만. 내 가슴에서 솟구친 검은 파도가 입천장에 부딪쳐 부서지면서 흐느낌이 새어나온다. 오스먼드는 나를 쳐다보지만, 손을 잡아주지 않는다. 나는 울음을 삼키고 또 삼킨다. 더 이상 흐느낌이 새어나오는 것을 원치 않기에. 하지만 이제 또 다시 그 파도가 나를 완전히 뒤덮어버릴 것임을 느낄 수 있다. 더 이상 주방에 있을 수 없다. 댐이 무너지는 모습을 남편에게 보이고 싶지 않다.

경찰들은 집을 나서기 전에 다른 창문들도 살펴보기를 원한다. 오스먼드가 그들을 침실로 안내한다. 나는 복도에 놓여 있던 운동용 가방을 발견하고, 욕실로 들어가 운동복으로 갈아입는다. 거울에 비친 내 모습을 보지 않기 위해 조심한다. 그림자처럼 곁눈질로 어렴풋이 내 모습이 보인다. 어떤 경우에도 내 눈을 마주보고 싶지 않다. 다시 복도로 나와 조깅용 점퍼를 찾아 입은 뒤 운동화의 신발 끈을 맨다. 이제 경찰들은 아래층의 복도 끝에 있는 창문을 살피고 있다. 나는 계단 위에서 그들을 내려다보며 말한다.

"좀 뛰고 올게."

세 남자가 돌아본다. 오스먼드는 이해할 수 없다는 표정으로 나를 쳐다본다.

"지금?"

"응."

나는 가볍게 말하려고 애쓴다. 순간 오스먼드와 로빈이 비슷해 보인다는 사실을 알아차린다. 오스먼드는 로빈처럼 어린아이 같지 않지만. 두 남자 모두 순진한 얼굴을 하고 있다. 나란히 선 두 사람을 보고 있으니 로빈이 오스먼드의 동생 같다.

"지금은 밖에 나가지 않는 편이 좋을 것 같습니다만." 사각턱을 가진 경관이 말한다.

나는 양팔을 축 늘어뜨린 채 서 있다. 지금처럼 밖이 깜깜할 때 밖에 나가서 뛰고 싶다고 하는 것이 이상해 보이겠다는 사실을 깨닫는다. 더군다나 미친 살인마가 동네를 배회하고 있을지도 모르는데. 남편과 함께 편안하고 안전한 집에서 쉬어야 할 상황에 무슨 이유로 밖에 나간단 말인가? 목이 꽉 조이면서 메여온다. 파도가 나를 뒤덮으려 한다. 더 이상 그 감정을 억누를 수 없을 때 사방이 막힌 이곳에 있고 싶지 않다. 하지만 나는 경찰의 말을 무시하지 못한다.

"알겠어요." 내가 말한다.

나는 욕실로 돌아간다. 순간 미처 주의를 기울이지 못해, 거울에 비친 내 얼굴이 어떤 상태인지 보게 된다. 하나로 묶은 머리는 머리카락이 다 빠져나와 있고, 커다랗게 뜬 눈에는 공포가 가득하다. 나는 샤워기를 세게 튼다. 샤워기에서 뿜어 나온 물살이 타일에 부딪치는 소리가 소음을 죽여주기를 바라면서. 욕실 바닥에 주저앉아, 수건으로 입을 틀어막고 발작적으로 터트린 울음소리가 밖에 들리지 않기를 바라면서.

요르겐은 자신이 다녔던 여행에 대해 이야기하기를 좋아했다. 위험하고 아슬아슬한 경험일수록 사람들에게 이야기하는 것을 즐겼다. 임무 수행 중 죽음에 가장 가까이 다가가는 일이 그의 동료들 사이에서 일종의 경쟁 같다는 느낌이 들 정도였다. 이런 맥락에서 보면 요르겐이 이십대 초반이었을 때 떠났던 첫 번째 여행에서 목숨을 잃을 뻔 했던 사건 역시 아주 극적이라고 할 수 없다. 하지만 나는 그 이야기가 제일 기억에 남는다. 왜냐하면 평소 보던 것과 달리 그가 이야기꾼으로서의 열정을 전혀 찾아볼 수 없게, 내키지 않는 듯 아주 뻣뻣하게 이야기했기 때문이다. 사실 나는 요르겐이 그 이야기를 내게 해줄 마음이 없었다고 생각한다. 우리는 런던 캠든타운의 술집에서 각자 위스키를 앞에 두고 푹신한 안락의자에 앉아 있었다. 그 특별한 장소에는 위스키가 어울리는 것 같았다. 나는 요르겐이 막 받은 상[賞]에 대해 이야기했다. 정말 대단한 일이라고 생각했으니까. 하지만 요르겐은 그 상황이 불편해 보였다.

그래서인지 특별한 이유 없이 그가 그 이야기를 해줬다. 이야기를 시작하기 전, 요르겐이 마음을 다잡던 모습과 이야기하는 동안 나를 거의 쳐다보지 않던 모습이 기억난다.

    그 이야기는 사라예보 외곽 어딘가, 그가 알고 지내는 보스니아 기자 그리고 그 기자의 부인과 함께 차 안에 앉아 있는 것에서부터 시작했다. 설령 요르겐이 전부 다 이야기했다고 해도 그들이 정확히 어디로 가고 있었는지 알지 못했다. 어쨌든 그들이 타고 있던 차는 고장이 났다. 여행 내내 엔진이 말썽이더니, 결국 시내에서 떨어진 도로 한복판에서 퍼지고 말았다. 세 사람은 상황을 살피기 위해 차에서 내렸다. 기자는 욕설을 내뱉었다. 예비 부품을 구하기 어려웠기 때문이다. 결국 그들은 도움을 청하려고 전화를 쓸 수 있는 카페를 찾아보기로 했다. 기자의 아내는 길을 걸어가는 동안 주위를 재빨리 살폈다. 요르겐은 그의 기운을 북돋아주고 싶어 모든 일이 잘 될 거라는 의미의 말을 건넸다. 그러자 기자의 아내가 그를 쳐다보며 뭐라고 중얼거렸다. 무슨 말인지 못 알아들은 요르겐이 다시 말해달라고 청하자, 그가 말했다. 이곳은 안전하지 않다고.

    멀리 가지 않아 총알이 비처럼 퍼붓기 시작했다. 요르겐은 총격에 관한 부분을 눈에 띄게 대충 이야기했다. 그는 손에 들고 있던 위스키 잔을 쳐다보며 말했고, 나는 괜한 질문으로 이야기를 방해하면 안 된다는 생각에 아무 말도 하지 않았다. 이 이야기의 길이는 정확히 그가 원하는 정도에 따라 결정될 테니까. 어떤 경고도 없이 쾅쾅거리는 소리와 함께 그들 뒤에 있던 건물 벽에 금이 갔다. 그리고 그들은 그 한복판에 서 있었다. 세 사람은 본능적으로 길가에 세워둔 고장 난 차 뒤로 몸을 숨겼다. 기자 부부는 보스니아어로 미친 듯이 이야기를 주고받더니, 부인이 옥상 쪽을 가리키며 손짓했다. 주위에서 총성이 울려 퍼졌지만 요르겐은 자신들이 제법 잘 숨어 있다고 생각했다. 총격범들도 점차 그들에게서 멀어지는 것 같았다.

바로 그때 근처 옥상에서 총알이 날아왔다. 그 총알은 요르겐의 귓불에서 몇 센티미터 떨어지지 않은 곳을 지나쳤고, 목에서 깊은 쉰 목소리가 나왔다. 그는 아스팔트 위에 엎드렸다. 그들이 숨어 있던 차의 뒤쪽이 날아가, 차체는 한 사람만 겨우 몸을 숨길 수 있을 정도로 남았다. 요르겐은 그 밑으로 몸을 던졌다. 그 이야기를 할 때 요르겐의 눈빛이 흔들렸다. 한 사람만 숨을 수 있는 공간이었기에 그는 자신의 목숨을 구하고자 다른 사람들을 밀어버린 것이다. 차 밑에 들어간 요르겐은 뭔가 우지끈거리는 소리와 쾅쾅거리는 소리를 들을 수 있었다. 차 밖에 있던 기자가 고통에 찬 비명을 질렀다. 요르겐은 몸을 더 바짝 숙이며, 양손을 꼭 쥐었다. 그는 눈을 감았다. 죽음을 확신하고서.

그의 이야기는 거기서 끝났다. 요르겐은 세 사람 모두 살아남았다고 했다. 당시 그 기자는 다리에 총을 맞아 병원에 실려 갔고, 요르겐은 그 친구들과 더 이상 연락을 하지 않아 그 뒤로는 어떻게 됐는지 알지 못한다고 했다. 하지만 그 후일담은 사실이 아닐 것이다. 그가 망가진 차 밑에 엎드려 눈을 꼭 감고 죽음을 기다렸다는 부분에서 이야기가 끝난 것으로 봐서는 요르겐은 런던에 있는 술집 안락의자에 앉아, 자신의 트레이드마크인 반쯤 사악해 보이는 미소를 지으며 술잔에서 시선을 뗐다. 이렇게 대화로 파트너들을 매혹시켰지만 나는 종종 그가 진심을 말하는지, 농담을 하는지 알 수가 없었다. 요르겐이 말했다.

"그 사건 이후로는 내게 오는 모든 것을 보너스로 여기게 됐지. 그때 죽었을 수도 있었는데, 죽지 않았어. 그러니 언제 어떻게 죽어도 상관없고, 죽음을 기꺼이 받아들일 수 있을 것 같다는 생각이 들어. 이런 내 마음 알겠어?"

그때 나는 나만의 보너스인 루카스를 생각했다. 그래서 알 것 같다고 대답했다. 비록 나중에 다시 생각해보면 그렇지 않을 것 같기는 했지만. 그 이야기를 한 것은 그때가 마지막이었다. 그 직후 요르겐이 호텔로 돌아가자고 했다. 오슬로로 돌아온 뒤 한 번인가 두 번 정도 그 이야기를 다시 꺼내봤지만 그때마다 그는 내 질문을 거부하는 대신 다른 주제로 화제를 돌리면서 답을 회피했다. 나는 그때 요르겐의 눈 속에서 봤던 것을 떠올렸다. 그가 다른 사람들을 희생시켜 자신의 목숨을 구했을 당시를 말할 때 눈 속에서 뭔가가 일렁거리는 것 같았다. 요르겐은 그 이야기에서 어떤 이해를 얻고 싶었던 것일까? 그 이야기를 통해 자신의 무엇을 말하고 싶었을까? 그가 이제 와서 죽음의 벌을 받았다는 사실이 너무 갑작스럽고 충격적이다. 이십대 초반에 있었던 일이 이처럼 뒤늦게 연결될 수 있는 것일까? 이제 그의 인생은 끝났다. 그 모든 일이 의도됐을까? 나는 지금 욕실 바닥에 태아처럼 웅크린 자세로, 수건으로 입을 틀어막은 채 흐느끼고 있다. 90년대 사라예보에서 대낮에 총에 맞아 죽을 뻔했던 요르겐은 자신이 어떻게 죽더라도 상관없이 기껍게 받아들였을 것이라고 생각해본다. 아무래도 이렇게 알게 된 사실이 조금이나마 위로가 됐을 수도 있다. 그게 아니라면 적어도 누군가는 나에게 알려줬어야 한다고 생각했을지도 모른다. 하지만 그런 것이 아니다. 전혀 그렇지 않다. 대신 지금 막 벌어진 일을 비웃는 것처럼 느껴진다. 마치 요르겐이 바닥에 누워 있을 때 어떤 어둠이 그에게 자리 잡기라도 한 것처럼. 죽음을 속인 일에 대한 저주를 받은 것처럼. 그가 자기 집에 혼자 있을 때, 그것도 지구상에서 가장 안전한 장소 중 하나인 토센에서 끝내 그를 데려가고 말았다. 그리고 지금 나는 욕실 밖으로 울음소리가 새어나가지 않도록 수건으로 입을 틀어막고 있다. 마치 외부의 존재가 나를 괴롭히기라도 한 듯 내 몸이 뒤집어진 것 같고 아주 심하게 떨린다. 도저히 제어가 되지 않자 그냥 내버려둔다.

그런 뒤 옷을 벗고 샤워를 한다. 그 자리에 서서 사라예보 이야기를 생각한다. 그리고 그가 했던 이야기들 중 이전과 이후에 어떻게 됐는지 연결되지 않고, 그저 일어난 일들에 대한 언급만 살짝 있었던 이야기들이 얼마나 되는지 떠올려본다. 그날 저녁 호텔방으로 돌아간 그는 이불 속에 기어 들어가 울었을까? 그 이야기를 아무에게나, 그러니까 예를 들면 저녁을 함께 먹는 동료나 상사 혹은 엄마한테 전화로라도 털어놨을까? 이제는 알 수가 없다.

　샤워를 끝내고 나오니 경찰들은 돌아간 뒤였다. 오스먼드는 거실 TV 앞에 앉아 있다. 나는 빠른 걸음으로 그를 지나쳐 주방으로 들어간다. 남편 옆에 앉는 것을 피하기 위해 먹을 만한 음식을 찾으러 들어가는 것처럼 행동한다. 오스먼드는 나를 따라 오지 않는다. 바깥을 보니 경찰차들의 경광등이 꺼져 있다. 어두컴컴한 정원을 뒤로 하고 빵과 샌드위치에 들어갈 재료들을 꺼낸다. 그리고 먹고 싶지도 않은 빵 한 조각에 버터를 바르기 시작한다. 샌드위치를 먹으면서—당연히 먹을 수밖에 없다—어제 요르겐의 집에 들어갔던 몇 분 동안 뭘 했었는지 되짚어본다. 사만과 계단참에서 마주쳤을 때 어떻게 했는지도 생각해본다. 내가 요르겐의 아파트에서 나오는 모습을 그 사람이 봤던가? 사만은 내가 그 집에 들어갔었다는 것을 알고 있을까? 아니면 아무도 없는 집의 현관문만 두드렸을 거라고 생각할까? 나는 그 생각들을 밀어낸다. 더 이상 생각하고 싶지 않다. 적어도 지금은. 그때 사만은 내 말을 믿는 것처럼 보였고, 조금 뒤에 내게 달걀을 가져다줬다. 그와 동시에 직감적으로 알 수 있다. 만일 이런 내 생각이 틀렸다면, 그러니까 사만이 내가 그 집에서 나오는 모습을 봤다면 그때는 많이 곤란해질 것이라는 사실을.

　그날 밤, 나는 요르겐과 만나러 가는 꿈을 꾼다. 위층으로 올라가려고 하지만 해야 할 일들이 자꾸만 생기면서 방해를 한다. 내 휴대폰이 울린다. 화면에 그의 이름이 떠 있다. 나는 전화를 받고 말한다. 곧 올라갈게. 이 분이면 여기 일 다 끝나. 그의 대답을 기다리지 않는다. 마침내 요르겐의 집에 올라가 문을 두드리지만, 아무 대답이 없다. 나는 그 집에 들어가 거실 한복판에 선다. 안에 아무도 없다. 바닥에 요르겐의 휴대폰이 놓여 있다. 집 안은 깜깜하고, 내 눈에는 그 휴대폰 밖에 보이지 않는다. 하지만 나는 그곳에 누군가 있다는 것을 안다. 누군가 어두운 구석에 숨어 나를 지켜보고 있다.

술집의 웅성거리는 소리가 너무 커서 다른 사람들이 무슨 말을 하는지 잘 들리지 않을 정도였어요. 동료들은 테이블 쪽으로 몸을 내밀고 말을 했죠. 뭔가 재미있는 이야기가 나온 모양이었어요. 이야기를 끝내기도 전에 웃는 것을 보니 말예요. 예상대로 다른 사람들 역시 웃고 있었어요. 모두 평소보다 풀어진 모습으로 미소 짓고 있었죠. 술을 제법 많이 마신 모양이었어요. 나는 의자에 몸을 기댔어요. 나도 꽤 많이 마신 상태였으니까요. 귀 뒤쪽에서부터 피로가 조금씩 올라오는 것이 느껴졌어요. 아무래도 집에 돌아가야겠다는 생각이 들기 시작했죠. 더 이상 동료들의 대화에 귀 기울이지 않고 주위를 둘러봤어요. 술집에 있는 사람들을 그냥 쳐다보는 것만으로도 좋았죠. 립스틱을 바른 입술에 떠오른 미소들, 술잔을 드느라 고급 셔츠의 소맷부리 아래 내민 손들, 누군가 고개를 돌릴 때마다 흔들리는 길고 달그락거리는 귀걸이, 웃으면서 쓰다듬는 잘 다듬어진 수염.

그 사람은 카운터에 한쪽 팔을 기대고 선 채, 다른 남자와 대화를 나누고 있었어요. 한창 이야기를 하는 중인지 입가에 작은 미소를 띤 채였죠. 그의 이야기가 깜짝 놀랄 만한 전환을 하려는 징후였어요. 상대가 등을 돌리고 서 있어서 요르겐의 이야기를 어떻게 받아들이고 있는지 알 수가 없었어요. 그때 그 사람이 나를 봤고, 그러더니 말이 중간에 끊겼어요. 어쩌면 화제를 돌렸을지도 모르죠. 그는 미소를 지으면서 한쪽 손을 들고 흔들었어요. 같이 이야기를 나누던 남자도 내 쪽을 돌아봤죠. 얼굴을 보니 유명한 작가였어요. 혹시 중요한 것 같으면 그 작가가 누군지 말해줄 수 있어요. 그 작가는 나를 보더니 고개를 숙여 인사했어요. 그리고 두 사람은 다시 대화를 이어나갔죠. 나는 혼자 웃었어요. 동료들은 대화에 너무 깊이 빠져서 아무것도 알아차리지 못했죠. 어느 순간, 그 작가가 이야기를 할 때였는지 요르겐이 나를 쳐다보며 미소를 지었어요. 우리는 여기 있어, 그의 미소가 그렇게 말하는 것 같았어요. 마치 우리 두 사람, 그 사람과 내가 실제로 함께 있는 것 같았죠. 말이 되는 걸까요? 어떻게 설명해야 할지 모르겠어요. 우리는 서로를 잘 알지도 못하는데.

잠시 뒤에 나는 동료들에게 양해를 구하고 자리에서 일어나 요르겐에게 다가갔어요.

"안녕." 내가 인사를 건넸어요.

"안녕." 요르겐이 대답했죠.

그리고 그 사람이 나를 끌어안았어요. 그에게서는 청결한 냄새가 났죠. 알코올 냄새가 살짝 났지만, 향수나 애프터셰이브 로션 냄새는 거의 나지 않았어요. 요르겐은 끌어안기 좋은 사람이에요. 그 사람이 적당히 힘을 줘서 나를 끌어안자 단단한 상체 윤곽이 느껴졌죠.

요르겐이 작가 쪽을 돌아봤어요.

"이쪽은 리케예요. 우리는 같이 살죠. 그런 것이 아니기도 하고."

작가가 웃었어요. 나는 그와 악수를 나눈 뒤, 요르겐이 이미 소개해준 내 이름을 말했어요. 그 작가도 내가 이미 알고 있는 자기 이름을 말해줬죠. 그리고 나는 그 작가가 얼마 전에 출간한 책이 많은 논란을 일으켰다는 것을 알게 됐어요. 그 책을 안 읽은 사람이 없을 정도의 분위기였지만 나는 읽지 않은 상태였죠. 그 상황에서 나도 그 책을 읽었다고 말해야 하는지 고민이 됐어요. 그 작가가 약간 떨어진 곳에 서 있던 남자와 여자한테 고개를 돌리자, 요르겐이 내 쪽으로 몸을 내밀면서 귓가에 대고 속삭였어요.

"술 한잔할래요?"

나는 그의 제안에 대해 생각했어요. 원래 계획은 집으로 가는 것이었요. 좀 더 그곳에 있고 싶기는 했지만, 시간이 많이 늦은데다가 루카스가 자다가 깼을 가능성도 있었으니까요.

"그만 집에 가야할 것 같아요."

요르겐이 미소 지었어요.

"나도 갈 거예요. 조금 있다가."

우리는 그곳에 서 있었어요. 요르겐은 세금 포탈이 적발된 정치인에 대해 언론에 떠도는 이야기와 그날 자신과 함께 저녁을 먹은 사람들 중 한 명이 그 정치인을 공개적으로 지지한다는 사실이 어떻게 알려졌는지 말해줬어요. 디저트를 먹는 동안 그 사람이 그런 상황에서 세금 포탈을 완전히 받아들일 수 있었던 이유에 대해 열정적인 연설을 했다는 것도. 나는 그 이야기에 뭔가 맞서야 할 필요를 느끼며 웃음을 터트렸어요. 요르겐의 이야기를 보완할 일화나 의견을 말해야 할 것 같았죠. 그에 못지않게 나도 무시할 수 없는 사람이며, 현재 일어나고 있는 사안들과 시사 문제들을 잘 알고 사회정치적 맥락에서 따라가고 있다는 것과, 계획 경제에서부터 여피^{yuppie}들의 전성기, 노르웨이 지역 정책에 이르는 모든 것을 재치 있고 자연스럽게 내보이고 싶었어요. 마치 내가 이 자리에 속해 있는 것을 편안하게 받아들이고 있다는 듯이요. 하지만 아무 생각도 나지 않았어요.

"재미있네요." 결국 내가 할 수 있는 말은 이게 다였어요.

요르겐이 의자에 걸쳐 뒀던 재킷을 집어 들며 말했어요.

"이제 그만 가도 될 것 같군요. 집까지 같이 갈래요? 우리는 같은 방향이잖아요."

버스를 타러 가는 길에 요르겐은 내게 이것저것 물어봤어요. 아이들에 대해서, 카스타녜스빈겐에서 사는 것이 좋은지에 대해, 내가 하는 연구에 관해서. 연구를 통해 내가 뭘 알게 됐는지, 그 결과로 뭘 할 생각인지도 물었죠. 나에게는 술집에서 느꼈던 마비 상태, 그러니까 내가 흥미로운 사람임을 보여줘야 할 것만 같다는 느낌이 그대로 남아 있었어요. 단순히 책을 통해 얻은 영리함이 아니라, 뭔가를 읽고 관찰한 것을 기반으로 의견을 형성하며 그런 생각들을 말할 수 있는 적극적인 영리함을 보여주고 싶었다는 뜻이에요. 이를테면 **현재 보이는 우파 성향의 정치적인 변화는 재정 위기 때문에 비롯된 것으로, 우파가 종종 경기 침체 기간에 득세하는 것은 아마도 불확실성과 불안함으로 인해 우리가 한때 가지고 있던 것을 보존하고자 하는 보수적**

인 사고를 수용하는 경향이 강해지기 때문이라는 내용을 말하는 것이죠. 하지만 나는 그렇게 말하기가 어렵다는 것을 알게 됐어요. 내가 충분히 똑똑하지 않아서 그럴 수도 있고, 아니면 너무 피곤하기 때문일 수도 있겠죠. 내 대답은 짧고 따분했어요. 나란히 걸어가는 동안 그 질문들을 들었는데, 내 대답들은 너무 뻔한 것 같았어요. 그렇지만 적어도 그날 저녁 내 모습은 제법 괜찮아 보였을 거예요.

한편으로는 요르겐이 자신을 과시하기 위해 내게 그런 질문들을 하고 있는 것 같다는 생각도 들었어요. 자기가 남의 말을 잘 들어주는 사람이라는 것을 보여주기 위해서, 아니면 다른 사람들에게 관심이 많다는 것을 알려주기 위해서였을까요? 모르겠어요. 나중에 내가 요르겐을 더 잘 알게 됐을 때도 가끔 그런 생각이 들고는 했어요. 지금도 어떻게 생각해야 할지 확신이 들지 않아요. 요르겐은 사람들에게 관심이 많아요. 하지만 그와 동시에 자신이 다른 사람들의 이야기를 이끌어내는 데 얼마나 능숙한지 모두에게 알리고 싶다는 열망을 가지고 있는 것도 사실이죠.

우리는 버스 정류장에 도착했어요. 날이 제법 쌀쌀했어요. 가을과 겨울 중간 쯤의 날씨기도 했고, 자정이 다 돼가는 늦은 시간이기도 했으니까. 입김이 새어나오자 우리는 코트에 몸을 파묻었어요. 요르겐이 말했어요.

"어디서 자랐어요?"

"베룸이오. 롬메달렌의 숲속에서 자랐죠." 내가 대답했어요.

"롬메달렌." 요르겐은 시험 삼아 말하듯 중얼거리고는 싱긋 웃었어요.

"당신은요?" 내가 물었어요.

"오슬로 중심 지역에서 자랐어요. 볼텔뢰카 출신의 도시 소년이었죠. 형제자매가 있나요?"

"자매가 있죠. 당신은요?"

"남자 형제와 여자 형제가 있어요. 그 자매 분은 언니인가요, 동생인가요?"

나는 웃음을 터트렸어요. 그 사람은 내가 초점을 자신에게 옮기지 못하게 했어요. 사실 나는 여동생 이야기를 하는 데 관심이 없었거든요. 비록 동생에 대해 묻는 사람들이 많기는 했지만. 충분히 상상이 갈 거예요. 그렇다고 요르겐이 정보를 얻기 위해 물어봤다는 생각이 들지는 않았어요.

"동생이에요." 내가 대답했죠. 더불어 나도 포기하지 않았어요. "당신은요?"

"형과 여동생이죠. 부모님은 뭐라고 부릅니까?"

"우리 부모님 이름이 알고 싶은 거예요?"

이번에는 그가 웃음을 터트렸어요.

"이제 우리는 서로에 대해 많이 알게 된 것 같군요, 리케."

"그렇죠. 확실히 우리 부모님의 이름을 알지 못하면 나를 진짜로 알 방법이 없으니까요." 내가 말했어요.

요르겐이 나를 보며 싱긋 웃었어요. 갑자기 그 모습이 어린아이처럼 보였죠. 순간 정적이 흘렀어요. 요르겐과 나는 그 자리에 서서 서로를 보며 미소 지었죠.

"늘 궁금한 것이 많아서요." 요르겐이 말했어요.

"버스 온다!" 누군가 우리 뒤에서 외쳤어요.

우리가 돌아보자 이십대 초반으로 보이는 젊은이들이 우르르 이쪽으로 뛰어오고 있었어요. 맨 앞에 청년이 뛰어오고 있었고, 그 바로 뒤를 젊은 여자애가 쫓아오고 있었고, 그 조금 뒤쪽에서 또 다른 청년이 따라오고 있었죠. 맨 뒤에 따라오던 청년은 산타 모자를 쓰고 있었어요. 확실히 우리 옆 길 아래쪽에서 버스가 오고 있더군요. 처음 버스가 온다고 외쳤던 청년이 전속력으로 뛰어왔어요. 그 앞에 버스가 서자, 나는 요르겐과 함께 버스에 올라탔어요. 요르겐은 뒤에 오던 젊은이들이 마저 탈 수 있도록 양손으로 문을 잡아줬죠.

우리는 버스가 갑자기 출발할 경우 균형을 잃지 않기 위해 기둥을 잡은 채, 나란히 서 있었어요.

"뭐가 그렇게 궁금한데요?" 내가 물었어요.

"네?"

"늘 궁금한 것이 많다고 했잖아요."

"내가요?"

요르겐은 어깨를 으쓱했어요. 버스가 방향을 틀자, 내 몸이 그를 향해 쏠렸어요.

아파트 계단참에 이르자 우리 사이의 분위기는 달라졌어요. 사람들을 깨우지 않기 위해 목소리를 낮춰 말해야 했죠. 실제로 니나와 스베인이 우리 이야기를 들을 수 있다는 것을 절실히 느꼈으니까요. 니나가 바로 문 안쪽에서 귀를 대고 있는 모습이 떠올랐어요.

"가족들은 다 잠이 들었나요?" 요르겐이 물었어요.

"그러기를 바랄 뿐이죠." 나는 조용히 웃었어요.

요르겐은 내 웃음에 아무 반응도 보이지 않았어요.

"당신 가족들은요?" 내가 물었어요.

"집에 없어요. 나밖에 없죠."

어떤 기운이 우리 사이에 감돌았어요. 고급 가구와 부드러운 크림색 소파 그리고 비싼 와인이 있는, 텅 빈 위층 아파트. 그 모든 것이 가까이에 있었죠. 그 사람은 내게 정말로 뭘 바랐을까요?

"다행이네요. 푹 잘 수 있겠어요." 내가 말했어요. 뭔지 모를 위험에서 피해야 할 것 같다는 느낌이 들었어요.

"그렇죠."

우리는 조금 더 그 자리에 가만히 서 있었어요. 그는 내가 무슨 말이라도 하기를 원하는 것 같았어요.

"오늘 같이 와줘서 고마웠어요, 리케." 요르겐이 내 쪽으로 몸을 숙이며 말했어요.

그 사람은 술집에서보다 가볍게 나를 끌어안았어요. 우리의 뺨이 서로 가볍게 스쳤죠. 하지만 그가 내게 몸을 기대고 있었기에 나는 기대감에 숨을 크게 들이마셨어요.
 요르겐은 돌아서서 계단을 올라갔어요.
 "잘 자요." 그가 어깨 너머로 말했어요.

 집에 들어오니, 아파트 안은 깜깜했어요. 나는 문을 닫고, 그대로 기대섰어요. 머리 위로 요르겐의 발소리가 들렸어요. 거실을 가로질러 주방으로 들어가더군요. 그 사람은 발걸음마저 단정했어요. 나는 어둠 속에 그대로 서 있었죠. 숨이 가쁘고 뜨거웠어요. 내 몸의 모든 세포가 달아오르는 것만 같았어요.

월 요 일

사무실 밖 복도가 분주하다. 동료들이 출력지와 커피 컵을 모으고, 회의에 앞서 전달 사항을 전하기 위해 다른 사람들의 사무실에 들르며 바쁘게 오가고 있다. 머리가 무겁다. 간밤에 잠을 거의 자지 못했다. 나는 컴퓨터 앞에 앉아 이십 분 뒤에 시작할 월요일 회의에서 할 말을 만들기 위해 작업해야 할 서류를 쳐다보고 있다. 문서에 적힌 단어들이 스르르 사라진다. 마치 내가 그 뜻을 모르는 것처럼. 작은 사무실은 유리벽으로 돼 있어, 컴퓨터 화면 뒤에 숨어 피곤한 눈을 문지른다. 지난 밤 몇 번이나 루카스를 살피러 갔다. 문 뒤에서 뭔가 끔찍한 일이 기다리고 있을지도 모른다는 생각에, 두근거리는 마음으로 아이의 방문을 열었다. 하지만 루카스는 밤새 아무 일 없이 편안하게 잠을 잤다. 그런 뒤에는 집을 돌면서 현관문이 잘 잠겨 있는지, 안전 체인은 잘 걸려 있는지, 창문은 잘 닫혀 있는지 확인했다. 엠마의 방문 앞에도 두 번 정도 서 있었다. 딸의 침실에 있는, 지하실로 통하는 방화문이 잘 잠겨 있는지 확인하고 싶었지만 망설여졌다. 안에 들어가도 될지, 이대로 들어갈 경우 일종의 침해는 아닐지 고민이 됐다. 엠마는 이제 다 자랐고, 사생활을 지킬 권리가 있으니까. 하지만 그 애는 내 딸이다. 결국 나는 새벽 4시에 딸의 방문을 살짝 열고 조심스럽게 안을 들여다봤다. 엠마는 똑바로 누워, 얼굴 옆에 한 손을 올리고 입을 살짝 벌린 채 세상모르고 잠들어 있었다.

　방 안은 잘 정리돼 있었고 벽에는 포스터가 붙어 있었다. 내가 딸애 나이 때 방에 붙였던 남자 사진이 아니라 값비싼 옷을 입고 포즈를 취한 여자들의 사진이었다. 엠마의 친구들 역시 방을 비슷하게 꾸몄을 것이다. 소녀들이 자신이 좋아하는 것을 보는 것보다 다른 사람들에게 어떻게 하면 매력적으로 보일 수 있을지에 관심이 더 크다는 사실에 어쩐지 서글퍼졌다. 침대 위 선반에는 엠마와 친구 두 명이 같이 찍은 사진이 담긴 액자가 놓여 있다. 서로를 감싸 안은 소녀 세 명이 활짝 웃고 있었다. 사진을 찍을 때 종종 보이던 수줍음이 없는 모습이지만, 몇 년 전 사진이다. 그 사진 옆에는 엠마가 여덟 살이 될 때까지 매일 안고 자던 곰 인형이 놓여 있었다. 나는 소리가 나지 않게 발끝으로 걸어 들어가 방화문이 잘 잠겨 있는지 확인했다. 그리고 엠마의 침대 옆으로 다가갔다. 손의 위치와 표정 없는 얼굴을 보니 딸은 지금 꿈나라에 가 있었다. 그래서 아이에게 손을 댈 수 없었다. 협탁 위에는 〈서푼짜리 오페라〉 대본과 내가 예전에 쓰던 아이팟이 있었다. 아이가 자기 방에 혼자 있을 때 휴대폰이나 태블릿을 쓰게 하고 싶지 않았기 때문에 빌려줬다. 휴대폰도 태블릿도 좋지만, 혼자 있을 때 쓰는 것은 좋지 않다. 엠마가 우리와 함께 아이패드를 보는 것보다 혼자 낡은 아이팟을 쓰는 것을 좋아한다는 사실이 실망스럽기는 하지만.

　내가 엠마를 가졌다는 사실을 알게 된 것은 스물여섯 살 때였다. 원하던 연구원 자리를 막 얻은 시기였다. 경쟁이 치열했지만 면접을 아주 잘 봤기에 자신만만했다. 나는 젊었고 능력이 있었으며 어머니 세대에게는 방해였던 것들에 얽매이지 않는 새로운 유형의 여성이었다. 그런데 바로 그런 시기에 몸에 이상을 느꼈다. 생리를 하지 않았고 평소보다 피곤했지만, 그럴 리가 없지 않은가? 그때 나는 연구원 일을 본격적으로 시작하기 전까지 석사 학위를 땄던 연구소에서 교수의 연구 보조로 일하고 있었다. 결국 어느 날, 점심시간에 블린데른에 있는 약국에 가서 임신 테스트기를 샀다. 내가 그 봉투를 들고 있는 모습을 혹시 연구소에 있는 사람한테 들킬까봐 대학 도서관 화장실로 갔다. 그리고 검사 결과가 나오는 이 분 동안, 변기 뚜껑 위에 앉아 기다렸다. 결과가 나왔을 때 나는 믿고 싶지 않았다. 화장실에 앉아 속으로 중얼거렸다. 아니야, 아닐 거야, 안 돼, 아니야. 그때까지 한 번도 믿은 적이 없었던 창조주를 부르기 시작했다. 하느님, 저를 도와주세요. 하느님이 이 일을 해결해주셔야 해요. 이걸 최대한 빨리 내 속에서 꺼내주세요. 유산하는 사람들의 이야기를 많이 들어보셨잖아요. 어서요, 하느님. 조금이라도 책임을 져주셔야 하는 거 아닌가요?

내가 울면서 오스먼드에게 임신했음을 알리는 동안, 흐느낌으로 인해 온 몸이 떨렸다. 그는 현대 젊은이가 할 수 있는 모든 말을 했다. 당신이 선택해. 어떤 결정을 하든 당신을 따를 테니까.

"어떻게 그렇게 말할 수 있어?" 내가 외쳤다. 나한테는 소리 지를 상대가 필요했다. "나보고 선택하라고? 이 세포 덩어리는 내 것이기도 하지만 당신 것이기도 해!"

"당신 몸에 관한 일인데 내가 결정할 수는 없어." 오스먼드가 말했다.

"왜 못하는데? 그렇다면 이 일이 완전히 내 책임이라는 거야? 당신은 도덕적인 책임을 지지 않겠다는 거야? 내 인생에서 가장 어려운 결정을 나 혼자 내리라고?"

내가 느꼈던 절망감을 오스먼드도 느끼기를 원했다. 그도 똑같은 절망감을 느낄 필요가 있었다. 오스먼드가 말했다.

"우리는 오랜 시간을 함께 했어. 서로 사랑하고 있고. 언젠가는 가족이 될 사이잖아. 원래 계획은 지금이 아니었지만, 안 될 것도 없지 않을까?"

"내 일은 어떻게 하고?" 내가 소리쳤다.

"출산 휴가를 받을 수 있을 거야."

나는 내가 가진 모든 카드를 다 꺼냈다. 아직 완전히 확정됐던 것은 아니지만 우리가 떠나기로 했던 휴가 계획, 꿈꿔왔던 세계 일주 여행은 어떻게 되는 거냐고. 앞으로 우리가 기저귀나 유아차에만 신경 쓰게 되면 당연히 우리를 버릴 친구들은 어떻게 할 것인지. 내 몸에서 근육이 빠지고 살이 쪄서 영원히 망가지면 어떻게 할 것인지. 침대에서 보내던 토요일 아침들은 어떻게 되는 것인지.

오스먼드는 그 질문들에 차례대로 대답했다. 계획대로 하기는 조금 어려워질지 몰라도 여행은 언제든 갈 수 있다. 친구들을 잃을 일은 없을 것이고, 만일 이런 일로 태도가 변한다면 어차피 진정한 친구는 아닐 것이다. 내 몸은 다시 되찾게 되겠지만 살이 찐다고 해도 아름다울 것이며 아이를 낳은 후에도 여전히 사랑할 것이다. 그리고 토요일 아침을 침대에서 보내는 일은 앞으로도 계속 될 거라고 약속했다. 나는 믿을 수 없다는 눈으로 오스먼드를 쳐다봤다. 아이를 낳고 싶어 하는 그의 옆모습을 보자, 오스먼드가 내 등을 찌른 것 같은 느낌이 들었다.

"낳고 싶지 않아. 낙태할 거야." 내가 말했다.

"당신 마음대로 해." 오스먼드는 슬퍼 보였다. 그가 원하는 대로 해야 할 것만 같은 그 모습이 너무 미웠다.

하지만 막상 아이를 지울 수는 없었다. 그렇게 했다면 우리 두 사람은 어떻게 됐을까? 오스먼드에게 나를 위한 선택을 해달라고 부탁하면서, 나 역시 그의 뜻에 반하는 일을 할 수 없었다. 시간은 그 상태로 흘러갔다. 사실 오스먼드가 말한 것 중에 좋은 점들도 있었고 그것만큼은 나도 부정할 수 없었다. 그래서 나는 낙태 수술 예약을 계속 미뤘다. 10주가 지난 어느 날, 나는 오스먼드와 함께 TV 앞에서 피자를 먹다가 말했다.

"좋아. 아이를 낳을게."

오스먼드는 나를 끌어안더니 놔주지 않았다.

"하지만 앞으로 아기가 밤에 울면 책임져. 75퍼센트는 당신이 맡는 거야."

오스먼드는 약속했다. 하지만 그때 당시만 해도 그런 약속은 아무 가치가 없다는 사실을 우리는 알지 못했다.

지금 나는 전날 밤의 영향을 받고 있다. 머리가 무겁고 멍하다. 여느 때처럼 월요일 회의에는 모든 부서가 참석할 것이다. 각자 프로젝트에 대해 논의하고 서로에게 의견을 제시하고 도전할 것이다. 이런 회의들은 항상 길어지고, 웅성거림과 웅얼거림이 넘쳐나기 마련이다. 지금 내가 컴퓨터 화면에 띄워놓은 서류는 새 연구원을 충원하기 위한 자금을 요청하는 지원서다. 몇 주 동안 작업해왔던 것인데도 눈앞에서 글자들이 흩어진다.

결국 나는 지원서 작성 대신 인터넷을 검색한다. 창을 두 개 열어서 다른 사람의 발소리가 들리면 내가 뭘 보는지 다른 사람이 알지 못하게 지원서를 띄워놓는다. 나는 머리를 쓸어넘긴다. 너무 피곤해서 아무것도 할 수 없다. 지난밤에 조금이라도 잤으면 좋았을 텐데. 어제 저녁에도 너무 피곤했지만 자리에 누워도 온갖 생각이 계속 머릿속을 맴돌았다. 요르겐에게 받은 문자 메시지. 현행범으로 붙잡힌 듯 불편한 느낌으로 문 앞에서 돌아섰을 때 봤던 사만의 얼굴. 런던의 술집에서 들었던 요르겐의 목소리. **그 사건 이후로는 내게 오는 모든 일들은 보너스로 여기게 됐지.** 주방 조리대 위에 있는 달걀 두 개. 요르겐의 아파트의 불길한 분위기. 도저히 잠을 잘 수가 없었다.

이제는 금방이라도 잠들 것 같다. 머리만 대면 그대로 잠들 수 있다. 재킷을 돌돌 말아 책상 위에 올려놓고 베개처럼 베어볼까 생각한다. 사무실 벽이 유리만 아니었다면 그렇게 했을 텐데.

대형 신문사 웹사이트 중 한 곳의 헤드라인이 '토센의 죽음'이다. 내 몸이 움찔한다. 당연히 기사가 나오겠지만, 이렇게 빨리 나올 줄은 몰랐다. 비밀 유지 사안이 아니었나? 링크를 누른다. **어제 오후 5시경, 경찰 측에 따르면 토센의 한 아파트에서 시신이 발견됐다. 어제 저녁 경찰이 확인해준 바에 따르면 시신은 남자이며, 타살로 의심된다.** 이게 전부다. 그 기사를 읽는 동안에도 사무실 밖은 여전히 소란스럽다. 하마터면 조용히 하라고 말하고 싶을 정도다. 처음 두 문장이야 내 입장에서 새로울 것이 없지만 마지막 문장은 충격이다. **타살로 의심된다.** 우리 아파트는 벽이 얇다. 사건 현장은 내 가족들이 살고 있고, 잠자는 곳과 너무 가깝다. 그런데 뭐가 의심된다고?

지난 토요일에 내가 요르겐의 아파트에 들어갔을 때 받았던 느낌. 도대체 나는 왜 그랬을까? 초대받지도 않은 집에, 정확하게 말하자면 초대받지 않은 것도 아니라, 완전히 초대받은 것은 아닌 그 집에 왜 그런 식으로 몰래 들어갔지? 도대체 무슨 생각으로? 어째서 그렇게 해도 괜찮을 거라고 생각했을까? 위험할 수도 있었을까? 자세를 고쳐 앉는다. 손이 차갑게 느껴진다. 내가 그 집에 들어갔을 때 누군가 그 안에 있었던 것일까? 차마 아파트를 가로질러 열 수 없었던, 닫혀 있던 문 뒤에. 그 벽 너머에?

어떻게 해도 앉은 자리가 불편하다. 다리 위치와 상관없이 뭔가가 찌르거나 기어오르거나 따끔거리는 것 같다. 아직 로빈 페테르센의 전화번호를 찾아보지 않았다. 더 늦기 전에 빨리 연락해야 한다. 아무리 충격을 받았다고 해도 이런 일에 늦장을 부리면 부릴수록 더 안 좋게 보일 거라는 사실을 모를 정도는 아니다. 하지만 그 생각을 하자 속이 뒤틀린다. 뭐라고 말을 해야 한단 말인가? 그것도 그 나쁜 소식에 개인적으로 영향을 받은 것처럼 보이는 경찰에게?

사무실 문이 열리자, 나는 깜짝 놀란다.

"나 때문에 놀란 거야?" 동료가 묻는다.

"잠깐 다른 생각을 하고 있었거든." 내가 대답한다.

컴퓨터 화면에는 여전히 신문 기사가 떠 있다. 보려고 한다면 볼 수 있지만, 동료는 화면을 보지 않는다.

"회의 때 지원서 낼 거라고 했지?" 동료가 묻는다.

"그러려고 했는데, 두통이 좀 심하네. 잘 모르겠어. 아무래도 조퇴해야 할 것 같아."

"이런. 스트레스 때문이야?" 동료가 묻는다.

나는 생각에 잠긴 척 한다.

"그럴 수도 있겠다. 아니면 잠이 부족해서 그럴 수도 있고. 잘 모르겠네."

"금방 나을 거야." 동료가 사무실을 나간다.

동료가 나가자, 굳어 있던 어깨가 풀리는 것을 느낀다. 마치 죄책감이 내 온 몸을 뒤덮고 있는 것 같다. 여기서 중요한 것은 범죄가 일어났다는 점이다. 내가 저지른 짓에 대해 사람들이 뭐라고 말을 하든, 살인이 훨씬 심각하다. 사람들은 죄책감을 한 입 크기씩 나눠 각자 자신의 몫으로 공유할 수 있다는 것을 인정하고 싶어 하지 않는다. 아니, 잘 모른다. 지금 같은 상황에서 나에게는 죄가 있다. 살인은 아니더라도 또 다른 죄가. 그리고 나는 천진한 얼굴을 한 로빈에게 전화를 걸어 그 문자 메시지에 대해 말해야 한다. 알고 있다. 내가 요르겐의 아파트에서 나오는 모습을 사만이 보지 못했다고 확신할 수 없다면 그 일에 대해서도 말해야 한다.

하지만 망설여진다. 어쩌면 내 자신을 좀 더 다잡을 수 있을 때까지 기다려야 할지도 모른다. 현재 상태로는 내가 무슨 말을 하게 될지 아무도 모르니까.

휴대폰 소리에 또 다시 깜짝 놀란다. 너무 불안해서 자리에 가만히 앉아 있을 수가 없다. 문자 메시지가 왔다는 아이콘 옆에 자밀라의 이름이 뜬다. **좀 어때요? 나는 너무 큰 충격을 받았어요. 도저히 믿을 수가 없다니까! 커피 한잔하러 올래요? 오늘 집에서 일하니까 언제든 편할 때 와요!** 그 메시지를 여러 번 읽는다. 느낌표와 이모티콘이 가득하지만 평상시와 비슷해 보인다. 자밀라는 몹시 흥분한 상태로, 직접 만나 이야기를 하고 싶은 모양이다. 가능한 일이다. 내가 지금 자밀라를 보러 가면 무슨 말이든 들을 수 있다. 만일 사만이 내가 요르겐과 메레테의 아파트에서 나오는 것을 봤다면, 자밀라에게 그 사실을 말하지 않았을까. 더군다나 그 아파트에서 무슨 일이 일어났는지 알게 됐다면 틀림없이 그랬을 것이다. 만일 우리가 만났을 때 자밀라가 그 일에 대해 아무 말도 하지 않는다면, 사만이 그때 아무것도 보지 못했음을 확인하게 될 것이다. 어쩌면 달걀을 빌린 이야기를 끼워 넣어 자밀라의 반응을 확인해볼 수 있겠지. 경찰한테 연락하는 것은 그 뒤에 해도 될 것이다. 나는 자밀라에게 문자 메시지를 보낸다. **집에 가는 길에 들릴게요. 삼십 분쯤 뒤에 봐요.**

나는 회사를 나서기 전에 접수대 직원한테 들린다.

"두통이 너무 심해요." 내가 말한다.

"진통제라도 드릴까요?" 젊고 친절한 접수대 직원은 벌써 자기 핸드백을 뒤적거리고 있다.

"고마워요. 하지만 약은 벌써 먹었어요." 나는 거짓말을 한다. "출근 시스템에 병가로 올려줄 수 있을까요?"

카스타네스빈겐의 아파트를 사기 전에, 오스먼드와 나는 어디서 살 것인지 끊임없이 토론했다. 그 주제는 모든 대화 속에, 저녁 식사 자리의 침묵 속에, 무거운 쇼핑 가방을 들고 우리가 살고 있던 작은 아파트 계단을 오를 때마다 서로 나눴던 말투 속에 스며들어 있었다. 오스먼드의 친구들은 아이가 생기자 대부분 베룸으로 이사 갔다. 그들은 숲과 지하철 중간에 빽빽하게 들어서 있는 테라스식 주택을 샀다. 마치 새집 같은 그 집들에는 전면에 새 부리 같은 작은 정원이 붙어 있었다. 거주자들은 그 집에 들어가는 즉시 그곳에 트램펄린을 들여놓고는 했다. 그 집들은 쓸 만한 녹색 헝겊 조각이 붙어 있는 파란 버섯처럼 보였다. 작은 테라스에는 지나치게 큰 바비큐용 가스 그릴과 정원용 가구들이 밖으로 터져 나올 것처럼 가득 놓여 있다. 그들은 커다란 잔디 깎는 기계와 제설기를 구입했고, 주말마다 잡초를 뽑고 갈퀴질을 하며 주택 관리를 했다.

"그렇게 안 좋아 보여? 아이들을 생각해봐." 오스먼드가 물었다.

우리는 오스먼드의 어린 시절 친구 집에 놀러갔고, 그 집 베란다에서 와플을 먹었다. 그 친구 부부는 그 지역을 많이 칭찬하지는 못했다. 그래도 그들은 이곳이 가정 친화적이며 외곽이기는 해도 지하철이 있어서 언제든 원할 때 도심으로 나갈 수 있다고 말했다. 내가 주중에 도심으로 외식을 하러 나가는지 묻자, 그들은 서로를 쳐다보며 웃었다. 그들이 자주 나가지 못하는 이유는 아이들 때문이니 우리는 원하기만 한다면 얼마든지 나갈 수 있을 거라고 하며. 두 사람의 딸들이 트램펄린에서 놀자고 엠마를 데리고 나갔다. 우리는 베란다에서 아이들이 노는 모습을 지켜봤다. 그 집에 사는 아이들은 방방 뛰어오르며 온갖 재주를 다 보여줬다. 엠마는 나무 울타리에 기대선 채, 아무 관심 없다는 표정으로 그 아이들을 쳐다보고 있었다.

집으로 돌아오는 차 안에서 내가 말했다.

"나는 그런 상자 같은 집에서 살고 싶지 않아."

"우리가 사는 아파트는 상자 아닌가?" 오스먼드가 작은 샛길 중 한 곳을 빠져나와 도심으로 통하는 주요 간선 도로로 들어서며 말했다.

나는 일 년 전에 혼자 남게 된 시어머니를 생각했다. 시어머니는 조금 전 우리가 찾아갔던 오스먼드의 어린 시절 친구가 사는 테라스식 주택에서 차로 오 분 정도 떨어져 있는 커다란 빌라에 살고 있었다. 나는 그곳으로 이사 가게 되면 어떻게 될지 이미 알고 있었다. 아마 수도 없이 전화가 울리겠지. 방해해서 미안하다만, 이것 좀 도와다오. 저것 좀 도와다오. 내가 이런저런 일들을 잘 못하잖니. 오스먼드는 바로 자기 엄마한테 달려갈 것이다. 남편이 뭐라고 말할지도 안다. 불쌍한 우리 엄마. 당연히 도와드려야죠. 시어머니가 가까운 곳에 산다는 사실을 알게 된 것만으로 검은 먹구름이 나를 뒤덮고 있는 것 같았다. 시어머니는 우리 바로 옆에 있는 것처럼 느껴질 것이다. 그것도 끊임없이. 오스먼드에게 그런 말을 할 수는 없었다.

"나는 잔디 깎는 전동 기계 같은 것은 사고 싶지 않아. 정원을 망치는 민달팽이들을 신경 쓰고 싶지도 않고. 어디 갈 때마다 차를 타는 것도 싫어. 시내 나가가기 귀찮다고 저녁마다 집에 있는 소파에 앉아 넷플릭스만 보는 것도 싫고."

"당신 정말 속물이네. 나한테는 보고 싶은 만큼 넷플릭스를 볼 권리가 있어." 오스먼드가 말했다.

우리는 더 이상 말을 하지 않았다. 엠마는 뒷좌석에 앉아 창밖만 쳐다보고 있었다. 그 애 역시 아무 말도 하지 않았다. 나는 내 배를 내려다봤다. 아직까지는 옷을 입고 있으면 티가 나지 않았지만, 옷을 벗으면 배가 살짝 앞으로 나와 있었다. 우리가 살고 있는 아파트에는 방이 두 개 밖에 없었다. 그나마도 사실상 하나라고 보는 것이 맞았다. 엠마의 방은 너무 작아서 부동산 평가에서 방으로 인정받기 어려웠기 때문이다. 엠마는 여덟 살이었다. 이미 예전에 더 큰 아파트로 옮겼어야 했다.

시내로 접어든 뒤에 오스먼드가 말했다.

"좋아. 베룸으로는 가지 말자. 당신한테 강요는 하지 않을게. 됐지?"

그날 저녁 집으로 돌아온 뒤 엠마는 방에 들어가고, 우리는 비좁은 거실에 앉아 TV를 봤다. 오스먼드가 말했다.

"하지만 이사는 가야 해, 리케."

"알아. 좀 더 찾아보자." 내가 대답했다.

이 아파트가 베룸에 있는 오스먼드의 친구 집에 다녀오고 몇 달 뒤로 점점 더 씁쓸해지기만 했던 우리의 논쟁을 해결해줬다. 내 배는 더 이상 숨길 수 없을 정도로 부풀어 올랐다. 오스먼드는 정원을 원했는데, 그동안 우리가 봤던 집들은 내가 원하는 대로 도심에 가까웠지만 전부 다 작고 아스팔트로 둘러싸여 있었다. 바로 그때 그 광고를 보게 됐다. 토센에 있는 아파트. 네 가구가 살 수 있고, 집집마다 개조한 지하실이 붙어 있었다. 방이 세 개에, 정원을 나눠 쓰는 구조였다. 우리보다 부유한 사람들의 시각에서는 너무 작고 비실용적인 집이지만, 우리가 지금까지 살았던 집과 비교하면 충분히 넓고 실용적이었다. 우리는 풍광을 감상하며 사게네에서 걷기 시작해 볼슬뢰카를 지나 토센의 집과 정원 사이를 산책하듯 거닐었다. 그러다 카스타네스빈겐에서 박케헤우그베인으로 넘어가는 분기점에 서 있는 커다란 나무 앞까지 갔다. 그 집은 아파트로 개조된 건물 세 채 중 하나로, 건물 주위에 정원이 있고, 뒤에는 가파른 비탈길이 있었다. 나는 부동산 중개인이 준 전단지를 손에 쥔 채 주위를 둘러보고 있는 희망에 가득 찬 커플들 사이를 억지로 뚫고 들어가 주방 창문 앞에 섰다. 그 창문으로 정원을 내려다보면서 생각했다. 바로 여기가 우리가 살 집이구나. 오스먼드를 힐긋 쳐다보자, 그 역시 뭔가를 감상하며 고개를 끄덕이고 있었다. 오스먼드가 서 있는 곳에서도 보였다. 정원과 조용한 골목길. 평화로운 녹색의 정경. 사게네에서 도보로 십오 분 거리였고, 자전거를 타면 직장까지 더 빨리 갈 수 있었다. 가격이 비싸기는 했지만, 우리가 외출을 줄이고 식비를 조금 아끼고 휴가 비용을 줄인다면 가능했다. 우리는 서로를 쳐다봤다. 그 정도는 기껍게 받아들일 수 있었다.

지금 우리 아파트 앞에는 경찰차 두 대가 서 있다. 카스타네스빈겐을 걸어가며 그쪽을 본다. 경찰차들은 경광등과 사이렌을 끄고 조용히 주차돼 있다. 대문 바로 옆에는 TV 방송국 로고가 붙은 차가 한 대 서 있다. 그 차를 보니 내 안의 뭔가를 잡아당기는 느낌이 들기는 하지만, 위협적이지는 않다. 운전석에는 앉은 남자는 휴대폰으로 뭔가를 보고 있다. 내가 빠른 걸음으로 지나치는 바람에 그 남자는 나를 알아보지 못한다.

집 주위에 경찰 경계선이 둘러져 있다. 그 선 바깥에는 카메라를 든 여자 경찰이 웅크리고 앉아 때때로 사진을 찍는다. 확실하지 않지만, 풀이나 흙 또는 지하 저장실 창문을 찍는 것 같다. 반면 정원의 다른 곳은 손을 댄 흔적이 없다. 풀들은 축축하고, 잔디 여기저기에 노란색 낙엽들이 떨어져 있다. 아직은 몇 개 되지 않지만 앞으로는 우수수 다 떨어지겠지.

나는 우리 아파트로 들어가지 않는다. 자밀라를 만나러 가기 전에 집에 들려 가방을 놓고 갈 수도 있지만 어쩐지 내키지 않는다. 너무 조용해서 그런 것인지도. 곧장 위층으로 올라간다. 요르겐의 집을 쳐다보지 않고 지나친다. 그 대신 나는 자밀라의 아파트 문을 쳐다보며 문을 두드린다.

"지금 나가요." 안에서 목소리가 들린다. 하지만 불필요한 말이다. 오 초도 지나지 않아 문이 열렸기 때문이다.

"리케!"

자밀라의 높고 자유로운 목소리가 복도에 울린다.

"어서 와요!"

자밀라는 언제나 스틸레토 힐을 신고 있기에, 서 있을 때 눈높이가 비슷한 것에 익숙하다. 하지만 집 안에 있을 때 그는 맨발이라 평소보다 10센티미터는 작다. 자밀라가 나를 끌어안는다. 그는 나를 보자마자 곧장 내 품에 뛰어든다. 그의 정수리를 내려다본다. 숱이 많은 검정색 머리. 감은 지 얼마 되지 않았는지 샴푸 냄새와 꽃향기가 난다.

자밀라가 나를 놔준다. 눈동자가 반짝거린다.

"너무 끔찍한 일이에요. 어젯밤에 한숨도 못 잤다니까요."

자밀라가 내 팔을 잡더니, 나를 안으로 끌어당긴다. 나는 집 안에 들어가 문을 닫는다. 자밀라는 발바닥이 마룻바닥에 부딪치는 소리가 날 정도로 빠르게 걸어 거실로 앞장서서 들어간다. 걸어가면서 그가 내게 말한다. 정말 엄청난 충격을 받았으며 이 사건이 진짜로 일어났다는 것이 믿어지지 않는다고.

어제 저녁 사만과 함께 친구들을 만나고 온 자밀라는 경찰이 바로 옆집에 있을 때는 집에 있는 것만으로도 스트레스라는 사실을 알게 됐다고 한다. 그 집에 그가 그런 식으로 있었다는 사실은 말할 것도 없고.

"하지만 이젠 경찰이 그 사람을 데려갔을 거예요. 그렇겠죠?" 자밀라가 말한다.

나로서도 알 수 없는 일이지만 고개를 끄덕인다. 거실에 자리를 잡고 앉자 자밀라가 미리 준비해놓고 기다린 듯 커피포트를 테이블 위에 놓더니 내 맞은편 자리에 털썩 주저앉는다. 그는 긴 검정색 머리를 하나로 모아 틀어 올리고, 티셔츠에 청바지를 입고 있다. 그 꾸미지 않은 듯한 모습이 영화배우나 패션 아이콘의 인스타그램 프로필에 나올 법하게 보인다는 데 내 사지를 걸 수도 있다.

"자기는 믿어져요? 이런 일이 실제로 일어났다는 사실을 믿을 수 있겠어요?" 자밀라가 묻는다.

그의 눈에 핏줄이 서 있는 것을 보고 나는 깜짝 놀란다. 물론 자밀라가 요르겐과 이야기를 나누는 장면을 본 적이 있지만 단순한 이웃 이상으로는 보이지 않았다. 그래서 나는 그가 요르겐에게 특별한 관심이 없다는 인상을 가지고 있었다. 자밀라가 말을 잇는다.

"그 사람이 정말 살해당했다는 거 말예요. 리케, 그것도 여기, 이 아파트에서 말예요. 바로 옆집, 저 벽 건너편에서."

그는 요르겐과 메레테의 집과 이 집의 거실을 나누고 있는 벽을 가리키며, 필요 이상으로 크게 팔을 휘젓는다.

"어쩌면 우리가 여기 앉아서 TV를 보고 있을 때, 아니면 침대에서 잠자고 있을 때 바로 옆집에서 요르겐이 피를 흘리고 있었을지도 몰라요. 으…. 그 생각만 하면 너무 끔찍하다니까."

자밀라가 평소보다 시꺼멓게 보이는 눈 주위를 문지른다. 나는 안절부절 못하며 앉은 자세를 바꾼다.

"그렇죠. 당연히 그렇죠. 완전히…."

"불쌍한 요르겐. 우리가 그렇게 가까운 사이는 아니었지만, 그래도 그 사람한테 무슨 일이 일어났는지는 확실하니까요. 요르겐이 자기 집에서 살해당했다는 거 말이에요."

순간 자밀라의 눈에 눈물이 고인다. 안구가 드러날 정도로 긴 속눈썹이 휘어진 커다란 눈이 너무 반짝거리는 바람에 눈길을 뗄 수가 없다. 그때 마치 제멋대로 움직이는 것처럼 눈물이 사라진다. 자밀라가 연한 분홍색 매니큐어를 칠한 검지로 눈 밑을 문지르지만, 진짜 눈물을 닦아내기 위해서는 아닌 것 같다. 나는 그가 건네준 작은 커피 잔을 양손으로 감싸 쥔다.

"그런데 요르겐이 살해당한 것이 확실하다고 하던가요? 그러니까 우리가 그걸 어떻게 확신하냐는 말이죠." 내가 묻는다.

자밀라가 나를 쳐다본다. 마치 내가 무슨 말을 했는지 알아들으려고 애를 쓰는 것처럼 보인다. 내가 제기한 가설을 듣고, 내가 단순히 주의력이 부족한 것인지 아니면 완전히 바보인지를 판단하는 대학교수라도 되는 것처럼.

"신문에서 타살로 의심하고 있다는 기사는 봤어요. 하지만 다른 뜻일 수도 있잖아요. 반드시 그런 게 아닐 수도….”

나는 말을 잇지 못한다.

"…당신은 알고 있군요." 나는 단정한다.

"리케, 그 사람은 피바다가 된 자기 책상 위에 엎드려 있었어요." 자밀라가 말한다.

그 묘사에 나는 분노한다. 요르겐은 일을 하느라 몸을 숙이고 있었다. 피바다. 그 이미지가 저절로 떠오른다. 자밀라의 말이 내 심장을 찌르고, 속에서 분노가 솟아오른다. 대체 누가 자밀라에게 이런 불쾌한 이야기를 만들어내라고 시켰단 말인가?

"당신이 어떻게 알아요?" 나는 의도했던 것보다 날카롭게 따진다.

자밀라는 그런 내 말투를 알아차리지 못한 것 같다.

"몰랐어요?"

"뭘 말예요?"

잠시 평소와 다른 침묵이 흐른다.

"내가 그 사람을 발견했어요." 자밀라가 말한다.

자밀라는 아파트의 맥 컴퓨터 앞에 앉아 사진들을 손보고 있었다. 자신이 하는 일 중에 가장 편한 작업이라고 부르는 일이었다. 자밀라는 차를 마시고 음악을 들으면서 주초에 찍었던 사진들을 만지작거리고 있었다. 그때 메레테에게 전화가 왔다.

목소리에 짜증이 섞여 있었고, 주변에서 쉿쉿거리는 소리가 들렸다. 메레테는 마리달렌의 깊은 숲속에 있는 스카르에 있다고 말했다. 지금 그는 동생과 필리파와 함께 사람이 없는 자동차 주차장에서 남편을 기다리는 중이라고 했다. 요르겐이 3시까지 그들을 데리러 오기로 했는데, 약속 시간에서 이십오 분이 지났음에도 아직 오지 않았다는 것이다. 심지어 전화도 받지 않는다고 했다. 자밀라, 지금 집에 있어요? 우리 집에 가서 요르겐이 있는지 봐 줄래요?

알았어요. 자밀라가 대답했다. 마침 집에 있었으니, 메레테의 부탁을 들어주는 것은 당연했다. 그는 스타킹만 신은 채로 복도로 나가 요르겐의 집 문을 두드렸다. 자밀라는 여기까지 이야기하다가 나를 이해한다는 눈으로 쳐다본 뒤, 숨 가쁘게 다시 말한다.

"하지만 아무도 대답하지 않았어요."

자밀라는 메레테에게 다시 전화를 걸어 요르겐이 집에 없는 것 같다고 말했다. 그러자 메레테는 한숨을 깊게 내쉬더니, 흔한 일은 아니지만 어쨌든 고맙다고 인사를 했다. 그런 뒤 혹시 번거롭지 않으면 집 안에 들어가서 한 번 더 확인해 줄 수 있냐고 부탁했다. 메레테는 요르겐이 가끔 음악을 듣거나 헤드폰을 쓰고 컴퓨터로 강의를 들을 경우 시간 가는 줄 모를 때가 많다고 말했다. 이미 알고 있겠지만, 열쇠는 계단참에 있는 화분에 들어 있다고 했다. 자밀라는 알았다고 말한 뒤 열쇠를 찾아 요르겐의 집에 들어갔다.

"집 안이 굉장히 조용했어요. 이상할 정도로 조용했죠. 뭐라고 설명해야 할지 모르겠는데, 공기 중에 뭐가 있는 것 같았어요." 자밀라가 말한다.

나는 고개를 끄덕인다. 그가 무슨 말을 하고 싶은지 너무나 잘 알았기 때문이다.

자밀라는 주위를 둘러봤다. 주방에는 아무도 없었는데, 불이 켜져 있었다. 싱크대 안에는 씻지 않아 기름과 소스 자국이 남은 접시가 놓여 있었다. 조리대 위에는 식기세척기 안에 들어가 있어야 할, 아무것도 담겨 있지 않은 지저분한 소스 팬이 놓여 있었다. 자밀라는 다시 거실로 나온 뒤 닫혀 있는 서재 문을 봤다. 그는 돌이켜보면 그 상황이 드라마에나 나올 법한 속임수일 수도 있다는 것을 알았다고 말한다. 하지만 자밀라는 그 문 쪽으로 향했다. 그는 이미 알고 있는 것 같은 느낌이 들었다. 두려웠지만 그 문을 열 수 밖에 없었다.

요르겐은 자판 쪽에 머리를 두고 쓰러져 있었다. 컴퓨터 화면은 컴컴했다. 처음에 자밀라는 요르겐이 작업을 하다가 졸고 있다고 생각했다. 하지만 그 순간, 피를 봤다. 정말 놀랄 정도의 빨간색이었다. 당연히 자밀라는 이제껏 실생활에서 그런 엄청난 양의 피를 볼 일이 없었다. 영화에서 본 것과는 많이 달랐다. 좀 더 밝은 색이었다. 자밀라는 멍하니 그 자리에 서서 자신이 무엇을 보고 있는지 떠올리던 그 순간을 영원처럼 느꼈다. 그는 꽃병이 떨어지는 것을 볼 때 느끼는 감각과 같을 거라고 했다. "가만히 그 자리에서 꽃병이 바닥에 부딪치며 산산조각 나는 장면을 보는 일과 비슷해요. 뭔가 대처할 수 있을 것처럼 꽃병이 느리게 떨어지는 것 같은데, 실제로는 그 자리에서 꼼짝도 하지 못하고 서서 그냥 지켜 볼 수밖에 없는 그런 느낌이요. 무슨 말인지 알겠어요?"

내가 고개를 끄덕이자, 자밀라가 말한다.

"그제야 나는 비명을 질렀어요. 최소한 지른 것 같다고 생각했죠. 그 다음 기억은 그 아파트에서 뛰쳐나온 거예요. 그리고 나는 울었어요."

자밀라가 목소리를 낮추더니, 그 커다란 눈에 불안함을 드러내며 말한다.

"죽은 사람을 처음 봤거든요."

요르겐은 잠을 잘 자지 못했다. 보통 여섯 시간 정도 잤고, 그 정도도 못 자는 날도 많다. 그래서 다른 사람들이 자는 동안 일하기를 좋아한다. 몇 번인가 우리가 호텔에서 함께 밤을 보냈을 때 그가 자판을 두드리는 소리에 잠이 깨곤 했다. 피바다라는 자밀라의 말에 다른 이미지들이 잠식되기 시작했다. 런던 호텔 방, 반쯤 잠에서 깬 내가 일을 하고 있던 요르겐을 지켜보던 그날까지도. 이제 내가 갖고 있던 요르겐에 관한 모든 이미지는 머지않아 그 말에 잠식돼 오직 피바다만 남을 것이다. 단순한 디자인의 연회색 소파에 마주 보며 앉은 자밀라는 내가 무슨 말이든 하기를 기다리고 있다. 하지만 더 이상 아무 말도 하고 싶지 않다. 요르겐과의 추억을 망치고 싶지 않다. 속이 좋지 않지만, 겉으로 티를 내서는 안 된다. 하지만 자밀라는 맨발로 소파 쿠션을 쉴 새 없이 두드리며 재촉한다. 그래도 내가 아무 말도 하지 않자 자밀라는 몸을 내 쪽으로 내밀면서 커피 잔을 테이블 위에 내려놓는다.

"누가 이런 짓을 했을까요? 아무래도 신경 쓰여요. 틀림없이 우리도 뭐든 봤거나 들었을 거예요. 아무래도 바로 옆집에 살고 있으니까."

"모르겠어요." 나는 다른 사람들은 보지도, 듣지도 못했기를 바라는 온갖 일들을 떠올리며 대답한다. 하지만 자밀라는 내 회의론을 듣지 않는다. 그는 아주 적극적이다. 자밀라의 말만 들으면 사건 해결도 가능할 것 같다. 그는 가게나 길에서 마주치는 다른 이웃들의 말도 들어보고 싶어 한다. 어쩌면 내가 학교에서 알고 지내는 부모들과 이야기를 해 볼 수 있을 것이다. 내가 자밀라에게 이야기했던 토센의 엄마들 말이다. 뭔가 본 사람이 있을 것이다. 아무래도 경찰에 털어놓기는 꺼려지는 일들도 많이 있겠지. 이를테면 동네에 돌고 있는 소문 같은 것들. 사소한 목격. 이 동네에 다닥다닥 붙어 살다보니 아무래도 온갖 것들을 알게 된다. 그것은 어쩔 수 없다. 그러다보니 사람들은 자신들이 알아차린 사실을 별 게 아니라고 여길 수도 있다. 아니면 그 정도 일로 경찰을 귀찮게 만들고 싶지 않을 것이다. 어쩌면 남의 이야기를 하는 사람으로 보이거나, 이웃과 문제를 만들고 싶지 않기 때문일 수도 있다. 하지만 자밀라나 나한테는 무슨 일이든 말할 것이다. 그럴 경우 상황은 완전히 달라진다.

"동네 사람들은 우리를 좋아해요, 리케." 자밀라가 내 손을 잡더니 깜짝 놀랄 정도로 세게 움켜잡는다. 그 가녀린 손으로 꽉 붙잡다보니, 자밀라의 반지가 내 손가락을 누른다. "사람들은 우리를 믿어요."

직장에서 느꼈던 두통이 다시 나를 괴롭힌다. 자밀라가 잡고 있는 손도 아프다. 나는 생각한다. 진짜로 하는 건가? 왜 이런 제안을 하는 거지?

"자밀라." 나는 잡혀 있던 손을 빼낸다. 그래도 여전히 아프다. "그건 경찰이 할 일이에요. 우리는 이 사건에 관여하지 않는 것이 최선이에요."

"하지만 관여할 수밖에 없는 걸요." 자밀라가 말한다.

그의 눈은 홍채 주위의 흰자위까지 보일 정도로 크다. 자밀라가 나를 쳐다본다. 이해하지 못하겠어요? 우리는 이렇게 서로 가까운 곳에 살고 있다는 단순한 사실만으로 이미 연루돼 있다는 것을. 이것은 우리 주변 사람들을 책임지고 서로를 보살피는 일이라는 것을.

"우리 동네에 뭔가 사악한 것이 살고 있어요. 리케, 죽은 고양이들 사건을 알고 있죠? 그 일을 처음 들었을 때부터 그런 생각을 했어요. 사람들이 그런 짓을 저지르게 만드는 존재가 악마 이외에 뭐가 있겠어요?" 자밀라가 말한다.

다시 한 번 한숨을 내쉰다. 그 놈의 저주받은 고양이들 이야기가 여기서 또 나온다. 자밀라는 극적인 사건을 좋아하는 경향이 있다. 그냥 좋아하는 정도가 아니다. **우리 동네에 뭔가 사악한 것이 살고 있어요.** 이 상황에 아주 쉽게 휩쓸려 매혹돼 버렸다. 자신이 얼마만큼 흥분했는지 깨닫지 못한 채로. 그렇지만 어제 자밀라가 겪었던 끔찍한 일 때문에 그에게 그렇게 말할 수 없다.

나는 계단참에서 받았던 달걀 두 개, 지금 우리 집 주방 조리대 위에서 내 거짓말을 상기시켜주고 있는 그 달걀들을 줬던 자밀라의 남편을 떠올린다. 자밀라에게 그 달걀에 대해 말할 생각이었지만, 지금은 어떻게 말을 꺼내야 할지 알 수가 없다. 어쨌든 나는 자칫 큰 문제가 될 수도 있는 그 달걀들을 자밀라가 의식하게 만들고 싶지 않다. 그를 완전히 믿어도 될지 확신이 서지 않는다.

"너무 소름끼쳤어요. 리케." 자밀라가 나를 배웅하면서 말한다. "자판 위를 흥건히 적시는 피라니. 어젯밤에 한숨도 못 잤다니까요."

그제야 자밀라가 나보다 많이 어리다는 것을, 아직 서른도 되지 않았다는 사실을 떠올린다. 나는 자밀라의 어깨를 감싸 안는다. 그가 나를 올려다보자, 그 순간 언니가 된 것 같은 느낌이 든다.

"그 일은 더 이상 생각하지 말아요." 내가 말한다.

나는 층계로 나온 뒤 닫힌 요르겐의 집 문 앞에 서 있다. 이 계단에서 울리는 삐걱거리는 소리가 이 건물에 있는 네 가구에 전부 다 들린다는 것을 뼈저리게 깨닫고 난 뒤로, 조심스럽게 양말만 신은 채로 계단을 올라와 이 문을 열곤 했었다. 뒤에서 딸깍하고 문이 잠기는 소리가 나자, 뒤를 돌아본다. 자밀라는 보통 현관문을 잠그지 않는다.

아래층으로 내려가려면 요르겐의 집 앞을 지나쳐야만 한다. 조금이라도 그 집에서 멀리 떨어지기 위해 몸을 맞은 편 난간에 바짝 붙인 채 움직인다. 피바다. 잔뜩 들뜬 마음으로 살금살금 계단을 올라가 저 문을 열고 안으로 들어갔을 때도 많았지만, 가끔은 이렇게 하면 안 된다는 생각이 들 때도 있었다. 특히 끝으로 갈수록 그리 내키지 않는다는 느낌을 받았던 것 같다. 올바른 일을 해야 한다는 열망도 있었고, 작고 연약한 목소리의 속삭임에 귀를 기울이기도 했다. 그냥 내버려둬. 돌아서. 집에서 널 기다리는 가족들을 생각해. 욕망에 직면했을 때는 거의 영향력을 끼치지 못했던 주장이지만 막상 거기서 찾은 만족감이 크지 않다고 느껴질 때도 있었다. 이제 이 모든 것에 논쟁의 여지는 없다. 더 이상 생각할 필요가 없다.

우리 아파트 안에 들어와 현관문에 등을 기대고 선다. 한편으로 안심이 되기도 하지 않았던가? 그 사람은 죽었고, 모든 것이 끝났다. 영원히 끝난 것이다. 해방의 전조는 없었던가? 그 사람과는 끝났다. 더 이상 생각할 필요가 없다. 나는 눈을 감는다. 침착하게 숨을 쉬면서. 평정심을 유지하려고 애를 쓴다. 그래, 솔직히 말하자면 안심이 된다. 하지만 누구에게도 말할 수 없다, 절대로. 생각할 필요조차 없는 일이다. 요르겐의 죽음은 비극이지만, 그뿐이다.

정원에서 카메라를 든 여자 경찰의 모습이 보이지 않는다. 틀림없이 건물 뒤쪽에 있을 것이다. 위층에서는 아무 소리도 들리지 않는다. 경찰 조사는 끝난 듯했고, 메레테는 자기 집이 범죄 현장인 것을 보고 어디든 다른 곳으로 갔을 것이다. 평소 메레테는 낮 동안 집에 있는 시간이 많았다. 내가 출산 휴가를 받아 집에 있을 때, 그가 내는 소리가 들렸다. 메레테의 발소리는 부드러우면서도, 빠르다. 그의 학생들이 그랜드 피아노를 연주하는 소리는 선율이 머뭇거리거나 서두를 때도 있고, 뛰어난 연주로 마음에 사무칠 때도 있었다. 가끔 메레테가 연주할 때도 있다. 그럴 때마다 내가 듣고 있는 선율이 그의 연주라는 것을 확실히 알 수 있었다. 메레테는 건반에 특별한 자신감을 가지고 있었다. 그의 연주는 실수 한 번 없이 연결돼 힘들이지 않고 자연스럽게 흘러갔다. 메레테는 보통 집에 혼자 있을 때 연주를 했다. 대부분 드뷔시, 차이코프스키, 바르토크와 같은 위대한 작곡가들의 작품을 연주했는데, 단 한 번 데이비드 보위의 노래를 연주하는 것을 들었다. 그는 〈라이프 온 마스? Life on Mars?〉를 클래식 작품처럼 접근해서 나를 웃게 했다. 최근에 내가 들은 것은 〈서푼짜리 오페라〉로, 커트 웨일의 깊고 암시적인 화음이 우리 집 벽을 뚫고 울려 퍼졌다. 비록 박케헤우겐의 체육관에서 연주될 때와 음색이 다르기는 했지만. 나는 메레테가 어째서 피아노 연주자의 삶을 그만두게 됐는지 모른다. 아마 그는 8월에 있었던 학부모의 밤 행사에서 젊은 감독에게 그 이야기를 했고, 그 이후에 감독이 그에게 연극의 반주를 부탁했을 것이다. 메레테가 적극적으로 자기가 할 일을 찾는 모습은 상상이 가지 않는다. 그를 보면 왠지 자신에게 제공되는 모든 것이나 승낙과 거절을 할 수 있는 특권 중 그 무엇도 스스로 요구하는 일이 없을 것 같다는 생각이 들기 때문이다.

그 감독은 적어도 두 번 이상 이 집에 찾아왔다. 한 번은 창문 너머로 봤고, 다른 한 번은 계단에서 마주쳤다. 그는 산더미 같은 서류 뭉치를 들고 있었는데, 아마 악보나 대본이었을 것이다. 두 사람 사이의 분위기가 어땠는지는 모른다. 냉정하고 철저한 전문가인 메레테가 대놓고 반감을 표시했던 것은 아니지만, 가드가 주말 리허설에서 연극에 자신의 해석을 붙였을 때, 그의 얼굴에서 뭔가 본 것 같다는 생각이 든다.

"궁극적인 문제는 맥키가 나쁜 사람이냐 아니냐는 거야. 만일 맥키가 나쁜 사람이라면 그것은 그 자신의 잘못일까, 아니면 환경의 영향 때문일까? 그렇다면 맥키가 자신의 죄 때문에 죽는 것은 옳은 일일까? 범인이 사형을 받을 정도로 극악무도한 범죄가 있을까?"

메레테는 가만히 앉아 가드의 말이 끝나기를 기다렸다. 흠잡을 데 없이 중립적인 표정을 짓고 있었지만, 나는 그의 입가가 살짝 떨리는 것을 알아차렸다. **이런, 풋내기 스카우트 대장 같으니.** 그런 생각을 하는 것처럼 미간을 조금 찌푸리고. 하지만 설령 그렇다고 해도, 아무도 메레테를 비난할 사람은 없을 것이다.

8학년 여학생의 엄마가 대본을 읽다가 자기 딸이 매춘부

역을 맡게 된다는 사실을 알고 화가 나 발송한 이메일로 인해 〈서푼짜리 오페라〉 논란이 일어난 지 한 달이 넘었다. 대본을 보면 딸의 역할이 심지어 '창녀'로 지정돼 있다는 점이 엄마로서는 걱정이었다. **이 일을 어떻게 생각해야 하는 겁니까. 학교에서 만드는 연극으로 적절하다고 보시는지요?** 그 엄마는 메일을 썼다. 학부모회가 즉각적으로 경계 태세를 높이면서, 그 이메일 사태가 촉발됐다. 전자 대화의 끝없는 타래 속에 이 연극은 부적절하며, 심지어 해롭다는 주장이 나왔다. 누군가는 연약한 십대 소녀들이 자신들의 성적 매력을 팔기라도 하는 것처럼 전시하게 될 거라고 썼다. 그것도 다름 아닌 학교의 후원 아래! 사가의 엄마는 자극적인 호소문을 작성했고, 신체 이미지를 둘러싼 압력에 대해 자신이 쓴 기사를 링크로 첨부했다. 다른 사람들은 그보다는 차분하게 반응했다. 좌익 성향의 연구 기관에서 일하는 학부모는 〈서푼짜리 오페라〉는 악인에게 비옥한 토양을 제공해주는 사회 여건에 관해 말하려고 하는 작품이라고 썼다. 우리 특권층 아이들도 가난과 소외가 어떻게 범죄의 기초를 만들어내는지 배울 필요가 있지 않을까? 대학에서 부교수직을 맡고 있는 한 엄마는 브레히트는 세계문학사의 위대한 작가 중 한 명이며, 다른 좋은 문학작품들이 그렇듯 이 연극 또한 우리에게 불편함을 감수하게끔 강요한다는 사실로 인해 실제로 공연에 대한 논쟁이 있었다는 글을 썼다. 이런 제안들은 거의 호응을 얻지 못했다. 열두 살 밖에 되지 않은 어린 여자아이들이 매춘부를 연기한다는데 정말 문제가 없다는 겁니까?

한 학부모는 이렇게 썼다. 그와 더불어 반대하는 측에서도 말을 삼갔던 사람들이 강력하게 나서기 시작했다. 그러자 누군가 다음과 같은 글을 썼다. 세계 여러 지역에서 사춘기도 되지 않은 아이들이 결혼이나 성노예로 팔려가는 힘든 현실을 우리 아이들에게 숨길 생각입니까? 그리고 지금껏 학교에서 일어나는 일에 크게 신경 쓰지 않는 듯하다가, 이번 논쟁에 뛰어든 요르겐이 글을 썼다. 언론의 자유를 틀어막을 생각입니까? 적어도 그는 딸이 젊은 여성이 포주에게 학대당하는 일이 얼마나 파괴적인지 노래하는 '로우 다이브 제니'를 연기한다는 사실을 자랑스럽게 여겼다.

    이 시점에서 누군가 학교 경영진을 끌어들였다. 그런 갈등에 화가 나면서도 동시에 겁을 집어먹은 니나 스파레는 집계단참에서 나를 붙잡더니 학교 연극을 둘러싼 모든 논란에 대해 어떻게 생각하는지 물었다. 어떻게 생각하느냐고요? 나는 대답했다. 모든 일들이 과장돼 있고, 이 연극 공연은 어떤 사람들이 믿는 것처럼 중요하지도 않고, 다른 사람들이 생각하는 것처럼 해롭지도 않다고. 비록 요르겐에게 인정하는 일은 없겠지만, 학교의 개입으로 브레히트의 희곡을 고쳐 쓰기로 결정되었을 때 나 역시 남몰래 안도했다. 그 말은 엠마가 무대에서 창녀 연기를 할 필요가 없다는 뜻이었으니까. 가드는 화를 내며, 이 연극이 원래대로 공연돼야 한다고 믿는 부모들과 연대했다. 하지만 그는 실리적인 사람이었기에, 창녀들을 무희로 바꾸고 필리파가 부르기로 했던 '포주의 발라드'를 비롯해 특정 노래들을 빼는 데 동의했다.

    메레테는 그 논란에 아무 의견도 내지 않았다. 학부모들 중 가드와 가장 가깝게 일한 사람은 그였고, 그가 메레테에게 의견을 물어봤을 수도 있다. 하지만 메레테가 가드를 지지해줬다고 해도 그 사실이 공개되지는 않았다. 그는 권위자로, 우아한 외모에 비해 깜짝 놀랄 정도로 산뜻한 취향을 가지고 있었다. 메레테도 나처럼 십대 딸이 무대 위에서 그려질 모습이 바뀐 것에 대해 아주 조금이나마 안심했다고 해도 놀랄 일은 아니다. 그 논쟁 이후에 있었던 리허설에서 메레테는 언제나처럼 똑바른 자세로 있었지만, 대본을 고친 뒤로 이곳 카스타네스빈겐에서 가드의 모습을 본 기억이 없다. 아마 그는 메레테에게 배신감을 느꼈을 것이다.

    TV 방송국 차는 여전히 길가에 주차돼 있다. 주방 창문에서 그 차가 보인다. 잎이 다 떨어진 사과나무 가지가 하늘로 뻗어 있다. 아마 가지치기 때문이겠지. 지난여름, 요르겐과 나는 각자 책을 들고 그 나무 아래 벤치에 가끔 앉아 있곤 했다. 우리 관계가 시작되기 이전이었다. 하지만 이젠 다른 벤치처럼 보인다. 가을이 돼서 그럴 것이다. 요르겐이 죽었다는 사실 보다는 가을이어서 그럴 것이다.

    요르겐이 죽었다. 받아들이기가 힘들다. 슬퍼해도 되는 것일까? 문득 내가 자밀라를 질투한다는 사실을 깨닫는다. 그는 요르겐을 위해 울 수 있고, 울어도 된다. 자밀라에게는 복잡할 일이 아니지만, 나는 조심해야만 한다. 슬퍼해도 되지만, 너무 많이 슬퍼해서는 안 된다. 특히 오스먼드 앞에서는. 불쌍한 오스먼드. 그 사람은 아무 잘못이 없다. 그는 아무것도 하지 않았고 나를 몰아낸 적도 없다. 어쩌면 우리는 조금 힘든 시기를 겪었을지도 모른다. 하지만 그렇게 끔찍하지는 않았다. 그냥 다른 커플들이 겪는 것과 다를 바 없는 일이다. 결코 그 사람 때문은 아니었다.

나는 이십대 초반에 친구들과 함께 아파트에서 살았다. 친구들은 모두 애인이 없었고 나는 가끔 그들의 모험이 부러웠다. 친구들에게는 매일 저녁 시내에서 누군가를 만날 기회가 있었다. 새로운 사람과 키스하고, 옷을 벗고. 아침마다 식탁에 둘러 앉아 새로운 이야기들을 나눴다. 하지만 그중에는 종종 안 좋은 이야기들도 있었다. 남자가 데이트에 나오지 않는 경우도 있었고, 여러 의심스러운 일들과 대체 뭘 잘못했는지에 대한 자기반성도 있었다. 온갖 이상한 남자들, 정신이 약간 이상하거나 자기 집착적인 남자들, 무서운 남자들은 말할 것도 없었다. 아주 위험한 경계에 들어가는 남자들도 있었다. 설상가상으로 문자나 친구를 통해 이별을 알리거나 아예 이별을 전하지도 않고 그대로 사라져버리는 끔찍한 이별도 있었다. 나는 그런 친구들의 이야기에 귀를 기울였다. 여러 가지 조언을 내놓기도 하고, 도움을 주기도 했다. 내게는 오스먼드가 있다는 감사한 마음을 숨긴 채로. 오스먼드는 내가 보낸 메시지에 답을 해주는, 평범하고 믿을 수 있는 사람이자 내가 사랑하는 사람이었다. 이런 사람을 떠나겠다는 생각을 어떻게 한단 말인가?

불만은 파도처럼 들락날락한다. 일정 기간 동안에는 모든 것이 좋았다. 다른 때는 그렇게 좋지 않았지만. 가끔 다른 누군가와의 만남을 꿈꾸기도 했다. 얼굴도 없고, 과거나 미래도 없는 남자, 도서 열람실의 화장실이나 한밤중 집에 오는 길에 있는 골목에서 불장난을 저지를 남자. 한 번도 그런 일을 저지른 적은 없다. 그런 일을 벌일 기회가 여러 번 있기는 했지만, 아무도 모를 것이다. 내 몸속에 흐르는 욕망을 모두 분출하고 오스먼드가 있는 집으로 돌아가 우리의 삶을 계속 함께 하며 다른 생각은 하지 않을 수도 있었다. 하지만 나는 자제했다. 저 어딘가에 반드시 선이 있다고 생각했다. 넘어가면 다시 돌아올 수 없는 선. 결국 나는 그런 부류의 사람이 아니었다. 그래서 언제나 일이 너무 커지기 전에, 항상 뒤로 물러섰다.

루카스를 유치원에서 데리고 왔을 때 오스먼드는 집에 있었다. 정원에서 보니 그는 주방에 있다. 아파트 안에는 다진 고기와 양파를 튀긴 냄새가 난다.

"집에 있었네." 내가 복도에서 인사를 건넨다. 목소리가 약간 잠겨 있다.

"어서 와." 오스먼드가 주방에서 소리친다.

기분이 좋은가? 평소와 크게 다르지 않다. 하지만 오스먼드가 평소 모습이라는 사실이 내 가슴을 짓누른다. 루카스가 거실에 있는 장난감을 찾아 뛰어간다. 나는 주방으로 가서 스토브 앞에 서 있는 오스먼드의 뒷모습을 쳐다본다. 그는 내 발소리를 듣지 못했고, 내가 뒤에 서 있는 것도 알지 못한다. 그래서 나는 그 자리에서 오스먼드가 손을 뻗어 찬장에서 뭔가를 꺼내고 소스 팬을 들여다보다가 프라이팬에 있는 고기를 주걱으로 뒤집는 모습을 쳐다본다. 그는 일할 때면 콧노래를 부른다. 반쯤 웅얼거리는 소리로. 특별한 곡조가 있는 것이 아니라 그냥 자기 멋대로 내는 음이다. 예전 친구들과 함께 살았던 아파트에서도 저 콧노래를 들었던 기억이 난다. 오스먼드는 우리 집에서 밤을 보내고 난 다음날이면 저렇게 흥얼거리며 우리 모두가 먹을 아침 식사로 오믈렛을 만들어주고는 했다. 친구들은 오스먼드에게 찬사를 보냈다. 나는 그런 친구들을 말리는 척했다. 너무 띄워주지 마. 자꾸 그러면 거만해질 거야. 내가 말했다. 하지만 사실 친구들이 부러워해주는 것을 즐겼다. 나는 그들이 원하는 것을 갖고 있었다.

오스먼드가 돌아선다.

"이런." 그가 깜짝 놀라 말한다. "거기 있었어?"

"응." 내가 말한다.

"무슨 일이라도 생겼어?"

"아니."

오스먼드가 내 기운을 북돋아주려는 듯 미소를 짓는다. 사랑스럽고 친절한 오스먼드. 언제나 내가 행복하게 살기를 바라는 사람. 그런 점이 나를 짜증나게 만들었던 때도 있었다. 심지어 그에게 대놓고 말을 한 적도 있다. 이렇게 나한테 잘해줄 필요 없어. 변화를 원하면 당신이 원하는 일을 해. 항상 나를 배려할 필요 없어. 하지만 지금 오스먼드를 보고 있자니, 예전의 나를 이해할 수가 없다. 이보다 더 강력한 사랑 고백이 어디 있을까. 매일, 매해 다른 누군가의 삶을 행복하게 해주기 위해 최선을 다하는데.

오스먼드가 나를 본다. 그에게 요르겐에 대해 뭐든 말해야 한다는 생각이 든다. 미간을 찡그리고 있는 것으로 보아, 오스먼드 역시 그 생각을 하고 있다. 하지만 남편은 찡그렸던 미간을 펴고 말한다.

"내 엉덩이 보고 있었던 거야?"

그가 다시 돌아서서 엉덩이를 씰룩거리자, 나는 어쩔 수 없이 웃는다.

"맞아, 눈을 뗄 수가 없었어."

오스먼드가 돌아보며 미소 짓는다. 그의 갈색 머리는 관자놀이 근처가 하얗게 새어 있다. 오스먼드를 떠올릴 때마다 항상 스무 살 때와 똑같아 보인다고 생각했다. 하지만 그도 나이가 들었다.

"원한다면 얼마든지 쳐다봐도 돼. 전부 당신 거니까." 오스먼드가 말한다.

마치 울음이 터질 것처럼 강렬하게, 단숨에 목이 멘다. 나는 아무 말 없이 주방을 빠져나와, 루카스가 무릎을 꿇고 앉아 장난감 상자 안을 뒤지고 있는 거실을 빠른 걸음으로 지나쳐 욕실로 들어간다. 문을 잠그고 세면대 앞에 서서 물을 튼다. 지난 번, 흐르는 물소리에 내 울음소리를 묻었을 때처럼. 그리고 가만히 기다린다. 하지만 눈물이 나오지 않는다. 얼굴을 잔뜩 찡그리고 울 때의 표정을 흉내 내며 눈물을 짜내본다. 그렇게 해도 눈물이 나오지 않는다. 우는 방법을 잊어버린 것일까?

나는 거실로 돌아온다.

"루카스, 장난감 다 꺼내지 마, 알겠지?" 나는 건성으로 말한다.

하지만 이미 늦었다. 아이는 장난감 상자를 이미 다 엎은 뒤였다. 하지만 무슨 말이라도 해야 한다. 오스먼드가 입구에 나타난다.

"정말 괜찮은 거야, 리케?" 남편이 묻는다.

괜찮은 건가? 알 수가 없다.

위층에 사람들이 많이 들어온 모양이다. 거실에 앉아 TV를 보던 오스먼드와 나는 계단이 쿵쾅거리는 소리를 듣는다. 이따금 누군가 내려오지만 그런 일이 자주 있지는 않다. TV 방송국 차가 떠나고 대신 그 자리에 다른 차 두 대가 나타났다. 한 대는 타블로이드 신문사 소속이고 남은 한 대는 다른 TV 채널 소속이다. 우리는 넷플릭스 시리즈를 본다. 오스먼드는 뉴스가 보고 싶은 모양이지만, 나는 아니다.

"정말 안 볼 거야? 우리 집이 나올 수도 있어." 오스먼드가 말한다.

"나는 진짜 보기 싫어." 내 대답에 오스먼드가 어깨를 으쓱한다.

루카스는 잠들었다. 엠마는 자기 방에 박혀 있는데, 기분이 좋지 않다. 오후 내내 입을 꾹 다문 채 토라져 말을 걸어도 반응이 없다. 보통 엠마는 나보다는 자기 아빠한테 친절하다. 오스먼드가 젓가락을 송곳니처럼 물거나, 드럼스틱이라도 되는 것 같이 포크나 칼로 식탁을 두드리면 엠마는 정말 재밌다는 듯 눈을 반짝거리며 어릴 때처럼 웃음을 터트린다. 나한테는 보여주지 않는 얼굴이다. 어쩌면 내가 그런 장난을 많이 치지 않기 때문일 수도 있다. 엠마가 자기 방에서 뭘 하고 있는지 모르겠다. 묻고 싶기도 하고, 묻고 싶지 않기도 하다.

머리 바로 위에서 쿵쾅거리는 소리가 들리기 시작하자 우리는 위쪽을 올려다본다.

"사람들이 많은가봐." 어느 순간 오스먼드가 말한다. 그때까지 우리는 아무 말도 하지 않고 있었다. 우리가 그들에 대해 이야기하지 않는 한, 그들도 우리에게 관심을 가지지 않을 것처럼. 위층에서 일어난 일은 우리와 아무 상관이 없는데 저들이 우리에게 관심을 가지는 이유는 뭘까. 그 생각을 하자 내 속에 고뇌가 차오른다. 도대체 왜 토요일에 위층에 올라갔을까? 아직까지도 문자 메시지에 대해 경찰한테 말하지 않았다. 사실 직장에서 집으로 돌아온 뒤에 혹은 자밀라를 만나고 난 뒤에 경찰에 연락할 수 있었다. 이 정도로 경찰에 연락하지 않고 피하는 것은 비이성적이다. 심지어 어리석기까지 하다.

계단을 내려오는 발소리가 들린다. 이번에는 천둥치는 소리처럼 요란하지 않다. 말소리도 들린다. 무슨 말을 하는지 알아들을 정도는 아니고, 소리만 들린다. 남자와 여자다. 그들이 우리 아파트 앞으로 다가와 문을 두드린다.

마치 그들이 오기를 기다리고 있던 사람처럼 나는 자리에서 벌떡 일어난다. 실제로 기다렸던 것은 아니다. 하지만 노크 소리가 들리자마자 준비하고 있다가 그 소리가 끝나기도 전에 거실을 반쯤 가로질렀다. 오스먼드는 의아한 표정으로 나를 보지만, 아무 말도 하지 않는다. 문을 열기 위해 복도로 나가는 동안 뭔가가 내 속의 구멍을 휘젓고 있다. 문손잡이를 잡는 손이 벌벌 떨린다.

문을 여니 로빈이 어떤 여자와 함께 서 있다. 로빈은 정복을 입고 있지만 여자는 사복 차림이다. 하지만 누가 봐도 그는 경찰이고, 나 역시 그 사실을 바로 알아차린다.

"안녕하세요." 로빈이 인사를 건넨다. "잠시 이야기를 나눌 수 있을까요?"

"잉그빌드 아닌가요?" 내가 묻자, 경찰답게 보이던 여자의 얼굴에 깜짝 놀라는 표정이 새어나온다.

그가 혼란스러운 눈으로 나를 쳐다본다. 나 때문에 많이 놀란 것처럼 보인다. 보통 때는 이렇게 놀랄 일이 별로 없는 모양이다.

"헤게 친구인 리케예요. 기억나세요?"

그제야 여자가 웃는다. 따뜻하고 환한 미소다.

"네." 여자가 대답한다. "리케, 이제 기억나네요. 그동안 잘 지냈어요?"

그가 손을 내민다. 이 자리에 공적인 자격으로 온 것이 아니었다면 끌어안았을지도 모른다. 적어도 그렇게 하는 것이 당연한 일처럼 느껴진다.

우리가 스물두 살 때, 내 친구는 잠깐 여자와 만났고 그 시기에 잉그빌드 프레들리는 우리 아파트에 드나들기 시작했다. 경찰이었던 그는 가죽 재킷을 입고 오토바이를 탔다. 여러 면에서 잉그빌드는 여자들이 연애 상대로 만나보고 싶은 여자를 생각할 때 떠오르는 전형이었다. 당시 잉그빌드는 서른 살이었고, 스물두 살이었던 헤게는 연인의 뜻이라면 모든 것을 절대적으로 받아들였다. 잉그빌드가 매번 의견을 내놓으면 헤게는 고개를 끄덕이며 동의했다. 비록 내가 보기에 잉그빌드가 그런 식의 숭배를 좋아할 것 같지는 않았지만. 두 사람의 관계는 두 달 만에 깨졌다. 그래도 그 기간 동안 잉그빌드는 우리 집에 꽤 자주 왔었다. 그는 주방 식탁에 앉아 아침이면 커피를, 저녁이면 맥주를 마셨다. 내가 기억하기로 잉그빌드는 북쪽 작은 마을 출신이었다. 그는 우리한테 나이를 좀 먹은 마을 남자애들이 파티 때 집에 데려다주는 조건으로 십대 여자애들을 어떻게 빨아먹었는지 이야기해준 적이 있다. 그때 나는 그 이야기에 큰 충격을 받았다. 잉그빌드는 그런 상황이 자기가 오토바이를 타도 되는 이유였다고 꽤나 냉정하게 말했다.

"어떻게 지냈어요?" 나는 전혀 다른 상황에서 만난 것처럼 묻는다. 누군가를 찾아갔거나, 우리가 공통점이 있다는 사실을 모르는 친구들을 통해 만났을 때처럼.

"오, 잘 지냈죠. 일하고, 버티면서. 당신은요?"

"잘 지냈어요. 지금 여기 살고 있어요." 내가 대답한다.

잉그빌드가 집 안을 슬쩍 들여다보고 미소 짓는다.

"애들도 있어요?"

"두 명이요. 열세 살 된 딸이랑, 네 살짜리 아들이에요."

"좋네요." 잉그빌드가 손에 들고 있던 서류철을 앞으로 내밀며 말했다. "자료에서 보기는 했어요."

우리는 서류철을 쳐다보다가 실제로 우리가 공통의 지인을 통해 만난 것이 아니며 다른 뭔가를 요구하고 있는 상황임을 깨닫는다. 우리 두 사람의 얼굴에서 미소가 사라지고 다른 표정이 떠오른다. 잉그빌드는 경찰다운 표정을, 나는 조금 서먹해진 표정을 짓는다. 이상한 느낌이 든다. 마치 우리의 기분 좋았던 가벼운 대화가 계속해서 복도 위를 떠다니는 것 같다. 로빈이 우리 두 사람을 돌아보며 호기심 어린 표정을 짓는다.

"제가 이번 사건 수사를 지휘하고 있습니다." 잉그빌드가 깊고, 좀 더 권위적인 목소리로 말한다. "두 분과 이야기를 좀 나누고 싶은데요. 잠깐 안에 들어가도 될까요?"

우리는 또다시 주방 식탁에 둘러앉는다. 오스먼드와 내가 나란히 앉고, 맞은편에 잉그빌드와 로빈이 앉아 있다. 잉그빌드가 목소리를 가다듬는다.

"이웃 분들과의 관계에 대해 말씀해주실 수 있을까요? 탕겐 부부와는 잘 아는 사이입니까?"

"글쎄요." 오스먼드가 나를 쳐다본다. "어떻게 말씀드려야 하지? 사실은 잘 모른다고 해야 하나?"

심장박동이 빨라진다. 하지만 잘 조절해야만 한다. 사만과 자밀라, 니나와 스페인에 대해 말할 때와 마찬가지로. 평범한 이웃의 역할을 연기해야 한다.

"그냥 평범한 이웃이었어요."

내 목소리가 흘러나온다. 나조차도 믿을 수 있을 것처럼 들린다.

"그 말은 무슨 뜻이죠? 가끔 서로의 아파트를 방문했다는 겁니까? 저녁 식사를 함께 하거나, 휴가를 같이 가기도 했나요?" 잉그빌드가 묻는다.

"여름이면 가끔 파티오에 모여서 함께 식사를 하기는 해요. 이 건물에 사는 이웃들 간의 연례 파티 같은 거죠. 하지만 그 이외에는⋯ 딱 한 번 그 집에 가서 저녁을 먹은 적이 있어요. 그렇지?"

오스먼드가 고개를 끄덕인다.

"그나마도 몇 년 전 일이고요." 내가 말한다.

로빈이 수첩에 받아 적는다.

"그 외에는요?" 잉그빌드가 묻는다.

나는 생각에 잠긴 척 한다.

"아이들이 같은 학년이네요. 우리 딸이 박케헤우겐 중등학교에 다니는데, 그 집 딸이랑 학급이 같아요. 그러다보니 학부모 모임 같은 것도 있고⋯."

목이 타면서 기침이 난다.

"요즘은 애들이 같이 연극에 참여하고 있어요. 〈서푼짜리 오페라〉라는 작품인데, 크리스마스 전에 첫 공연을 할 예정이에요. 우리 딸도, 그 집 딸도 출연을 하는데 학부모들도 돕고 있죠."

틀림없이 호텔 영수증들이 있을 것이다. 이메일의 받은편지함이나 호텔에 우리가 같은 방에 투숙했다는 정보가 남아 있을 텐데.

"여행을 같이 간다거나 하는 일은 없었나요?" 잉그빌드가 재촉하듯 묻는다.

"아뇨." 내 목소리는 가볍고 발랄하다.

경찰 쪽에서 이미 알아냈을까? 비행기 표나 여행 계획을 세워 서로에게 보낸 이메일 같은 것들을? 잉그빌드가 앞에 놓인 수첩을 보며 말한다.

"여행에 관한 이야기가 있었던데요. 여름이 끝날 무렵이었던 것 같은데, 어디 보자, 8월 24일에서 26일? 바이토스톨렌?"

"아." 오스먼드가 깜짝 놀라 말한다. "남자들만의 여행이요?"

"네." 잉그빌드가 대답한다.

로빈이 말한다.

"요르겐 탕겐, 사만 카리미, 스베인 스파레, 그리고 오스먼드 씨가 같이 갔다고 들었습니다. 맞습니까?"

공기가 천천히, 소리 없이 새어나온다.

"네, 맞습니다. 정확한 날짜는 잊었지만, 우리 네 사람이 함께 갔었죠. 8월 말쯤이었을 겁니다." 오스먼드가 대답한다.

"그 여행에 대해 말씀해주시겠어요?" 잉그빌드가 묻는다.

오스먼드가 이해할 수 없다는 표정으로 잉그빌드를 쳐다본다. 그는 나를 쳐다보고, 다시 잉그빌드 쪽으로 시선을 돌린다.

"정확하게 어떤 이야기를 해야 할지 모르겠네요. 금요일 오후 퇴근한 뒤, 차를 몰고 갔습니다. 도착한 뒤에는 짐을 풀고 음식 같은 것을 해먹었죠. 토요일에는 장거리 하이킹을 갔다가 사우나를 했습니다. 그곳에 대형 사우나가 있거든요. 그 오두막은 스베인 소유인데, 바로 우리를 초대한 사람이죠. 그리고 저녁을 먹은 뒤에 맥주를 몇 잔 마셨습니다. 다음 날 우리는 가볍게 하이킹을 갔다가 오두막을 정리하고 그곳을 떠났어요. 돌아올 때는 요르겐과 사만이 같이 타고, 저는 스베인의 차를 얻어 타고 왔습니다."

로빈은 펜을 쥔 손을 부지런히 놀려, 오스먼드의 말을 수첩에 받아 적는다. 오스먼드는 이런 것을 왜 물어보나 의아하다는 눈으로 경찰들을 쳐다본다.

"그게 답니다. 더는 할 말이 없네요. 혹시… 뭔가 특별한 일이 있는 겁니까?" 오스먼드가 묻는다.

"의견 충돌이 있었던 적 있습니까?" 잉그빌드가 묻는다.

그의 말투에서 효율적이면서도, 사무적인 느낌이 드러난다. 그게 예전에 내 친구들과 함께 살던 아파트에서 함께 맥주를 마시며 대화를 나눴던 시간 그리고 조금 전 문 앞에서 친근하게 나눴던 인사와 관계가 있을지 궁금하다. 잉그빌드는 사적인 관계를 지우기 위해 특별히 엄격하게 굴 필요가 있다고 느끼는지도 모른다. 경찰다워 보인다는 점에서는 의심의 여지가 없지만, 특별히 친절하지는 않다. 귓가에 쑥쑥거리는 소리가 다시 들린다. 요르겐의 휴대폰에 남아 있는 문자 메시지. 그가 일하는 사무실 건물 접수처 보안 카메라에 찍혀 있을, 늦은 밤 우리 두 사람이 손잡고 들어오는 사진.

"의견 충돌이요?" 오스먼드는 마치 멀리 떨어져 있는 뭔가를 식별하려고 하는 것처럼 얼굴을 찡그린 채 되묻는다. 그런 뒤 대답한다. "아, 토요일 밤에 나눴던 대화를 말씀하시는 건가요? 백신이었는지 뭐였는지 기억이 나지는 않지만, 그런 주제를 가지고 토론이 벌어지기는 했습니다. 요르겐이 믿는 것이 있고, 사만이 다른 것을 믿고 있어서 토론이 열기를 띠기는 했죠. 하지만 심각하지는 않았습니다. 기분 나쁠 일도 없었고요. 우리 모두 술을 제법 많이 마신 상태였으니 어땠는지 아실 겁니다. 충돌이라고 볼 수는 없죠…."

오스먼드가 말을 멈춘다.

"지금 무슨 생각을 하시는 겁니까? 우리 중 한 명이 그 사람을 죽였다는 말인가요?"

잉그빌드는 그 질문에 대답하는 대신 이렇게 말한다.

"다른 이웃 분들에 대해서도 말씀해주시겠습니까? 어떤 사이시죠?"

"니나와 스베인은 우리가 이사 오기 전부터 살던 사람들이에요. 두 사람의 아들은 우리 딸보다 두 살 많고, 학교도 달라요. 그 집 사람들과는 정원이나 복도 같은 곳에서 마주치는 정도로, 그 이상은 아무것도 없습니다. 니나는 엠마 학교의 교감이라서 두 번 정도 만난 적이 있어요. 오스먼드는 니나와 함께 주민자치회에서 일하고 있죠."

"맞아요." 오스먼드가 동조했다.

"사만과 자밀라는 약 1년 반 전에 이사 왔어요." 내가 말한다. "어떤 사이냐고 하셨죠? 사만에 대해서는 잘 몰라요. 적어도 저는 잘 모르겠어요. 하지만 자밀라와는 조금 친한 사이에요. 집 밖에서 몇 번 만난 적도 있죠. 같이 커피를 마시러 다니기도 해요."

"그분을 만나면 무슨 이야기를 합니까?" 잉그빌드가 묻는다.

나는 조금 전 자밀라와 나눴던 대화를 떠올린다. 자밀라는 커피 테이블 쪽으로 몸을 숙이며 강조했다. **우리 동네에 뭔가 사악한 것이 살고 있어요.** 그리고 '피바다'라는 묘사도 했다.

"그냥 이런저런 이야기요. 생활에서부터… 온갖 이야기들을 다 해요. 자밀라는 자기가 하는 일에 대한 이야기도 조금 하는 편이에요. 나도 내 일에 대해 이야기하고요."

"지금 하시는 일이 뭐죠?"

"대학과 연계된 연구 센터에서 연구원으로 일하고 있어요. 기후 변화와 지속 가능한 소비에 관한 연구를 하죠."

"일은 재밌나요?"

"그럼요."

지금 잉그빌드의 질문은 경찰로 묻는 것일까, 아니면 오래된 지인으로 묻는 것일까? 그는 수첩을 흘깃 쳐다본다. 이제는 크게 흥미도 없는 것 같고, 더 이상 대립하는 분위기도 아니다. 잉그빌드가 고개를 들더니 오스먼드를 돌아보며 말한다.

"선생님은 무슨 일을 하십니까?"

"교육훈련위원회에서 IT관련 일을 하고 있습니다." 오스먼드가 대답한다.

"그렇군요. 그 사건이 있었던 때가 금요일 저녁이었죠." 잉그빌드는 다시 수첩을 내려다본다. "어디 한 번 볼까요."

잉그빌드가 수첩을 넘기면서 거기 적힌 메모를 읽는다. 우린 기다린다.

"로빈 말로는" 잉그빌드가 오스먼드를 흘깃 쳐다보며 말한다. "오스먼드 씨는 4시 반경에 아드님인 루카스와 함께 집에 왔다고 하셨죠. 따님인 엠마는 삼십 분 뒤에 집에 왔다고 했어요. 맞습니까?"

"네." 오스먼드가 진지한 목소리로 대답한다.

"그리고 리케 씨는 그보다 더 늦게 귀가하셨다고 했죠?" 잉그빌드가 내게 묻는다.

"네."

"시간이 언제였죠?"

"모르겠어요. 5시 반은 지났을 거예요. 아니, 그보다는 조금 일찍 왔던가?"

내가 오스먼드를 쳐다보자, 나를 돕고 싶은 마음에 그의 얼굴이 순간적으로 집중하는 표정으로 바뀐다.

"건물 출입문은 비밀번호를 직접 누르고 들어온다고 했죠?" 잉그빌드가 묻는다.

"네. 다들 그렇게 하니까요. 이제는 아무도 열쇠를 가지고 다니지 않아요. 모두들 비밀번호를 설정해서 쓰고 있죠."

"가족 이외에 그 비밀번호를 아는 사람이 있나요?"

우리는 서로를 쳐다본다.

"아뇨. 없을 거예요." 내가 대답한다.

"제 생각에도 없습니다." 오스먼드가 말한다.

"그렇다면 금요일 오후 귀가한 이후에, 다시 밖에 나간 적이 있나요?" 잉그빌드가 묻는다.

"아뇨." 오스먼드와 내가 거의 동시에 대답한다.

"확실합니까?"

"네."

나는 목소리를 가다듬는다.

"맞아요. 우리는 저녁 내내 집에 있었어요. 영화를 봤죠. 나는 반쯤 보다가 먼저 잠자리에 들었는데, 당신은 더 있다가 잤지?"

"한 시간쯤 더 있다가 잤는데." 오스먼드는 금요일 밤에, 10시 넘어 잠자리에 든 일에 뭔가 수상쩍은 점이라도 있는 것처럼 미안해하며 말한다.

"아이들은 뭘 했죠? 엠마는요?"

"잠자러 가기 전에 들여다보니 자고 있었습니다." 오스먼드가 대답한다.

"이 건물에 사다리가 있나요?"

오스먼드와 나는 서로를 쳐다본다.

"사다리요?" 내가 묻는다.

"창고 안에 있을 겁니다. 몇 년 전에 지붕 타일 깨졌을 때 쓰던 사다리가 있을 거예요." 오스먼드가 말한다.

잉그빌드는 두 번 고개를 끄덕이더니, 소리 나게 수첩을 닫는다.

"우리는 위층 아파트에서 시신으로 발견된 남자를 요르겐 탕겐으로 확신하고 있습니다. 이미 다들 알고 계신 것 같지만요. 아직 공식적으로 신원이 확인된 것은 아니고, 시간이 좀 더 걸릴 것으로 보입니다만, 우리로서는 그 사람의 신원을 의심할 이유가 없어요. 그리고 요르겐 탕겐은 살해당한 것이 확실합니다. 목에 길게 베인 자국이 있는 것으로 보아, 과다 출혈로 사망했을 가능성이 높죠."

피바다. 고등학생 때 음식이 어떻게 만들어지는지 배우기 위해 회네포스에 있는 농장에 견학을 갔었다. 우리를 돼지 축사로 데리고 간 농부는 만족스러운 기색으로 자기가 어렸을 때 가끔 돼지 목을 잘라 도살했는데, 그때 피가 분수처럼 뿜어져 나왔다는 이야기를 했다. 그 자리에 있기가 불편했다. 여학생들 중에는 몸을 떨거나 비명을 지르는 애들도 있었다. 피를 보는 것을 견딜 수 없었던 오스먼드는 그 생각만으로도 얼굴이 분필처럼 하얗게 질려, 축사 밖으로 나가 앉아 있어야 했다. 나는 핫도그 소시지의 출처를 알게 된 도시 아이들의 모습을 보면서 살짝 미소 지었던 것으로 기억한다. 오스먼드의 친구들 중 몇 명은 살육이라는 단어로 말장난을 시도하려고 했지만, 버스를 타고 집에 돌아올 때까지 완전히 긴장을 풀지 못했다.

"따라서 지금 이 자리 역시 살인 사건 수사 중임을 아셨을 겁니다. 오늘 저녁에 기자회견을 할 예정이라, 지금 이렇게 이웃 분들에게 먼저 알려드리는 겁니다. 이미 충분히 이해하고 계시겠지만, 이번 사건은 아주 심각한 사안입니다."

잉그빌드는 우리 두 사람을 보며 무게 있는 표정을 짓는다. 마치 우리가 어린애고, 자신은 엄격한 이모라도 되는 것처럼.

"그러므로 지금까지 있었던 일들에 대해 정확하게 모두 다 말씀해주는 것이 중요합니다. 아시겠죠?"

우리는 고개를 끄덕인다. 잉그빌드는 가죽 재킷의 주머니 속에서 네모난 작은 종이를 한 장 꺼내, 식탁 위에 올려놓는다.

"제 명함입니다. 생각나는 것이 있으면 주저하지 마시고 곧장 연락주세요."

우리는 고개를 끄덕인다. 식탁 위에 놓여 있는 명함에서 열기가 느껴지는 것 같다는 생각을 한다. 저 명함은 열쇠다. 이 상황에서 나를 빠져나가게 해줄. 나는 잉그빌드에게 털어놔야만 한다. 지금껏 있었던 모든 일을 정확하게 털어놓을 것이다.

밖으로 나가던 잉그빌드가 다시 돌아서며 말한다.

"집이 정말 좋네요."

"고맙습니다." 내가 말한다.

"정말 포근하고 가정적이에요. 따뜻하고요."

경찰들은 현관에서 신발을 신은 뒤, 인사를 건네고 떠난다. 문이 닫히자 오스먼드가 말한다.

"세상에, 이런 일이 실제로 일어나다니 믿겨져?"

오스먼드가 화장실에 가 있는 동안, 나는 그 명함을 사진으로 찍는다. 그런 뒤 혼자 욕실에 들어가 수도꼭지를 틀고 양치질을 하면서 잉그빌드의 전화번호를 찾는다. **안녕하세요! 아까 미처 말씀드리지 못한 일들이 있어요. 내일 만날 수 있을까요? 행운을 빌며, 리케.** 문자 작성을 끝내자마자, 나는 가능한 빨리 전송 버튼을 누른다. 마음 돌릴 시간을 주지 않기 위해. 그런 뒤 욕실 바닥에 주저앉는다. 내 몸과 닿아 있는 타일이 따뜻하다. 휴대폰은 여전히 조용하다. 잉그빌드가 내 메시지를 읽었는지 확인해본다. 9시 32분에 읽었다는 표시가 뜬다. 내가 메시지를 보내자마자 바로 읽은 것이다. 하지만 잉그빌드는 답장을 보내지 않는다.

그날 밤 자정이 될 때까지 답장이 오지 않는다. 당연히 잠도 오지 않는다. 자정이 지난 시간, 나는 불안한 마음에 집 안을 돌아다닌다. 요르겐의 이름을 검색해볼 작정으로 컴퓨터 앞에 앉아본다. 하지만 사실 검색하고 싶지 않다. 내가 찾게 될지도 모르는 것에 대한 두려움 때문이다. 목에 길게 베인 상처, 피바다. 하지만 결국 요르겐의 이름을 검색한다. 주로 그가 쓴 기사, 헤드라인, 소개 단락, 서명 기사 사진이 나온다. 나는 그 사진을 쳐다본다. 그 사진을 찍을 당시 요르겐은 사십대 중반의 잘생긴 남자였다. 곱슬거리는 머리, 높은 이마, 강렬한 시선. 내가 이렇게 요르겐을 쳐다보면, 그는 누구라도 될 수 있다. 요르겐의 얼굴은 그가 말을 할 때 제대로 살아나는 것 같다. 사진 속 그의 모습이 나빠 보인다는 말은 아니다. 하지만 그를 매력적으로 만드는 것은 다름 아닌 그 사람 자체다.

    휴대폰 소리에 나는 깜짝 놀란다. 너무 불안하다. 마치 언제라도 도망칠 준비를 하고 있는 것처럼 마음이 조마조마하다. **내일 오전 10시 어때요?** 잉그빌드가 묻는다. 내용은 그게 다였다. 나는 답장을 보낸다. **10시, 좋아요. 어디서 볼까요?** 다시 삼십 분이 지나고, 거의 1시가 다 돼서야 잉그빌드에게서 답장이 온다. 한 번도 들어본 적 없는 카페 이름만 적혀 있기에, 검색을 해보니 시내 중심가에 있는 카페였다. **좋아요. 내일 만나요!** 이번에도 잉그빌드는 답을 보내지 않는다. 나는 그가 보낸 메시지를 쳐다본다. 잉그빌드 프레들리를 친구로 생각해야 할지, 말아야 할지 확신이 서지 않는다.

"주말인데 조용하네요?" 요르겐이 말했어요.

그 사람은 한 손에 식료품점 종이봉투를 들고 정원에 깔아놓은 돌길을 따라 걸어오고 있었어요. 다가올수록 걷는 속도가 느려졌죠.

"네. 최대한 조용하게 지내려고요. 오스먼드가 멀리 가서, 애들하고 있거든요."

우리는 서로를 보며 웃었어요.

"그렇군요." 그가 말했어요.

루카스는 파티오 위에서 놀고 있었어요. 아이의 빨간색 멜빵바지가 바닥에 깔린 새하얀 1월의 눈에 대비돼 한층 더 밝아 보였죠. 땅거미가 내려앉기 시작했을 무렵이었어요. 하지만 어둠 속 하얀 눈밭에 서 있는 그 사람의 모습만큼은 알아볼 수 있었죠.

"당신은요?" 내가 물었어요.

"나도 마찬가지예요. 이번 주말은 아주 조용하게 보낼 겁니다. 메레테가 필리파를 데리고 여행을 가는 바람에 집에 혼자 있게 됐으니까요."

요르겐은 환하게 미소 짓다가 갑자기 웃음을 멈췄어요. 주말에 가족이 없다고 좋아하는 모습이 부적절하게 보일 수도 있다는 생각이 불현듯 든 모양이었죠.

"그렇군요." 나는 요르겐의 부적절한 즐거움을 알아차리지 못했음을 보여주기 위해 예의 바르게 시선을 돌렸어요. "계획이 있으신가요?"

"아뇨. 일을 할 겁니다. 책을 쓰고 있거든요. 적어도 책이 되기를 바라고 있기는 하죠." 요르겐이 말했어요.

"정말요? 어떤 책인데요?"

파티오 위에서 놀고 있는 빨간 바지를 입은 아이를 쳐다보며, 요르겐이 미소를 지었어요.

"아프가니스탄에 관한 겁니다. 아프가니스탄에 관심이 많거든요."

"와우." 나는 웃었어요. "아프가니스탄이요."

우리는 아무 말없이 서 있었어요. 마치 요르겐이 아프가니스탄을 좋아하는 이유, 이를테면 자연이나 사람들, 음식에 대한 이야기나, 지정학적 맥락에서 그 나라가 왜 중요한지에 대한 설명을 체계적으로 해주려는 것처럼 보였죠. 나는 가만히 서서 그가 이야기해주기를 기다렸어요. 하지만 요르겐이 말했어요.

"혼자 있기 외로우면 올라와서 와인이나 한잔하는 게 어때요? 아프가니스탄에 대해 길게 강의하지 않겠다고 약속하죠. 적어도 그렇게 하지 않도록 노력은 해볼 테니까요."

"말씀만은 고맙네요." 내가 웃으며 말하자, 요르겐은 인사한 뒤 그 자리를 떠났어요.

그 사람이 들어가고 공용 출입구 문이 닫혔어요. 눈 위에서 아들이 노는 모습을 지켜보면서, 나는 미소를 지을 수밖에 없었어요. 요르겐은 내가 자기 집으로 올라오기를 바라고 있었어요. 물론 가지는 않겠지만. 그래도 우쭐한 기분이 드는 것은 당연하니까요.

그날 저녁 내내 요르겐의 제안이 머릿속에서 떠나지 않았어요. 아이들이 TV를 보고, 저녁 식사를 준비하는 동안에도. 아이들과 함께 저녁 식사를 하는 동안에도. 루카스의 이를 닦아주고 침대에 눕힌 뒤, 아이가 잠이 들기를 기다리며 좁은 침대에 나란히 누워 있는 동안에도. 아마 그 이상은 아무것도 없을 거예요. 그냥 이웃끼리 와인 한잔하며 친목을 도모하는 일이겠죠. 다른 이웃과도 와인을 마신 적이 있었어요. 자밀라와 마셨고 심지어 요르겐의 부인과도 마셨죠. 메레테의 초대를 받았을 때는 아무 생각도 없었어요.

하지만 이번에는 달랐어요. 알 수 있었죠. 그 초대에 다른 뜻이 있을 거라고 착각한 것은 아니에요. 만일 위층에 올라간다고 해도 별다른 일은 없을 거예요. 하지만 요르겐이 제안했을 때 분명히 뭔가가 있었어요.

나는 엠마와 영화를 봤어요. 엠마는 휴대폰을 만지작거리느라 영화에 집중하지 못했어요. 영화가 끝나자 엠마는 곧장 자러 들어갔죠. 나는 주방과 거실을 정리했어요. 엠마의 침실 쪽을 슬쩍 살펴보자, 조금 열려 있는 문틈으로 새어나오는 아이의 규칙적인 숨소리가 들렸어요. 나는 진지하게 요르겐의 제안을 생각해봤죠. 그냥 올라가볼까?

이쯤에서 여지껏 내가 함께 했던 사람은 오스먼드 밖에 없었다는 사실을 덧붙이고 싶어요. 그 일에 대해. 어떻게 우리가 만나게 됐는지. 아니면 그 사람이 말을 했는지 모르겠네요. 오스먼드와는 같은 고등학교를 다녔어요. 실제로 1학년 때부터 함께 했으니 열여섯 살 때부터 계속 같이 있었던 셈이죠. 몇 주 전에 난 서른아홉 살 생일을 맞이했어요. 만일 내가 단 한 사람하고만 잠을 자며 인생을 보내는 것이 슬프다고 생각한다면(실제로 그랬지만), 이제는 뭔가를 해야 할 때였죠.

그게 나 자신을 위하는 일이라고 생각했어요. 오스먼드와는 아무 상관없는 일이었죠. 사실 시아버지의 죽음과 조산으로 태어난 루카스 때문에 지난 몇 년 간 우리는 힘든 시간을 보냈어요. 하지만 모든 일은 점차 나아지기 시작했죠. 아무래도 몇 십 년을 함께 지내다보면 무슨 일이든 생기는 법이니까요. 높은 모기지 상환금과 힘든 직장, 시간에 쫓기는 느낌, 세탁물 더미와 가사 분담에 대한 논쟁에 아이들까지 그 등식 안에 집어넣어버리는 경우도 있죠. 맞아요, 모두 사실이에요. 아마 대부분의 사람들이 다 그럴 거예요. 그렇지 않나요? 하지만 이 일은 그런 것이 아니었어요. 오로지 내가 해야 할 일이었을 뿐이었죠. 적어도 내 생각에는 그랬어요. 내가 완전히 자리 잡기 전에 해볼 만한 야성의 일 혹은 더 늦기 전에 해야 할 일이었어요.

하지만 계단을 올라가는 동안 배 안에 나비가 있는 것 같았던 느낌이 떠올라요. 노크를 하려고 손을 들었을 때 살짝 떨리고 있던 내 손도. 그때 나는 완전히 미쳤던 것일까요? 삶을 진지하게 받아들이는 능력을 잃어버렸던 것일까요? 범행을 저지를 때 정신이 이상해질 수 있다는 것이 이런 뜻인가요?

요르겐이 문을 열었어요.

"왔군요." 그 사람은 살짝 놀란 것처럼 보였고, 진심으로 기뻐하는 것처럼 보였어요.

"네." 나는 내가 너무 많은 것을 드러내고 있는 듯한 느낌을 받았어요. "혼자 있으려니까 좀 지루해서요."

"어서 들어와요."

그 사람은 서재에 있었던 모양이었어요. 방문이 열려 있었거든요. 아시다시피 요르겐이 발견됐던 그 방이요.

그는 자기가 마시던 와인 잔을 가지러 다시 서재로 들어갔어요. 일에 도움이 된다고 하면서요. 그런 뒤에 내게 줄 와인 잔을 찾으러 주방으로 갔어요. 나는 혼자 거실에 앉아 주위를 둘러봤어요. 메레테가 집에 없으니 뭔가 달라 보였죠. 잡지에서 뽑아낸 것 같은 느낌보다 요르겐의 집 같은 느낌이 들었어요. 냄새, 조명, 탁자 위에 놓여 있는 그의 잡동사니들. 휴대폰, 리모컨, 스너스* 한 상자. 우리는 각자 와인 잔을 들고 소파에 앉았어요. 그때부터 대화를 나누기로 했죠. 하지만 둘 다 아무 말을 하지 않다가, 동시에 목청을 가다듬는 바람에 결국 웃음을 터트리고 말았어요.

"당신이 먼저 말해 봐요." 요르겐이 말했어요.

"안 돼요. 별 얘기 아니었으니까. 당신은 무슨 말을 하려고 했는데요?"

* 파우치 형태의 스웨덴 담배

그가 싱긋 웃었어요.

"나야 아프가니스탄에 대해 말할 생각이었죠. 자, 당신 먼저 말해 봐요."

"싫어요. 아프가니스탄에 대해 이야기해줘요."

요르겐의 글을 읽어본 적이 있나요? 그의 책은 끝내 완성되지 않았지만, 아프간의 역사와 정치에 관한 기사는 신문에 몇 번 실린 적이 있어요. 그 기사들을 읽어본다면, 요르겐이 글을 어떻게 쓰는지 알게 될 거예요. 이야기를 가져와 비틀어 연 뒤에, 그것을 이백 년 아프간 역사로 들어가는 입구로 삼았죠. 그는 자신이 만났던 한 가족에 대해, 그들이 말해준 일상생활과 관련된 소소한 이야기, 이를테면 신발 한 켤레를 수선하는 것과 관련된 어려움을 썼어요. 그런 뒤에 영국이 큰 성공도 없이 어떻게 이 나라를 장악하려고 했는지, 70년대 무자헤딘*이 어떻게 소련에 맞서 싸웠는지, 탈레반 정권과 저돌적인 하카니 네트워크**에 관한 이야기들로 자연스럽게 연결시켰어요. 내용이 워낙 풍부해서 한 단어도 놓치지 않으려고 집중하다 보면 일종의 자유연상법으로 문장들이 아주 빠르게 넘어가죠.

이러다 어떻게 다른 것으로 넘어갔느냐고요? 키스는 누가 먼저 했냐고요? 그런 것을 여기서 공유하고 싶지 않아요.

*   이슬람 전사들
** 아프가니스탄 동남부를 거점으로 활동하는 강경 탈레반 무장단체

수사를 방해하고 싶지는 않지만, 무슨 일이 있었다면 나도 영향을 받게 되니까요. 그 사람의 부재에 따르는 이 슬픔 역시 내 것이잖아요. 설령 그럴 권리가 없다고 해도요. 어떤 기억들은 사적인 거예요. 그래도 꼭 물어보시겠다면 최선을 다해서 대답해드리죠.

하지만 내가 말할 수 있는 것은 우리가 옷을 벗기 전에 그 사람이 나를 쳐다봤다는 거예요. 요르겐은 내 입술에서 떨어지더니, 손으로 내 얼굴을 쓰다듬으며 말했어요.

"당신이 정말 원하는 일이에요?"

그 순간 나는 정말 원했어요. 수동적이지 않았죠. 충동적인 일이 아니었어요. 선택을 한 거예요. 그 사람도 마찬가지였어요. 그것은 우리 둘 다 원했던 일이었어요.

그럴 만한 가치가 있냐고 물을 수도 있겠죠. 만일 그렇다면, 집과 가정 그리고 온전한 가족을 위해 희생할 가치와 위험을 감수할 가치가 있었다면 얼마나 좋았을까요. 다른 사람들이 입은 잠재적인 피해는 말할 것도 없죠. 내 남편과 내 아이들. 심지어 그 정도의 가치가 있을 수 있다는 것이 가능한지도 모르겠네요. 하지만 끝나고 집으로 돌아갔을 때, 나는 식탁 옆에 서서 혼자 소리 내 웃었어요. 이제까지 종종 다른 남자와 함께 있으면 어떨지 상상하고는 했거든요. 사실 너무 많이 상상하다 보니 실제로는 불가능한 일일 것 같았어요. 오스먼드와 나 사이에 있었던 모든 일은 다른 사람과는 절대 할 수 없을 것처럼 느껴졌으니까.

그런데 너무 쉬운 일이었어요. 자전거를 타는 것처럼. 그냥 하면 되는 거였어요. 기회만 잡는다면.

화 요 일

벽마다 오래된 골동품들이 걸려 있다. 장식으로 매달아둔, 옛날 시골에서 쓰던 도구들을 보고 있자니 그 도구들이 누군가가 진짜 오래전 실제로 사용했던 물건들인지 아니면 이런 식으로 식당이나 호텔에서 벽 장식으로 구매할 수 있게 저렴한 모조품을 만드는 회사가 있는 것인지 궁금해진다. **노르웨이 시골 식당**이라는 카테고리가 있는 온라인 스토어를 머릿속에 그려본다.

약속 시간이 지났는데도 그는 오지 않았다. 그런 반면 나는 일부러 일찍 도착했다. 생각할 시간은 아주 많았다. 오늘 아침 직장에 전화를 걸어, 심심한 사과와 함께 여전히 편두통이 심해서 출근할 수 없을 것 같다고 알렸다. 그런 뒤에 집에 혼자 앉아 있다 보니 이 건물에 사는 다른 주민들이 집을 나설 때마다 삐걱거리는 계단 소리, 복도에서 서로에게 외치는 작별 인사, 문을 쾅쾅 두드리는 소리, 정원의 포석 위를 탁탁 두드리는 발소리들이 들렸다가 모두 사라졌다. 지난밤에는 잠을 거의 못 잤다. 오스먼드가 아이들을 데리고 나가자 나는 남은 모든 시간을 잉그빌드 프레들리를 만나면 무슨 말을 할지, 내 상황을 어떻게 설명할지 생각하는 데 할애했다. 하지만 약속 장소에 일찍 도착하는 것, 그 다음부터는 대책이 떠오르지 않았다. 먼저 자리를 잡고 앉아 잉그빌드를 맞이할 준비를 하는 것은 내가 협조적임을 보여주기 위해서다. 당연한 말이지만 경찰을 돕는 것은 중요하다. 이 사안은 심각하다. 어제 저녁, 잉그빌드는 우리에게 눈빛으로 경고했다. 마치 우리가 이 사태에 대해 아직 제대로 모르고 있다는 것처럼. 우리가 두려워하지 않고 있다는 것처럼.

아침 내내 컴퓨터 앞에 앉아 있었다. 최근 우리 프로젝트의 데이터 저장 계획을 계속 진행하기 위해서는 일을 끝내야 한다는 생각이 어렴풋이 들었지만, 일이 손에 잡히지 않았다. 그 대신 지난 밤 구글로 검색했던 요르겐에 관한 기사들을 다시 화면에 띄웠다. 그는 러시아와 아프가니스탄뿐만 아니라 중동 지역에 관한 보고서도 많이 썼고, 2~3년 전에는 중앙아프리카공화국에 관한 글도 썼다. 하지만 가장 최근 관심을 기울인 곳은 노르웨이였다. 요르겐은 다른 저널리스트와 함께 무공해 산업의 부패에 관한 연속 기사를 노르웨이 주요 신문에 게재했다. 유료 기사라 뒷부분을 읽지는 못했지만, 도입부로 미루어 보아 돈세탁과 소셜 덤핑*에 관한 내용으로 보였다. 유료화 부분으로 넘어가기 전에 그 기사를 쓴 저널리스트들의 서명 기사 사진을 봤다. 요르겐의 사진은 어제 저녁에 봤던 것과 똑같은, 몇 년 전에 찍었던 사진이다. 다른 저널리스트의 이름은 레베카 다비드센이었다. 젊어 보이는 여자로, 삼십대 초반처럼 보였다. 나보다 어렸고, 적어도 사진으로는 예뻤다.

---

* 생산국이 노동임금을 낮게 유지해 원가를 절감한 뒤 해외 시장에 싸게 판매하는 것을 말한다. 이렇게 할 경우 수입국의 생산자들에게는 덤핑과 마찬가지기 때문에 사회적 요인으로 이루어지는 덤핑이라는 의미에서 '소셜 덤핑'이라 칭한다

잉그빌드 프레들리는 10시 20분이 돼서야 나타난다. 서두르는 모습이다. 나는 곧장 잉그빌드를 발견한다. 그래서 그가 주위를 둘러보며 다른 손님들 사이에서 나를 찾는 모습을 고스란히 지켜볼 수 있다. 카페의 자리가 다 찬 것은 아니었지만, 아무래도 좌석들과 진열돼 있는 골동품들 사이를 살펴보는 데 시간이 걸린다. 이런 식으로 잉그빌드를 보고 있자니 왠지 기분이 좀 나아진다. 지금 나를 찾느라 정신없는 그의 모습이 어제 잉그빌드가 보여준 수사관으로서의 단도직입인 권위로 어지러워진 우리 사이의 균형을 재정립해주는 것만 같다. 마침내 그가 나를 발견한다.

"여기서 보니까 반갑네요." 잉그빌드가 자리에 앉으며 말한다.

갑자기 그가 환한 미소를 짓는다. 나를 끌어안지는 않았지만, 내 손을 잡고 열성적으로 흔든다.

"있다가 토센으로 갈 예정이라, 거기서 만날 수도 있었어요. 하지만 여기서 보는 쪽이 더 낫겠다는 생각이 들더군요."

잉그빌드는 빈정대는 기색 없이 카페 장식물들을 구경하듯 주위를 둘러보며 말한다.

"중립지대니까요."

나는 우리 아파트와 스파레의 아파트 사이 벽에 난 틈을 떠올린다. 카스타네스빈겐에서 하는 이야기들이 전부 다 새어 나갈 것 같다는 느낌이 든다. 나는 고개를 끄덕인다.

"물론이에요. 전혀 문제될 게 없죠."

바리스타가 다가오자, 잉그빌드가 더블 에스프레소를 주문한다. 그리고 나를 보며 자기가 살 테니 주문하라고 말한다. 나는 그냥 커피를 주문한다. 적어도 내가 먼저 사달라고 했다고 말할 사람은 없을 것이다.

바리스타가 주문을 받고 자리를 뜨자, 잉그빌드가 말한다.
"잘 있었어요?"

"오, 그럼요." 나는 목소리를 가다듬는다. "대체적으로는 잘 지냈다고 봐야죠."

"힘들었을 거예요. 윗집에서 그런 일이 있어서. 나야 직업이지만, 아무래도 리케 이웃한테 일어난 일이다보니…."

잉그빌드는 자신이 예전에 수사했던 사건 이야기를 한다. 남편이 살해당한 뒤, 혼자 남겨진 아내는 미치기 일보 직전의 상태에 몰렸는데, 나중에 밝혀진 바로는 그 여자가 미쳤다는 인상을 주려고 한 사람이 따로 있었다는 것이다. 잉그빌드는 그 뒤로 그 사건에 대해 계속 생각했다고 말했다. 자신의 인생에 경찰과 관련된 일이 일어난다는 것이 어떤 일일지. 자기 집에서 살인이 일어난다는 것이 어떤 일일지에 대해. 하지만 이건 그의 직업이고, 이런 일이 있을 경우 어떻게 해야 할지 훈련을 받았다. 그래서 잉그빌드의 입장은 다르다. 나는 또 다시 고개를 끄덕이면서, 화제를 돌릴 지점을 찾는다. 마침 바리스타가 주문한 커피를 가져다준다. 잉그빌드는 고맙다고 인사를 한 뒤, 다시 한 번 계산은 자기가 하겠다고 말한다. 그는 작은 에스프레소 잔 받침에 놓여 있던 설탕 봉지의 끝을 조심스럽게 뜯어낸 뒤, 설탕을 커피에 붓고 젓는다. 그 과정을 거친 뒤, 더 이상 말이 없다. 나 역시 기회가 왔음에도 아무 말도 하지 않는다. 그냥 잉그빌드가 커피 잔을 입에 대고, 커피를 마시는 모습을 지켜본다. 그는 커피를 마시면서 생각에 잠겨 있다. 그런 뒤 만족스럽다는 듯, 잔을 내려놓고 나를 쳐다본다.

"그건 그렇고, 리케, 나한테 할 말이 있다고 했죠?" 잉그빌드가 묻는다.

"네." 내가 대답한다.

지금이 그때다. 요르겐의 기사들을 찾아보는 대신 집에서 미리 생각했어야 했다. 첫마디를 어떻게 할 것인지.

여기서 가장 어려운 점은, 다시 말해 내가 이 대화를 꺼릴 수밖에 없는 이유는 어떻게 해도 모든 것이 전락하게 될 것이기 때문이다. 나는 이미 알고 있다. 일단 말을 꺼내면 이것은 불륜에 관한 이야기, 섹스에 관한 이야기가 될 것이다. 요르겐과 나 사이에 존재했던 감정을 다른 사람들에게 설명하기는 어려울 것이다. 그의 의미, 그의 중요성, 그와의 우정 또한. 직장에서 점심시간에 했던 토론에 대한 그의 생각을 얼마나 알고 싶었는지, 신문에서 뭔가를 읽으면 그에게 얼마나 말하고 싶었는지, 그가 얼마나 빨리 내 판단의 기준이 됐는지도.

지난여름, 이런 관계를 시작하기 여러 달 전에 우리는 가끔 앙상한 사과나무 밑에 있는 벤치에 나란히 앉아 책을 읽고는 했다. 나는 오스먼드에게 정원은 아파트의 확장이라고 말하며 그곳을 좀 더 잘 이용하기 위해 저녁마다 책을 들고 나갔다.

어느 날 저녁, 요르겐이 옆으로 다가왔다. 그는 책과 맥주를 들고 있었다.

"앉아도 될까요? 방해하지 않을 테니까요." 그가 물었다.

처음에는 어색했다. 나는 요르겐을 강하게 의식했고, 그의 모든 행동에 신경이 쓰여 책에 집중할 수가 없었다. 하지만 그는 계속 나타났다. 내가 앉아 있을 때마다 항상 찾아온 것은 아니었지만 자주 모습을 보였다. 그 뒤로 나는 요르겐이 오기를 기대하기 시작했다. 놀라울 정도로 순식간에 벌어진 일이었다. 그래서 우리는 나란히 앉아 전혀 힘들이지 않고 침묵을 공유할 수 있었다. 가끔 몇 마디 말을 나누기도 했다. 내가 요르겐에게 무슨 책을 읽고 있는지 물어보거나, 그가 내가 읽고 있는 책에 대한 생각을 물어보기도 했다. 하지만 우리에게는 대화가 필요하지 않았다. 우리가 함께 보낸 말 없는 시간 속에는 보기 드문 친밀감이 있었다.

하지만 아무도 이런 것에 관심 가지지 않을 것이다. 우리 사이 존재한 우정의 깊이는 아무 의미도 없겠지. 요르겐과 내가 나눈 모든 것이 섹스로 전락하게 될 것이다. 상상이 간다. 모두 횟수로 따질 것이다. 얼마나 여러 번 했는지, 얼마나 자주 했는지, 얼마나 오래했는지.

나는 그 사람을 잃었을 뿐이다. 그 사실이 마음에 사무친다. 놀랄 정도로 슬프고, 비참하다. 행복한 결말이 있을 거라고 믿었나? 그랬던 것은 아니다. 아니, 잘 모르겠다. 결국 우리는 헤어지게 될 거라고 생각했다. 내가 품을 수 있는 아름다운 추억이 될 거라고 생각했다. 중년 여성이 되고 노년기에 접어들었을 때 소중하게 되새기고 싶은, 젊은 시절의 내가 미쳐 있던 시기의 순간으로. 그나마 조금 더 젊고, 약간 미쳐 있었던 시간이라고 말이다. 이제는 이런 생각들을 비웃게 된다. 아름다운 추억? 여기에 아름다운 것이 어디 있다는 말인가?

하지만 나는 잉그빌드에게 이야기한다. 거기에는 진짜 뭔가가 있었다고. 우리 관계를 정당화하려고 애를 쓴다. 미리 오명을 씻기 위해. 내 자신에게도 설명할 수 없는 것을 설명하기 위한 전혀 쓸데없는 연습이다. 내가 말하는 동안 잉그빌드는 천천히 고개를 끄덕인다. 그의 얼굴은 심각하지만, 비난이 어려 있지는 않다. 그 대신 잉그빌드의 표정은 뭔가에 집중하고 있는 것처럼 보인다. 그는 테이블에 놓인 커피 잔 옆에 한쪽 손을 올려두고 있다. 나는 아주 차분한 마음으로 매니큐어를 칠하지도 않고, 반지를 끼지도 않은 적당한 크기의 손이 참하다고 생각한다. 내가 이야기를 하는 동안 잉그빌드는 끼어들지 않는다. 그래서 나는 어쩌다 혼자 있을 때마다 기회를 봐서 요르겐에게 전화를 하게 됐는지 설명하려고 한다. 좀 더 많은 기회를 만들기 위해 종내에는 가정생활을 어떻게 했는지까지. 나는 그런 용서할 수 없는 일들을 저질렀다. 어느 누구보다도 나쁜 사람은 아니었던 내가.

아직 이야기가 한참 남은 상황에서 테이블 위에 놓여 있던 잉그빌드의 전화가 진동하기 시작했다. 본격적인 이야기가 시작되고 나서 처음으로 잉그빌드가 말한다.

"실례 좀 할게요. 받아야 할 전화라서."

잉그빌드는 그 자리에서 전화를 받을 생각이 없다. 잠깐만 기다려요. 전화에 대고 말하더니, 자리에서 일어나 바를 따라 걷다가 화장실로 통하는 것 같은 복도로 나간다. 그쪽으로 나가면 더 이상 그의 모습을 볼 수 없다. 나는 잉그빌드가 사라질 때까지 계속 눈으로 쫓는다. 바리스타가 잉그빌드의 뒷모습을 흘깃 쳐다본 뒤, 나를 본다. 순간 나와 눈이 마주치자, 예의 바른 미소를 지어보이고는 다시 신문으로 눈을 돌린다. 나는 바리스타가 우리에게서 뭘 본 것인지 생각하면서 잉그빌드가 사라진 복도 쪽을 계속 쳐다본다.

잉그빌드가 자리에 돌아오기를 기다리는 동안 늙는 것 같은 느낌이 든다. 괜히 휴대폰을 들고 이것저것 들여다본다. 자밀라가 문자 메시지를 보냈다. **오늘 만날래요?** 그는 모든 것이 다급하다. 나는 갑자기 아무것도 급할 일이 없다는 기분이 든다. 이미 이야기는 나왔다. 비밀이 들통났다는 생각이 든다. 순간 이웃들과의 대화에서 나왔던 고문 받은 고양이들, 한물간 호프모, 끔찍한 이야기들을 세세하게 떠들어대던 학교에서 만난 엄마들이 눈앞에 보인다. 자밀라가 악마라고 불렀던 것. 이것은 애초에 상대가 되는 일이 아니지 않나? 배우자를 속이는 사람보다는 집고양이들을 죽이는 사람이 더 사악한 것 아닌가? 적어도 살인자들이 하는 일에는 이유가 없고, 그 범죄를 통해 그들이 얻을 수 있는 것은 아무것도 없으며, 역겹기만 할 뿐이다. 하지만 나는 확신한다. 아무도 그렇게 보지 않을 것이다. 고양이의 목숨과 가정을 파괴하는 일을 비교하면 어떻게 될까?

잉그빌드는 십 분 뒤에 나타난다. 자리로 돌아온 그의 미간에 깊은 주름이 잡혀 있다. 나는 아무 말도 하지 않는다. 갑자기 할 말이 없어진다. 잉그빌드는 자리에 앉더니, 휴대폰을 테이블 위에 놓고 아무 말도 하지 않는다. 전화 통화로 들은 어떤 사실에 집중하고 있는 모양이다. 그러다 그제야 나를 알아차린 듯, 목소리를 가다듬는다. 생각에서 빠져나온 그는 빈 커피 잔을 움직이더니, 스푼을 단정하게 받침 위에 놓는다. 마치 이런 행동들을 하면 머리가 맑아지기라도 하는 것처럼.

"그만 가봐야 할 것 같아요. 지금 당장 처리해야 할 일이 생겼어요. 이 이야기는 다음에 계속하도록 하죠." 잉그빌드가 말한다.

나는 고개를 끄덕인다. 그에게 무슨 요구를 할 수 있다는 말인가?

"하지만 리케, 이 일에 관해서는 오스먼드에게 이야기해야 해요. 알고 있죠?"

나는 고개를 젓는다.

"아뇨. 안 돼요. 나는 못해요." 내가 대답한다.

어제 가족을 위해 저녁을 준비하던 오스먼드의 모습이 떠오른다. **원한다면 얼마든지 쳐다봐도 돼. 전부 당신 거니까.** 그가 이런 농담을 했었지.

잉그빌드가 헛기침을 한다.

"이런 말을 하는 것은 안 되지만, 어차피 며칠 안에 밝혀질 테니 위험을 감수하죠. 아무래도 지난 토요일 카스타녜스빈겐 15번지에 침입자가 있었던 것 같지 않아요. 무슨 말인지 알아듣겠어요? 요르겐 탕겐의 서재로 통하는 창문이 열려 있었고, 그 아래 잔디에 사다리가 놓여 있었어요. 창문 아래 흙을 여러 번 분석했지만, 별다른 것은 나오지 않았죠. 당시 땅은 젖어 있었고, 부드러웠어요. 외부에서 침입이 있었다면 사람 무게가 실린 사다리 자국이 남아 있었을 겁니다. 그런데 그런 방식으로 침입한 흔적이 없어요. 지상층에 있는 창문 역시 망가지거나 깨진 곳이 없었고, 열려 있는 곳도 없었어요. 공용 출입구 문도 튼튼하더군요. 번호 키를 만든 회사에서 파일을 받아 문이 열리고 닫힌 기록도 조사했지만, 억지로 문을 열고 들어간 흔적은 전혀 없었어요. 이게 무슨 뜻인지 알아듣겠어요?"

나는 멍하니 잉그빌드를 쳐다본다.

"도심에서 벗어난 부랑자가 한밤중에 요르겐 탕겐의 아파트에 침입한 것처럼 보이지는 않는다는 말이에요. 범인은 칼을 들고 협박해서 안에 들어갔거나, 공용 출입구 비밀번호를 알고 있었던 것으로 보여요."

또 다시 요르겐의 아파트에 들어갔을 때처럼 오싹한 느낌이 든다. 뭔가 잘못된 것 같은 불길한 느낌이다.

"아직 확정된 사실은 아니에요." 잉그빌드가 테이블 위에 놓여 있던 차가운 내 손을 부드럽게 두드린다. "하지만 아무래도 한동안은 카스타녜스빈겐 15번지에 사는 주민들 중에 범인이 있을 가능성이 크다고 가정할 수밖에 없어요. 그런데 당신이 조금 전 말한 대로라면 오스먼드가 의심받을 가능성이 커요. 명확한 동기가 있으니까요. 그러니 당신이 남편을 사랑한다면 지금 어떤 상황에 처했는지 알려줘야 해요."

"하지만." 내 목소리는 날카롭고, 겁에 질려 있다. "남편한테 말하면 모든 것이 망가져 버릴 거예요."

잉그빌드가 다른 손도 내 손 위에 올려놓는다. 내 양손은 잉그빌드의 따뜻하고 안전한 손에 잡혀 있다.

"어떤 상황인지 알아요, 리케. 물론 좋지는 않겠죠. 하지만 남편을 도우려면 어쩔 수 없어요."

나는 아무 말도 하지 않는다. 오스먼드를 처음 만났을 때의 어리고 순진하던 얼굴을 떠올린다.

"당신이 말을 하지 않는다 해도 어떤 방식으로든 그 일은 튀어나오게 될 거예요. 이제 수사의 일부가 될 테니까. 어쩔 수 없어요."

"하지만 그 사람이 알 필요가 있을까요? 경찰이 수사 상황을 여기저기 떠벌리고 다니지는 않을 거잖아요? 내 말은 이 일이 요르겐의 죽음과 큰 관계가 없을 가능성이 크다는 뜻이에요." 내가 말한다.

잉그빌드가 나를 쳐다본다. 처음에는 그의 눈에 담긴 무게감을 이해하지 못한다. 문득 이런 생각이 든다. 잉그빌드는 확신이 없다고. 그는 요르겐의 죽음이 우리 두 사람 사이의 일과 관계가 있다고 생각한다. 그게 아니라면 적어도 그럴 가능성도 완전히 배제하지 않고 있다는 뜻이다. 잉그빌드는 오스먼드에 대해 알지 못한다. 남편은 요르겐의 목을 벨 수 있을 만한 사람이 아니라는 것을 이해하지 못한다. 잉그빌드가 보고 있는 것은 범행 동기다.

"형사님도 그 일이 범행 동기는 아닐 거라고 생각하시잖아요." 내 목소리가 갈라진다. 이 일에 관해서는 도저히 침착하게 말할 수가 없다. 바리스타가 신문을 들고 있는 모습을 보니 우리 이야기를 엿듣고 있는 모양이다.

잉그빌드가 숟가락과 커피 잔의 위치를 다시 바로잡는다.

"내 말 들어요, 리케. 당신에게 제안할게요. 거래를 하자는 거죠. 당신이 나를 도와줘요. 지금 당신이 내게 하려던 이야기를 전부 다 말해주는 거예요. 요르겐에 대해, 처음 만났을 때부터 지난 주말 사건이 일어났을 당시 두 사람 사이의 관계까지 전부 다요. 알겠죠? 그리고 요르겐의 가족, 직업, 경제 상황, 그 외 생각나는 모든 것에 대해 알고 있는 사실을 다 말해줘요. 당신이 수사를 도와주는 거예요. 그래야 우리가 범인을 잡을 수 있어요."

나는 고개를 끄덕인다. 무슨 일이든 할 수 있다고.

"그렇게 해준다면 당신 비밀을 지킬 수 있게 해줄게요. 하지만 다른 수사관들과는 공유할 수밖에 없어요. 아마 우리의 사적인 친분 때문에 다른 사람이 수사를 총괄하게 될 거예요. 하지만 가능한 당신이 말하는 내용은 비밀로 해줄게요."

"고마워요. 정말 진심으로 감사드려요."

"하지만 이 거래는 그저 사실이 밝혀지는 시간을 미뤄주는 것뿐이에요. 무슨 뜻인지 알죠? 언젠가 어떤 식으로든 드러나게 될 거예요. 경찰이 이런 식으로 범죄 현장에 들어갔을 경우, 일반적으로 벌어지는 일이죠. 내가 시간을 벌어줄게요. 당신이 직접 오스먼드한테 털어놓을 수 있게요."

"무슨 말씀인지 알아요. 감사해요."

"이 비밀을 언제까지 지켜줄 수 있을지는 나도 몰라요. 수사를 총괄할 다음 사람은 우선순위가 다를 수도 있어요. 시간이 별로 없다는 말이에요."

"알았어요." 내가 대답한다.

그런 뒤, 나는 카페에서 두 블록 떨어진 곳에 세워둔 자전거를 향해 걸어간다. 정말로 잉그빌드의 말을 알아들었나 자문해본다. 오스먼드에게 진실을 털어놓으라는 말이 무슨 의미인지는 잘 알고 있다. 다만 그 시기를 미룰 수 있다는 사실에 안도할 뿐이다.

자전거를 타고 카스타네스빈겐에 돌아오자 차들이 보인다. TV 방송국 로고가 붙어 있는 밴과 다른 차들이 몇 대 서 있다. 그중 한 대는 경찰차다. 그 옆에 서 있는 사람들도 보인다. 남자 한 명이 바람막이 점퍼를 입고 거대한 카메라를 든 채 울타리에 기대서 있다. 그들을 지나쳐 가기 위해 나는 자전거에서 내린다. 대문에 도착하자, 세련된 코트와 스카프를 걸친 여자가 앞으로 달려온다.

"실례합니다. 혹시 여기 사시나요?" 여자가 묻는다.

"네." 내가 대답한다.

별 생각 없이 우리 집을 흘깃 올려다본다. 오스먼드와 나의 바람이 완벽하게 타협된 곳, 나를 기다리고 있는 이 집을 쳐다보기만 해도 행복하다. 하지만 페인트칠은 좀 해야 할 것 같다.

세련된 코트 차림의 여자는 이 지역에서 가장 큰 TV채널에서 나왔으며, 이번 사건에 대해 이웃들의 이야기를 듣고 싶다고 말한다.

"이번에 아주 큰일이 있으셨죠." 여자가 이번 사건의 영향을 받은 것처럼 슬픈 표정으로 말한다. "이런 사건이 바로 옆에서 일어났다는 것은 아무래도 평범한 경험은 아닐 겁니다."

우리는 서로를 쳐다본다. 앞머리를 일자로 내린 여자의 얼굴은 제법 예쁘다. 코트의 벌어진 부분이나 바지 길이처럼 그가 입은 옷만 봐도 뭔가 아는 사람임을 알 수 있다. 이 여자가 토센에 살고 있다고 해도 놀랍지 않을 것이다.

"말하고 싶지 않아요." 내가 말한다.

"다른 질문은 하지 않고 이번 사건으로 어떻게 지내고 계신지만 물어볼 거예요. 원하시면 익명으로 해 드릴 수도 있어요."

"할 말 없어요." 내가 말한다.

나는 대문을 연다. 문이 바깥쪽으로 열리는 구조라서, 문을 잡은 채로 자전거를 끌고 들어갈 때면 항상 불편하다. 기자가 나를 도와주려는 듯 손을 뻗어 대문을 잡아준다. 그러는 동안 우리는 살짝 무안한 기분을 느낀다. 조금 더 열어줘야 들어갈 수 있을 것 같은데요, 지금 경첩이 조금 뻑뻑해서요. 이제 됐습니다. 나는 생각한다. 그는 내 뒤를 따라 대문 앞으로 다가온다. 나는 당연히 감사 인사를 한다.

"별 말씀을요. 저는 여기 좀 더 있을 거니까 혹시 생각 바뀌시면 나와 주세요." 기자가 활짝 미소 짓는다.

적어도 그들은 대문 밖에서 기다린다. 나는 자전거를 포장된 길로 끌고 가, 공용 출입구의 비밀번호를 누른 뒤 이번에는 혼자서 문을 연다. 안으로 들어가 문을 닫자, 스베인 스파레가 계단을 내려오고 있다.

"어서 와요. 오늘은 진을 치고 있는 인원이 더 늘은 것 같던데, 아닌가요?"

"맞아요. 기자들인 것 같았어요." 내가 말한다.

그가 공용 출입구 너머로 밖을 본다. 문이 닫혀 있어서 아무것도 보이지 않을 텐데도 뭔가 보이는 것처럼 쳐다보고 있다. 스베인은 재킷을 입고, 어깨에 가방을 메고 있다.

"거머리 떼들 같으니. 피 냄새를 맡자마자 많이도 몰려왔네요." 그가 말한다.

숨을 깊이 들이마신 뒤, 고개를 끄덕인다. 이렇게 스베인과 대화를 나누고 나면 간혹 불편할 때가 있었다. 그는 내가 받아들이기 힘든 강한 의견을 제시하고는 했다. 우리는 서로를 쳐다본다. 스베인은 어깨를 살짝 구부정하게 하고 있다. 나는 지금껏 그가 이 정도로 키가 크고, 어깨가 넓은지 알지 못했다.

"없어져도 아무도 그리워하지 않을 직업이에요." 그가 눈썹을 찡그린 채 닫힌 문을 노려보며 말한다. "우리 중 한 명이 죽었는데 기분이 어떠냐고 물어보는 꼬락서니 좀 봐요. 정말 웃기지도 않는다니까."

"요르겐도 기자였어요." 내가 부드럽게 말한다.

"그래요." 스베인이 나를 쳐다본다. "요르겐도 저치들보다 나을 것은 없었죠. 정직한 노동자들이 생존을 위한 투쟁을 하면서 저지른 위법에 대한 칼럼을 연이어 썼으니. 리케는 그 법규를 알고 있습니까? 실수는 누구나 할 수 있는데 말이죠. 물론 당신이 빌어먹을 노예 감독관이라는 의미로 한 말은 아닙니다."

그가 목청을 가다듬는다. 계단참이 비어 있다 보니 소리가 울린다.

"요르겐이 한 일을 존중할 마음은 없어요." 스베인이 조금 누그러진 말투로 말한다. "하지만 그 사람은 우리 이웃이었고, 나름대로 좋은 남자였죠. 지금 밖에 있는 인간들… 저 요란스러운 짓거리들이 너무 역겹습니다. 자기들 동료가 흘린 피에 몰려드는 것을 봐요."

나는 뭐라고 말을 해야 할지 몰라 어정쩡하게 고개만 끄덕인다. 요르겐은 취재를 해야 하는 기자의 의무에 대해 많은 이야기를 했었다. 끔찍한 상황에서 기자 보도의 중요성에 대해, 긴급 지원 대신 사진을 찍는 일이 반드시 비인간적인 행동은 아니라는 것에 대해. 하지만 나는 이런 주제로 토론하고 싶은 마음이 없다. 특히 지금 같은 상황에서, 스베인과는.

"그러네요. 이제 그만 들어가 봐야 할 것 같아요." 내가 할 수 있는 말은 이게 전부다.

나는 자전거를 끌고 스베인을 지나친다. 지하실 입구 쪽으로 가다가 충동적으로 돌아서서 그의 이름을 부른다. 스베인이 나를 돌아본다.

"경찰이 지난여름에 남자들끼리 오두막으로 갔던 여행에 대해 물어보던가요?" 내가 묻는다.

스베인의 얼굴에 심술궂은 미소가 떠오른다. 그 악의적인 기쁨의 표시에, 나는 소름이 돋으면서 예전보다도 그가 더 싫어진다. 실제로 내가 그를 정말 좋아하지 않는다는 것을 깨닫는다. 단지 지금까지 그런 식으로 생각해본 적이 없을 뿐. 하지만 스베인은 화해적인 측면 역시 가지고 있다. 성격이 좋고 친절해 보이기도 한다. 자신의 오두막을 관대하게 내주고, 소유지의 일들을 공평하게 나눈다거나 하는 점을 보면 나름대로는 좋은 사람이다. 하지만 그에게는 비열한 부분이 있다. 지금과 같이 자신과 의견이 맞지 않는 사람들을 향해 악의를 드러내는 것처럼.

"네." 스베인이 바지 주머니에 손을 찔러 넣으며 대답한다. "그랬죠. 그래서, 이것을 뭐라고 불러야 하나… 그 **토론**에 대해 말했어요. 그때 사람들이 뭔가를 놓고 의견을 주고받았다고 했죠. 나는 참여하지 않았어요. 나로서는 신경 쓸 수밖에 없는 상황이었으니까. 하지만 **그들**은 화를 많이 냈어요. 우리 친구 사만이 특히 심했죠. 입에 거품을 물 정도였으니. 금방이라도 요르겐한테 주먹을 날릴 기세더군요."

나는 시선을 돌린다. 스베인 스파레한테 묻기 전에 미리 알고 있었어야 했다.

"그랬군요." 지하실 문 쪽으로 슬금슬금 이동하면서 내가 대꾸한다. 하지만 스베인은 나가지 않는다. 나는 지하실 문을 여는 동안 그의 시선을 느낀다. 스베인이 내 모든 행동을 뚫어지게 쳐다보는 것이 느껴진다. 당혹감에 차 지하실 문을 열려고 하다 보니, 손이 살짝 떨리면서 잠금쇠 구멍에서 열쇠가 미끄러진다.

"이미 알고 있겠지만, 그 친구 역시 고지식한 타입은 아니죠. 당신 남편 말입니다. 그냥 하는 말이지만 그때 오스먼드는 사만의 편이었기에, 그 친구 역시 화를 많이 냈어요. 이상할 정도로 말이죠. 정말 그랬어요. 평소 얌전해 보이던 사람이 그런 식으로 폭발하는 것을 보면 마음 깊은 곳에 뭐가 있을지도 모르죠. 안 그래요? 그러니까 내 말은 내가 오스먼드가 어떤 사람인지 아니까 망정이지, 안 그랬다면 그에 대해 진지하게 다시 생각해 봤을 정도였다는 겁니다."

나는 잠금쇠 구멍에 열쇠를 집어넣고 돌린 뒤 지하실 문을 잡아당긴다. 더 이상 그 이야기는 듣고 싶지 않다. 스베인의 말이 사실인지 믿기도 힘들다. 저 독사보다 오스먼드를 훨씬 믿는다. 그렇지만 내게 불안의 기미가 남아 있다는 사실을 이미 느끼고 있다. 스베인의 말이 맞는 것은 아닐까? 심지어 화자의 입맛에 맞게 휘고 뒤틀어버린 이야기조차 일말의 진실은 담고 있기 마련이다. 내가 잘 몰랐다면 두려웠다고 말했을 것이다.

"그렇겠네요." 나는 자전거를 세워둘 준비를 하며 대답한다.

그가 고개를 끄덕인다. 스베인이 얼굴을 다시 펴니, 보기 싫은 미소가 사라진다. 턱에 힘을 주고 있지 않을 때면 매력이 살짝 드러나기도 한다. 그가 젊었을 때 매력적인 남자였음을 쉽게 알 수 있다. 점차 멋있어지는 아들 시멘처럼. 스베인에게도 한때 행복하고, 기운이 넘치며 미래에 대한 희망이 가득 했을 젊은 시절이 있었다는 것을 상상하기 힘들다.

"이제 늑대들 앞으로 나가봐야 할 것 같군요. 나중에 봐요." 그가 말한다.

스베인이 나가고 공용 출입구가 닫히자, 숨 쉬기가 편해진다. 자전거에 자물쇠를 걸면서 생각한다. 스베인은 지금 한 이야기를 경찰에게도 똑같이 말했을 거라고. 그래서 경찰이 그런 질문을 한 것이다. 그에게 유도당했을 수도 있지만, 경찰 쪽에서는 아무리 신뢰도가 없어 보이는 정보라고 해도 일단 확인해보는 것일 수도 있다. 아니면 그 이야기에 뭔가가 있다고 여기나? 보일 듯 말 듯하다. 자꾸 뭔가를 놓치고 있는 것 같다.

내가 친구들과 함께 살았던 아파트 주방에 잉그빌드 프레들리가 앉아 있었을 때, 그의 나이는 서른 살 즈음이었다. 아마 우리보다 예닐곱 살 정도 많았을 것이다. 당시에는 제법 큰 차이였다. 우리는 모든 것을 안다고 생각하는 대학생이었지만, 잉그빌드는 어른이었다. 그는 직장과 아파트가 있었고 경험을 토대로 한 소신도 있었다. 우리는 잉그빌드에게 경찰 업무에 대해 물어보고는 했다. TV에 나오는 것처럼 파트너가 있어요? 좋은 경찰, 나쁜 경찰 행세를 하나요? 범죄학을 공부하면서 미셸 푸코*를 읽었던 내 친구는 그를 범죄자들을 처벌하는 일이 어떻게 사회를 비인간적으로 만드는지에 대한 대화로 끌어들였다. 잉그빌드는 끈기 있게 그 토론을 끝내려고 애썼지만, 내 친구는 포기하지 않았다. 그때 식탁 맞은편에서 그 모습을 지켜봤던 것이 떠오른다. 잉그빌드는 정중하게 그 대화를 끝내려고 시도했다. 하지만 범죄학을 공부하던 학생은 받아들이지 않았다. 내가 잉그빌드를 향해 미소 지으며 눈을 굴리자, 그는 보이지 않게 어깨를 으쓱하며 체념 섞인 미소를 지어보였다. **어쩌겠어?** 그때 다른 친구들보다 내가 어른인 것처럼 느껴지면서, 나와 잉그빌드가 그들보다 위에 있다고 생각했다. 하지만 잉그빌드의 미소는 내 상상처럼 공모의 의미가 아니었을 수도 있다. 그에게는 나 역시 다른 친구들과 마찬가지로 미성숙해 보였을 수도 있다. 그 당시 우리 사이의 거리는 아주 멀었고, 그 거리만큼의 경험은 우리보다 잉그빌드에게 더 구체적이었을 테니까.

그가 우리 아파트에서 밤을 보냈던 마지막 날, 내 기억이 잘못되지 않았다면 우리는 그 자리에 없었던, 음악가가 되

---

* 1926-1984. 프랑스의 철학자. 《광기의 역사》, 《지식의 고고학》 등의 저서가 있다

고 싶다는 부질없는 꿈을 가진 친구에 대한 이야기를 하고 있었다. 그 친구는 음악에 집중하기 위해 대학을 중퇴하고, 모아 둔 돈으로 앨범을 녹음하고 싶어 했다. 문제는 그 친구가 만든 노래가 끔찍하다는 것과 기타 실력이 그리 좋지 않다는 점이었다. 우리도 그 친구의 목소리가 좋다는 것은 인정했지만, 그의 계획을 이행하기에는 모든 면에서 부족하다고 생각했다. 지켜보는 우리에게는 친구가 실패할 프로젝트에 심혈을 기울이는 것이 괴로웠다. 친구로서 그 사실을 그에게 정직하게 말할지 말지가 도덕적인 딜레마였다. 우리는 아무 말 없이 몸을 숙였다. 친구의 환상을 깨는 것이 우리가 할 일일까? 내가 수사학적으로 물었다. 세 학기 동안 심리학 공부를 한 친구는 지금 시점에서 자신의 꿈이 비현실적이라는 것을 알고 있으면서도, 이런 통찰로부터 자신을 무의식적으로 보호하고 있다고 믿었다. 만일 그런 상태라면 친구의 잠재의식을 확인하려고 하는 것은 우리의 오만일지도 모른다고 말했다.

 그때 잉그빌드가 잠에서 깼던 것 같다. 그는 불편하더라도 상대를 정직하게 대하지 않는다면 어떻게 친구라고 부를 수 있냐고 물었다. 그리고 만일 그 친구가 그 문제와 관련된 모든 정보를 가지고 있지 않다면 어떻게 정보에 입각한 결정을 내릴 수 있겠냐고 했다. 알고 싶지 않을까? 우리는 눈빛을 교환했다. 우리라면? 당연히 알고 싶을 거라고 친구 중 한 명이 말했다. 다른 친구는 반드시 알 필요는 없다면서, 재능이 보통인 사람의 환멸은 어떻게 하냐고 물었다. 잉그빌드 프레들리는 우리를 주시했다. 마치 자신이 들은 말을 믿을 수 없다는 것처럼. 그때 그의 눈은 빛나고 있었다. 나는 아직까지도 그때 우리가 잉그빌드를 실망시켰다는 느낌을 기억한다.

나는 주방 조리대에 기댄 채 창밖을 내다보면서 이번에도 잉그빌드를 실망시켰다고 생각한다. 그는 내가 했던 이야기를 오스먼드에게 말해야 한다고 생각할까? 나는 깊이 숨을 들이마신다. 어스름이 내려앉기 시작한 정원은 텅 비어 있다. 기자들은 떠났고, 거리에는 아무도 없다. 길 건너편에 있는 집들이 보인다. 호프모의 집에 불이 켜져 있다. 카스타네스빈겐의 가로등은 불이 일찍 들어온다. 아니, 잉그빌드는 오스먼드에게 아무 말도 하지 않을 것이다. 하지만 그는 내게 직접 말하라고 했다. 그 생각만 해도 배가 아픈 것 같다.

나는 오스먼드가 주방으로 들어오는 발소리를 듣는다. 그에게 말해야 한다. 언제가 됐든 조만간.

"밖에 뭐가 있어?" 오스먼드가 뒤에서 묻는다.

"아니." 나는 밖을 내다보며 말한다. "이제 막 어두워지기 시작했어. 그게 다야."

거실에 들어서기도 전에 니나가 들숨과 날숨을 쉬어가며 말을 한다. 문을 두드리는 소리에, 오스먼드가 열어주자마자 그는 우리 아파트로 뛰어들어와 말을 쏟아낸다. 먼저 저녁 시간을 방해한 것을 사과한 뒤, 우리한테 알려줄 중요한 일이 있어 아침까지 기다릴 수 없었다고 말한다. 비밀로 해야 하는 정보라 우체통에 넣어둘 수도 없다고 한다. 오스먼드와 나는 당혹스러운 표정으로 니나를 쳐다본다. 그가 문을 두드렸을 때, 우리는 소파에 앉아 TV를 보고 있었다. 보아하니 농담할 시간은 없는 듯 곧장 용건을 꺼낸다. 니나의 말에 따르면, 그는 지난주 공용 출입구 비밀번호와 관련된 데이터 목록을 입수했다. 왜냐하면 이 건물에 살고 있는 우리 모두가 경찰이 가지고 있는 것과 같은 정보를 알고 있는 것이 원칙적으로 중요하다고 생각하기 때문이다. 그래서 이 문서를 입수하는 과정에 아무 문제가 없다는 믿음하에 이웃들에게 사본을 제공하기로 한 것이다.

"이게 두 사람 거예요." 니나가 테이블 위에 종이 두 장을 올려놓으며 말한다.

오스먼드와 나는 그 종이를 흘깃 쳐다본다. 긴 목록 속에 우리 이름이 뒤섞여 있다. 탕겐, 카리미, 스파레, 프리츠/엘링센. 우리는 한 가구 당 비밀번호를 하나씩 가진다. 그래서 각 가정의 구성원 중 누구의 출입 기록인지까지는 알 수 없어도 이 목록은 이곳에 살고 있는 사람들의 생활을 제법 완벽하게 보여주고 있다. 지난 한 주 동안 우리 가족은 물론, 이웃들의 움직임까지 무서울 정도로 세세하게.

"아무래도 이런 자료를 우리한테 주는 것을 경찰이 용인하지는 않을 텐데요." 오스먼드가 말한다.

"아, 하지만 정당한 일이잖아요. 만일 경찰이 이 정보를 알아낼 수 있다면 여기 살고 있는 우리도 알 수 있어야 한다고 생각해요. 번호 키를 만든 회사에 있던 남자한테도 그렇게 말했어요. 아주 젊은 남자였는데, 스무 살도 안돼 보이더군요. 그 사람은 내켜하지 않았지만 내가 말했죠. 여기는 우리 자산이고, 번호 키를 단 사람도 우리라고요. 수사관들에게 정보를 넘겼으니 우리한테 알려준다고 해도 문제 될 것은 없을 거라고 말예요. 사실 그곳에 직접 가서 자료를 요구하게 만들었다는 것이 괘씸하죠. 그쪽에서 먼저 우리한테 전해줬어야 하는 거니까."

종이에는 우리들이 출입한 시간과 각각의 비밀번호를 정한 집의 성이 인쇄돼 있다. 니나가 번호 키를 만든 회사에 가서 카운터 위로 몸을 내미는 모습이 떠오른다. 아마 주민자치회장의 권위를 내세우면서, 이런저런 것으로 위협했겠지. 저녁 늦은 시간까지 근무하던 불쌍한 남자를 괴롭히니, 그 직원은 데이터를 내줄 수밖에 없었을 것이다. 니나는 자신이 이웃들에 관한 정보를 얻으려고 한다는 사실은 잊어버린 채, 독선적인 분노를 담아 **우리 자산**이라고 말한다. 그가 아무리 그렇게 믿고 있다고 해도 이 건물에 사는 우리들은 하나가 아니다. 우리는 네 가구다. 적어도. 이제는 이마저도 무너져 내리기 시작한 것 같지만. 이를테면 오스먼드와 나는 이 모든 상황 속에서 함께할 수 있을까? 모두 밖으로 나가고 요르겐만 이 건물에 남아 있는 낮 시간에 내가 가끔씩 집에 돌아왔다는 사실을 오스먼드가 알게 되기를 바랄까? 그리고 요르겐은 어디까지 공개하고 싶었을까? 나는 이야기하는 니나를 쳐다본다. 그는 우리에게 고맙다는 인사를 듣고 싶은 모양이다.

잉그빌드는 경찰 쪽에서는 우리 중에 범인이 있다고 생각한다는 사실을 넌지시 알려줬다. 그런 것이 아니면 요르겐 본인이 집 안에 들인 사람이겠지. 세 번째 가능성으로는 우리 중 누군가가 건물 안에 들여보내준 사람일 수도 있다. 나는 자리에 앉지도 않은 채 쓸데없는 말을 떠들어대는 니나를 쳐다보며 생각에 잠긴다. 니나가 범인일까? 만일 그렇다면 그는 재능이 아주 뛰어난 배우다. 나는 양팔로 내 몸을 감싼 채 생각한다. 당신은 이웃을 위해주는 역할을 연기한다. 그것이 당신이 하는 일이다. 사랑이 가득한 부부, 행복한 배우자. 인내심 많은 부모. 그들이 커튼 뒤에서 몰래 훔쳐보는 것을 막기 위해 당신은 무슨 일이든 한다. 왜냐하면 그들은 완전한 타인이라고 할 수는 없어도, 친구는 아니기 때문이다. 우리 모두는 아주 친밀하다. 우리 모두에게 최선은 서로의 겉모습이 완전하고 진실하다고 받아들이는 것이다. 니나는 종종 스베인을 지지하고, 마음이 잘 맞는 사람이라고 이야기한다. 그는 이야기할 때마다 **그때 내가 스베인한테 말했어, 스베인이 찬성했어**라는 표현을 많이 쓴다. 두 사람 사이의 말다툼, 스베인의 독설, 당황한 니나의 야단, 서로에게 고래고래 소리 지르는 행동은 자신들의 아파트 안에서만 하는 것으로 엄격하게 정해져 있다. 주방 찬장 뒤쪽 벽에 난 틈이 아니었다면 우리도 고함 소리를 제외한 다른 상황은 알기 힘들었을 것이다. 나는 마치 한기를 느끼는 듯 팔꿈치를 손으로 문지른다.

비밀번호를 눌렀을 때만 번호 키에 기록이 남는다고 니나가 설명한다. 건물 안에서 문을 열거나 손잡이의 잠금장치를 돌렸을 때는 아무 정보도 남지 않는다. 만일 건물 안에 있던 사람이 밖에 있는 사람을 안으로 들어오게 했다면 아무도 알 수 없다. 금요일 오후, 탕겐의 이름으로 오후 3시 24분에 출입 기록이 남아 있다. 아마 요르겐이겠지. 그는 아무 방해 없이 서재에서 연구를 하고, 저녁 내내 일을 하기 위해 집에 일찍 돌아왔을 것이다. 거기서 십 분 뒤, 스파레의 이름으로 출입 기록이 남아 있다. 내 추측으로는 그 시간에 집에 돌아온 사람은 니나 혹은 시멘일 것이다. 아무래도 스베인은 집에 늦게 들어오는 편이니까. 오후 4시 17분과 오후 4시 51분에는 우리 가족의 출입 기록이 남아 있다. 오스먼드와 루카스가 먼저 들어오고, 나중에 엠마가 들어왔을 것이다. 오후 4시 54분에는 카리미의 이름으로 출입기록이 남아 있고, 그 뒤로 오후 5시 25분에는 우리 가족, 다시 말해 내가 들어온 기록이 남아 있다. 그리고 오후 5시 32분에 스파레의 이름으로 들어온 사람은 스베인일 것이다. 그날 저녁 마지막 출입 기록은 오후 10시 54분으로, 카리미의 이름이 남아 있다. 내가 세어본 결과, 그 시간에 우리는 모두 집에 있었다. 다만 엄마와 아들이 오후 3시 반에 같이 들어오지 않았다면 스파레 가족 중 한 명이 들어오지 않았을 가능성이 있다. 그날 밤 12시 14분, 정확하게 말하자면 토요일로 넘어간 직후에 스파레의 이름으로 출입 기록이 남아 있다. 아마도 시멘이 저녁 때 다시 나갔다가 밤늦게 돌아왔을 것이다. 그날의 기록은 그게 전부다.

"고마워요." 나는 니나에게 인사를 한 뒤, 출입 기록 사본을 모은다.

그가 여전히 떠들어대면서, 한참 설명적인 추론을 늘어놓고 있는 중간에 내가 말을 가로막은 것이다. 그제야 니나는 내 뜻을 알아차리고 기운이 빠진 듯 미소를 지으며 말한다. 천만에요. 오스먼드가 니나를 현관까지 배웅한다. 그런 뒤 돌아온 오스먼드가 눈을 굴리며 말한다.

"세상에. 내가 바닥에 주저앉아도 저 여자는 계속 떠들어 댔을 거야."

출입 기록 사본은 책장에 올려둔다. 아마 나는 밤늦게 그 사본을 다시 보면서 이웃들과 가족들의 움직임을 확인할 것이다. 지난주 오스먼드와 엠마의 출입 기록을 찾아보면서, 두 사람이 밖에 있어야 할 시간에 집에 돌아온 적은 없는지를 확인할 것이다. 오스먼드도 나와 같은 짓을 할까? 내가 요르겐을 보러 낮 시간에 집에 돌아왔던 것은 2주 전이 마지막이지만, 그래도 모른다. 지금까지 이런 자료가 있다는 것조차 모르고 있었다. 우리가 이런 자료를 찾을 수 있고 지금처럼 종이로 출력돼 우리 집에 전달될 수 있는데도 전혀 신경 쓰지 않고 있었다. 이렇게 서로의 사생활에 쉽게 접근해 엿볼 수 있는 근거를 만들어주고, 도저히 거부할 수 없게 만든 니나가 밉다.

오스먼드는 평소처럼 음악을 들으며 식기세척기에서 그릇들을 꺼내고 있다. 나는 장난감을 모으고 자전거용 헬멧을 치우고 신문을 접으며 거실을 정리한다. 니나에게 받은 공용 출입구 출입 기록을 덮기 위해 그 위에 신문을 내려놓는다. 지금 주방에서는 접시들이 달그락거리는 소리와 함께 남편이 흥얼거리는 노랫소리가 들린다.

이제는 할 수 있다. 지금이 기회다. 잉그빌드 프레들리가 말한 대로 해야 한다. 적당한 순간을 고르기만 하면 된다. 나는 진지하게 남편에게 다가가, 그의 어깨에 한 손을 올리고 말해보면 어떨지를 고민하는 척한다. 이렇게 말할 것이다. 오스먼드, 우리 이야기 좀 해. 당신한테 할 말이 있어. 그러면 그가 물을 것이다. 뭔데? 그때 털어놓으면 된다. 이야기는 금방 끝날 것이다. 깁스를 뜯어내 듯이.

하지만 그러고 난 뒤에는? 그 다음 단계는 그렇게 빨리 해결되지 않을 텐데. 오스먼드의 표정이 변하는 장면을 상상할 수 있다. 그는 내게서 멀어지겠지. 지금처럼 자연스럽게 남편에게 손을 대고, 키스하고, 끌어안는 우리 사이의 모든 것도 사라질 것이다. 나의 안부를 묻고, 남은 음식을 다음 날 도시락으로 싸주겠다고 하는, 내가 그에게 기대하는 친절함 역시 사라질 것이다. 어쩌면 영원히. 순식간에.

위험은 항상 존재했다. 1월의 어느 저녁, 위층에 올라갔을 때부터 알고 있었다. 나는 판단을 내렸고, 그만한 가치가 있다고 결정했다. 주방에서 오스먼드가 음악을 들으며 흥얼거리고 있다. 그래, 맞아. 나는 생각한다. 위험하다는 것은 알고 있었지만, 그 위험이 이전과 다르게 느껴진다고. 그때 당시에는 저울의 반대편에 뭔가가 있었다. 내가 처음 요르겐을 만나러 위층으로 올라가기 전에 이 자리에 서서 생각했던 것이 떠오른다. 오스먼드가 이 일을 알면 모든 것이 끝장날 수도 있다고. 그러면서 생각했다. 만일 내가 요르겐을 만나러 가지 않는다면 후회하게 될까? 이 순간을 떠올릴 때마다 역시 행동했어야 했다고 생각하게 될까? 내년이면 마흔 살이 된다. 아이들이 두 명 있고, 더 이상 스물네 살 때와 같은 외모가 아니다. 해가 지나갈수록 외모는 점점 더 시들 것이다. 너무 늦은 것은 아닐까? 이런 제안들이 더 이상 들어오지 않게 되는 시기는 언제쯤일까? 어쩌면 이번이 내가 제안을 수락할 수 있는 상대방을 만나는 마지막 기회가 아닐까? 그때는 아주 쉬운 일처럼 느껴졌다. 그래서 훨씬 더 중요했다. 사실 사람들은 뭔가를 하는 것보다는 하지 않는 것을 더 후회하지 않던가?

이미 나는 오스먼드에게 다가가지 않을 것을 알고 있다. 도저히 말할 수 없다. 좀 더 준비를 해야만 한다. 뭐라고 말할지, 어떻게 말할지 생각해야만 한다. 우리의 결혼 생활 중 가장 중요한 대화에 속하게 될 테니까. 준비되지 않은 채로 말을 꺼낼 생각이 없다. 가장 중요한 비밀을 털어놓기로 잉그빌드와 약속하면서 시간을 벌었다. 그러니 지금은 때가 아니다. 나는 그 시간을 이용할 것이다. 내일 이야기해야지. 계획을 세워서 하루를 보내고, 저녁 때 아이들을 재운 뒤에 이야기할 것이다. 나에게는 하루의 시간이 남아 있다.

발의 위치가 편하지 않다. 옆으로 누웠다가 다시 똑바로 누워보지만, 여전히 불편하다. 내 발은 계속 불편한 채로, 편안하게 놓여 있기를 거부한다. 양발을 벌린 뒤 한쪽 발을 다른 쪽 발 앞에 놔도, 여전히 불편하다. 부자연스럽게 느껴진다. 나는 엎드린다. 옆에는 오스먼드가 잠들어 있다. 마치 그가 말하고 싶지만 말하기 어려운 말에 집중한 채 잠이 들기라도 한 것처럼 입을 반쯤 벌린 채, 미간을 살짝 찌푸린 채로. 나는 다시 발을 움직인다. 평소에 발을 어떻게 놨었는지 기억이 나지 않는다. 이전에는 이런 것이 문제가 될 거라고 생각조차 해본 적이 없다. 어떻게 몇 십 년을 살아오면서 밤마다 발의 위치를 어디에 놔야 할지 생각하지 않고 침대에 누울 수 있었을까?

    나는 끝내 자리에서 일어난다. 발끝으로 걸어, 문을 열고 거실로 나간다. 밖은 어둡다. 나는 침실 문에 등을 기댄다. 거실의 그늘진 구석을 들여다보고 싶은 충동을 억누른다. 요르겐을 죽인 사람을 건물 안으로 불러들인 이는 요르겐 본인이 아니면, 이곳에 살고 있는 누군가다. 그 사람은 전자여야만 한다. 후자여서는 안 된다. 이곳에 여섯 명의 성인이 있다. 사만과 자밀라, 니나와 스베인, 오스먼드와 나. 우리 중 누군가가 요르겐의 아파트로 가는 장면을 상상하는 것만으로도 끔찍하다. 사만이 위층 계단참을 몰래 가로지르는 모습. 어깨가 넓은 스베인이 컴퓨터 앞에 앉아 있는 요르겐을 향해 몸을 숙이는 모습. 칼자루를 쥔 오스먼드의 손. 현기증이 인다. 마치 내가 수렁 앞에 서 있는 것처럼. 내가 떠올린 머릿속 이미지들이 각각 절벽을 향해 한 걸음씩 내딛고 있는 것처럼. 나는 그 자리에 꼼짝도 하지 않은 채 서서 귀를 기울인다. 발자국 소리, 헛기침 소리, 컵을 움직이는 소리가 들리는 것 같다. 숨이 가빠진다. 요르겐을 죽인 사람이 나나 다른 사람을 죽이지 않는다는 보장이 어디 있단 말인가? 아무 소리도 들리지 않는다. 밖에서 부는 바람 소리와 창문에 호두나무 가지가 부딪치는 소리뿐이다. 지금 이곳에 나만이 깨어 있다. 나는 복도로 나가 현관문이 잘 잠겨 있는지, 안전 체인이 걸려 있는지 확인한다.

나는 텅 빈 정원을 내려다보며 식탁 앞에 서 있다. 양손을 식탁 위에 올린 채 생각한다. 좋아, 생각해보자. 확실하게 생각해야만 해. 나는 이성적인 사람이야. 연구원이고, 과학계에서도 항상 정치적인 성향 없이 객관적인 감각을 가지고 있어. 이념이 아니라 문제를 공략하기 위한 방법을 선호해. 방법론 강의에서 항상 배우는 것이 뭐지? 체계적으로 자료를 모으고, 논리를 이용하는 거야. 전제, 전제, 결론. 만일 a가 있으면 그 다음은 b. a 그러므로 b. 논리학, 변증법. 숨을 깊이 들이마신다. 창문에 비친 내 모습이 얼핏 보인다. 주방 역시 어둡기에, 식탁에 기대 서 있는 내 몸의 윤곽만 보일 뿐이다. 이런 조건에서라면 유리창에 비친 내 모습이 젊은 여자로 보일 수도 있겠다.

지난 토요일, 요르겐의 아파트에 들어갔을 때, 나는 거부감에 압도당했다. 거의 초자연적인 느낌이었다. 내가 그런 종류의 것들을 믿는 사람이었다면 마치 뭔가가 닫혀 있던 요르겐의 서재 문 반대편에 무엇이 있는지 보여준 거라고 생각했을 것이다. 하지만 그것은 미신이다. 유령이나, 어떤 일이 우연의 일치 같지만 실제로는 태어난 순간에 정해진 별들의 배열에 따른 범우주적 결정의 일부였다거나, 컵 밑바닥에 깔려 있는 커피 찌꺼기에서 잠재된 운명을 읽어낸다고 믿는 것과 같이. 나는 그런 것들을 받아들이지 않는다. 이 일은 우주의 계획이 아니다. 천체의 위치 혹은 그것과 연관된 지구의 위치는 사람의 목숨과 관계가 없다. 그날 아침 요르겐의 아파트에서 나를 돌아 나오게 만든 것은 초자연적인 육감이 아니다. 그 불안감은 설명할 수 있다. 아주 소소한 일들이 합쳐진 것이다. 개별적으로 알아차리기에 충분하지는 않지만, 전부 합치게 되면 위협이 있다는 사실을 알려줄 정도는 되는. 나는 식탁 의자 중 한 개를 빼내 자리에 앉는다.

내가 거기서 뭘 봤을까? 무엇이 나를 그 집에서 돌아 나오게 만들었을까? 내가 보낸 문자 메시지에 답이 없기에 조금 걱정이 됐다. 주방 불이 켜져 있었으니 요르겐은 집에 있었던 것이 분명했다. 그런데도 그는 문자 메시지의 답을 보내지 않았다. 그것 말고도 뭔가 더 있었다. 나는 눈살을 찡그린 채, 창 밖을 내다본다. 아파트 밖 조명이 건너편 담을 비추고 있다. 나는 호프모의 집을 보면서, 그날 아침에도 이 자리에 앉아 호프모가 우스꽝스러운 운동복을 입고 밖으로 나오는 모습을 봤던 것을 떠올린다. 호프모가 니나 스파레에게 고양이에 관해 했던 말을 떠올린다. **자치회는 뭘 하고 있는 겁니까? 니나, 이렇게 가만히 앉아서 우리 동네가 망가지는 것을 지켜볼 생각인가요?** 지금 그의 집은 깜깜하다. 길에도 아무도 없다. 하지만 골목 끝

쪽에서 자동차의 전조등 불빛이 보인다. 그 불빛들은 사라졌다가 차가 카스타네스빈겐으로 방향을 돌리자 덤불 사이로 다시 비친다. 오븐에 붙어 있는 시계가 10시 12분을 가리킨다. 나는 시선으로 그 차의 전조등 불빛을 쫓는다.

뭔가 빠진 것이 있다. 내가 요르겐의 아파트에 들어가 닫힌 문을 마주하고 서 있었던 몇 초 동안의 기억에서 알아낼 수 있는 정보가 더 있다. 이제 조금 전 그 차가 시야에 들어온다. 흰색 소형차다. 나는 요르겐의 서재 안을 떠올리려고 애쓴다. 창문이 열려 있었다는 것은 누군가 사다리를 이용해 안으로 들어간 듯한 인상을 주기 위해서였겠지. 범인이 의도적으로 사다리를 이용했을 거라는 생각은 하고 싶지 않다. 정원 헛간 뒤에서 그 사다리를 어떻게 가져왔는지, 위치를 알기만 한다면 얼마나 쉽게 가져올 수 있는지에 대해서는 생각하고 싶지 않다. 그때 흰색 차가 우리 대문 앞에 멈춰 선다.

어째서 그게 뭔지 딱 꼬집어낼 수 없을까? 뭐가 무서워서 그 자리에 있을 수 없었을까? 사만에게 달걀을 얻었던 일과 그 뒤에 있었던 일들 때문에 기억이 엉켜버렸나? 아니면 나 자신을 해칠지도 모르는 뭔가가 있어서 기억하고 싶지 않은 것일까?

대문 앞에 멈춰 선 차의 운전석 문이 열리고 여자가 내린다. 그가 차를 돌아 걸어오는 동안, 조수석 문이 열리고 또 다른 여자가 내린다. 어둡고 거리가 멀어서 잘 보이지 않지만 직감적으로 그들이 누군지 알 수 있다. 운전자가 뒷좌석 문을 열자, 세 번째 여자가 나온다. 어린애라고 할 수 있을 정도로 호리호리한 소녀. 세 사람은 그 자리에 선 채 아파트를 올려다본다. 내가 앉아 있는 주방은 어둡기 때문에 그들은 나를 보지 못한다. 하지만 나는 그들을 볼 수 있다.

아무래도 뭔가 더 있다. 답신이 없는 문자 메시지, 주방의 불빛, 내가 그 집에 들어갔던 것. 그것만으로는 부족하다. 틀림없이 다른 것이 있다. 소소하고 하찮은 것들, 그 당시에는 알아차렸지만, 생각이 나지 않는 것들. 집중해야만 한다. 나는 눈을 감고 머릿속에 떠올린다. 나는 그 아파트 한복판에 서서 주위를 둘러본다. 피아노? 책장? 바닥에 뭔가 놓여 있었던가? 아니면 그저 기운만 느꼈던 것인가? 그 직후에 사만과 마주치지만 않았어도, 당황해서 모든 정신을 그에게 팔지만 않았더라도 더 많은 것을 기억할 수 있었을 텐데. 정신이 산만하지만 않았어도 그 아파트 안에 머물렀던 순간을 재구성할 수 있었을 것이다. 나를 무섭게 만든 것이 뭔지.

길을 내려다보니, 차에서 내린 세 사람이 움직이기 시작한다. 운전석에서 내린 여자가 차 트렁크에서 뭔가를 꺼낸다. 다른 여자가 대문을 연다. 그들이 안으로 들어오자 소녀가 뒤따른다. 짐을 들지 않은 여자가 소녀의 어깨를 감싸 안으며, 함께 걸어오기 시작한다. 마치 딸을 부축하듯 꼭 감싸 안고 있다. 실제로는 누가 누구를 부축하고 있는지 모를 상황이기는 하지만. 여자의 창백한 얼굴이 어렴풋이 보인다. 그들이 가까이 다가와, 나는 내가 보이지 않게 바닥에 주저앉는다. 그렇게 잠시 오븐에 등을 기대고 앉아 있다. 공용 출입구가 열리는 소리가 난다. 계단을 올라가는 그들의 발소리가 들린다.

메레테가 돌아왔다.

일회성이겠지. 그렇게 생각했어요. 마지막으로 딱 한 번만 저지르는 미친 짓일 거라고. 처음에는 그랬어요. 그런 뒤에는 마음을 잡으려고 했죠. 문제가 있다면 효과가 좋았다는 거예요. 그 뒤로 몇 주 동안은 좋은 일만 있었거든요. 우연의 일치일 수도 있어요. 하지만 오스먼드도 기분이 좋은 것 같았어요. 어쩌면 그랬던 것은 나 때문일 수도 있죠. 내가 자발적으로 움직였으니까요. 나는 그 사람이 좋아하는 닭 요리를 만들었어요. 보통 남편 생일 때만 만드는 요리였는데, 그마저도 최근 몇 년 동안은 만들어주지 못했거든요. 그런데 느닷없이 수요일에 그 요리를 만들었던 거예요. 한번은 약속이 있어서 시내에 나갔을 때, 남편에게 전화를 걸어 점심을 같이 먹자고 청하기도 했어요. 매일 아침 오스먼드가 출근하기 전 그리고 저녁에 퇴근하고 돌아오면 남편에게 키스했어요. 섹스도 그 전보다 자주 하기 시작했죠. 루카스가 태어난 뒤로 힘이 달려서 해보지 못했던 일들도 시도했어요. 젊을 때처럼 대화도 나눴죠.

후회하냐고요? 여러 번 자문해봤어요. 솔직히 후회하지 않는다는 것을 알게 돼서 나 자신도 놀랐죠. 도리어 기뻤어요. 죄책감도 느끼지 않아요. 어쩌면 필요했던 일이라고 생각해요. 지금 우리 두 사람을 보면 말이죠. 우리 두 사람 사이의 상황을 봐요. 심지어 우리 두 사람한테 도움이 되는 일이었다는 생각까지 들어요.

요르겐의 아파트로 올라가기 몇 주 전에, 오랜 친구인 한 나를 만났어요. 혹시 기억해요? 나는 어쩌면 상황에 따라 불륜이 정당화되는 관계가 있을 수도 있다고 말했어요. 경우에 따라 긍정적이거나 활력을 얻는 일이 될 수도 있다고요.

한나가 말했어요. 아니. 일반적으로 불륜은 관계를 지키는 것이 아니라 망가뜨려.

그렇다고 해도 그게 중요하지 않은 경우도 있지 않을까? 개인적으로, 자신을 위하는 경우라면? 내가 말했어요. 위대한 남자들은 자기들이 내킬 때마다 바람을 피우잖아? 비에른스티에르네 비에르손*? 존 F. 케네디**? 프랑스아 미테랑***? 모르긴 해도 다른 남자들도 그렇겠지. 아마 대부분의 남자들이 그럴 거야. 그리고 부인들은 항상 바람피운 남편들을 용서하지. 이런 것을 보면 이중 잣대가 있지 않을까? 남자들이 노상 자신들의 즐거움을 누리듯 여자들 역시 자신들의 즐거움을 받아들이는 쪽이 옳지 않겠어?

한나가 말했어요. 하지만 리케, 그것은 평등에 관한 문제가 아니야. 함께 사는 사람에게 지켜야 할 신뢰에 관한 거지. 힘든 시기에 도망치지 않고, 관계를 지켜나가자는 거야.

나는 내가 한 말을 철회했어요. 그래, 그렇지. 우리 두 사람이 그렇다는 이야기는 아니었어. 그냥 가정해본 거지.

그리고 그 이야기를 끝으로, 더 이상 다른 사람에게는 말

---

* 1832-1910, 노르웨이의 극작가. 1903년 노벨 문학상을 수상했다
** 1917-1963, 미국 35대 대통령
*** 1916-1996, 프랑스 21대 대통령

하지 않았어요. 이야기할 필요가 없었죠. 사적인 영역이었으니까. 계단참이나 정원에서 요르겐과 마주치면 우리는 평소처럼 미소 지으며 인사를 나눴고, 서로의 안부를 물은 뒤 좋은 하루 보내기를 기원했어요. 어쩌면 그런 말들이 새로운 무게를 가지게 됐을지도 몰라요. 우리가 각자 갈 길로 가기 전에 서로에게 보여주는 작은 미소에도 뭔가 충전돼 있었을 수도 있죠. 하지만 그 안에 초대는 없었어요. 문을 잡고 있는 다른 사람의 손 위에 누군가 손을 올리는 일 같은 것은요. 1월의 토요일 이후 몇 주를 보내면서, 솔직히 나는 우리 사이에 일어났던 작은 흥분의 불꽃은 시간이 지나며 사그라들다가 결국에는 잊힐 거라고 생각했어요. 하지만 그때 시어머니가 빙판에서 미끄러져 넘어지는 일이 일어났죠.

오스먼드가 전화를 했어요. 펄떡거리는 맥박이 느껴질 정도의 목소리였죠. 엄마가 병원에 계셔서 가봐야 할 것 같아. 당신이 애들 좀 데려와 줄 수 있어? 남편의 말에 그렇게 하겠다고 대답하면서 우리도 같이 병원에 가야 하는지 물었어요. 오스먼드는 우리한테 집에 그냥 있는 쪽이 나을 거라고 했어요. 나는 생각했죠. 남편은 시어머니와 단둘이 있고 싶은 거구나.

시어머니는 그날 저녁에 바로 퇴원했어요. 발이 골절됐고 낙상으로 인해 시꺼멓게 멍이 들기는 했지만 입원할 정도로 심각한 상태는 아니었던 거죠. 오스먼드는 절망했어요. 불쌍한 우리 엄마. 병원 측에서 시어머니가 얼마나 겁에 질렸는지 모르니 퇴원하라고 한 것이 아니겠냐고요. 남편은 시어머니를 위해 저녁 식사를 준비하고 장을 봤어요. 오스먼드는 어머니 옆을 떠나고 싶지 않았지만 그 날은 시동생이 어머니 옆에서 자기로 했죠. 그래서 남편은 다음 날 저녁에 가기로 했어요.

그 뒤로 몇 주 동안 오스먼드는 매일 시어머니 집에 갔어요. 남편은 시어머니가 할 수 없는 일뿐만 아니라 다른 일들까지 전부 다 도와야만 했죠. 시어머니는 오스먼드가 한 모든 일에 대해 고마워했어요. 남편은 커피도 잘 내렸고, 계단에 쌓인 눈도 깨끗하게 치웠죠. 모든 일을 시어머니가 하는 것보다 훨씬 더 잘 한다고요. 오스먼드는 자랑스러워했고 행복해 했어요. 그러면서 남편은 말했죠. 이제 아무 문제없을 거예요. 그냥 눈이 좀 온 것뿐이니까.

나는 그 집에 초대받지 못했어요. 남편은 더 이상 루카스를 유치원에서 데려오지 않았고, 집에는 계속 늦게 들어왔어요. 주말에는 시어머니 집에서 자고 올 때가 많았죠. 시어머니는 좋았을 거예요. 밤에 혼자 있는 것을 불안해 하셨으니까. 나는 말했어요. 그래, 알았어. 당신이 해야 할 일이면 그렇게 해야지.

그러던 중 어느 금요일 오후, 요르겐과 가게에서 마주쳤어요.

화요일 밤

내 손가락은 자판을 두들기고 있다. 일을 끝마칠 때까지 미처 깨닫지 못하고 있었던 것을 보면, 한참 동안 여기 앉아 있었던 모양이다. 지금은 새벽 3시 반이다. 몇 시간이 지나갔다. 처음 이메일을 쓰기 시작했을 때는 다른 사람을 깨우지 않기 위해 소리 내지 않으려고 천천히 자판을 두드렸다. 하지만 메일을 쓰는 동안 뭔가에 씐 것이 틀림없다. 마치 내 자신을 잃고 무아지경에 빠진 듯 글을 쓰다가 이제야 등이 뻣뻣해진 것을 느낀다. 노트북을 무릎 위에 올려놓고 소파에 웅크린 채 앉아 있다 보니 아무래도 어깨에 힘을 잔뜩 주고 있었던 모양이다. 완전히 몰입해 있었다. 위층에서 메레테인지 필리파인지 모를 이의 발소리가 들렸던 것 같다. 오스먼드가 자면서 했던 기침 소리도 두어 번 들었다. 그리고 공용 출입구 열리는 소리가 났던 것 같기도 하다. 너무 집중한 탓에 확실하지 않지만. 이메일 창에는 요르겐을 만났을 때부터 마지막으로 대화를 나누던 순간까지, 그리고 그날 밤에 있었던 일까지의 이야기가 가득 채워져 있다. 재빨리 스크롤을 올리자 단어와 문장 들이 내게 달려든다. 숨이 뜨겁고 가빠지며 내 몸에 있는 모든 세포가 빛나는 것만 같다. 내가 그의 품 안에 안겨 있는 것처럼 느껴진다. 이 메일을 보내려고 하니 이상한 기분이 든다. 이메일이 아니라 일기장에 가까운 것 같아서 혹은 변명 섞인 자백 같기도 하다. 벌써부터 수치스럽다. 잉그빌드는 이 이메일을 경찰관의 시선으로 읽을까? 동안인 로빈 같은 동료들과 같이 읽을까? 나의 속마음, 나의 가장 사적인 행위가 범죄의 동기와 증거로 사건 자료에 첨부될까? 이 일을 후회하게 될지도 모른다. 그러나 다시 시작할 기운이 없기에 그냥 다음과 같이 메일을 마무리한다. **이게 전부예요. 도움이 되기를 바랍니다. 조만간 이야기해요. 그럼 이만, 리케.** 그런 뒤 전송 버튼을 누른다.

이상하게도 이 메일을 보낸 것이 후회되지 않는다. 도리어 보내고 나니 안심이 된다. 이제 무슨 일이 있더라도 내가 경찰에 협조하지 않았다고 비난할 사람은 없겠지. 소파에 몸을 기대고 상반신을 뒤로 젖힌다. 할 일을 끝마치니 개운한 느낌이 든다. 오스먼드에게 털어놓은 뒤에는 어떤 기분이 들까? 아마 제일 먼저 안도감이 들 것이다. 그 생각만 해도 속이 뒤틀릴 만큼 무섭기 때문이다. 어쩌면 편지를 써서 남편에게 전하는 것이 나을지도 모른다. 그렇게 하면 내가 이 끔찍한 고백을 하는 동안 오스먼드의 얼굴이 일그러지는 모습을 보지 않아도 되니까. 상냥한 호기심 어린 모습이 분노와 증오와 상처로 바뀌는 것을 볼 필요가 없으니까. 그중에서도 특히 상처 받은 모습을 보고 싶지 않다. 오스먼드의 상처 입은 모습은 생각조차 하고 싶지 않다. 또 다시 속이 비틀린다. 나는 고통을 견디기 위해 배를 손으로 꾹 누른다. 이제 새벽 4시다. 실제로는 수요일로, 이 하루가 다 가기 전에 오스먼드에게 모든 것을 털어놔야 한다. 나는 적당한 말을 찾아본다. 어떻게 그 이야기를 할지 생각하며 연습해본다. 그래야 오스먼드는 이 일이 그의 잘못이 아니라는 것을, 아무 의미도 없다는 사실을 알게 될 것이다. 적어도 그가 믿고 있는 일을 할 정도는 아니었다고 알려야 한다. 그리고 특히 그런 일은 결코 다시는 일어나지 않을 것이다. 나는 이제 뼈저리게 느낄 수 있다. 이 일은 끝났다. 요르겐이 세상을 떠났기 때문만은 아니다. 내 안에서 느꼈던 초조함은 이제 사라졌다. 긁지 않으려고 애를 써보지만, 결국 긁어버리게 되는 가려움증이 있는 것 같다. 기분이 좋아지는 듯해 계속 긁다보니 손톱이 살을 파고들어 피가 날 때까지 긁었다. 이제 상처에 딱지가 앉게 되면서 상처 부위를 다시 긁는다는 일은 상상조차 할 수 없다. 눈을 감는다. 이런 일은 두 번 다시는 없다. 100퍼센트 확신한다. 아, 오스먼드, 이 일은 그냥 묻어버리고 아무 일도 없던 것처럼 넘어가면 안 될까?

    하지만 그러기 전에, 나는 먼저 남편에게 상처를 줄 수밖에 없다. 분노한 오스먼드는 나를 미워할 것이고, 나는 그것을 견뎌야 한다. 그런 뒤에 우리는 다시 친구가 될 수도 있다. 오스먼드는 나를 용서해줄 것이고, 나는 참회할 것이다. 그리고 그가 나를 믿을 수 있음을 증명해야 한다. 오스먼드는 용서해줄 것이다. 그럴 것이다. 다른 사람도 아닌 오스먼드니까. 우리는 어린 시절부터 함께 했다. 엠마보다 조금 더 나이가 많았을 때부터 만났던 사이다. 횡격막을 쥐어짜는 것 같은 고통이 팔과 다리로 퍼져나간다. 이전보다 심한, 압도적인 공포가 느껴진다. 이제야 이론상의 변수가 아닌 실제로 일어날 수 있는 일이라는 것을 깨닫는다. 바로 오스먼드가 나를 영원히 떠날지도 모른다는 사실을.

그래서 나는 가만히 앉아 있지 못하고 아파트 안을 서성거린다. 침대로 돌아가 잠을 청해야겠다는 생각이 든다. 마음을 가라앉히기 위해 숫자를 100부터 거꾸로 세고, 머릿속을 억지로 비우려고 알파벳으로 시작하는 도시들의 이름을 떠올리기 시작한다. 오스먼드는 똑바로 누워 코를 골며 자고 있다. 그가 들이마시는 공기가 목구멍으로 쿠르륵거리며 내려간다. 아주 특이한 소리다. 깨어 있는 동안 내는 어떤 소리와도 완전히 다른 소리. 목구멍과 가슴 깊은 곳에서 가르릉거리며 울린다. 나는 종종 남편의 코고는 소리에 짜증을 내면서 팔꿈치로 옆구리를 날카롭게 찌르고는 했지만, 지금은 가만히 누워 그를 쳐다본다. 남편 없이 혼자 잠드는 모습을 상상해본다. 오스먼드의 커다랗고 아늑한 몸, 코고는 소리, 잠잘 때 짓는 우스꽝스러운 표정, 말을 할 것처럼 반쯤 벌린 입. 오스먼드는 문에서 가까운 쪽에 눕는다. 침입자가 있을 경우 나를 지키기 위해서. 오스먼드가 떠나면 누가 나를 지켜줄까?

새벽 5시 20분이 되자, 나는 잠을 포기한다. 밤새 한숨도 자지 못했지만 조금 있으면 아침이다. 주방에 가서 커피를 내리고 신문을 가져온 뒤 식탁에 앉아 이른 아침의 평온을 즐길 수 있을 것이다. 나는 자리에서 일어나 주방으로 간다. 하지만 머리가 무겁고 기분이 울적하다. 솜이 목구멍을 틀어막은 듯 답답하고 금세라도 울음이 터질 것 같다. 너무 피곤해서 잠을 자고 싶다. 커피와 신문으로 이른 아침을 버티려면 처음부터 끝까지 엄청난 노력이 필요하겠지. 하지만 몸을 움직인다. 달리 방법이 없으니까. 나는 커피를 내린 뒤, 잠옷 위에 재킷을 걸치고 고무장화를 신고서 스산하게 텅 빈 복도로 나간다. 발소리가 울린다.

밖은 춥다. 카스타네스빈겐의 다른 집들이 보이지 않을 정도로 안개가 자욱하게 끼어 있다. 심지어 가로등 불빛조차 흐릿하다. 회백색 안개 속에서도 공기는 신선하다. 그래서인지 무겁던 머리가 맑아지는 것 같다. 어렸을 때 나는 안개를 하늘에서 떨어진 구름이라고 생각했다. 내가 침대에서 잠을 청하는 동안 토센을 가로지르며 굴러 떨어진 폭신폭신한 구름이 우리 정원을 완전히 싸고 뒤덮어 동화에나 나올 법한 정원으로 변신시켜준 것만 같다. 시내에서 살 때는 이런 느낌을 받지 못했는데. 뜻하지 않게 들뜬 마음으로 보도에 발을 내딛는다.

우편함들은 울타리 안의 스탠드에 걸려 있다. 안개가 자욱한 탓에 바로 옆에 가서야 형태가 보인다. 맨 끝에 걸린 우편함 옆에 뭔가 걸려 있는 듯 그림자가 드리워져 있다. 처음에는 누군가 잃어버린 모자나 스카프인 줄 알았다. 그 순간 부자연스러운 각도로 꺾어진 머리의 윤곽이, 그리고 어깨가 보인다. 고양이에게도 어깨가 있다고 말할 수 있다면. 앞다리와 뒷다리는 사람의 팔다리처럼 양쪽으로 축 늘어졌다. 피는 흐르지 않는다. 푸른색 나일론 끈에 매달린 고양이 사체. 그 끝은 올가미 형태인데, 보자마자 가슴이 털썩 내려앉는다. 고양이가 교수대에 매달려 있다. 그중에서도 머리가 최악이다. 살아 있는 것처럼 뾰족하게 위로 솟은 귀. 얼룩덜룩한 회색 털은 아무 손상 없이 매끈하다. 아주 작은 크기로 봐서 새끼 고양이 같다. 손을 내밀어 품에 안고 작은 머리를 쓰다듬어 주고 싶을 정도다. 하지만 그 고양이는 작은 유리 단추 같은 눈을 뜨고 교수대를 연상시키는 끈에 매달려 있다.

고양이와 나를 둘러싼 사방이 고요하다. 나는 잠시 자욱하게 깔린 안개를 응시한다. 부드러운 귀를 덮고 있는 털이 한 올 한 올 보인다. 그 순간, 나는 비명을 지른다.

2

인지 부조화

수 요 일

아파트 이웃들과의 여름 파티는 항상 여름휴가가 시작되기 직전인 6월 말에 열렸다. 하지만 올해는 가을이 될 때까지 아무것도 하지 않았다. 작년 여름 파티는 특히 즐거웠다. 우리는 사과나무와 파티오를 지등(紙燈)으로 장식했다. 자밀라는 화환으로 테이블 위를 장식했고, 메레테는 전자 피아노를 가져와 재즈 음악을 연주했다. 아레사 프랭클린, 마일스 데이비드 그리고 니나 시몬. 〈내 사랑은 오직 나만을 사랑한다네My baby just cares for me〉. 그리고 우리는 파티오 위에서 춤을 췄다. 나는 요르겐과 춤을 췄는데, 춤을 잘 추는 요르겐이 나를 가볍게 붙잡아줬다. 그런 뒤에 오스먼드와도 춤을 췄고 스베인, 사만과도 췄다. 그런 저녁이었다. 우리 모두 약간 취해서 편안하고 즐겁게 웃었다. 스베인은 사냥에 대해 이야기했다. 준비는 자기 오두막에서 한다고도 했었다. 그러자 요르겐이 몸을 앞으로 내밀며 질문을 던졌다. 내가 잘못 알고 있을 수도 있지만, 남자들이 8월에 스베인의 오두막으로 여행을 가기로 결정 한 것도 그때였을 것이다. 그날은 니나조차 평소보다 풀어져 있었다. 그는 교직원실에서 있었던 몇 가지 일화들을 털어놨다. 학교 측에 완전히 유리한 이야기는 아니었던 것으로 기억한다. 일을 하지 않을 때 그의 그런 모습을 보는 것이 좋았다.

하지만 올해 우리는 여름 파티를 완전히 잊었다. 여름휴가가 시작되기 직전에 누군가 파티를 떠올렸지만, 이미 너무 늦은 상황이어서 대신 가을 초입에 파티를 하기로 결정했다. 저녁 시간은 피하기로 했다. 바깥에 있으면 너무 춥고, 일찍 어두워지니까. 그리고 주민 모두가 참석 가능한 적당한 날을 고르기도 힘들었다. 결국 점심 식사를 같이하는 것으로 파티를 대체했다. 뷔페처럼 상을 차리기 위해 각자 음식을 두 개씩 가져왔다. 지등도, 피아노도 없었다. 다만 자밀라가 작년과 마찬가지로 테이블에 화환 장식을 했다. 음식들도 맛있었다. 나는 가능한 요르겐과 대화를 나누지 않았다. 그때 이미 요르겐과 헤어질까 생각하던 중이었는데 실제로는 바로 직전에 그 시도를 포기한 상황이었다. 오스먼드는 무슨 이유에서인지 기분이 좋지 않았다. 아마 시어머니에게 무슨 일이 생긴 모양이었다. 남편은 식사를 하는 중간에 전화를 받으러 두 번 정도 자리를 비웠고 그 뒤로도 계속 휴대폰만 쳐다보고 있었기 때문이다. 그가 사람들과 이야기할 때 마치 억지로 이 자리에 앉아 있는 것처럼, 실제로도 휴대폰을 보며 혼자 앉아 있고 싶어 하는 것 같은 티를 너무 내는 바람에 휴대폰을 좀 넣어두라고 말을 해야 하나 고민했던 기억이 난다. 메레테는 어쩐지 피곤해 보였다. 니나는 정원 관리를 위한 주민자치회의 계획을 이야기하면서, 머지않아 계단참에 있는 게시판에 해야 할 일 목록을 붙여둘 테니 각자 할 일들을 찾아 표시하라고 말했다. 그 옆에 앉아 있던 스베인은 이 분에 한 번씩 시계를 들여다보고 있었다. 필리파는 우리가 식사를 끝마치기 전에 집으로 들어갔고 시멘도 조금 뒤에 어딘가로 외출했다. 내가 들어가지도, 나가지도 못하게 붙잡아놓은 엠마는 혼자 앉아서 이 자리에 있기 싫다는 티를 있는 대로 다 내고 있었다. 사만은 말수는 적었지만 싹싹하게 행동했고 자밀라는 그 자리의 분위기를 띄워보려고 혼자 애쓰고 있었다. 그는 옆에 앉은 사람들을 차례대로 챙기며 말을 걸거나 질문을 하고 손짓과 함께 큰 소리로 웃었다. 끝에 가서 자밀라의 그런 열의마저 사라지자 모두 그냥 자리에 앉아 있었다. 날이 조금 쌀쌀했다. 우리는 일찍 자리를 파하고 각자 집으로 돌아갔다.

    지금 정원에 또 다시 경찰들의 모습이 보인다. 그들 중 두 사람이 우편함 옆에 서 있다. 한 명은 사진을 찍고, 다른 한 명은 현장을 살피는 중이다. 나는 주방 창가에 서서 경찰들을 지켜본다. 날이 흐리고 쌀쌀한 것 같았지만, 경찰들은 신경 쓰지 않고 자신들의 일에 몰두하고 있다. 울타리 밖에서 커다란 카메라를 들고 바람막이 점퍼를 입은 남자가 경찰들의 사진을 찍고 있다. 경찰들은 남자를 막지 않는다.

    우리가 아침 식사를 하고 있을 때, 여자 경관이 찾아와 내게 두어 가지 질문을 하더니 잠시 기다려달라고 요청한다. 조금 뒤에 누군가 나를 찾아올 거라고 했다. 경관이 묻는다. 혹시 외출할 계획이 있으신가요? 나는 없다고 대답한다. 오늘 일을 하러 갈지 말지 아직 정하지 못했다. 그런 결정을 내릴 힘조차 없었다. 일단은 경찰이 요구한 대로 집에서 기다릴 것이다. 경찰들이 우편함에 집중하는 동안 파티오는 방치돼 있다. 파티오를 보면서 생각한다. 올해 주민들의 파티 분위기가 좋지 않았던 이유는 뭘까? 내 잘못이었을까? 내가 요르겐을 피해서? 이제는 너무 커버려서 그런 자리에 함께 있기 싫어하는 십대 애들 때문이었을까? 아니면 경찰이 물어봤던 오두막 여행에서 무슨 일이 있었던 것일까? 그 여행은 파티가 있기 불과 몇 주 전에 있었다. 혹시 고양이 사체들과 관계된 것은 아닐까? 그 생각을 하자 등줄기를 타고 전율이 흐른다. 봄부터 발견됐던 그 소름끼치는 동물 사체들의 섬뜩함이 우리를 덮친 것일까? 그래서 제대로 알아갈 시간만 있었다면 친구가 됐을 수도 있는 이웃들을 더 이상 친구로 느낄 수 없게 된 것일까? 이미 그때부터 서로를 잠재적 사이코패스로 보고 있던 것은 아니었을까?

오늘 아침 오스먼드가 샤워를 하는 동안, 루카스가 걱정이 가득한 얼굴로 고양이가 죽은 뒤에 어떻게 되냐고 물었다. 나는 그 질문을 실존적인 문제로 받아들이고 그에 따라 대답해줬다. 천국이 있다고 믿는 사람들도 있고, 죽은 뒤에 다시 자연의 일부로 돌아간다고 믿는 사람들도 있다고. 교육적인 입장에서 설명해주려고 애썼지만 휘청거리는 몸을 느낄 수 있었다.

여전히 손이 떨렸고 속이 불편했다. 머릿속에서 올가미에 걸려 있던 작은 털북숭이의 모습이 끊임없이 떠올랐다. 하지만 루카스는 사체에 관심이 많았다. 유치원 친구가 죽은 고양이들을 쓰레기통에 버린다고 했다는 것이다. 엠마는 경멸의 눈초리로 나를 쳐다보고 있었다. 마치 자신을 구성하는 생물학적인 영역 중에서 많은 부분을, 그러니까 자신의 유전자 중 절반을 내게서 받았다는 사실을 믿고 싶지 않다는 듯이.

"맙소사. 고양이 때문에 이 난리라니." 엠마가 말했다.

딸의 말이 내 가슴 속에 울려 퍼졌다. 푸른 줄에 매달려 있던 작은 새끼 고양이.

"누군가 고양이를 죽였어, 엠마." 내가 말했다.

"그래서?" 엠마가 대꾸한다.

"그냥, 그냥 조금이라도 애도를 표하라는 거야."

"세상에." 엠마가 손에 그릇을 들고 일어서며 말했다. "불과 이틀 전에 엄마도 이렇게 말했잖아."

엠마의 말이 옳다. 차 한 대가 집 앞에 주차하는 모습을 지켜보며 생각한다. 딸의 말이 맞아. 학교 연극 연습 때 엄마들 두 사람이 심각한 표정으로 이 문제에 대해 이야기할 때 나도 그런 경멸의 눈빛을 보냈으니까. 내가 어렸을 때 이웃집에서 키웠던 고양이가 종종 새끼 고양이를 낳았는데, 다른 사람들에게 입양이 되지 않으면 옆집 아저씨가 안락사를 시켰던 것이 기억난다. 옆집 아저씨는 고양이들에게 약 같은 것이 섞인 사료를 먹인 뒤에 목을 비틀었다. 그 사실을 알게 된 동생과 내가 울자, 아저씨는 고양이들을 전부 다 키울 수는 없다고 말했다. 보낼 곳도 없는 고양이들을 그대로 숲속에서 굶겨 죽이는 것보다는 그 편이 낫다면서. 그것 말고 다른 면만 보면 그 아저씨는 세상에서 가장 친절한 사람이었다. 정원에 있는 달콤한 자두를 따갈 수 있게 해주고 우리가 학교에 갈 때 옆집을 가로질러도 아무 말도 하지 않았다. 나는 생각했다. 예민한 도시 사람들은 살해당한 고양이들 때문에 열을 내지만, 자기들이 먹는 닭과 돼지 들이 접시에 올라가기 전 무슨 일을 겪는지는 생각하지 않을 텐데. 그런 것은 위선이 아닐까? 어째서 반려동물의 고통이 가축들의 고통보다 중요하다고 생각하지?

차에서 남자 두 명이 내린다. 나는 그들 중 정복을 입은 쪽이 로빈 페테르센임을 알아차린다. 키가 크고 호리호리한 다른 남자는 전천후 재킷을 입고 있다. 앞장서서 대문을 열고 들어오던 그 남자가 우편함 옆에 서 있던 다른 경찰들에게 뭔가 말을 한 모양이다. 경찰들이 하던 일을 멈추고 그 남자를 쳐다봤기 때문이다.

엠마의 말을 부인할 수는 없다. 나는 정말로 죽은 고양이들 때문에 다들 유난을 떤다고 말했었다. 하지만 우편함 옆에 목이 부러진 채 매달려 있는 작은 고양이 사체를 본 순간 뭔가 변했다. 축 늘어진 작은 다리. 귀에 칩을 넣은 작은 흔적으로 보아 그 고양이에게는 주인이 있었다. 먹을 것과 잘 곳을 내어주고, 이름을 지어준 가족이 있다는 뜻이다. 그 고양이를 잃어버린 가족이. 부드러운 귀와 작은 얼굴. 그저 작은 새끼 고양이였다. 살해당한 남자가 있는 집에 살해당한 고양이가, 그것도 교수대에 걸린 채로 발견된 일은 폭력이다. 로빈과 다른 남자가 현관을 향해 걸어온다. 엠마를 생각하며 목덜미가 떨리는 것을 느낀다. 어떻게 그 애는 이 일을 가볍게 여길 수 있을까?

노크 소리가 날카롭고 정확하다. 노크하는 사람의 성격을 보여주는 것 같다고 생각하면서 문을 연다. 내가 제대로 들었다면 지금 노크를 한 사람은 로빈 페테르센이 아니라 전천후 재킷을 입은 다른 남자다. 나는 안전 체인을 벗기고 문을 연다.

"이렇게 다시 뵙네요." 로빈이 미간을 찌푸린 채, 안타깝다는 듯 고개를 한쪽으로 기울이며 말한다. "어떻게 지내셨습니까?"

"보시다시피요." 내가 말한다.

전천후 재킷을 입은 남자가 헛기침을 한 번 한 뒤, 뼈마디가 보이는 길쭉한 손을 내민다.

"안녕하십니까. 수사를 책임지고 있는 군나르 군데르센 달이라고 합니다. 잠깐 이야기를 나눌 수 있을까요?"

간결하게 정보를 알려주는 말투다. 그는 내 손을 힘껏 붙잡고 짧게 악수한다. 이 남자에게는 모든 일이 긴급한 것처럼 보인다. 지금 이 상황이 실제로 긴급하기 때문일 수도 있고 아니면 항상 이런 식으로 일을 하는 사람이기 때문일 수도 있다. 윗입술 위에 콧수염을 커다랗게 기른 그는 호리호리하나 건장해 보인다. 최신 유행을 따르는 사람들이 기를 법한 콧수염이지만 군나르 군데르센 달은 유행을 쫓는 사람으로는 보이지 않는다. 아마 콧수염은 스무 살 때부터 길렀을 것이다. 그 당시에는 어울리지도 않았을 테고 완전히 자리 잡지 못해 여자들의 웃음거리가 됐겠지. 그래서 여자들과 어울릴 기회를 많이 날렸을지도 모른다. 그가 수사 책임자라는 말은 잉그빌드가 그 자리를 포기했다는 뜻이다. 한 손에 비닐 봉투를 든 군나르 군데르센 달한테서 담배 냄새가 난다.

"들어오세요." 내가 안으로 물러나며 말한다.

두 사람이 아파트 안에 들어온다. 군나르 군데르센 달은 신발을 계속 신고 있다.

"오늘 아침 일찍 밖에 나가셨다고 했죠?" 자리에 앉자 군나르 군데르센 달이 말한다.

"네. 요즘 잠을 잘 못 자서요." 내가 대답한다.

그가 고개를 끄덕인다. 우리는 주방에 앉아 있다. 내가 커피를 권하자 군나르 군데르센 달은 단호하게 거절했고, 우리 집에서 커피를 권할 때마다 좋아하는 것처럼 보였던 로빈도 정중하게 거절했다. 군나르 군데르센 달은 날카로운 시선으로 주위를 둘러본다. 마치 우리 아파트에 있는 모든 것을 분류한 뒤 세부 사항들을 등록하고 조합하는 것처럼. 주방 조리대 위에 떨어진 빵 부스러기, 경첩 때문에 살짝 삐걱거리는 찬장 문, 전 주인이 유명 브랜드 시계를 걸었다가 떼어 간 뒤로 비어 있는 벽. 그런 세세한 사항들로 우리가 어떤 사람인지 알아낼 수 있다는 듯이.

"몇 시에 일어나셨습니까?"

나는 어깨를 으쓱한다. 실제로 지난밤에 잠자리에 들었다고 해야 하는지도 확실하지 않았으니까.

"아마 5시 반쯤일 거예요."

"그 다음에는 뭘 하셨죠?"

"조금 빈둥거렸던 것 같아요. 그러다가 신문을 가져와야겠다 싶어서 밖으로 나갔죠. 그때…."

로빈이 친절한 표정으로 고개를 끄덕인다.

"부인이 경찰에 신고한 시각이 5시 42분이었습니다." 그가 도와주듯 말한다.

그에 대해 콧수염은 아무 말도 하지 않는다. 대신 다시 묻는다.

"평소 때도 잠을 잘 못 자는 편입니까?"

"아, 네 살짜리 아이가 있어서요. 잠을 깊게 못 자고 자주 깨기는 해요. 특히 지난주에는 거의 잠을 못 잤어요. 아시다시피…."

천장을 슬쩍 올려다본다. 로빈도 같이 천장을 올려다본다. 군나르 군데르센 달은 그대로 계속 나를 쳐다보고 있다. 나는 생각한다. 저 사람은 알고 있구나. 아마 모두 다 알고 있겠지. 아직 내가 보낸 이메일을 읽지 않았다고 해도, 그가 그 내용을 알게 되는 일은 시간문제다.

"잉그빌드 프레들리 씨는 어디 있나요? 더 이상 수사에 참여하지 않는 것인가요?" 내가 묻는다.

"잉그빌드는 새 사건을 맡았습니다. 아니, 예전 사건에 진척이 있었다고 해야 할까요. 시간 날 때마다 이번 사건도 도울 겁니다. 하지만 이제부터 이 사건의 수사는 내가 맡을 겁니다."

그의 목소리에서 뭔가 만족스러운 기색이 느껴지는 것 같은데? 아니, 잘 모르겠다. 군나르 군데르센 달이 무슨 생각을 하고 있는지 알 수가 없다. 나는 생각한다. 잉그빌드는 이 사건에서 손을 떼지 않을 거야. 옆에서 지켜보고 있겠지. 저들이 잉그빌드를 이용할까? 잉그빌드와 나, 우리 사이의 사적인 관계로 이득을 얻으려고 할까?

"그러니까 부인은 밤중에 계속 깨어 있었다는 말씀이군요. 혹시 무슨 소리를 듣지는 않았습니까?" 군나르 군데르센 달이 묻는다.

"네?"

"그러니까 누군가 문을 열고 닫는 소리라든가, 계단을 오르내리는 소리 같은 것 말입니다. 이 건물 안에서 인기척을 듣지 못했냐는 말이죠. 여기 벽이 아주 얇은 것으로 아는데, 아닌가요?"

나는 생각에 잠긴다. 잉그빌드에게 보낼 이메일을 쓰는 동안 술에 취한 것처럼 멍한 눈으로 소파에 앉아, 시간이 얼마나 흘렀는지도 모른 채 자판을 두드리던 모습을 떠올린다. 하지만 그 사이 언젠가 공용 출입구 문이 열리고 닫히는 소리를 들었던 것 같기도 하다. 그랬던가? 잠깐 고개를 들고 한밤중에 누가 밖으로 나가는지 궁금해 했던 것이 떠오른다. 하지만 확실하지 않다. 아무것도 아닐 수 있다.

"모르겠어요. 문을 여닫는 소리가 들렸을 수도 있지만, 그 때 다른 일을 하느라 바빴거든요. 잘 듣지 못했어요." 내가 말한다.

"듣지 못했다고요?"

"이메일을 쓰고 있었거든요." 뺨이 달아오른다. "무슨 소리를 들었다고 해도 확실하지 않아요. 제대로 기억나지 않으니까요. 하지만 소리가 들렸을 가능성은 있어요."

"위층이었나요, 아래층이었나요?"

"모르겠어요."

그는 생각에 잠긴 채 고개를 끄덕인다. 나는 좀 더 생각해본다. 요르겐과 메레테의 아파트에서 난 소리는 아니다. 그 집에서 누군가 나갔다면 바로 밑에 있는 우리 집에서 다 들렸을 테니까. 누군가 계단으로 내려왔을 경우 몸무게 때문에 삐걱거리는 소리가 났을 테고, 그 소리는 온 아파트에 다 울려 퍼졌을 것이다. 아니, 계단을 통해 일층으로 내려온 사람은 아무도 없었다. 따라서 사만이나 자밀라도 아니다. 하지만 스파레 일가 중 한 명일 가능성은 있겠지.

군나르 군데르센 달이 들고 왔던 비닐 봉투에 손을 집어넣더니, 뭔가를 꺼내 우리 사이에 내려놓는다. 푸른색 나일론 끈 뭉치다.

"이게 뭔지 알아보시겠습니까?" 그가 내게 묻는다.

나는 그 끈을 쳐다본다.

"고양이를 매달았던 거잖아요. 이 끈을 쓴 건가요?"

현란한 푸른색 끈에서 그 잔혹한 사건이 떠올라 온 몸에 소름이 돋는다.

"그런 것 같습니다. 이 끈 뭉치를 본 적이 있습니까?"

"잘 모르겠어요. 흔히 쓰는 끈 아닌가요?"

"이 건물에서 본 적은 없나요?"

"여기 그런 끈이 있었는지 모르겠어요. 만일 있었다면 창고에 있었을 거예요."

군나르 군데르센 달이 고개를 끄덕인다.

"창고문은 보통 잠겨 있습니까?" 그가 묻는다.

얼굴을 찌푸린 채, 기억을 되짚는다. 순간 벽에서 삐걱거리는 소리가 울리자, 우리 세 사람은 그쪽으로 시선을 돌린다. 옆집에서 누군가 우리 이야기를 엿듣고 있는 모양이다. 어쩌면 나 역시 벽간 틈을 통해 우리 집에서 나누는 이야기를 다 들을 수 있는 이 건물의 구조적인 약점을 알고 있을지도 모른다. 소리가 더 이상 들리지 않자, 경찰들은 다시 내게 시선을 돌린다.

"확실하지는 않은데, 아마 그럴 거예요. 문에 자물쇠가 달려 있어요. 번호를 순서대로 입력하는 다이얼식이죠."

군나르 군데르센 달이 고개를 끄덕인다. 이미 알고 있었던 것이 분명하다.

"비밀번호가 뭡니까?" 로빈이 묻는다.

"1951이요. 이 건물이 세워진 연도죠." 내가 대답한다.

로빈의 입가에 작은 미소가 번진다. 군데르센 달은 여전히 표정이 없다.

"이제 다 된 것 같군요." 그가 말한다.

두 사람이 자리에서 일어나자, 나도 따라 일어난다.

내 생각에 지난 밤 현관문을 여닫은 사람은 스파레 일가 중 한 명이다. 위층에서 아래층으로 내려온 사람은 없었다. 그리고 아무리 내가 이메일을 쓰는데 몰두했다고 해도, 소파에 앉아 글을 쓰는 동안에 우리 가족 중 누군가가 거실을 지나가는 것을 알아차리지 못했을 리 없다. 하지만 엠마가 방에 있는 방화문으로 나갔다면? 그 문은 지하실 공유 구역으로 바로 연결된다. 만일 엠마가 그 문으로 나갔다면 그 소리가 들렸을까? 늑골이 심장을 옥죄는 것 같다. 만일 엠마의 침실 문이 닫힌 상태에서, 그 애가 조용히 방화문을 통해 빠져나갔다면 거실에 있던 내 귀에는 아무 소리도 들리지 않았을 것이다. 정말 엠마가 나갔을까? 나로서는 그 애가 그런 짓을 할 만한 이유를 알지 못한다. 엠마가 죽은 고양이와 관련된 일을 저질렀을 거라고는 상상조차 할 수 없다. 그렇다고 완전히 배제할 수도 없지만.

"다른 할 말은 없습니까?" 콧수염이 묻는다.

"네?"

"뭔가 생각이 난 것처럼 보여서요."

"아뇨." 나는 다소 황급히 대답한다. 그래서 최대한 부드럽게 말하려고 애를 쓴다. "아니에요. 그냥 창문을 닦아야겠구나 싶어서요. 지금 보니 그러네요."

"아."

군나르 군데르센 달이 친절한 미소를 짓는다. 그는 나를 믿지 않는다.

"이렇게 이야기를 나눈 뒤에, 뭔가 생각이 나는 경우가 종종 있죠. 아무래도 곰곰이 생각할 시간이 생기니까요. 뭐든 생각나는 것이 있으면 연락 주십시오. 페테르센, 혹시 종이 가지고 있나?"

로빈이 그에게 수첩을 건넨다. 우리는 그 자리에 가만히 서서, 군나르 군데르센 달이 종이에 뭔가 쓰는 것을 기다린다. 그가 내게 그 종이를 건넨다. **군데르센**이라는 이름과 전화번호가 적혀 있다.

"알겠어요."

나는 최대한 물리적인 접촉을 적게 하려는 것처럼 엄지와 검지만으로 그 종이를 잡는다. 군데르센이 나를 쳐다본다. 그의 눈을 보고 있자니 마음이 불안해진다. 잉그빌드가 완전한 내 편은 아닐 수도 있지만, 나는 그를 믿는다. 이 남자는, 모르겠다. 군데르센이 나를 믿는지 아닌지 알 수가 없다. 적어도 내가 받은 인상은 그렇다. 그는 나를 살피고 있다.

"다음에 이야기하죠. 안녕히 계십시오." 군나르 군데르센 달이 말한다.

경찰들의 발소리를 듣고 그들이 안전하게 일층으로 내려갔음을 알게 되자, 나는 지하실에 내려가보기로 마음먹는다.

나는 엠마의 방문 앞에 멈춰 선다. 딸은 지금 학교에 가 있기에 마음대로 들어가도 되는 상황이지만 어쩐지 망설여진다. 내가 정말 엠마의 방에 들어가 확인해도 될지 확신이 서지 않는다.

방 안은 당황스러울 정도로 단정하게 정돈돼 있다. 내가 십대 때 쓰던 방도 정돈이 잘 된 편이었지만, 엠마는 나보다 훨씬 더 깔끔하다. 나는 벽에 붙여둔 포스터 속 여자들의 매혹적이면서도 공허한 시선을 따라 주위를 둘러본다. 이름이 함께 나온 포스터도 있지만 그 사진 속 여자들이 가수인지 배우인지, 아니면 그냥 의류 모델인지 알지 못하는 나에게는 아무 의미가 없다.

책상 한복판에는 〈서푼짜리 오페라〉 대본이 놓여 있다. 평소 엠마가 책을 간수하는 성향과 달리 대본은 가장자리가 살짝 너덜너덜해진 상태지만 책상 가장자리와 평행한 위치에 단정하고 가지런히 놓여 있다. 나는 대본을 조심스럽게 집어 들고 안을 대충 훑어본다. 엠마는 감독의 지시 사항들을 메모하고 자신이 맡은 배역의 대사에 밑줄을 그어뒀다. 단독 대사는 몇 줄 되지 않고 대부분이 다른 사람들과 함께 하는 대사와 노래였다. 마지막 장에는 자신의 배역이 아닌 대사에 밑줄이 그어져 있었다. 피첨의 대사였다. **그러니 결코 불의와 싸우지 않으리**. 얼굴을 찌푸린다. 어째서 엠마가 이 대사에 밑줄을 그었을까? 하지만 그 바로 밑의 구절이 모두가 함께 노래하는 '**불의와 싸우되 적당히**'였다. 아무래도 실수로 밑줄을 잘못 그은 모양이었다. 나는 마지막 장을 덮는다. 뒷장 제본 매듭 가까운 쪽에 연필로 하트가 그려져 있고 그 안에 GG라고 쓰여 있다. 엠마가 썼나? 모르겠다. 딸의 필체인지 아닌지 확실하지 않다. 친구들 중 누군가가 썼을 수도 있지. 아마 낙서일 것이다. 그 또래 여자애들이면 재미삼아 하는 일이니까. 나는 그 글씨를 쳐다본다. GG? 엠마와 같은 반에 구스타프나 가우트 같은 이름을 가진 애가 있던가? 순간 나는 군나르 군데르센 달을 떠올리고 키득 웃고 만다. 갑자기 튀어나온 웃음소리에 깜짝 놀라 정신이 든다. 다른 곳에는 더 이상 손을 대지 않고, 처음 놓여 있던 그대로 조심스럽게 책상 중앙에 대본을 가지런히 내려놓는다. 나는 방화문 쪽으로 몸을 돌린다.

이 비상구는 이 건물을 개축한 사람들이 건축기획기관에서 아파트에 지하실을 포함시키는 허가를 받는데 필요한 조건이었을 것이다. 오스먼드는 이 집에 이사 왔을 때 방화문을 보면서 엠마에게 농담을 했다. 나중에 남자친구 만나러 나갈 때 이 문으로 몰래 빠져나갈 수 있겠다고. 아빠, 징그러. 엠마가 대꾸했다. 그때 딸은 겨우 아홉 살이었다. 몇 년 만 지나 봐. 오스먼드가 말했다. 방화문은 안팎으로 불이 붙지 않도록 금속으로 만들어졌고 안에서만 열린다. 나는 자물쇠를 잡고 돌린다. 먼저 한 번 돌린 다음, 가능한 천천히 다시 돌린다. 딸깍, 돌아가는 소리가 아주 작게 난다. 나는 한숨을 내쉰다. 이런 소리라면 거실에서는 전혀 들리지 않을 것이 분명하다. 엠마의 방문이 열려 있지 않다면 말할 것도 없고. 나는 자물쇠를 몇 번 돌린 뒤, 방화문을 연다. 소리 없이 바깥쪽으로 문을 밀자 지하실이 나타난다. 지하실은 춥고 눅눅하다. 자전거 네 대가 나란히 서 있고, 그중에는 내 것도 있다. 자전거 옆에는 스베인이 집에 놔둘 곳이 없다며 **여러분 모두 사용해도 됩니다**라고 말하면서 놔둔 흰색 대형 냉동고가 있다. 그런 뒤에 그는 자기가 한 말과 다르게 우리가 그 냉동고를 쓸 수 없게끔 자물쇠를 달아버렸다. 냉동고 옆에는 또 다른 문이 있는데, 스파레 일가의 아파트 지하실로 통하는 방화문이다. 내가 잠시 그 자리에 서 있는 동안, 계단을 내려오는 발소리가 들린다. 미처 물러나기도 전에 군데르센의 큰 몸이 보이더니, 이어 머리가 보인다. 마치 그 문으로 들어오기 위해 고개라도 숙인 것 같다.

"또 뵙는군요. 무슨 일로 내려오셨습니까?" 군나르 군데르센 달이 묻는다.

"자전거가 괜찮은지 보러 왔어요." 내가 대답한다.

정말 그 목적으로 내려온 것처럼 내 입에서 거짓말이 아주 매끄럽게 나온다.

"그렇군요. 별 일 없던가요?" 군데르센이 묻는다.

"네. 저거예요." 내가 말한다.

그는 내 자전거를 쳐다보더니, 실내를 돌아본다. 뒤에서 로빈이 나타나, 천장 등을 켠다. 잠시 그 자리에 선 채로 생각한다. 저 사람은 나를 믿지 않아. 자전거를 살피러 지하실에 내려왔다는 말을 전혀 믿지 않고 있지. 나는 왜 이러는 것일까? 어째서 지금 여기 내려온 거지? 하지만 내가 밤중에 들었던 소리가 엠마가 몰래 빠져나가는 소리였을지, 그게 가능한지 확인하기 위해 여기 내려온 거라고 저쪽에서 생각할 가능성이 얼마나 될까? 머리가 무겁다. 확실하지는 않다. 모든 것이 너무 복잡하고, 실현 가능성이 없으니까. 아니, 어쩌면 그는 실제로 그런 결론을 내릴지도 모른다.

"이 냉동고는 누구 겁니까?" 그가 묻는다.

"니나와 스베인 거예요."

"잠겨 있군요."

"네. 스베인이 사냥에서 얻은 전리품들이 들어가 있죠." 내가 대답한다.

"아." 군데르센의 얼굴에 미소가 번진다. "자기가 잡은 것을 지키는 사람이군요."

"그런 셈이죠." 내가 말한다.

갑자기 웃고 싶은 기분이 사라진다. 앞뒤 문맥에서 뭔가 기괴한 느낌이 든다. 죽은 고양이, 요르겐. 우리는 잠시 그 자리에 서 있다.

"그럼 저 문은 부인 아파트로 통하는 겁니까?" 군데르센이 내 어깨 너머를 쳐다보며 묻는다.

"네." 그가 원하면 가까이 다가올 수 있게 옆으로 한 발자국 물러선다. 하지만 군데르센은 그 자리에 가만히 선 채 쳐다만 보고 있다. "내 딸의 침실로 연결되죠."

잠시 우리 세 사람은 계단 양쪽으로 난, 정원이 보이는 작은 지하실 창문을 쳐다본다. 그러다 군데르센이 돌아서며 말한다.

"페테르센, 여기 사진도 찍었나?"

"네." 로빈이 대답한다.

"그럼 다음에 뵙죠." 나는 다시 엠마의 방으로 들어간 뒤, 방화문을 잠근다. 엠마의 방에서 나는 마치 달리기라도 한 것처럼 가쁜 숨을 몰아쉬며 우뚝 서 있다.

"알겠습니다." 젊은 스웨덴인 의사가 말한다. "그렇군요."

그는 동정하는 표정을 짓는다. 테이블 위에 올려둔, 털이 없고 잘 관리된 의사의 손에는 반짝거리는 결혼반지가 끼워져 있다. 손톱조차 가지런하게 정돈돼 있다. 거의 모든 것을 알 수 있을 듯하지만, 전부는 아니다. 그저 오늘 아침 욕실에서의 그의 모습을 그려볼 수 있는 정도다. 아마도 의사는 자기 뒤의 알림판에 꽂아둔 사진 속 고어텍스 옷을 입은 두 명의 아이들과 그 아이들의 엄마보다 일찍 일어나 손톱깎이를 들고 변기 뚜껑 위에 앉았을 것이다. 그는 아내에게 이렇게 말할 것이다. 속내를 털어놓게 해야지.

그와 반대로 나는 속내를 완전히 털어놓지 못한다. 이야기를 하는 동안 나는 손을 꼭 쥔 채, 앉은 자리에서 잠시도 가만히 있지 못하고 몸을 들썩인다. 내가 불안해 보인다는 것은 알고 있다. 그리고 그것은 사실이다. 이유는 모르겠다. 이 젊은 스웨덴인 의사가 나를 의심하고 있을 거라는 근거가 없기 때문이다. 나는 의사에게 윗집에서 일어난 살인 사건에 대해 말한다. 원한다면 인터넷 기사로 확인해보세요. 그가 나를 믿지 않을 거라고 예상하며 이렇게 말하자, 의사는 잘 관리한 손을 들어 올리며 말한다. 아뇨, 찾아보지 않아도 됩니다. 그는 나를 믿는 것처럼 보인다. 나는 의사에게 두통과 불면증에 대해 말한다. 간밤에 한숨도 자지 못했어요. 그리고 당연히 고양이 사건에 관해서도 말한다.

"알겠습니다." 그가 다시 한 번 말한다.

의사는 숨을 들이마신다. 하지만 나는 그가 다른 말을 꺼내기 전에 요르겐과 내가 특별한 관계였다고 말한다. 어쨌든 우리 사이에는 비밀 유지의 의무가 있기 때문이다. 나는 의사에게 이 일에 관해서는 진료 기록을 남기지 않았으면 좋겠다고 말한다. 컴퓨터 시스템은 해킹당할 수 있으니까. 이 문제에 관해서 기록이 남지 않았으면 좋겠어요. 선생님만 알고 계셔주세요. 나는 계속해서 속사포로 말을 이어간다. 어쩌면 의사는 내가 밤에 잠을 잘 수 없는 것과 직장에 나갈 생각만 해도 견딜 수 없는 이유를 이해해줄지도 모른다. 그래요, 사실 진짜 병도 아니고, 임상학적인 의미에서 아픈 상태도 아니라는 것은 나도 알아요. 하지만 완전히 건강하다고 할 수는 없어요. 적어도 직장에 나갈 상태는 아니에요. 그렇지만 그가 나를 늘 병가를 내겠다고 의사한테 쫓아가는 사람으로 생각하게 만들어서는 안 된다. 만일 그가 원한다면 내 진료 기록을 보고 내가 그런 사람이 아님을 확인할 수 있을 것이다. 이제까지 병가를 낸 적이 있었는지 없었는지 모르겠어요. 하지만 지금은 솔직히 사생활에 쪼이고 있는 상황이라 많이 힘들어요. 며칠 병가를 낸다면 여러 가지 문제들을 처리하고, 잠을 자는 데도 도움이 될 거예요.

"알겠습니다." 의사가 숨을 깊이 들이마시며 말한다. "쉽지는 않군요."

"맞아요. 쉽지 않죠." 나도 숨을 깊이 들이마시며 말한다.

우리는 한동안 아무 말 없이 앉아 있다. 완전히 텅 빈 느낌이다. 갑자기 할 말이 떠오르지 않는다. 의사의 말이 진심이라는 것만 느낄 뿐이다. 쉽지 않다.

"진단서를 내줄 수는 있어요." 의사가 컴퓨터 쪽으로 돌아앉더니, 얼룩 하나 없는 자판 위에 깨끗한 손을 올린다. "일주일 정도면 충분할까요?"

"네. 그 정도면 충분해요." 내가 말한다.

"다행이네요." 의사가 자판을 두드리기 시작한다.

그의 손가락이 자판 위를 오르내린다. 나는 그 손을 지켜본다. 동료 중 한 명이 자판을 두드릴 때마다, 키우는 고양이가 손가락을 쥐라도 되는 것처럼 쳐다본다고 했던 기억이 난다. 사냥이라도 하듯 그 자리에 웅크리고 앉아 있다가 종종 자신도 모르는 사이에 갑자기 달려들어 발톱으로 찌른다는 것이다.

의사가 말한다.

"됐습니다. 이제 불면증 문제로 넘어가볼까요."

나는 천천히 고개를 끄덕인다. 의사는 조용히 생각에 잠겨 있다. 그래서 나도 생각에 잠긴 척 한다.

"일단 제 생각은 이렇습니다. 약 처방은 보류하는 것이 좋을 것 같군요. 아무래도 수면제는 위험하니까요. 불면증의 원인을 해결하는 데 도움이 되지도 않고 수면 리듬을 방해할 뿐만 아니라, 중독될 가능성도 있죠. 그래서 일단 자연스럽게 생활요법을 써볼까 합니다."

나는 고개를 끄덕인다. 사실 그 말에 동의하지는 않지만 반대할 위치는 아닌 것 같다. 피로가 몰려오기 시작한다. 자연스럽게.

"매일 운동을 하세요. 야외 활동을 하는 편이 좋습니다. 그래야 햇볕도 많이 쬘 수 있고, 잠도 잘 올 테니까요. 잠자기 전에 소화가 잘 되지 않는 음식들은 먹지 마십시오. 술과 커피도 끊는 것이 좋습니다." 의사가 말한다.

"알겠습니다." 내가 대답한다.

"기분은 어떻죠?" 의사가 묻는다.

그가 산뜻해 보일 정도로 친절한 미소를 짓는다.

"잘 모르겠어요." 내가 대답한다.

"곧 괜찮아지실 겁니다. 그냥 기다려보세요. 이틀 정도 말입니다. 만일 주말이 지나서도 좋아지지 않으면 병원으로 오세요. 그때 다시 진료하는 것으로 하죠. 아시겠습니까?"

"네." 나는 체념하듯 말한다.

약을 줬으면 좋았을 텐데. 잠자리에 들기 전에 그 작은 알약을 물과 함께 삼키면 완전히 쓰러질 수도, 발을 나란히 놓고 혀를 입속에 넣어둘 수도 있을 것이다. 머릿속에서 빙글빙글 돌고 있는 모든 것들 위에 뚜껑을 달아 내용물들이 그대로 담겨 있게 할 수도 있고.

약이 있으면 좋을 것이다. 특히 내 결혼 생활이 몇 시간 남지 않았을지도 모르는 오늘 밤 같은 때는. 진실을 말하기 위해 모든 관계를 걸어야 하는 이런 날, 도움이 될 작은 수면제를 요구하는 일이 지나친가? 만일 이렇게 드문 상황, 다시 말해 일상을 완전히 벗어난 상황에서 수면제를 이용하는 경우에도 중독의 위험이 있을까?

하지만 나는 반박할 힘이 없다. 행여 의사가 마음을 바꿔 진단서를 내주지 않을까 두려울 뿐이니까. 나는 의사에게 약을 구걸하는 그런 인간이 되고 싶지는 않다. 그것도 이렇게 건강하고 전혀 흠잡을 데 없는 의사에게. 솔직하게 말하자면, 저 의사가 나를 어떻게 생각하고 있는지 말해줄까봐 두렵다. 나는 지금 내가 처한 상황을 놓고 그에게 동정을 구하고 있는 것일까? 결혼 서약을 깬 내가? 이 세상에 근심 하나 없을 것 같은 이런 남자는 나 같은 사람을 어떻게 생각할까?

"달리기를 하세요." 의사가 내 손을 잡으며 말한다. 그는 내가 진료실을 나가는 즉시 살균을 위해 손을 씻을 것이 분명하다.

"몸을 피곤하게 만드세요. 육류나 지방이 많은 음식도 피하시고. 밥을 곁들인 닭고기 요리나, 샐러드 같은 음식이 좋겠네요. 시간이 지나면 괜찮아질 겁니다. 두고보시죠."

잉그빌드가 내 이메일에 답장을 보냈다. 나는 주방에 앉아, 내 노트북으로 그의 답신을 읽는다. **리케, 조만간 만나서 이**

야기해요. 그때까지 잘 지내기를 바라요. 잉그빌드. 고양이에 관한 내용은 없지만 잉그빌드는 이미 알고 있을 것이다. 군데르센에게 수사 지휘권을 넘긴 것에 대한 내용도 없다. 수치심이 가시처럼 척추를 찌른다. 나는 도대체 왜 그런 것을 썼을까? 너무 개인적인 내용을 지나치게 많이 내보였다. 다른 사람들과는 상관없는 온갖 사적인 일들을 구체적으로. 어째서 잉그빌드에게 차라리 말로 하겠다고 하지 않았을까? 만일 오스문드가 그 메일을 읽는다면, 그는 그대로 무너져 버릴 것이다.

나는 정원을 내려다보기 위해 몸을 앞으로 내민다. 밖에서는 메레테가 정원 일을 하고 있다. 그는 가지 치는데 쓰는 대형 전지가위를 들고 사과나무 앞에 서 있다. 엄격하게 따지자면 가지치기는 봄에 해야 하는 일이다. 하지만 올해는 사과나무 가지가 그리 많이 자란 것처럼 보이지 않았기에 그대로 내버려 뒀던 것 같다. 메레테는 강인한 팔로 주저 없이 빠르게 일하고 있다. 그가 전지가위를 쓰면 가지들이 그대로 바닥에 떨어진다. 지금은 약간 두꺼운 나뭇가지의 아랫부분을 전지가위로 꽉 누르고 있다. 나뭇가지는 잘리지 않고 버티고 있지만, 그의 어깨 너머로 전지가위가 나뭇가지에 깊이 파고 들어가는 모습을 볼 수 있다. 머지 않아 나무는 메레테의 힘을 견디지 못하고, 결국에는 그가 이길 것이다. 메레테는 운동복과 모직 스웨터를 입고 있다. 전부 고가의 명품이다. 지금 신고 있는 여성스러운 디자인의 새하얀 운동화 역시 비싸 보였다. 전에도 그 운동화를 신은 것을 본 적이 있는데, 한쪽 옆에 아주 섬세한 바느

질로 작은 튤립이 새겨져 있다. 그 튤립은 피처럼 붉은 색으로, 봉우리가 살짝 밑으로 처진 모양이다. 나는 종종 메레테가 저런 신발을 어디서 사는지 궁금하다. 필리파는 화단 옆쪽 파티오에 앉아 있다. 그 애 역시 원예 장갑을 끼고 있지만 일을 하는 것처럼 보이지는 않는다. 지금 필리파는 엄마가 억센 나뭇가지와 씨름하는 모습을 지켜보고 있다. 메레테의 움직임을 따라 필리파의 시선도 따라간다.

나는 필리파에 대해 생각한다. 그 애는 호리호리하고 키가 아주 작으며, 숱이 많은 짙은 갈색 머리와 커다란 갈색 눈동자를 가졌다. 필리파는 뭔가에 영향을 받거나 장식을 하지 않았다. 화장을 진하게 하지도 않았다. 필리파가 다른 소녀들처럼 굽이 높은 구두를 신고 비틀거리는 모습도 본 적이 없다. 눈에 띄는 핸드백을 휘두르지도 않고, 계단참을 지나갈 때 짙은 향수 냄새를 퍼트리고 다니지도 않는다. 하지만 그 애를 보면, 자신이 얼마나 아름다운지 잘 알고 있는 것이 분명하다. 필리파는 유난을 떨지 않는다. 항상 친구들과 함께 어울리는데, 그 무리를 이끄는 사람은 그 애다. 친구들은 필리파보다 더 큰 목소리로 떠들어대고 필리파보다 더 시선을 끈다. 그러나 사실 그 애들은 필리파가 무엇에 관심을 기울고 무슨 생각을 하는지, 어떤 의견을 가지고 있는지 확인하기 위해 끊임없이 힐끗거린다. 내가 보기에 필리파는 큰소리 내지 않으면서 사람들을 주도한다.

하지만 지금은 다르다. 필리파의 얼굴은 어쩐지 병약해

보인다. 잠을 자지 못했는지 안색이 창백하고 눈 밑이 푹 꺼져 있다. 동작도 굼뜨고 삐걱거리는 것 같다. 내 모습도 마찬가지 겠지만. 요르겐을 잃은 슬픔에 밤을 샌 모양이다. 어쩌면 그 애와 나는 다른 사람과 공유할 수 없는 공통분모를 가지고 있는지도 모른다. 하지만 필리파 탕겐은 나와 다른 슬픔을 느낄 것이다. 보다 단순하고, 더 깊은 슬픔. 그 애의 내면에 담긴 날카롭고 들쭉날쭉한 고통은 완전히 사라지지 않을 것이다. 나는 그 고통의 테두리만을 보고 있을 뿐이다.

울타리 옆으로 시멘의 모습이 보인다. 어깨에 책가방을 맨 채로 천천히 대문을 열고 들어오던 그 애는 필리파를 본 모양인지 등을 곧게 펴고 자세를 바로 한다. 메레테는 씨름하고 있던 나뭇가지를 잠시 내버려두고 시멘에게 말을 건다. 하지만 내게서 등을 돌리고 있어 표정은 보이지 않는다. 아직 슬픔이 가시지 않았을 텐데도 이렇게 정원을 가꾸는 것이 이상하다. 하지만 그렇게 하는 편이 두 사람에게는 나을지도 모른다. 실질적인 노동은 현실의 슬픔을 치유해주니까. 시멘은 미소를 지은 채로, 메레테의 말을 들으면서 고개를 끄덕인다. 그 애는 살짝 불편해 보인다. 학교 연극 연습에서 나와 마주쳤을 때와 똑같은 모습이다. 시멘은 이따금 파티오 끝에 걸터앉아 있는 필리파에게 눈길을 던지면서, 동시에 그 애의 엄마에게 고개를 끄덕이고 미소를 지으며 응답한다. 필리파는 가만히 자리에 앉아, 손에 든 식물을 들여다보고 있다. 그 애는 눈길을 받고 싶어 하는 옆집 소년을 알아차리지 못한 채 식물에만 집중하는 척 한다.

이 아파트를 계약하기 직전에 부동산 중개인이 전화로 위층에 아홉 살 정도 된 여자애가 살고 있다는 말을 전해줬다. 만일 우리가 그런 운명을 믿었다면, 일종의 전조로 여겼을 것이다. 엠마의 친구, 오스먼드와 나는 마주보며 말했다. 이사 온 뒤에 우리는 종종 요르겐과 메레테와 약속을 잡고는 했다. 여자애들끼리 같이 시간을 보내면서 친구가 될 수 있도록. 엠마는 학교에 가자마자 친구들을 사귀었다. 엠마가 집에 놀러오라고 청하자 초인종을 누르고, 계단참에 서서 휴대폰을 만지작거리며 엠마가 집에 있는지 물어보는 충실한 친구들이었다. 그들 중에 필리파가 있었던가? 필리파도 몇 번 놀러오기는 했다. 그 애는 아주 예의가 발랐다. 음식을 먹고 난 뒤에는 고맙다고 인사를 했으며, 다 먹은 접시는 직접 식기세척기에 집어넣었다. 필리파가 마지막으로 우리 집에 놀러 온 적이 언제였는지 기억나지 않는 것으로 봐서 제법 오래된 모양이다. 나는 얼굴을 찌푸린다. 그것 말고는 두 아이의 사이가 좋지 않다는 징후가 전혀 없었다.

시멘과 메레테의 대화가 끝났다. 메레테는 다시 가지치기를 시작하고 시멘은 천천히 걸음을 옮긴다. 그 애는 필리파를 쳐다보다가 옆에 멈춰 선다. 필리파는 아무 말도 하지 않는다. 시멘이 옆에 서 있는 것도 모른 채, 계속 손에 들고 있는 식물만 쳐다본다. 마침내 시멘이 말을 건다. 필리파는 대답하지만, 쳐다보지 않는다. 시멘이 뭔가 말을 하면서 가방 끈을 만지작거린다. 그의 손이 떨리고 있다. 시멘의 몸은 뻣뻣하게 굳어 있고, 심각한 표정을 짓고 있다. 필리파가 고개를 돌려 그를 쳐다본다. 내 쪽에서는 그 애의 얼굴을 볼 수 없다. 잠시 뒤 필리파는 시멘에게 등을 돌리고, 화단에 관심을 기울인다. 시멘은 집 쪽으로 걸어온다. 그 애가 공용 출입구 앞으로 와서 비밀번호를 누르는 모습이 보인다. 젊고 매끈한 이마를 찡그리고 있는 것으로 보아, 소년은 고통스러워하고 있다. 아마 시멘이 필리파를 좋아하는 모양이다. 놀랄 일은 아니다. 이 동네에 사는 십대 남자애들 중 절반은 그럴 테니까. 하지만 시멘의 눈빛, 크게 뜬 그 아이의 눈에 뭔가가 담겨 있다. 두 아이 사이에 무슨 일이 있는 모양이다.

공용 출입구가 열리고, 시멘의 모습은 시야에서 사라진다. 정원을 보니, 메레테는 지금까지 씨름하던 가지와의 싸움에서 이긴 모양이다. 온 힘을 다해 전지가위로 짓누르고 있던 가지가 마침내 꺾여 힘없이 달랑달랑 매달려 있다. 절단된 부위를 잡아당기자, 그대로 바닥에 떨어진다. 메레테는 몸을 쭉 펴더니, 딸에게 뭐라고 소리친다. 필리파는 대답하지 않고 고개를 돌린다.

나는 팔걸이에 머리를 댄 채 소파에 누워 눈을 감는다. 어쩌면 이대로 잠이 들 수도 있을 것 같다. 눈을 감고 꿈도 꾸지 않는 깊은 잠에 빠질지도 모른다. 지난 며칠 동안 누릴 수 없었던 평온을 누리게 되겠지. 몇 시간만 자고 일어나면 정신이 돌아올 것이다. 오스먼드에게 이야기를 하려면 그럴 필요가 있다. 몸을 비튼다. 도저히 믿을 수 없다. 지난 아홉 달 동안 지켜온 비밀을 이제 와서 내 입으로 털어놔야 한다니. 오, 잉그빌드, 다른 방법은 없을까요?

　잠에 빠져들며 생각한다. 시멘의 표정은 짝사랑으로 괴로워하는 사람의 표정이 아니었다. 적어도 그 순간만큼은 아니었다. 그 애는 손을 떨고 있었고 동작이 뻣뻣했다. 눈을 크게 뜬 채 이마를 찡그리고 있었다. 내가 보기에 그것은 두려움이었다. 시멘 스파레는 겁에 질려 있었다.

　무력한 새끼 고양이가 끈에 목이 매달려 있는 것을 봤을 때 내 안에 뭔가가 깨어났다. 그 끈을 끊어내고 새끼 고양이를 안아주고 싶었다. 아기처럼 어르며 털을 쓰다듬어주고 싶었다. 하지만 감정적으로 굴어서는 안 된다. 동물들을 죽이는 일은 드물지 않다. 실제로 인터넷에 따르면 노르웨이인 열 명 중 한 명은 사냥꾼이라고 한다. 내가 자란 곳에서도 종종 사냥꾼 무리들이 지나가고는 했다. 그들은 스테이션왜건을 계곡 가장 안쪽에 있는 주차장에 세웠다. 그리고 라이플을 꺼내고 배낭끈을 조인 뒤, 새나 다른 작은 동물들을 사냥하러 나섰다. 마을 사람들 중에서도 취미 삼아 사냥을 즐기는 이들이 있었는데, 여자들도 몇 명 있었다. 모두 착한 사람들이었다. 물론 큰 사슴을 사냥하는 것과 고양이를 죽이는 것은 명백히 다르다. 더군다나 주인이 있는 고양이를 죽이는 일은. 하지만 잔뜩 지친 내 머릿속에서는 경계가 흐릿해지기 시작한다. 몇 년 전 스베인이 총에 맞았는데도 죽지 않은 암사슴에 대한 이야기를 주민 파티에서 한 적이 있다. 고통을 덜어주기 위해 핏자국을 따라갔더니 그 사슴에게는 새끼가 있었다. 이럴 경우에는 관습적으로 새끼를 먼저 쏴 죽인다. 아무래도 새끼 혼자서 살아남을 수는 없으니까. 그래서 어미부터 죽이는 것은 비윤리적이라고 여긴다. 하지만 어미보다 먼저 새끼를 쏴 죽이는 일에는 윤리적으로 아무 문제가 없다. 스베인이 해준 이 이야기가 어떻게 끝났는지는 기억나지 않는다. 결국에는 사냥꾼들이 그 사슴을 죽였을 것이다. 스베인의 성정상 그들이 그 사슴을 죽이지 않았다면 애초에 이야기를 꺼내지 않았을 테니까.

하지만 내가 그 이야기에서 불편함을 느끼는 것은 비논리적이다. 왜냐하면 나는 별 생각 없이 고기를, 그것도 사슴고기까지 다 먹기 때문이다. 스베인 스파레가 컴퓨터 앞에 앉아있는 요르겐을 향해 몸을 숙이는 모습을 상상해본다. 헤드폰을 쓰고 있는 요르겐은 스베인이 방에 들어온 것을 알아차리지 못한다. 스베인은 손에 커다란 사냥용 칼을 쥐고 있다. 횡격막에 또 다시 불편한 느낌이 든다. 그럴 일은 물론 없다. 하지만 누군가 요르겐의 목을 칼로 그었다. 잉그빌드의 말에 따르면 범인은 카스타네스빈겐 15번지에 살고 있는 우리 중 한 명일 가능성이 크다. 나는 스베인 스파레에 대해 제대로 알고 있는 것일까?

스베인과 나는 몇 년 전 페이스북 친구가 됐다. 하지만 지금까지 그의 프로필에 들어간 적은 없다. 노트북을 들고 거실에 앉은 김에, 스베인의 프로필을 확인하기 위해 로그인을 해본다. 특별히 정보가 될 만한 내용은 없다. 많아야 할 필요는 없지만, 친구도 별로 없다. 프로필 사진은 여름에 찍은 것인지, 모자와 선글라스를 쓰고 보트에 앉아 카메라를 보며 편안하게 미소 짓고 있는 모습이다. 그 사진에 '좋아요'를 누른 사람은 열두 명이다. 게시물도 많지 않다. 생일을 축하하는 글, 죽은 새 세 마리 사진 밑에 **오늘의 살인!** 이라고 쓴 게시물. 포괄적인 방식으로 크리스마스를 축하한다는 내용의 신문 기사 밑에 **이제 곧 더 이상은 허용되지 않을 것**이라는 댓글을 단 게시물. 그 게시물에 '좋아요'를 누른 사람은 단 두 명뿐이다. 세 번째 사람은 화를 내는 이모티콘을 달아났다.

구글로 스베인의 이름을 검색한다. 처음 네 건은 지역 오리엔티어링* 팀에서 스타가 된, 모이라나 출신의 스베이닝 스파레에 관한 내용이 나온다. 그 다음으로 스베인의 이름을 납세자 등기부에서 검색해보라는 권유가 뜬다. 그 뒤로 전화번호부를 통해 스베인 스파레가 카스타네스빈겐에 살고 있다는 쓸데없는 정보를 얻는다. 일곱 번째로 '이지템프스 EasyTemps'라는 솔깃한 이름의 구직 알선소가 나온다. 클릭하자, 곧장 스베인이 총지배인으로 나와 있는 연락처 페이지로 연결된다. 거기 스베인의 사진이 올라와 있다. 이번에는 양복을 입고, 선글라스를 쓰지 않은 모습이다. 떡 벌어진 어깨는 여전하지만, 머리숱도 많고 얼굴도 갸름하다. 지금보다 젊어 보이는 것으로 봐서 몇

---

*   지도와 나침반만 가지고 빠른 시간 내에 설정된 목표물들을 찾아가는 스포츠

년 전 사진인 모양이다. 나는 그 회사의 홈페이지에 접속한다. 터키색 배너에 커다란 흰색 글씨로 '**이지템프스의 계약직: 필요할 때마다 찾아주세요**'라고 쓰여 있다. 그 아래에는 활짝 미소 짓고 있는 사람들의 단체 사진이 나와 있다. 남자와 여자, 피부가 어두운 사람들과 밝은 사람들이 섞여 있다. 모두 젊고 매력적인 모습으로, 하얗게 빛나는 가지런한 치아에 피부가 매끈한 것으로 보아 수정된 사진임이 분명하다. 이지템프스의 진짜 직원들의 사진이라기보다는 어딘가에서 가져온 광고사진이겠지.

그때, 누군가 현관문을 두드린다.

문 앞에 니나가 서 있다. 코트를 입고 있는 것을 보니 평소보다 조금 늦게 퇴근한 모양이다. 그는 초조한 듯 무게중심을 이쪽저쪽으로 옮기면서, 미소 짓는다.

"잘 지냈어요?" 니나가 말한다.

"네, 잘 지냈어요." 내가 대답한다.

"고양이 얘기 들었어요. 얼마나 놀랐어요, 그래. 고양이에 불과하다고 해도 일요일에 불쌍한 자밀라가 겪었던 안 좋은 일에 비견할 만한 일이잖아요. 기분이 많이 안 좋을 거예요."

니나가 고개를 갸웃하며, 작고 따뜻한 손을 내 팔뚝 위에 올린다.

"더군다나 그 일을 생각하면…." 니나가 주위를 살피며 말한다. 그는 요르겐이 사체로 발견된 아파트 쪽을 흘깃 올려다본다.

"정말 끔찍한 일이에요." 니나의 시선이 재빨리 복도 이곳

저곳을 살피다가 내 뒤의 우리 집까지 뻗어나간다. "너무 무섭기도 하고요. 스트레스 받아서 밤새 한숨도 못 잤다니까요."

니나는 정말 스트레스가 심해 보였다. 요르겐의 사체가 발견된 날 저녁, 우리가 정원에 서 있었을 때 그는 사건이 일어났다는 사실에 도취돼 있는 것처럼 보였다. 마치 그 일과 관련이 있는 것처럼, 자기가 그 행동의 중심에 있다는 것처럼. 하지만 지금 니나에게서는 그때와 같은 의기양양한 모습이 보이지 않는다.

"여기서 이런 일이 벌어지다니." 니나의 목소리가 무겁다. "이렇게 안전한 곳에서 말죠. 오, 정말 믿기지가 않아요."

니나가 양손을 꼭 움켜잡는다. 그가 이렇게 동요하는 모습은 처음이다. 〈서푼짜리 오페라〉의 논쟁이 있을 때도, 주민자치회가 고양이 살인마를 찾기 위한 충분한 조치를 취하지 않았다고 호프모가 불만을 늘어놓을 때도 아랑곳하지 않았는데. 니나는 다시 한 번 어깨 너머를 돌아본다. 그 모습을 보며 생각한다. 니나가 정말 겁에 질렸구나.

"이런 일이 일어날 거라고 생각한 사람은 아무도 없을 거예요." 니나가 눈을 감으며 고개를 젓는다.

"악몽을 꾸는 것 같아요. 꿈에서 깨어나 모든 일이 악몽이었다는 사실이 밝혀졌으면 좋겠어요." 니나가 말한다.

공용 출입구에서 누군가 비밀번호를 입력하는 소리가 들린다. 니나와 나는 아무 말 없이 귀를 기울인다. 누군지도 모르는 사람에게 우리가 하는 이야기를 들려주지 않기 위해 입을 다문다. 우리 두 사람은 출입구 쪽을 불안하게 응시한다. 내 호흡이 가빠졌다가 다시 진정되는 것이 느껴진다. 그때 딸깍하는 소리와 함께 문이 열리고, 사만이 안으로 들어온다.

"안녕하세요." 그가 인사를 건넨다.

"안녕하세요." 우리도 인사를 한다.

우리는 사만이 옆을 지나가는 동안 아무 말 없이 그 자리에 서 있다. 들어온 사람이 이웃이라는 것을 확인했음에도 완전히 안심이 되지 않는다는 듯. 지금 우리 상황이 이렇다. 지난 주말까지만 해도 모든 것이 완벽히 조화로워 보였다. 고양이 사건을 제외하면. 이제는 상황이 점점 더 힘들어지고 있다. 사만이 계단을 절반쯤 올라갔을 때 니나가 말한다.

"빨리 잡혔으면 좋겠어요. 범인 말예요."

니나가 계단 쪽을 한참 쳐다본다.

"범인이 누구든지 말이죠. 이런 짓을 누가 저질렀는지 정말 모르겠어요. 확실히 다른 사람들에 비해 공격적으로 보이는 사람들도 있기는 하지만요. 내 말 무슨 뜻인지 알 거예요."

사만이 우리 위쪽에서 걸음을 멈춘다. 순간 우리 모두 그 자리에 가만히 선다. 니나와 나는 여기에서, 사만은 위층에서. 우리 세 사람 모두 귀를 기울이고 있다. 그러다 다시 계단을 내려오는 발소리가 울리더니, 사만이 계단참에 모습을 보인다.

"니나, 지금 뭐라고 했죠?" 사만이 묻는다.

"뭐라 했냐고요?" 니나가 천연덕스럽게 되묻는다.

"네, 지금 뭐라고 말했어요?"

사만의 뺨이 벌겋게 달아올라 있다. 니나는 대답하지 않는다.

"당신은 뭔가 아는 바가 있는 모양이죠?" 사만이 쉰 목소리로 묻는다.

그는 침착하게 보이려고 애를 쓰지만, 턱에는 힘이 잔뜩 들어가 있고 피부 아래서는 근육이 떨리고 있다. 니나는 사만의 신발만 쳐다보다가, 시선을 내게 돌린다. 그가 동그랗게 뜬 눈으로 나를 쳐다보며 말한다.

"그냥 생각해본 것뿐이에요."

침묵이 흐른다. 사만은 몇 번인가 심호흡을 한다. 우리는 가만히 서로 마주 보고 있다. 그러다 니나가 더 이상 참지 못한다.

"나만 그렇게 생각하는 것이 아니에요. 경찰이 이것저것 물었어요. 뭐가 이상한 일은 없었는지, 여기 주민들은 어떤지. 그리고 사람들이 했던 말이나 오두막 여행에서 있었던 일에 대해서도 말이에요. 스베인도 그날 밤 언쟁에 대해 다 털어놨어요."

사만이 니나를 노려보다가, 몸무게를 다른 쪽 발에 실었다. 그에게서 차분하고 냉담한 분위기가 느껴진다.

"나만 화를 냈던 것은 아니에요." 사만이 말한다.

그가 시선을 내게 돌린다. 사만의 갈색 눈동자는 눈에 띄게 매력적이다. 지금 그는 눈을 가늘게 뜨고 내가 연구실의 표본이라도 되는 것처럼 반응을 살피고 있다.

"당신 남편도 꽤 흥분했었어요. 그날 저녁에요. 고래고래 소리를 질렀죠." 사만이 말한다.

"오스먼드가요?" 내가 묻는다.

니나가 코웃음을 친다.

"당신이 그 자리에 있었나요?" 사만이 니나에게 날카로운 목소리로 따진다.

"나도 다 들었어요." 니나가 거만하게 대답한다.

그가 다 안다는 눈으로 나를 쳐다보다가, 계단참에 있는 킹 베고니아를 보고 입을 다문다. 마치 할 말은 다 했다는 신호라도 보내는 것처럼. 순간 모든 공기가 사만에게서 빠져나가는 것처럼 보인다. 그는 한숨을 내쉰 뒤, 양손을 내리며 말한다. "그렇다면 할 수 없죠."

그런 뒤 그는 돌아서서 계단을 올라간다. 삐걱거리는 계단 위로 발소리가 요란하게 울려 퍼진다. 위층에서 달그락거리는 사만의 열쇠 소리에 이어, 아파트 문이 닫히는 소리가 들린다.

니나가 의미심장하게 눈썹을 치켜 올리며 나를 돌아본다.

"이건…." 니나가 생각에 잠긴 듯 위를 올려다보며 말한다. "인종이나 피부색, 그런 문제 때문이 아니에요. 비록 가끔은 그들이 어떤 문화권에서 왔는지 궁금할 때도 있지만요. 하지만 자기도 알다시피, 나는 자밀라를 좋아해요. 그러니까 여기서 문제가 되는 부분은 그런 것이 아니에요."

니나가 목소리를 낮춘다. 나는 본능적으로 그 쪽으로 몸을 숙이다가, 우리가 공모라도 하는 것처럼 보이겠다는 생각을 한다. 물론 지금 우리를 보는 사람은 아무도 없다.

"스베인은 그날 밤 사람들이 몹시 화를 냈다고 말했어요. 그 자리에서 뭔가를 놓고 토론을 했다면서 말이죠. 주제가 뭔지는 몰라도, 친구들 사이에 무슨 일인지. 그러다 사만이 완전히 이성을 잃은 채로, 소리를 지르고 욕을 퍼부으면서 무서운 말들을 내뱉었다고 했어요. 스베인 말로는 사만이 분노를 조절하지 못했다고 하더군요. 야생동물처럼요. 순간 요르겐이 얼마나 야만적인 방식으로 살해당했는지 생각났죠…."

니나가 어깨를 으쓱한다.

"그런 일은 순수한 분노가 있어야 가능해요. 내 말 무슨 뜻인지 알죠?"

니나는 동조를 구하는 눈으로 날 쳐다본다. 마치 내가 말할 차례라도 되는 것처럼 자기가 조금 전 했던 말을 확인하고, 보충해달라고 요구하는 듯이. 하지만 나는 아무 말도 할 수가 없다. 목이 바싹 탄다. 인정하고 싶지는 않지만 요르겐이 살해당한 위층 아파트 서재가 우리를 동시에 빨아들이는 섭동 공백, 바로 블랙홀처럼 놓여 있다. 거기서 무슨 일이 있었다. 그것이 의미하는 뭔가에 대한 아찔한 가능성도. 이런 상황에서 이 집에 살고 있는 우리들은 안전한 것일까? 지금 우리는 위협받는 사람들처럼 행동한다. 서로에게서 등을 돌리고 있다.

우리 사이에 흐르는 잠깐의 침묵이 영원처럼 느껴진다. 나는 이미 나중에 수많은 변명을 둘러댈 것임을 알고 있다. 피곤하다. 잠이 부족하다. 더 이상 내가 원하는 방식으로 행동할 수 없다. 혹은 그 순간이 지나간 뒤 뭔가 말하기 전에 모든 일들이 너무 빨리 일어났다고. 나는 니나가 사만을 비난하면서 내게 동조를 구하는 이 길고 끈질긴 순간을 진정시킬 것이다. 항의를 하거나 사만을 변호해줄 수도 있지만, 그렇게 하지 않는다. 그저 충분히 빨리 행동하지 않을 뿐이라고 스스로에게 말할 것이다. 아니면 니나의 말을 믿기 때문일 수도 있다. 혹은 니나의 말이 맞을지도 모른다는 두려움 때문일 수도 있고. 요르겐이 죽자, 이 집에는 열한 명이 남았다. 아이들을 제외하면 일곱이 남는다. 자밀라와 사만, 니나와 스베인, 오스먼드와 나. 메레테는 그 일이 있었던 그날 밤, 문명 세계에서 멀리 떨어진 곳에 머무르면서 이 집에 들어오지 않았다. 따라서 용의자는 여섯 명이다. 만일 내게 범인이 누군지 추측해보라고 한다면 스베인이라고 답할 것이다. 하지만 근거는 없다. 사만일 가능성도 있다. 사실 아이들을 제외한다면 우리들 중에 범인으로 지목할 만한 사람이 별로 없다.

니나가 말한다.

"어떻게 해야 할지 모르겠어요. 우리 사이에 그런 분노를 가지고 있다면 너무 끔찍하잖아요. 그런 사람이 우리 건물을 드나들고, 옆집에 살고 있다면 말이에요."

우리는 부르르 몸을 떤다. 위층에 고립돼 있는 스산한 방.

"그래도 수사에 진척이 있는 모양이에요." 니나가 작은 목소리로 말한다. "경찰이 진상을 파헤쳐줄 거예요."

니나가 다시 주위를 살핀 뒤, 나를 돌아보며 말한다.
"정말 모르겠다니까요. 이런 상황에서 누가 무슨 일을 할지 알 수가 없으니."
나는 생각한다. 이 순간만큼은 니나가 정직한 것 같다고.

나는 그 일 때문에 이러는 것은 아니라고 생각하면서, 컴퓨터 앞에 앉아 페이스북 검색창에 사만 카리미를 입력해본다. 이름이나 모국어 같은 것으로 다른 사람을 의심하지는 않는다. 니나의 말이 귓가에서 울리자 그에 맞서 싸워본다. 그래서 이러는 것은 아니다. 하지만 일정한 질문들을 해보는 것이라면 괜찮겠지. 나는 검색을 누른다.
검색 결과로 나온 프로필이 몇 개 올라온다. 이란에 세 개, 미국에 두 개, 오스트레일리아에 한 개. 노르웨이에는 없다. 나는 자밀라의 프로필로 사만을 찾을 수 있을지 알아보기 위해 그의 프로필을 확인했지만 역시 찾을 수 없다. 그러니까 자밀라가 자신이 결혼했다는 사실을 아무에게도 알리지 않았다는 뜻이다. 두 사람이 함께 찍은 사진도 없다. 실제로 사적인 사진은 거의 없다. 피드에 올라와 있는 것은 일터에서 찍은 사진들로, 못생겨 보이게끔 빨간색 아이섀도에 흰색 속눈썹, 헝클어진 머리를 한 모델들이 예술적인 미소를 지으며 카메라를 뚫어져라 응시하고 있다. 그들은 긴 스커트에 스틸레토 힐을 신고 있거나, 피부색과 비슷한 비키니 위에 티셔츠를 걸치고 있다. 자밀라는 가을 숲이나 오래된 오두막 같은 곳에서 사진을 찍었다. 전부 예술적이다. 예쁘지도 않고 흔히 상상하는 패션 사진 작가의 작품도 아니지만 그 사진들에는 자신만만한 뭔가가 담겨 있다. 마치 자밀라 본인의 이미지처럼. 그가 그 작품들에 대해 잘 알고 찍었다는 것만큼은 의심의 여지가 없다.

　이번엔 구글 검색창에 사만의 이름을 입력해본다. 속으로 그냥 한번 보는 거라고 생각한다. 이번에도 동명이인들만 검색될 뿐 아무것도 나오지 않는다. 검색어에 오슬로를 추가하자, 네 개의 결과가 나온다. 한 개는 대학 홈페이지로, 3년 전에 발표했던 사만의 박사 논문이다. 제목이 끝없이 긴 숫자와 글자로 돼 있는데, 무슨 뜻인지 알아보려면 제대로 동그라미를 치며 조합해야 할 것처럼 보인다. 두 번째 검색 결과는 사만이 정형외과 의사로 일하고 있는 릭스 병원의 직원 소개 페이지다. 대학의 직원 소개 페이지에 사만의 추가 보직들도 나와 있다. 지금껏 알지 못했던 내용이다. 하지만 친한 사이가 아니었으니 몰랐다고 해도 이상하지 않다. 다음 검색 결과는 구글 스콜라로, 사만이 발표한 논문이 실려 있다. 이번에도 역시 뭔지 알아볼 수 없는 제목이다. 조회 횟수가 500회가 넘는 것을 보자, 나는 질투심에 휩싸인다. 내 논문 중에 가장 많이 인용된 것이 200회 미만이었기 때문이다. 마지막 검색 결과는 '요람에서 무덤까지'라는 제목의 페이지다. 얼굴을 찡그리며, 그 페이지를 연결한다. 컴퓨터가 그 내용을 불러오는데 시간이 걸린다. 하지만 빈 페이지만 나온다. 나는 스크롤을 내렸다가 다시 올리면서, 무작위로 클릭해본다. 역시 아무것도 나오지 않는다. 요람. 무덤. 어떻게 해석해야 할지 알 수가 없다. 거기에 무슨 내용이 있었는지 알아볼 단서도 없다.

그래서 다시 자밀라를 검색해본다. 더 많은 패션 사진들, 침엽수림과 돌더미 사이에서 포즈를 취하고 있는 무표정한 모델들의 사진이 나온다. 자밀라의 홈페이지는 지금껏 작업한 카탈로그가 나와 있고, 그에 대한 제법 많은 정보들이 올라와 있다. 나는 자밀라의 페이스북 프로필로 들어가 또 다시 여기저기 기웃댄다. 개인적인 정보를 알아내기 위해 한참 동안 시간을 쓰다 보니 점점 더 뻔뻔해진다. 내가 자밀라의 사생활을 침해하고 있다는 것도 잊은 채, 오로지 뭔가를 찾는 데만 집중했다. 그에게 사진작가 이외에 뭔가가 더 있다는 사실을 보여주는 단서가 있을 것만 같다. 나는 자밀라의 페이스북을 구석구석 살피다가 마침내 찾아낸다. 샤말라라는 이름을 가진 여자가 보낸 메시지다. **자미! 무슨 일이 있었는지 들었어! 너를 생각하며.** 우는 이모티콘. 그 외에도 하트와 엄지, 우는 얼굴 그림으로 마흔 명의 사람들이 반응을 보였다. 자밀라의 다른 게시글에는 보통 몇 백 개의 반응들이 달린다. 그는 샤말라의 댓글에 적접 좋아요를 눌렀지만, 답글은 달지 않았다. 다른 사람들의 댓글에도 마찬가지다. 그 게시글은 일 년 반 전에 작성됐다. 샤말라가 그 댓글을 쓴 시점은 사만과 자밀라가 카스타네스빈겐으로 이사 오기 직전이다.

다음으로 니나 스파레를 검색한다. 그의 프로필에는 영감을 주는 인용구들과 온갖 역경에 맞서는 아이들이나 예상하지 못한 친절을 베푸는 타인들에 관한 감동적인 뉴스들로 가득하다. 니나는 종종 너무 아름다워!라고 댓글을 달고, 가끔 조언이나 격언을 덧붙여놓는다. **그것은 우리가 서로의 말에 귀 기울일 때 생기는 일입니다!** 니나는 학교 정책에도 신경 쓴다. 이 게시글들은 확실히 유용하다. 니나는 여기서 6세 아이들이 학교에 다녔을 때 나타나는 결과와 교육 개혁에 관한 의견을 제시하고 있다. 그는 입학 준비에 필요한 서류들을 걱정했는데, 그로 인해 아이들을 가르칠 시간이 적어질까봐 걱정하고 있었다. 니나는 페이스북에 아주 열성적으로 거의 매일 게시글을 올렸고, 하루에 글을 여러 번 올릴 때도 있었다. 마지막으로 게시글을 올린 날은 요르겐의 시신이 발견됐던 지난 일요일 아침이었다. 아이에게 자전거를 사줄 수 없는 미혼모에 관한 기사로, 이웃들이 힘을 합쳐 아이가 원하는 자전거를 사줬다는 내용이었다. **주변 사람들을 보살펴주세요!** 니나는 그 게시글에 댓글을 달았다. 그 뒤로는 아무것도 올리지 않았다.

메레테의 페이스북 프로필에는 특별한 것이 없다. 그는 친구가 많았고, 게시글을 좋아하는 사람들도 많았지만, 자주 활동하지는 않았다. 메레테는 뉴스나 음악 행사, 미술 전시에 관한 링크와 이따금 뒷모습이 찍힌 필리파의 사진을 올렸다. 아름다운 겨울 풍경 속에서 스키를 타는 필리파, 해안가 바위 위에서 일광욕을 하고 있는 필리파. 댓글도 거의 없다.

나는 오스먼드의 프로필에 들어간다. 그의 프로필에는 휴일에 친구들과 함께 찍은 사진이 올라가 있다. 아마 육칠 년 전에 찍은 사진일 것이다. 오스먼드는 머리에 선글라스를 걸친 채 활짝 웃고 있다. 그는 행복하고 자유로워 보인다. 나는 스크롤을 내리면서 남편이 올린 게시글과 사진들을 본다. 친구들이 태그를 달아놨다. 내가 그의 페이스북 친구라면 이 게시글들을 보면서 어떻게 분석할지 생각해본다. 남편에게는 친구가 많고, 모두 그를 좋아한다. 그는 TV로 스포츠 경기를 보는 것을 좋아하고, 자신이 가지고 있는 전동 자전거를 자랑스럽게 여긴다. 오스먼드는 자신이 하는 일에 신경을 쓰지만, 지나칠 정도는 아니다. 그의 꿈은 휴가 때 이국적인 곳으로 여행 가는 것과 자신이 좋아하는 풋볼 팀의 경기를 보러가는 것이다. 만일 남편이 내게 등 돌리게 되면 내게는 이것 밖에 남지 않는 것일까?

이번에는 엠마를 검색한다. 아이의 프로필 사진은 음영을 진하게 넣고, 명암 대비가 많이 들어간 필터를 씌운 탓에 얼굴을 제대로 알아볼 수 없다. 사진 속 엠마는 예쁘지만, 누군지 알아보기 힘들다. 하지만 내가 볼 수 있는 것은 그 사진이 다였다. 페이지에 '비공개 계정입니다'라는 글이 떴기 때문이다. 다시 한 번 클릭을 해본다. 도움이라도 주듯 그 페이지가 다시 나온다. 엠마의 계정은 비공개가 아니다. 나한테만 보이지 않는 것이다. 우리는 페이스북 친구였다. 아이가 아직 어렸던 삼 년 전에 계정을 만드는 것을 허락하면서 내건 조건이었다.

불길한 예감에 나는 휴대폰을 집어 들고 다른 플랫폼들을 살펴본다. 숨이 가빠지면서, 손가락이 따끔따끔한 것 같다. 엠마는 인스타그램과 스냅챗에서도 나를 차단했다. 몇 달 전에 있었던 박케헤우겐 학교의 학부모의 밤 행사 때 니나는 젊은이들과 인터넷에 관한 발표를 하기 위해 지역 의회에서 심리학자를 초청했다. 그 심리학자는 온라인에서 뭘 하는지에 대해 자녀들과 대화를 하라고 했다. 더불어 자녀들이 이용하는 플랫폼에 프로필을 만들고, 팔로우를 신청하라고 했다. 아이들의 온라인 생활에 관심을 가지고 현실에서와 마찬가지로 온라인에도 부모가 있다는 것을 보여주기 위해서. 그리고 언제든 자녀들이 부모를 찾아올 수 있다는 것을 알려주라고 했다. 그래서 그렇게 했다. 내 기억에 그 심리학자는 젊었다. 그 여자한테는 십대 자녀가 없는 것이 분명하다. 나는 화면에 떠 있는 적대적인 문구를 쳐다본다. 비공개 계정입니다. 나는 그 계정에 들어갈 수가 없다. 엠마가 나를 차단했다.

엠마가 아파트 현관문을 쾅 닫는 소리에 나는 잠에서 깬다. 처음엔 정신이 없었다. 나는 소파에 누워 있고, 심지어 잠들었다는 사실조차 모르고 있었다. 온몸이 뻣뻣하고 아프다. 혓바닥까지 굳은 것 같다.

"어서 와." 내가 말한다.

목소리가 깊고 갈라져서 이상하게 들린다. 마치 밤 시간의 내가 전혀 알아보지 못할 것 같은 또 다른 내가 누워 있는 것 같다. 나는 헛기침을 하고, 캑캑거리며 목청을 가다듬는다.

"엄마?" 엠마가 복도 끝에서 고개를 내밀며 말한다. "이 시간에 여기서 뭐 하는 거야?"

"지금 몇 시니?" 낮 시간의 내가 그림자 속에서 빠져나오는 것이 느껴지자, 목소리도 평소대로 돌아온다.

"3시 15분." 엠마가 말한다.

나는 자리에 앉아 몸을 쭉 편다. 엠마가 다시 복도로 나간다. 벗어던진 신발이 바닥에 부딪치는 소리가 들리더니, 엠마가 거실로 돌아온다.

"낮잠 잤어?" 엠마가 인상을 쓰며 묻는다.

"그래. 간밤에 잠을 설쳤거든."

나는 하품을 한다.

"의사 선생님 보고 왔어. 진단서를 내준 덕분에 며칠 집에서 쉬기로 했지. 고양이 일도 그렇고, 다른 일도 많았잖아."

아이가 얼굴을 잔뜩 찌푸린다. 나는 마른 침을 삼키며 말한다.

"요르겐 일도 있고."

엠마가 인상을 펴더니, 입을 꾹 다문다. 그러면서 가끔 보이는 우월감이 가득한 표정을 짓는다. 마치 자신에게 약점을 보이는 사람을 판결할 권리가 있는 것처럼. 이제 열세 살인 엠마는 감동하기를 거부하고 있다.

"그러니까 진짜 아프지는 않다는 거잖아." 엠마가 말한다.

"맞아." 나는 피로감을 느낀다. 이 일에 대해 더 이상 왈가왈부하고 싶지 않다. "하지만 의사 선생님은 내가 집에서 쉬는 편이 좋다고 하셨어. 계속 잠을 제대로 자지 못했으니까."

우리는 더 이상 아무 말도 하지 않는다. 엠마가 주방에 들어간다. 내 눈은 딱 붙는 옷을 입은, 호리호리한 딸의 뒷모습을 따라간다. 아직도 걸음걸이에 아이 같은 구석이 남아있기는 하지만 점차 여성스럽게 교정되고 있는 것이 보인다. 나는 엠마가 움직일 때 어디까지 계산하는지 궁금하다. 십대 소녀들이 그런 시도를 하는 모습을 본 적 있다. 지난 주말 학교 연극 연습을 할 때 엠마와 친구들이 서로를 위해 자세를 취하고, 가슴과 엉덩이를 좌우로 흔들면서 함께 웃는 것을 봤다. 과장되고 우스꽝스러운 모습이지만, 그게 전부는 아니다. 그 애들은 스스로를 시험하고 있다. 자신들의 동작에 여러 가지 요소들을 더하면서 어디까지 밀어붙일 수 있는지를 알아보기 위해. 소녀들은 남자애들이 자신들을 봐주기를 원한다. 소년들을 위해 서기도 하지만, 소녀들을 위해서이기도 하다. 그 애들은 서로에게 과시한다. 내가 지켜본 바로는 다른 여자애들이 엠마에게 특히 과시하는 경향이 있다. 엠마의 조롱 섞인 웃음은 다른 여자애들을 막다른 길로 몰아내버리는데, 그 중에서도 가장 약한 상대에게 악의적으로 향한다. 그리고 지금 엠마는 나를 차단했다. 그 문제로 한 마디 해야 한다. 주방으로 쫓아가, 엠마가 주방 찬장에서 뭔가를 찾고 있는 모습을 지켜본다. 어떻게 말을 할 것인지, 이유를 따져봐야 하는지, 실수일 것이라고 생각하는 듯 바보짓을 해야 하는지 알 수가 없다. 아니면 정면으로 맞서는 편이 나을까. 나는 경우의 수에 따른 엠마의 반응을 예측해본다.

"뭐 찾아?" 내가 묻는다.

엠마는 아무 대답 없이, 발뒤꿈치를 든 채로 찬장의 제일 높은 선반 위를 뒤적거리고 있다. 딸애는 나를 닮아서 키가 제법 큰 편이다. 오스먼드와 그 동생은 평균 신장이지만, 그 범위 안에서도 작은 쪽에 가깝다. 그들은 체격이 다부진 편이고, 엠마는 그 나이 때 나처럼 날씬하다. 딸애는 찬장에서 오보이 코코아 상자를 꺼낸 뒤, 내 질문에 답을 하듯 보여준다. 나는 다시 엠마의 계산된 여성스러운 걸음걸이를 떠올린다. 그렇게 걸으면서도 학교가 끝나면 집에 돌아와 코코아를 만들기 때문이다. 나는 식탁에 앉아 엠마가 우유를 따른 뒤 코코아 가루를 세 스푼 넣고 젓는 것을 지켜본다. 스푼이 달그락거리며 유리컵에 부딪치는 소리가 난다. 엠마는 우유를 냉장고에 다시 넣고, 코코아 상자도 제자리에 넣어둔다. 그런 뒤 잠시 망설이다가 내 맞은 편 자리에 앉는다.

"학교는 어땠니?" 내가 묻는다.

엠마가 어깨를 으쓱한다.

"좋았어."

"뭐 했는데?"

"무슨 소리야?"

"무슨 과목 공부했냐고."

엠마가 또 다시 어깨를 으쓱한다.

"국어, 수학, 영어. 평소랑 똑같지."

"뭘 배웠어?"

이제 엠마가 웃는다. 하지만 오스먼드한테 보여주는 웃음이 아니다. 좀 더 냉담한, 뭔가를 보여주는 듯한 웃음이다.

"엄마, 진심이야? 이럴 필요 없어."

"뭐라고?"

"관심 있는 척할 필요 없다고."

"관심 있는 척하는 거 아니야." 나는 페이스북 프로필 차단과 젊은 심리학자가 온라인 생활에 관심을 가지라던 말을 떠올리며 말한다. "너는 내 딸이야. 당연히 네 생활에 관심이 있지."

"알았어." 엠마가 눈을 굴린다.

"네가 어떻게 지내는지 아는 건 중요해." 나는 조금 큰 소리로 말한다.

엠마가 깊이 한숨을 쉰다.

"알았어. 하지만 그런 뜻으로 한 말이 아니야."

"무슨 말이야?"

"엄마는 내 학교생활 같은 것에는 관심 없잖아. 엄마, 그러니까 애써 그럴 필요 없어. 상관없으니까."

하지만 나는 동의하지 않는다. **현실에서와 마찬가지로 온라인에도 부모가 있다는 것을 보여줘야 한다.**

"엄마가 학교 연극에서 무대 배경 제작에 참여하지 않아서 그래? 학부모의 밤에 자원봉사하지 않은 것 때문이야? 네 성적에 신경 쓰지 않아서?" 내가 묻는다.

"맙소사, 엄마. 그럼 내 절친 네 명 이름 대봐."

"사가. 테아, 카리나?"

"카리나." 엄마가 젠 체하며 말한다.

"필리파?"

"엄마. 필리파와 나는 친구가 아니야." 엄마가 말한다.

"필리파랑 절교한 거야?"

"절교한 적 없어." 엄마가 잠깐 머뭇거리다 말한다. "한 번도 친했던 적이 없으니까. 필리파는 너무 잘난 척이 심해."

"잘난 척이 심하다고?"

"그래. 어처구니없을 정도라니까. 걔는 모든 사람이 자기를 좋아하는 줄 알아."

엄마가 맑은 눈으로 나를 쳐다본다. 내 딸의 이런 강단을 이해할 수 없다. 지금 도전하는 것일까? 내게 이러는 이유를 모르겠다.

나는 학교에서 두 아이를 봤을 때를 떠올려보려고 애쓴다. 아름답고, 엄마를 닮아 타고난 우아함을 가진 필리파. 그 옆에 있는 엠마는 평범해 보였던 것이 생각난다. 이전에는 그런 식으로 명확하게 생각해본 적이 없지만, 그 생각이 떠오르자 이미 지난 몇 년간 내가 그 사실을 당연하게 받아들이고 있었다는 것을 깨닫는다. 메레테 옆에서는 내가 평범해 보이는 것처럼.

"시멘 스파레와 필리파 사이에 무슨 일이 있니?" 내가 묻는다.

한참 뒤에 엠마의 입이 벌어졌다가, 다시 꾹 닫힌다.

"그걸 내가 어떻게 알아."

하지만 엠마의 얼굴이 벌겋게 달아올라 있다. 뭔가 있는 것이다.

"불쌍하잖아. 아빠를 잃었다고 상상해봐." 내가 말한다.

엠마는 아무 말 없이 코코아만 마신다.

"너는 어때?" 내가 손을 내밀어 아이의 팔을 쓰다듬으며 말한다. "요즘 이 건물에서 여러 가지 일들이 있었잖아."

엠마가 나를 쳐다본다.

"평소와 똑같아. 나하고는 아무 상관없는 일처럼 느껴지 니까."

나는 고개를 끄덕인 뒤, 손을 뗀다.

그 뒤 엠마는 거실에 앉아 아이패드를 보고 있다. 나는 생각한다. 요르겐의 일에 대해 아이가 한 말은 무슨 뜻일까? 나하고는 아무 상관없는 일처럼 느껴진다니? 목적어를 강조한 건가? **나하고는** 아무 상관없는 일처럼 느껴지니까. 대체 누구와 비교했을까? 필리파? 혹시 나를 말하는 건가? 절대 엠마가 알 리 없어. 맞아. 그 애는 알 수 없어. 요르겐과 내가 얼마나 조심했는데. 나는 생각한다. 어쩌면 조심성이 부족했을지도 모른다. 요르겐을 만나러 갈 때 아기 모니터를 가지고 간 적이 있으니까. 하지만 그때 엠마는 아무것도 몰랐다. 그리고 그런 적은 딱 한 번이다. 엠마가 알 리 없다.

여전히 엠마가 나를 바라보는 눈빛에는 도덕적인 우월감이 어려 있다. 이웃집에서 일어난 살인 사건에 관한 딸의 계산된 무관심. 나는 이것을 어떻게 생각해야 할까?

"밖에 기자들이 잔뜩 깔려 있어." 저녁 식사를 하던 중에 오스먼드가 말한다.

"그래?"

"집에 오는 길에 세 번이나 잡혔다니까. 고양이 사건 때문인 것 같아."

"애들 있어." 내가 루카스 쪽으로 고갯짓을 한다.

"경찰이 기자회견을 연 모양이야. 지금까지 알아낸 사실들을 밝히고, 동네 주민 중 특정 인물을 주목하고 있다고 밝혔다나봐." 오스먼드가 끈기 있게 말을 이어나간다. "정말 미친 짓이지."

그런 뒤 그는 믿지 못하겠다는 듯 고개를 내젓는다.

"기자들한테는 아무 말도 하지 않았지?" 내가 묻는다.

"그게 말이야."

"오스먼드!" 내가 소리친다.

"TV 방송국에서 나온 여자라는데 아주 어렸어." 그가 변명하듯 말한다. "그 여자 말이 이런 상태로 사는 것이 어떤지 사람들에게 알리는 일이 아주 중요하다잖아."

나는 며칠 전에 마주쳤던 앞머리를 내린 기자를 떠올린다. 대문 앞에서 자전거를 끌고 가던 내게 문을 열어주던 기자. 나한테도 비슷한 말을 했던 것 같은데?

"안 좋게 말하지 않았어. 그냥 우리 모두 무척 놀랐고, 이런 일이 일어날 줄은 상상도 하지 못했다고. 그런 식으로 말했어." 오스먼드가 말한다.

"그래, 잘 했어." 내가 말한다.

"이걸로 십오 분 정도는 유명인사가 되지 않을까?" 그가 미소를 지으며 말한다. 이런 일로 농담을 해도 되는 것일까? 아니면 아직 너무 이른가?

그러나 내 의지와는 다르게 입가에 미소가 떠오른다.

"아빠." 엠마가 나보다 활짝 웃으며 말한다. "살인 뉴스 보도가 아빠를 위한 자리인지 모르겠는데?"

오스먼드 역시 활짝 웃는다. 그 모습을 보자 주먹으로 배를 얻어맞은 것 같은 느낌이 든다. 어쩌면 지금 이 순간이 멀쩡한 가족으로의 마지막 저녁일지도 모른다. 사실 행복한 가정이었다. 완벽하지 않았고, 문제가 없는 것은 아니었지만 그래도 평범했다. 저녁 식사 자리에서는 가족 간의 대화와 애정 어린 놀림이 있었다. 이런 사소한 일들이야말로 행복 아닌가?

나는 어느 정도 할 말을 준비했다. 어떤 말로 시작할지만 생각했을 뿐이기는 해도. 나머지는 아마 저절로 따라오겠지. 오늘 밤 남편에게 털어놓을 것이다. 더 이상은 미룰 수 없다. 어떻게든 오스먼드는 알게 될 테니까. 잉그빌드의 말대로 남편에게 말하지 않고 시간을 끌수록 상황은 더 안 좋아질 뿐이다.

그는 화내는 일이 거의 없다. 마지막으로 오스먼드가 내게 화를 냈던 적이 언제인지 기억도 나지 않는다. 물론 우리도 다른 사람들처럼 싸우고 화를 낼 때가 있다. 하지만 나는 오스먼드가 진심으로 화를 내는 것을 본 적이 없다. 이 이야기를 들으면 그가 어떻게 반응할지 상상이 되지 않는다.

"아빠, TV 볼래?" 루카스가 말한다.

리케, 정말 고양이를 발견한 사람이 리케예요? 자밀라가 문자를 보냈다. 물음표 뒤에 우는 이모티콘이 세 개 달려 있고, 그중 하나는 머리가 터져 나간 모양이다. 나는 한숨을 쉰다. 오스먼드가 루카스를 침대에 데리고 간 사이, 나는 거실에 앉아 고백할 준비를 하고 있다. 비록 겁이 나서 거실과 주방 사이를 왔다 갔다 하는 중이라 자리에 앉아 있다고 말하는 것은 맞지 않지만. 목구멍에서부터 가슴과 배까지 텅 빈 느낌이다. 마치 몸이 없고, 메아리치는 깊은 구덩이만 남은 것처럼. 가만히 앉아 있으면 그대로 빠져버릴 것 같아 나는 계속 움직인다. 주방에서 거실로 걸어 나왔다가 다시 주방으로 돌아가기 전에 이것저것 집어 들고, 여기저기를 치운다.

자밀라에게 답장을 보낼 여력이 없다. 휴대폰을 내려놓고 주방으로 돌아가 식탁을 한 번 더 닦는다. 우리 집 계단이 삐걱거리는 소리가 들리더니 오스먼드가 거실로 들어오는 발소리가 들린다. 나는 숨을 깊이 들이마신다. 마침내 여기에 이르렀다. 이제 곧 일이 벌어질 것이다.

내가 거실에 들어갔을 때, 오스먼드는 이미 TV를 켜놓은 상태다.

"여보." 그가 부른다.

"응." 내가 대답한다.

내 목소리는 거의 공기처럼 새어나온다.

오스먼드가 말한다.

"아무래도 내 인터뷰는 뉴스 끝날 때쯤 나올 것 같아. 지금까지 안 나왔어."

"오스먼드? 우리 얘기 좀 나눌 수 있을까?"

"그야 물론이지." 그가 나를 돌아보며 대답한다.

오스먼드의 둥글고 쾌활한 얼굴. 하지만 지금은 감상에 빠질 때가 아니다. 우리가 고등학생일 때 그의 모습을 떠올리기 시작하면 안 된다. 그때 나는 혼자였고, 아는 사람이 아무도 없었다. 그러던 어느 날 과학 수업 시간에 오스먼드가 나를 돌아보면서 너랑 한 조하고 싶다고 말해주기 전까지는 친구 한 명 없었다. 친절한 오스먼드, 인기 많은 오스먼드. 옆에 있는 누군가를 자기 원 안으로 끌어들여주는 사람. 내가 그때 일을 말할 때마다 오스먼드는 말했다. 네가 우리 반에서 제일 예뻤으니까. 그에게 사심이 없었던 것은 아니다. 하지만 누군가 내게 말을 걸어주던 순간의 안도감을 기억한다. 그리고 오스먼드는 다른 사람들에게 자기가 나를 선택했다는 것을 보여줬다. 저 애를 봐. 알아차리지 못한 거야? 오스먼드는 그렇게 말하는 것처럼 보였다. 그러자 다른 사람들 모두, 한 명도 빠짐없이 나를 쳐다봤다. 하지만 지금은 그 순간을 생각할 때가 아니다.

"할 말이 있어." 내가 말을 꺼낸다.

오스먼드가 나를 상냥하게 바라본다. 순간 모든 것이 뒤죽박죽돼 버린다. 나는 마음의 준비를 한다. 말할 준비를 끝냈을 때 오스먼드의 시선이 TV 쪽으로 향한다.

"우리 집 나온다." 그가 말한다.

화면을 가득 채운 노란색 목조 건물을 배경 삼아, 앞머리를 내린 기자가 나오고 있다. **토센 살인 사건 수사의 새로운 진전.** 화면 밑으로 자막이 지나간다. TV에 나오는 우리 집은 깜짝 놀랄 정도로 작다. 처음 이 집을 봤을 때 느꼈던, 지나치게 화려하지 않으면서도 아늑하고 가격이 비싸며 유지가 잘 된 것 같은 고급스러움이 드러나지 않는다. 화면상으로는 절벽 위에 서 있는 초라한 작은 집처럼 보인다. 아마 카메라 필터 탓이겠지.

바로 그때 오스먼드의 얼굴이 화면에 나온다. TV에 나온 그의 모습 역시 평소와 달라 보인다. 작아 보이는 것은 아니지만 더 심각한 문제가 있다. 어쩐지 잘난 척하는 모습이다. 인터뷰를 하는 자세가 내가 모르는 사람인 것 같다. 기자의 질문이 편집되는 바람에, 마치 오스먼드가 자발적으로 이야기하는 것처럼 보인다.

"당황스러운 일이죠." TV 속에서 오스먼드가 말한다. "그럴 수밖에 없지 않습니까. 고양이 사건 때문에 아이들이 겁에 질렸어요. 전체적으로 뭔가 불길해요."

기자의 목소리가 카메라 밖에서 들린다.

"그렇다면 선생님은 이번 사건이 지난 주말 있었던 살인 사건과 연관이 있다고 생각하시나요?"

TV 속 오스먼드가 생각에 잠긴 듯 이마를 찌푸린다. 그는 나이 들어 보인다. 나는 오스먼드가 어른처럼 보인다는 사실에 깜짝 놀란다. 정말 어른이다. 청년이 아닌 진짜 어른.

"그것은 경찰이 밝혀낼 일이죠. 하지만 궁금하게 여기실 만합니다. 여기는 아주 조용하고 안전한 동네예요. 몇 년째 이곳에 살고 있지만, 지금까지 이런 일은 한 번도 없었습니다. 짧은 시간 안에 두 사건이 연달아 일어났죠."

그는 걱정하는 것처럼 보인다. 여기서 장면이 잘리고, 경찰 기자 회견이 나온다. 정복을 입은 여자 경찰이 수사 상황을 발표하고 있다. 자음이 세게 튀어나오거나 생략되는 아주 심한 노르드베스틀란드 방언을 쓰고 있다. 처음 보는 여자로, 호칭으로 보아 계급이 높은 것 같다. 그래서 현장 수사는 하지 않는 모양이다. 나는 화면 왼쪽에서 군데르센을 발견한다. 그 역시 정복을 입고 있었는데, 아침에 봤을 때와 다르게 보인다. 좀 더 단정한 모습이 매력적으로 보일 정도다. 그는 아무 말도 하지 않지만, 여자의 말에 세심하게 주의를 기울이고 있다.

"이런. TV에 데뷔했네. 어떻게 생각해, 리케? 이상하게 보였어?" 오스먼드가 묻는다.

"아니. 좋아 보였어." 내가 말한다.

화면 하단에 자막으로 **경찰은 주민들을 상대로 조사 중**이라고 나온다. 그 순간 오스먼드가 TV 전원을 끄더니, 나를 돌아본다.

"할 말 있다고 했잖아." 그가 말한다.

"맞아."

마른 침을 삼킨다. 위치가 이상하다. 오스먼드는 앉아 있고, 나는 여전히 거실 한복판에 서 있다. 소파에 앉기 위해 옆으로 다가가지만 앉아서는 안 될 것 같은 느낌이 든다. 손을 어디에 둬야 할지 알 수 없다.

마침내 이 순간이 찾아왔다. TV는 껐고, 아이들은 잠들었다. 방해하는 것도, 달리 탓할 것도 없다. 핑곗거리를 찾으며 나는 화가 난다. TV 화면에 오스먼드가 나왔을 때 포기했어야 했는데. 아무 말도 하지 않아도 될 좋은 이유였으니까.

"당신한테 할 말이 있는데." 내가 말한다.

"뭔데?"

순간 엠마가 예전에 체조를 했을 때가 떠오른다. 아이가 동작 중간에 잠시 망설였던 이유는, 자신의 제어 능력에 확신이 없어서였다. 그때 엠마는 발을 헛디뎠고, 착지를 망쳤다. 망설이지 않는 것이 중요하다. 질질 끌지 말아야 한다. 두렵지 않은 것처럼 그냥 저질러야 한다.

"그래, 사실은…."

하지만 망설이다가도 착지를 망치지 않는다면? 나는 탐욕스럽게 양손으로 그 생각을 붙잡는다. 그래, 그럴 수도 있지. 내가 망설이는 바람에, 이 대화에는 이미 희망이 없을지도 모른다. 착지를 망치고 싶지 않다. 나는 최적의 조건을 원한다.

그래서 재빨리 아무 말이나 꺼낸다. "오늘 이곳에서 있었던 사건들에 대해 엠마에게 이야기했어. 아이가 어떻게 생각하는지 알고 싶어서. 그런데 엠마는 뭐라고 해야 할까, 이번 일에 대해 너무 무관심해. 그래서 좀 놀랐어. 엠마가 전혀 신경 쓰지 않는 것 같아서."

오스먼드가 천천히 고개를 끄덕인다. 나는 숨이 막힐 뻔한 것을 숨기려고 애쓴다. 방이 빙글빙글 도는 것 같다. 오스먼드가 나를 쳐다본다. 지금 그의 눈 속에 뭔가가 있다. 남편이 뭔가를 깨달은 것일까? 아니면 내가 너무 긴장해서? 호흡이 얕고 빨라진다.

"그거 알아, 리케? 나는 이럴 때는 엠마를 혼자 두는 쪽이 낫다고 생각해. 그럼 그 애는 자기가 원하는 대로 반응할 거야. 우리는 아이가 그렇게 할 수 있게 허락해줘야 해."

그의 목소리가 어쩐지 낯설다. 오스먼드는 엠마를 혼자 내버려두라고 내게 명령하듯 무겁고 진지하게 말한다. 나는 그저 고개를 끄덕인다. 무슨 생각인지 모르겠다.

"알았어." 나는 무슨 말에든 동의할 준비가 돼 있다. "그냥 좀 놀랐던 것뿐이야."

오스먼드도 고개를 끄덕인다.

"그게 다야?" 그가 묻는다.

내가 해야만 하는 말, 내가 털어놓기로 결심한 말. 반드시 이야기해야 한다는 것을 알고 있는 그 말을 꺼낼 기회가 걸린 아찔한 순간. 하지만 나는 거기서 벗어난다. 그래. 그게 다야. 그러자 오스먼드가 미소 짓더니 알았다고 대답한다. 그리고 그는 다시 TV를 켠다. 오늘 밤 잠이 오지 않을 때, 이 순간의 비겁함 때문에 내 자신에게 화가 날 것을 알고 있다.

우리는 TV 앞에서 남은 저녁 시간을 보낸다.

하지만 뭔가 더 있었던 것일까? 오스먼드는 내가 눈치 채지 못한다고 생각해서 가끔 호기심 어린 눈으로 나를 쳐다본다. 우리 위층에서는 메레테가 쿵쾅거리며 돌아다니고 있다. 그의 존재가 우리를 압도하면서 텅 빈 서재로 나를 끌어들인다. 관자놀이에서 맥박이 쿵쿵거리며 뛰고 있지만 아무 일 없다는 듯, 우리는 여기 앉아 TV를 본다.

나는 요르겐을 한 입에 먹어치웠죠. 그는 내 거예요. 적어도 지금 여기에서는요. 나는 식탐이 많거든요. 피부와 머리카락, 그의 모든 것을 원해요. 그를 맛보기 위해 내 속에 밀어넣어요. 나는 손가락으로 그의 곱슬머리를 쓸어내려요. 허벅지와 팔뚝 근육 위, 매끈한 아랫배, 목 뒤에 움푹 파인 곳, 그의 온 몸을 양손으로 어루만지죠. 그에 관한 모든 것을 알고 싶어요. 다리에 난 흉터는 어쩌다 생겼는지, 왼쪽 새끼손가락 손톱은 어째서 둘로 갈라졌는지, 귓불 위에 남아 있는 흔적은 예전에 피어싱을 했던 자국인지. 하지만 그런 질문을 할 시간이 없어요. 그 사람을 먹어버리고 싶었으니까요. 나는 욕심쟁이니까.

그런 뒤에 우리는 호텔 방 대부분을 차지하는 침대 위, 깨끗한 흰색 침구 속에 누워 있어요. 그를 돌아보며 그저 이웃 사람, 우편함 옆에서 농담이나 나눠야 될 사람의 이런 친밀한 모습을 아는 일이 얼마나 이상한지 생각하죠. 물론 그 역시 자신의 뭔가를 내놓을 작정이기는 했을 거예요. 같은 화단에서 잡초를 뽑으면서 몇 가지 일화를 이야기해주거나 키위 슈퍼마켓에 식료품을 사러 갔을 때, 서로의 쇼핑 카트가 스쳐 지날 때 저녁거리 팁을 나누는 것처럼. 하지만 이 관계는 너무 제한적이에요. 이웃인 우리는 누군가의 아빠거나 엄마이며, 위층에 살거나 아래층에 살고 있으니까. 나는 요르겐의 고집스러운 곱슬머리에 손을 올린 채, 그에게 무슨 생각을 하고 있냐고 물어요. 요르겐이 팔꿈치에 몸을 기대 세웠죠.

"베르겐 여행은 아주 좋은 아이디어였다는 생각."

이런 종류의 일을 이야기할 때 여기에 딸려오는 현실적인 문제들은 거의 언급되지 않아요. 시간과 공간. 그런데 이웃일 경우에는 공간이 가장 불확실하죠. 요르겐과 내가 침대를 같이 쓸 만한 믿을 수 있는 공간이 없잖아요. 요르겐의 차에서 시도한 적도 있고, 한번은 그가 책상을 빌린 공동 작업 공간에 몰래 숨어든 적도 있어요. 며칠 동안 준비해 오스먼드와 메레테가 동시에 집을 비우게 만든 뒤, 그의 집에 올라간 적도 있죠. 그때는 배우자들이 같은 건물에 없었어도 위험하게 느껴졌어요. 카스타네스빈겐의 건물 벽은 종이처럼 얇으니까요.

하지만 밖에서 만나는 것은 가능했어요. 우리는 에네르하르겐에 있는 한 이탈리아 레스토랑을 발견했어요. 우리 두 사람의 배우자들이 결코 올 일이 없는 장소였죠. 빨간 체크무늬 테이블보가 덮인 자리에 나란히 앉아 서로에 대해 알아갔어요. 그는 오슬로 중심가에 위치한 책이 많은 큰 아파트에서 자랐고, 젊었을 때 몇 년 동안 유럽을 돌아다니며 막 살았던 적이 있다고 했어요. 프라하에서는 술에 취했고, 브라티슬라바에서는 강도를 당한 적이 있으며, 아테네에서는 그곳에서 만난 이탈리아인 배낭여행자와 사랑에 빠진 적도 있었다고 했죠. 돈이 다 떨어졌을 때, 그러니까 동전 한 닢까지 다 써서 다음 날 아침 먹을 돈도 남지 않았을 때 그는 이탈리아인 여자 친구한테 빌린 동전으로 집에 전화해서 돈을 보내달라고 한 적도 있었대요. 요르겐은 유산을 가불해달라고 기세 좋게 말했지만 그의 어머니는 거절했죠. 결국 그는 집으로 돌아갈 수밖에 없게 됐어요. 어머니는 오슬로행 열차표 값은 보내줄 수 있지만, 그마저도 갚으라고 했어요. 그래서 요르겐은 아테네 뒷골목에 있는 공중전화 앞에 서서 어린 시절이 끝났다고 생각했다더군요. 그는 미소를 지으며 그것도 문명의 요람에서 그런 일이 있었다고 덧붙였어요. 요르겐은 어머니한테 돈을 빌려 노르웨이로 돌아왔어요. 그리고 언론 대학에 들어가기 위한 공부를 시작했죠.

"후회한 적 있어?" 내가 묻자, 그는 웃으며 답했어요.

"나는 대체적으로 후회 같은 것은 안 해."

나는 숲 끝에 있는 마을에서 자랐던 이야기를 해줬어요. 내 동생은 그 지역의 슈퍼스타였어요. 동생은 TV에 나와 노래를 부르고, 앨범들을 발매하기 시작했죠. 여동생의 동화 같은 직업은 우리 가족에게 점점 더 많은 것을 요구하기 시작했어요. 부모님뿐만 아니라 나한테도 해당되는 사항이었죠. 덕분에 내 일은 혼자 알아서 해야 했고, 가족들에게는 가능한 아무것도 요구하지 않았어요. 내 친구들은 동생의 음반을 산 뒤, 그 음반을 들고 웃으며 찾아와 사인을 받아줄 수 있냐고 부탁했죠. 선생들, 코치들, 이웃들이 바보 같은 미소를 지으며 다가와 카롤리네의 언니로 사는 일은 어떠냐고 물으면, '좋아요. 감사합니다'라고 말해야 했어요. 그 일로 내가 힘들었을 거라고 생각하겠지만, 사실 그랬던 기억은 별로 없어요. 나는 요르겐에게 말했어요. 그보다는 그냥 웃겼고, 바보 같다고 생각했지.

하지만 고등학교는 아는 사람이 하나도 없는, 지역 반대쪽에 있는 학교에 가기로 결정했어요. 아무래도 힘들기는 했으니까요.

"적어도 그점이 오스먼드에게 빠진 계기는 됐을 거야. 실제로 사람들이 내 동생에게 가지는 경외심을 오스먼드는 전혀 가지고 있지 않았거든. 우리 가족을 소개했을 때 그 사람은 내 동생한테 한 시간 반 동안 겨우 질문 한 개만 했을 정도니까."

그 외에는 오스먼드에 관한 이야기를 거의 하지 않았고, 섹스와 사랑에 대한 이야기도 하지 않았어요. 내 상대는 이탈리아인 배낭여행자들 중에서 선택할 수 없었으니까. 그때는 그 사실이 곤혹스러웠어요. 오스먼드한테 문제가 있다는 말은 아니에요. 그는 요르겐만큼 책을 읽지 않았고 신문에 기고하지 못하며 아프가니스탄에 대한 견해도 없었지만, 좋은 남자였으니까요. 많은 사람들이 내가 행운아라고 했죠. 하지만 문제는 오스먼드의 평범함에 물들어 내가 회색이 됐다는 점이에요. 만일 내가 음악가나 배우, 교수 들과 사랑에 빠져 이십대를 거칠게 보내면서, 하루 종일 잠을 자고 이른 새벽 하릴없이 집 안을 돌아다니며 시간을 보낸 뒤였다면 누구라도 오스먼드를 선택한 것을 납득했을 거예요. 어쩌면 서른 살쯤에 어느 날 갑자기 정신을 차려보니, 사람들 말처럼 모든 것이 다 끝났다고 느껴지고, 그 이상으로 정착하고 싶다거나, 누군가와 모든 것을 나누고 싶다고 생각할 수도 있으니까. 만일 그런 시기에 우리가 공통으로 알고 지낸 친구들이 연 파티에서 오스먼드를 만났다면, 어쩌면 내가 그리워했던 사람, 내가 필요로 했던 젊은 시절의 친구로 그를 받아들였을 수도 있었겠죠. 그랬다면 바로 정착하고, 결혼해서 아이 둘을 낳은 뒤에, 카스타네스빈겐의 아파트를 샀을 거예요. 오스먼드 역시 나름대로 자신이 그리던 그림을 완성할 수 있었을 테죠. 하지만 지금처럼 너무 어린 나이에 오스먼드를 선택한 것을 요르겐이 과연 지지해줄 수 있을까요? 그는 나에 대해 뭐라고 말을 할까요?

그래서 나는 일에 관한 이야기로 화제를 돌렸어요. 요르겐에게 내 박사 학위 논문에서 나온 아이디어들에 대해 설명했죠. 기후 행동을 연구하기 위해 행동 경제학, 경제학과 심리학의 교차를 이용하는 거라고요. 조사를 통해 알아낸 사항들과 지금 계획하고 있는 실험에 대해서도 이야기했어요.

"내가 관심 있는 것은 기후 변화에 대해 말할 때 우리가 얼마나 모순적인 태도를 보이냐는 거야. 사람들은 가게나 식당에서 과일이 유기농인지 물어보지만, 노르웨이에서 1월에 망고가 보여도 얼마나 친환경적인지 물어보지 않거든. 이런 것을 인지 부조화라고 하는데, 우리는 자신의 믿음과 행동 사이에 차이가 생길 때 불편함을 느끼게 돼. 그럴 수밖에 없지. 사람들은 스스로를 도덕적이고 이성적이라고 여길 뿐만 아니라, 일관된 것이 좋다고 생각하니까. 그래서 우리는 이런 부조화를 개선하려고 노력하고 있어. 가급적 상황을 그럴 듯하게 얼버무려 변화할 필요가 없게 말이야. 사실을 조금만 고쳐 쓰면 그 즉시 모순된 조건들 또한 진실이 될 수 있다니 정말 놀라운 일이잖아."

"당신 인생에서는 어떤 부조화가 있었지?" 요르겐이 빨간색 체크무늬 테이블보 너머로 물었어요.

내가 그를 보며 미소 짓자, 요르겐이 덧붙였어요.

"내가 보기에는 없을 것 같은데. 당신은 그게 뭐든 전부 다 잘 정리할 것 같거든."

"그런 거라면 내가 연인이 됐다는 사실을 알게 된 것이 아닐까?"

나는 그 말을 하자마자 후회했어요. 그 표현이 너무 거창하고 멜로드라마 같았거든요. 아무래도 그런 표현을 한 것은 바보 같은 짓이었어요. 1월의 그날 저녁 뒤로 우리가 만난 지 4주 정도 됐던 때였어요. 이 관계는 여전히 새롭고, 손상되지 않았죠. 우리 사이를 그런 식으로 말해본 적도 없었어요. 하지만 요르겐은 고개를 갸웃하며 말했어요.

"연인이라. 그건 좋은 거 아니야?"

"모르겠어." 나는 테이블 복판에 놓여 있던 촛대를 가져와, 가장자리에 붙어 있는 촛농을 손톱으로 떼어내면서 말했어요. "어떤 사람들은 이런 것을 비도덕적이라고 할 거야."

요르겐이 이를 드러내며 미소 지었죠.

"당신은 아니야?"

"응." 나는 약간 머뭇거리며 대답했어요.

"나는 항상 그 말이 좋다고 생각했어. 사랑하는 사람. 나도 그런 사람이 되고 싶어."

그날 저녁 늦게 요르겐은 다음 주에 베르겐으로 여행을 갈 거라고 말했어요. 그는 빨간색 체크무늬 테이블보 위로 손을 내밀면서 농담처럼 말했죠. 당신도 그때 베르겐에 출장 간다고 하지 않았나?

사실 그쪽 대학에 만나보고 싶은 연구 팀이 있기는 해. 아무 때나 연락할 수 있기에, 약속을 잡아보겠다고 말했죠.

공항버스를 타고 시내로 들어가는 동안, 내 기분은 크리스마스를 맞이한 아이 같았어요. 손으로 좌석을 두드리며, 몇 분에 한 번씩 휴대폰을 확인했죠. 이유도 없이 자꾸만 웃음이 나와 동료들에게 숨기기 위해 고개를 창문 쪽으로 돌렸어요. 이제 환한 미소는 창밖으로 보이는 유달리 강렬한 3월의 햇살과 피오르만과 다리, 산비탈에 지어진 집들을 향했죠. 나는 버스가 푸데피오르를 건너갈 때까지 계속 미소 짓고 있었어요. 여기가 진짜 목적지였으니까요. 요르겐이 이곳에서 나를 기다리고 있었으니까요. 나는 서둘러 스트란카인을 따라 C.선트 게이트에 있는 호텔로 향했어요. 접수대에 있던 젊은 남자가 컴퓨터로 확인한 뒤, 일행이 이미 도착했다고 말해주더군요. 카드 키를 받아든 뒤 엘리베이터를 기다리는 동안에도 더 빨리 가고 싶어 차라리 뛰어올라가고 싶을 정도였죠. 방에 들어서자 요르겐이 한가운데 서서 환하게 웃고 있었어요. 어서 와. 당신을 기다리고 있었어. 그가 말하자, 나는 그대로 그의 품에 안겼어요.

그 뒤 식사를 하러 나갔죠. 요르겐이 브뤼겐에 있는 레스토랑을 예약해뒀거든요. 평소 우리가 찾아가던 식당들처럼 구석진 곳에 숨어 있는 곳이 아닌 시내 한복판에 위치한 레스토랑이었어요. 우리는 테이블 위로 서로의 손을 잡았어요. 사람들은 우리를 사랑에 빠진 커플로 봤을 거예요. 주변에 앉아 있던 사람들은 우리를 부부로 생각하겠죠. 어쩌면 우리가 아이들을 떼놓고 주말을 보내러 왔다고 생각하거나, 아이들이 없다고 여길 수도 있고. 아니면 아기 기저귀나 갈고 학교 연극에 쓸 무대 배경 제작에 참여하는 대신에, 여행을 다니고 글을 쓰거나 자료 조사를 하고, 카페에서 아침을 먹으면서 목요일 밤에는 새벽 세 시까지 아마로네*를 마시며 사는 사람들로 봤을 수도 있어요.

우리는 호텔로 돌아갈 때 손을 잡고 걸어가요. 살짝 술에 취한 채로, 서로 떠들어대고 있죠. 보그살멘닝엔에서는 마리아치** 밴드가 연주를 하고 있는데, 그들 중 한 명이 우리에게 서툰 영어로 뭐라고 소리쳤어요. 처음에는 무슨 말인지 알아듣지 못했는데, 요르겐이 갑자기 걸음을 멈추고 웃음을 터트리더군요. 뭐라고 하는데? 저 남자가 동유럽어로 말을 걸다가 다시 영어로 말을 하는데, 나보고 '사랑에 빠졌네, 당신 사랑에 빠졌어!' 라는데? 요르겐과 내가 웃음을 터트리자, 그 남자도 웃었어요. 그러자 요르겐이 그들에게 다가가 다른 곡을 연주할 수 있냐고 물었죠. 아니, 아니, 전통 민요나 '라 칼로마', '람바다' 같은 것 말고 다른 곡이요. 클래시 노래 연주 못해요? 그럼 롤

---

* 이탈리아산 레드 와인
** 멕시코 전통 음악

링스톤스는? 스톤스, 좋아, 좋아. 만나서 반가워요. 남자가 말하자, 요르겐도 '좋아, 좋아' 라고 소리 질렀어요. 우리 세 사람은 다시 웃음을 터트렸죠. 그때 밴드가 트럼펫과 아코디언으로 〈악마를 위한 동정 Sympathy for the devil〉* 전곡을 연주하기 시작해요. 요르겐이 내 손을 잡고 내 주위를 빙글빙글 돌았죠. 춤추자, 리케. 어서. 안 추면 실례야. 나는 너무 웃어서 서 있기 힘들 정도였어요.

너무 쉬웠어요. 이건 거의 최악이지만, 정신적인 고통은 없다시피 했죠. 의심을 사지 않기 위해 요르겐보다 내가 하루 먼저 오슬로로 돌아왔어요. 기분이 몹시 좋았죠. 공항에서는 아이들에게 줄 사탕을 샀어요. 오스먼드가 일은 잘 마치고 돌아왔냐고 물었을 때 나는 사실대로 말했어요. 모두 기분 좋게 협조해줬지만, 이런 일은 항상 불확실하기 때문에 앞으로 어떻게 될지는 두고 봐야 할 것 같다고. 그는 출장이 즐거웠냐고도 물어봤어요. 나는 연구팀 사람들과 브뤼겐에 있는 레스토랑에서 식사를 하고 호텔로 돌아오는 길에 마리아치 밴드와 마주쳤는데, 베르겐 연구팀 대표가 밴드에게 롤링스톤스의 〈악마를 위한 동정〉을 연주시켰다고 말했어요. 오스먼드는 그 이야기를 듣고 진심에서 우러난 웃음을 터트렸어요. 나는 생각해요. 이렇게 쉬울 줄 누가 알았을까. 예전에는 이런 관계를 꿈꿀 때면, 끝내 미치지 않으려고 죄를 털어놓기 전까지는 제정신이 들 때

---

* 1968년에 발표한 롤링스톤스의 노래

마다 죄책감이 나를 갉아먹을 거라고 생각했어요. 하지만 실제로는 오스먼드에게 이런 이야기를 해도 아무 일도 일어나지 않았죠. 매일 하는 이야기처럼 내 입에서 술술 흘러나왔을 뿐만 아니라, 그날 밤 남편 옆에 누워도 전혀 죄책감이 들지 않았어요.

"다른 냄새가 나는데." 오스먼드가 내 어깨에 머리를 올리며 말해요.

"호텔 비누 냄새야." 나는 남편의 이마에 키스하며 말해요.

조금도 어렵지 않았어요. 도리어 너무 아무렇지 않아 실망할 지경이었죠.

수요일 밤

이제는 밤에도 집이 조용하지 않다. 위층에 있는 메레테의 발소리가 들린다. 그 역시 잠을 자지 못하고 있다. 나는 잘 수 있다는 믿음을 잃었기에, 시도조차 하지 않았다. 그냥 가만히 침대에 누워 뒤척거릴 뿐. 오스먼드는 머리를 베개에 댄 지 몇 분 되지 않아 코를 골기 시작한다. 극심한 시기심을 느낀다. 마치 우리 두 사람에게 부여된 잠의 총량이 있고, 오스먼드가 욕심 많게 다 가져가버려 내게는 조금도 남기지 않기라도 한 것처럼. 시계가 새벽 1시 반을 가리켰을 때 나는 자는 것을 완전히 포기한다. 더 이상은 의미가 없다.

거실에 나온 나는 소파 옆 테이블 위에 놓여 있던 램프만 켠다. 어둠 속에 작고 따뜻한 원형의 불빛이 비친다. 불안한 마음에 매일 밤 현관문의 안전 체인을 확인한다. 오늘 밤에도 아무도 손댄 사람 없이 그대로다. 그런 뒤 노트북을 열고 이메일에 로그인 한다. 잉그빌드 프레들리에게 보낸 글을 읽어본다.

메레테가 내게 손을 흔들지 않았다. 나는 그 일에 관해 썼다. 바로 이사 오기 전에 이 자리에 서서 친구들과 함께 파티오에 있던 메레테와 요르겐을 쳐다보던 그날의 일이다. 실제로 그런 일이 있었다. 하지만 다소 왜곡된 표현이기도 하다. 그 아래에 나는 두 사람의 아파트가 정말 좋다고 썼지만, 그곳에서는 차갑고 비인간적인 느낌이 든다는 것을 행간 사이에 넌

지시 드러냈다. 마치 인간미를 모두 지워 버린 것 같다고 썼다. 메레테의 집. 메레테의 지문이 사방에 묻어 있을 것이다. 그런 뒤 메레테가 집을 비웠던 저녁, 내가 처음으로 요르겐을 만나기 위해 위층으로 올라갔을 때의 일을 적으며 다음과 같이 적었다. **그가 집에 없으니 뭔가 달랐어요. 잡지에 나올 것 같은 집이 아니라, 요르겐의 집처럼 느껴졌죠.** 하지만 메레테에 대해서는 별다른 말을 하지 않았다. 끝에 가서야 두 사람의 결혼 생활이 실제로 어땠는지 적었다. 하지만 나는 이미 여기서 암시하고 있었다. 체면만 신경 쓰는 냉정한 아내. 우리가 만난 순간부터 나를 의심했지. 그와 관계를 가지면서 양심의 가책을 느끼지 않았다고 해도 이상하지 않다. 이 내용을 보면 알 수 있다. 요르겐이 내게 온 것도 당연하다.

    두 사람의 아파트에서 저녁 식사를 한 뒤로 한동안 메레테와 나는 친해지려고 애썼다. 요르겐이 저녁에 집을 비우면, 나는 가끔 아이들을 재운 뒤에 메레테를 만나러 위층에 올라갔다. 여름밤에는 파티오에 앉아 함께 와인을 마시기도 했다. 메레테는 자신의 어린 시절을 이야기해줬다. 그는 세 자매 중 둘째로, 프롱네르에 있는 커다란 아파트에서 살았다고 했다. 메레테의 아버지는 외교부의 높은 자리에 있었고 어머니는 오페라 가수였다. 어릴 때 파리에서 살았던 적이 있어서 메레테와 자매들은 영어와 프랑스어에 능숙했고, 음악과 무대 그리고 식탁 외교를 배웠다. 빌어먹을 교양을 쌓았죠. 메레테는 그렇게 말하며 웃었다. 그때 그는 약간 취한 상태였다. 다른 때였다면

빌어먹을 같은 말은 절대 하지 않았을 것이다. 메레테는 자신이 음악을 좋아해서 어릴 때부터 가족 피아노로 연주했다고 말했다. 가족 피아노라는 말에 내가 웃자, 메레테가 대답했다. 아까 말했잖아요. 빌어먹을 교양이라고. 메레테는 유능한 피아니스트였다. 그는 세 자매 중에서 피아노 연주 실력이 제일 뛰어났다. 언니는 메레테보다 외교 감각이 뛰어났고, 동생은 메레테보다 노래를 잘 불렀다. 그런 이야기를 듣다보니 자매 사이에 경쟁이 있었다는 인상을 받았다. 그의 부모님은 자기 딸들이 뭘 하든 최고가 되기를 기대했다. 그래서 그들은 메레테가 피아노 연주를 잘하자, 당연히 그가 뛰어난 연주자가 될 것으로 생각했다. 그리고 기왕이면 세계 정상급 연주자가 되기를 바랐다. 그들은 그런 사람이라고 메레테는 말했다. 그는 부모님이 자신을 사랑한다는 사실만큼은 의심하지 않았다. 그들은 단지 기대가 너무 높으면 실망하기도 쉽다는 사실을 알지 못했을 뿐.

나는 메레테에게 동생 이야기를 했다. 카롤리네 프리츠예요. 혹시 그 애의 이름을 아나요? 내 동생은 TV 노래 경연에서 우승했어요. 더군다나 그 대회에 나온 사람들 중 제일 어렸죠. 사실 카롤리네는 우리가 자란 작은 마을에서는 그전부터 유명했어요. 여덟 살 때 교회 합창단에서 솔로로 노래를 불렀고, 아홉 살 때는 학교 크리스마스 콘서트에서 마지막 무대를 맡았죠. 그러다 갑자기 전국적으로 유명해진 거예요. 그 애는 앨범을 녹음했고, 그 다음에는 콘서트를, 크리스마스 음반, TV 인터뷰, 콘서트 투어까지 하게 됐죠. 그러다가 가벼운 신경쇠약에 걸렸어요. 그럴 수밖에 없었죠. 압박도 심했고, 모든 사람이 그 애에게 원하는 것이 있었으니까. 결국 심리학자도 만나고 심리치료도 받은 뒤, 새 음반을 녹음하기 위해 곧장 스튜디오로 돌아갔어요. 부모님은 우리를 차별하지 않으려고 신경을 많이 쓰셨어요. 카롤리네를 칭찬하고 나면 바로 이렇게 덧붙이셨죠. 하지만 리케는 공부를 잘 하잖아. 성적이 아주 뛰어나지. 그럴 때 당신이라면 어떻게 할 것 같아요? 나도 메레테에게 삐딱한 미소를 지어 보였다. 아마 나 역시 약간 취한 상태였던 모양이다. 당연히 학교에서 1등을 해야 하는 거죠. 모든 과목에서 A를 받았고, 서른이 되기 전에 박사 학위 논문을 썼어요. 그리고 서른다섯이 되기 전에 상임 연구직을 얻었죠. 메레테가 말했다. 어쩌면 그게 더 나은 방법일지도 모르겠네요. 나는 신동이었어요. 그런데 지금 내 모습을 봐요. 나는 그를 쳐다봤다. 메레테는 명백히 취한 상태였다. 그렇지 않았다면 자신이 가진 모든 것, 다시 말해 집과 남편 그리고 딸만으로는 충분하지 않다는 뜻을 넌지시 비치지는 않았을 테니까.

그 뒤로 우리는 더 이상 만나지 않았다. 이유는 모른다. 아마 딸들과 마찬가지로 우리 역시 썩 잘 어울리지 못했기 때문일 것이다. 어쩌면 내가 메레테에게서 내 동생의 모습을 떠올리기 때문일 수도 있다. 혹은 메레테가 나를 보면 자기 자매들이 떠오르기 때문일 수도 있고. 그 일에 관해 누군가 내게 묻는다면 일상생활에 방해가 되기 때문이라고 대답했을 것이다. 아무 일도 없었다. 우리 중 어느 한쪽이 뒤로 물러나서 그런 것은 아니었다. 아니, 적어도 나는 그렇게 생각하지 않는다. 우리의 만남은 흔히 그렇듯 시간의 모래와 함께 사라져 버렸다. 내가 메레테의 남편을 만나기 훨씬 이전에 있었던 일이다.

지금 그는 위층에서 왔다 갔다 하고 있다. 발소리가 평소보다 힘이 없는 것처럼 들린다. 불쌍한 메레테. 그는 냉정하고 거만한 여자가 아니다. 그 사실을 잘 알고 있다. 어쩌면 메레테를 그런 식으로 생각하는 편이 내게 어울릴지도 모른다. 잉그빌드 프레들리에게 메레테에 대해 그런 식으로 설명하는 것은 말할 필요도 없고.

나는 주방으로 향한다. 찬장 어딘가에 마시면 잠이 잘 오게 도와주는 차가 있다. 빌어먹을 의사가 수면제를 주지 않은 탓에 슈퍼마켓에서 산 허브에 의존할 수밖에 없다. 그 순간 메레테 역시 주방에 들어가 있다는 것을 깨닫는다. 어쩌면 그는 내 바로 위에 서 있을지도 모른다. 지금 이 건물에서 깨어 있는 사람은 우리 둘 뿐이다.

첫 번째 목요일

요르겐의 서재 문이 닫혀 있다. 하지만 나는 그 너머에 뭐가 있는지 안다. 주위를 둘러본다. 여기 뭔가가 있다. 바로 공기 속에. 서재로 가고 싶지 않지만 내 발이 저절로 움직여 그쪽으로 향한다. 손잡이를 잡고 문을 연다. 그는 그 안에 없다. 보이는 것은 책상 위에 고여 있는 피바다 뿐. 킹 베고니아를 심어놓은 화분 옆에는 고양이가 앉아 발을 핥고 있다. 고양이가 고개를 들어 올리더니 단추 눈으로 나를 쳐다본다.

문을 쾅쾅 두드리는 소리에 나는 앉은 자세로 벌떡 일어난다. 나는 소파에 누워 있었다. 이 자리에 앉았던 기억조차 없는데. 하지만 오늘 아침 다른 식구들이 집을 나선 뒤 소파에 앉았던 모양이다. 지금이 몇 시나 됐는지, 얼마나 오래 잠을 잤는지도 알 수가 없다. 바깥은 아직 환하다. 그리고 누군가 계속해서 문을 두드리고 있다. 이어 자밀라의 목소리가 들린다. 리케, 안에 있어요?

나는 불안정한 걸음으로 비틀거리며 현관으로 간다. 꿈이 내 몸을 놔주지 않아, 여전히 반쯤 꿈속에 있다. 고양이가 빤히 쳐다보고 있다. 나는 온 몸을 떤다. 문을 열자, 씻은 지 얼마 안 된 것 같은 자밀라가 젖은 머리를 하고 향수 냄새를 풍기며 서 있다. 반들거리는 입술에 얼굴 가득 연민이 서린 표정을 짓고. 자밀라가 내 목을 끌어안으며 말한다.

"오, 리케, 괜찮아요?"

가느다란 팔에 힘이 들어간다. 자밀라가 숨이 막힐 정도로 나를 꼭 끌어안고 마구 흔드는 바람에, 제대로 서 있기 위해 다리에 힘을 준다. 마침내 나를 놔준 자밀라가 내 얼굴을 쳐다보며 소리친다.

"맙소사, 얼굴이 너무 많이 상했어요."

우리는 식탁에 앉는다. 내가 잠을 못 자서 그렇다고 변명하는 동안 자밀라는 커피를 끓인다. 혼자 온갖 잡동사니로 어지러운 찬장에서 프렌치 프레스와 커피 통을 알아서 찾아내고, 주전자를 꺼낸다. 자밀라는 숨도 쉬지 않는 것처럼 쉴 새 없이 말을 한다. 어제도 여러 번 찾아왔었는데 만나지 못했다면서. 문자 메시지 보낸 것은 받지 못했냐고 묻는다.

자밀라로부터 그동안 있었던 일에 대해 들었다. 어제 군데르센이라는 경찰이 찾아왔다고 했다. 자밀라와 사만에게 뭔가 보거나 들은 것이 없는지 물었는데, 두 사람은 본 것도 들은 것도 없었기 때문에 대답하기가 쉬웠다고 했다. 자밀라가 덧붙인다. 마침 우리 둘 다 자고 있었어요. 요 근래 계속 잠을 설쳤거든요. 자밀라도 밤새 깨어 있었던 적이 많았지만, 지난밤은 아니었다. 그가 간신히 잠이 들자, 사만도 잠들었다. 그래서 두 사람은 아무 소리도 듣지 못했다. 그들은 경찰에게 그렇게 말했다. 군데르센과 같이 온 경찰이 고양이 사체가 발견됐으며, 그것을 발견한 사람이 나임을 말해줬다고 했다. 아래층에 사는 주민이라고 했지만 자밀라는 발견자가 나라는 사실을 바로 알아차렸다는 것이다. 그가 눈을 크게 뜨고 나를 돌아본다.

"그때 생각했어요. 불쌍한 리케, 지금 얼마나 무서울까."

나는 고개를 끄덕인다. 아직도 잠이 다 깬 상태가 아니라 자밀라의 말을 완전히 진지하게 받아들이지 못하고 있다. 무서운가? 모르겠다. 그저 자고 싶을 뿐이다.

커피를 끓이는 데 시간이 필요하다. 자밀라가 덜그럭거리며 식탁 위에 주전자를 내려놓자, 그 옆에 있던 컵들이 흔들린다. 컵들은 오늘 아침, 군데르센이 푸른색 끈 뭉치를 내려놨던 바로 그 자리에 놓여 있다. 나는 온 몸에 소름이 돋는다. 그것과 접촉한 것이라면 뭐든 손대고 싶지 않다. 나는 생각한다. 자밀라는 내게 뭘 바라는 것일까?

그가 말한다.

"이제 고양이 사체와 요르겐에게 있었던 일이 연관돼 있다는 사실을 아무도 의심할 수 없게 됐어요."

마른 침을 삼킨다. 목이 무겁고 힘이 없다. 시간이 얼마나 됐는지 궁금했지만, 자밀라가 오븐에 달린 시계를 가리고 앉는 바람에 알 수가 없다.

자밀라는 잔인한 사건이 같은 곳에서 두 건이나 일어났으며, 심지어 발생 격차가 일주일도 되지 않는다고 말한다. 물론 그 사건들의 잔혹함은 다르다. 말할 필요도 없다. 고양이를 아무리 잔인하게 죽인다고 해도 인간을 죽인 것과는 거리가 머니까. 하지만 이런 종류의 사건들이 반복해서 일어나는 일은 아주 드물다. 사람들의 내면에 존재하는 뭔가에 대해 고양이를 죽여서 경고를 하는 것은 아닌지, 불안한 느낌이다. 정말 너무 놀랐다니까요. 자밀라는 이렇게 말하며 프렌치 프레스의 플런저를 꾹 누른다.

나는 그 말에 반박한다. 그런 일은 드물지 않게 일어난다고 말하고 싶다. 무엇보다 요르겐의 일이 있기 이전에도 고양이 사체들이 나왔기 때문이다. 하지만 신경 쓰지 않기로 한다. 그 주제에 관한 내 기운이 전부 다 소진된 상태였기 때문이다. 그래서 나는 그저 고개만 끄덕인다. 커피는 도움이 된다. 목구멍이 열리니까.

"어쨌든 인터넷에서 좀 찾아봤어요. 요르겐이 쓴 글을 봤죠. 신문에 쓴 글 말이에요."

자밀라가 의자 등받이에 걸어뒀던 가죽 가방에서 출력물을 꺼낸 뒤, 식탁 위에 펼쳐 놓는다. 그 종이들이 식탁 위를 거의 다 덮어버린다. 주로 신문 기사를 출력한 것들이다. 그중 몇개에서 요르겐의 서명 기사 사진이 나를 보며 미소 짓고 있다. 비뚤어진 앞니가 보일 정도로 환한 미소. 차마 그의 얼굴을 볼 수 없어 시선을 돌린다.

"그게 어디 있더라." 자밀라가 종이들을 뒤적거린다. "여기 있다. 이것 좀 봐요!"

그가 그 종이를 꺼내 내용을 읽는다.

"오슬로 기반 회계 법인, 외국인 노동자와 노예 계약 체결." 이게 헤드라인이에요. 청소업에 종사하는 발트해 연안 국가 출신 노동자들이 노동환경법에 위배되는 조건에서 강제 노동을 하고 있다는 내용이죠. 한 번 보세요. "'크쥐시토프'는 노동자들이 그뢴란드의 텅 빈 아파트에서 함께 살고 있다고 말한다. '기껏해야 마흔 명 정도 있죠.' 크쥐시토프가 말한다. 그는 보복당할지도 모른다는 두려움에 실명을 쓰지 말아달라고 요청했다."

자밀라가 손에 들고 있던 종이 너머로 나를 쳐다본다.

"보복당할지도 모른다는 두려움." 자밀라가 강조하듯 다시 말한 뒤 계속해서 기사를 읽는다.

"그 산업은 수익성이 좋은 반면, 규제는 약하다. 근로자가 받아야 할 온당한 대우를 위한 관리 감독이 전혀 이뤄지지 않고 있기 때문에 사실상 위법 행위가 묵인되고 있는 실정이다. '크쥐시토프'와 다른 노동자들은 생활비를 공제하고 나면 하루에 백 크노르를 받게 된다. 그마저도 그들에게 일이 있을 경우에만 해당되는 사항이다. 하지만 불만을 제기해도 소용없다. 그 계약은 그들의 고국에서 체결됐으며, 그들의 여권은 상사가 가지고 있다. 노동자들은 자신들이 좀 더 많은 것을 요구할 경우, 가족들에게 피해가 갈지도 모른다고 두려워하고 있다. '크쥐시토프'는 상당한 위험을 감수하고 우리에게 이 이야기를 했다는 사실을 명확하게 밝혔다."

자밀라는 그 종이를 내려놓는다. 나는 고개를 끄덕인다. 전에 봤던 기사다. 요르겐과 이 기사를 같이 썼던 젊은 여자 저널리스트가 기억난다. 이름이 뭐라고 했더라? 금발의 예쁜 여자였는데.

"이 사람들은 두려워하고 있어요. 리케. 여기 내용 중에 이

사업의 배후에 있는 사람들이 무슨 짓을 할지 두렵다고 나와 있는 부분이 있어요. 내가 줄을 그어놨어요. 한 번 봐요." 자밀라가 말한다.

그가 종이들을 내 쪽으로 밀어준다. 나는 형광펜으로 표시한 부분들과 여백에 남긴 물음표와 감탄사, 기사 중간중간에 쳐놓은 동그라미, 열정적으로 그어놓은 푸른색 줄을 본다. 내 시선은 서명 기사 사진에 멈춘다. 레베카 다비드센. 금발의 미인. 사진 속 그는 자신만만한 미소를 짓고 있다.

"요르겐은 위험한 사람들이 저지른 범죄에 관한 기사를 썼어요. 그런 상황에 자기 집에서 살해당한 채 발견된 거죠. 그 자신이 위험한 사람들이 저지른 범죄의 피해자가 된 거예요." 자밀라가 말한다.

"맞아요. 하지만 경찰은 이 건물에 사는 사람들 중에 범인이 있다고 생각해요." 내가 말한다.

"이 건물에 사는 사람 중에 있다고요?" 자밀라가 얼굴을 찡그리며 말한다. "아뇨. 나는 그렇게 생각하지 않아요."

나는 재빨리 잉그빌드가 카페에서 그 말을 해줬을 때를 떠올린다. 그가 그 말을 할 때 자신만만한 모습이었나? 나와 공유해도 되는 내용이었을까? 기억이 나지 않는다. 나는 그저 멍한 상태다.

"공용 출입구 때문에 그런 것 같아요. 니나가 출입 기록을 보여줬어요. 침입한 사람이 있는 것처럼 보이지는 않았어요. 물론 누군가 범인을 건물 안으로 들어오게 해줬을 수도 있겠지만." 내가 말한다.

자밀라도 그 말을 듣고 생각에 잠긴다. 그가 인상을 쓰자, 단정하고 깔끔하게 정돈된 눈썹은 서로를 향해 다가가는 우아한 벌레처럼 보인다. 커피를 한 모금 마시며 자밀라를 쳐다본다. 그리고 생각에 잠긴다. 자밀라가 나를 찾아온 이유는 뭘까? 지금 그가 했다는 조사의 요점이 뭐지? 조금 과한 것 같은데?

"그렇군요. 그럴 수도 있겠어요. 이 건물에 사는 사람들 중 누가 그런 짓을 할 수 있는 것일까요?"

우리는 서로를 쳐다본다. 짧은 순간이기는 해도 침묵이 불편하다. 마치 우리가 서로를 의심하는 것처럼. 자밀라가 내 의심스러운 표정을 보지 못하게 컵으로 얼굴을 감추며 커피를 한 모금 마신다. 만일 자신이 연루돼 있다면 그것을 숨길 수 있는 가장 좋은 방법은? 도덕적으로 흠잡을 데 없는 탐정 역할을 하면서 다른 사람들에게 불리한 증거까지 수집하는 것이 아닐까? 자밀라가 이렇게까지 범인 찾기에 열의를 쏟는 이유는 카스타녜스빈겐에서 의심받지 않기 위해서가 아닐까? 나는 최선을 다해 미소 짓는다. 뺨이 달아오르는 것이 느껴진다. 하지만 자밀라는 미동도 하지 않는다. 그의 생각은 이미 앞서 나가고 있다. 잔뜩 찌푸렸던 얼굴을 펴자, 자밀라는 평소처럼 어리고 순진해 보인다.

"한 가지 더 있어요. 리케." 자밀라가 심각한 목소리로 말한다. "사실 이 이야기를 해야 할지 말아야 할지 고민했어요.

죽은 사람을 놓고 안 좋은 말을 하고 싶지 않았거든요. 하지만 그 이야기를 꺼낼 필요가 있을 것 같아요. 우리가 이 사건의 진상을 밝혀내기 위해서라면 뭐든 해야 하니까요. 멀리 내다보면 그것이 가장 중요하지 않겠어요? 그래야 범인도 잡을 테죠? 그러니까… 내 생각에는….”

자밀라가 우리 두 사람 밖에 없는지 확인하는 것처럼 주위를 둘러본다.

“아무래도 요르겐이 바람을 피운 것 같아요.”

뭔가가 배 속에서 치솟아 심장까지 올라간다. 숨을 들이마신다. 애써 평소처럼 행동한다. 자밀라가 나를 뚫어지게 쳐다보고 있다는 것을 깨닫는다. 그는 내 반응을 기다리고 있다. 내가 충격과 불신을 보여주기를 바라며. 하지만 나는 통제력을 완전히 잃어버려, 아무것도 할 수가 없다.

“세상에.” 나는 그 말밖에 하지 못한다.

“맞아요. 메레테가 외출했을 때, 몇 번인가 들은 적 있어요. 하이힐 소리랑 여자 웃음소리 같은… 그리고 그 소리도…. 무슨 말인지 알죠? 확실해요.”

그 말이 내 가슴에 정통으로 부딪치면서 나를 찢어발긴다. 요르겐의 아파트에 올라갔을 때 내가 무슨 신발을 신었는지 기억나지는 않지만, 한 가지는 확실하다. 나는 하이힐을 신은 적이 없다.

“우리 집 주방과 저 집 주방 사이 벽의 시공이 잘못된 모양이에요.” 내가 숨을 가쁘게 몰아쉬기 시작했음에도 자밀라는 미동 없이 말한다. "보일러가 있는 찬장 쪽이 문제예요. 그 문을 열면 옆집에서 말하는 소리가 다 들려요. 물론 나는 남의 말을 엿듣는 습관도 없고 바람직하지 않은 일이라는 것도 알지만, 한 번은 여자 목소리가 들리기에 확인해봐야겠다는 생각이 들었어요. 그래서 찬장 문을 열고 귀를 기울였죠. 요르겐이 무슨 말을 하자, 여자가 약간 쉰 듯한 목소리로 섹시하게 웃었어요. 어떤 것인지 알죠? 약간 재니스 조플린 같은 목소리 말예요. 두 사람은 자기들이 아는 어떤 사람에 대해 이야기를 하고 있었어요. 그러다 여자가 말했죠. 나는 일 이야기를 하려고 여기 온 게 아닌데. 그러자 요르겐이 말했어요. 그럼 뭐 하러 왔어? 그러면서 두 사람은 같이 웃었어요. 그리고 조금 뒤에 그들이 그 짓을 하는 소리가 들리더군요. 분명히 메레테의 목소리는 아니었어요. 그 말만 할게요. 더군다나 그때는 부활절 휴일이었어요. 메레테가 필리파를 데리고 친정에 갔을 때였죠. 그래서 두 사람이 집에 없다는 사실을 알고 있었어요."

벌어진 상처에 소금을 뿌린 것처럼 따갑다. 요르겐은 내게 부활절 기간 동안 집에 있을 계획이냐고 물었다. 자기는 며칠 동안 혼자 있을 거라면서. 안타깝게도 나는 멀리 떨어져 있었다.

자밀라가 말한다.

"이제 내가 그 사람을 좋아하지 않은 이유를 알겠죠? 요르겐은 이런 데서는 동정을 베풀 만한 인간이죠." 자밀라가 식탁 위에 펼쳐놓은 기사 출력본들을 양손으로 가리키며 말한다.

"하지만 자기 아내를 속였어요. 몰래 바람을 피웠죠. 불륜은 배신이에요."

나는 커피 컵을 내려다보며 충격을 가라앉히려고 애를 쓴다. 요르겐과 나는 각자 다른 사람들도 만나고 있는지에 대한 이야기를 나눈 적이 없었다. 그런 것을 물어볼 엄두도 내지 못했다. 그가 나 하나로 만족하지 못한다는 사실을 믿고 싶지 않았기 때문에. 함께하지 못했던 그 부활절은 우리가 베르겐으로 처음 여행을 다녀온 직후였다. 나는 그 여행에서 요르겐과 믿을 수 없을 정도로 황홀한 시간을 보냈다. 그 역시 마찬가지였을 것이라고 믿고 있었다.

"요르겐과 메레테 사이에 문제가 있었을 수도 있잖아요." 내가 힘없는 목소리로 말한다.

"문제요." 자밀라가 씩씩거리며 말한다. "세상에 문제가 없는 사람은 없어요. 사만과 나는 문제가 없을 것 같아요? 당신과 오스먼드는요? 그 문제를 해결하겠다고 다른 사람 품에 뛰어드나요? 아니잖아요. 누군가와 함께하겠다고 약속을 했으면 그 약속을 지켜야죠. 문제는 그 안에서 해결하는 거예요."

자밀라가 손으로 식탁을 내리치자, 커피 컵이 흔들린다.

"다른 사람과 잠자리를 하면 안 되죠. 더 이상 결혼 생활을 유지할 수 없는 상황이라면 이해할 수 있어요. 하지만 그런 경우라도 결혼 생활을 먼저 정리해야죠. 이혼하기도 전에 다른 사람과 잠자리를 하면 안 돼요. 파트너를 조금이나마 존중하는 모습을 보여줘야죠."

할 말이 없다. 자밀라도 내 말을 기다리는 것 같지는 않다.

"나는 사만한테 첫날부터 명확하게 밝혔어요. 나한테 불만이 있을 수도 있고, 싸울 수도 있고, 나한테 소리칠 수도 있다고요. 하지만 절대로 나 모르게 그런 짓은 저지르지 말라고 했어요. 그것이 내가 파트너에게 기대하는 최소한이라고요."

나는 숨을 들이마신다. 폐까지 숨이 들어가게 아주 깊이 들이마신다. 자밀라는 그런 나를 쳐다보더니, 표정을 바꾼다. 분노가 가신 얼굴로 내 손을 붙잡는다. 그의 손은 작고 차갑다. 내 손을 잡은 자밀라는 아플 정도로 손에 힘을 준다.

"오, 리케. 미안해요. 내가 너무 흥분했어요. 어제 일로 많이 놀랐을 텐데 말예요. 불쌍한 사람. 사실 이런 말까지 할 생각은 없었어요. 그냥 당신하고 이야기하고 싶었던 것뿐인데. 나중에 다시 이야기해요."

자밀라는 출력한 기사들을 정리하더니, 자리에서 일어나면서 그 종이들을 한꺼번에 가방에 쑤셔 담는다.

"하지만 내가 생각하기에는 중요한 일 같아요. 요르겐과 함께 있었던 여자 말예요. 한 명이 아닐 수도 있고…."

가슴 속 상처에 다시 불이 붙으면서, 나를 완전히 무너뜨릴 정도로 타오른다. 하이힐을 신은 여자들의 방문. 순간 생각한다. 레베카 다비드센이구나. 그 여자가 약간 쉰 듯한 목소리로 섹시하게 웃는 것일까?

"그게 동기가 될 수 있잖아요. 안 그래요? 불륜은 많은 것을 설명해줘요. 일단 메레테한테 동기가 생기죠. 그것은 확실해요. 하지만 메레테는 요르겐이 살해될 당시 차도 없이 깊은 숲속에 있었어요. 그리고 니나가 준 출입 기록을 봐도 메레테는 이 건물에 들어온 적이 없었죠. 하지만 다른 여자들은 어떨까요? 그들 중에 질투에 눈이 먼 누군가나, 메레테와 헤어지지 않겠다고 해서 요르겐을 증오하게 된 누군가가 있다면? 아니면 그 여자들 중에 유부녀가 있다고 가정했을 때, 그 여자의 남편은 요르겐을 어떻게 생각할까요?"

나는 아무 말도 못하고 고개만 끄덕인다. 밀랍 인형이 된 기분이다. 자밀라를 빨리 집 밖으로 내보내고 싶을 뿐이다. 그는 자신이 지금 내뱉은 말의 무게와 결과를 곰곰이 생각하는 것처럼 눈을 가늘게 뜬다. 내가 보기에 자밀라는 멍청하지 않다. 어쩌면 그는 요르겐과 내가 함께 있을 때도 뭔가 들었을지 모른다. 아니, 내 목소리는 듣지 못했을 것이다. 적어도 내 생각에는 그렇다. 그랬다면 지금처럼 나한테 오지 않았을 테니까. 하지만 자밀라가 다른 소리를 들었을 가능성은 있다. 휴대폰 벨소리나 아기 모니터 소리 혹은 다른 소리를…. 누가 알겠는가? 아직까지는 그 의미를 모르지만, 뒤늦게 알아차릴 가능성도 있다. 그때 자밀라가 나를 보며 미소 짓는다.

"그냥 자기한테 말하고 싶었어요." 그가 나를 끌어안는다. "남은 이야기는 내일 하고, 지금은 푹 쉬어요. 많이 피곤해 보여요."

또각또각, 내 귓가에 계단을 올라가는 자밀라의 구두 소리가 울린다.

어떻게 그런 위선이 가능할까, 생각한다. 오슬로 지하철이 덜컹거리며 우레발 경기장을 지나친 뒤 역에 가까워지자 속도를 줄인다. 승강장에는 학생들이 몇 명씩 무리지어 서 있다. 아마도 자유 시간을 시내에서 보낼 작정인 모양이다. 학생들은 요란하게 지하철에 올라탄다. 새된 목소리로 재잘거리고 공기를 가르며 웃음을 터트린다. 나는 피로로 인해 멀미를 느낀다. 똑바로 앉은 자세를 유지하는 것만으로도 힘이 든다. 얼마나 적절한 일인가. 불륜 상대가 바람이 났다는 것이. 정말 아이러니하다. 막상 내 일이 되자, 남편이 알게 됐을 때 보여주기를 원했던 반응처럼 그저 어깨를 으쓱하며 의미 없는 일탈로 넘길 수 없다. 아무 말도 생각나지 않는다. 유부남과 잠까지 잤으면서, 대체 뭘 기대했지? 맞다. 나는 위선적이다. 마음이 너무 아프다. 나는 학생들이 내뿜는 열의를 견디지 못하고, 조잘거리고 있는 애들에게서 고개를 돌린다.

요르겐을 사랑하지는 않았다. 우리 두 사람이 함께하기를 바란 적도 없다. 각자의 배우자와 헤어지고 함께 새출발을 하자는 이야기는 한 번도 나온 적이 없다. 솔직히 말해서 요르겐이 그런 제안을 했다고 해도 거절했을 것이다. 분명하다. 나는 오스먼드와 헤어지고 싶지 않다. 그럴 작정은 아니었다.

3월에 요르겐은 집필 자료 조사차 아프가니스탄에서 일주일을 보냈다. 그리고 집에 돌아와서 내게 선물을 줬다. 테두리에 분홍색 수를 새긴 연푸른 파시미나 스카프. 그는 짜임이 정교하고 품질이 뛰어난 스카프라고 장담했다. 몇 년간 알고 지낸 정보원의 아버지가 운영하는 가게에서 샀다고 했다. 그 선물을 받고 말도 안 될 정도로 행복했다. 그래서 봄철 내내 그 스카프를 두르고 다녔다. 심지어 실내에서도 두르고 있었는데, 직장에서는 스웨터 대신 어깨에 둘렀다. 사무실에 앉아 컴퓨터로 기사를 읽을 때면 뺨에 부드러운 감촉이 느껴졌다. 요르겐이 내게 줄 선물을 고르기 위해 가게를 둘러보는 모습이 눈앞에 그려진다. 그러다가 그 스카프를 발견했고 리케에게 어울리겠다고 생각했겠지. 어쩌면 그 스카프를 내 맨 목에 두르는 장면을 상상했을지도 모른다. 가끔 내 향수 냄새 이외에 요르겐의 체취를 맡기 위해 스카프에 코를 댄 적도 있다. 내가 그런 것들을 자문하는 동안, 지하철은 마요르스투엔 역에 도착한다. 문이 열리자, 신경 쓰이게 조잘대던 학생들이 가방에서 구슬이 쏟아지듯 지하철에서 우르르 내린다. 다른 선물을 받을 때도 그랬던가? 친구나 여동생, 오스먼드한테 파시미나 스카프를 선물 받았어도 그들이 선물을 사는 광경을 상상했을까? 오스먼드가 내게 줄 선물을 고르려고 상점을 어슬렁거리는 모습을 상상해본 적이 있었던가? 남편의 체취를 맡기 위해 스카프에 코를 들이대고 냄새를 맡았던 적은?

그 당시에는 휴대폰 진동이 울릴 때마다 흥분으로 온 몸이 떨리곤 했다. 연락을 보낸 상대가 요르겐이었기 때문이다. 계단을 올라가는 요르겐의 발소리를 들으면, 나는 신문을 주우러 간다거나, 우편물이 왔는지 확인하러 간다거나, 쓰레기를 버리고 오겠다던가 하는 온갖 핑계를 대며 밖으로 나갔다. 그래야 그를 볼 수 있고 잘하면 몇 마디 나눌 수 있기 때문이다. 초여름에는 여자 초등학교에서 학기말 파티가 있었다. 나는 그 오후 내내 학교 운동장에서 그의 존재를 느꼈다. 매 순간 그가 어디에 있는지 알고 있었다. 파티 내내 시야의 한 끝에 요르겐이 들어와 있었다. 간단히 말하자면 나는 사랑에 빠진 사람처럼 행동했다.

하지만 요르겐은 그렇지 않았다. 확실하다. 그에게 있어 나는 수많은 사람 중 한 명이었을 테니. 여기 있는 동료, 저기 있는 이웃. 요르겐은 자신을 위해 아주 처신을 잘했던 것으로 보인다. 가정생활과 독신 중 한 가지를 선택할 필요도 없이.

하지만 그것은 부당하다. 나는 그게 그렇게 간단하지 않다는 사실을 잘 알고 있다. 요르겐에에게는 어둠이 있었다. 그 누구에게도 접근을 허락하지 않는 공간이었다. 내게 사라예보에서 있었던 일을 이야기해줬을 때, 그 안을 엿볼 수 있었다. 그밖에도 몇 번인가 그 윤곽을 얼핏 볼 수 있었다. 요르겐의 내면에는 그가 싸우고 있는 뭔가가 있었다. 하지만 지금의 나는 그 음영을 알고 싶지 않고, 이해하고 싶지도 않다. 무거운 걸음으로 지하철에서 내린 뒤, 서둘러 햇살이 내리비치는 거리로 나선다. 꺼져버려, 요르겐 탕겐. 우리가 관계를 시작하고 얼마 되지 않았을 때 이탈리아 레스토랑에서 그는 말했다. **사랑하는 사람, 나도 그런 사람이 되고 싶어.** 하지만 그 말이 거짓이었다는 것을 이제 안다. 그가 어떤 사람인지 모르겠고, 그가 행동하는 방식에서도 사랑의 의도는 보이지 않는다. 나만이 아니라,

어느 누구한테도. 가장 상처가 되는 것은 그 모든 일이 우스울 정도로 간단하는 사실이다. 나는 우리가 거부할 수 없는 치명적인 매력으로 서로를 찾았다고 생각했다. 하지만 그건 모두 내가 우리에게 투영했던 것일 뿐이다. 요르겐은 그저 여자를 침대로 끌어들이기 위해 공허한 찬사와 아첨을 한 것에 불과했다. 그 깨달음이 내 안에서 뒤틀린다. 모든 것을 전부 싸구려로 만들어버린다.

"운이 좋으시네요." 접수대에 있던 스타방에르 방언을 쓰는 쾌활한 젊은 남자가 말한다. "마침 사무실에 계세요. 잠시만 기다려주세요. 연락해볼 테니까요."

나는 그를 보며 힘없이 미소 짓는다. 기다리는 동안 주위를 둘러본다. 신문사 사무실의 접수대에서 뭘 보고 싶은지는 나도 모른다. 유리 표면, 최첨단 디자인 혹은 영화에서 본 것처럼 사람들이 책상 사이를 앞뒤로 뛰어다니거나 토론을 벌이고 있는 먼지투성이의 확 트인 공간. 이 접수대는 익명이다. 치과 대기실처럼 접근하기 쉽다.

"네. 기자님을 찾아오신 분이 계세요. 요르겐 탕겐에 관해 이야기하고 싶답니다. 성함이, 리케 프리츠 씨요. 네. 알겠습니다." 접수대 직원이 말한다.

그가 내 이름과 번호를 적은 작은 스티커를 내민다.

"잠시만 기다리시면 기자님이 내려올 겁니다." 그의 말에 나는 고개를 끄덕인다.

벽 앞에 놓인 유리 장식장 안에는 코 위에 공을 올린 개의 청동 조각상이 놓여 있다. 앞으로 몸을 숙이고 그 조각상을 쳐다본다. 유난히 못생긴 조각상이다. 이런 것을 여기 진열해둔 이유가 궁금해진다. 아무래도 어떤 상징인 모양이다. 어쩌면 저 개는 세상의 공을 지키는 것인지도.

나는 이 만남을 계획하지 않았다. 그냥 충동적으로 찾아온 것이다. 레베카 다비드센을 만나 이야기를 나누고 인상을 남기고 싶었을 뿐이다. 내가 요르겐을 알고 있다고 하면 그가 나를 만나줄 가능성이 크다고 생각해 접수대 직원에게 그 이름을 말했다. 하지만 그 여자에게 무엇을 물어야 할지, 어떤 이야기를 듣고 싶은지도 알지 못한다. 게다가 그 여자는 기자다. 만일 나한테 뭔가를 물어본다면? 그때는 무슨 말을 해야 하는 것일까?

엘리베이터 도착음이 울리고, 그 여자가 걸어 나온다.

"안녕하세요." 레베카가 미소를 지으며 손을 내민다. 내가 힘없이 무거운 손을 천천히 내밀자, 그가 꼭 잡아준다.

레베카가 자기 이름을 말하고 나도 내 이름을 말한다.

"휴게실로 가시죠." 레베카가 따라오라는 손짓을 한다.

그는 걸음이 빠르다. 키는 작지만, 단정한 모습이다. TV에서 보는 것 같은 곱슬거리는 금발은 서명 기사 사진에서 봤던 것보다 반짝거린다. 하지만 뒤를 따라가면서 보니 억지로 머리 모양을 고정시키느라 스프레이를 엄청 많이 뿌린 탓에 뻣뻣하게 보인다. 레베카는 편안해 보이면서도 패션을 생각한 듯

청바지에 블레이저를 입고 있다. 그리고 나보다 훨씬 날씬하다. 젊어 보이기도 하고.

우리는 커피 머신 앞에 멈춰 선다. 레베카가 컵을 두 개 꺼낸 뒤, 내게 뭘 마실 것인지 물어본다. 그런 뒤에 커피를 따르면서 이런저런 이야기를 한다. 맞아요. 회사 건물 상태가 좀 안 좋아 보이죠. 그런데 경영진들이 대대적인 개조에 반대하고 있어요. 업계의 구조조정이니, 온라인 때문에 종이 신문 구독자들이 감소했느니 하는 이유로 말에요. 불확실한 시대니까요. 하지만 어쩌겠어요? 회사 건물이 무너지게 내버려둘 수는 없잖아요?

그가 말을 하는 동안, 나는 인정한다. 레베카는 매력적이라고. 가슴을 찌르는 것 같은 통증이 느껴진다. 심지어 예쁘기까지 하다. 레베카 본인도 그 사실을 알고 있다. 스스로 지나칠 정도로 의식하고 있는 것 같기는 하지만, 그가 매력적이라는 사실에는 의문의 여지가 없다. 부활절에 집에 왔다는 동료, 섹시한 웃음소리를 냈다는 여자는 레베카인가? 그는 플랫 슈즈를 신고 있다. 하지만 키가 작은 편이니 꾸미고 싶은 날에는 하이힐을 신을 것이다. 레베카가 내게 커피 컵을 건넨다. 우리는 자리에 앉는다.

"그러니까." 레베카가 말한다.

"네." 내가 대답한다.

"요르겐 탕겐에 대해 하실 말씀이 있으시다고요."

"맞아요."

그의 얼굴에서 경계심이 얼핏 보였다가 이내 사라진다. 레베카가 깊은 한숨을 쉰다.

"정말 너무 슬픈 일이에요. 도저히 믿을 수 없어요. 지금도 아무 때나 어슬렁거리며 사무실로 들어오던 그 사람이 기다려져요."

레베카는 우리가 들어온 문을 쳐다본다. 마치 요르겐이 나타나기를 기다리는 것처럼. 나도 그쪽을 돌아본다.

"원래는 오늘 만나기로 돼 있었거든요." 그가 혼잣말을 하듯 말한다. "1시에 약속했는데."

나는 시계를 흘긋 본다. 그것은 중요하지 않다.

"그런데 누구시죠? 그러니까 요르겐과 어떻게 아는 분이냐는 뜻이에요." 레베카가 묻는다.

"이웃 주민이에요." 기계적으로 대답한다. "그 사람 집 바로 아래층에 살고 있죠."

"아." 레베카가 눈을 빛낸다. "그럼 그 일이 있었을 때 그곳에 계셨나요?"

"네."

그는 고개를 살짝 갸웃한다. 순간 나는 저널리스트였던 요르겐이 그랬듯 레베카 역시 내게 질문할 거라고 생각한다. **범죄 현장 바로 옆에서 사는 것은 어떤 기분인가요?** 하지만 레베카는 내게 무서웠을 거라는 말만 한다.

"그렇죠. 그래서 그저 한 번 뵙고 싶었어요. 요르겐과 기자님이 같이 쓴 기사를 봤거든요. 마침 지나가다가 생각이

나서…."

나는 마른 침을 삼킨다. 레베카는 나를 보며 귀 기울이고 있다. 그랬군요. 무슨 생각이 났죠?

"그러니까 두 분 사이가 어떤지 알고 싶다는 생각이 들었어요. 요르겐에 대해 잘 아시나요?"

레베카의 목소리가 재니스 조플린이 웃는 소리와 비슷한지 잘 모르겠다. **나는 일 얘기를 하려고 여기 온 게 아닌데.** 레베카가 우리 아파트에 찾아 왔을까? 요르겐이 공용 출입구를 열어주고, 하이힐을 신은 채로 급히 계단을 올라온 그를 맞이해 줬을까?

레베카가 머뭇거린다.

"잘 아는 편이라고 할 수 있죠. 직장 바깥에서의 모습까지 잘 안다고 할 수 없지만, 같이 일을 한 적이 많으니까요. 요르겐은 내가 신입이었을 때 사수였고, 일적인 부분에서 많은 것을 가르쳐줬어요. 누구랑 같이 일을 해야 할지, 누구를 멀리 해야 할지 같은 것들이요. 우리는 3월에 내보낸 노예 계약 기사를 같이 작성했어요. 제법 많은 논쟁을 불러일으킨 기사였죠. 그 일에 대해 이야기 하려고 '뉴스 18[*]'에도 나갔고요. 혹시 알고 계셨나요?"

몰랐던 일이지만, 일단 고개를 끄덕인다. 레베카가 자신이 한 이야기에 대해 어떻게 생각하는지 물어보지 않기를 바라

---

[*] Dagsnytt atten, 노르웨이 라디오 방송

면서.

"SKUP 상*도 받았죠." 레베카는 자신만만한 미소를 살짝 지으며 말한다.

"축하드려요." 나는 기계적으로 말한다. 레베카는 약간 당황한 것 같은 모습으로, 하던 말을 멈춘다.

커피 컵을 든 그의 손에 결혼반지가 끼워져 있다.

"그러니까, 요르겐에 관해서는 직장 동료로 잘 알고 있다는 뜻이에요. 나는 그 사람을 좋아했어요. 똑똑하고 아는 것이 많은 사람이었죠. 비록 조금, 그러니까 어떻게 말해야 할지 모르겠는데…."

레베카가 자신이 하려는 말의 무게를 가늠하는 것처럼 나를 쳐다본다.

"여자들한테 많은 관심을 보이기는 했지만요. 무슨 말인지 아세요?"

천 개의 칼이 내 가슴을 찌르는 것 같다.

"알아요."

"나한테도 작업을 걸려고 한 적이 있어요." 레베카가 결혼반지를 돌리면서 말한다. "심한 것은 아니어서 성희롱으로 고발할 정도는 아니었지만요. 사실 뻔한 일이잖아요. 모를 수가 없죠. 세상에, 그런 작업에 실제로 넘어가는 사람이 어디 있겠어요? 일단 웃기잖아요."

* 노르웨이의 보도 부문 상

나는 뻣뻣하게 미소 짓는다.

"하지만 괜찮았어요. 나는 거절했고, 그 사람도 잘 받아들였죠. 무엇보다 요르겐은 같이 일하기 좋은 사람이었어요. 자기 몫은 충분히 했죠. 너무 위험한 일에 나서지만 않는다면 말이에요. 아시겠지만, 이쪽 일이 좀 그렇거든요."

여기서 레베카가 웃는다. 그렇게 웃어넘김으로써 그는 자조하는 것처럼, 자신이 겁을 내지 않고 있음을 보여주려는 것처럼 보인다. 나는 언론 기관에서 일을 하는 것이 어떤지 전혀 모르지만, 레베카에게 물어보지도 않는다. 어쩐지 억지로 웃는 것처럼 보인다. 친절한 태도에도 뭔가 있을 것이다. 어쩌면 레베카는 실상 여기까지 찾아와 시간을 낭비하게 만드는 나한테 짜증이 났을 수도 있다.

"두 분이 그 기사를 함께 썼죠. 노예 계약에 관한 기사 말예요. 그 일로 화를 낸 사람이 있나요? 그러니까 위협을 당하거나 그와 비슷한 일을 겪으셨나요?"

내 목소리가 마치 옆 테이블에 앉아 이쪽을 지켜보고 있는 것처럼 들린다. 이 질문은 내 생각이 아니라 자밀라가 한 말이다. 나는 사실 이 이론에 자신이 없기 때문이다. 그저 할 말을 만들기 위해 자밀라가 했던 이야기를 써 먹은 것이다. 하지만 레베카 다비드센은 그 말에 즉각적으로 반응한다. 내가 총이라도 뽑은 것처럼. 그는 눈을 크게 뜨더니, 차갑게 얼어붙은 표정으로 의자에 몸을 살짝 기댄다.

"그런 질문은 왜 하시는 거죠?"

나도 모른다. 내 방문을 정당화시키기 위해 꺼낸 말일 뿐이니까.

"경찰이 궁금하게 여기고 있어요. 당연히 당신한테도 물어볼 거예요. 요르겐에게 반감을 가질만한 사람이 있나요?"

잠시 정적이 흐른다. 레베카의 시선이 미친 듯이 흔들린다. 나는 멍하니 그 자리에 앉아 있다. 외부 침입처럼 보이게 하기 위한 헛된 시도들 그러니까 요르겐의 집 창문이 열려 있었다는 사실과 그 밑에 놓여 있던 사다리에 대해 잉그빌드 프레들리가 말해준 뒤로, 범인은 요르겐이 아는 사람일 것이라고 생각하고 있었다. 요르겐이 직접 범인을 집 안에 들였다. 이웃일 가능성도 있고. 그는 중요한 인터뷰를 위해 상당한 위험을 감내할 준비가 돼 있었다. 그렇다고 해도 자신이 쓰고 있는 폭로 기사와 관련된 범죄 조직의 수장이 집에 찾아온다면 문을 열어주지는 않았을 것이다.

하지만 레베카는 겁에 질린 채, 테이블 위에 올려둔 자기 손만 내려다보고 있다. 그의 손가락은 짧고 뭉툭하다. 메레테처럼 손가락이 길고 가늘지는 않지만 힘은 셀 것이다. 일하는 사람의 손. 레베카가 순식간에 손톱을 물어뜯는다.

"신경이 좀 날카로워졌어요." 그가 한숨을 쉬며 말한다. "그 기사를 낸 뒤에 이런 일이 벌어졌으니까요. 아무래도 엄청난 경제적인 이익이 걸린 일이잖아요. 몇 백 크노르만 있으면 외국인 노동자들을 국내에 잡아두고, 그 노동력으로 아무 위험 없이 순이익 80퍼센트를 낼 수 있는데, 기자 두 명이 찾아와서 그 사업 계획을 폭로하겠다고 한다면 화가 날 수밖에 없을 테죠. 그들은 당국에서 그 기업이 저지르고 있는 위법에 전혀 신경 쓰지 않는다는 전제로 기업 전체를 개편했어요. 그러니 저쪽 입장에서는 손해가 너무 크죠. 이 일로 기소될 수도 있다는 것은 말할 것도 없고, 아예 본보기가 될 수도 있으니까요."

레베카가 혀로 입술을 적신다. 그러면서 마치 일을 하고 있는 것처럼 몸을 앞으로 내민다. 나는 그가 상사들 앞이나 '뉴스 18'에서 이런 주제로 이야기를 하는 모습을 떠올린다. 하지만 레베카의 목소리에는 여전히 희미한 떨림이 남아 있다.

"우리는 새 기사를 쓰는 중이었어요. 오늘 만나기로 했던 것도 그 일 때문이었죠. 마지막에 낸 기사와 비슷한데, 이번에는 계약직 소개업에 관한 기사였어요. 그쪽도 전반적으로 노예 계약이 많거든요. 거기에 돈세탁과 비리까지 엮여 있죠. 제법 진척이 된 상태예요. 내가 비리 쪽을 따라가고, 요르겐이 계약 쪽을 맡았어요. 바짝 쫓고 있었죠."

우리 두 사람 사이에 전율이 흐른다.

"그렇군요. 듣고 싶은 이야기는 다 들은 것 같네요." 내가 말한다.

레베카가 미소를 짓는다. 이럴 때마다 보여주는 의기양양한 미소같다. 하지만 어딘가 살짝 부족해 보인다.

그는 불편해 보이는 미소를 짓고 있다. 그럼에도 여전히 매력적이다. 우리는 자리에서 일어난다. 레베카가 우리가 쓴 커피 컵을 개수대로 치우는 동안, 나는 그 뒤를 따라간다.

"조만간 연락드릴 일이 있을 것 같아요. 이번 기사를 게재하기로 결정이 난다면요." 레베카가 말한다.

"알겠어요."

정확하게 거절하지 않은 것은, 레베카가 내게 말하지 않은 것이 있기 때문이다. 그는 내가 접수대에서 받아 재킷에 달고 있던 명찰을 흘깃 쳐다본다.

"프리즈 씨. 혹시 카롤리네 프리츠와 관계가 있나요?" 레베카가 묻는다.

"먼 친척이에요."

"좋겠어요. 저번 앨범 좋아하거든요. 카롤리네 목소리에는 일렉트로니카 스타일이 어울리니까."

우리는 접수대 쪽으로 향한다. 레베카가 문까지 따라 나온다.

"담배 사러 가야겠어요." 그가 가방을 뒤적거린다. "거의 끊었었는데, 요르겐 때문에 다시 피우게 되네요."

레베카가 가방에서 스카프를 꺼낸다. 테두리에 분홍색 수를 두른, 정교하게 짠 연푸른 파시미나를. 천 개의 칼이 내 살을 저민다. 레베카 다비드센이 내게 친절한 미소를 지어 보인다.

"같이 이야기를 나눌 수 있어서 좋았어요. 리케 프리츠 씨. 조만간 다시 뵙죠."

세상에, 그런 작업에 실제로 넘어가는 사람이 어디 있겠어요? 레베카가 말했다. 뿐만 아니라 요르겐의 접근이 웃기다고 했다. 지하철이 한산하다. 학생들은 없고, 혼자 탄 승객들 몇 명뿐이다. 늙은 여자와 신문을 든 남자. 레베카는 아프가니스탄에서 사왔다는 파시미나 스카프를 목에 감았다. 어쩌면 요르겐이 거짓말을 한 것일 수도 있다. 만일 그가 그 스카프를 오슬로에서 샀다면 그냥 웃고 넘길 수도 있는 일이었겠지.

하지만 요르겐이 거짓말을 했다고 생각하지 않는다. 그는 내게 어떤 약속도 하지 않았다. 요르겐에게 똑같은 스카프를 몇 개나 가지고 있는지, 만나는 사람이 몇 명인지 묻지 않았다. 그가 레베카에게 선물을 사줬다는 사실은 아무 의미 없다. 두 사람은 함께 기사를 쓰고 상도 받은 사이니까. 아마 그는 그저 좋은 사람이 되고 싶었겠지. 나는 마음의 눈으로 스프레이를 뿌려 뻣뻣해진 레베카 다비드센의 머리카락을 본다. 그렇게 믿으려고 애를 쓰니, 모든 문제가 사라진다. 계속 눈을 감고 있다. 지금 당장 창문에 머리를 기댄 채 잠을 청할 수 있을 것 같은 느낌이다. 그렇게 눈을 감아버리고 결론을 망쳐버릴 수도 있다. 이 세상에 망치를 날려버리고 멋대로 하게 내버려두면 그만이다.

런던에 있던 술집에서 그는 진지했다. 사라예보에서 있었던 일을 이야기하기가 힘든 것 같았다. 실제로 내가 보기에 그는 그 이야기를 하고 싶지 않았다. 나는 요르겐이 그 일을 동료나 친구, 메레테에게 말했는지 아닌지 모른다. 그는 어째서 내게 그 이야기를 했을까? 내가 그에게 특별한 존재라서, 그러니까 우리가 함께 있을 때면 안전한 느낌이 들어서 그 이야기를 할 수 있었던 것일까? 아니면 뭔지는 몰라도 그 자리에 있던 어떤 것이 그 이야기를 하게끔 만들었나? 아마 연인이 되고 싶다던 말도 사실일 것이다. 어쩌면 그는 자신이 보통 사람들보다 사랑에 대한 능력이 부족하다는 것을 알고 있었을 수도 있다. 다른 사람들을 버리고, 그 사랑을 이루기 위해 누군가의 옆을 변함없이 지키는 것. 상대방을 행복하게 하기 위해 크고 작은 일들을 해내는 것.

    요르겐은 그런 일들을 전혀 하지 못할 것이다.

    나는 전쟁 중인 나라의 시외 지역에서 차에 타 있는 요르겐의 모습을 상상해본다. 그는 자신이 죽을 것이라 생각했다. 요르겐은, 목숨을 구한 일은 선물을 받은 것과 마찬가지고, 그날 이후의 모든 것이 보너스와 같다고 말했다. 그래서 그는 집에 돌아와 삶을 이어나갔다. 전쟁 중인, 더 많은 나라의 새로운 도시들로 여행을 떠났다. 여자를 만나 결혼을 했고, 이혼했다. 또 다른 여자를 만나 재혼했고, 딸을 얻었다. 새로운 여자들을 끊임없이 만났다. 그것이 그가 보너스로 얻은 삶을 살아가는 방식이었다. 그중에 그가 선택한 것이 있을까? 그가 원했던 삶의 방식이었을까?

    실제로 나는 두 사람이 SKUP 상을 받았을 때를 기억한다. 우리가 함께 영국으로 떠나기 몇 주 전에 있었던 일이었다. 요르겐이 사라예보 이야기를 했던 그날 저녁, 나는 레스토랑에서 샴페인을 주문했다. 함께 축하해야 한다고 내가 말했다. 어쩌면 약간 취했던 것일지도 모른다. 요르겐은 열의에 찬 내 모습을 보며 미묘한 미소를 지었다. 그 상이 그에게는 별 의미가 없다는 듯이. 샴페인을 잔에 반쯤 따른 뒤, 내가 말했다.

"어서! 행복한 티를 내 봐!"

그가 어깨를 으쓱했다. 그런 뒤 우리는 안락의자에 앉았다. 사라예보 이야기를 하기 전에, 요르겐은 상을 받는 정도로는 행복하지 않다고 말했다. 엄청난 영예임을 알지만, 사실 그를 진정으로 기쁘게 만들어주는 것은 이 세상에 거의 없다고.

"유치하게 굴지 마. 그런 말은 엠마나 할 법한 소리잖아." 내가 말했다.

그 지점에서 나는 확실히 취해 있었다. 살짝 짜증도 난 상태였다. 그의 기쁨에 나는 들어가지 않는 것인가? 하지만 그를 즐겁게 해줄 수 있는 사람은 아무도 없을 텐데. 이제는 그런 생각이 든다. 어쩌면 보통 사람들이 즐겁다고 느낄 만한 것들을 알지 못하는 것이 요르겐의 불행일지도 모른다고. 상, 미소, 나를 사랑해주는 사람과 손을 잡고 보내는 저녁.

그래서 내가 그 사람의 유일한 존재가 되고 싶었을지도 모른다. 메레테보다 뛰어난 사람이 되고 싶었다. 더 매력적이고 영리한 사람이. 그들 사이를 힘들게 하는 것이 무엇이든 메레테 때문일 수 있다는 생각은 하지 않았던가? 메레테가 그에게 줄 수 없는 것을 나는 줄 수 있다고 믿지 않았던가? 아니, 그런 문제가 아니었다. 나는 지저분한 지하철 창문을 내다보며 생각한다. 하지만 스스로가 납득하지 못한다. 내 일에 관해 그토록 많은 이야기를 했던 이유가 요르겐에게 증명하기 위해서 아니었나? 내가 얼마나 유능한 사람인지 보여주기 위해서. 사람들이 귀를 기울이는 그런 사람이라는 것을 보여주기 위해서. 메레테가 그쪽 면에서는 떨어진다는 것을 알기 때문에 내 이력으로 나 자신을 꾸몄던 것이 아닌가? 내가 그보다 낫다는 사실을 보여주려고 했던 것이 아니었나? 아니, 아니, 아니. 신문을 보던 남자가 고개를 돌려 내 쪽을 흘깃 쳐다본다. 내가 지금 어디에 있는지 잊고 마지막 말은 큰 소리로 내뱉은 모양이다. 미소를 지어 보이려고 애를 쓴다. 남자는 다시 신문으로 시선을 돌린다. 미친 사람으로부터 자신을 지킬 때처럼 안 들리는 척, 철벽을 치는 것이다. 나는 창문에 고개를 기댄다. 잠을 잘 수 있는 사람처럼.

    토센 역에서 내렸을 때, 레베카 다비드센과 신문사 앞에서 헤어진 뒤로 그에게 들은 이야기 중에 계속 마음에 걸렸던 내용이 떠오른다. 레베카와 요르겐이 새로 쓰려고 했던 기사는 계약직 구직 소개업에 관한 내용이라고 했다. 수면 부족으로 정신이 멍한 상태라 그 이야기를 듣자마자 스베인 스파레가 구직 알선소를 운영한다는 사실과 연결시키지 못했다.

    나는 그 사람을 늦게 알아차린다. 그는 블로스보르트베인을 성큼성큼 걸어가는 중이다. 내가 그를 봤을 때, 그쪽 역시 나를 본 상태다. 그는 운동복 위에 매고 있던 작은 가방에서 휴대폰을 꺼내 화면을 몇 번 두드리다가 우리 사이의 거리가 10미터 남았을 때 휴대폰을 다시 가방에 집어넣는다.

"안녕하세요." 리아 엄마가 눈부시게 하얀 치아가 다 드러날 정도로 미소 지으며 말한다. 그는 토센 위쪽에 살고 있는 전업주부다.

"안녕하세요." 나도 인사를 한다.

나 역시 미소를 지어야만 한다. 토요일에 있었던 학교 연극 연습 때 죽은 고양이에 대해 나눴던 대화가 여전히 마음에 남아 있다. 내가 어리석게도 그 일들을 별 것 아닌 일로 치부하자, 그는 화를 냈다.

"잘 지냈어요?" 리아의 엄마가 묻는다.

"아시다시피 그냥 그랬죠." 내가 대답한다.

잘 지냈다는 말은 할 수 없다. 그 사실을 깨달았지만, 그와 동시에 많이 힘들다는 생각도 들지 않는다. 리아의 엄마가 학부모 모임이나 요가 센터, 지금처럼 길거리에서 마주친 다른 학부모들한테 속닥거릴 모습이 눈에 선하다. 아까 리케 프리츠랑 마주쳤는데, 알 거예요, 8학년인 엠마 엄마 말예요. 요르겐과 메레테 탕겐 아래층에 살고 있다는. 근데 그 사람 정신이 완전히 나간 것처럼 보였어요.

그가 나를 쳐다본다. 리아의 엄마는 커다란 선글라스를 쓰고 있는데, 거울처럼 비치는 렌즈다. 그래서 내가 그와 눈을 마주치려고 해도 내 모습 밖에 보이지 않는다. 어쩌면 그저 내 생각뿐일지도 모르지만, 선글라스 렌즈에 작게 반사된 모습만 봐도 내가 밤새 한숨도 못 잤다는 것을 알 수 있을 정도다.

"요르겐한테 그런 일이 생기다니 너무 끔찍해요." 리아의 엄마가 말한다.

나도 동의한다. 우리는 그 자리에 선 채로, 잠시 고개를 끄덕인다. 리아의 엄마가 얼마나 알고 있는지 궁금하다. 외부에서 침입한 흔적이 없었다는 사실도 알고 있을까? 니나가 동네방네 다 떠들고 다녔을까? 동네 전체가 우리 건물에 살고 있는 사람들 중에 범인이 있다고 의심하고 있을까?

"집 앞에서 죽은 고양이도 나왔다고 들었어요. 어제였나요? 듣기로는 고양이 사체를 발견한 사람이 당신이라고 하던데." 리아의 엄마가 말한다.

나는 고개를 끄덕인다. 니나가 떠든 것이 분명하다. 보통 학부모들은 니나에게 큰 관심을 주지 않았다. 니나는 자기가 사람들이 갈망하는 정보를 알고 있다는 사실에 정신줄을 놓은 것이다.

"정말 무서운 일이에요." 리아 엄마가 말한다.

"네. 정말 그렇죠."

리아 엄마가 선글라스를 벗자, 그제야 그의 눈을 볼 수 있다. 북유럽 특유의 차가운 청회색 눈으로, 흐린 날의 바다처럼 보인다. 그는 나보다 몇 살 어리다. 비록 우리 두 사람을 보고 그 사실을 쉽게 알아차리기는 힘들지만. 리아의 엄마는 작은 가방에서 가죽으로 된 안경집을 꺼낸다. 그 안에서 안경닦이를 꺼내더니 시선을 내리고 자신만만하게 렌즈를 닦는다.

"어쨌든 고양이 사체 사건 역시 인상적이기는 하죠? 아닌가요?"

그가 나를 쳐다본다. 어떻게 해야 할지 알고 있지만 지금은 피할 방법이 없다. 숨을 깊이 들이마신다. 이런 일이 없었다면 더 좋았을 텐데.

"맞아요. 내 생각보다 심각한 일인 것 같아요. 전에는 내가 너무 가볍게 생각했나봐요."

"정말 끔찍해요." 리아의 엄마가 말한다.

그의 목소리에는 진심이 담겨 있다. 적어도 그 점은 인정해야 한다. 그래야 내가 얼마나 바보 같은지 깨닫게 내가 했던 말들을 집요하게 따질 수 있기 때문이다.

"맞아요."

"아시겠지만 동물에 대한 폭력과 사람에 대한 폭력은 연관이 있어요. 수많은 사이코패스들이 어릴 때는 동물들을 괴롭혔다니까요."

그와 동시에 고양이를 죽인 사건의 무게에 압도된다. 그대로 바닥에 누워 죽은 동물들을 위해 울고 싶어진다.

"같은 집에서 사람이 살해당했죠. 이런 식으로 말해서 죄송하지만, 너무 야만적인 방식으로요."

리아의 엄마가 먼 곳을 쳐다본다. 길 건너편 울타리 너머로 대형 트램펄린들이 보인다.

"토센에 사이코패스가 돌아다니는 것 같아요." 그는 그렇게 말하면서 자기 자신한테 놀란 것처럼 보인다. "어쩌면 우리가 아는 사람일지도 모르죠."

스베인의 그림자가 보이는 것 같다. 그 그림자는 계단을 올라가 요르겐의 집 현관문 위를 뒤덮는다. 이제서야 이곳이 얼마나 조용한지 알아차린다.

"그건 그렇고 연극은 어떻게 되고 있어요? 리아 엄마가 학교 활동 반 대표잖아요?" 나는 억지로 화제를 돌린다.

"연극 공연은 연기됐어요. 엠마가 말하지 않던가요? 그 대신 봄에 공연하게 될 거예요."

머릿속으로 지난 며칠 동안 아침 식사를 했던 때와 네 식구가 함께 집에서 저녁 식사를 했던 때를 떠올린다. 그때 말이 나왔는데, 내가 기억하지 못하나? 아니면 엠마가 말을 하지 않고 숨겼나?

"오늘 오후에 학부모들한테 이메일을 보냈어요." 리아의 엄마가 다시 가방에서 선글라스를 꺼낸다. "그렇게 하는 편이 옳죠. 아시다시피 필리파 탕겐은 제법 중요한 역을 맡고 있잖아요. 지금 같은 상황에서 그 애가 연극 공연을 한다는 것은 상상도 할 수 없죠. 더군다나 이 연극은 칼을 들고 사람을 죽이는 범죄자에 관한 이야기잖아요. 전체적으로 보면 아무래도 부적절한 느낌이 들기는 하니까요. 어쩌면 차라리 잘 된 일일 수도 있어요. 무용수들이 나오는 장면은 다 이상하잖아요. 가드는 개작에 반대했지만, 아무래도 성인 남자가 매춘부처럼 차려입은 십대 소녀들을 지도하고 싶다고 하는 것도 이상하기는 하죠. 안 그래요?"

"그렇죠."

가드. 나는 그의 볼품없는 모습을 떠올린다. 눈을 덮을 것처럼 내린 앞머리, 뿔테 안경. 깊고 힘찬 목소리. 엠마는 갑자기 연극에 흥미를 보였다. 그 애가 가드를 좋아하는 것은 아니겠지? 그는 이십대 초반이다. 내가 보기에는 너무 어리지만, 엠마의 입장에서는 완전한 어른이다. 무용수들에 대한 논의가 있었던 때를 떠올려본다. 가드가 어떻게 자기 의견을 피력했었는지를. 구체적으로 뭐라고 말했더라? 기분 나쁜 생각이 든다. 그한테는 그게 왜 그렇게 중요했던 것일까? 예술적 자유를 중시하고, 대본을 충실히 따르면서, 삶의 힘겨운 진실을 솔직하게 묘사하기 위해서? 아니면 가드에게 다른 이득이 있는 것일까? 하지만 그렇게 생각하고 싶지는 않다. 눈을 감는다. 그저 동네에 도는 소문일 뿐이다.

"이것은 물론 비공식적인 의견이에요." 리아의 엄마가 눈썹을 치켜 올리며 말한다. "필리파와 메레테를 배려해서 공연을 연기하기로 했다는 것이 공식적인 이유죠. 더불어 동네 주민들을 위해서이기도 하고요."

우리는 잠시 아무 말 없이 그대로 서 있다. 리아 엄마가 다시 말을 꺼낸다.

"당신이 이사 오기 전에 그 집에 살았던 사람들을 알아요. 잉가는 친구의 친구였죠. 그 사람 말로는 그 집에 뭔가 이상한 일이 있는 것 같다고 했어요. 요르겐과 메레테와 관련된 일이었죠. 물론 만나보면 그 두 사람은 친절하고 정상적인 것처럼 보이지만, 항상 느낌이 이상하다고 했어요."

마리달스베인에서 차 소리가 들린다. 하지만 멀리서 희미하게 들린다. 시내와 가까운데도 불구하고 이 지역은 이상하게 그 소음과 공해가 직접적으로 와 닿지 않는다. 나도 이전에 우리 아파트에 살았던 부부를 기억한다. 특히 여자 쪽을. 그는 인수인계를 위해 만났을 때 인덕션 작동법이나, 두꺼비집의 위치를 비롯해 아파트에 있는 모든 가재도구의 사용법을 알려줬다. 그때 나는 그 여자가 거들먹거리는 것 같다고 생각하지 않았지만, 나중에 오스먼드는 그렇게 말했던 것이 기억난다.

"이제 그만 가 봐야겠어요. 안녕히 가세요." 리아의 엄마가 말한다.

그는 휴대폰 화면을 두드린다. 내가 작별 인사를 했을 때, 이미 음악이 흘러나오고 있었다. 아마 내 인사를 듣지 못했을 것이다. 나는 리아 엄마가 조깅할 때처럼 팔꿈치를 뒤로 내민 채, 빠른 걸음으로 그 자리를 떠나는 뒷모습을 지켜본다.

집으로 돌아오면서 생각한다. 실수를 인정해야만 한다고. 더 많은 정보를 얻게 되면 뭐가 위험하고 뭐가 위험하지 않은지 생각을 바꿀 수 있어야 한다고. 바로 이런 것이 우리 사회의 잘못된 점이다. 어떤 말이나 행동에도 굴하지 않고 우리는 언제나 이렇게 혹은 저렇게 말을 했다고 끈질기게 주장하면서 신념을 지키기를 기대한다. 그렇지만 우리를 이끄는 것은 빌어먹을 **감정**이다. 이성적인 논쟁들이 부딪치는 감정 속에 진실이 있다. 만일 누군가 두려워한다면 그들에게는 두려워할 권리가 있다. 신은 그 두려움에 도전하고자 하는 사람을 돕고, 그 두려움을 고려하여 그리 위험하지 않다고 말하려는 사람들을 돕는다. 왜냐하면 그런 때 당신은 무례하고, 냉정하며 냉소적이기 때문이다. 헌신적인 희생 이외의 모든 것은 중단해야만 한다. 나는 집 안으로 들어가 대문을 닫는다. 어째서 내가 전업주부에게 사과해야 한다고 느껴야 하는가.

고양이들이 죽은 사건은 우리가 아는 사람이 살해당한 일과는 다르다. 그로 인해 모든 것이 변하는 건 당연하다. 하지만 학교 연극 연습 때 고양이 사체 이야기를 할 당시에는 요르겐이 서재에서 죽어 있다는 사실을 아무도 몰랐다. 리아 엄마는 요르겐이 죽은 지 며칠 되지 않은 상황에서 요르겐과 메레테한테 온당하지 못한 부분이 있었다는 말을 하려면 확인을 했어야 한다. 나는 고양이 사체에 대해 잘못된 발언을 했다는 이유로 여기 서서 리아 엄마에게 질책을 받아야만 했는데. 숨을 깊이 들이마시며 마음을 가라앉히려고 애를 쓴다. 어쨌든 이제 나는 리아 엄마의 말에 동의한다. 고양이가 우편함 옆에 목매달려 있는 모습을 본 순간, 그 상황이 심각하다는 것을 받아들였다. 인정할 수밖에 없다. 그때는 내가 틀렸다.

계단참에 있는 게시판에 니나가 적어놓은 공동 작업 목록이 걸려 있다. 아파트 안으로 들어서며 생각한다. 니나도 정말 보통이 아니다. 이 건물 안에서 살인 사건이 일어났는데도 이런 목록을 걸어둔 것을 보면.

집에 들어온 뒤, 나는 신속하게 힘을 줘 주방 조리대를 치운다. 그 전업주부에게 화가 난 것은 그가 요르겐한테 무례했기 때문일까? 아니면 요르겐한테 화가 난 것일까? 메레테가 집에 없을 때, 그의 집으로 올라갔던 여자들을 생각하면 얼굴이 달아오르고 심장이 뒤틀린다. 하지만 무슨 기대를 했기에 내가 그 일로 상처 받는단 말인가? 어쩌면 가드에 대한 언급 때문에 불안해진 것일지도 모른다. 그런 것은 믿지 않는다고 여기면서도 리아 엄마의 악의적인 암시가 내 마음 깊은 곳에 뿌리를 내린 것일까?

나는 자리에 앉아 손가락으로 식탁 위를 두드린다. 평상시와 다름없는 목요일이다. 일주일의 가운데라 그런지 거리가 조용하다. 길 건너편 정원을 보니, 호프모가 방수포를 들고 베란다로 나와 정원에 놓여 있는 가구 위를 덮는다. 정원이 긴 겨울을 날 수 있도록 대비하는 것이다. 아마도 호프모는 지난 사십 년간 가을마다 저 일을 했을 것이다. 그럼에도 그의 동작에는 어딘가 어설픈 면이 남아 있다. 그가 나를 보지 않기를 바라며 시선을 돌린다. 지금쯤이면 호프모도 고양이 사체를 발견한 사람이 나라는 것을 알았을 테고, 그 일에 대해 자세한 이야기를 듣고 싶어 하겠지. 어쩌면 그 범인을 잡는 방법을 논의하자고 할지도 모른다. 하지만 나는 그 건에 관해서는 별로 할 말이 없다. 범인을 잡고 싶다는 강렬한 충동이나 격한 분노를 느끼지 않는다. 그저 부드러운 털을 가진 새끼 고양이의 죽음에 깊고 어두운 슬픔을 느낄 뿐이니까.

파티오 바깥에 어제 봤던 필리파의 원예 장갑이 있다. 요르겐이 죽은 지 며칠 지나지 않았음에도 엄마와 딸이 아파트 공동 작업에 힘을 보탰다. 니나는 그들에게 일을 하라고 잔소리를 할 수는 없었다. 심지어 무신경한 것도 아니었다. 그럼에도 게시판에는 여전히 메레테가 맡은 작업 목록이 적혀 있다. 우리는 그 위에 우리 이름을 적고, 맡은 일들을 한 뒤 몇 시간 동안 일했는지 기록한다. 니나 말로는 그렇게 해야 일을 공평하게 나눠서 할 수 있다는 것이다. 앞으로 2주 이내에 니나는 우리 집 현관문을 두드리며 오스먼드와 내가 총 다섯 시간밖에 일을 하지 않았다고 불평할 것이다. 그 사이에 다른 사람들은 더 많이 일했다면서, 잔소리가 아니라 일이 공정하게 돌아가기 위해서는 우리도 주말을 할애하려고 노력해야 한다고. 그것은 자기 좋을 대로 하는 이야기라고 나는 생각한다. 니나는 사람들이 자기 집에서 하는 말들을 학부모들 사이에 소문이나 내면서도 마치 자신이 도덕적인 우위를 차지하고 있는 것처럼 행동한다. 마치 그 혼자 주민자치회를 운영하는 것처럼, 자기가 이 건물의 공용 구역에 대한 결정을 내리는 담당자라도 되는 것처럼. 강력한 항의에 맞서 거대한 현관으로 들어간다. 그것이 그가 원하는 방식이기 때문이다. 그러면서 니나는 우리가 자신의 지시에 따라 페인트칠을 하고, 지붕 수리를 하고, 돌을 운반하는 순종적인 대상이 되라고 요구한다.

다른 일들 역시 이런 식이지 않은가? 공용 출입구 출입 명단은 기밀 사항이다. 니나가 그 명단을 입수한 것부터가 불법인데도 아무 거리낌 없이 집집마다 그 명단을 나눠줬다. 그와 스베인이 지하실에 놔둔 냉동고는 또 어떤가? 개인 창고는 공간이 부족하다면서 자기들 멋대로 공용 구역 한복판에 냉동고를 냈다. 내가 보기에 그런 행동은 주민자치 규약 위반이다. 물론 이런 사항까지 지적하는 것이 속 좁은 일임을 안다. 나 역시 그들만큼, 어쩌면 그들보다 더 고약하게 구는 것일 수도 있다. 그래도 오늘 아침 자밀라가 찾아온 뒤로 가슴에 콕 박혀 있던 고통스럽고 힘든 일들이 배출구를 찾자 기분이 한결 나아진다. 요르겐에게 내 마음을 조금도 줄 수 없다. 그는 죽었고, 어떤 형태로도 내게 충실하겠다는 약속을 한 적이 없으니까. 전업주부인 리아 엄마에게 굽실거려야 했지만, 이 일에 관해서만큼은 나도 분노할 수 있다. 여기서는 완벽하게 내 권리를 행사할 수 있기 때문이다.

나는 스베인에게 화를 낼 자격이 있다. 하지만 그와 맞서기는 약간 무섭다. 스베인은 몸집이 크고, 화를 쉽게 내며 아무것도 양보하지 않기 때문이다. 하지만 니나는 상대할 수 있다. 그에게는 내 분노를 살짝 보일 수 있다. 그리고 그보다 더 나은 것은 니나가 아는 척 하면서 상대방의 트집을 잡는 것에 똑같이 맞서 싸우고, 그의 본거지를 접수하는 것이다. 나는 말할 수 있다. 저 냉동고를 봐요. 정말로 허용되는 일인가요? 다시 말해봐요. 니나. 개인 물건을 다락이나 지하실 공용 구역에 보관하는 일에 관한 규정이 뭔지 알고 싶어요. 아, 그랬군요. 그러니까 우리 모두 이 냉동고를 쓸 수 있다는 말이군요. 아하, 알았어요. 그럼 저기 걸려 있는 것이 뭔지부터 말해줄래요? 네, 맞아요. 손잡이 옆에 걸려 있는 거요. 이런, 아무래도 내 눈에만 보이는가 보죠? 아니면 빌어먹을 진짜 자물쇠인가요? 그러니까 말해줘요. 우리들이 저 냉동고를 어떻게 사용할 수 있다는 것인지.

그들은 아마 그 냉동고 자물쇠에 다른 비밀번호를 설정해뒀을 것이다. 내기해도 좋다. 바깥 창고 출입문에 쓰는 공용 비밀번호가 아니라, 두 사람만 아는 비밀번호를 다른 사람들이 그 냉동고에 접근하는 것을 막는 효과적인 방법이다. 빌어먹을 스베인, 그 자는 주변 사람들에게 유해한 단서를 잔뜩 뿌리고 있다. 나한테도, 사만과 자밀라한테도 그랬을 것이다. 경찰은 말할 것도 없고. 스베인은 요르겐이 쓰는 기사를 싫어하고, 더불어 구직 알선소까지 운영하고 있다.

나는 여기서 생각을 멈추고, 손가락으로 식탁을 두드리던 것도 멈춘다. 이게 내 진심인가? 정말로 지하실로 다시 내려갈 작정인가? 결국 나도 자밀라보다 나은 것이 없지 않은가? 아마추어 탐정을 연기할 생각을 하다니. 아니, 그보다 더 안 좋은, 단순한 오지랖인가?

아니. 나는 생각한다. 그런 것이 아니다. 자물쇠를 확인해보는 정도는 괜찮을 것이다. 만일 냉동고를 계속 그곳에 두겠다고 한다면 내게는 열어볼 권리가 있다. 지하실은 공용 구역이니까. 뭐든 냉동된 물건을 보관해달라고 말해볼 수 있을 것이다. 냉동고는 잠겨 있을 것이고, 나는 비밀번호를 모른다. 스베인이 집에 돌아오기 전에 니나가 공용 출입구를 통과하는 소리가 들리자마자 그 집으로 달려가 아파트 문을 두드린 뒤, 공용 지하실에서 그 거추장스러운 냉동고를 치워달라고 말할 것이다. 그런 뒤에 경찰에 구직 알선소 이야기를 흘릴 수도 있다. 안 될 이유가 뭐가 있나? 스베인은 이미 사만과 오스먼드에 대해 온갖 이야기를 다 했는데, 나라고 입 다물고 있어야 할 이유가 있을까?

공기가 눅눅하고 무겁다. 벽 위로 커다란 갈색 거미들이 기어 다닌다. 거미들은 구석구석 숨어서 집을 짓고 있다. 그곳에 놓여 있던 물건을 옮기면 거미들은 허둥지둥 도망간다. 냉동고는 창문 바로 아래쪽에 놓여 있다. 대형 흰색 냉동고에서 윙윙거리는 나지막한 소리가 끊임없이 울린다. 뚜껑 바로 밑에 작은 주황색 불이 환하게 비치고, 그 옆에 보이는 손잡이에는 자물쇠가 달린 금속 고리가 걸려 있다. 자물쇠는 번호 네 개를 맞추는 형태로, 숫자 네 개로 조합된 비밀번호를 맞추면 열리게 돼 있다. 나는 자물쇠에 이 건물이 지어진 연도를 뜻하는 1951을 맞춰 본다. 당연히 맞지 않을 거라고 생각했는데, 자물쇠가 풀린다. 손안에서 단단한 금속 고리가 풀리며 느슨해지는 것이 느껴진다.

냉동고 아래쪽에는 스베인 그리고 사냥꾼들과 길에서 마주친 운 나쁜 동물들의 꽁꽁 얼어붙은 잔해가 놓여 있다. 대부분 손질해서 발라낸 살이다. 그중 서리가 하얗게 뒤덮인 비닐봉지에는 '2017 엘크 버거'라는 라벨이 붙어 있다. 하지만 발굽 채로 들어 있는 지퍼백도 보인다. 그 지퍼백을 한참 쳐다본다. 종아리 중간에서 잘린 그 다리에는 털가죽이 그대로 붙어 있다. 크기가 작은 것으로 보아, 엘크가 아닌 순록이나 노루의 다리같다. 털과 발굽 전체에 서리가 맺혀 있는 것을 보니 냉동고의 온도가 정말 낮은 모양이다. 또 다른 봉투를 펼쳐본다. 그 안에도 역시 뼈만큼이나 꽁꽁 얼어붙은 고기 조각들이 들어있다.

맨 밑바닥에는 약간 큰 비닐봉지가 놓여 있다. 학교 같은 기관에서 쓰레기봉투로 쓰는 흰색의 얇은 비닐이다. 다른 봉투와는 다른 것이 담겨 있는 듯하다. 크기도 그랬지만 형태도 다르다. 그 봉투를 열고 안을 들여다본다. 또 다른 봉투가 안에 든 내용물을 감싸고 있다. 봉투를 벌리고 안을 들여다본다.

맨 처음 보이는 것은 귀다. 뾰족하게 튀어나온 귀는 털 전체에 서리가 맺혀 있다. 그 다음 또 다른 귀가 보인다. 그리고 또 다른 귀도. 사체들은 꽁꽁 얼어있다. 전부 세 마리다. 내 눈을 믿을 수 없어 봉투를 좀 더 옆으로 벌린다. 코가 보이고, 얼굴 털 위로 얼어붙은 콧수염들이 보인다. 그중 한 마리의 목에는 작은 메달이 달린 빨간 목걸이가 걸려 있다. 얼어붙어 텅 비어버린 고양이의 눈을 보는 순간 나는 그 봉투를 떨어뜨린다.

요르겐과 나는 소리 없이 정사를 나눴어요. 우리는 모든 소리를 억눌렀죠. 작은 숨소리만 이따금씩 새어나올 뿐이었어요. 우리는 다락방의 채광창 아래 누워 있었어요. 얼마간의 시행착오 끝에 집에서 만날 때는 여기가 제일 좋다는 것을 알았거든요. 옆방은 메레테와 요르겐의 침실이었는데 그 방에는 들어가고 싶지 않았으니까요. 필리파의 침실 역시 위층에 있는데, 이건 선택의 여지가 없었죠. 일층은 맞은편 아파트 단지에 누군가 서 있을 경우 다 들여다보이고요. 이 다락방은 썩 좋지는 않지만, 우리는 이곳을 이용했어요. 경사진 지붕이 벽과 마주하는 구석에 요르겐과 메레테는 낡은 매트리스를 놓아뒀죠. 필리파와 친구들이 소파처럼 이용하던 것으로, 커다란 이케아 쿠션들이 그때의 잔재로 남아 있었어요. 필리파가 자기 방으로 물러난 뒤로 이 매트리스는 주로 손님들이 이용했어요. 손님들은 이 매트리스를 '침대 겸용 소파'라고 불렀죠. 요르겐이 처음 말을 꺼냈을 때는 비웃었지만, 시간이 지나고 우리가 그 매트리스를 이용하는 용도를 생각해보면 적절한 호칭이라는 생각이 들더군요.

침묵은 필수예요. 반대하는 것은 아니지만, 그로 인해 모든 행위가 기계적으로 되죠. 마치 방정식에서 열정을 빼버리고, 어딘지 불분명한 목표에 도달하기 위해 우리가 해내야만 하는 일련의 동작들을 강박적으로 하는 것 같아요. TV 녹화 때 반주 음악도 없이 일상적인 일처럼 춤을 해치우는 무용수들이 떠오르죠. 그렇다고 내가 아무것도 얻지 못했다는 말은 아니에요. 나는 요르겐의 목에 코를 들이대고, 그의 체취를 맡아요. 놓치기 싫은 따뜻하고 자극적인 향이 나죠. 요르겐은 숨을 규칙적으로 몰아쉬어요. 그저 정사일 뿐이에요. 아무것도 잘못되는 것은 없다고 생각해요. 하지만 그때 아기 모니터에서 탁탁거리는 소리가 나기 시작했어요.

침대 겸용 소파 옆 바닥에 내려놨던 작은 검정색 스피커가 주황색 불빛을 내뿜고 있었죠. 메레테와 필리파는 메레테의 부모님과 함께 오두막으로 여행을 갔어요. 오스먼드는 자기 엄마한테 가 있었지만, 아이들은 아래층에서 자고 있었죠. 무슨 일이 있으면 소리를 들을 수 있게 루카스의 방문을 열어두고, 아이들의 침실 중간 복도에 모니터를 놔뒀어요. 요르겐과 나는 몸을 굳히고 아기 모니터를 쳐다봤어요. 아무 소리도 들리지 않았죠. 우리는 서로를 쳐다봤어요. 공황 상태에서 벗어나기 위해 뭔가 말을 꺼내려는 순간, 모니터에서 다시 탁탁거리는 소리가 났어요. 다시 정적이 흘렀다가 쉭쉭거리는 소리가 나더니 엠마의 목소리가 들렸어요.

"엄마?"

나는 자리에서 벌떡 일어나 옷을 입기 시작했어요. 브래지어를 찰 시간도 없어 머리 위로 스웨터를 끌어내렸죠. 아기 모니터를 손에 쥐고 그대로 뛰어 내려가 거실에 놓인 그랜드피아노를 지나쳤어요. 복도에서 신발을 찾아 신은 뒤, 소리를 내지 않으려고 조심하면서 우리 아파트로 내려갔죠.

엠마가 방에서 나와 거실 한복판에 서 있었어요. 잠옷 차림에 맨발인 아이는 졸린 듯 눈이 반쯤 감겨 있었죠.

"엄마?"

"엠마. 우리 딸." 황급히 딸에게 다가갔어요. "무슨 일 있어?"

나는 엠마를 꼭 끌어안았어요. 아이는 양팔을 늘어뜨린 채, 나를 마주 안아주지 않았죠. 내가 엠마에게서 몸을 떼고 쳐다보자, 아이가 눈을 크게 떴어요.

"어디 있었어?" 엠마가 물었어요.

얼마나 정직하게, 뭐라고 말을 해야 할지 몇 초 안에 결정해야 했죠. 판단을 내리기에는 너무 복잡했고 단시간에 결정해야 했기 때문에 오판을 내리기 쉬웠어요. 이해득실을 따질 시간이 없었죠. 본능으로 행동해야만 했어요. 누가 뭐라고 말하든 이럴 때는 가장 편안한 쪽으로 움직이는 경향이 있죠.

"위층에. 잠깐 위층에 올라가 있었어. 자밀라 아줌마 만나러. 커피 한 잔 마시러 간 거야." 내가 대답했어요.

엠마는 아무 말 없이 나를 쳐다봤어요. 나중에 이런 생각이 나더군요. 혹시 아이가 와인 냄새를 맡은 것일까? 아니면 요르겐의 냄새라도 맡았을까? 옆집에서 나는 소리가 다 들리는 집이다보니, 혹시 엠마가 계단에서 우리가 정사를 나누는 소리를 듣기라도 했을까? 내가 거짓말을 했다는 사실을 알고 있을까? 아니면 아무것도 모르고 있을까? 내 발자국 소리를 듣지 못했고, 그저 악몽 때문에 잠에서 깼는데 내가 없어서 그냥 혼란스러워하는 상황인가?

"무슨 일 있었어?" 나는 아이의 머리를 쓰다듬으며 물어봤어요.

마치 엠마가 아직도 아기라도 되는 것처럼. 내가 언제라도 아이를 편안하게 해줄 수 있는 따뜻하고 친절한 엄마라도 되는 것처럼.

"그냥 자밀라 아줌마 보러 갔던 거야. 아줌마가 와줄 수 있냐고 문자 메시지를 보내서. 너희 둘 다 자고 있어서 엄마만 혼자 갔었어. 별 일 없었지?"

다시 엠마를 끌어안았어요. 내 심장이 빠르게 뛰는 것이 느껴졌죠. 제정신이 아닐 정도로 불안했어요.

"응." 엠마가 대답했어요.

하지만 아이는 대답을 할 때 나를 쳐다보지 않았어요.

그 이후로 위층에 갈 때 아기 모니터는 가져가지 않았고, 나는 요르겐에게 화를 냈어요. 무슨 일이 있었는지 알아? 하마터면 들킬 뻔 했다니까? 더 이상은 이렇게 못해. 우리 대체 무슨 짓을 하고 있는 거야? 엠마가 뭔가 알아차린 것은 아닐지, 어떻게 생각할지 상상만 해도 눈물이 나. 그런 생각만으로도 견딜 수 없어. 이제 이런 거 그만 두자. 더 이상 만날 수 없어. 요르겐에게 말했어요.

내가 아끼는 모든 사람과 모든 것, 내가 알고 있는 인생이 여기서 위험해졌다는 생각을 하자 머리가 어지러웠죠. 이제 그만해. 우리는 끝났어. 그것이 마지막이었어요.

하지만 나는 너무 깊이 빠져 있었죠. 2주 뒤에, 우리는 다시 만났어요. 런던 여행을 계획했죠. 당신이랑 외국에서만 잘 거야. 내가 말했어요. 나는 비행기 안에서 조바심을 내며 손가락을 꼬았죠. 혼자서 비행기를 탔으니 아무도 의심하지 않겠지, 생각하면서. 또 다시 기대감에 기분이 나아졌어요. 결국 일종의 강박일까? 나는 내 자신에게 물었죠. 차가운 유리창에 머리를 기댔어요. 그나마 침대 겸 소파에서는 더 이상 정사를 하지 않는다는 사실이 위안이 됐죠.

금 요 일

군데르센이 식탁 위로 몸을 내밀더니 아주 자연스럽게 커피포트를 집어 든다. 내가 미리 커피를 준비해놓고 대접을 하려고 했는데. 그가 선수를 쳤다. 군데르센은 컵에 커피를 가득 따르더니 커피포트를 내려놓고 한 모금 마신다.

"아." 그가 커피 맛을 음미한다.

담배 얼룩이 남은 손가락과 그에게서 뿜어 나오는, 주방을 가득 채우는 담배 냄새만으로는 아무것도 알 수 없지만 군데르센은 자극제가 필요한 사람 같다. 그가 술에도 일가견이 있는지 궁금하다. 술을 많이 마시는지, 어쩌면 너무 많이 마셔서 극도로 조심해야 하는 것은 아닌지.

"한잔 드시겠습니까?" 군데르센은 컵을 내려놓더니 내 대답도 기다리지 않고 다시 한 잔을 가득 따른다.

"네, 고맙습니다." 이미 그가 커피를 따르는 중이라 아무 의미 없는 대답을 한다.

군데르센이 커피 컵을 내 앞에 놓는다. 커피가 잔에 넘칠 정도로 가득 차 있어서 일단 먼저 몇 모금을 마셔야 할 상황이다. 커피가 너무 뜨거워서 혀를 덴다. 목구멍도 따끔거린다. 나는 컵을 내려놓은 뒤, 아픈 티를 내지 않기 위해 재빨리 입을 닦는다.

"그러니까." 군데르센이 말을 꺼낸다.

"그러니까." 나도 동시에 입을 연다.

우리는 서로를 쳐다본다.

"그러니까 지하실에 내려갔다가 스파레 가의 냉동고를 열어봤다는 말이군요."

"네." 난 한숨을 내쉬며 말한다. "별다른 이유는 없었어요. 그냥… 저번에 형사님과 이야기한 다음에 생각났던 거예요. 그래서 지하실에 내려가보기로 마음먹은 거죠."

"무슨 생각이었죠?"

"냉동고요. 스베인이 지하실에 가져다놓은…."

말을 멈춘다. 엠마에 관한 내용이나, 그 애 방에서 연결되는 방화문에 관한 이야기는 할 수 없다. 어떤 소리가 나는지 확인해보다가 딸이 한밤중에 나도 모르게 빠져나갈 수 있다는 사실을 깨달았음을 말할 수는 없다. 엠마를 끌어들일 수 없다. 내가 느낀 분노에 대해서도 말할 수 없다. 먼저 자밀라와 레베카가 내게 해준 요르겐의 여자들에 대한 이야기를 하지 않으면 이 모든 일이 너무 사소해 보이기 때문이다.

"우리도 써도 된다고 했어요." 그 대신 나는 이렇게 말한다. "그런 상황에서 이해할 수 없는 일이기는 하지만 냉동고에 자물쇠를 걸어둔 거예요. 혹시 비밀번호를 따로 설정해 둔 상태면 다른 사람들은 이용하기 어렵잖아요. 그래서 한번 확인해야겠다고 생각했어요."

군데르센이 나를 쳐다본다. 의도적인 수법이다. 기자들도 가끔씩 부리는 수법으로, 요르겐이 그렇게 하는 것을 본 적이 있다. 상대가 진술을 할 때 침묵으로 맞서면, 말을 하는 사람이 더 많은 말을 해야 할 것 같은 압박감을 느껴서 뭔가를 설명하거나 자세히 묘사하게 되는 것이다. 그런 수법임을 다 알고 있으면서도 저항하기는 여전히 힘들다.

"거기서 고양이 사체들을 발견하게 될 줄은 정말 몰랐어요. 너무… 너무 당황스러워서, 우리 건물에 사는 사람이…."

지난밤에도 거의 잠을 이루지 못했다. 그래서 생각이 정리되지 않았고, 냉동고를 확인한 일에 대해 그럴 듯한 이유를 대지 못하고 있다. 지금 니나는 옆집 주방에 앉아 이 이야기를 듣고 있겠지. 아니면 스베인이나. 시멘이 들을 수도 있다. 냉동고 문제로 그들과 마주치게 되면, 내가 그 집 물건을 몰래 훔쳐봤다는 사실을 알게 된 니나가 나를 어떤 눈으로 쳐다볼지 생각하면 슬그머니 불안해진다. 그 순간이 오면 그 불안감은 내 뱃속 한 가운데에 자리 잡을 것이다. 어째서 그 냉동고에 냉동된 고양이들이 들어 있었을까? 요르겐이 죽은 날 밤, 서재에 우뚝 서 있는 스베인의 모습을 머릿속으로 너무 많이 상상하다 보니 진짜 기억처럼 느껴지기 시작한다.

군데르센이 말한다.

"이 부분에서 좀 도와주시죠. 아무래도 이해가 안 돼서 말입니다. 우리는 위층에서 대화를 나눴습니다. 부인과 나, 페테르센까지 말입니다. 당신이 발견한 고양이에 대해 이야기했고, 고양이 살해 도구인 끈을 보여줬어요. 그때 당신은 밤새 깨어 있었으며 아무 소리도 듣지 못했다고 했어요. 하지만 언젠지 몰라도 문이 열렸다 닫히는 소리를 들은 것 같기도 하다고 했고요. 맞습니까?"

"네."

"그리고 우리는 작별인사를 나눴죠. 그런 뒤에 당신은 지하실로 내려왔어요. 자전거를 살펴보겠다면서요."

군데르센은 나를 한참 동안 쳐다본다.

"그때는." 나는 말을 꺼내다가 입을 다문다.

"그때는 뭡니까?" 군데르센이 묻는다.

숨을 깊이 들이마신다. 어떻게 설명해야 할지 알 수가 없다. 사실 이것은 내가 잘 하는 일이다. 사람들의 감정에 대한 이론을 세우고, 리처드 세일러[*]와 대니얼 카너먼[**]에게서 인용한 경제학과 심리학, 행동 이론으로 사고의 오류와 명백히 비이성적인 행동에 대해 설명하고 청자들이 동의할 수밖에 없을 정도의 설득력 있는 결론을 끌어내는 것이다.

다만 지금은 아무것도 할 수가 없다. 내가 믿을 만한 사람처럼 보여야 한다는 것을 알지만, 어떤 대가를 지불하더라도 내 딸이 의심 받을 만한 일은 피해야 한다. 한숨을 내쉰 뒤, 커피를 한 모금 마신다. 컵을 내려놓으려는 순간 길쭉하게 갈라져 있는 커피색 줄무늬가 보인다. 조금 전 한 모금 마셨을 때 흘린 커피가 식탁에 닿아 컵이 놓여 있던 자리에 원 모양으로

---

[*] 1945년생 노벨 경제학상 수상자
[**] 1934년생 이스라엘 출신 미국 심리학자이자 경제학자

남은 것이다.

"그때는 방화문을 생각했어요. 그 문으로 누군가 들어올 수 있는지 확인하고 싶었던 것뿐이에요." 내가 말한다.

"누군가 들어올 수 있는지?"

군데르센의 어조에 깃든 차가운 기운이 내 복부 위로 퍼지기 시작하는 것 같다. 그는 이미 우리 가족 중 누군가가 그 문으로 출입한 것은 아닌지 확인하기 위해 내가 지하실로 내려갔다는 것을 알고 있었다.

"네," 나는 힘없이 대답한다. "이 건물 안에 살인자가 있을지도 모르니까요."

군데르센이 말한다.

"그러니까 당신은 방화문으로 누군가 들어올 수 있는지를 확인하기 위해서 지하실에 내려왔다는 말이군요. 그래서 바깥 잠금 장치는 확인 했습니까?"

"네."

"어떻던가요?"

"뭐가요?"

"누군가 들어갈 수 있겠던가요?"

순간 머릿속이 하얘진다. 다시 정신을 차리고 말한다.

"잘 모르겠어요. 도중에 방해를 받아서요. 그때 형사님이 오셨잖아요."

그가 천천히 고개를 끄덕인다. 군데르센은 또 다시 나를 한참 동안 쳐다본 뒤 말을 잇는다.

"내가 그곳에 갔고, 우리는 대화를 나눴죠. 그런 뒤 각자 다른 길로 갔습니다. 당신은 집으로 돌아갔죠. 내 기억이 맞습니까?"

"맞아요."

"그 다음에는?"

"그 다음에 의사를 만나러 갔어요. 병가 진단서를 받기 위해서요. 그 일 이후로 좀 문제가 생겼거든요. 불면증 때문에 잠을 못 자고…."

병가 진단서를 요구했다는 점이 이상한가? 하지만 지금쯤이면 군데르센도 프레들리에게 보낸 이메일을 읽었을 것이 분명하다. 저 사람은 알고 있다. 이 사건이 내게 어떤 영향을 끼쳤는지 확실히 알고 있을 텐데? 뭔가가 있는 것 같다는 생각은 이내 사라진다. 군데르센이 이쪽을 쳐다보는 동안 나는 정색한 채 다른 곳을 응시한다.

"죄송해요. 너무 피곤해서요. 사건이 일어난 뒤로 잠을 못 잤어요. 그래서인지 집중하기 힘드네요." 내가 말한다.

군데르센이 고개를 끄덕인다. 그가 기다리고 있다는 사실을 깨닫는다. 왜냐하면 군데르센이 아무 말 없이 그냥 나를 쳐다보고 있기 때문이다.

"어제는 시내에 나갔다 왔어요." 나는 말을 잇는다. "지하철을 타고 집에 돌아왔죠. 그런 뒤에 여기 식탁에 앉아 우편함을 내다봤어요. 그러다 생각이 났죠…."

"무슨 생각이었습니까?"

"그 대형 냉동고가 지하실에 놓여 있는 이유가 뭔지요. 화요일 아침에 지하실에 내려갔을 때 생각났던 거죠. 자물쇠를 보고 말예요. 그래서 확인해봐야겠다고 생각했어요."

"그래서 비밀번호를 맞춰봤더니 자물쇠가 풀렸고, 냉동고 깊숙한 곳에 들어있던 것을 발견했다는 말입니까?"

"네."

"열의가 지나친 것처럼 보이는데요."

"그 비닐 봉투가 유독 눈에 띄었어요."

"내용물이 뭐라고 생각했습니까?"

"글쎄요. 사냥한 고기가 잔뜩 들어있는 줄 알았죠. 그래도 혹시 모르니까 한번 열어본 거예요."

군데르센이 천천히 고개를 끄덕인다.

"그 이상은 설명할 수 없네요. 그저 누구나 할 수 있는 짓이고, 남들에게 쉽게 인정하기는 힘든 바보 같은 짓이니까요. 이웃을 엿보거나 친구들과 같이 있을 때 욕실 찬장을 열어보거나 찬장이나 서랍을 들여다보는 짓 같은 것 말예요. 뭐랄까, 호기심이라고 할까요. 하지만 보통의 경우라면 경찰에 신고해야 할 뭔가를 발견하게 될 줄은 상상도 못하겠죠."

내 목소리가 지나치게 절박한 것 같다. 어조와 얼굴 표정, 심지어 내가 하는 말까지 전혀 통제가 되지 않는다.

군데르센이 말한다.

"오스먼드는 어떻습니까?"

"그게 무슨 뜻이죠?"

"그러니까 보통 때 남편 분은 어떻게 자냐는 거죠. 깊게 잠드는 편입니까, 아니면 선잠을 자는 편입니까?"

"잘은 모르지만 평범하게 자는 것 같아요."

"당신은요?"

"선잠을 자는 편이죠. 가끔 루카스가 자다가 울면 달래주러 가야하니까."

"오스먼드가 밤중에 깨면 부인도 같이 깨는 편입니까? 자다가 화장실에 간다거나 할 때 말입니다. 그럴 때 당신도 깨나요?" 군데르센이 묻는다.

"남편은 자는 중간에 화장실에 가는 일이 없어요. 보통은 아침까지 푹 자죠. 하지만 그런 일이 있다면 나도 깰 거예요. 휴대폰 진동 소리만 들려도 깨는 편이니까."

"음."

군데르센이 그런 질문을 한 의도를 한 박자 늦게 알아차린다. 그의 갑작스러운 화제 전환에 정신이 산만해진다. 난 몹시 지친 상태라, 나름대로 그를 따라갈 정신적인 순발력이 없다.

"어린애가 있는 집이라면 당연한 일이에요. 우리 둘 다 보통 사람들보다는 선잠을 잘 수밖에 없죠. 루카스가 울면 오스먼드도 자다 깰 거예요. 남편보다 내가 먼저 깨는 경우가 많다는 거죠. 오스먼드가 잠에서 깼을 때, 나는 이미 일어나 있는 경우가 많거든요. 그래도 밤에 내가 깰 때마다 남편도 같이 깨기는 해요."

군데르센이 나를 쳐다본다. 여기서 한 발자국도 나가지 못하는 내 자신을 탓한다. 내 알리바이는 오스먼드고, 오스먼드의 알리바이 역시 나다. 만일 우리 두 사람 중 한 명이 그날 밤 요르겐을 죽이러 나갔다면 다른 사람 역시 잠에서 깼을 것이다.

"만일 당신이 요르겐 탕겐을 보러 올라갔다면, 아, 그런 일을 뭐라고 하는지 모르겠군요. 밤의 초대라고 해야 하나? 그럴 때 오스먼드는 잠에서 깼나요?"

"오스먼드가 집에 있을 때 요르겐을 보러 간 적은 한 번도 없어요." 나는 벽 너머의 이웃을 의식하며 목소리를 깔고 대답한다. 그 문제에 관해서는 다른 이웃들 역시 마찬가지다. 집 자체가 듣고 있는 것 같다. "메레테와 오스먼드가 집을 비웠을 때만 올라갔어요."

"아이들은 어떻게 했습니까?"

"필리파는 보통 엄마랑 같이 집을 비웠고, 우리 집 애들은 재운 뒤에 요르겐을 만났죠. 아기 모니터를 들고 갔어요. 잉그빌드에게 전부 메일로 썼는데요."

군데르센이 커피를 마신다. 남아 있는 커피를 다 마셔버릴 셈인 모양이다. 그가 커피를 마시는 동안, 나는 군데르센의 컵이 놓여 있던 자리에는 커피 얼룩이 남지 않았다는 것을 알아차린다. 그는 들고 있던 커피 잔을 원래 놓여 있던 자리에 정확하게 다시 내려놓는다.

"요르겐의 죽음으로 어떤 영향을 받았습니까?" 군데르센이 묻는다.

"무슨 뜻이죠?"

"말 그대로입니다. 당신이 어떤 영향을 받았냐는 겁니다. 슬픈지, 화가 났는지. 아니면 약간은 안도감을 느꼈는지."

"안도감이요?"

"그 사람과 헤어지고 싶었잖아요. 아닙니까?"

나는 아무 말 없이 앉아 있다. 지난 일요일 이후로 요르겐을 위해 내가 얼마나 많이 울었는지? 그의 죽음을 알게 된 밤 욕실 바닥에 주저앉아 처절하게 울었다. 하지만 그 뒤로는? 요르겐과의 만남을 그만 둘 수 없었던 것은 사실이다. 몇 번인가 헤어졌지만, 다시 예전 관계로 돌아갔다. 그런 뒤에 이별을 정말로 원하는데도 요르겐과 헤어지지 못하는 이유를 내 스스로에게 물었다. 하지만 이별은 너무 어려운 일이었다. 우리는 이웃이다. 내가 기분이 좋을 때, 그냥 그럴 때, 기분이 조금 안 좋을 때 위층에 올라가고 싶다는 욕망을 이겨내기란 어렵지 않았다. 하지만 여기서 힘든 일이 생겼을 때, 오스먼드와 내가 감당하기 어려운 일이 벌어졌을 때면 위층으로 이어진 계단이 너무 짧게 느껴졌다. 요르겐은 접근하기 너무 쉬운 상대였기에, 정말로 끝을 내려면 그를 찾아가고 싶은 충동부터 이겨내야만 했다. 그 충동은 가끔씩 느껴지는 것이 아니라 내가 가장 약해진 순간을 포함해, 매 순간 느껴진다. 금주를 하는 사람들이 집에 와인 한 병도 가져다 놓지 못하는 이유를 이해할 수 있다. 비록 요르겐의 죽음을 슬퍼하면서도 동시에 안도감을 느꼈다는 것

또한 엄연한 사실이다. 이제 와인 병은 사라졌다. 더 이상 생각하지 않을 것이다.

하지만 나는 군데르센에게 그런 속내를 털어놓을 수 없다. 그래서 그냥 이렇게만 말한다.

"망연자실할 뿐이에요."

이 또한 거짓말은 아니다.

"알겠습니다. 오늘은 그만 일어나죠. 가까운 시일 내에 다시 찾아뵙게 될 겁니다." 군데르센이 말한다.

"궁금한 것이 있어요." 자리에서 일어난 뒤, 내가 묻는다. "내가 찾은 고양이들 말이에요."

"네."

"그 고양이들이… 그러니까 잃어버렸다고 신고된 고양이들인가요?"

우리는 식탁을 가운데 두고 서 있다.

"고양이 사체는 일반적으로 부검을 하지 않습니다." 군데르센이 천천히 말한다. "유감스럽지만 동물 학대 사건은 규모가 아주 커야만 제대로 수사를 시작하죠. 안타까운 일입니다. 하지만 당신이 우편함 옆에서 발견한 고양이는 노르웨이 수의학 대학에 보냈습니다. 그 사체를 살펴본 수의사들 말로는 그 고양이 사체가 최근까지 냉동된 상태였다고 하더군요. 죽은 지 좀 된 상태라고 했습니다. 다시 말해 목이 매달려서 죽은 것이 아니라는 말이죠."

군데르센이 떠난 뒤에도 식탁 옆에 그대로 서 있다. 복도를 지나가는 그의 빠른 발걸음 소리에 이어, 문이 닫히는 소리가 들린다. 그는 아마 지하실로 내려갈 것이다. 하지만 지하실로 통하는 계단은 콘크리트로 돼 있어서 아파트 안에서는 발소리가 들리지 않는다. 나는 그대로 그 자리에 서 있다. 나를 둘러싼 모든 것이 비현실 같다. 마치 잠에서 덜 깬 상태인 듯 이 모든 일이 꿈처럼 느껴진다.

문을 열고 나타난 사람은 필리파다. 전혀 예측하지 못했다. 나는 그 아이의 엄마를 만날 준비를 하며 억지로 몸을 움직여 여기까지 왔다. 필리파를 보는 일에는 전혀 준비돼 있지 않은 상태다.

"안녕하세요." 필리파가 말한다.

"안녕."

필리파와 나는 서로를 쳐다본다. 아이는 메레테에게 달려가는 대신 그 자리에 그대로 서 있다. 그 상황에 대한 책임감, 그 모든 무게가 내게 올라온다. 필리파는 아버지를 잃은 아이다. 나는 어른이고. 내가 무슨 말을 해도 아이의 슬픔을 덜어줄 수는 없겠지만, 위로가 되거나 기분이 나아지게끔 노력해야만 한다.

"정말 가슴 아픈 일이야, 필리파." 내가 말한다.

비록 필리파를 잘 안다고 할 수는 없지만, 정원에 있는 모습을 봤을 때의 느낌으로 뭔가 달라졌음을 알 수 있다. 필리파는 예전보다 창백해지고, 더 차가워진 것 같다. 나를 보고 있는 와중에도 아이의 시선은 내면을 향해 있는 것 같다.

필리파는 그 자리에 서 있다. 견디기 힘들 정도로 긴 시간이 흐르는 동안, 어떻게 해야 할지 알 수가 없다. 그대로 돌아가야 하는지, 안에 들어가게 해달라고 부탁을 해야 하는지, 메레테를 불러달라고 해야 하는지. 바로 그때 필리파가 한 걸음 옆으로 물러선다.

"들어오세요. 엄마는 주방에 계세요." 아이가 지친 목소리로 말한다.

필리파는 돌아서서 그 자리를 떠난다. 그 아이가 자기 방으로 올라가는 발소리가 들린다.

아파트 안이 어질러져 있다. 흰색 소파 옆 테이블 위에 컵 두 개가 놓여 있고, 그 사이에 반쯤 까뒤집힌 초콜릿 바 껍질이 있다. 소파 쿠션은 살짝 기울어졌는데도 아무도 바로 세우지 않는다. 천천히 거실을 지나친다. 이 안을 엿보던 그날, 뭔가 잘못된 것 같다는 느낌을 받았다. 사실 서재 쪽을 돌아보고 싶지는 않다. 속이 답답해진다. 하지만 다행히 서재문은 닫혀 있다.

지난 토요일에 여기 올라왔던 것을 없었던 일로 친다면, 마지막으로 여기 왔던 것은 요르겐을 보기 위해서였다. 2주 전, 나는 점심시간을 이용해 자전거를 타고 집에 돌아왔다. 요르겐은 재택근무 중이었고 메레테는 집에 없었다. 그 당시에는 그런 만남이 내게 떨어진 과제 같았고, 나는 그냥 그 일을 해치우고 있는 것 같아 모든 일에 화가 나 있는 상태였다. 우리는 다락 바닥에 깔린 양탄자 위에 누워 있었다. 왜냐하면 그곳에 있는 침대 겸 소파가 점차 싫어졌기 때문이다. 저기 누우면 훨씬 편할 텐데. 옆에 누워 있던 요르겐이 그쪽을 가리키며 말하자, 나는 짜증이 났다.

"그럼 당신이나 저 망할 소파에 올라가서 눕든지." 내가 말했다.

그런 뒤에 다시 자전거를 타고 직장으로 돌아가면서 나는 생각했다. 이제 우리는 항상 서로를 괴롭히는 그런 커플이 된 것일까? 시간이 멈추는 이 금지된 관계에까지 현실이 우리를 쫓아온 것일까?

그때 요르겐은 대답하지 않았다. 그는 자리에서 일어나더니, 벌거벗은 채로 전축 앞에 다가갔다. 그 위에 LP판 선집이 있었다. 요르겐은 소리가 더 좋다며 항상 LP로 음악을 들었다. 나는 뒤에서 옷을 입기 시작했다. 돌아설 필요가 없다는 것은 알고 있었다. 그가 레코드를 어떻게 고르는지도 알고, 커버에서 레코드를 꺼낼 때 홈에 손가락 끝이 닿지 않도록 양 손바닥 사이로 조심스럽게 받아낸다는 것도 알고 있었으니까. 경쾌한 베이스라인*이 다락 안을 가득 채웠다. 보컬이 로커빌리** 스타일로 부르는 〈수지 큐Susie Q〉였다.

"우리 아버지가 즐겨듣던 음악 같은데." 내가 말했다.

---

*　영국의 전자음악 장르
**　로큰롤에 컨트리 앤 웨스턴 요소를 더한 미국식 록

요르겐이 나를 보며 미소 지었다.

"나는 이 노래가 좋아." 그가 노래를 흥얼거렸다. "**나는 당신의 걷는 모습이 좋아, 당신의 말투가 좋아, 수지 큐**. 왜 그런지 알아?"

"복잡한 시적인 가사 때문에?" 대답은 했지만, 기분이 좋지 않았다.

요르겐은 그 사실을 알아차리지 못한 것 같았다. 바지를 입더니 창밖으로 건너편 집을 내려다봤다. 그런 뒤 나를 돌아봤다.

"말수 적은 남자가 사랑을 표현하는 방식이라서. 보통 사람들이 쓰는 감정의 언어를 이해하지 못하는 사람, 자기 여자한테 느끼는 감정이 뭔지 명확하게 말하지 못하는 사람이지. 그래도 깊이 사랑하는 사람일 거야."

나는 마지못해 웃었다. 그는 비뚤어진 앞니까지 내보이며 환하게 미소 지었다. 요르겐의 앞니가 비뚤다는 사실을 처음 알아차렸던 순간을 지금도 기억한다. 이런 식으로 만나기 시작한 지 얼마 되지 않았을 때, 계단참에서였다.

내가 밖으로 나가기 전에, 요르겐이 손을 뻗어 내 머리를 귀 뒤로 넘겨줬다.

"나의 리케. 가서 누가 대장인지 보여주고 와." 그가 말했다.

평소처럼 자전거를 타고 직장으로 돌아가면서 나는 요르겐과 어떻게 헤어질지, 얼마나 더 만나야 충분한지 생각했다.

그때가 마지막이었다. 하지만 그 사실을 믿을 수 없었다. 그것을 깨닫자, 슬픔이 차올랐다.

메레테는 식탁에 앉아 있다. 앞에는 신문이 펼쳐져 있고, 그 옆에 휴대폰이 놓여 있다. 그리고 큼지막한 찻잔이 보인다. 주방에 들어가자, 메레테가 나를 돌아본다.

"어서 와요." 그가 말한다.

놀란 것일까? 내가 찾아올 거라고 생각하지 않은 것일까?

"이번 일은 정말 유감이에요. 그동안 어떻게 지냈어요?" 내가 말한다.

"아. 잘 모르겠어요. 그냥…." 메레테가 대답한다.

그는 순간 말을 흐리며 창밖을 내다본다. 여기 주방도 우리 집과 똑같지만, 한 층 높다보니 풍광이 더 좋다. 박케헤우겐과 비슷한 높이로, 거리에 있는 다른 집들보다 높다.

"완전히 받아들인 것 같지는 않아요." 메레테가 바깥 하늘을 쳐다보며 말한다. "어디선가 불쑥 그 사람이 나올 것 같으니까요."

메레테의 얼굴이 창백하고 피곤해 보인다. 그렇지만 그는 여전히 아름답다. 심지어 평소보다 더 아름답게 보일 정도다. 이 슬픔이 메레테에게 어울리는 것처럼.

"아무래도 시간이 필요할 거예요." 나는 무기력하게 말한다. 사실 내가 무슨 말을 하겠는가.

아무래도 여기 찾아온 게 잘못인 것 같다. 마치 내가 억지로 침입이라도 한 것처럼 내가 있으면 안 되는 곳에 발을 디딘 것 같다.

"그렇겠죠."

잠시 울 것처럼 보였지만, 그는 이내 눈물을 삼키며 자리에서 일어난다. 그리고 조리대로 가더니 나를 돌아보며 말한다.

"앉아요. 커피 내려줄게요."

"괜찮아요."

"내가 마시고 싶어서 그래요."

어쩔 수 없이 자리에 앉는다. 이제는 빨리 마시는 수밖에 없다.

"필리파는 좀 어때요?" 그가 커피를 갈아 포트에 넣자, 내가 묻는다.

"잘 모르겠어요. 하루하루가 달라요. 아무래도 아직 충격에서 헤어 나오지 못한 것 같아요. 말을 별로 안 해요." 메레테가 대답한다.

그가 커피포트를 들고 식탁으로 다가온다. 마치 발레리나 같은 동작으로, 발걸음이 가벼워 소리가 나지 않는다.

"그 애를 어떻게 해야 할지 모르겠어요."

메레테가 머리를 쓸어 넘기더니 관자놀이를 문지른다. 그가 하는 모든 것이 노력의 성과 같다. 그리고 그는 감내하지 않아도 된다. 아니, 메레테는 이겨낼 것이다. 어떤 면에서는 더 강해질지도 모르고. 필리파에 대해서는 잘 모르겠다. 그 애는 완전히 치유될 수 없는 상처를 입었으니까. 주방 바로 위에 있는 침실에서 서성거리는 필리파의 발소리가 들린다.

"필리파가 힘들어하는 것은 당연해요." 내가 말한다.

"네. 그렇죠." 메레테가 말한다.

"학교는 다니나요?"

"대체로 나가는 편이에요. 엠마한테 못 들었나요?"

바로 그때 머리 위에서 기타음이 울린다. 통기타 소리다. 시끄러울 정도는 아니지만, 여기까지 울려 퍼지는 것으로 봐서는 위험할 정도로 음량을 높게 올린 모양이다. 내가 아는 리프에 이어, 곧장 남성 목소리들이 화음으로 흘러나온다. 사이먼 앤 가펑클 노래의 도입부다. 내가 어렸을 때 아버지가 이 CD를 갖고 계셨다. 그 CD를 빌려 휴대용 CD플레이어로 들었다. 베개 옆에 CD플레이어를 놓고 침대에 누워 음악을 듣고는 했는데. **안녕, 어둠, 내 오랜 친구여.**[*]

"이런 식이에요." 메레테가 말한다.

"사이먼 앤 가펑클 노래가 최대 음량으로 울려 퍼지고 있군요. 당신이 매일 들을 만한 노래는 아니네요."

메레테의 입가에 작은 미소가 스친다.

"그렇죠. 그건 맞아요." 그가 말한다.

웃어도 되는지 확신이 없는 상태로 나는 미묘한 미소를 짓는다. 메레테가 재밌는 사람일 수도 있다는 사실을 이제야 깨닫는다. 그는 똑똑한데다가 뛰어난 유머 감각을 갖고 있다.

"필리파가 어렸을 때 요르겐이 자장가로 저런 노래들을

---

[*] 사이먼 앤 가펑클의 〈침묵의 소리 The sound of silence〉의 가사

불러줬던 모양이에요. 나는 몰랐어요. 저런 식으로라도 배출해 내는 편이 아이한테는 좋을 거라고 생각해요. 적어도 저렇게나마 자신의 고통과 접하는 거니까요. 그냥 억누르는 것보다는 낫죠."

나는 고개를 끄덕인다. 위층에서 사이먼 앤 가펑클의 화음이 울부짖듯 울려 퍼진다.

이 집 커피 잔들은 세 번째 찬장에 있다. 곧장 오른쪽 찬장으로 가면 이곳에 여러 번 왔었다는 것을 들키게 될지도 모른다는 생각에, 물건들이 어디에 있는지 모르는 척 연기를 한다. 이렇게 교활한 내 자신이 혐오스럽지만 어쩔 수 없다. 난 우리 두 사람이 사용할 컵을 꺼내 커피를 조금 따르고 식탁 위에 내려놓는다.

위층에서 울려 퍼지던 사이먼 앤 가펑클의 목소리가 점차 조용해진다. 이 의식이 무슨 목적인지, 필리파가 이걸로 뭘 말하고 싶은 것인지 궁금하다. 메레테에게, 아니 어쩌면 내게. 내 속이 다 들여다보이는 느낌이다. 메레테와 필리파가 잃어버린 남자의, 금지된 여자들 중 한 명인 내가 여기 온 것은 표면적으로는 애도를 표하기 위해서다. 내 모습은 하나부터 열까지 다 거짓이고, 그것을 얼마나 잘 숨기고 있는지 모르겠다.

"당신부터 먼저 챙겼으면 좋겠어요." 메레테가 커피컵 너머로 말한다.

"그게 무슨 말이에요?"

"자기 자신부터 먼저 챙기라고요. 경찰 쪽에서는 범인이 주민들 중에 있을 수도 있다고 생각하는 모양이에요."

지금 그는 내 눈을 사로잡고 있다. 뭔가 강렬한 것이 있다. 짧은 순간이지만, 분명히 무슨 일인가 일어났다. 바로 그때 메레테가 창밖으로 시선을 돌린다. 나는 생각한다. 전부 내 상상인가? 죄책감의 반영인 것일까? 메레테는 나를 믿고 있을까? 나는 메레테를 믿고 있나? 하지만 그는 그날 밤 멀리 떨어져 있었다. 공용 출입구로 들어오지도 않았다.

"고양이 사건도 있었잖아요." 메레테가 말한다.

그런 반면 나는, 나는 그날 이곳에 있었다. 메레테는 그 사실을 알고 있다. 그가 알기로, 범인은 나일 수도 있다.

"그래요. 두 사람도 각별히 조심해요." 내가 말한다.

"그래야죠."

메레테가 다시 차분하게 나를 쳐다본다. 그는 두렵지 않아 보인다. 필리파가 자기 방으로 돌아가는 발소리와 방문이 닫히는 소리가 들린다.

"혹시 내가 도울 일이 있으면 언제든 말해요." 내가 말한다. 마치 이것으로는 부족하다는 듯이.

"고마워요." 메레테가 단조롭게 대답한다.

그는 나를 현관까지 배웅해준다. 우리 두 사람 다 서재 쪽은 쳐다보지 않는다. 하지만 메레테가 커피 테이블에 있는 컵들과 초콜릿 껍질을 봤다는 것은 알 수 있다.

내가 신발을 신는 동안, 메레테가 말한다.

"리케, 찾아와줘서 고마워요."

신발을 다 신은 뒤, 몸을 쭉 편다. 우리는 서로를 쳐다본다. 그보다 내가 조금 더 크다. 메레테가 내 팔을 붙잡는다.

"도움이 필요하면 말하라고 했죠. 그래서 생각해봤는데… 가끔 몇 시간 정도 필리파를 맡아줄 수 있을까요?"

"물론이죠." 내가 대답한다.

"다음에 시간 되면 와인 한잔할래요? 너무 오랜만이기는 하지만, 전에도 가끔 같이 마셨잖아요."

"그럼요. 그것도 좋겠네요." 내가 말한다.

메레테의 품에 안길 수 있을 것 같다. 그가 원하는 모든 것을 하고, 내게 부탁을 한다면 다 들어줄 것이다. 더 이상 내 의지는 없다. 메레테에게 전부 다, 기꺼이 넘길 것이다.

계단참에 나와서야 그가 한 제안의 무게를 느낀다. 우리는 친구가 될 것이다. 만나서 수다를 떨고, 안주와 함께 와인을 마신다는 뜻이다. 이제야 실감이 난다. 나는 오스먼드만 배신한 것이 아니라 메레테도 배신했다. 새까맣게 상처받은 눈빛의 필리파까지. 잉그빌드의 말대로 조만간 모든 사실이 알려질 것이다. 그들도 머지않아 알게 될 것이고, 나를 증오할 것이다.

숲 바닥에서 올라오는 비와 이끼 냄새가 뒤섞인, 눅눅하지만 신선한 공기를 폐 속 깊이 들이마신다. 길 양옆에 서 있는 소나무들이 내 쪽으로 묵직한 가지들을 내뻗고 있다. 이 오솔길의 거친 표면에 어우러지는 숲의 조화로운 모습이 좋다. 흙 바닥 위로 나무뿌리와 돌멩이들이 튀어나와 있어 이 길을 떨때는 넘어지지 않기 위해 집중해야 한다. 그래서 생각에 잠길 틈이 없다. 어쩌면 스웨덴인 의사가 내게 필요하다고 했던 것이 이런 상태겠지. 그는 불면증 치료법이 이런 격언과 식이요법, 운동 그리고 하루 다섯 번씩 하는 심장 강화 운동이라고 믿고 있다. 달리기를 하니 기분이 좋아진다는 것은 인정한다. 카스타네스빈겐에 있는 노란색 집은 나를 옴짝달싹 못하게 죄지만, 여기서는 자유롭게 움직일 수 있다. 많이 달릴수록 잠은 더 잘 올 것이다. 이렇게 빠른 속도로 달리다보면 요르겐이나 오스문드, 고양이 사체, 엠마 같은 온갖 문제들이 전부 다 소소하고 중요하지 않게 느껴질지도 모른다.

내 자신을 좀 더 몰아붙인다. 심장박동과 함께 목구멍이 따갑게 느껴진다. 허벅지에 젖산이 쌓이기 시작한다. 너무 무리했다. 이 상태가 되기 전에 멈춰야 한다. 몰아붙인다고 해도 허용치를 넘기지 않아야 한다. 그래야 좀 더 오래할 수 있고, 인내심을 단련할 수 있다. 내 운동은 단거리가 아닌 장거리 구간에서 하는 것이다. 하지만 자신을 심하게 몰아붙일 때, 풍경이 빠르게 스쳐 지나갈 때 머리가 맑아진다. 이런 방식으로 생각에서 도망칠 수 있다는 것이 사실인지 확실하지는 않다. 사실 아닐 거라고 생각한다. 정말 그렇게 된다면 너무 간단하지 않은가. 하지만 그 누구도 시도해보지 않았다고 나를 탓할 수는 없다. 지금 그 의사가 나를 볼 수 있다면. 숲 바닥을 딛는 발걸음, 여기 한 발, 저기 한 발, 튀어나온 돌을 뛰어넘고, 비틀린 나무뿌리를 피해 옆으로 뛰고, 움푹 파인 곳을 피하다가 웅덩이를 그대로 밟아 종아리까지 물이 튀어 오른다. 속도를 점점 더 높인다. 전심전력을 다해. 천하무적처럼 느껴진다. 부정적인 시각이 긍정적인 시각으로 바뀌면서 내 힘으로 뭐든 할 수 있고, 사실을 바꿀 수 있다는 생각이 드는 순간, 나는 눈에 보이는 것처럼 평평하지 않은 돌 위에 발을 내딛는다. 예상치 못한 경사에 몸의 균형이 무너진다. 전속력으로 달리고 있었기 때문에 넘어지면서 무릎이 돌에 부딪친다. 고통이 뇌로 통하는 신경계 통로를 따라 올라간다.

발작 같은 흐느낌이 터져 나온다. 경기를 일으키듯 가쁜 숨을 몰아쉬면서 무릎이 까진 아이처럼 운다. 바위에 부딪힌 무릎 통증은 매정하리만치 날카롭다. 넘어질 때 바닥을 짚은 한쪽 손에서는 피가 난다. 나는 숲의 젖은 바닥에 앉는다. 가쁜 숨을 가라앉히자, 울음도 그친다. 나는 다리를 세워 무릎 상태를 살펴본다. 별로 볼 것이 없다. 빨갛게 부었지만 그저 손바닥으로 문지른 수준이다. 물론 시간이 지나면 퍼런색이 될 것이고, 그 뒤에는 누런색과 보라색으로 변하겠지. 그러나 아직까지는 그 정도의 고통을 불러일으킬 만한 상처가 없다.

나는 천천히 절뚝거리며 브레섹뤼세트 건널목으로 이어지는 길을 걸어간다. 너무 멀리까지 뛰어왔다. 절뚝거리며 돌아가는 이 길이 영원히 끝나지 않을 것 같다. 이 상태라면 집에 도착할 즈음에는 온몸이 얼어붙을 것이다. 타이즈는 젖었고, 재킷은 너무 얇아 체온을 떨어뜨릴테니까. 땀이 식으면서 몸이 차가워진다. 버스는 이십 분뒤에나 올 것이다.

나는 블로스보르트베인에서 카스타네스빈겐까지 천천히 걷는다. 고통의 성질이 바뀐다. 날카로움이 사그라들면서 다소 둔탁한 고통이 길게 이어진다. 앞으로 며칠은 이어질 통증이다. 카스타네스빈겐으로 이어지는 길을 따라 내려가자, 누군가 앞에서 걸어온다. 수염을 덥수룩하게 기른 그 사람은 나이가 들어 몸이 마음을 따라가지 못한다는 사실에 아직 익숙하지 않은 것처럼 속도는 느려도 힘차게 걷고 있다.

"프리츠." 40미터 앞에서 그가 소리친다. "일이 제대로 터진 모양이야. 지난 일요일처럼 경찰들이 몰려왔다니까."

걸음을 멈춘다. 어깨가 움츠러들면서, 뱃속을 뭔가 콕콕 찌른다. 이번에는 누구지?

"길에 경찰 차 세 대가 서 있고, 경찰들이 집과 정원에 쫙 깔렸어. 프리츠, 별 일 없는 거지?" 호프모가 소리친다.

"무슨 일이지?" 나는 머릿속으로 계산을 하며 속삭인다. 오스먼드는 직장에 있고, 루카스는 유치원에 있다. 그리고 엠마는, 엠마는 학교에 있다.

엠마한테 무슨 일이 생긴 것은 아니겠지? 아니, 나는 그 애에 대해 잘 모른다. 엠마는 나를 차단했고, 뭔가를 숨기고 있다. 어쩌면 그 애가 잠든 줄 알고 있었을 때, 밖으로 나갔을지도 모른다. 나 자신을 제어할 수 없다. 오, 하느님, 우리 가족이 아닌, 다른 사람들과 관계된 일이라고 해주세요.

호프모가 머리를 긁적인다.

"경찰이 시멘 스파레를 잡아갔어. 체포한 것처럼 보이던

데. 내가 정원에서 보니까 경찰 두 사람이 그 애를 양쪽에서 붙잡고는 경찰차에 태워 가버렸어. 시멘의 소지품 몇 가지와 컴퓨터도 챙겨갔고. 프리츠, 별 일 없는 거지? 얼굴이 창백해."

시멘 스파레는 우리가 이사 온 날, 공용 출입문을 잡아줬다. 그때 당시 아마 열세 살 정도 됐을 텐데, 가르마를 탄 앞머리를 비스듬히 내린 시멘은 우리를 보고 공손하게 인사했다.

"시끄럽게 하지 않을게요." 시멘이 농담처럼 말하면서, 미소를 짓자 얼굴이 환해 보였다.

그 당시에도 시멘이 어른이 되면 미남이 될 거라고 생각했다. 아무래도 십대 소년일 때는 그다지 매력적으로 보이지 않을 수도 있다. 키도 작고, 여드름투성이 피부에, 수줍음이 많았으니까. 하지만 시멘은 아주 멋진 모습으로 성장할 것이다.

내가 그 애에 대해 아는 것이 뭐가 있을까? 이따금 지하실에서 시멘의 소리를 들은 적이 있다. 그 애의 방이 루카스의 방과 맞붙어 있기 때문이다. 가끔 친구들이 놀러오면 그 애들의 목소리가 들린다. 변성기에 접어든 아이들의 목소리는 거칠고 깊다. 음악을 틀어놓으면, 우리 아파트에서는 노래의 박자만 들린다. 소리가 흐릿해서 무슨 장르의 노래인지 알 수가 없다. 댄스, 하우스, 락, 팝? 그와 마찬가지로 시멘 본인에 대해서도 잘 알지 못한다. 적어도 그 애를 내가 고등학교 다닐 때처럼 괴짜, 운동선수, 돌아이, 외톨이, 이런 식으로 분류할 수는 없다. 인기가 많은 아이, 평범한 아이, 인기 없는 아이. 내가 보기에 시멘은 평범한 쪽이다. 옷을 입는 방식이나 처신하는 모습을 보면. 하지만 그러면서도 카리스마가 있다.

부모가 싸울 때도 시멘은 조용했다. 옆집에서 부부가 고래고래 소리치며 싸울 때도 시멘의 목소리가 들린 적은 한 번도 없다. 나는 그 사실을 알고 있고, 그 점에 대해 생각했다. 부모가 그렇게 꼴불견으로 싸울 때마다 시멘은 어디에 있었을까? 자기 방에 들어가 있었을까? 아니면 친구들을 보러 가거나, 거리를 헤매고 있었을까? 그래서 부부가 마음껏 고함을 지를 수 있었던 것일까? 두 사람이 서로에게 소리 지르면서 아이를 부르는 소리를 들은 적은 한 번도 없다.

정원에 있는 필리파 탕겐에게 다가설 때 보여준 시멘의 부드러운 눈빛, 그 애에게서 좀처럼 떨어지지 않는 시선, 필리파에게 다가서는 초조한 몸짓, 필사적으로 말을 걸고 싶어 하던 모습. 필리파의 외면. 시멘의 얼굴에 드러난 고통, 첫 번째 짝사랑. 그리고 그의 두려움. 오, 시멘, 시멘. 도대체 무슨 짓을 한 거니?

박케헤우겐 중학교는 완만한 경사면에 위치해 있다. 교문은 수령이 몇 백 살은 될 커다란 밤나무들에 둘러싸여 있다. 건축가는 건축물들을 최적의 위치에 세운다. 그래서 가까운 곳에서 보면 학교가 아름답고 존귀해 보이는 나무들로 이뤄진 숲 한가운데에 서 있는 것 같은 인상을 받게 된다. 그런 뒤 교내에 들어서면 조금 전에 봤던 모습이 사실이 아니라는 것을 알게 된다. 나무는 세 그루 밖에 없는데, 그 중 두 그루는 교문 옆에,

나머지 한 그루는 운동장에 있다. 하지만 그 나무들의 효과는 최대로 활용돼, 확실한 인상을 남겨준다는 점에서는 이 학교가 토센에서 최고임을 보여준다.

밖에는 학생들이 많지 않다. 시간이 3시 10분이니 대부분의 학생들은 수업이 끝날 무렵이다. 다른 학부모 두 명도 학교 운동장으로 들어가는 중이다. 우리는 서로에게 고개를 숙이며 인사를 건네지만, 말을 하지 않는다. 그들 중에 카멜색 코트를 입은 여자는 엠마와 같은 학급 남학생 엄마인데, 내가 말을 걸까봐 두려워하는 것처럼 보인다. 처음에는 더 이상 아무도 우리와 관계를 맺고 싶어 하지 않을 정도로 우리 집을 기피한다는 사실에 마음을 다쳤다. 그러다 내가 땀에 찐 지저분한 운동복 차림이라는 것과 무릎과 양손에 흙을 잔뜩 묻히고 있다는 사실을 깨닫는다. 아마 얼굴에도 흙이 묻었겠지. 거기에 다리까지 절뚝거리는 상황이다. 이런 모습으로는 여기 오지 말았어야 한다. 누군가 엠마를 잡아가기 전에 집에 데려가야겠다는 생각에 충동적으로 학교에 찾아왔지만, 엠마는 열세 살이고 내가 하는 모든 행동이 아이에게 반영된다는 것은 잘 알고 있다.

운동장에서 주위를 둘러본다. 시간표가 기억나지 않아 엠마를 데리러 어디로 가야할지 알 수가 없다. 아무래도 건물 안에는 들어가지 않는 쪽이 나을 것 같다. 카멜색 코트를 입은 엄마가 중앙 건물의 유리문을 열고 안에 들어간다. 잠깐 그 여자를 따라 건물 안에 들어갈까 생각해보지만, 그만두기로 한다. 그 안에서 어디로 간다는 말인가? '노틀담의 꼽추'처럼 다리를 절며 걷는다. 대신 밤나무가 있는 곳으로 가, 기대선 채 주위를 둘러본다. 농구 골대와 벤치, 체육관 건너편에 폐쇄된 길이 보인다. 여기서 엠마는 하루의 대부분을 보낸다. 이 안에서 아이가 꿈을 펼치는 것이다. 필리파와 엠마는 각자 자기 무리들을 이끌고, 서로를 견제한다. 엠마가 친구들에게 말하는 소리가 들리는 것 같다. **어머, 세상에, 쟤는 너무 잘난 척해.** 필리파는 엠마에 대해 뭐라고 말할까? 그 애가 내 딸보다는 조용하고, 대놓고 권력을 행사하지는 않는다. 그렇다고 더 온화한 것은 아니지만. 내 안에서 뭔가가 가라앉는다. 그런 십대 아이들을 전부 다 볼 필요가 없다는 사실이 너무 좋다. 전업주부와 친한 엄마들의 아이들, 엠마의 친구들과 반대파들. 아무도 보고 싶지 않다. 특히 지금처럼 땀과 먼지를 뒤집어 쓴 채로 추위에 떨고 있는 상황에서는. 그저 딸애만 데려가고 싶을 뿐이다. 이렇게 여기 계속 있다 보면, 다른 사람들과 마주치게 될 것이다. 나는 서둘러 체육관으로 들어간다.

    체육관 안에서는 톱밥과 땀, 커피 냄새가 난다. 벽에는 〈서푼짜리 오페라〉를 위한 무대 커튼이 걸려 있다. 곧장 그쪽으로 걸어간다. 천장에 달아놓은 커튼으로 공간이 구분되어 있다. 거기에는 몸을 숨길 만한 숨겨진 모퉁이, 벽과 커튼 사이에 나 있는 빈틈이 있다. 그 자리에 누워 잠을 잘 수도 있다. 나는 그 자리에 서서 정말 누워볼까 진지하게 고려해본다. 그때 누군가 안쪽에서 뭔가를 뒤지는 소리가 들린다. 나는 커튼을 옆으로 젖히고 홀을 내다본다. 가드가 무대 앞에 서 있다. 줄지어

놓였던 좌석들은 열이 흩어져 있다. 관중들을 위해 가져다 놓았던 의자들은 많이 치워진 상태지만, 첫 번째 줄만큼은 온전히 남아 있다. 그는 그 의자들 위에 상자 두 개를 올려놓고 그 안을 뒤지는 중이다.

"안녕하세요." 내가 말을 건다.

그가 고개를 들고 쳐다본다.

"아, 안녕하십니까."

가드의 시선은 나를 쳐다보고 있지만, 눈빛이 흐리다. 내가 누군지 기억하지 못해서인지, 아니면 다른 생각에 빠져 있기 때문인지 알 수가 없다. 저 나이 때 남자가 십대 소녀들에게 매춘부 역할을 시키고 싶어 하는 것이 이상하지 않느냐고 했던 전업주부의 말이 떠오른다. 십대 소녀들 전부가 대상인 것일까, 아니면 특별한 한 명한테 시키고 싶은 것일까? 가드의 손을 쳐다본다. 마른 몸에 비해 놀랄 정도로 강해 보이는 손이다. 그 애를 저 손으로 건드렸을까? 그럴 가능성이 있나? 엠마는 어리다. 하지만 다른 사람들 눈에도 그렇게 보일까? 저 사람한테는 다르게 보이는 것이 아닐까? 그런 생각을 하자 머릿속이 하얘지면서 현기증이 난다. 더 생각하면 쓰러질 것 같다.

"리케예요. 엠마 엄마죠." 내가 말한다.

아주 작은 단서라도 놓치지 않겠다. 만일 가드의 얼굴이 아주 조금 달아올라도, 그의 눈이 100분의 1초만 깜박거려도 알아차릴 수 있을 것이다. 하지만 가드는 전혀 그런 내색 없이 잠깐 고개를 숙여 인사한다. 만일 그가 엠마의 이름을 듣고 동요했다고 해도, 얼굴만 봐서는 전혀 알 수가 없다. 가드는 뿔테 안경을 머리 위로 밀어올리고 턱에는 수염이 거뭇거뭇하게 난, 잔뜩 지쳐 보이는 모습을 하고 있다. 여자애들이 그를 매력적으로 여긴다는 사실이 아무래도 이상하다. 하지만 지금 그는 뭔가 다르게 보인다. 눈 밑이 푸석푸석하고 안색은 창백하다. 동작도 굼떠 보인다. 뒤에 있는 무대에는 나무로 된 장치와 기둥을 박아놓은 상자가 있다. 그 기둥은 대들보에 맞닿아 있고, 그 대들보에는 끈이 매달린 상태다. 무대 미술 스케치에서 봤던, 바로 맥키의 목이 매달릴 교수대다. 적어도 누군가는 대들보에 목매는 줄을 감아둘 선견지명이 있었던 모양이지. 그나마 푸른색 나일론으로 만든 끈은 아니었다.

"정리하는 중인가요?" 내가 묻는다.

"사전 정리라고 보는 편이 맞겠죠. 오늘 저녁에 무대를 해체하기로 했으니까요. 나는 그저 소품들을 보관하려는 것뿐입니다." 그가 대답한다.

가드는 맥키의 모자를 들고 있다. 챙이 넓고 리본이 달린 구식 페도라다. 50년대에 선풍적으로 유행했던 양식으로, 오페라하우스 의상 팀에서 고위직으로 있는 어떤 학부모가 제공해줬다.

"공연이 연기됐다는 말은 들었어요." 그가 있는 쪽으로 몇 발자국 다가간다.

"연기라." 가드가 코웃음을 치며 나를 쳐다본다. "그 말을 내가 믿을 거라고 생각합니까? 교장, 학부모회, 학교 활동반,

그리고 그 여자, 니나 스파레는 이미 가을부터 우리 공연을 막고 싶어 했어요. 그놈의 매춘부 때문에 말입니다. 학부모들 중에 언론의 자유에 대해 이야기한 사람들이 없었다면 우리 연극은 그 분노의 메일을 받은 즉시 바로 엎어졌겠죠."

그가 손을 머리 위로 들어 올리다가 안경을 친다. 아무래도 안경을 머리에 걸치고 있다는 사실을 잊어버린 모양이다. 가드가 펄쩍 뛰어올랐다. 그는 안경이 이마 위로 미끄러져 흘러내리자 바닥에 떨어지기 전에 붙잡는다.

"이 학교에 있는 사람들은 전부 자기들이 진보적이라고 생각하고 있어요. 여름 이전까지만 해도 그들은 브레히트의 작품을 올리면 재미있겠다고 생각했죠. 용감하게도 사회비판적인 작품을 선택했다고요. 하지만 반대에 부딪치자마자 흔들렸죠. 빌어먹을 니나. 한편 다른 한편이 어쩌고 하면서 그 여자 혼자 온갖 소리를 떠들어댔어요. 하지만 그 여자 혼자 반대한 것이 아니라는 사실은 압니다. 학교 측, 학부모회 기타 등등 다 반대했겠죠."

가드가 나를 응시한다. 눈이 약간 충혈돼 있다. 그는 아주 젊다. 아마 여기가 그의 첫 직장이었을 것이다. 혹시 울고 있었을지도 모르겠다.

"당신들 문제가 뭔지 압니까?" 가드가 거의 고함치듯 목소리를 높여 말한다. "있는 그대로 말할 수 있는 정직한 사람이 아무도 없다는 겁니다. 그 대신 사람들을 강제로 쫓아내죠. 그런 식으로 하면 안 되는 겁니다. 아니, 그런 식이 아니어도 안 되겠죠. 그게 바로 이곳의 일처리 방식이니까요. 일이 더 이상 없음을 스스로 깨달을 때까지 세워두는 것 말입니다."

그는 뭔가 더 말을 하려던 것처럼 보였지만, 요란하게 울리는 학교 종소리에 입을 다문다. 나는 알람이 울린 것 같다고 생각한다. 가드가 앞에 있는 종이 상자 속에 모자를 떨어뜨린다. 모자는 상자 속에 들어있던 다른 물건들, 대본 두 권과 맥키가 폴리 피첨에게 주는 가짜 약혼반지 위로 떨어진다. 그 순간 나는 가드가 눈물을 흘릴 것 같다고 생각한다. 그를 못 본 척, 혼자 내버려두고 물러나고 싶지만, 나는 완전히 지친 상태라 몸을 움직일 기운이 남아 있지 않다. 고개조차 돌리기 힘들 정도로. 그래서 그 자리에 가만히 서 있을 수밖에 없다. 가드는 그 사이 물건들을 계속 상자 안에 던져 넣는다. 요란하게 울리던 학교 종이 멈추자, 가드가 정신을 차린다.

"상황이 이렇게 되자 아무도 우리 연극을 옹호해주지 않았어요." 가드가 탁한 목소리로 말한다. "이전까지 이 공연이 중요하다고 메일을 써줬던 사람들 전부 다 말입니다. 필리파의 아버지가 죽자, 모두 침묵하고 있어요. 학교 측에서는 우리 공연을 중지시켰죠. 마치 그 죽음이 우리 잘못인 것처럼. 심지어 나한테는 한마디 말도 없이 그런 결정을 내렸어요. 그런 상황에 대해 당신들 중 단 한 사람도 항의하지 않았습니다."

가드와 그의 눈을 쳐다볼 수 없다. 그 대신 그의 손을 쳐다본다. 흰 손에 검은 털이 나 있다. 나는 생각한다. 엠마는 저 손에서 뭘 봤을까?

그가 손을 들어, 눈을 문지른다. 얼굴이 가려진다. 손을 내렸을 때 가드는 한결 진정된 모습이다. 그에게는 젊음과 손상되지 않은 부분이 있다. 오 년 혹은 십 년이 지난 뒤에 가드가 이 실패한 작품을 어떻게 떠올릴지 궁금하다. 교훈이나 자신에게 필요했던 경험으로 여길지, 아니면 자신의 이상주의가 맞닥뜨린 첫 번째 타격으로 여길지.

"소문으로는 경찰이 이 연극과 관계가 있는 누군가를 체포했다고 하더군요." 가드가 지긋지긋하다는 듯 말한다. "파격적인 영상 몇 개가 온라인에 올라간 모양이에요. 아시다시피 이 작품에는 공산주의적 날카로움이 있지 않습니까. **사람을 고용하기 위해 사람을 죽인다는 것은 무엇인가?** 이제 저들은 필요한 것을 전부 가지게 됐어요. 살인자, 고문당한 고양이들, 아이들을 선동한 나. 마치 그게 문제인 것처럼 말이죠. 십대 애들은 밤마다 침대에 걸터앉아 유튜브를 보는데, 부모들은 애들이 이상해진 이유가 베르톨트 브레히트라고 생각하잖아요?"

가드가 매서운 눈길로 나를 쳐다본다.

"당신네 애들이 사는 세상이 어떤지 당신들은 믿지 못할 겁니다. 그 애들이 온라인으로 뭘 보는지, 애들이 서로 뭘 공유하고 어떻게 대화하는지 말예요. 부모가 없을 때 애들이 무슨 말을 하는지 알면 아마 많이 놀랄 겁니다."

그의 말을 의심의 여지없이 믿는다. 좀 더 자세히 이야기해달라고 말하고 싶다. 애들이 무슨 짓을 하죠? 내가 믿을 수 없을 거라는 말이 대체 뭔지 자세히 설명해줄 수 없나요? 하지만 가드는 자기 앞에 있는 상자를 들어올린다.

"피할 수 없는 일은 미뤄봐야 소용없죠."

그는 상자를 무대 끝에 내려놓은 뒤, 무대 위로 올라간다. 그런 뒤 상자를 다시 집어 들고 교수대 앞에 서서 나를 내려다본다.

"메레테에게 안부 좀 전해주시겠습니까? 필리파한테도요."

그 부탁이 그의 진심인지, 그 속에 쓸쓸함이 담겨 있지는 않은지 판단하기 어렵다. 하지만 나는 고개를 끄덕인다. 가드는 돌아서더니, 끝 쪽으로 사라진다. 커튼 뒤쪽에서 그가 나간 뒤 문이 닫히는 소리가 들린다.

집에 돌아와보니 아이는 없다. 수업이 끝났다는 종이 울린 지 한참 지난 시간이다. 엠마의 방에 들어가 시간표를 찾아보고 아이의 수업이 끝났다는 것을 확인한다. 다시 주방으로 향한다. 아이가 돌아올 때까지 그 자리에 앉아서 기다리고 싶다. 하지만 도저히 가만히 앉아 있을 수가 없다. 만일 시멘이 혼자 한 일이 아니고, 친구와 같이 한 거라면? 가드는 부모가 없을 때 애들이 무슨 이야기를 하는지 알면 놀랄 거라고 했다. 토요일에 있었던 연극 연습 때 시멘에게 말을 걸었던 피첨 역을 맡은 아이는 다른 사람들에게 해를 끼친 것에 대해 변호하는 장면에서 아주 섬세한 연기를 보여줬다. **나는 범죄자가 아닙니다. 그냥 불쌍한 사람일 뿐이죠. 브라운 경찰청장님.** 나는 주방 안을 서성거린다. 그래, 그 애는 어리고 충동적이다. 시멘의 친구는 그 연기를 통해 자신이 무모한 행위를 할 수도 있다는 가능성과 폭력을 행사할 수 있다는 의지를 암시한 것이다. 만일 그 애가 공용 출입구로 들어오고 싶었다면 시멘이 열어줬을 것이다. 나는 엠마가 오고 있는지 창문을 슬쩍 내다본다. 그리고 상상한다. 엠마가 학교에서 집으로 걸어갈 때 피첨이 뒤따라가다가, 카스타네스빈겐에서 박케헤우그베인으로 넘어가는 분기점에서 옆으로 다가서는 모습을. 엠마에게 같이 가자고 청할지도 모른다. 그보다 더 나쁜 것은 그 애가 엠마의 팔을 붙잡고 끌고 가서 정원에 내던져버린 뒤, 잎사귀와 나뭇가지로 덮어버리는 것이다. 그런 줄도 모르고 계속 여기 앉아서 딸을 기다리는 내 모습이 떠오른다. 기다리다 못해 결국에 군데르센의 전화번호가 적힌 종이를 꺼낼 것이다. 수색대와 수색견들이 정원들을 철저히 뒤질 것이다. 그리고 한밤중에 로빈 페테르센이 미안하다는 눈으로 우리 집 문 앞에 서 있다. 정말 유감입니다. 하지만 슬픈 소식을 전해드릴 수밖에 없네요. 생각해보자. 시멘의 친구가 요르겐을 죽였을 수도 있다. 만일 시멘이 자기 친구를 건물 안에 들어오게 해줬다면 공용 출입구의 출입 기록에 남지 않을 것이다. 어쩌면 시멘이 비밀번호를 알려줬을지도 모른다. 그래, 피첨 역을 맡은 아이는 그날 밤 스파레 가의 비밀번호를 이용해 건물 안에 들어왔을 것이다. 화분에 들어 있는 요르겐의 집 열쇠에 대해서도 시멘이 말해줬을지 모른다. 주의를 돌리기 위해 창고에서 사다리를 꺼내 요르겐의 창문 앞에 세워뒀을 것이다.

가드는 말할 것도 없다. 그는 몇 번이나 여기를 찾아왔었고, 메레테의 집에 들어가 그와 이야기를 나눴다. 혹시 메레테가 가드에게 비밀번호를 준 것은 아닐까? 그는 지금 몹시 분노한 상태고, 무슨 짓이든 저지를 수 있다. 만일 요르겐이 가드에게서 뭔가를 알아낸 거라면? 연극에서 매춘부 역을 맡은 어린 여자애들과 관련된 뭔가가 있을 수도 있다. 약속한 대로 주역을 맡은 필리파나, 그에게 속아 넘어갔을지도 모를 엠마에게.

엠마가 문손잡이를 돌리는 소리가 들리자 나는 벌떡 일어난다. 또 다시 통증이 무릎에서 뇌까지 올라온다. 절뚝거리며 복도로 나간다. 엠마가 자기 방에 들어가 문을 닫아버리기 전에 아이 앞에 선다. 엠마는 재킷을 입고, 책가방을 등에 매고 있다. 한쪽 어깨 위로 넘겨 곱게 단장했던 긴 금발은 시간이 지나면서 바람을 맞아 헝클어졌다. 집에 오는 내내 머리카락 가닥들이 가방 어깨끈과 스친 모양이다. 엠마가 나를 쳐다본다.

"무슨 일이야?" 아이가 묻는다.

그 애는 마치 온 세상이 자신에게 빚을 지기라도 한 것처럼 짜증난다는 표정이다. 나는 가드에 대해 묻고 싶어 미칠 지경이다. 그 사람을 어떻게 생각하는지, 두 사람 사이에 무슨 일이 있었던 것은 아닌지.

"페이스북에서 엄마를 차단한 이유가 뭐야?" 그 대신 다른 것을 묻는다.

엠마는 바로 대답하지 않고 그냥 그 자리에 서 있다. 마치 내가 아이고, 자기가 어른이기라도 한 것처럼 딸의 눈에서 계산된 침착함이 보인다. 내가 엠마에게 소리를 지르거나 손이라도 올리게 될까 두렵다.

"그런 건 왜 물어보는데?" 아이가 마침내 입을 연다.

"처음에 약속했잖아." 내가 말한다. 목소리가 너무 크고, 지나치게 날카롭다. "기억 안 나니? 네가 SNS를 개설하는 것을 허락해준 조건. 엄마가 팔로우하게 해주기만 하면 좋다고 했었잖아."

아이는 여전히 나를 쳐다보고 있다. 네 잔소리가 끝나기만 기다리면 된다고 생각하는 것처럼 한쪽 어깨에 책가방을 맨 채, 양손을 주머니에 찔러 넣은 일종의 대기 자세를 취한 채.

"엄마도 네 온라인 활동을 감시하고 싶지는 않아." 나는 말을 잇는다. 이제는 거의 소리 지르는 중이다. "하지만 엠마, 나는 네 엄마야! 너를 지키기 위해서 이러는 거라고!"

"내가 페이스북에 올리는 글을 보는 게?"

"이 근방에 살인자가 있어! 누군가 옆집 사람을 죽였단 말이야!"

"나도 알아." 엠마가 대꾸한다.

아이는 그저 지겹다는 듯 차분한 태도다. 하지만 새침한 표정에서 살짝 불안한 기운이 느껴진다. 그래, 다 보인다. 엠마도 겁이 나는 것이다. 나는 더 강하게 나간다.

"경찰이 누구를 체포했다고 하더구나. 알고 있니?" 내가 말한다.

"아니. 누군데?" 엠마가 묻는다.

나는 마음 깊은 곳 어딘가에서 이 상황을 즐기고 있다. 딸에게서 절대적이고, 올곧은 관심을 끄는 것을. 아이보다 우위에 서 있는 것을.

"누구냐니까?" 엠마가 다시 묻는다.

"시멘 스파레."

엠마의 얼굴에 뭔가가 스쳐지나간다. 순간 그 애가 세상에 보여주는 얼굴이 그대로 벗겨질 수 있는 얇은 껍데기라도 되는 것처럼, 그 안에 가려져 있던 근심과 불안이 드러난다. 그 모습은 눈 깜짝할 사이에 사라진다. 엠마가 코웃음을 치며 말한다.

"시멘 스파레? 그 오빠는 그런 짓을 할 사람이 아니야."

"글쎄." 내 권위에 도전하는 딸의 말을 받아친다. "경찰 쪽에서는 확신하는 것 같던데. 오늘 오후에 잡아간 것을 보면."

다시 미지의 반항심이 안면 경련을 일으키는 것처럼 엠마의 얼굴을 스쳐 지나간다. 아이가 통제할 수 없는 일인 것처럼 보인다.

"시멘은 환경에 관심이 있어. 도덕심이 아주 강하단 말이야. 유튜브 채널도 운영하고." 엠마가 단정적으로 말한다.

"뭘 한다고?"

엠마는 숨을 깊이 들이마시며 뺨을 부풀린다. 우스울 정도로 순진해 보이기도 하면서, 세상이 어떻게 돌아가고 있는지 설명하는 일이 자신에게 떨어졌다는 사실에 지친 것처럼 보이기도 한다.

아이패드의 정지 화면 속 시멘의 얼굴은 낯선 표정으로 얼어붙어 있다. 눈은 반쯤 감겨 있고 입은 벌어진 채, 입술을 살짝 말고 있는 것으로 보아 뭔가 말을 하고 있는 모양이다. 재생 설정을 표시하는 삼각형 아이콘 아래 이렇게 쓰여 있다. '**그린 곤조의 설명: 금붕어 어항 속의 삶**' 재생 아이콘을 누르려 했지만 갑자기 그 영상을 보는 일이 내키지 않는다.

"이런 것은 어떻게 알았어?" 엠마에게 묻는다.

"엄마." 엠마가 소파에서 일어나며 말한다. "우리 학교 애들 다 알아."

아이가 자기 방으로 내려가는 소리를 듣는다.

시멘의 유튜브 채널은 구독자가 백아홉 명이고, 채널에는 영상이 17개 올라와 있었다. 영상을 재생하자 시멘의 얼굴이 화면 속에서 살아나기 시작한다. 그 애는 눈을 크게 뜨고 활짝 웃으며 카메라를 향해 몸을 내밀고 있다.

"안녕하세요. 금붕어 어항에 오신 것을 환영합니다. 나는 그린 곤조라고 해요. 이제부터 우리가 이 세상의 큰 문제들을 해결할 수 없는 것처럼 보이는 이유를 알려드리겠습니다. 스포일러 주의해주세요! 그 이유는 사람들이 너무 **멍청**해서 그런 겁니다. 이게 바로 오늘 이야기할 내용이죠."

시멘은 숨을 깊이 들이마신 뒤 웃는다. 나는 한편으로 생각한다. 맙소사, 너무 유치해. TV 진행자 흉내를 내는 어린애잖아. 다른 한편으로는 경악스러운 눈으로 그 영상을 지켜보며 생각한다. 이게 뭐지?

그 영상의 주제는 기후 변화다. 시멘은 부모 세대들이 기후 위기를 해결하려는 의지가 부족한 점에 대한 실망을 여실히 드러낸다. 그 애는 우리를 위선자로 여긴다.

"항공 교통이 점점 증가하고 있어요. 비행기 타는 것을 줄여야 한다는 사실을 모르지 않는데 말입니다. 아무 데나 차를 몰고 다니면 안 되고 계속 새 옷을 산다거나 해저에 기름이 흡수되면 안 된다는 것도 알고 있죠. 하지만 계속 그런 짓들을 하고 있습니다. 이 모든 것이 내가 금붕어 어항이라고 부르는 자기 망상에서 비롯된 거죠."

시멘은 거기서 만족스럽다는 듯 의자에 몸을 기댄다. 그 뒤로 지하실의 차가운 돌 벽이 보인다. 몸서리를 친다. 저 애가 앉아 있는 곳이 나의 작은 기적의 아기 바로 옆이잖아. 시멘이 영상을 찍고 있을 때 벽 너머에서는 루카스가 침대에 누워 자고 있었을지도 모른다.

시멘은 금붕어 어항이 자신이 살고 있는 부유하고, 교육 수준이 높은 동네를 잘 드러낸다고 믿는다.

"우리 이웃들은 모두 올바른 일을 하고 있다고 믿습니다. 정치적으로 올바른 연극을 하는 셈이죠. 내 말이 무슨 뜻인지 알겠어요? 물론 사람들은 모두 환경을 극도로 의식하고 있습니다. 사람들은 페이스북 프로필에 그런 점을 과시하죠. 확인해보세요. 하지만 나는 여러분께 물어볼 겁니다. 네, 이 영상을 보고 계신 여러분이요. 여름이 오면 무슨 일이 있을 거라고 생각하죠? 토스카나에서는 와인 시음, 보츠와나에서는 사파리

행사가 있지 않습니까? 사람들이 그 대신 엘베룸으로 야영을 온다고 생각해보면 어떨까요?"

여기서 시멘은 몸을 뒤로 젖히며 실없이 웃는다. 그의 목에서 떨리는 목젖이 보일 정도로. 시멘의 메시지 안에 담겨 있는 것에서 내가 하는 연구가 연상된다. 이웃들, 그 애의 부모를 포함한 대부분의 사람들에게 설명했던 방식으로. 태도와 행동 그리고 인지 부조화의 교차점이 떠오른다.

"나는 이 동네를 금붕어 어항이라고 불러요. 너무 작고, 외부의 생각들을 받아들이지 않기 때문입니다. 무슨 말인지 알겠죠? 고전적 반향실echo chamber에서 이야기하는 셈이에요. 바로 이런 것이 우리가 이 영상들을 통해 폭로할 위선입니다. 그러니까 채널 고정해주세요. 다음에 만나요."

그 영상은 시멘이 컴퓨터 전원 버튼을 찾는 것으로 끝난다. 화면에 비치는 뭔가에 그 애의 시선이 잠깐 멈추더니 그 뒤에 영상이 정지된다.

다음 영상은 미세 플라스틱에 관한 내용이다. 이제 시멘은 좀 더 진지한 모습으로 대본 비슷한 것에 따르며 통계를 제시한다. 그 시점에 뭔가를 많이 읽은 듯하다. 전국 신문 청년란의 조언을 따른 듯한, 깔끔한 느낌의 영상이다. 세 번째 영상은 친구와 함께 만든, 상당히 긴 영상이다. 환경에 대해 살짝 언급한 앞부분을 제외하고, 분량의 대부분이 친구와 함께 하는 컴퓨터 게임에 관한 내용이다. 네 번째 영상은 벌들이 죽어가고 있다는 내용을 담았다. 이 영상에서 시멘은 이전보다 성의가 없고 화가 많이 나 있다. 여기서 시멘의 비평을 듣고 살짝 충격을 받는다. 언젠가 내가 저녁 식사 자리에서 사람들이 어떻게 지구를 파괴하고 있는지에 대해 이야기했다는 사실을 깨달았기 때문이다. 내가 하는 일 때문에라도 말할 권리가 있다고 느꼈으며, 내 이야기를 들었던 사람들이 죄책감을 느낄수록 기분이 나아졌다. 요르겐과 메레테와 함께 저녁 식사를 했을 때, 요르겐이 내가 하고 있는 일에 대해 물었었다. 효과적인 개입에 관한 지식을 얻기 위해 과소비를 주제로 한 연구 프로젝트를 진행하면서 내가 우월해진 느낌이 들었다. 환경을 보호하기 위해. 그것이 전부였다. 요르겐에게 이 모든 이야기를 상냥하고 차분하게 말해주지 않는다. 메레테가 나를 쳐다보는 시선을 느끼면서 생각했다. 당신은 아내랑 뭘 하고 있는 거지? 이런 것까지 계산이 되는 내 자신을 위해 당신은 뭘 보여줄 거야?

열한 번째 영상에서 시멘은 위선에 대해 심각한 공격을 시작한다. 금붕어 어항에 사는 사람들은 자신들에게 영향을 미치지 않는 한, 세금 부과나 타인의 삶을 어렵게 만드는 것들에 대해 전혀 생각하지 않는다고 말한다. 그런 뒤 동물 쪽으로 화제를 옮긴다. 오늘날 우리가 보고 있는 동물 종들의 박멸은 대멸종이나 마찬가지라고 주장한다. 인간 활동과 관계된 동물 800종이 사라졌지만, 실제 수치는 더 높을 것이다. 흰코뿔소와 같은 동물들 100만 종이 멸종 위기에 처해 있다. 북부 변종의 마지막 수컷이 몇 주 전에 죽었다. 신문에 단편적으로 언급됐고, 페이스북 게시물 여기저기에서 우는 얼굴과 하트를 봤지만, 절박함은 어디에 있지? 분노는? 노르웨이 집고양이들이 감염된 질병에 대한 기사가 코뿔소에 관한 기사보다 훨씬 더 많은 반응을 얻었다. 그 기사들은 모두 공유되고, 좋아요와 댓글이 달린다. 페이스북 알고리즘은 참여도에 따라 작동하기 때문에 코뿔소 기사는 집단적 간과의 구덩이 속에 처박힌다. 여기서 시멘은 눈을 크고 동그랗게 뜬다.

"이런 상황에서 누가 흰코뿔소를 신경 쓰겠습니까? 사람들은 빌어먹을 반려동물에만 관심을 가집니다. 개나 고양이 이야기를 해야 관심을 보이죠. 집고양이들이 너무 많다보니 자연적인 동물군을 희생시키고 있음에도 불구하고, 그 잘 먹인 반려동물들이 둥지를 튼 작은 새들을 죽이는 문제에는 아무도 관심을 보이지 않습니다. 그 빌어먹을 고양이들이 대멸종에 직면한다면 사람들은 행동에 나서겠죠."

우편함 옆에 목매달려 있던 털이 복슬복슬한 새끼 고양이를 떠올린다. 시멘이 말하는 것이 그건가? 번개처럼 빠르게 그 링크를 복사해 자밀라에게 보낸다.

열네 번째 영상을 절반쯤 봤을 때, 오스먼드와 루카스가 집에 돌아온다.

"뭐하고 있어?" 오스먼드가 다가와 아이패드를 들여다보며 묻는다.

"시멘 스파레의 유튜브 채널을 보는 중이야. 엠마가 보여주길래." 내가 대답한다.

"아. 무슨 내용인데? 카고 바지나, 면도하면 안 되는 방법

같은 건가?" 오스먼드가 대꾸한다.

"넌 자고 봐도 돼?" 루카스가 아이패드를 붙잡으며 묻는다. 나는 아이패드를 아이 손에 닿지 않게 들어올린다.

내가 루카스에게 주려고 샀던 건포도 한 상자를 꺼내주자, 아이는 커피 테이블 앞에 앉아 정신없이 먹기 시작한다. 그 사이 나는 오스먼드를 따라 주방에 들어간다.

"경찰이 체포했어. 시멘을."

"시멘을? 실버 소년 합창단 중에서도 가장 고결한 십대 소년을 말하는 거야?" 오스먼드가 묻는다.

"그래."

오스먼드가 이마를 찌푸린다.

"아니야. 너무 나간 것 같은데. 그 애를 요르겐 살해 혐의로 체포했다는 거야?"

"그런 것 같아."

"그 애가 요르겐을 죽일 이유가 뭐가 있다고?"

"나도 모르지. 시멘이 유튜브 채널을 운영하고 있었어. 엠마가 보여줘서 보고 있던 참이야. 그런데 제법 잘 해. 아주 열정적이라니까. 무모한 생각들도 좀 하고 있는 것 같고."

우리는 잠시 아무 말 없이 서 있는다. 오스먼드가 장바구니를 비우는 동안, 나는 그 자리에 서서 남편을 쳐다보고 있다. 그때 그가 말한다.

"유감스럽지만, 나는 믿을 수 없어. 경찰들이 알아서 하고 있겠지만…. 시멘은 아직 어려. 리케."

욕실 문을 잠그고, 바닥에 앉아 휴대폰으로 그린 곤조의 채널을 본다. 나도 시멘이 아직 어리다고 생각한다. 하지만 미국에서 일어나는 학교 총기 난사 사건의 배후에 있는 애들 역시 어리지 않나? ISIS에 들어가는 애들은? 나도 시멘 스파레가 무해하게 보인다는 점은 동의하지만, 우리는 사람들이 실제로 무슨 짓을 저지르는지 알지 못한다. 자밀라는 내가 보낸 링크에 대한 대답으로, 시멘이 구독자들을 향해 사람들을 깨우기 위해 필요하다면 모든 수단을 동원해 거리로 나가자고 격려하는 열다섯 번째 영상의 9분 4초 되는 지점을 보냈다.

샤워기 아래 선다. 뜨거운 물을 맞으며 생각한다. 그냥 경찰이 옳다고 해두자. 시멘 스파레가 요르겐을 죽였다고 보는 것이다. 그 애는 사람들을 일깨우고 싶었고, 요르겐은 좋은 후보였을 테니까. 어쩌면 구직 알선소에 대한 기사가 스베인을 위협하고 있었고, 그 사실을 시멘이 알게 된 것은 아닐까? 아니면 메레테와 필리파가 집에 없을 때 계단을 올라가는 하이힐 소리를 듣고 위선의 형태로 여겼을 수도 있다. 더불어 계단에서 또각또각 울리는 발소리를 필리파에 대한 배신으로 여기지 않았을까?

시멘이 대중을 일깨우기 위해 금붕어 어항 속에 있는 누군가를 죽이기로 결심하고, 요르겐을 희생양으로 골랐다고 해두자. 나는 매달아놓은 작은 바구니 속에 들어있던 통에서 샤워 젤을 짜면서 요르겐의 죽음은 더 이상 나와 관계가 없다는 생각을 한다. 적어도 직접적인 관계는 없는 것이다. 그렇다면 오스먼드에게 아무 말도 할 필요가 없다. 재빨리 머리를 헹군 뒤, 샤워실 밖으로 나와 수건으로 몸을 감싼다. 어쩌면 간단해질 수도 있다. 아마 이 일은 이렇게 끝나겠지.

　욕실 밖으로 나오니 오스먼드가 식탁에 앉아 휴대폰을 만지작거리고 있다. 금주 중이라 물이 끓기를 기다리고 있을 것이다. 나는 남편을 뒤에서 꼭 끌어안고, 오스먼드의 따뜻한 목에 얼굴을 파묻는다. 눈을 감고 남편의 체취를 들이마신다. 그는 고등학교 때부터 똑같은 애프터셰이브 로션을 쓰고 있다. 비가 온 뒤에 숲에서 나는 것 같은 상큼하고 기분 좋은 냄새. 그 향기와 함께, 사랑하는 사람을 찾아 행복했던 젊은 시절의 내 모습도 떠오른다. 내 집. 나는 생각한다. 이 향기가 내 보금자리의 냄새라고. 우리가 어디서, 어떤 집에서 살고 있는지는 중요하지 않다. 오스먼드와 내 아이들이 있는 곳이 바로 내 집이다.

　"세상에. 오늘이 무슨 특별한 날이었나?" 그가 말한다.

　"아니." 나는 남편의 목에 입술을 대며 말한다. "그냥 당신을 끌어안고 싶었어."

　머리를 오스먼드에게 기대자 내가 많이 지쳐 있었다는 것이 느껴진다. 어쩌면 오늘 밤에는 잠을 잘 수 있을지도 모르겠다.

스트란데카이엔으로 가는 길이 이번에는 달라 보였어요. 나는 무거운 짐 가방을 끌고 있었죠. 가방이 보도의 갈라진 틈과 자갈길에 부딪쳤어요. 비도 오고 있었고요. 접수대는 내가 기억하고 있는 그대로였어요. 예약해둔 내 이름을 말하자, 예전에 봤던 직원과 거의 구분이 가지 않는 젊은 접수대 직원이 요르겐이 이미 도착해 있다고 전해줬죠. 방 열쇠를 받은 뒤 무거운 짐 가방을 끌고 엘리베이터에 올라탔어요.

호텔 방문을 열자, 요르겐이 미소를 지으며 내 앞으로 다가왔어요. 나는 요르겐을 끌어안았죠. 셔츠에 얼굴을 파묻고, 손가락으로 그의 머리카락을 쓸어내렸어요. 그 모든 일이 있었는데도 불구하고 지금처럼 요르겐을 보면 집에 돌아온 기분이 드는 것에 점점 익숙해졌어요. 그래서 요르겐은 그런 느낌을 받지 않기를 바랐죠. 그렇게 될 경우 모든 일이 너무 쉬워지니까.

이번에는 우리를 위해 연주해줬던 마리아치 밴드는 없었어요. 그 대신 토르갈멘닝겔 전체에 튀긴 음식 냄새가 진하게 풍기고 있었죠. 냄새가 구석구석 배어 벗어날 수 없었어요. 우리는 저녁 식사를 먹은 뒤 손을 마주 잡고 천천히 걸어 호텔로 돌아갔어요. 6월이었지만, 비가 온 탓에 공기가 차가웠어요. 하늘에는 회색 구름이 자욱하게 끼어 있었고 봄인지 가을인지 알 수 없는 날씨였죠. 우리는 말을 많이 하지는 않았어요. 가끔씩 서로를 쳐다보기는 했지만, 대화는 시도조차 하지 않았죠. 마치 우리 두 사람 다 말할 수 없을 만큼 지치기라도 한 듯이.

호텔로 돌아온 뒤에 나는 요르겐을 붙잡지 않으면 물에 빠져 죽기라도 하는 것처럼, 그의 팔뚝에 손톱자국이 남을 정도로 온 힘을 다해 힘껏 끌어당겼어요. 그리고 필사적으로 보일 만큼 격렬하게 사랑을 나눴죠. 정사가 끝난 뒤 요르겐은 미니바에서 작은 와인 병을 꺼내 플라스틱 컵에 따랐어요. 우리는 각자 이불을 덮어쓴 채로, 침대에 앉았죠. 요르겐이 말했어요.

"자, 이제 당신을 힘들게 하는 것이 뭔지 말해봐."

"특별한 일은 없는데. 새로운 것은 없어." 내가 대답했어요.

그러자 그가 말했어요.

"자포자기한 사람처럼 보여."

바깥이 소란스러웠어요. 밤이 되자 시내에 나온 학생들이 서로 고함을 지르고, 술에 취해 울부짖고 있었죠. 숨을 깊이 들이마셨어요. 무슨 말을 해야 할지 알 수가 없었어요.

요르겐은 내게 자기는 사실 아이를 원하지 않았다고 말했어요. 일찍부터 자신은 아버지에 어울리는 사람이 아니라고 생각했다는 거예요. 딸을 사랑하기는 하지만 자신의 생각이 옳았다는 사실에서 벗어날 수 없었다고 했죠. 그 사람이 의견을 내야 할 일이 너무 많았다면서요. 겨울 부츠와 학교 과제 선택, 도시락과 수면 위생, 성적과 과제, 우정 드라마와 오락 활동까지. 요르겐은 메레테에게 자신이 타인을 위해 모든 것을 버릴 수 있는 사람이 아니라고 확실히 말했다고 했어요. 예를 들어 상사가 전쟁으로 황폐해진 지역의 분쟁을 취재해 오라고 요청했을 때 가지 않겠다고 말하는 것은 상상조차 할 수 없으며, 자신에게 무슨 일이 생길 경우, 아이를 위한 계획을 우선순위로 놓을 수 없다고. 메레테는 알았다면서, 아이는 당연히 자신이 맡을 거라고 대답했다고 했어요. 그가 분쟁 지역에 취재갈 일이 없으니까 그런 거래를 했다고 요르겐은 내게 말했어요. 그는 사실 결혼을 하는 것도, 가정을 꾸리는 것도 원하지 않았다고. 메레테는 요르겐이 변화를 두려워하는 거라고 생각했을 거예요. 아마 메레테는 아이가 생기면 많은 것들이 달라질 거라고 믿었겠죠. 하지만 그런 일은 일어나지 않았어요. 적어도 그가 상상했던 방식은 아니었죠. 메레테는 자신의 경력을 버리고 싶었던 사람이었어요. 그는 아주 분명하게 그런 것은 중요하지 않다고 말했으니까. 자신의 분야에서 최고가 될 정도의 실력을 가지고 있는지도 미지수였고, 경쟁은 너무 치열했어요. 메레테는 그렇게 살고 싶지 않았던 거죠. 요르겐이 일을 우선으로 하는 사람이락 해도 메레테는 상관없었어요. 그가 시간제로 일하고 가정에서의 주된 책임을 맡으면 되니까.

"나는 그 관계를 끝낼 생각이었어. 그 사람을 사랑하지만, 결혼은 내 기행에 대한 결과를 기꺼이 감수했던 거니까. 메레테는 아이를 원했고 나는 그이가 같은 것을 원하는 누군가와 함께 아이를 가지는 것이 좋겠고 생각했지. 그래서 떠났어. 하지만 메레테가 전화로 울면서 돌아와 달라고 애원했어. 자기가 모든 일을 알아서 할 테니까 나는 아무것도 바꿀 필요가 없다고 하면서 말이야. 내가 멍청해서 그 사람을 믿었어."

요르겐은 메레테를 탓하지 않는다고 했어요. 메레테는 그들이 그렇게 사는 것이 가능할 거라고 믿었죠. 확실히 조금 순진한 생각이기는 했어요. 하지만 다른 한편으로 요르겐 역시 순진했어요. 그들은 빈틈없어 보이는 타협을 했으니, 두 사람 모두 그 사실을 알고 있었어야 했죠. 하지만 메레테는 남편을 비난했어요. 계속 그랬다고 요르겐은 말했죠. 그가 하지 않는 모든 일에 대해서. 그가 전혀 모르거나, 관심이 없는 모든 것에 대해. 그리고 시간이 지나면서 요르겐은 그 모든 일을 받아들였어요. 하지만 그 일을 해낸 것은 필리파가 다 커서 두 사람이 헤어져도 될 때까지 함께 살아가기 위한 방법이었던 거죠.

"우리가 할 때마다, 뿌리를 내린 것은 아닌지 궁금할 때가 있었어."

요르겐은 적어도 지금은 메레테를 떠날 마음이 없었어요. 그는 확실한 약속을 했고, 아내에게 빚진 것이 있다고 생각했으니까. 메레테가 두 사람의 딸을 키웠으니 그들을 지원하는 일은 요르겐의 의무였어요. 하지만 그는 외도에 대한 죄책감은 느끼지 않았죠.

나는 그렇지 않았어요. 오스먼드를 사랑했으니까. 우리 두 사람을 묶고 있는 것은 약속이 아니었고, 내가 오스먼드를 탓할 수는 없었어요. 오스먼드와 함께 사는 것을 내가 원했기 때문이었죠. 요르겐이 자신의 관계에 대해 말했을 때 나에게는 그 이야기가 너무 무섭게 들렸어요. 우리가 서로를 싫어하지 않는다는 사실에 감사하며 오스먼드에게 몸을 바짝 붙이고, 밤

새 그의 등에 내 뺨을 대고 있었던 적도 있었죠.

그래서 나는 죄책감을 느꼈어요. 그리고 이제 그 죄책감의 무게를 느꼈죠. 오스먼드가 일상적으로 사랑을 표현하며 내게 다가올 때마다 가슴이 옥죄였어요. 어린 시절 친구가 젊은 여자 때문에 부인을 버렸을 때, 오스먼드는 이해할 수 없다며 고개를 저었어요. 그는 무슨 생각을 했던 것일까요? 나는 내 행동을 새삼스레 비난하게 됐어요. 더 이상 이 관계를 유지할 수 없다는 것을 알기에 요르겐과는 헤어져야만 했어요. 오래전에 그렇게 했어야 했죠.

우리는 호텔 방에서 이불을 둘러쓰고 침대에 앉아 있었어요. 요르겐은 나를 이해한다고 말했죠. 그는 나와 달랐지만, 이것이 나한테는 맞지 않다는 사실을 받아들였어요.

"당신이 불행해지는 것은 원치 않아." 내가 울자, 요르겐이 말했어요.

그 뒤에 우리는 마지막으로 함께 잠들었어요. 다음 날 나는 혼자 집으로 돌아왔죠. 그게 전부예요. 오스먼드가 여행이 어땠냐고 물었을 때는 가슴을 갉아먹는 것 같았지만, 이제 끝났다는 사실에 안도감이 들면서도, 죄책감에 반쯤 무너져 내렸어요. 비록 조금 늦었다는 것은 인정하지만, 적어도 나는 선을 지켰어요.

두 번째 금요일 밤

스파레 일가가 한밤중에 카스타녜스빈겐을 떠난다. 다른 사람들과 마주치지 않을 것이 확실한 밤늦은 시간, 짐을 들고 어둠에 몸을 숨겨 집을 떠난다. 나는 간신히 잠이 들었다가 벽 너머로 부스럭거리는 소리에 잠에서 깨자마자 경계 태세에 들어간다. 목이 꽉 막히고, 손에서 진땀이 난다. 맨발로 주방에 들어가서 보일러가 있는 찬장 옆에 무릎을 꿇고 앉아 문을 연다.

제일 먼저 발소리와 물건들을 옮기는 소리가 들린다. 땀이 차 끈적거리는 손가락으로 휴대폰에 경찰 긴급 신고 번호를 누른 뒤, 언제든 통화 버튼을 누를 준비를 한다. 하지만 그때 스베인의 목소리가 들린다.

"이거 가져갈 거야?" 그가 낮은 목소리로 묻는다.

"아니." 니나가 대답한다.

적어도 니나의 목소리라고 생각한다. 평소와 달리 잔뜩 쉬어 있는, 기운이 없는 목소리다. 왠지 공허하게 들린다.

십오 분 동안 물건들을 옮긴 뒤, 스베인이 말한다.

"다 된 것 같아."

니나는 대답하지 않는다. 조금 뒤 스베인이 말한다.

"여보, 이제 가야 해."

니나가 흐느껴 운다. 조심스럽게 찬장 문을 닫는다. 이 대화는 내가 들어서는 안 될 사적인 이야기다.

그리고 얼마 지나지 않아 그들이 떠난다. 나는 깜깜한 주방에 서서, 뒤도 돌아보지 않고 포장된 길을 따라 걸어가는 두 사람의 그림자를 지켜본다. 그들은 각자 가방을 들고 있다. 스베인이 대문을 연다. 니나는 그 자리에 멈춰 선 뒤, 뒤를 돌아 집을 올려다본다. 스베인이 가방을 내려놓고 니나의 어깨를 감싸 안는다. 니나는 머리를 스베인의 어깨에 기댄다. 두 사람은 잠시 그렇게 서 있는다. 그 모습에 내 가슴이 무너진다.

어제 저녁 늦게 경찰이 기자회견을 열었을 것이다. 뉴스를 틀자, 노르드베스틀란드 방언을 쓰는 여자의 엄숙한 얼굴이 보인다. 비록 그 여자 경찰이 상황을 축소하기 위해 할 수 있는 모든 일을 다 하는 것처럼 보였음에도, 화면 하단에는 **경찰, 토센 살인 사건 용의자 체포**라는 커다란 검정색 자막이 박혀 있다. 그는 용의자를 체포하기는 했지만 토센 살인 사건 해결에 가까워졌다고 보기는 어렵다고 말한다. 경찰 측에서는 흥미로운 것들을 발견했고, 그로 인해 용의자에 대한 의심이 늘어났다는 것이다. 여자 경찰은 무엇을 발견했는지는 말해줄 수 없으며, 이 살인 사건이 언제 해결될 것인지 예측하고 싶지 않다고 말한다. 그가 말을 하는 내내 화면 끝 쪽에서는 자막으로 누군가 체포됐다는 것과 사건이 해결됐다는 내용이 흘러나오고 있다. 마치 TV채널이 여자 경찰의 신중한 관료적 언어를 무시하고 시청자들에게 말을 전하는 것처럼 그의 말과는 상반된 내용을 내보내고 있다. 하지만 우리는 그게 무슨 뜻인지 알고 있다. 그렇지 않은가? 모든 신문이 이 사건을 다루고 있다. 한 신문은 소위 법률 전문가라고 불리는 나이 많은 저널리스트와의 인터뷰를 실었는데, 오랜 세월 동안 소송 사건들을 담당했기에 그 지구력을 근거로 전문가라는 칭호를 받을 자격이 있다고 했다. 그는 이번 체포가 사건이 중요한 단계에 접어들었음을 가리키며, 경찰이 계획을 숨기는 것도 드문 일은 아니라고 주장한다. 또 다른 신문에서는 그 유튜브 채널을 찾아내 시멘의 정체를 알 수 있게 기사를 쓰고 있다. 익명으로 보도하기는 했지만 그 영상들 중 하나라도 본 사람이라면 누구나 알 수 있다. 체포된 사람이 다소 폭력적인 수단을 통해 구독자들에게 기후 보호를 촉구하는 선동적인 내용의 영상들을 올렸다는 것이다. 뒷골이 당기기 시작한다. 앞도 보이지 않고, 생각을 하거나 숨을 쉬지 못하게 얼굴을 모직 담요로 무겁게 뒤덮어버려 잠을 잘 수 없는 것 같은 느낌을 받는다. 나는 소파에 앉아 머리를 벽에 기대고 눈을 감는다. 너무 불안해서 잠을 잘 수 없다. 이제는 자러 가도 아무 소용이 없을 것이다. 수면제 처방을 해주지 않는 아주 건전한 정신을 가진 의사가 원망스럽다. 이 모든 것들을 무디게 만들어줄 수면제 한 알만 있었어도 쓰러져 잘 수 있을 텐데.

    당연한 일이지만, 이제 이 사건은 내게서 멀어지고 있다. 신문에서는 시멘 스파레가 폭력을 조장하는 영상을 만들었다고 보도한다. 비록 내 마음 한편에서 우리가 그런 기사들을 얼마나 진지하게 받아들여야 할지 의심이 들기는 하지만. 시멘은 체포됐다. 경찰은 자신들이 무슨 일을 하는 지 잘 알고 있다.

아마도 경찰은 현재 일반 대중들과는 공유할 수 없는 중요한 증거를 가지고 있겠지. 모든 일은 시간이 지나면 명확해질 것이다. 그리고 이제 이 사건은 나와는 아무 상관이 없다. 맨발로 계단을 올라 위층에 갔던 것도, 직장에 나가는 척 하며 주말을 함께 보냈던 것도, 저녁 늦게 문자 메시지를 보냈던 것도 관계없다. 눈을 꼭 감는다. 결국 이 모든 것은 요르겐의 죽음과 아무 상관없었다. 바로 옆집에 사는 미친 열일곱 살짜리가 문제였다. 보일러가 들어있는 찬장 문을 열었을 때 들리는 소리가 아니라 그보다 조용한 또 다른 광기가 있었던 것이다. 그런 상황이라면 아무것도 할 수 없다. 모든 것에서 스스로를 지킬 수는 없는 법이다. 모든 지역과 사회 계층의 모든 가정에는 뭔가가 있다. 어떻게든 돈을 모아 안전해 보이는 동네에 아파트를 구할 수는 있지만, 바로 옆집에 위험하고 폭력적인 사람들이 살지도 모르는 위험까지 전부 피해갈 수는 없다.

꿈속에서 나는 요르겐의 아파트에 들어가 있다. 거실 한복판에 선 채로. 서재 문이 살짝 열려 있고, 그 안쪽은 어두컴컴하다. 그 안에 무엇이 기다리고 있을지 알기 때문에 최선을 다해 저항해도, 그쪽으로 끌려간다.

그리고 내가 서재에 서 있다. 요르겐은 컴퓨터 자판 위에 쓰러져 있고, 그의 뒤통수만 보인다. 주변에 피는 보이지 않는다. 그래서 잠을 자고 있는 것처럼 보이지만 그렇지 않다는 사실을 알고 있다. 내가 그의 어깨를 건드리려는 순간, 방 안에 누군가 있다는 것을 알아차린다. 뒤쪽 어둠 속에 누군가 서 있다. 아무 소리도 들리지 않지만 알 수 있다. 그리고 이제 내 목숨이 위험하다는 것을 알아차린다.

다음 순간, 나는 잔디밭에 서 있다. 겁에 질린 채 숨을 가쁘게 몰아쉰다. 벽을 통해서 요르겐의 아파트 문이 열리는 것이 보인다. 그 사람이 오고 있다. 내가 아는 사람이라는 것을 깨닫는다. 그래, 그 사람이 누군지 안다. 나는 내 자신에게 말한다. **하지만 그렇다는 것은, 그렇다는 것은.** 그 집을 올려다본다. 누군가 오고 있다. 이름은 말할 수 없지만, 나는 그 사람이 누군지 알고 있다.

새벽, 소파에서 잠을 깬다. 등이 아프고 어깨가 뻣뻣하다. 그리고 이가 부딪칠 정도로 온몸을 떨고 있다. 무릎이 아프다. 옆에 있던 휴대폰을 찾은 뒤, 시간을 확인한다. 새벽 6시다. 자동적으로 웹 브라우저를 열자, 마지막으로 봤던 웹페이지가 업데이트된다. 잠시 뒤에 조간신문 헤드라인이 떠오른다. **토센 살인 사건 용의자 방면.**

3

안녕, 어둠

두 번째 토요일

그 여자 경찰은 많이 지쳐 보였다. 그런 모습을 가리려는 듯, 그는 짙은 붉은색 립스틱을 바르고 있었다. 이번에 전국 언론이 참석한 또 다른 기자회견이 열렸다. TV 채널을 어디로 돌리든, 어떤 신문을 펼치든 주요 기사로 그 여자 경찰의 얼굴이 나온다. 내 눈에 그는 많이 지치고, 심각해 보이는 모습을 하고 있다. 그 여자 경찰은 자신들이 매일 일하고 있음을 알리며, 진실은 끝내 밝혀질 것이라고 말한다.

"어제 체포했던 17세 소년을 오늘 방면했습니다." 얼굴 쪽으로 카메라 플래시가 터지는 동안 그 경찰이 말한다. "계속 사건의 증인으로 남기는 하겠지만, 그 소년은 더 이상 토셴 살인 사건의 용의자가 아니라는 점을 강조하는 바입니다. 다만 그 소년이 미처 언급되지 않은 동물 학대 사건의 주동자라는 것이 밝혀졌으므로, 그 건에 관해 차후 경찰서장이 기소할 겁니다."

"리케." 오스먼드가 눈썹을 과장되게 치켜 올리며 말한다. "애들 있어."

하지만 나는 TV를 끄지 않는다. 화면에서 시선을 뗄 수가 없다.

"같은 동네에서 있었던 고양이 살해 사건을 말하는 겁니까?" 화면 밖에 있던 기자 한 명이 묻는다.

"그것은 대답할 수 없습니다." 경찰이 말한다.

루카스가 공룡들을 전부 꺼내더니 거실 바닥에 앉아 카펫 위에 공룡들을 나열한다. 아이는 아무 말이 없다. 오스먼드가 내게 눈치를 준다.

한 인터넷 신문사가 시멘의 사진을 힘들게 입수했다. 눈은 가려져 있지만 입과 코는 보인다. 학교에서 사진 찍을 때 흔히 쓰는 파란 물결무늬를 배경으로 서 있는 사진이다. 후드를 입은 시멘이 미소를 짓고 있다. 그 애의 턱에 나 있는 여드름도 보인다. 내가 외부인이라면 시멘을 어떻게 생각했을지 궁금하다. 그 애를 만난 적이 없었다면 이 사진을 어떻게 봤을까. 아직 어리다고 여겼을까? 아니면 사회의 쓰레기, 자신을 원하지 않는 여자애들과 자신보다 나아 보이는 남자애들, 자신의 손이 닿지 않는 성공을 거두고 있는 이웃들을 증오하며 여드름 뒤로 끓어오르는 분노를 가진 누군가로 봤을까.

미처 언급되지 않는 사건의 용의자. 새끼 고양이의 축 늘어진 발, 고개 숙인 머리, 부자연스러운 각도로 꺾인 목. 그 모습을 잊을 수가 없다. 너무 피곤하다. 그냥 이대로 누워서 백 년 동안 깨어나고 싶지 않다.

보상이라도 하듯, 특별히 신경을 써서 아침 식사를 준비한다. 바나나 팬케이크를 굽고, 여러 종류의 잼을 꺼내 놓는다. 그리고 원두를 갈아 커피를 내린다. 내 생각에 시멘은 아직 용의자일 것이다. 적어도 비공식적으로는. 경찰이 시멘을 오래 붙잡아 두려면 아주 강력한 증거가 필요했을 것이다. 그런 증거를 아직 찾지 못했다고 해서 시멘이 범행을 저지르지 않았다는 것을 뜻하진 않는다. 그 외에도 가능성은 많다. 자신이 운영하는 구직 알선소를 지키고 싶었던 스베인 스파레가 나중에 사만이나 오스먼드에게 책임을 전가하기 위해 오두막 여행에서 싸움을 부추겼을 수도 있다. 그리고 레베카 다비드센이 무서워하는 건설 회사 악당들도 있다. 자밀라가 의심하는 대로, 요르겐에게 부인을 빼앗긴 남편들이 범인일 가능성도 있다. 일이 틀어졌다고 해도 우리는 걱정할 필요가 없다. 확신할 수 있다. 내 꿈, 너무나 익숙했던 인영까지도. 하지만 그럼에도 나는 여전히 거기에 매여 있다. 그 걱정을 애써 밀어내며 달걀을 젓고, 팬케이크를 부친다. 그 누구도 내가 가족들을 위해 좋은 일을 하지 않는다고 말할 수는 없다.

식사 준비가 끝났다고 소리치자, 루카스가 달려온다.
"팬케이크다!" 아이가 환성을 지른다.
오스먼드가 루카스의 뒤를 따라 주방으로 들어온다.
"맛있어 보이네." 남편이 말한다. 하지만 그는 지쳐 보인다. 어쩌면 기대에 찬 모습일 수도 있다.

오스먼드는 내가 기대한 만큼 기분이 좋은 것 같지 않다. 범인이 시멘이 아니라면, 우리가 다시 용의 선상에 오르게 되면 어떻게 해야 할지 두려움이 스며든다. 그렇게 되면 나는 오스먼드에게 요르겐과의 일에 대해 말을 해야만 한다. 만일 그 이야기를 듣고 남편이 나를 떠난다면 어떻게 하지? 하지만 지금부터 전부 다 의심하기 시작해서는 안 된다. 이 모든 일은 해결될 것이다.

"가족끼리 조금 즐겨볼까 해서." 내가 말한다.

루카스가 아기 의자에 올라간다.

"먹어도 돼?" 루카스가 작은 손을 내밀며 소리친다. 아이의 검지를 감싼 반창고의 가장자리가 지저분하다.

"엠마 누나 올 때까지 기다려." 내가 말한다.

"엠마는 같이 안 먹을 것 같은데." 오스먼드가 말한다.

"그게 무슨 소리야?" 내가 묻는다.

"기분이 많이 안 좋은가봐. 혼자 있고 싶은 모양이야."

한쪽 손으로 주방 조리대 위를 짚는다. **그 계정은 사적인 거야.** 엠마는 내게 소리쳤다. 나는 가족들을 위해, 엠마를 위해 팬케이크를 구웠다. 뭔가가 가슴에서부터 시작해 밖으로 튀어나와 이를 악물고 있는 얼굴까지 올라오기 전에 안에서 쌓이는 느낌이 든다. 마음을 가다듬는다. 다정하게 대해줄 것이다.

"그건 안 되지. 같이 먹을 거야. 오늘은 토요일이니까."

"리케." 오스먼드가 앞으로 있을 일에 앞서 비난하는 것 같은 목소리로 말한다.

계단을 한 걸음에 두 칸씩 내려가, 엠마의 침실 문을 두드린다. 아무 대답이 없다. 나는 다시 문을 두드린다.

"엠마. 나와서 아침 먹어." 내가 소리친다.

대답이 없다.

"엠마! 문 열어."

여전히 아무 소리도 들리지 않는다.

"엠마, 지금 들어간다."

그제야 문 뒤에서 뭔가 움직이는 소리가 난다. 투덜거리는 소리와 함께 바스락거리는 소리가 나더니, 문 쪽으로 다가오는 무겁고 느린 발소리가 들린다.

엠마는 이불로 어깨를 덮어 쓴 채, 이불자락을 앞에서 한 손으로 붙잡고 있다. 그래서 등껍질이 달린 거북이처럼 보인다. 머리 그리고 파자마를 입은 다리를 제외한 나머지는 전부 이불에 가려져 있다. 머리카락은 헝클어졌고, 눈 주위로 눈 마스카라가 얼룩졌다. 잠을 자서 그런지, 울어서 그런지 눈이 퉁퉁 부었다. 아이의 뺨은 침대의 온기로 발갛게 달아올라 있다. 잠에서 깨면 발갛게 달아오르는 아기 같은 뺨은 어릴 때와 똑같다.

"자고 있었어." 엠마가 말한다.

그 애의 목소리가 쉬어 있다. 하지만 나를 속이려는 것은 아니다. 잠을 자지 못했기에 이런 상태인 것이다.

"이제 아침 식사 할 거야." 내가 한결 다정한 목소리로 말한다. "같이 가서 먹지 않을래?"

초대하는 것처럼 말한다. 그저 친절하게, 그저 뭔가를 먹이기 위해서, 엠마가 보고 듣고 받아들인 것을 지키는 일이 제일 중요하다는 듯이.

엠마가 말한다.

"토요일이잖아. 다시 잘래."

"그러지 말고 같이 나가서 먹자."

나는 아이의 뺨을 쓰다듬기 위해 손을 내민다. 그러자 엠마가 갑자기 몸을 뒤로 뺀다. 내 손은 그대로 허공에 떠 있다. 그 모습을 쳐다보는 엠마의 눈에서 공포심인지 혐오감인지 모를 뭔가가 보인다. 마치 아이가 생각하는 가장 안 좋은 것이 내 애정 표현이라는 듯.

"엠마, 무슨 일 있니?"

나는 부드럽게 말하려고 한다. 하지만 뜻대로 되지 않는다. 더 이상 내가 원하는 모습으로 행세하기 힘들다.

"별일 아니야." 엠마의 목소리에는 자신이 없다.

"그렇지 않아. 너는 페이스북에서 엄마를 차단했고, 우리랑 같이 식사를 하려고 하지 않잖아. 그저 네 뺨을 어루만지려고 했을 뿐인데…." 내가 말한다.

"나 좀 혼자 내버려 둬!" 엠마가 소리 지른다.

딸이 갑작스럽게 화를 낸다. 전혀 예상하지 못했던 거센 반응에 깜짝 놀란다. 아이한테 겁을 집어먹기라도 한 것처럼 한 걸음 뒤로 물러선다.

"같이 먹기 싫어. 같이 앉아 있기도 싫단 말이야. 엄마나 먹어!"

"하지만 엠마…."

"나가!"

엠마가 내 앞에서 방문을 쾅 닫는다. 나는 멍하니 쳐다본다.

그 애는 어렸을 때 분노의 폭발 단계를 거쳤다. 사실은 조용하고 차분하며 다부지지만, 예측이 가능했다. 그러다 엠마는 세 살이 되면서 돌변해 화를 내기 시작했다. 아이는 내가 빵을 잘못 잘라줬다고 바닥에 누워 울부짖었다. 이 스웨터도 입기 싫다, 다른 스웨터도 싫다, 그러면서 내게 소리쳤다. 입기 싫단 말이야! 눈물을 펑펑 흘리면서 입을 쫙 벌리고 고함을 질렀다. 나는 스웨터 두 벌을 양손에 하나씩 든 채 서 있었다. 뭐 때문에 그렇게 화가 났는지 알 수가 없었고, 나한테 성질을 부리는 아이를 어떻게 해야 할지도 알 수 없었다. 병원에서는 아이에게 시간을 주라고 말했다. 간호사는 그 나이 때는 다 그런 거라면서 일관되게 행동하되 다정하게 대해줘야 한다고 말했다. 나는 그 말을 받아들였고, 일관성을 우선시했다. 그 뒤로 엠마는 음식이나 옷, 자는 시간을 마음대로 고를 수 없었다. 나는 어른답게 처신했다. 안 돼. 이 스웨터를 입어. 내 말에 엠마는 얼굴이 빨갛게 달아오를 때까지 더 크게 소리 내 울었다. 싫어, 싫어, 싫어. 아이가 소리쳤다. 엠마는 나를 맹렬하게 비난했다. 화가 났다. 엄마를 때리면 안 돼. 이런 짓 하는 거 아니야. 나는 소리쳤다. 그리고 억지로 아이의 팔을 그 스웨터에 밀어 넣었다. 엠마는 몸에 힘을 주면서 저항했다. 소매를 끼지 않으려고 팔꿈치를 붙이고, 손가락을 쫙 폈다. 그래서 스웨터를 있는 힘껏 잡아 당겨야만 했다. 너무 힘들다보니, 나도 점점 더 엄격하게 굴 수밖에 없었다. 엠마는 분노로 가득 차 소리를 질렀다. 말이 아니라 괴성이었다. 아이가 나를 걷어찼다. 때리고 물고 잡아당겼다.

그런 시기가 몇 주 동안 계속 됐는지, 몇 달 동안 계속 됐는지 기억나지 않는다. 오직 엠마와의 싸움과 내 안에서 최고조로 불타오르던 분노만 기억난다. 딸은 나를 이기지 못한다. 그 사실을 보여줄 것이다.

내가 문을 활짝 열어젖힌다. 엠마는 여전히 거북이 등껍질처럼 이불을 덮어 쓴 채 방 한복판에 서 있다. 내가 들어가자, 아이가 깜짝 놀라 입을 반쯤 벌리고 돌아선다. 엠마가 문을 닫은 뒤에 내가 그 애의 방에 들어간 적은 지금까지 한 번도 없었기 때문이다. 나는 성큼성큼 다가가 아이의 팔을 붙잡는다. 이불에 감싸인 딸의 팔은 너무 가늘다.

"나가서 아침 식사 같이 해. 알아들었어?" 내가 말한다.

"먹기 싫어." 엠마가 소리친다.

나는 아이의 팔을 꽉 잡고 끌어당긴다. 내 안에서 예전과 똑같은 엄청난 분노가 솟구치는 것을 느끼면서, 윗입술을 깨문 채 입을 꾹 다문다. 엠마는 이기지 못할 것이다. 나오지 않겠다고 버티는 아이의 앙상한 팔을 잡아끈다. 엠마는 더 이상 저항하지 않지만, 그렇다고 제 발로 따라 나오는 것도 아니다. 나는 엠마를 계단으로 끌어올린다. 거북이 등껍질 같던 이불이 떨어져 바닥에 질질 끌린다. 잠옷 차림이 된 엠마가 나한테 소리 지른다.

"엄마, 정신 나갔어?"

딸은 화가 난 것일까? 겁에 질린 것일까? 내가 아이를 무섭게 만들었나? 멈출 수가 없다. 너무 화가 난다. 나는 엄마다. 엠마는 내 말을 들어야 한다. 우리 둘 다 얼마나 버틸지는 알 수가 없지만, 지금 당장 확실하게 해야 할 것들이 있다. 엠마는 우리와 같이 식탁에 앉아서, 저 빌어먹을 팬케이크를 먹게 될 것이다. 나는 딸을 끌고 주방으로 들어간다.

"앉아." 나는 호통을 친다.

오스먼드와 루카스가 우리를 쳐다보고 있는 것이 느껴지지만, 나는 그들을 돌아보지 않는다. 엠마의 팔을 놓고, 내 자리가 있는 쪽으로 이동한다. 엠마는 그 순간의 기회를 놓치지 않는다. 그대로 돌아서서 이불을 덮어 쓰고 거실로 달려간다. 내가 그 뒤를 쫓아가지만, 엠마가 더 빠르다. 욕실 문이 잠기는 소리가 난다. 손잡이를 잡아당겨보지만 소용이 없다. 아이가 큰 소리로 요란하게 훌쩍거리며 우는 소리가 들린다.

"엠마." 내가 소리친다. "엠마, 문 열어. 엄마가 미안해. 그럴 생각은 없었어. 우리 딸, 문 좀 열어주지 않을래?"

엠마는 대답하지 않지만, 흐느끼는 소리는 잦아든다. 아이가 수도꼭지를 돌린다. 그때부터 물소리밖에 들리지 않는다. 물소리보다 작은 소리로 흐느끼는지 구분이 되지 않는다. 또 다시 소리친다. 엠마, 엄마 좀 들어가게 해줄래? 나는 지금 딸을 위로하고 싶다. 비록 아이는 모르겠지만, 그것이 내가 원하는 것이다. 엠마는 내 자식이다. 모든 것을 혼자 결정하게 내버려둘 수는 없지만, 그래도 아이가 혼자 힘겨워해서는 안 된다. 또 다시 문을 두드린다. 엠마, 엄마 좀 들어가게 해줘. 아이가 뭘 원하는지 모르겠지만, 안아주고 용서를 구하는 것으로 보상해주고 싶다.

그때 누군가 내 어깨에 손을 올린다. 뒤에 오스먼드가 서 있다. 경직되고 배타적인 표정을 짓고 있다.

"그만하면 됐어, 리케." 남편이 말한다.

식탁 앞에 놓아둔 아기 의자에 앉아 있던 루카스가 동그란 대리석 같은 눈으로 우리를 쳐다보고 있다. 아이는 아무 말도 하지 않는다.

"이제 식사나 하자." 오스먼드가 차분하게 말한다.

내가 식탁을 치우는 동안 자밀라가 주방에 들어온다. 우리는 침묵 속에 식사를 끝냈고, 엠마는 여전히 욕실에서 나오지 않고 있다. 마치 공기가 솜으로 된 것처럼 모두가 이곳을 소리 없이 천천히 움직이고 있다. 모든 움직임이 저항에 부딪치기라도 하는 것처럼, 팔이나 다리를 들어올리기 위해 애쓰고 있다. 하지만 자밀라가 그 분위기를 깬다. 그는 굽이 뾰족한 스틸레토 힐 부츠를 신고 또각또각 걸어와, 가냘프지만 힘은 센 손으로 나를 붙잡고 말한다.

"시멘 스파레가 영상을 또 올렸어요."

"아." 나는 시큰둥하게 대답한다. 자밀라가 내 팔뚝을 힘을 줘 세게 움켜잡고 있어도 놀라지 않는다. 아프기는 하다. 실제로 자밀라는 나를 꼬집고 있으니까.

"십 분 전에 올렸어요. 영상을 보고 리케와 같이 보면 좋을 것 같아서 내려왔어요."

"TV로 연결해서 볼 수 있을 거예요." 나는 자신 없이 말한다.

그 영상이 뭐든 상관없다. 그것이 우리와 무슨 관계가 있단 말인가? 자밀라가 잡아당기는 대로 우리 집 거실로 따라간다. 남편은 조금 못마땅한 표정이다. 루카스를 공룡들이 놓여 있는 거실 바닥에 앉히고, 오스먼드도 휴대폰을 들고 소파에 앉은 참이다. 하지만 그는 자밀라가 아무리 막무가내로 찾아왔어도, 손님에게 항의하기에는 지나치게 예의가 바른 사람이다. 그는 공룡들을 챙겨 루카스를 방으로 데려간다. 자밀라가 리모컨을 만지작거린다. 매니큐어를 바른 긴 손톱 아래 손가락 끝으로 이것저것 조급하게 눌러도 TV가 켜지지 않자, 리모컨을 내게 던진다. 바로 그때 욕실 문이 열리는 소리가 난다. 내가 돌아보자, 엠마가 나오더니 서둘러 자기 방으로 내려간다. 여전히 거북이 등껍질처럼 이불을 덮어 쓰고 있어서 아이의 발과 하나로 묶은 금발만 보인다.

"엠마." 내가 힘없이 불러보지만, 아이는 걸음을 멈추지 않는다. 나 역시 돌아봐줄 거라는 기대는 없었다.

자밀라에게 이 상황에 대해 뭔가 말하려고 했지만, 그는 아무것도 알아차리지 못한 채 그저 리모컨만 쳐다보고 있다. 그런데 굳이 말을 꺼낼 필요가 있을까? 내가 천천히 리모컨 버튼을 누르자, TV 화면이 켜진다. 아래층에서 문이 열렸다가 닫히는 소리가 들린다.

자밀라가 유튜브 아이콘을 누른 뒤, 그린 곤조를 검색한다. 맨 위에 있는 영상의 정지 화면에서 시멘 스파레가 근사한 가구들이 놓인 사무실에 앉아 있는 모습이 보인다. 뒤에는 책장이 있고, 창문으로 들어온 빛이 그를 비추고 있다. 그 장소는 루카스 침실 옆에 있는 지하실이 아니다. 니나나 스베인의 집에 있는 다른 방도 아니다. 가구나 조명이 다르다. 시멘은 어딘가 다른 곳에 있다.

그 화면 아래 **해명**이라고 쓰여 있다. 그 영상의 제목인 모양이다. 형용사가 없고, 그린 곤조라는 이름을 쓰고 있지 않다는 것을 알아차린다. 그 짧은 제목은 그 애의 뒤로 보이는 사무실처럼 일종의 진지함 혹은 자신감을 내비치고 있다. 시멘은 자기의 유튜브 채널을 한 단계 끌어올려, 지하실을 벗어나 공공 영역으로 진출했다. 그 제목 아래 구독자 수와 댓글들이 나와 있다. 불과 십사 분 전에 올린 그 영상의 조회수가 300회에 달한다. 이제 그린 곤조의 구독자는 이천 명이 넘는다. 자밀라 역시 그중 하나일 것이다. 토센의 모든 사람들이 그 애의 채널을 구독하고 있다. 이웃 모두. 학생들 전부 다. 그 애 친구의 부모들은 두려움과 혐오 때문에 구독하고 있을 것이다. 그리고 언론사들이 구독을 할 수도 있다. 시멘이 영상을 올리면 제일 먼저 그 소식을 전하기 위해서. 자밀라가 시작 버튼을 누르자, 정지 화면 속 시멘이 살아 움직이기 시작한다.

"이미 들으셨겠지만 나는 어제 체포됐어요. 이웃에서 벌어진 사건과 관계가 있다고 말이죠." 시멘이 카메라를 보며 말한다.

그런 뒤 시멘은 마치 바로 옆에 자신을 방해하는 누군가 앉아 있기라도 한 것처럼 곁눈질을 한다. 그 애는 심각한 표정을 짓고 있다. 이전에 올렸던 영상들에 나오는 바보 같던 모습들은 전혀 보이지 않는다.

"살인 사건이었어요." 시멘이 말한 뒤 목청을 가다듬는다.

그 애는 앞에 놓여 있는 책상을 내려다보다가 다시 카메라를 향해 고개를 들어올린다.

"먼저 그 사건과는 아무 관계가 없다는 말을 드리고 싶습니다. 내가 친구로 여기는 이웃 가정에 일어난 일이고, 그들을 생각하면 무척 슬픕니다. 더불어 다른 사람을 해친다는 일은 생각조차 해 본 적 없어요."

시멘은 또 다시 카메라의 오른쪽을 흘깃 쳐다본다. 그 애는 검정색 셔츠를 입고 가르마를 따라 머리를 빗은 상태다. 아주 단정하고 어른스럽다. 앞에 있는 책상에 놓인 종이들을 이따금씩 내려다본다. 어쩐지 불안정하고 뭔가를 두려워하는 것처럼 보인다. 시멘은 지금 긴장했다. 한쪽 손을 살짝 떨고 있는 것으로 봐서는. 하지만 목소리는 차분하다.

"경찰은 나를 풀어줬습니다. 그리고 이번 살인 사건의 용의자가 아니라고 강조했죠. 하지만 나는 동물 학대 사건의 용의자입니다. 그 사실에 대해 해명하고자 이번 영상을 올렸어요."

시멘이 종이를 슬쩍 쳐다본 뒤, 다시 눈을 들어 올린다. 단호하고 고정된 시선이다.

"먼저 사과 말씀드리고 싶습니다."

순간 나는 박케헤우겐 학교의 체육관에서 칼잡이 맥이 자기 목숨을 구걸하는 〈서푼짜리 오페라〉의 처형 장면을 떠올린다. 지금 시멘은 정말 매력적으로 보인다. 그 애의 모양 좋은 입술과 강인해 보이는 턱에, 맑고 똑똑해 보이는 커다란 눈까지. 머지않아 소녀들은 그 눈동자 앞에 무릎 꿇게 될 것이다. 만일 지금 일어나고 있는 이 모든 일이 바로 잡힐 수만 있다면.

"그 고양이들의 주인들에게 사과드리고 싶어요. 너무 죄송해서 어쩔 줄을 모르겠습니다."

여기서 시멘은 침을 삼키고, 아주 잠깐 견디기 힘든 정적이 흐른다. 그때 그 애가 자세를 바로 한다.

"먼저 그 고양이들이 천천히 고통스럽게 죽어가지 않았다는 점을 말씀드리고 싶어요. 그 사실을 알리는 일이 나한테는 중요합니다. 그 고양이들은 약을 먹고 잠든 채 죽었어요. 동물을 학대한 것이 아닙니다. 그저 무대였을 뿐이에요. 내가 중요한 것을 얻을 수 있다는 확신이 없었다면 그런 일은 결코 저지르지 않았을 겁니다. 바로 이웃들에게, 좀 더 나가면 세상에 도움을 주는 일이죠."

시멘은 카메라를, 그 영상을 보고 있는 우리를 똑바로 쳐다본다.

"기후 위기는 현재 인류가 직면한 가장 큰 위협입니다. 우리는 그 위협에 어떤 대처도 하지 못하고 있죠. 신문 기사들과 시위로는 사람들을 일깨우지 못합니다. 무척 절망스럽게도요. 그래서 사람들을 각성시키는 가장 좋은 방법은 그들이 이미 투자한 뭔가를 때려 부수는 거라고 생각했습니다."

여기서 시멘은 다시 카메라 옆에 앉아 있는 누군가를 쳐다본다. 마치 그들이 주의를 기울이고 있는지 확인하는 것처럼. 그 사람들은 주목하고 있을 것이다. 자밀라와 내가 그렇듯이. 시멘의 연설은 약간 가식적이기는 해도 진지했고, 진정성 또한 보였기 때문이다. 그래, 시멘 스파레는 이 위기를 잘 돌파해 나갈 것이다.

"고양이들을 죽인 가장 큰 이유는… 충격을 주기 위해서였습니다. 그리고 고양이 주인 분들께 맹세코 그 고양이들에게 고통을 주지 않았습니다. 목적이 수단을 정당화한다고 생각했지만, 지금 보니 그게 아니었어요. 소비주의에 물든 집단 무의식에서 이웃들을 벗어나게 만들고 싶었던 동기에 대해서는 여전히 떳떳합니다. 하지만 그런 방식을 선택한 것은 깊이 후회하고 있습니다. 그 고양이들을 키웠던 가족 분들에게 고통을 안겨드린 점에 대해 심심한 사죄의 말씀을 올립니다. 특히…."

시멘은 여기서 말을 멈추고 시선을 내리깐다.

"특히 어린 자녀들이 있는 가족 분들께 죄송합니다."

시멘이 종이들을 옆으로 밀친다. 그 애는 진지한 표정으로 우리를 쳐다본다. 시선을 다시 옆으로 돌렸다가 이제 끝났다는 듯 가볍게 고갯짓을 한다. 그 즉시 화면이 깜깜해진다.

자밀라가 몸을 돌려 나를 쳐다본다.

"시멘 스파레 짓이었네요." 그가 말한다.

"네."

더 이상 말이 필요 없다. 지금 우리가 본 영상이 뭔지 모르겠다. 여전히 그 아이를 이해할 수 없다. 마치 몇 개의 조각들이 사라진 것처럼 혹은 내 지친 뇌가 그것들을 조합할 능력이 없는 것처럼. 자밀라가 자기 생각을 말하기 시작한다. 시멘이 저지른 짓에도 불구하고 이 영상으로 사람들의 동정을 샀을 거라고 생각하지만, 자신이 보기에 그 애는 비난 받아 마땅하다며 자밀라가 말하는 동안 아래층에서 문이 열렸다가 닫히는 소리가 들린다. 그리고 계단을 쿵쾅거리며 올라오는 소리가 난다. 그 박자감과 강도만으로도 나는 그 발소리의 주인이 엠마라는 것을 아이의 머리가 보이기 전에 알았다.

"엠마." 나는 딸의 이름을 부르며 자리에서 일어난다.

하지만 내가 그쪽으로 다가갔을 때, 엠마는 벌써 현관에서 신발을 신고 있다.

"왜?" 엠마가 신발을 신느라 몸을 숙인 채로 묻는다.

무심하게 보일 의도였겠지만, 아이의 뜻대로 되지 않는다. 엠마는 화가 났고, 겁에 질려 있다. 그 애가 몸을 일으켰을 때, 딸의 눈 주위가 벌겋게 부어올라 있는 것을 알아차린다. 이질적인 모습이다. 평소와 다르게 보이는.

"우리 이야기 좀 하자." 내가 말한다.

나는 미안하다고 말하고 싶고, 아이를 꼭 끌어안아주고 싶다. 하지만 그렇게 할 수 없다. 뭔가가 내 몸이 아이에게 닿는 것을 막고 있다. 엠마가 똑바로 서서 나를 쳐다본다. 이제 키가 나와 비슷하다.

"이야기하고 싶다고?" 엠마가 잔뜩 쉰 목소리로 딱딱하게 말한다. "좋아. 그럼 요르겐 아저씨에 대한 이야기를 해볼까? 내 생각에 엄마는 이 이야기는 하고 싶지 않을 것 같은데. 굳이 하고 싶다면 좋아, 지금 하자."

우리 두 사람 사이의 공기가 진동한다. 아이의 얼굴에 단서를 찾으려는 내 시선이 무작위로 꽂힌다. 엠마가 무슨 말을 한 거지? 무슨 뜻으로 그런 말을 했을까? 엠마가 우리 사이 바닥에 지뢰를 설치한 것 같은 느낌이다. 우리가 가까이 다가가면 폭발할지도 모른다. 그래서 그 주위를 조심스럽게 발끝으로 걸어 다녀야 하고, 폭발을 막기 위해 모든 것을 감안한 뒤 조심스럽게 움직여야 한다. 나는 조심스럽게 한쪽으로 발걸음을 옮긴다. 아이의 이름을 부른다. 내 목소리가 점점 작아지는 것이 느껴진다. 그리고 정적이 흐른다. 우리는 서로를 쳐다본다. 엠마는 눈으로 묻고 있다. 내가 대답해주기를 바라면서 아이의 굳어진 턱이 떨리고 있다.

"리케!" 거실에서 자밀라가 부른다.

나는 소리가 나는 쪽으로 잠깐 고개를 돌렸다가 다시 엠마를 돌아본다. 그 애는 옷걸이에 걸려 있던 재킷을 입는 중이다.

"좋아." 아이가 계속 벽을 쳐다보면서 말한다. "나도 그렇게 생각했어."

"기다려." 나는 아이의 팔에 손을 올린다.

엠마는 내 말을 들을 준비를 한 채 기다리고 있다. 순간 나를 잡아당기는 지뢰를 느낀다. 그냥 그 지뢰를 밟아버린 뒤에, 무슨 일이 있었는지 말하고, 파편들이 떨어지게 내버려두는 것. 하지만 그렇게 할 수 없다. 너무 많은 것이 달려 있다.

"어디 가는데?" 그 대신 나는 묻는다.

엠마는 숨을 깊이 들이마신다. 그 순간 금세라도 울 것처럼 보인다.

"밖에. 나도 몰라. 사가 집에 갈 수도 있고."

"늦게 들어올 거야?"

"엄마." 이제는 엠마의 눈에 진짜 눈물이 고여 있다. "그냥 나 좀 내버려둘 수 없어?"

아이가 나간 뒤, 닫힌 문을 쳐다보며 나는 그 자리에 서 있다. 밖에서 공용 출입구 문이 닫히는 소리가 들리자 힘이 빠진다. 어쩌면 지뢰는 이미 터져버렸는지도. 그 파편들이 벽에, 내 피부에, 내 가슴에 박혔을 수도 있다. 나는 숨을 참는다. 이 상황을 모면할 수 있다. 다시 쓸 수 있다. **요르겐 아저씨에 대한 이야기를 해볼까.** 엠마의 말이 의미하는 바는 하나다. 그날 밤 잠옷을 입고 나와 있던 엠마를 떠올려본다. 그날, 그 애가 아기 모니터로 나를 불렀다.

"리케." 자밀라가 또 다시 거실에서 나를 부른다.

그만 가봐야 한다는 것을 알고 있다. 이 역할을 계속해야 한다는 것도 알고 있다. 탐정놀이를 하는 자밀라의 말을 들어주면서, 그가 진상을 파헤치지 못하도록 만들어야 한다. 심지어 지금도 자밀라가 엠마의 말을 들은 것은 아닌지 내 자신에게 물어야만 한다. 너무 저급하고 계산적이지만. 그래도 선택의 여지가 없다. 멍하니 서서 엠마가 사라진 빈 공간을 응시하며 생각한다. 어쩌면 자밀라에게 솔직하게 털어놓고, 그가 원하는 것이 뭔지 알아보는 편이 나으려나? 순간 내가 잠들어 있는 것처럼 느껴지고, 꿈속에서 봤던 인물의 모습이 보이는 것 같다. 마치 지금 내가 그 얼굴을 정할 수 있는 것처럼. 요르겐의 기사에 나오는 범죄 조직 우두머리의 얼굴도, 금발의 레베카 다비드센이나 스베인, 사만의 얼굴도 아니다. 디자이너 재킷을 입고 단호한 눈빛을 하고 있는 자밀라의 얼굴이다. 모 아니면 도. 이번에 그 얼굴은 엠마로 바뀐다. 잠옷을 입고 맨발로 서서, 입을 꾹 다문 채 손에 칼을 들고 있다. 그 다음 나타나는 얼굴은, 나다.

"리케!" 자밀라가 다시 부른다.

"가요." 나는 열의 없이 대답한다.

실제로 대답을 했는지도 확실하지 않다. 내 손을 쳐다보고, 문을 쳐다본다. 거기서 잠옷을 입은 엠마가 나를 바라보고 있다. 자밀라가 소리친다.

"시멘이 마지막 고양이 사체를 매달아놓은 사람은 자기가 아니라고 했어요."

그 뒤 나는 주방에 앉아 있다. 왜 여기 왔는지도 모르겠고 어쩌다 여기 있는지도 모르겠다. 자밀라는 돌아갔다. 내 손을 다시 내려다본다. 엠마가 아기 모니터로 나를 불렀던 그날 밤, 요르겐의 아파트에서 어떻게 내려왔는지 떠올려본다. 그때 아이는 내가 어디에 있었는지 물었고, 뭐라고 대답해야 할지를 몇 초 안에 결정해야만 했다.

무슨 이유인지 몰라도 엠마는 자다가 깼다. 아기 모니터에 대고 아이는 거실로 나왔다. 엠마는 내가 계단 내려오는 소리를 들었을 것이다. 하지만 위층 아파트 거실을 가로지르는 소리는 어떻게 들었지? 그 애는 필리파와 메레테가 집에 없다는 사실을 알고 있었다. 그 어린 나이에도 내가 요르겐의 아파트를 찾아간 의미를 부분적으로나마 알았던 것일까? 나는 내가 뭘 하고 있는지, 무슨 생각을 하고 있는지 스스로에게 묻는다. 어떤 사람이 그런 짓을 한단 말인가. 미안해. 나는 조용히 말하지만, 주방에서는 크게 울린다. 미안해, 미안해, 미안해. 달리 할 말이 없다. 그마저도 너무 늦었지만. 조금 전보다 큰 소리로 또 다시 말한다. 하지만 집에는 아무도 없다. 아니, 있었나? 엠마는 밖에 나갔다. 하지만 오스먼드는 집에 있을 것이다. 남편과 루카스는 집에 있다. 정신을 차리려고 애를 쓴다. 주먹을 꼭 쥐고, 상책이 뭔지 생각한다. 자밀라가 뭐라고 했었지? 시멘 스파레가 뭐라고 했다고? 나는 그대로 거실로 달려가 아이패드를 찾는다.

신문사의 기자 중 한 명이 시멘과 통화를 했고, 그 내용이 언론 전체에 빛의 속도로 퍼졌다. 주요 방송국 뉴스 방송에서 토셴 살인 사건과 연관돼 체포됐던 어린 환경 운동가가 방면된 뒤, 해명을 위해 유튜브에 영상을 게재했다고 보도하고 있다. 어린 환경 운동가는 신문을 통해 이런저런 이야기를 했는데, 마지막으로 발견된 고양이 사체는 자신의 책임이 아니라고 했다는 것이다. 그 TV 채널에서는 그 신문 기사를 인용했고, 기자가 그 내용을 끊임없이 분석하며 결론을 도출하는 동안 그 전체를 그래픽으로 보여주고 있다.

기자: 학생이 살고 있는 건물에서 살해당한 시신이 발견되고 며칠 뒤에 고양이를 죽인 이유는 뭔가요?

17세 소년: 내가 한 짓이 아니에요.

기자: 마지막으로 발견된 고양이는 죽이지 않았다는 말인가요?

17세 소년: 그러니까…. 그 이전에 그 고양이를 죽여서 냉동고에 넣어둔 사람은 내가 맞을지도 몰라요. 하지만 우편함 옆에 매달아 둔 것은 내가 아니에요. 그날 밤 나는 외출했었고, 친구 집에서 자고 왔어요. 무엇보다 우리 건물에 사는 사람이 시신으로 발견된 뒤에 내가 그런 짓을 할 리가 없죠.

신문사 링크를 손가락으로 천천히 두드리자, 시멘의 인터뷰 기사가 나온다. 기사는 그 웹사이트에 들어가면 보이는 첫 번째 내용으로, 편집 각도가 다른 기사 몇 개로 나뉘어져 있었다. 사건 자체를 다룬 내용, 소년의 진술에 대해 할 말이 있다는 법률 전문가와의 인터뷰, 소셜 전문가가 쓴 그린 곤조 현상에 관한 견해, 신문사 편집장이 쓴 **우리가 17세 소년의 유튜브 채널의 이름을 공개하기로 한 이유**라는 제목의 논쟁적인 사설 기사. 기사 하단에는 시멘의 해명 영상 링크가 게재돼 있다. 지금은 조회 수가 삼천 번이 넘는다.

목이 부러진 그 새끼 고양이. 그리고 내가 냉동고에서 발견했던 다른 고양이 사체들은 목 부분이 꽁꽁 얼어붙어 있었다. 눈을 감는다. 잠시 잠과 현실 사이를 떠돌다가 꿈을 꾸기 시작하는 것을 알아차린다. 안개 속에서 나는 우편함 옆에 서 있다. 시멘이 보인다. 그 애는 푸른색 끈을 만지작거리면서 뭔가를 매달려고 애를 쓰고 있다. 하지만 이번에는 고양이가 아니라 사람이다. 잠옷을 입고 긴 금발을 늘어뜨린 가냘픈 소녀. 그 여자애를 향해 손을 뻗는다. 정말로 그 애인지 확인하기 위해 얼굴을 가리고 있는 앞머리를 들어올린다.

오스먼드가 내 어깨를 흔든다.

"졸았어?"

"엠마는 어딨어?" 내가 묻는다.

"밖에 나간 것 같은데. 나는 루카스랑 아래층에 있었거든."

"엠마 혼자 밖에 있으면 안 돼. 여기는 안전하지 않아." 내가 말한다.

"그 정도는 아니잖아. 그리고 방법이 없어. 억지로 못 나가게 붙잡아둘 수도 없고." 오스먼드가 말한다.

"밖에서는 무슨 일이든 일어날 수 있어. 계단참에서도. 우편함 앞에서도. 시멘 스파레가 아직 밖에 있잖아. 엠마는 잠옷만 입고 있었고. 당신은 봤어?"

"그게 언제인데?" 오스먼드가 묻는다.

"엠마가 옷은 제대로 입고 나갔겠지?" 내가 묻는다.

오스먼드의 이마에 본 적 없는 깊은 주름이 새겨진다.

"시멘은 왜 엠마를 우편함 옆에 매달아두고 싶어 할까?" 내가 묻는다.

"리케. 당신 좀 쉬는 편이 좋겠어." 그가 말한다.

지금 오스먼드의 목소리에는 새로운 것이 담겨 있다. 다정하고 차분하기는 하지만, 지금까지 한 번도 이런 말투로 내게 말한 적이 없다. 마치 정신이 나간 사람이나, 중증 인지증을 앓고 있는 사람, 정신병에 걸린 사람을 상대하는 방식이다. 환자 보호자 같은 목소리. 달래려는 말투. 그러나 나는 그 밑에 담긴 근심을 알아듣고 그의 이마에 잡힌 주름을 본다. 숨을 깊이 들이마신다. 복부까지 들썩일 정도로. 그러는 동안 오스먼드가 나를 어떻게 보는지 느낄 수 있다. 그래서 속으로 내 자신에게 말한다. 정신 차려. 진정해. 너는 어른이야. 좋은 직장도 다니고 있어. 연구 논문도 누구보다 많이 발표했지. 그러니까 호흡 정도는 진정시킬 수 있을 거야.

"이번 주 내내 잠을 제대로 못 잤어." 내 몸이 떨리기 시작한다.

오스먼드가 나를 끌어안자, 나는 그의 어깨에 머리를 기대고 체취를 들이마신다.

"알아." 그가 중얼거린다. "사무실 서랍 속에 엄마 처방전이 한 장 남아 있어. 당신만 좋으면 그걸로 월요일에 수면제 한 통 가져다줄게."

눈을 감는다. 금방이라도 잠들 것 같다. 기절하는 것처럼. 꿈도 꾸지 않고. 그냥 오래도록, 아주 오래도록 쉬고 싶다.

"그래. 그럼 좋겠네." 나는 몸을 일으킨다.

우리는 아무 말 없이 앉아 있다. 내 호흡이 진정된다. 오스먼드의 이마에 새겨진 주름도 없어진다. 결국 내가 말을 꺼낸다.

"아까 일은 미안해."

"아. 다 괜찮아질 거야. 엠마한테 기분을 풀 시간을 주자." 오스먼드가 말한다.

"그 애가 나한테 소리 질러서 그랬던 거야. 나도 잠을 잘 못자서 그런지 정신이 없었고. 시멘 스파레와 고양이들 생각이 머리에서 떠나지 않아."

말을 멈추고 숨을 들이마신다.

"이 집은 더 이상 안전하지 않아. 내 말은, 우리 집 바로 앞에서 사람과 동물들이 죽어 나갔어. 엠마도 여기 있는 것보다 우리와 같이 밖에 나가는 것이 나을 거야." 내가 말한다.

오스먼드가 위로하는 것처럼 내 팔에 손을 올린다. 하지만 그의 눈을 보니, 내게 말하고 싶은 것이 있는 듯하다.

"무슨 일 있어?" 내가 묻는다.

그는 대답하지 않고 시선을 돌린다. 순간 나는 생각한다. 알고 있구나. 그리고 다시 생각한다. 남편이 한 짓이었구나. 좀 이상하기도 하고, 아직 어떻게 된 일인지 완전히 알 수는 없지만. 오스먼드가 요르겐을 죽였어. 그렇다면 나는 더 견딜 수 없을 것이다. 어떻게 된 거야. 나는 소리친다. 어서 말해. 만일 지금 그가 나를 미쳤다고 생각한다면 완전히 이해할 것이다.

"그 애는 지금 사랑에 빠져 있잖아." 오스먼드가 조용히 말한다. "엠마는 시멘을 좋아하고 있어."

"뭐라고?"

"몰랐어?"

나는 몰랐다. 그런 생각은 해 본 적도 없다.

"시멘이 옆에 있을 때 엠마가 어떻게 행동하는지 몰랐던 거야? 그 애가 가끔 연습장에 나타난다고 엠마가 연극 연습하러 갈 때마다 옷에 엄청 신경 썼잖아. 이번 여름에는 계속 정원에서 서성거리면서 시멘이 나오기를 기다리기도 했고." 오스먼드가 말한다.

할 말이 없다. 전혀 몰랐다. 엠마가 정원에서 서성거리는 것조차 알지 못했다. 내 사랑에만 도취돼 있었던 것이 분명하다. 남편이 있다는 사실만 잊은 것이 아니라, 아이들도 잊고 있었다.

샤워기 아래 서서 엠마의 대본에 그려져 있던 하트를 떠올린다. GG. 벽에 머리를 기대며 생각한다. 그린 곤조. 그 대본의 마지막 장에 그 애가 숨겨져 있었다.

오스먼드는 평소처럼 소파에 앉아 휴대폰을 보고 있다. 다리를 긴 의자 쪽으로 쭉 뻗어 한쪽 다리를 걸치고 있지만, 시선은 휴대폰에서 떨어지지 않는다. 그럴 때마다 멍한 얼굴로 넋을 놓은 채 입을 반쯤 벌리고 눈을 화면에서 떼지 못한다.

나는 목욕 가운을 입고, 젖은 머리를 수건으로 감싼 채 남편 옆에 앉는다. 그러자 그는 휴대폰을 내려놓는다.

"마지막 고양이를 매달아놓은 사람이 엠마일까?" 내가 묻는다.

"마지막 고양이?"

나는 오스먼드에게 전국 TV에 다 나온 시멘의 인터뷰 내용을 말해준다. 마지막 고양이 사체를 매단 사람은 자신이 아니라고 했던. 그 말은 충분히 믿을 만하다. 특히 지난 수요일, 정원에서 봤을 때 그 애의 얼굴에 드러난 두려움을 생각해보면. 누군가가 자신의 서명을 도용했음을 깨닫고 당황했기 때문일 것이다. 그에게는 알리바이가 있다. 엠마는 그 사실을 알고 있었을 것이다. 그 애는 시멘을 위해 그 일을 하자고 생각했을 수도 있다. 우리 아파트가 살인 사건의 중심에 서 있는 상황에서 시멘이 다른 곳에 가 있는 것이 확실했던 그날 밤, 그런 짓을 벌여 그에 대한 의심을 거두게 만든 것이다. 아니면 시멘에게 뭔가를 보여주려고 했을 수도 있다. 바로 여기 자기가 있다고. 엠마는 시멘이 저지른 짓을 알고 있고, 자신이 그를 좋아한다는 것을 알려주고 싶었을지도 모른다. 엠마는 방화문을 이용해 쉽게 빠져나갔고 냉동고 접근도 용이했을 것이다. 그리고 그날 밤 내가 들었다고 생각했던 공용 출입구가 열리는 딸깍하는 소리도.

"음." 오스먼드는 지치고 근심이 어린 표정이다. "모르겠어. 그 애가 그런 짓을 했을 것 같지는 않지만, 요즘 같은 세상에는 또 모르지. 그럴 수도 있을 거야."

"나는 도저히 못 믿겠어." 내가 말한다.

"나도 그래." 오스먼드가 말한다. 그리고 우리는 아무 말도 하지 않는다.

이제는 말할 수 있다. 우리밖에 없고, 아무 소리도 들리지 않는다. 우리 사이에 흐르는 정적은 기회. 그냥 말해버리자. 배 속에서 스트레스가 치고 올라온다. 이제 어떻게 될까?

"리케. 엠마 이야기는 아무한테도 하지 않는 편이 나을 것 같아. 당신 생각은 어때?" 오스먼드가 말한다.

"잘 모르겠어." 내가 대답한다.

"우리라도 그 애를 믿어줘야지." 오스먼드가 말한다.

내가 자주 듣지 못한 진지한 목소리다.

"심각한 사안이야." 내가 말한다.

"그게 이유야. 이 이야기는 아무한테도 하면 안 돼. 경찰은 물론이고, 자밀라나 다른 사람들한테도. 엠마한테도 말하지 마. 물론 언젠가 이야기를 하기는 해야겠지. 그렇게 할 거야. 하지만 지금은 아니야. 지금 엠마한테는 우리의 지지가 필요해. 우리가 뒤에 있다는 것을 알려줘야 해. 우리가 그 애를 믿고 있다는 것도 말이야. 방에 몰려가서 아이를 비난하지는 말자고. 무슨 말인지 알지?"

나는 천천히 고개를 끄덕인다.

처음에 엠마를 원하지 않았다는 사실이 종종 나를 괴롭힌다. 그 애를 사랑하는 것은 당연하다. 아기 때부터 그랬다. 하지만 산파가 내 품에 엠마를 안겨줬을 때 기쁘기만 하지는 않았다. 아이가 처음 발걸음을 떼었을 때, 나를 엄마라고 처음 불렀을 때 기뻤고, 유치원에서 나이에 비해 학습 진도가 빠르다는 말을 들었을 때도 마음이 따뜻해졌고 자부심도 느꼈다. 그러나 아이말고도 이런저런 관심을 요구하는 것이 너무 많았다. 나는 아이가 생겼음에도, 정해진 시간 내에 박사 학위를 받고 싶었다. 가정을 꾸리고도 누구보다 빨리 위로 올라갈 수 있음을, 다시 말해 내가 얼마나 영리하고 유능한지, 얼마나 열심히 일하고 결단력이 있는지를 보여주고 싶었다. 그래서 다른 무엇보다 엠마의 자립심을 칭찬했다. 아이는 세 살 때부터 혼자 옷을 입었다. 일곱 살 때는 도시락을 직접 준비했다. 유치원과 학교를 다니는 동안 엠마는 아무 문제도 일으키지 않았다. 한밤중에 어둠이 무서워서 울 때도, 아이는 혼자 잘 수 있다는 확신을 가져야만 했다. 엠마는 무서움이 가실 때까지 버텼다. 내가 그렇게 해야 한다고 주장했기 때문에 엠마는 동생인 루카스에 비하면 관심과 보살핌을 거의 받지 못했다. 그 또한 내 탓이었다. 나는 또한 요구하는 것이 너무 많은 남동생에 비해 요구하는 바가 전혀 없는 누나로 가족 내에서 자신의 자리를 차지하라고 동기 부여했다. 물론 나는 딸에게 사랑한다고 말했고, 그 애 역시 그 사실을 알고 있다. 하지만 엠마의 남동생이자, 나의 기적의 아기가 검진이나 진료를 받을 때 내가 엠마에게는 해주지 못했던 것들을 누리고 있다는 사실에서 벗어날 수는 없다.

그나마 다행인 것은 엠마에게는 오스먼드가 있었다는 점이다. 남편은 아이를 진심으로 응원해줬고, 소리를 지르며 기뻐하는 아이를 허공에 띄웠다가 꼭 안아주면서 네가 이 세상에서 최고라고 말해줬다. 엠마는 그의 차지였다. 오스먼드는 이 문제로 내게 맞선 적이 없고, 싸운 적도 없다. 그럴 만했는데도. 그래서 지금 그가 명확한 의견을 제시하자 나는 동의하는 수밖에 없다. 오스먼드가 자주 보이지 않는 단호한 태도로 말을 하면, 우리는 엠마를 그렇게 대할 수밖에 없다. 그것은 요구나 제안이 아니다. 명백한 지시다.

그래서 나는 동의한다. 그래, 좋아. 아무 말도 하지 말자. 오스먼드가 미소 짓는다. 내 뺨을 쓰다듬는다.

"잘 생각했어." 오스먼드가 내게 말한다. 그 자비로움에 내 안에 있는 뭔가가 무너진다.

나는 정말 좋은 여자다. 그의 소망에 내가 어떻게 순응하는지, 어떻게 내 광기를 버리고 침착하게 이성을 찾아가는지, 그의 요구에 어떻게 응하는지를 본다면. 남편의 판단을 믿는다. 지금 내가 하는 이런 노력이 오스먼드에게 해야만 하는 말을 상쇄해주는 가치가 있다면 관용을 보여주지 않을까?

"어제 경찰서에 갔다 왔어. 내가 말했던가?" 오스먼드가 말한다.

"아니. 당신한테 뭘 원한대?"

"그냥 이야기만 했어. 콧수염을 기르고 있고, 이름이 군데르센인가 뭔가 하는 사건 담당자가 좀 보자고 해서."

"무슨 이야기를 했는데?"

내 목소리가 작고 가냘프다. 경찰이 내가 보낸 이메일에 대해 오스먼드에게 말하지 않은 모양이다. 남편이 알게 됐다면 지금 이렇게 앉아 있지 못했을 테니까. 그래도 경찰이 오스먼드를 불렀다. 그리고 남편은 경찰서로 갔다. 나한테 아무 말도 하지 않고. 아무도 내게 고백할 마지막 기회를 주지 않았다. 잉그빌드 프레들리가 어서 빨리 털어놓으라고 했던 조언의 중요성이 이제야 내게 떠오른 것처럼. 마치 일이 더 심각해지기를, 남편에게 말해야 할 필요성이 더 커지기를 기다린 셈이 돼버렸다. 하지만 결코 그렇게 되지 않을 줄 알았다. 이제는 나도 안다. 이런 순간은 두 번 다시 오지 않을 것이라는 사실을. 그냥 말하면 된다. 지금이 가장 좋은 때다.

"잘 모르겠어. 거의 비슷한 이야기라. 이웃들과의 관계라든가, 우리가 그 사람들에 대해 아는 것들. 그리고 지난 8월에 남자들끼리 갔던 오두막 여행에 대해 물어보던데." 오스먼드가 말한다.

지금 고백할 것이다. 그것이 내가 바라는 바다. 이제 막 말을 하려고 하는 참에, 내 시야의 가장 바깥쪽에서 새로운 것, 그 오두막 여행이 갑자기 나타나 주의가 흩어진다.

"경찰이 그 여행에 왜 그렇게 관심을 가질까? 자밀라 말로는 사만한테도 물어봤다고 하던데." 내가 말한다.

오스먼드가 어깨를 으쓱한다.

"나도 모르겠어. 특별한 일도 없었는데. 경찰은 토요일 저녁에 우리가 했던 토론에 대해 물었어. 하지만 그냥 단순한 토론이었거든. 백신 접종 거부 운동과 그것을 어떻게 다뤄야 할지, 의료 권한 대 언론의 자유에 관한 의견을 주고받았지. 종종 그랬던 것처럼 그때도 조금 흥분하기는 했지만 아무 일도 없었어. 그런 뒤에 다시 사이도 좋아졌고. 그런데 경찰이 뭐 때문에 그러는지 정말 모르겠어."

그가 나를 보며 힘없이 미소 짓는다.

"경찰이 거기서 뭔가 찾고 있는 것이 있다면 정말 넘겨주고 싶어. 단지 그것이 뭔지 모를 뿐이지. 그날 밤에 있었던 일에 대해서는 기억나는 대로 다 말했어. 당신도 알다시피 그때 우리 모두 조금 취해 있었거든."

"경찰이 뭘 물어봤는데?"

이 이야기에 내가 정말 관심이 있는 것일까? 아니면 다른 이야기를 꺼내기에 앞서 쓸데없는 이야기로 대화를 계속 이어 나가려고 하는 것일까.

"그냥. 주제가 뭐였는지, 누가 무슨 말을 했는지, 다른 사람들은 어떻게 받아들였는지, 그런 것들."

"그래서 뭐라고 대답했는데?"

"요르겐이 언론의 자유에 대해 말했는데, 심지어 비상식적인 내용이었다고 했지. 실제로 요르겐은 볼테르를 인용하면서 살짝 잘난 척하기도 했고. 하지만 그때 우리 전부 다 살짝 취해 있었어. 그러자 사만이 블로그에 도는 이야기를 읽은 부모들 때문에 아이들이 실질적으로 근절된 질병으로 죽어나간다는 것은 말도 안 된다고 했지. 요르겐은 그럴 수도 있지만, 언론의 자유를 억압한 세상에서 사람들이 죽어나갈 거라는 생각은 하지 않느냐고 사만한테 말했어. 그런 식으로 토론이 이어졌지. 나는 대체로 사만의 의견에 동조하면서, 가만히 이야기들을 듣고 있었어. 하지만 사만만큼 흥분하지는 않았고. 내 기억에 스베인은 구석에 앉아 반쯤 졸고 있었어. 그 자리에서 스베인이 제일 취했던 것 같아."

"사만은 당신도 제법 소리를 냈다고 말했어." 나는 오스먼드를 쳐다보지 않고 말한다.

"사만이? 음, 어쩌면 내가 기억하는 것보다 더 많이 말을 했을지도 몰라. 어쩐지 그날 밤은 기억이 좀 흐릿하니까."

오스먼드가 나를 보며 미소 짓는다. 나는 처음으로 그의 미소를 보며 생각한다. 지금 하는 말이 진짜일까? 뭔가 숨기고 있는 것은 아닌가?

"사만이 그날 밤에 대해 뭐라고 하는데?" 오스먼드가 묻는다.

그의 목소리에서 경계심이 살짝 느껴진다.

"계단참에서 마주쳤을 때 한 번 언급했을 뿐이야. 이유는 모르겠어. 내가 물어본 것도 아니고."

나는 화를 내며 난간에 몸을 내밀던 사만을 떠올린다. **당**

신 남편도 꽤 흥분했었어요. 스베인 스파레도 오스먼드가 고지식한 타입은 아니라고 했었다. 오스먼드가 다시 어깨를 으쓱한다.

"이웃 사람들 모두 편집증 증상을 보이는 것 같아. 상황이 우리 모두를 그렇게 만들었지. 경찰이 한시라도 빨리 누구든 잡았으면 좋겠어. 우리가 이 일을 떨쳐버릴 수 있게."

그가 발을 바닥에 내리고, 몸을 앞으로 숙인다. 만일 내가 말을 할 거라면 지금 해야만 한다. 귀에 이명이 울린다. 고백하는 것을 미룰 때마다 점점 더 심해진다.

"어쨌든 당신도 동의한 거야. 그렇지?" 오스먼드가 자리에서 일어나며 말한다. "이번 일에 관해서는 엠마한테 아무 말도 하지 않기로 한 거 말이야. 당장은 하지 말자. 지금은 그저 우리가 할 수 있는 한 아이를 따뜻하게 달래주는 거야. 그 문제는 나중에 해결하고."

"알았어." 나는 고백할 기회가 날아가는 것을 보며 힘없이 말한다. 그 기회를 붙잡을 힘이 없다.

"혹시 모르지." 오스먼드가 거실을 가로질러 주방으로 향하며 말한다. "엠마가 직접 우리한테 와서 털어놓을 수도 있잖아. 세상일은 모르는 법이니까."

그날 오후, 경찰의 연락을 받는다.

"군데르센입니다. 잠시 경찰서에 나와주실 수 있을까요?" 내가 전화를 받자, 그가 말한다.

"글쎄요." 내가 대답한다.

루카스는 그림을 그리고, 오스먼드는 정원에서 일을 하는 중이다.

"남편이 아이들을 봐줄 수 있는지 확인해볼게요." 내가 말한다.

"그러시죠."

군데르센은 전화를 끊지 않고 기다린다. 내가 곧장 확인해볼 거라고 생각한 모양이다. 나는 주방 창문을 열고, 파티오 옆에서 잔디를 깎는 오스먼드에게 소리친다.

"경찰서로 좀 오라는데 가도 돼? 루카스 봐줄 수 있어?"

오스먼드가 몸을 똑바로 편다.

"그럼. 물론이지."

"지금 바로 갈 수 있어요." 군데르센에게 말한다.

그는 좋다고 한 뒤, 바로 차를 보내주겠다고 한다. 그리고 경찰서 접수처 앞에서 기다리겠다고도. 이 남자의 말은 따를 수밖에 없는 뭔가가 있다. 군데르센은 경찰서에 와줄 수 있느냐고 묻기는 하지만, 어쩐지 거절할 수 없을 것 같은 느낌이 든다. 거기에는 불편하고, 생각하고 싶지 않은 어떤 암시가 담겨 있다. 오스먼드는 손에 잔디 깎기를 든 채 나를 쳐다본다. 그의 눈썹이 밑으로 처지고, 이마에 주름이 잡힌다. 마치 내 속을 울렁이게 만드는 불안이 그를 똑같이 채우고 있는 것처럼.

군데르센은 약속한 대로 접수처에서 나를 맞이한다. 그는 뼈밖에 없는 가느다란 손으로 힘차게 내 손을 꼭 잡으면서, 이렇게 빨리 방문해준 것에 대한 감사 인사를 건넨다. 경찰은 지금 24시간 근무 중이니 양해해달라면서. 수사는 항상 첫 주가 가장 중요해서 낭비할 시간이 없다고 했다. 군데르센은 말을 하면서 내게 따라 오라고 손을 흔들며 플라스틱으로 된 출입구를 통과한다. 그가 먼저 자기 카드를 대고 보안 시스템을 통과한 뒤, 유리문 뒤에 있는 남자에게 내가 통과할 수 있도록 문을 열어주라고 신호를 준다. 그러는 동안에도 그는 말을 멈추지 않는다. 내 기분이 좋았다면 아주 인상적으로 받아들였을 것이다.

다행히 그는 내가 예상했던 심문실처럼 보이는 곳으로 나를 데려가지 않는다. 수없이 많은 복도를 지나친 뒤에 갑자기 한 사무실 문을 열더니 나를 안으로 이끈다. 그의 사무실인 모양이다. 안에는 책상과 책장, 의자 두 개가 놓여 있다.

"치우지를 못했군요. 죄송합니다." 군데르센이 책상에 쌓인 종이 뭉치 몇 개를 치우면서 말한다.

그는 정말로 미안한 것처럼 보이지는 않는다. 주위를 둘러본다. 사무실은 작다. 공공 자금 부족과 효율적인 공간 활용 때문이기도 하겠지만, 눈에 띄게 지저분한 것도 사실이다. 책상 위는 서류와 신문, 회색 봉투 들이 넘쳐흐르고, 반쯤 차 있는 커피 컵은 적어도 세 개 이상 놓여 있다. 담배 회사 로고가 박힌 연한 푸른색 갑이 온라인 신문을 출력한 것으로 보이는 종이들 아래 반쯤 가려져 있다. 벽에는 먼지로 뒤덮인 금색 액자 속에 엷은 푸른색과 연한 노란색의 수채화가 걸려 있다. 사무실 의자 등받이에는 낡은 전천후 재킷이 걸쳐져 있다. 많이 낡고 색이 바랜 재킷을 적어도 십 년은 입은 것처럼 보인다. 사무실 안에는 차가운 커피 냄새와 뭔지 알 수 없는 시큼한 냄새가 풍긴다.

"자." 군데르센이 책상 의자에 앉아 몸을 기대자, 플라스틱이 긁히는 소리가 난다. "앉으시죠. 녹음기를 사용해도 될까요?"

그가 구술 녹음기를 흔든다. 말없이 고개만 끄덕인 뒤, 책상 앞에 놓인 의자 두 개 중 하나에 앉는다. 정부 기관에 속한 물건이 명백한, 모직물을 씌운 나무 의자다. 우리는 책상을 사이에 두고 마주 앉아 있다. 군데르센이 나를 쳐다본다. 그는 얼핏 보면 친절한 미소를 짓고 있다.

"카스타네스빈겐에서는 다들 어떻게 지내고 계십니까?"

"잘 지내요."

나는 폐까지 가득 차도록 숨을 깊이 들이마신다. 산소가 순식간에 순환계를 타고 퍼져 지친 몸에 영양을 공급해주는 느낌이다. 다시 숨을 내쉬면 몸이 무너져 내릴 것 같다.

"많이 힘드셨을 겁니다. 부인 탓이라고는 할 수 없죠. 놀랄 일은 아닙니다. 부인은 사건의 한복판에 있으니까요."

군데르센에게는 명백한 힘이 있다. 지금까지 그와 대화를 나눌 때마다, 잉그빌드가 군데르센의 자리를 대신하기를 간절히 바랬다. 하지만 지금처럼 그가 예상치 못한 관심을 보여주자, 나는 군데르센이 내 편이라면 정말 좋을 거라고 생각을 한다. 그가 사건을 해결해주기만 기다리면서, 나는 몸을 기대고 쉴 수 있을 것 같다. 모든 일이 잘될 거라고 믿으면서.

"이 사건이 터진 뒤로 잠을 자지 못했어요. 벌써 일주일째 예요. 아, 아직 일주일까지는 아니군요."

"언제부터 잠을 자지 못했습니까?"

나는 생각에 잠긴다.

"일요일, 아니 월요일부터요."

"그 이전에는 잠을 잘 잤나요? 그렇지 않은 것 같은데… 잠시만요."

군데르센이 책상 위에 쌓여 있는 서류들 틈에서 봉투를 한 개 찾아낸다. 그의 손가락은 길고, 담배를 피워서 그런지 손끝이 노랗다. 군데르센은 재빨리 서류를 넘긴다.

"여기 있군요. 프레들리한테 잠에 대해 쓴 적이 있지 않습니까…. 이 부분이 궁금했어요. 사건이 일어났던 지난 금요일 밤에 관한 내용이었는데. 그래, 여기 있군요. 평소와 다르게 잠을 깊이 잤다고 하지 않았습니까?"

"내가 그랬나요?"

"사건이 있던 날 밤에는 잠을 자면서도 왠지 불안했어요." 군데르센이 종이 한 장을 들고 내용을 읽는다. **"그럼에도 아주 깊이 잠이 들었죠. 잠에서 깨어났을 때는, 마치 혼수상태에서 깨어난 느낌이었어요. 오랜 시간 동안 멀리 떨어져 있었던 것 처럼요."**

그가 고개를 든다.

"불안을 느끼면서 동시에 깊이 잠들었다고 쓰셨군요."

"네." 나는 기억을 떠올리려고 애를 쓰며 말한다. "맞아요. 내가 그렇게 썼어요. 기억나요. 하지만 상상이 잘 되지 않네요…. 그래도 틀림없어요. 그날 아침을 기억해요. 아주 일찍 일어났죠. 다른 사람들은 모두 잠들어 있었고요. 루카스가 우리 침대에 올라와서 자는 것도 몰랐어요."

군데르센이 고개를 끄덕인다. 순간 우리 사이에는 정적이 흐른다.

"그게 어때서요?" 내가 묻는다.

그는 어깨를 으쓱하며, 미묘한 미소를 지어 보인다.

"보이지는 않아도 모든 것이 중요합니다. 당연히 그 사건이 있었던 밤도 그렇죠. 그날 밤 부인이 깊이 잠들지 않았다면 무슨 소리를 들었을 겁니다."

"그랬겠죠. 하지만 아주 푹 잤어요."

"소음이 들려도 깨지 않을 만큼 깊이 잠들었다는 말입니까?"

"잘 모르겠어요. 하지만 그랬을 수도 있죠."

미묘한 미소를 짓고 있던 군데르센의 얼굴이 뭔가에 흔들린다. 그는 어제 우리 집 주방에서 커피를 마시면서 오스먼드와 내가 서로의 알리바이라는 사실을 깨닫게 해줬다. 내가 잠을 깊이 잤다는 사실 이외에 다른 것을 주장하면 오스먼드가 위험에 빠진다.

"전에도 말했지만, 나는 선잠을 자는 편이에요. 누군가 옆에서 움직이면 바로 깨죠."

그와 동시에 아주 작은 의심, 터무니없는 두려움이 느껴진다. 깊이 잠들었던 그날 밤, 오스먼드가 밖에 나갔다면 내가 잠에서 깼을까?

"음." 군데르센이 고개를 끄덕인다. "하지만 그날 밤에는 아드님이 침실에 들어왔어도 깨지 않았다고 했잖습니까?"

"잊어버렸다는 뜻이었어요. 종종 있는 일이잖아요. 그날 밤도 평소와 똑같았어요. 불안을 느꼈다는 것 말고는요. 그것도 아마 악몽 같은 것을 꿨기 때문이겠죠."

"음." 그가 다시 말한다.

군데르센이 종이들을 뒤적거린다. 수치심에 내 목부터 뺨까지 붉게 달아오른다. 그는 그 자리에서 내가 잉그빌드에게 보낸 메일을 읽고 있다. 새끼 고양이 사건은 내게 시간을 벌어 줬다. 실제로 내가 한 일이라면.

군데르센이 종이를 내려놓는다.

"요르겐과 함께해서 즐거웠습니까?" 그가 묻는다.

나는 그 질문에 놀란다.

"잘 모르겠네요. 솔직히 말하자면, 처음에는 그랬어요. 그 사람한테는 끌리는 부분이 있었고, 그래서 이 지경까지 오게 됐으니까요."

진짜 책임은 그쪽에 있다는 것처럼, 나는 군데르센이 들고 있는 종이들을 가리킨다.

"하지만 결국에는 끝내고 싶었어요. 그 사람이 죽거나 어떻게 되기를 바란 것은 아니에요. 결단코 말예요. 나는 완전히 무너졌으니까. 지금도 그래요. 그래서 잘 모르겠어요."

이 일로 이번 주 내내 속을 끓였다. 나는 군데르센의 책상 위에 엎드려 흐느끼기 시작한다. 깜짝 놀랄 정도로 눈물이 터져 나온다. 온몸이 떨리고, 충격에 몸이 뒤틀린다. 마치 뭔가가 나를 붙잡고 봉제인형처럼 흔드는 것 같다. 군데르센이 내게 냅킨을 건네준다. 공중화장실에 설치된 종이 타월처럼 뻣뻣하고 거칠다. 그 냅킨으로 눈과 코를 닦고 문지른다. 흐느껴 우는 와중에 내가 어렸을 때 겪었던 폭풍우가 떠오른다. 갑작스러운 폭우가 계곡을 뒤덮으면서 구름이 위협적으로 몰려왔지만, 우리 머리 바로 위에서는 그 사나움을 드러내지 않았다. 그러다 갑자기 먹구름들이 흘러가고, 하늘이 맑아졌다. 숲에서는 신선하고 좋은 냄새가 났다. 어떻게 앉아 있었든 젖은 바닥에는 무릎 자국이 남아 있었다.

"미안해요." 눈물이 멎자 내가 말한다.

나는 눈물을 닦는다. 종이 타월로 살갗이 연한 눈 밑을 문지른다.

군데르센은 아무 말도 하지 않는다. 그는 나를 쳐다보고 있지만, 불친절한 눈빛은 아니다. 그저 내가 울음을 그치기를 기다려준 것 같다. 그는 이 눈물의 의미를 이해하는 것 같다. 어쩌면 나 자신보다 더 잘 알고 있을지도 모른다. 내가 말한다.

"요르겐을 위해 울어주지 못했어요. 계속 가면을 쓰고 있어야 했으니까. 너무 힘들었어요."

"그 사람을 아꼈을 테니까요." 군데르센이 중립적으로 말한다.

"맞아요. 하지만 끝내고 싶었어요. 무엇보다 내가 뭘 위험하게 만들고 있는지 깨달았거든요. 처음에는 몰랐던 것 같지만, 일종의 마약 같았어요. 하지만 조금 뒤에는… 소위 약효가 떨어진 거죠."

군데르센이 말한다.

"당신은 프레들리에게 그 관계를 끝내려고 했다고 했죠. 이렇게 말입니다. **요르겐에게 말했어요. 이제 끝났어. 더 이상 우리 사이에는 아무것도 없다고.**"

"맞아요. 여러 번 헤어지려고 했어요. 그 사람 탓을 할 생각은 없어요. 잘못이라면 나도 못지않았으니까. 어쩌면 우리가 이웃에 살았기 때문일지도 몰라요. 요르겐은 항상 그곳에 있었어요. 저항하기가 너무 힘들었죠."

잠시 정적이 흐른다. 군데르센은 내가 한 말을 생각하는 것처럼 눈을 가늘게 뜨고 있다. 이야기를 계속하기 위해 숨을 들이마신다. 하지만 그때 그가 먼저 입을 연다.

"오스먼드는 그 일에 대해 알고 있습니까?"

"아뇨. 확실히 아니에요."

"어째서죠?"

다시 숨을 들이마신다. 어째서 확신하느냐고? 내가 그 사람을 아니까. 오스먼드는 속이 빤히 보이는 사람이다. 하지만 나는 그 말을 할 수 없다.

"그이는 알 수 없어요. 우리는 많이 조심했으니까." 내가 말한다.

"하지만 엠마는 알지도 모른다고 했잖습니까."

잠옷을 입은 엠마, 오늘 새벽에 떠오른 악몽 같은 이미지. 한 손에 칼을 들고 있는 잠옷을 입은 아이.

"아뇨. 그 애는 몰라요. 뭔가 의심하고 있을 수는 있겠죠. 그래도 정확하게 알지는 못해요. 하지만 뭔가 있다고 생각하기는 할 거예요."

군데르센은 천천히 고개를 끄덕인다. 동의의 뜻이 아니라 내 말을 듣고 고려해보겠다는 것을 알리는 몸짓처럼. 목구멍이 조여드는 것 같다. 숨을 쉬기 힘들어진다. 이제는 내 딸을 연루시켜버렸다. 군데르센은 엠마가 그 사실을 알고 있고, 엠마가 범행을 저질렀을 거라고 생각한다. 나로서도 최악인 새로운 상황이다.

"내 말 좀 들어보세요. 우리 가족은 아니에요. 그런 짓은 저지르지 않았어요. 오스먼드는 피만 봐도 기절하는 사람이에요. 엠마는, 엠마는 아직 어려요, 제발요!"

내 목소리는 날카롭고 겁에 질려 있다. 그날 밤 들었던 작은 딸깍 소리는 엠마의 발소리일 수도 있다. 방화문으로 나가 고양이 사체가 있는 냉동고로 갔을 수도 있다. 내가 의심하고 있는 것은 엠마가 고양이 사체를 매달아 놓았을지도 모른다는 것이다. 아마 그 애는 좋아하는 남자애에게 뭔가를 보여주고 싶었겠지. 군데르센은 내 말을 인정하지 않는다. 마치 아무것도 듣지 못한 것 같다.

"하지만 남편도 뭔가 의심하고 있을 텐데요?"

"아뇨. 그랬다면 내가 알았을 거예요." 나는 단호하게 말한다.

그는 의심하면서도 또 다시 고개를 천천히 끄덕인다. 내 숨은 가빠지고, 얕아진다. 내가 메일에 뭐라고 썼었지? 무슨 짓을 저지른 거지?

"그날 아침에는 뭔가 보지 못했습니까? 아무 일도 없었나요?" 군데르센이 묻는다.

"네." 내가 대답한다. 숨을 쉬기가 조금 편해진다. "그날은 날씨가 좋았어요. 호프모가 현관 계단에 있는 것을 봤어요. 그 사람은 길 건너편에 살고 있는 은퇴한 군인이에요. 요르겐의 아파트는 조용했어요. 평소와 다를 바 없었죠."

"그 뒤로는 뭘 했습니까? 거기 올라간 적이 있나요?"

나는 숨을 들이마신다.

"그게 무슨 말이죠?"

"그러니까 지난주 토요일에 요르겐의 아파트에 올라간 적이 있냐는 말입니다." 군데르센이 말한다.

또 다시 몇 초 안에 선택해야 하는 상황을 마주친다.

"아니요. 현관문만 두드렸어요. 요르겐이 올라오라고 초대했으니까. 하지만 아무 대답이 없어서 다시 아래층으로 내려왔어요."

"그러니까 집 안에는 들어가지 않았다는 거군요?"

이 질문에 다른 의미가 있을까? 군데르센이 맑은 눈을 크게 뜬 채 나를 쳐다보고 있다. 이 남자가 무슨 생각을 하고 있는지 알 수가 없다.

"네. 요르겐이 문을 열어주지 않아서 그냥 내려왔어요."

"그날 이웃 분과 대화를 나눴습니까?"

"내가 문을 두드리고 있을 때 사만이 나왔어요." 심장이 조이면서 피가 얼굴로 쏠리는 것이 느껴진다. "달걀이 필요하다고 했더니 사만이 두 개를 빌려줬고요. 아시다시피, 달걀은 핑계였죠."

이 순간이 오자 나는 생각한다. 지금 경찰에 거짓말을 하고 있어. 여기서는 정직해야 한다는 것을 알기에 이런 거짓말은 위험하다. 하지만 내가 말하고 쓴 모든 것이 나를 이번 사건으로 자꾸 끌고 가는 것 같다. 나뿐만이 아니다. 우리 가족, 남편과 아이들도 끌려가고 있다. 지금 내가 요르겐의 집 안에 들어갔다고 말하기는 불가능해 보인다. 지난 토요일, 다시 돌아나오기 전까지 내가 요르겐의 거실 한복판에 서 있었다는 사실을. 군데르센이 조심스럽게 고개를 끄덕이는 모습을 상상할 수 있다. 알겠습니다. 잠시 실례하죠. 사무실 밖으로 나갔던 그가 동료 두 명과 함께 돌아오는 모습이 떠오른다. 그들 중 누군가 말한다. 유감스럽지만 당신을 체포합니다. 신문 헤드라인이 떠오른다. **토센 살인 사건의 새로운 용의자 체포**. 타블로이드에는 다음과 같이 나올 것이다. **치정 살인 혐의를 받고 있는 이웃 주민**. 나는 소형 맥북으로 온라인 뉴스를 보고 깜짝 놀라는 자밀라를 떠올려본다. TV 앞에서 눈을 크게 뜨고, 입을 벌리고 있을 오스먼드를 떠올린다. 그는 그 상황을 이해하지 못할 것이다. 그리고 내 아이들. 엠마는 이불을 거북이 등껍질처럼 뒤집어쓰고 있고, 루카스는 오스먼드에게 물을 것이다. 엄마는 감옥에 간 거야?

군데르센은 어질러진 책상 위로 내 이메일을 출력한 종이를 내려놓더니, 의자에 몸을 기댄다. 한쪽 다리를 다른 쪽 다리에 올리자, 발목이 무릎 위에 올라온다. 아마 평소에 그렇게 다리를 벌리고 앉는 모양이다.

"어떻게 생각하십니까? 지금은 우리 둘밖에 없으니 말입니다. 부인 생각은 어떤지요?"

나는 마른 침을 삼킨다.

"요르겐이 구직 산업에 관한 폭로 기사를 쓰고 있었던 것을 아시나요?"

군데르센이 나를 쳐다본다. 눈을 가늘게 뜨고 집중한다.

"그랬습니까?"

"스베인 스파레는 구직 알선소를 운영하고 있어요. 그리고 스베인은 요르겐을 좋아하지 않죠. 그것 때문인지, 또 다른 이유가 있는지 모르겠지만, 스베인은 요르겐을 싫어해요. 그 오두막 여행 때문일 수도 있겠네요."

"거기서 무슨 일이 있었습니까?" 군데르센이 묻는다.

그의 표정에서 열의는 보이지 않는다. 그 여행에 대해 며칠 동안 정보를 캐고 다녔다는 사실을 전혀 알 수 없다.

"의견이 맞지 않았던 모양이에요. 형사님이 그 여행에 대해 물어보고 다닌 거 알고 있어요. 나는 그 자리에 없었지만, 오스먼드한테 전해 들었어요. 주로 사만과 요르겐이 말다툼을 했다고요. 하지만 내 생각에… 거기는 스베인의 오두막이었어요. 그리고 스베인은…."

나는 말을 끊는다. 다른 사람을 비난하는 말이 내 귀에도 옹졸하게 들린다. 얼마나 열심히 말하고 있는지 모른다. 지난밤, 스베인이 니나의 어깨를 끌어안고 집을 떠나던 모습이 떠오른다. 그들이 지난 며칠 동안 겪었던 일들을 떠올려본다.

"모르겠어요. 솔직히 우리들 중에 요르겐의 서재로 들어가 목을 벤 범인이 있다고 상상조차 할 수 없어요. 시멘도 아니고, 스베인도 아니고, 그럴 사람은 아무도 없어요. 무슨 이유로 그런 짓을 할 수 있는지 모르겠어요."

군데르센의 꿰뚫어볼 수 없는 잿빛 눈동자 깊은 곳에서 뭔가가 반짝거린다.

"증오, 두려움, 돈, 체면 손상. 그런 이유로 사람들이 무슨 짓까지 할 수 있는지 알면 깜짝 놀랄 겁니다. 바로 당신이나 나 같은 사람들, 혹은 항상 친절한 말을 주고받는 유쾌한 이웃들이 말이죠. 물론 우리는 재범자들을 알고 있습니다. 살인 전과가 있는 사람은 또 다시 붙잡히지 않기 위해, 돈 때문에, 혹은 누군가 가지고 있는 뭔가 때문에 범행을 저지르죠. 하지만 이렇게 궁금하게 만드는 사건들 역시 알고 있습니다."

순간 그는 생각의 꼬리를 따라가는 것처럼 보인다. 군데르센은 말을 멈추고, 흐릿한 수채화를 응시한다. 마치 그 뒤에 있는 다른 중요한 본질을 꿰뚫어보는 것처럼. 그러다 그는 이내 정신을 차리고, 나를 돌아보며 또 다시 미묘한 미소를 짓는다.

"사람들은 누구는 벌레 한 마리 못 죽인다고 말을 하죠. 그럼 나는 말합니다. 기회와 강력한 동기만 있으면 우리는 누구나 살인자가 될 수 있다고요. 만일 누군가 자기 아이의 생명을 위협한다면 그들을 죽이지 않을까요? 살인은 우리들 중 몇 명과 연관돼 있다고 생각하면 쉽습니다. 도시의 특정 지역에 사는 사람들, 이를테면 마약과 절도를 이용하는 사람들 그리고 마약과 절도를 이용하는 사람들과 한패인 사람들이 있죠. 그런 부류는 경찰이 지켜보는 사람들, 적어도 지켜봐야만 하는 사람들입니다. 그 이외의 사람들이 해야 할 일은 그들을 가까이 하지 않는 거죠. 그렇지만 나는 더 이상 그렇게 생각하지 않습니다. 적어도 내가 배운 바로는 그렇지 않았어요. 하지만, 글쎄요. 이제 그만 부인을 보내드려야 되겠군요. 나가는 길은 아실 거라고 생각합니다."

나가는 길을 제대로 찾을 수 있을지 모르겠지만, 일단 고개를 끄덕인다. 그리고 오 분 뒤, 나는 경찰서 밖에 서 있다. 가을의 낮은 태양이 도시를 검붉게 물들이고 있다.

적어도 나는 이미 끝난 일이라고 생각했어요. 하지만 그 여름 이후, 예전 관계로 돌아가고 말았어요. 직장에서는 심각한 갈등이 있었고, 오스먼드는 그런 내 이야기를 들어줄 여력이 없었죠. 그 사람은 시어머니 집에서 많은 시간을 보내고 있으니까요. 그 집에는 이웃집까지 뻗어나가 가지치기를 해야 할 나무들이 몇 그루 있었고, 페인트칠도 새로 해야 했어요. 당신은 잘 할 거야. 그런 일 해결하는 거 잘하잖아. 내가 직장에서의 갈등을 말할 때마다 남편은 피곤한 듯 눈을 가늘게 뜨고 말했어요. 그러던 어느 날 저녁, 남편은 집에 없고, 아이들은 잠든 사이에 동료에게 받은 안 좋은 내용의 메일에 대한 답장을 쓰려고 하다가 요르겐에게 문자 메시지를 보냈죠.

오스먼드가 집에 없었다고 탓하려는 것은 아니에요, 잉그빌드. 모든 책임은 내가 질 거니까. 요르겐에게 다시 달려간 사람은 나였어요. 심지어 요르겐 탓도 할 수 없어요. 왜냐하면 그 사람은 내가 진정으로 그것을 원하는지 몇 번이고 확인했으니까요. 뭐라고 말해야 할지 모르겠어요. 그때 나는 현실에서 벗어나 쉬고 싶은 마음이 절실했어요. 직장에서 11시 반에 나와 자전거를 타고 집에 돌아온 뒤, 곧장 요르겐의 집으로 올라갔어요. 우리가 그 빌어먹을 침대 겸용 소파 옆 바닥에 눕자, 일종의 안도감과 함께 다른 모든 것이 사라지는 듯한 기분이 들었어요. 요르겐이 여전히 나의 피난처가 돼주는 것 같았죠.

이전처럼 잘되는 것은 아니었어요. 그건 분명했죠. 하지만 일상생활에서 숨을 쉴 수 있는 공간으로 가는 것과 갈 수 없는 것… 이런 일을 어떻게 설명해야 할지 모르겠어요. 메마른 알코올중독자가 되는 것. 삶이 당신에게 던진 똥 덩어리 한복판에 서 있는 것. 당신 앞으로 굴러오는 온갖 싸움과 스트레스, 잿빛 같은 일상의 단조로움, 맥주나 술을 마시지 않고는 도저히 견딜 수 없는 상황들. 그리고 그런 것들은 지금뿐만이 아니라 영원하겠죠. 이제 다시는 그런 것에서 무뎌지기 위해 뭔가를 조금씩 쏟아버릴 수 없어요. 그게 불가능하다는 말을 하는 것은 아니에요. 마지막까지 해내지 못할 거라는 말도 아니에요. 하지만 나는 갈라진 틈을 밟고 있어요. 아마 몇 번 더 밟게 될 것 같아요.

마지막으로 위층에 올라갔을 때, 요르겐은 그곳을 나서는 내 뺨을 어루만져줬어요. 누가 대장인지 보여줘. 그 사람이 내게 해준 마지막 말이었죠.

사건이 있던 날 밤에는 잠을 자면서도 왠지 불안했어요. 그럼에도 아주 깊이 잠들었죠. 잠에서 깨어났을 때는, 마치 혼수상태에서 깨어난 느낌이었어요. 오랜 시간 동안 멀리 떨어져 있었던 것 같았죠. 사람은 인생의 3분의 1을 자면서 보낸대요. 알고 계셨나요? 그런데도 우리는 종종 무슨 꿈을 꾸는지 알지 못하잖아요.

두 번째 일요일

정원은 황혼 아래 버려져 있다. 나는 속옷만 입은 채로 밖에 서 있지만, 춥지 않다. 모든 창문에 불이 들어와 있다. 사람들을 볼 수 없지만, 그들이 집 안에 있다는 것은 안다. 그들 모두 안에 있다. 그리고 내 머릿속은 또 다시 뭔가 끔찍한 일이 일어날 거라는 생각으로 가득하다.

입을 벌리고, 엠마와 루카스, 오스먼드를 부를 준비를 한다. 하지만 내가 아무리 힘껏 소리쳐도 목에서는 아무 소리도 나오지 않는다. 요르겐과 메레테의 아파트에서 그림자가 보인다. 익숙한 모습. 그가 누군지 안다. 나는 뛰기 시작한다. 안으로 들어가 사람들에게 경고해야 한다. 하지만 아무리 애를 써도 몸을 움직일 수 없다. 창문으로 보이는 불빛 속에 그 그림자가 요르겐과 메레테의 아파트를 떠나는 모습이 보인다. 그리고 그 그림자는 계단을 내려와 우리 아파트 문을 연다. 폐가 찢어져라 있는 힘껏 비명을 지르며, 도망가려고 하는 순간 잠에서 깬다. 나는 침대에 누워 있다. 몸의 모든 근육이 다 긴장된 상태로 눈을 깜박거린다. 목이 쉬고 따갑지만, 뺨은 메말라 있다. 그리고 내 옆에는 오스먼드가 편안하게 잠들어 있다.

한 걸음 뗄 때마다 고통이 느껴진다. 원래는 다친 무릎에 무리가 가지 않게 살살 뛸 생각이었다. 그저 아파트에 붙어 있는 길로, 볼슬뢰카 주위를 조금 돌려고 했다. 하지만 활기찬 걸음으로 몸을 풀었음에도 불구하고 한 걸음 내디딜 때마다, 몸무게가 실릴 때마다 고통이 심해진다. 준비운동이 아무 소용 없었던 모양이다. 지금 이 신체적 상황은 극복할 수 없는 것이다. 나는 자갈길 한복판에 그대로 멈춰 선다. 트레이닝 타이즈에 눈에 띄는 운동복 상의를 입은 사십대 남자가 내 옆을 스쳐 지나간다. 럭비 경기장에서는 선수들이 뛰면서 공을 주고받고 있다. 엄마들 두 명이 유아차를 밀며 천천히 내 쪽으로 오는 중이다. 그들은 대화에 너무 열중해 나를 보지 못한다. 마지막 순간에 유아차들이 나를 피해 양쪽으로 벌어진다. 나는 꼼짝하지 못하고 그 자리에 서 있다. 집에 가는 방법밖에 없지만, 그 생각은 미뤄둔다. 하지만 다른 계획도 없어 그냥 그대로 서 있다.

결국 나는 간신히 정신을 차린다. 발을 질질 끌며 천천히 공원 끝으로 걸어간다. 마리달스베인과 나무들 사이에 나 있는 작은 길로 들어선다. 걸음을 뗄 때마다 여전히 고통이 느껴지지만 그래도 천천히 걸을 수는 있다. 아니, 절뚝거리는 쪽에 가깝겠지만.

도로로 나오자 나는 멈춰 선다. 자동차들이 스쳐 지나가고, 버스들은 로터리 앞에서 속도를 줄인다. 오늘은 일요일이고 대부분의 사람들이 쉬는 날임에도 여기는 붐빈다. 버스 정류장으로 고개를 돌리니 사만이 서 있는 것이 보인다. 내가 그를 본 순간, 그도 나를 본다. 우리는 목례를 나눈다. 계단참에서 마주쳤던 날 이후로 처음 보지만 나는 이 만남을 기회로 받아들인다.

"앉아보세요." 그가 말하자, 나는 고분고분 버스 정류장 안쪽에 있는 의자에 앉는다.

그는 내 옆에 쪼그리고 앉아, 내 다리를 들어올린다.

"어쩌다 다친 겁니까?"

"숲에서 뛰다가요. 조금 무리하다가 넘어졌죠. 며칠 됐어요."

"음."

그는 의사의 시선으로 쳐다보며 내 다리를 살짝 들어 올렸다가 굽혀본다. 그러면서 이런 식으로 비틀 때 아픈지, 이렇게 굽힐 때 아픈지 물어본다. 나는 대답한다. 우리는 환자와 의사라는 새로운 관계로 이어진다. 버스 정류장은 진료실이 된다. 그중에서도 가장 이상한 것은 이 상황이 전혀 이상하지 않다는 점과 내가 이 상황을 자연스럽게 받아들이고 있다는 점이다.

"염좌는 아닌 것 같군요. 단순한 타박상으로 보입니다. 바위에 부딪히면서 살짝 부은 것 같네요. 별 이상은 없는 것 같습니다. 2주 정도 지나면 나을 거예요. 혹시 그 뒤에도 아프면 의사를 찾아가는 쪽이 좋을 겁니다."

"알겠어요. 고마워요."

그가 몸을 일으키더니 내 옆에 앉는다. 그와 동시에 즉석 진료소는 사라진다. 하지만 그 분위기가 여전히 남아 있는 것 같다. 그 사람에 대해 잘 알지 못하는데도 어쩐지 말을 할 수 있겠다는 느낌이 드는 것을 보면.

"사만, 물어보고 싶은 것이 있어요."

그가 고개를 끄덕인다. 긍정의 의미로 받아들인 나는 적당한 말을 찾는다. 그가 고개를 돌려 나를 쳐다보면서 말한다.

"자밀라에 관한 거죠?"

내가 말을 못하자, 그가 말을 잇는다.

"부인이 궁금해할지도 모른다고 생각했어요. 자밀라가 자료들을 가득 안고 부인 집에 쳐들어가 온갖 이론들을 늘어놓았을 때 말이에요."

그가 깊은 한숨을 내쉰다. 갑자기 나이가 들어보인다.

"자밀라와는 어릴 때부터 알고 지냈어요. 그래서 그렇게 행동한다는 사실을 잘 알고 있죠. 자밀라의 엄마와 남동생 모두 조울증이 있어요. 책에서 봤는데, 그 병은 유전적인 요소가 강하다고 하더군요. 정신 질환 중에서도 가장 유전적인 요소가 강한 병이라는 것 알고 있습니까? 하지만 자밀라는 조울증에 걸린 것이 아니에요. 그 사람은 진단을 받은 적이 없으니까."

그는 강조하듯 마지막 말을 강한 어조로 내뱉는다. 그 사실에 단단히 매달리고 있는 것처럼.

"정신과 의사인 친구가 순환성 장애에 대해 언급한 적이 있어요. 양극성 장애보다 증상이 좀 약한 거라고 하더군요. 감정 기복이 아주 심하지는 않은 거죠. 그러니 굳이 진단을 내리자면… 자밀라는 순환성 장애일 거라고 생각합니다."

그가 숨을 깊이 들이마신다. 뉘달렌 언덕 아래쪽에서 버스가 가속하는 소리가 들린다. 우리에게는 시간이 많지 않다. 원래 사만에게 물어보고 싶었던 것은 그게 아니었지만, 끼어들 수 없다. 우리 집 주방에서 자밀라가 식탁 위에 펼쳐 놓은 종이들, 형광펜으로 줄을 그은 기사들과 느낌표로 표시해놓은 단락들, 그 안에서 그가 알게 된 양식들을 떠올린다. 아침 일찍 들이닥쳤던 자밀라의 격렬한 분위기. 그의 조바심. 내 팔을 움켜잡던 방식.

사만은 자밀라 오빠의 친구였다. 그는 친구를 만나러 찾아왔다가, 열여섯 살 때부터 자밀라와 사랑에 빠졌다. 그 이외에는 아무도 없었다. 자밀라의 격렬함 역시 매력적이었다. 자밀라에게는 열정이 있었고, 그는 활기와 생기로 가득 차 있었다. 자밀라의 오빠는 사만에게 말했다. 만일 네가 저 애를 선택했다면 그 모습 그대로 받아들여야 할 거야. 만일 네가 그걸 이유로 저 애를 떠난다면, 그때는 내 손에 맞아 죽을 줄 알아. 사만은 약속했다. 무슨 일이 있는지 정확하게 아는 자밀라의 오빠에게 진지하게 맹세했다. 그 약속은 지금까지 지켜지고 있다. 사만은 언제나 변함없이 자밀라의 옆에 서 있을 것이다.

"대체적으로는 문제가 없어요. 일상적인 생활은 잘 지내죠. 자밀라는 일을 할 때 강렬했던 자신의 경험을 이용해요. 자밀라가 찍은 사진을 본 적 있습니까? 그 작품들은 모든 것에 대한 자밀라의 진지한 시각, 그 불안정감과 분리하기 어렵죠. 아닐 때도 있지만, 자밀라 그 자체일 때도 있어요. 사실 그런 것은 문제가 되지 않습니다. 자밀라는 강하니까요. 그 사람은 그 불안정감을 이용하는 법을 알아요."

버스가 속도를 줄이더니, 앞에 멈춰 서서 문을 연다. 하지만 사만은 일어날 생각을 하지 않는다.

"문제는 극적인 일이 벌어졌을 때입니다. 자밀라는 큰일이 일어났을 때 많이 예민해지니까요. 이 년 전에 임신했을 때, 우리는…."

사만은 말을 멈추고 버스를 쳐다보다. 버스는 문을 닫은 뒤 정류장을 떠나 마리달스베인으로 사라진다.

"자밀라는 유산을 하고 우울증에 걸렸어요, 스트레스가 유발한 소위 반응성 질환이죠. 가끔 있는 일이고, 반드시 유전적 취약성과 관련된 것은 아니지만 나는 생각해요…. 자밀라가 깊은 구덩이에 빠진 거라고. 나는 자밀라가 스스로 목숨을 끊을까봐 두려웠죠. 그 사람은 단기로 병원에 들어가는 것을 받아들였고, 퇴원한 뒤에는 우리 둘 다 새 출발을 하고 싶었어요. 그래서 카스타네스빈겐에 있는 이 아파트로 온 겁니다. 임신은 조금 시간을 두다가 나중에 시도해보기로 했죠. 자밀라가 다시 일어설 시간을 가질 수 있게 말입니다. 그런데…."

그가 나를 보며 미소 짓는다. 한없는 슬픔이 담겨 있다.

"다시 임신을 시도해보자고 이야기를 시작한 참이었어요. 그런데 요르겐의 일이 일어난 겁니다. 그리고 때마침 자밀라가 그 시신을 발견하고 말았고요."

나는 고개를 끄덕인다. 전부 다 알 수는 없지만, 이해가 되는 상황이다.

"차라리 휴가를 떠나는 편이 나을지 고민 중입니다. 수사가 진행되는 몇 주 동안 이곳을 떠나 있는 거죠. 이번 사건과

거리를 좀 두는 것이 좋겠어요. 경찰이 범인을 잡고 난 뒤에 돌아오는 거죠. 아무래도 그 편이 나을 것 같아요."

고개를 천천히 끄덕인다.

"그럴 것 같아요. 그런데 내가 궁금했던 것은 그게 아니었어요." 내가 말한다.

사만이 나를 돌아본다. 그의 수염은 검은색이고, 맵시 좋게 다듬은 눈썹도 새까만 색이다. 지금 앉은 방향 때문에 그의 얼굴에 그림자가 드리워져 있다.

멀리서 다음 버스가 강가에 있는 정류장에 멈춰 서는 소리가 들린다.

"오두막 여행에 대해 물어보고 싶었어요. 저번에 니나와 같이 계단참에서 마주쳤을 때 했던 이야기 말예요. 그때 오스먼드가 당신보다 더 화를 많이 냈다고 했었죠?"

사만이 길 건너편에 있는 녹색 아파트 단지를 쳐다본다. 그렇게 잠시 아무 말 없이 앉아 있다. 이윽고 그가 말한다.

"이란 이름을 가지고 있고, 이란인의 모습을 한 노르웨이인이라면 알 겁니다. 다른 사람들과 똑같이 화를 낼 권리를 가지지 못한다는 사실을 말이죠. 화를 낸다면… 누가 봐도 이해해 줄 만한 상황, 그러니까 누가 차를 찌그러뜨린다던가, 정원에 쓰레기를 버린다던가…. 그런 상황들 있잖습니까. 그럴 때 요르겐이나 오스먼드 같은 사람들이 화를 낸다면 누구나 이해해주겠죠. 하지만 내가 화를 낸다면 사람들은 그 즉시 나를 근본주의자라고 생각할 겁니다. 단도직입적으로 말하면 내가 이란 출신이니까요. 우리 가족은 호메이니가 권력을 잡았을 때 제일 먼저 도망친 사람들 중 하나였습니다. 사람들은 다른 사람도 아닌 내가 종교를 그렇게 보수적으로 해석하는 방식을 싫어한다는 것을 이해하지 못해요. 그러면서 내가 조금이라도 목소리를 높이면, 나를 그런 식으로 보죠. 그래요. 그날 오두막에서 토론을 했을 때 나 역시 흥분했어요. 하지만 나는 의사입니다. 백신 거부의 결과를 잘 알죠. 요르겐은 언론의 자유에 대해 말했고, 당연히 받아들여질 거라고 여겼을 겁니다. 그렇다고 해도 그에게 이의를 제기하는 사람이 아무도 없을 거라고 생각하지는 않았을 거예요."

우리 앞에 또 다른 버스가 멈춰 선다. 여학생 두 명이 버스에 올라탄다. 사만은 여전히 일어날 기미가 없다. 버스가 다시 출발하자, 그가 나를 돌아본다.

"오스먼드가 나보다 더 많이 화를 냈습니다. 그가 소리쳤고 나도 목소리를 높였습니다. 하지만 오스먼드보다는 목소리를 낮게 냈죠. 술을 별로 마시지 않았으니까요. 하지만 경찰한테 그런 식으로 말을 했고, 나는 너무 화가 났습니다. 스베인 스파레는 경찰들에게 장담했을 거예요. 그 자는 잔뜩 취한 채 탁자 위에 얼굴을 대고 반쯤 졸고 있었지만, 내가 화를 냈다는 것은 알고 있었던 거죠. 단순한 토론이었을 뿐인데도 술에 잔뜩 취해 있던 스베인은 내가 화를 냈다고 생각한 겁니다."

사만은 깊이 한숨을 내쉰다. 뺨이 부풀 정도로 숨을 들이마셨다가 내뱉는다. 우리는 잠시 그대로 그 자리에 앉아 있다.

아무 소리도 들리지 않는다. 지나가는 차도, 버스도 없다. 해가 비치고 날이 따뜻하다. 마치 겨울이 끝난 것처럼 느껴지는 그런 날씨다. 내가 말한다.

"어디 가는 길이었어요?"

사만이 살짝 수줍어하며 미소 짓는다.

"실은 팟캐스트를 녹음하러 가는 길이었어요. 어릴 때 친구 두 명과 같이 하거든요. 한 명은 희극 배우고, 다른 한 명은 철학과 박사에요. 희극 배우 친구가 몇 가지 질문을 할 겁니다. 인생의 의미는 무엇인가, 죽음은 무엇인가, 사랑은 무엇인가. 그런 종류로요. 그럼 우리가 대답하는 겁니다. 철학 박사인 친구는 자기 전공 분야로 대답하고, 나도 내 전공 분야로 대답하는 거죠. 1회는 이미 완성됐는데, 아직 올리지는 않았어요. **요람에서 무덤까지**, 이게 제목이죠. 어떨지 모르겠네요. 좀 바보 같기도 하고."

나는 미소 짓는다. 내가 인터넷으로 검색했을 때 찾았던 그 페이지다. 그 뿐이다. 사만은 자기 운동화를 내려다보며 싱긋 웃는다. 그가 힙스터처럼 보인다고 생각한다. 수염, 옷, 심지어 어깨에 메고 있는 갈색 가죽 가방까지. 눈부시게 하얀 운동화도 고급이다.

"근사하게 들리는데요." 내가 말한다.

"나중에 봐요."

또 다른 빨간 버스가 정류장 쪽으로 다가오는 것이 보이자, 사만이 말한다.

"저 버스를 타야 할 것 같네요."

그가 양손을 허벅지에 올리더니, 자리에서 일어난다.

"사만. 저번 토요일 기억나죠? 달걀을 줬잖아요." 내가 말한다.

그가 나를 돌아본다.

"내가 요르겐의 현관문을 두드렸을 때 말예요."

사만이 천천히 고개를 끄덕인다.

"혹시 그 일을… 그러니까 자밀라한테 말했어요?"

"아뇨. 말하지 않는 것이 좋겠다고 생각했거든요."

버스가 멈춰 서고, 문이 열린다. 사만은 올라탄 뒤 나를 돌아보며 손을 흔든다. 나는 그 버스의 모습이 보이지 않을 때까지 계속 그 자리에 앉아 있다. 며칠 만에 처음으로 숨을 자유롭게 쉴 수 있을 것 같은 느낌이 든다.

오늘은 몸을 좀 움직여야겠다는 생각에, 갈퀴를 끌며 잔디밭을 가로지른다. 갈퀴 살에 잔디를 덮고 있는 갈색 낙엽들이 끌려온다. 하늘 높이 뜬 태양이 뜨겁다. 지금 이 낙엽들을 치워주면 이 잔디밭은 겨울이 지난 후에 다시 녹색으로 근사하게 변할 수 있는 최적의 상태가 될 것이다. 어제 오스먼드가 조금 치웠고, 지금은 내가 이 일을 끝내기 위해 열심히 낙엽들을 긁어모으고 있다. 우리를 위해 정원을 근사하게 만드는 일이다. 오후에 시어머니 집에 간 오스먼드도 집에 돌아오면 알게 될 것이다. 이곳이 얼마나 보기 좋게 변했는지. 우리의 것들을 내가 어떻게 관리하고 있는지. 우리 가정을 만들고, 필요에 따라 유지하고 있다는 것을.

메레테가 신문과 커피 한 잔을 들고 현관 계단에 앉아, 고개를 들고 햇빛을 쬐고 있다. 우리는 몇 마디 말을 나눴다. 나는 갈퀴질을 하면서 메레테를 많이 의식하고 있다. 그의 시선이 나를 쫓고 있는지 궁금하지만, 그렇게 보이지 않는다. 메레테는 가끔씩 신문을 내려다볼 때를 제외하면, 해가 비치는 쪽으로 얼굴을 들어 올린 채 계속 눈을 감고 있다. 필리파와 엠마는 파티오에 있는 탁자 앞에 앉아, 필리파가 친척에게 받은 듯한 상자를 보는 중이다. 필리파의 암울한 눈빛과 끊임없이 사이먼 앤 가펑클 노래만 반복해서 듣고 있다는 사실에 마음 아파하는 누군가가 그 상자를 보낸 것 같은 느낌이다. 안에는 작은 무선 조종 드론이 담겨 있다. 여자애들은 이제까지 둘 사이에 있었던 경쟁은 제쳐두고 지금은 나란히 앉아 드론을 함께 조립하는 것처럼 보인다. 아니, 거기 아니야. 한 아이가 말한다. 맙소사. 왜 이렇게 나사가 많은데. 다른 아이가 말한다. 루카스가 누나들한테 끼어보려고 시도하다가 포기한다. 그 애는 사과나무 아래 있는 벤치에 장난감 차 몇 대를 늘어놓고 고속도로를 만든다.

오스먼드가 집에 도착했을 때 이런 모습을 보여야 한다고 생각하자, 속이 뒤틀리는 것 같다. 남편에게 모든 사실을 털어놓기 전에 보여줘야 한다. 오늘 밤 잠자리에 들었을 때 오스먼드의 눈앞에 아내가 집을 보살피고, 아이들을 돌보는 이미지가 떠오르게 만들어야 한다. 이게 바로 우리가 누리고 있는 것이다. 이 모든 것을 던져 버릴 수 있겠는가? 내가 저지른 실수는 작지 않다. 하지만 나를 벌하기 위해 모든 것을 희생할 정도로 엄청난 실수일까? 오늘 밤 남편에게 다 이야기하기로 굳게 결심했다. 무슨 일이 있더라도. 지금 내가 할 수 있는 일은 오스먼드가 쉽게 선택할 수 있게 돕는 것뿐이다. 무슨 일이 있어도 우리를 선택하게끔 부드럽게 이끌 것이다.

"저거 같은데." 엠마가 말한다.

"아니야, 잠깐만." 필리파가 말한다. 잔디밭 너머로 아이들의 웃음소리가 들린다.

이제 저 아이들은 친구가 됐을까? 결국에는 이렇게 되는 것인가. 메레테가 신문을 넘긴다. 루카스는 작은 목소리로 심각하게 장난감 자동차에 말을 걸고 있다.

"프리츠!" 바깥에서 누군가 외친다.

호프모가 다리에 하얀색 긴 줄무늬가 들어간 우스꽝스러운 운동복을 입고 서 있다. 나는 갈퀴를 들고 울타리 쪽으로 다가간다.

"그 모습 보니 알겠네요! 이번 주의 마지막 달리기를 하러 가나요?"

"물론. 건강한 몸에 건강한 정신이 깃드는 법이지. 그게 핵심이야, 프리츠. 정원 일을 하고 있었나?"

"네. 자기 할 일은 자기가 해야죠."

"맞아. 그래야지."

나는 갈퀴 자루에 몸을 기댄다. 호프모가 말한다.

"죽은 고양이를 발견했다면서?"

"네."

카스타네스빈겐 아래쪽으로 시선을 돌려, 우리가 서 있는 자리와 맞닿은 도로의 갈라진 아스팔트 틈을 쳐다본다.

"그래, 지하실에 내려가 냉동고를 열어봤다는 말도 들었지. 잘 생각했어, 프리츠."

말 없이 예의바른 미소만 짓는다. 그 주제는 더 이상 말하고 싶지 않다.

"스파레 꼬마가 한 짓으로 밝혀졌다지." 호프모가 고개를 젓는다. "서글픈 일이야."

"네. 정말 놀랐어요."

"알겠지만 예전부터 그 살상에 끔찍한 뭔가가 있을 줄 알고 있었어." 호프모가 말한다.

그가 즐겨 쓰는 표현이다. **살상**. 나는 갈퀴에 의지한 채로 아스팔트의 갈라진 틈을 내려다본다.

"니나는 사정을 전혀 몰랐어." 호프모가 감상적으로 말한다. "이제는 그 이유를 궁금해할지도 모르겠군. 하지만 쉽지는 않을 거야. 니나는 그 애 엄마니까."

길가에서 먹을 것을 찾는 까치 한 마리가 아스팔트의 갈라진 틈 옆을 껑충거리며 뛰어다닌다. 우리는 그 모습을 지켜본다. 호프모가 내 옆으로 다가오는 것이 느껴진다.

"정의는 이뤄지는 법이지. 하지만 법정에서는 관대한 처분을 내릴 거야. 아직 아이니까."

호프모는 어딘가 위압적이고 올곧으며, 자부심을 가지고 있다. 그래서인지 그를 보면 체육 선생님이 떠오를 때가 많다. 늑목에 올라가라, 꾸물거리지 말고! 하지만 호프모는 평생을 군인으로 살아왔다. 그럼에도 그가 군복을 입고 다른 사람들에게 명령을 내리는 모습을 상상하기 힘들다. 사실 군인이라는 직업에 대해 아는 것도 별로 없고, 호프모가 어떤 일을 했는지도 알지 못하지만.

"그 애는 적어도 의무적으로 군 복무를 하는 사람들보다는 어릴 테니까요." 내가 말한다. "그런 군인들과 같이 일해본 적 있으세요?"

"아니." 호프모가 대답한다.

"그래도 군대에 계셨잖아요. 아니에요?"

"그랬지. 하지만 나는 정보부에서 일했어." 호프모가 말한다.

까치가 도로의 갈라진 틈으로 다가간다. 나는 생각한다. 아스팔트가 저렇게 깨지기 쉬운 거였나? 상태가 더 나빠지면 어떻게 될까? 새가 아스팔트 조각들을 잘라내고, 길을 따라 거대한 수로가 생길까?

"정보부라니. 감시 같은 일을 하는 곳인가요?"

호프모는 대답하지 않는다. 새가 갈라진 틈 앞에 멈춰 서더니, 고개를 숙이고 부리로 뭔가를 조심스럽게 쪼고 있다. 난 호프모를 돌아본다.

"아니. 그건 아니야. 데이터 분석 같은 일을 했지. 사무직이었어."

하지만 호프모는 나를 쳐다보지 않는다. 뭔가 있는 것 같다.

"아깝네요. 지금 이 거리를 감시했으면 조금은 도움이 됐을 텐데 말이죠."

호프모는 아무 말도 하지 않는다. 길 저편에서 이웃 주민 한 명이 개를 끌고 우리 쪽으로 오고 있다. 볼리바르라는 이름의 그 개는 커다란 세인트 버나드 종이다. 이런 좁은 골목을 지나다니기에는 지나치게 커 보인다. 우리는 볼리바르와 그 주인을 쳐다본다. 아스팔트 갈라진 틈 옆에 있던 까치와 그들과의 거리를 재본다. 볼리바르가 짖기 시작하고 까치가 날아갈 때까지 얼마나 걸릴까?

"그럼 그 보안 카메라들도 직장에서 얻었나요? 공공 기물 파손 사건이 있을 때 달았던 CCTV 말예요." 내가 묻는다.

"예전 동료한테 도움을 좀 받았지. 그때 일이라면 말이야. 마지막에 능력 있는 변호사가 방해하지 않았다면 효과를 봤겠지. 공용 장소 촬영은 불법이라고 하더군. 마치 내가 사람들을 엿보고 다니고 싶어 한다는 것처럼 말이야. 분명히 말하는데, 프리츠. 나는 그런 데 전혀 관심 없어. 정보 부대에서 감시 담당인 군인들과 이야기를 해보면 그런 지저분한 비밀들을 얼마나 역겹게 여기는지 알게 될 거야. 누가 누구랑 난잡하게 굴었는지, 누가 주정뱅이인지, 누가 이웃집 여자를 훔쳐보는지. 어디든 다 똑같아. 나는 그런 일들에 아무 관심 없어."

이제는 내가 시선을 돌린다. 여전히 순한 세인트 버나드 종을 의심하면서 까치에 시선을 고정한다. 호프모는 우리 아파트 건물 맞은편에 산다. 그가 뭔가를 봤을 수도 있다. 범죄행위라고 볼 만한 일은 아니지만, 아주 사소한 일들을. 호프모는 내가 밖에 나갔다가 집에 돌아와 계단을 올라가는 것을 봤을 수도 있다. 여러 번 봤을 수도 있다. 이것저것 종합해서 추측하고, 자신이 관찰했던 바에서 결론을 이끌어낼 것이다.

"아니. 나는 그런 종류의 일에는 관여하지 않아. 하지만 우리 공동 재산을 파괴하는 훌리건들은 찾아야 하잖아? 그런 혐오스러운 행동은 막아야 하지 않을까?"

그때 까치가 개의 존재를 알아차린다. 놀랍게도 새는 덤덤하게 도로 위를 몇 미터 껑충거리며 뛰어가더니 퍼드득 날아올라 호프모의 대문 기둥에 올라앉는다. 볼리바르는 아스팔트의 갈라진 틈에 코를 대고 냄새를 맡더니 그 자리에 주저앉는다. 까치는 그대로 기둥에 앉은 채 개를 내려다보다가 우리 쪽으로 시선을 돌린다. 순간 나는 새와 눈이 마주친다.

"하지만 그 능력 있는 변호사가 허락하지 않았지. 내가 아는 것은, 그 사람이 법에 대해 잘 안다는 거야. 하지만 그 변호사가 나한테 쓰는 말투는 부적절하다고 생각해. 이웃이 그런 식의 공격을 받으면 반격할 수 있게 해줘야지. 행동을 취할 수 있도록 말이야. 이런 일은 의무의 영역이니까. 적어도 내 생각에는 그래. 아내는 이런 내가 너무 완고하다고 생각하지만. 가정의 평화를 위해 그냥 내버려뒀어. 프리츠도 가정의 평화를 지키려면 최선을 다해야 해. 그것은 또 다른 의무니까."

호프모가 나를 보며 온화한 미소를 짓는다. 나는 숨을 들이마시고, 그 말에 동의한다. 그리고 그 자리를 떠난다. 바로 그때 대문 기둥에서 날아오른 까치가 아스팔트 위를 저공비행한 뒤 우리 정원을 가로지른다. 그 새는 루카스와 여자애들 사이를 지나 메레테 옆을 스쳐 날아간다. 그 새가 집 뒤로 사라질 때까지 쳐다보다가, 얼핏 뭔가 떠오른다. 직장에서 하는 것처럼 익숙한 방식으로 가설을 세우고 시험해서 그것이 뭔지를 알아낸다.

"고양이 이야기를 하니 떠오르는 것이 있어요. 실제로 그 일은 예전에 있었던 공공 기물 파손보다 훨씬 심각했다는 거예요. 생각해보세요."

"그랬을 거야." 호프모가 말한다.

길에서 눈을 돌려 사각턱에 수염 난 호프모의 얼굴과 숱이 많은 눈썹 밑 작은 눈을 올려다본다. 뭔가 지적으로 보인다. 그가 워낙 중얼거리고 투덜거려서 간과하기 쉬운 점이지만.

"그러니 뭔가 해야 하지 않을까요? 이웃 주민이 더없이 악랄한 공격의 대상이 됐잖아요."

"그렇기는 하지."

"그런데 왜 아무것도 안 하세요? 이번에는 보안 카메라도 달지 않으셨잖아요. 스스로를 지키기 위해 아무것도 안 하셨죠?"

호프모가 눈을 가늘게 뜨고 나를 쳐다본다. 잠시 우리는 아무 말도 하지 않는다. 그는 마치 내가 안전한 곳으로 한발 물러나 무장해제하기를 기대하는 것 같다. 아, 쉽지 않다. 거기에 더해 호프모는 우리 잔디밭을 어떻게 해야 할지 알려줄 말이 없을까? 그는 그저 내가 후퇴하기만을 기다리고 있다. 갈퀴 손잡이에 몸을 기댄다. 지난 며칠 사이에 지금보다 더 정신이 깨어 있고 날카로웠던 적은 없다.

"어쩌면 이미 했을 수도 있겠네요."

"법은 어기지 않았어." 호프모가 차분하게 말한다. "그때 변호사와 약속했거든. 그런 일은 더 이상 하지 않겠다고. 동의하는 것은 아니지만, 약속은 지켜야지. 공용 장소에 카메라는 달지 않았어. 나는 내가 한 말은 지키는 사람이니까."

"하지만 공용 장소가 아닌 곳이라면 어떨까요? 이를테면 자기 집이라든가."

우리 두 사람은 호프모의 정원을 돌아본다. 정원을 둘러싼 격자무늬 금속 울타리는 녹슨 부분 하나 없이 말끔하게 페인트칠돼 있다.

"그야 내 사유지에 관해서는 아무 약속도 하지 않았지."

나는 호프모가 빠져나갈 구멍을 찾았을 거라고 생각한다. 그리고 그는 그 변호사에게 억지로 사과를 한 뒤에 엄청난 자부심을 느꼈을 것이다.

"맞아." 호프모는 그 길이 자신의 소유인 것처럼 살피며 말한다. "법을 지키면서도, 머리를 쓸 수 있지. 고달스파켄에서 첫 번째 고양이 사체가 발견됐을 때 아내에게 말했어. 내 말을 잊지 말라고. 이것이 끝이 아니라고 말이야. 그리고 내 뒷마당에서 비슷한 일이 벌어지는 것은 용납할 수 없었지. 그래서 공공 기물 파손 사건 이후에 남아 있던 보안 카메라 두 대를 설치했어. 물론 내 사유지에 말이야. 안 될 것이 뭐가 있어? 남자라면 자기 정원은 마음대로 할 권리가 있는 거니까. 이번에는 아내조차 동의했지."

호프모는 숨을 깊이 들이마신 뒤, 가슴이 수탉처럼 부풀어 오를 때까지 참았다가 내뱉는다.

"그런데 길 건너편에 사는 자네가 다음 피해자가 됐잖아. 집에 보안 카메라를 달지 않은 것이 문제지. 만일 주민들 모두가 단합했으면 벌써 범인을 잡았을 거야."

뒤에서 루카스가 혼자 놀 때처럼 하는 혼잣말이 들린다. 다른 사람에게 들리지 않을 정도의 작은 목소리로. 파티오에서는 여자애들이 뭔가를 보며 깔깔 웃고 있다. 나는 생각한다. 그날 밤 호프모의 보안 카메라에 우리 집 우편함이 찍혔을까? 화질이 나쁜 녹화 영상을 상상해본다. 잠옷 바람의 엠마가 꽁꽁 얼어붙은 고양이 사체와 나일론 줄을 들고 커다란 검정색 대문에서 나오는 모습을.

"그 보안 카메라들은 어디 달았어요?" 내가 묻는다.

"아. 한 대는 정원이 보이도록 진입로에 달았고, 다른 한 대는 문 쪽이 보이게 울타리에 달았어."

"화면에는 아저씨 집만 보이나요?"

"변호사라도 된 거야, 프리츠?" 호프모가 묻는다.

나는 대답하지 않는다. 그의 정원을 바라본다. 카스타녜스 빈젠과 같은 방향으로 나 있는 정원으로, 느슨하게 짜인 얇은 금속 재질 울타리가 도로와 정원을 분리하고 있다. 내가 천천히 말한다.

"화면에 도로가 잡힐 수도 있겠는데요? 진입로에 카메라를 달았으면 말예요. 각도에 따라 도로 일부가 보일 수도 있겠어요."

"내가 길거리를 몰래 찍고 있다는 말을 하고 싶은 거야?"

"아뇨, 그런 의도로 말한 것은 아니에요. 하지만 저절로 일어날 수도 있는 일이잖아요? 누군가의 의도가 아니라 그냥 우연히 그런 각도로 놓일 수도 있다는 거죠."

호프모가 입술을 오므리며, 생각에 잠긴 채 진입로를 쳐다본다.

"확실히 그럴 가능성은 있어. 물론 그런 의도는 전혀 없었지만 말이야. 자네는 이해해주겠지. 의도치 않게 도로 일부분이 찍혔을 수도 있냐고 했던가? 그래, 그럴 수 있어. 하지만 그렇다고 해도 아스팔트 외에는 보이는 것이 없을 거야. 범행 장면이 찍혔다고 해도 말이지. 자네 집까지는 나오지 않고, 스파레 꼬맹이는 지하실에서 나왔을 테니까."

나는 호프모의 대문 기둥을 쳐다본다. 호흡이 가쁘고 얕아진다.

"하지만 도로 쪽에서 찍힌 것이 있을 수도 있잖아요? 그러니까 요르겐이 살해당했던 밤, 카스타네스빈겐으로 걸어온 사람이 있는지 알아볼 수 있지 않을까요?" 내가 묻는다.

순간 우리 주위로 완벽한 정적이 흐른다. 지나가는 자동차나 자전거 소리, 아이들이 노는 소리도 들리지 않는다. 그때 파티오에 있던 여자애들이 다시 웃는다. 뒤에서 메레테가 바스락거리며 신문을 들추는 소리가 들린다.

"확실하지는 않아. 하지만 그럴 가능성은 있지."

"확인해보는 편이 낫지 않을까요?" 나는 가볍게 말한다.

마음 한편으로는 그가 친절하게 거절해주기를 바란다. 아니, 그것은 너무 심한가. 하지만 호프모가 힘없이 고개를 끄덕인다.

"그래. 확인해보는 것이 낫겠어. 같이 봐주겠나, 프리츠?" 그가 생각에 잠긴 채 말한다.

무게 중심을 양쪽 다리에 번갈아 옮기면서 그 자리에 서 있던 나는 망설인다. 지금보다 이 일에 더 몰두하는 것이 좋은 생각인지 확신이 서지 않는다. 하지만 내 가설을 확인해 볼 수 있다는 사실에 이끌린다. 영상에서 뭘 보게 될지 궁금하다. 의심의 여지도 있다. 만일 내가 보고 싶지 않은 장면을 보게 된다면, 엠마가 그 영상에 찍혀 있다면 어떻게 할 것인가? 그럴 것이라고 생각하지는 않지만, 확실한 것은 아니다. 하지만 그게 뭐든 내가 알고 있는 쪽이 낫다는 생각이 든다. 호프모는 나를 좋아한다. 그는 변덕스러운 사람이 아니다. 기왕 여기까지 왔으니 그냥 가서 보는 편이 낫다.

"엠마." 나는 뒤를 돌아보며 소리친다. "호프모 아저씨 집에 잠깐 갔다 올 거야. 그동안 루카스 좀 봐줄래?"

여자애들은 탁자 위에 놓인 상자를 뚫어질 듯 들여다보고 있다. 특정 부품을 찾고 있는 모양이다. 신문을 보던 메레테가 우리 쪽을 흘깃 쳐다본다.

"알았어." 엠마가 내 쪽은 쳐다보지도 않고 대답한다.

호프모 부부의 집은 모든 부분이 소나무 판으로 뒤덮여 있다. 벽, 바다, 천장까지. 그리고 그런 외관을 진정으로 완성하기 위해 복도에는 세 개의 거대한 소나무 장식장이 놓여 있다. 전체적으로 시대에 뒤떨어진 느낌이다. 삼십여 년 전 토센이 오슬로의 평범한 외곽 지역 중 한 곳이었을 때, 호프모는 이곳에 집을 사서 어린아이 세 명을 데리고 이사 왔다. 잠시 나는 그 당시 우리도 여기 살았으면 좋았을 거라는 생각을 한다. 주방에 있던 호프모 부인이 나를 보자 불을 밝힌다. 오, 정말 예쁘네. 커피 좀 줄까요? 부인이 말한다.

"됐어." 호프모가 으스대며 대꾸한다. "알아볼 것이 있어서 왔으니까."

"감사합니다만, 저도 괜찮아요." 나는 친절한 미소를 지으며 부인에게 말한다.

두 사람은 많이 행복해 보인다. 내가 그들을 보면서 예전부터 그런 생각을 했다는 사실을 깨닫는다. 호프모는 자신만의 생각으로 상상의 나래를 펼친다. 부인은 그런 변덕을 기대로 삼는다. 이번에는 무슨 생각을 떠올린 걸까? 자신이 반대하면 남편이 들어준다는 확신이 있기 때문이다.

서둘러 계단을 오르는 호프모의 뒤를 따라간다. 계단참의 소나무 벽에는 자녀들 사진이 걸려 있다. 아기 때, 초등학생일 때, 청소년일 때의 모습들. 그리고 맨 위에는 성인이 된 자녀들이 카메라를 보며 활짝 웃고 있는 결혼식 날의 사진이 걸려 있다. 그 계단을 올라가는 동안 가족의 역사를 볼 수 있다. 하지만 우리에게는 그 자리에 멈춰 서서 그 사진들을 천천히 살펴볼 시간이 없다. 호프모가 나를 방으로 이끈다. 아이들 중 누군가의 침실이었던 방으로. 지금은 온갖 잡다한 취미실로 바뀐 곳이다. 소나무로 만든 책장과 구식 안락의자 그리고 매끈한 베니어합판으로 만든 책상이 놓여 있고 경사진 지붕의 가장 낮은 쪽의 바닥 구석에는 로잉머신이 놓여 있다.

호프모가 컴퓨터 앞에 앉아 전원을 켠다. 나는 그 옆에 자리 잡고 선다. 앞에 있는 창문으로 카스타네스빈겐에서 박케헤우겐으로 이어지는 길이 보인다. 내가 생각하기에 호프모 일가는 합리적인 선택을 했고 안정적인 가정을 이뤘으며 안락한 삶을 살았다. 그들은 집을 다시 꾸미지 않았지만, 그럴 필요가 뭐가 있겠는가? 컴퓨터가 가동되자, 호프모는 이마를 잔뜩 찡그리고 있다. 주름이 깊을수록 집중력이 기계에 옮겨지기라도 하는 것처럼. 이 집은 컴퓨터를 오랫동안 교체하지 않은 모양이다. 나는 시계를 흘긋 쳐다본다. 아무래도 시간이 좀 걸릴 듯하다. 원래 나의 계획은 오스먼드가 집에 돌아왔을 때 정원에 서 있는 것이었다. 하지만 그가 돌아오기까지 아직 시간은 남았다. 데스크탑에 화면이 나타난다. 호프모가 손가락을 움직인다. 마우스를 묵직하게 붙잡고는 아이콘을 찾아 누른다. 화면에 현재 가을 햇살이 비치는 그의 집 정원이 나타난다. 오른쪽 옆으로 카스타녜스빈젠이 보인다. 나는 몸을 앞으로 숙인다. 조금 보이는 정도가 아니다. 도로의 3분의 1 정도는 보이는 것 같다.

"자네가 좀 봐주겠나?" 호프모가 불안해 보이는 미소를 지으며 말한다.

"저장된 것 좀 볼 수 있을까요?" 내가 묻는다.

적어도 우리 집 정원은 보이지 않는다. 만일 엠마가 집을 나왔어도 화면에는 나오지 않을 것이다. 호프모가 커다란 손으로 마우스를 조작한다. 그는 서툴지만, 자신이 뭘 하는지 알고 있다. 그는 올바른 탭을 찾은 뒤, 몇 가지 설정을 조작한다.

"자, 언제 영상을 볼 건가?"

"금요일 밤이요." 숨을 죽이고 말한다. "아니면 토요일 새벽이요. 일주일 전이네요."

호프모가 그 날짜를 찾는다. 그 영상은 아직 컴퓨터에 저장돼 있다. 화면 아래 뜬 스크롤에는 자정까지 표시돼 있다. 화면으로 보이는 호프모의 정원에는 아무도 없다. 어둠뿐이다. 도로 역시 텅 비어 있지만 가로등 때문인지 환하다. 화질이 좋지 않아도 호프모의 문패가 걸려 있는 대문 기둥은 똑똑히 보인다. 화면 하단의 타임스탬프는 00:13:14라고 찍혀 있다. 그리고 초가 흐른다. 15, 16, 17…. 우리는 화면을 쳐다본다. 아무 일도 일어나지 않는다.

"배속을 해야 할 것 같아요." 나는 화면을 이 분 정도 지켜보다가 말한다.

호프모가 아무 말도 하지 않았지만 나는 침묵을 허락의 의미로 받아들인다. 몸을 숙여 자판에서 적당한 키를 찾는다. 재생 속도가 빨라진다. 너무 빠른 것은 아니지만. 나는 호프모의 의자 등받이에 손을 올린다. 내 손가락이 조급하게 패드를 두드린다.

12시 반경에 그림자들이 보인다. 호프모가 영상을 정지시킨다. 그 그림자들은 카메라 쪽으로 다가온다. 그리고 밑창이 커다란 신발의 줄무늬가 보인다. 십대 소년들이 신을 법한 모양이다.

"저게 뭐지?" 호프모가 양손을 배 위에 올리며 말한다.

"그냥 이웃 주민일 수도 있어요." 내가 말한다.

"확실한 것은 알 수 없지." 호프모는 책상에 있던 메모지에 그 시간을 기록한다.

좀 더 시간이 지난다. 자동차 한 대가 지나가자, 얼핏 타이어가 보인다. 호프모는 이번에도 시간을 기록한다. 이 계획에 의구심이 들기 시작한다. 여기서 뭘 찾으려고 했던 것일까? 여기서 어떤 결정적인 증거를 찾아낼 수 있을지 알 수 없다. 호프모가 계속 영상의 스크롤을 움직이는 동안 나는 이 일이 쓸데없다고 느낀다. 정원에 뭔가 있을 것 같다는 나의 가설은 어깨만 으쓱하는 결과로 끝났다. 우리 중에 이보다 더 머리를 쓸 사람은 없다. 화면의 타임스탬프는 새벽 2시를 지나서 2시 반을 가리킨다.

"그 일이 언제쯤 일어났는지 알아?" 호프모가 묻는다.

"적어도 밤 사이에 일어났을 거예요. 6시 전이라고 보면 될 것 같아요."

부인이 아래층에서 돌아다니는 소리가 들린다. 갑자기 커피를 들고 온다고 해도 놀랄 일은 아니다. 호프모 부인은 그런 사람이니까.

"여기까지는 별일이 없었네." 타임스탬프가 3시에 가까워지는 동안 호프모가 말한다.

"누군가 길 반대편으로 걸어갔을 수도 있겠죠?" 내가 묻는다.

"맞아." 호프모가 대답한다.

3시. 호프모가 숨을 깊이 들이마신다. 그때 화면 가장자리에서 작은 불빛이 보인다.

"저게 뭐죠?" 내가 묻는다.

호프모가 영상을 멈춘다. 순간 그 불빛이 흔들리자 호프모가 영상을 정상 속도로 돌린다. 불빛이 점점 다가온다. 그 뒤로 그림자가 진다. 자동차처럼 보이지만 그보다는 작고, 불빛도 하나밖에 없다. 이윽고 그 불빛이 화면 밖으로 사라지자 거리는 다시 어둠에 잠긴다.

"다시 돌려봐요." 내가 말한다.

호프모가 키를 몇 번 두드리자 그 불빛은 다시 나타난다.

아무래도 자전거인 것 같다. 움직임이나 속도를 보면.

"자전거인가?" 호프모가 말한다.

"그런 것 같아요."

우리는 그 영상을 다시 돌려본다. 화면을 정지시켜도 다른 것은 알 수 없다. 우리가 볼 수 있는 것은 불빛과 그 뒤에 있는 상자 같은 것뿐. 뒤에 뭔가가 더 있지만, 너무 어두운 데다가 불빛이 보안 카메라의 정면에 있어 배경에 있는 것이 무엇인지 식별하기 어렵다. 호프모가 수첩에 시간을 기록한다.

"아무래도 경찰에 알려야 할 것 같아. 경찰이라고 뭘 더 할 수 있을 것 같지는 않지만." 호프모가 중얼거린다.

화면에서는 영상이 계속 재생된다. 이만 가봐야 할 것 같다는 말을 하려고 한다. 내 가설은 빗나갔다. 더 이상 여기 있을 필요가 없다. 하지만 그 순간, 우리는 뭔가를 본다. 화면 위쪽으로 그림자가 보이더니 뭔가가 움직인다.

"저게 뭐죠?" 내 물음에 호프모는 영상을 멈췄다가 다시 정상 속도로 돌린다.

순식간에 움직임이 지나간다. 하지만 반복해서 다시 돌려가며 여러 번 시도한 끝에 호프모는 간신히 화면을 제대로 된 순간에 정지시킨다.

발이었다. 화면 끝에 걸려 있어서 제대로 보기 힘들지만 영상을 정지시키니 뚜렷하게 보인다. 작고 여성적인 흰색 운동화, 그리고 그 위로 보이는 가느다란 발목이다. 신발 한쪽 면에는 수놓인 그림이 있다. 각도상 그림이 뭔지 정확하게 보이지 않지만, 상관없다. 이미 알고 있기 때문이다. 그 신발을 어디서 봤는지 정확하게 안다.

내가 그를 처음 봤던 여름날, 집 바깥의 파티오에서 남편 그리고 친구들과 함께 있는 그는 아주 만족스러워 보였다. 요르겐은 그의 땋은 머리를 들어 올린 뒤, 부드럽게 등 한복판에 손을 올렸다. 그러자 그는 요르겐을 돌아보며 미소를 지었다. 그 모습에서 나는 두 사람이 깊이 사랑하고 있다고 생각했다. 상대방을 실망시키고 그들의 삶에 대해 서로를 비난하고 있다는 사실을 보여주는 것은 아무것도 없었다.

하지만 메레테는 나를 봤을 때 손을 흔들지 않았다. 그는 그저 자세를 똑바로 하고 서서 나를 노려봤을 뿐이다. 내가 그 쪽을 쳐다보고 있었다는 사실에 부끄러웠지만, 나중에 생각해보면 그런 식으로 그냥 서 있었던 것도 이상한 일이기는 했다. 나는 새로 온 이웃이었다. 아파트 안에 들어와 인사하지 않을 것이라면 적어도 손은 흔들어줄 줄 알았다. 내가 거기 있다는 것을 알아차리고 미소를 지으면서 말이다. 나를 봤고, 누군지 알았다는 의미로. 보통 새로운 이웃을 환영할 때 하는 것처럼.

완전히 다른 맥락이기는 하지만, 학교에서 열렸던 학부모의 밤에서 열띤 토론이 벌어지고 난 뒤에 나는 오스먼드에게 말했다. 메레테는 위협받으면 물어뜯는 타입이라고.

내가 낼 수 있는 최대한의 속도로 호프모 가의 역사를 역주행하며 계단을 내려간다. 어깨 너머로 호프모가 경찰에 연락해서 당장 메레테 탕겐의 아파트로 출동을 요청할 거라고 소리친다. 화면에 나온 것은 그의 신발이고, 그의 발이며, 아마도 그가 훔친 자전거일 것이다. 경찰에 신고하는 일은 호프모가 해야 한다. 나에게는 시간이 없었으니까. 내 심장은 고통스러울 정도로 두근거리고 뜨겁다. 지금 우리 잔디밭에 아이들 세 명이 있다. 여자애들 두 명은 드론을 만들고 있고, 꼬마 남자애는 장난감 자동차를 가지고 놀고 있다. 메레테는 신문을 들고 있다. 메레테가 호프모의 말을 들었을 수도 있다. 그것으로 내가 이제 다 알아버렸다고 추측할 수 있을까? 그는 내가 위협이 된다고 여길까? 내 아이들을 찾아 그 자리를 벗어나야 한다. 아이들을 데리고 집에 들어가 문을 잠궈야 한다. 우리 아파트를 요새로 만들 것이다. 오스먼드에게 전화해서 집에 돌아오라고 할 것이다. 마치 양치기 개처럼, 양들을 불러 모아야겠다는 생각뿐이다.

아래층에 내려오자, 호프모 부인이 쟁반을 들고 내 쪽으로 다가온다. 아니나 다를까, 사양했음에도 불구하고 부인은 우리를 위해 커피를 준비했다. 나는 그를 스쳐 지나간다. 호프모 부인이 뭐라고 말을 하지만, 무슨 말인지 알아듣지 못한다. 내게는 하나의 목표뿐이다. 심장이 한 번 뛸 때마다 묵직한 맥박이 현실을 상기시킨다. 지금은 위급한 상황이라고. 일요일 이후 처음으로 내 모든 골수에 힘이 넘친다. 나는 위험한 인물 바로 옆에 살고 있다. 지금까지 실수를 많이 저지르기는 했지만 아이들만큼은 지켜야 한다. 실패하지 않을 것이다. 나는 벗어뒀던 외투도 잊어버린 채 신발에 발을 집어넣자마자, 곧장 문을 열고 밖으로 뛰쳐나가 길을 건넌다.

호프모의 정원에서도 여자애들 두 명은 보였다. 그 애들은 상자에서 드론을 꺼냈지만, 아직 날리지는 못했다. 엠마가 드론을 들고 필리파는 원격 조정기를 든 채로 재잘거리고 있다. 메레테는 그 자리에 없다. 루카스도 없다. 사과나무 밑에 있는 벤치에 아이가 없다.

나는 대문으로 뛰어 들어가 여자애들에게 간다. 아이들이 나를 돌아본다. 엠마가 말을 하기도 전에, 내가 먼저 소리친다.

"루카스는 어딨어?"

"안에 들어갔어. 메레테 아줌마랑 같이." 엠마가 대답한다.

나는 아이의 팔을 붙잡고 끌고 가기 시작한다. 엠마는 간신히 친구에게 드론을 넘긴다. 필리파는 자기 나이인 열세 살보다 훨씬 나이를 많이 먹은 사람처럼, 뭔가 묵직한 것이 담긴 눈으로 나를 쳐다본다.

"엄마, 왜 이러는데?" 내가 딸을 끌고 가는 동안 엠마가 묻는다.

아이는 더 이상 애교를 부리지 않는다. 시도조차 하지 않는다. 그저 어린아이처럼 내게 물을 뿐이다. 엄마, 왜 이러는데?

"안에 들어가야 해."

나는 엠마가 범죄자라도 되는 것처럼 딸의 팔을 계속 붙잡고 있다. 여전히 우리를 쳐다보고 있을 필리파가 서 있는 쪽을 돌아보지 않는다. 공용 출입구의 비밀번호를 입력한 뒤, 엠마를 데리고 안으로 들어가 아파트 현관문을 연다.

"여기 있어." 나는 무뚝뚝하게 말한다. 하지만 내 말에 아무 반항도 하지 않는 것으로 보아, 엠마도 그런 겉모습 속에 숨겨진 당혹스러움을 느낀 모양이다. "나는 위층에 가서 루카스를 데려올 테니까."

엠마의 커다란 눈이 겁에 질려 있다. 어둠의 공포. 내가 억지로 가르친 두려움이 담긴 눈이다.

"무슨 일인데?" 엠마가 묻는다.

그 애는 울기 직전이다. 시간이 있었다면 엠마를 놓고 생각했던 모든 일들, 엠마가 무슨 짓을 했을지도 모른다고 생각했던 나 자신에게 저주를 퍼부었을 것이다. 이 애는 아직 어리다. 세상을 향해 공격적인 태도로 껍데기를 뒤집어쓰고 있지만, 그리 단단하지 않다. 한 번 찌르면 그대로 부서질 껍질이다.

"엠마." 나는 아이의 어깨에 손을 올린다. "내 말 잘 들어. 엄마가 나간 뒤에 문을 잠그는 거야. 안전 체인도 걸고. 아빠나 엄마 이외에 다른 사람은 아무도 들어오지 못하게 해야 해. 그 누구도 말이야. 알았지?"

아이의 눈은 눈물로 반짝거렸지만, 고개를 끄덕인다. 엠마는 내가 말한 대로 할 것이다. 내가 밖으로 나가 계단을 뛰어올라가는 동안 현관문이 잠기는 소리와 안전 체인이 덜그럭거리는 소리가 들린다.

여기는 친환경 공간입니다 라고 적힌 현관 매트 앞에 선다. 숨을 깊이 들이마신 뒤, 손을 들어 문을 두드린다.

"리케. 어서 들어와요."

메레테의 미소는 종종 그렇듯 계산적이다. 그는 아무 이유 없이 열의를 보이는 사람이 아니다. 나는 숨을 얕게 몰아쉬며, 마음을 가다듬으려고 애를 쓴다. 불안해하는 모습을 보이고 싶지 않다. 두려워하거나 필사적인 것처럼 보이고 싶지 않다. 그냥 평소와 똑같은 모습을 보이고 싶다.

"루카스를 데려가려고 왔어요. 애는 어디 있죠?"

"안에 있어요." 메레테가 확인을 해준다. "잠깐 들어와요."

나는 복도를 살핀다. 메레테의 부츠 옆에 루카스의 신발이 놓여 있다. 올봄에 사준 작은 운동화. 테두리에 정원 흙이 묻어 지저분하고 퀵보드를 타느라 앞부분만 많이 닳았다. 옷걸이에는 메레테의 파카 외에 아이의 작은 다운 재킷이 걸려 있다.

"좀 바빠서요."

나는 과장되게 활짝 미소 지으며 대답한다.

"오, 그러지 말고요. 뭐가 그렇게 급해요? 커피 한잔 마실 시간 정도는 있잖아요."

메레테가 안으로 들어간다. 마른 침을 삼킨다. 선택의 여지가 없다. 그 집 안으로 들어간다.

이번에는 실내를 살필 여력이 없다. 거실이 어질러져 있는지, 정리돼 있는지 판단할 수가 없고 주위를 둘러싸고 있는 물건들의 배열에서 메레테의 마음 상태를 읽을 수가 없다. 내 머릿속은 오직 한 가지 생각으로 가득하다. 내 아들을 찾는 것. 주변을 둘러보는 것도 아이의 흔적을 찾기 위해서일 뿐이다. 메레테가 루카스의 레고를 가져왔다면 그 조각들이 여기저기 흩어져 있지 않을까? 메레테가 작은 접시에 간 파테를 바른 빵을 담아 줬다면 루카스는 평소처럼 빵 껍질을 남겼을 텐데? 아이가 여기 있다는 어떤 흔적, 아무 문제도 없다는 것을 알 수 있는 흔적이 어디 없을까? 하지만 아무 흔적도 찾지 못했다. 달리 눈에 들어오는 것도 없다.

"앉아요." 주방에 들어서자 메레테가 말한다.

나는 단서를 찾아 주방을 살핀다. 우유 잔, 스웨터, 무엇이든.

"내 아들은 어디 있어요?" 내가 묻는다.

나는 평소와 똑같이 말하려고 애를 쓴다. 아이가 어디 있는지 궁금한 엄마로, 마치 모든 것이 논리적인 질문을 하는 것처럼. 메레테는 내가 안다는 것을 몰라야 한다. 만일 그가 그 사실을 깨닫는다면, 나는 메레테에게 위협이 될 것이다. 그리고 지금 그는 내 아들을 데리고 있다. 평소와 똑같이 행동해야만 한다. 하지만 이미 실패했다는 사실을 알고 있다. 내 목소리는 너무 가늘고 절박하게 들린다. 완전히 숨길 수가 없다.

"아이는 여기 있어요." 메레테가 차분하게 대답한다.

그는 에스프레소 포트의 나사를 고정하고 중심에 끼운다. 컵을 꺼내더니 미소를 지으며 내게 하나를 건넨다. 나도 애써 미소를 지어 보인다. 위로 끌어올린 입 꼬리가 그 자리에 머물러 주기를 바라면서. 공용 출입구 계단에 앉아 있던 메레테가 뭔가를 엿들은 것일까? 호프모와 내가 보안 카메라에 대해 이야기하는 것을 들었을까? 계산을 해본다. 대문에서 출입구까지의 거리는 얼마나 되는지, 조용한 일요일 아침일 경우 소리는 어디까지 전달되는지, 우리는 얼마나 큰 소리로 이야기를 했는지.

"어떻게 지냈어요?" 메레테가 묻는다.

"잘 지냈어요. 당신은요?" 내가 가냘픈 목소리로 대답한다.

"그냥 그렇죠."

메레테가 팔을 내민다.

"우리는 잘 버티고 있어요. 슬프기는 하지만요. 특히 필리파가 많이 슬퍼하고 있죠. 하지만 모든 것이 평화롭기도 해요. 이제 우리 두 사람만 있으니까요. 여자들끼리 말이죠. 앞으로 잘 지낼 거라고 확신해요."

커피가 끓는다. 메레테가 포트를 들어 앞에 놓인 흰색 컵에 새까만 커피를 따른다. 그리고 그는 다시 자리에 앉아 커피를 한 모금 마신다. 나도 커피를 마신다. 손이 떨린다. 그래서 양손으로 컵을 잡고 힘을 주면서 생각한다. 호프모가 경찰에 연락했을까? 그에게 말했지만, 대답을 들을 새가 없었다. 내가 신고하라고 소리치는 것을 호프모가 들었을까? 상황이 얼마나 심각한지 알아차렸을까?

"솔직히 요르겐이 있을 때는 편하지 않았어요. 당신도 알고 있겠지만요. 그이와 내가 달랐던 것에 대해 당신은 어떻게 생각해요? 결혼에 대한 기대가 달랐던 점이요."

메레테가 살짝 웃는다. 자조적인 웃음처럼 보인다. 그의 웃음은 딱딱하고 불쾌하다. 호프모가 신고를 하지 않았으면 어떻게 해야 하지? 나이가 칠십인 남자의 청각이 얼마나 좋을까? 도와주러 오는 사람이 아무도 없으면 어떡하지?

"기대라니, 참 좋은 말이죠. 마치 우리가 몇 가지만 분명하게 했으면 되는 문제 같잖아요. 하지만 그게 어떤 것인지 당신은 상상조차 하지 못할 거예요. 오스먼드는 완전히 다른 부류의 사람이니, 당신은 이해할 수 없겠죠. 요르겐은 너무 무자비하고 사려 깊지 못한 사람이니까. 괜찮아요, 리케? 얼굴이 창백해 보여요."

"괜찮아요."

집 안에서는 아무 소리도 들리지 않는다. 지금 여기서는 아주 작은 소리까지도 들릴 것 같다. 아이가 혼자 놀 때 조용히 혼잣말을 하는 목소리. 새로운 레고 피규어를 가지러 가거나, 내 목소리를 듣고 여기로 쫓아오는 아이의 종종거리는 발소리까지도. 루카스가 정말 이 집에 있을까? 하지만 아이의 옷도, 작은 신발도 여기 있다. 눈물이 날 것 같다. 뭔가가 목구멍으로 올라오는 것 같아 침을 삼키기 힘들다. 이 정적이 무슨 의미인지 생각하고 싶지 않다.

"나는 당신한테 화가 난 것이 아니에요. 비록 당신은 내가 화가 났다고 생각하고 있겠지만. 내가 당신이라면 나라도 그렇게 생각했을 거예요. 하지만 솔직히 말해서 그런 것은 아무 의미 없어요. 정말로요. 하지만 횟수가 너무 많았어요. 다른 사람들도 많았고."

메레테가 나를 쳐다보고, 미간을 떨군다. 그 위로 의미심장한 기운이 몰려든다.

"당신도 알고 있었나요? 다른 여자들이 있다는 거? 당신이 유일한 상대가 아니었다는 사실 말예요."

더 이상 아무 생각도 나지 않는다. 떠내려가는 것 같다. 온몸이 뻣뻣하게 굳고 떨리기 시작한다. 아무것도 할 수 없다. 메레테가 알고 있다면 아무 의미가 없다. 세상 사람들이 그 일을 알게 되든 말든, 온갖 지저분한 사실들이 공개되든 말든 나한테는 중요하지 않다. 그저 내 아이를 찾고 싶을 뿐이다.

고개를 끄덕인다.

"요르겐은 잘 숨기지도 못했어요. 아무리 바보여도 알았을 거예요. 온종일 울려대는 문자 메시지나 휴대폰을 지키는 모습을 보면 말예요. 요르겐은 서재에 들어가 문을 꼭 닫고 전화를 하죠. 애처롭게도. 여행 갔다가 집에 돌아와보면 식기세척기에 더러운 와인 잔 두 개가 들어가 있더군요. 가끔 그중 한 개에는 립스틱 자국이 남아 있기도 했었죠. 요르겐은 나한테 숨길 생각도 없었어요. 정말 최악이었죠. 아마 당신한테는 내가 필리파를 혼자 키우겠다는 약속을 했다고 말했을 거예요. 아닌가요? 내가 아이를 가지자고 강요하면서, 그 사람한테 생활 습관은 조금도 고칠 필요 없다고 약속해줬다고요. 자기가 성자라도 되는 듯 굴었을 거예요. 나를 떠나려고 했지만, 내가 자기를 쫓아와 온갖 약속을 했다고 하지 않던가요?"

"루카스는 어디 있죠?" 잔뜩 쉰 목소리로 내가 묻는다.

"전부 거짓말이에요. 그래요. 내가 약속을 하기는 했어요. 하지만 그 사람도 마찬가지였죠. 모든 것이 끝났을 때 그 사람이 전화를 했어요. 내게 돌아오라고 애원했죠. 내가 요르겐에게 옆에 있어 달라고 한 것은 맞지만, 먼저 연락한 것은 그 사람이었어요."

메레테가 숨을 들이마신다. 멀리서 사이렌 소리가 들린다. 어쩌면 마리달스베인을 지나가는 구급차 소리일 수도 있다. 하지만 아닐 수도 있다.

"솔직히 말하자면 일을 그만둔 것을 후회하지는 않아요. 요르겐은 내가 그 일로 쓸쓸해한다고 말했겠지만, 사실이 아니에요. 나는 일 년에 250일을 돌아다니지 않고, 일주일에 닷새 동안 일을 하지 않아도 돼서 기뻤어요. 하지만 그 대가가 따르기는 했죠. 그때 아무것도 포기하지 않아도 될 것 같은 요르겐이 있었어요."

메레테가 미소 짓는다. 마치 입술을 벌리기로 마음먹기라도 한 것처럼 얼굴을 찡그리고 있는 것 같이 보인다.

"그랬어요. 우리가 십오 년 전에 한 합의는 재조정 될 수 없었죠. 그때 나는 젊었고, 사랑에 빠진 상태였어요. 누구라도 사랑하는 사람과 아이를 가지기 위해서라면 무슨 조건이든 따른다고 했을 거예요."

메레테가 나를 스쳐 창밖을 내다본다.

"필리파와 함께 집에 있는 것은 나에게는 희생이 아니에요." 그가 단호하게 말한다. "전혀 아니죠. 하지만 그 사람에게 뭔가를 기대할 권리는 있었어요. 바로 돈이죠."

사이렌 소리가 다시 사라지자, 심장이 내려앉는다. 이제 모든 것이 끝난 것일까?

"일주일에 학생 여덟 명에게 피아노를 가르치고, 가끔 공연을 하는 정도로는 수입이 많지 않아요. 요르겐과 헤어지기로 선택했을 때 토센에 있는 아파트를 사기에는 돈이 모자랐죠. 이 아파트를 팔고 난 뒤에 내게 남는 것과 은행 대출까지 받는다고 해도 이 지역에서 집을 구할 수 있을지 의문이에요. 근처도 마찬가지고요. 멀리 이사를 가야 할 상황이죠. 그렇게 시골에 간다면 내가 뭘 할 수 있겠어요? 필리파는 어떻게 하죠? 이게 바로 내가 요르겐을 진심으로 증오하는 유일한 이유예요. 생계를 그 사람에게 의지하고 있다는거요. 당신은 이런 감정을 아마 질투라고 생각할 거예요. 아닌가요? 이 문제의 해결법은 사실 아주 간단해요. 요르겐이 죽으면, 그 사람이 가진 모든 재산을 물려받게 되죠. 일단 이 아파트만 가지면 생활을 유지할 수 있으니까."

또 다시 사이렌 소리가 들리기 시작한다. 희망 사항일지 모르지만, 점점 더 가까워지는 것 같다.

"그 사람은 우리 결혼을 망쳤어요." 메레테가 말한다. 이제 그의 목소리가 살짝 떨린다. 동요를 숨기지 못하고 있다. "요르겐은 나를 무시하고 굴욕을 줬어요. 게다가 내 어린 시절 친구 한 명으로도 모자라 이웃 사람과 바람을 피웠죠. 그럼에도 불구하고 나는 잘 지내보려고 애를 썼어요. 도저히 참을 수 없게 만든 것은 그 사람이에요."

사이렌 소리가 가까워진다. 확신할 수 있다. 내 호흡이 다시 빨라진다.

"그래서 생각했어요. 만일 요르겐이 우리가 가진 모든 것을 망치고 싶은 거라면, 나를 이용하고 싶은 거라면, 자기 가족을 궁지로 몰고 싶은 거라면, 내가 다시 그 사람을 이용하겠다고요. 이혼은 불가능했죠. 이혼은 나를 짓누를 거고, 이사를 가야 할 것이며, 가난하게 만들 테니까요. 더군다나 이것은 모두 그 사람 잘못이에요. 도저히 참을 수 없는 결혼으로 만들기로 작정했으니까. 요르겐은 우리 모녀를 신경 쓰지 않는다는 사실을 여실히 보여줬기 때문에, 가정이 깨지고 난 뒤에 필리파와 내가 지금과 같은 생활을 기대할 수 없음을 알 수 있었어요."

메레테 뒤에 있는 주방 찬장에 푸른색 불빛이 깜박거린다. 메레테가 숨을 깊이 들이마셨다. 그 순간 밖에서 자동차 문이 닫히는 소리가 들린다.

"내가 생각하지 못했던 뭔가가 있었나봐요. 이제부터 우리는 최선을 다해야만 해요. 리케. 하지만 당신한테 화가 난 것은 아니에요. 지금은 좀 화가 날 것 같기는 하지만. 그래도 요르겐을 증오했던 것처럼 당신을 증오하지는 않아요."

공용 출입구에서 문소리가 난다. 사람들이 계단참에 몰려 들어온다. 이어 계단을 올라오는 발소리가 들린다.

"루카스는 어디 있어요?" 거의 들리지 않는 목소리로 말한다.

현관문을 두드리는 소리가 난다.

"안에 누구 없습니까? 문을 여세요!" 어떤 남자가 외친다.

메레테가 자리에서 일어난다. 앞으로 닥칠 일에 준비하듯 그는 숨을 깊이 들이마신다. 그리고 복도 쪽으로 발걸음을 옮긴다. 마치 피아니스트가 무대 위로 나갈 때처럼 미끄러지듯 걸어간다. 그는 반쯤 가다가 돌아서며 말한다.

"아이는 다락에 있어요."

나는 주방에서 뛰어나간다. 현관문 뒤에서 자신을 기다리고 있을 모든 것을 향해 걸어가는 메레테를 스쳐, 닫힌 서재 문을 지나 한 번에 세 칸씩 계단을 뛰어올라간다.

계단을 올라가는 중간에 아이의 모습이 보인다. 루카스의 작은 몸이 침대 겸 소파 옆 바닥에 누워 있다. 주위에는 레고도 없고, 양탄자 위에서 꼼짝도 하지 않고 누워 있는 아이밖에 없다. 나는 비명을 지른다. 내가 그렇게 소리를 지를 수 있다는 사실을 지금껏 몰랐다. 배 속에서부터 올라오는 원초적인 비명이다. 아이들의 시신을 발견했던 선조들로부터 시작해 수천 년을 진화해 온 메아리다. 아이 머리 옆에 놓인 반쯤 펼쳐진 작은 손에서, 검지를 감싸고 있는 지저분해진 초록색 밴드를 봤을 때 본능적으로 지금 이 순간이 영원히 끝나지 않을 거라는 사실을 알아차린다. 이제 내 남은 인생은 이 일을 정리하면서 보내게 될 것이다.

시간이 멈춘 것 같다. 아이를 향해 몸을 던져, 생기 없는 몸을 안아 올릴 참이다. 그리고 가끔 그랬듯 아이가 너무 가볍다고, 내게는 세상 전부나 마찬가지인 아이인데, 그런 아이의 무게감이 느껴지지 않는다고 생각할 것이다.

그때 아이의 가슴이 오르내린다. 입술 사이로 작은 신음이 새어 나온다. 내 입에서는 메레테의 주방에서부터 오랫동안 억누르고 있던 흐느낌이 터져 나온다. 아이가 몸을 돌리더니, 밴드를 두른 작은 손을 움직여 엎드렸다가 고개를 들어올린다. 내 비명이 아이를 깨웠다.

다음 순간 나는 아이 옆에 있다. 남은 계단을 뛰어 올라가 그대로 바닥에 주저앉고 아이를 내 무릎 위로 끌어올린다. 루카스는 졸린 듯 몸을 웅크려 내 품에 안기면서 훌쩍거린다. 공포에 질린 내 모습에 겁이 나는 모양이다. 하지만 나는 아이를 꼭 끌어안는다. 아주 꼭. 있는 힘껏 끌어안는다. 내 코가 아이의 헝클어진 머리칼에 짓눌린다. 따뜻하고, 생기 넘치는 아이의 몸이 내 품에 맞닿는다. 경찰이 올라올 때까지 그렇게 그 자리에 앉아 있다. 나는 나의 기적의 아이를 꼭 끌어안은 채 다락 바닥에 주저앉아, 훌쩍거리며 한없이 울고 있다.

그날 저녁 집 안은 평소와 달리 조용하다. 경찰이 메레테를 데려갔다. 그들은 내게 말을 걸면서 메모를 한 뒤, 더 물어볼 것이 있으니 내일 경찰서로 방문해달라고 요청했다. 필리파는 다른 곳에서 보살핌받고 있을 것이다. 적어도 그렇게 생각할 수밖에 없다. 위층 아파트는 텅 비어 있다. 고요하지만, 나쁘지 않다. 스파레 일가는 여전히 돌아오지 않았고 자밀라와 사만 역시 집에 없는 것 같다. 아무래도 사만이 말했던 대로 휴가를 떠나기로 한 모양이다. 하지만 우리는, 우리 네 사람은 이곳에 있다. 우리 아파트는 따뜻하고 아늑하다. 모두가 이곳, 집에 있다.

루카스는 자고 있다. 나는 아이를 목욕시키고 머리를 단정하게 빗겨준다. 검지의 보이지 않는 상처를 깨끗하게 씻은 뒤 새 밴드를 감아준다. 이를 닦아주고 깨끗한 잠옷으로 갈아입힌다. 잠들기 전, 아이가 요구하는 대로 책을 원 없이 읽어준다. 옆에 누워 끌어안았더니 아이가 꿈틀거리는 것이 느껴진다. 아이가 울기 시작할 때마다 달래준다. 여기 있어, 엄마 여기 있어, 우리 아가.

"옆에 있어야 돼." 아이의 말에 나는 약속한다. 걱정하지 마. 엄마 아무 데도 안 갈 테니까.

루카스는 내게 무엇이든 요구할 수 있다. 아이가 내 옆에 있다는 사실이 너무나 고맙고, 믿을 수 없을 정도로 감사하다.

아이가 깊이 잠들 때까지 그 옆을 떠나지 않는다. 아이의 공룡들 위로 불을 켜두고 문도 살짝 열어둔다. 아이가 잠결에 칭얼대면 바로 듣고 달려오기 위해서. 아이를 돌보는 일이 내 일이다. 그리고 절대로 실패하지 않을 것이다.

나는 위층으로 올라가기 전에 엠마의 방문을 두드린다. 들어와. 안에서 목소리가 들린다. 엠마는 침대에 앉아 아이패드로 TV 시리즈를 보고 있다. 내가 아이패드를 방에 가지고 가도 좋다고 허락해줬다. 오늘 밤에는 아무것도 금지되지 않았다.

"별일 없지?"

"응. 엄마는?"

빈정거림도, 표독함도 깃들지 않은 아이의 물음을 듣자 행복해진다. 엠마는 그저 내가 괜찮은지를 묻고 있다.

"괜찮아. 다 좋아."

"루카스는 자?"

"그래."

"다행이네."

우리의 대화는 그게 다였지만, 계단을 올라가면서 그것이 얼마나 감사한 일인지 생각한다. 나는 엠마에게 더 잘하겠다고 스스로 다짐한다. 모범이 되고, 훨씬 더 많이 인내할 것이다. 아이에게 더 많이 물어볼 것이다. 하지만 캐묻기 위해서가 아니다. 아이가 하는 말에 귀를 기울여 줄 것이다.

오스먼드는 주방에 있다. 남편이 흥얼거리는 소리가 들린다. 나는 숨을 들이마신다. 이제 뭘 해야 할지 알고 있다.

오스먼드는 내게 등을 돌리고 서서 저녁 식사 때 사용했던 소스 팬을 씻고 있다. 남편을 쳐다본다. 내 인생의 절반이 넘는 세월을 함께해 온 사람이다. 서로에 대해 속속들이 아는 사이다. 내가 헛기침을 하자, 오스먼드가 돌아본다.
"오스먼드, 할 말이 있어."

두 번째 목요일

욕실 바닥 타일 사이의 회반죽이 깨지기 시작한다. 내가 너무 세게 문질렀기 때문이다. 철수세미로도 타일 사이의 접합부가 닦이지 않던 차에, 마침 안 쓰는 칫솔이 눈에 들어왔다. 지금은 그 칫솔로 문지르고 있다. 청소 도구가 너무 커서 들어가지 못 하는 구역을 청소할 때는 칫솔이 제격이다. 나는 이 욕실 안에 회반죽으로 접합된 모든 부분을, 타일을 붙여둔 벽과 바닥을 깨끗하게 닦아낼 것이다. 힘든 일이지만 포기하지 않는다. 솔직하게 말하자면 이렇게 정떨어지는 작업을 할 수 있어서 행복하다.

"너부터 좀 챙겨." 친구가 말했다.

몇 시간 전, 친구가 왔을 때 나는 이미 수세미를 들고 일하고 있었다. 내 친구는 우리 아이들을 데리고 영화관과 맥도널드에 데려가기 위해 들렀다. 덕분에 나 혼자 있을 시간이 생겼다. 자신을 보살피는 것도 연습해야 하는 거라고 친구가 말했다. 영화를 보거나 책을 읽어. 조깅을 가거나, 마사지를 예약해. 그렇게 못할 이유가 뭔데? 하지만 친구의 말을 듣지 않았다. 내가 하고 싶은 일은 욕실 청소다. 월요일에는 아파트 전체의 바닥을 문지르고 먼지를 닦아냈다. 화요일에는 아이들과 함께 있으면서 좀 편안하게 쉬려고 했다. 엠마는 아무 말도 하지 않았지만, 루카스는 아빠가 어디 갔고 언제 집에 돌아오는지 물었다. 아이들에게 믿음직한 보호자가 되기 위해 구체적인 대답을 하지 않으려고 했다. 하지만 그런 상황이 이어지자 더 이상 감당이 되지 않았다. 아빠는 언제 집에 오느냐는 루카스의 질문이 계속됐고, 나는 결국 눈물을 터트리고 말았다. 아이들 앞에서 무너지는 모습을 보여주지 않기 위해 주방 청소를 시작했다. 어제는 찬장을 다 비우고 온갖 먹거리들과 통조림들을 정리해 유통기한이 지난 것들은 전부 다 버렸다. 그리고 선반을 구석구석 닦으며 틈새에 낀 설탕이나 작은 씨앗들까지 모조리 긁어냈다. 그런 뒤 아직 먹을 수 있는 음식들을 다시 집어넣었다. 향신료들은 알파벳순으로 정리했다. 오븐 안쪽도 문질러 닦았다. 오늘은 욕실 차례다. 나는 똑같이 청소를 시작했다. 찬장과 선반을 정리하고 닦았다. 변기를 문질렀다. 하지만 타일 사이는 잘 닦이지 않아서 지금과 같은 특단의 조치를 취했다. 지금까지 내가 해놓은 일에 대해서는 아무도 불평하지 못하겠지. 비록 깨진 회반죽으로 인해 내가 너무 심했다는 사실을 알게 됐지만. 내가 깨부수고 있는 상황이다. 하지만 달라질 것은 없다. 깨끗하게 청소하는 것이 가장 중요하다.

나는 친구에게 그렇게 말했다. 어느 정도까지는 말했다. 깨끗하게 치워야만 해. 더러운 것들은 없애버려야 해.

"리케. 이미 깨끗해." 친구가 말했다.

"아직 완전히 깨끗하지 않아."

"당장 그 수세미부터 내려놓고 좀 쉬는 편이 좋을 것 같아."

하지만 나는 그렇게 생각하지 않았다.

오늘이 나흘째다. 아무 소식도 없다. 그것이 무슨 뜻인지 알 수 없기에 나는 청소를 한다. 청소는 의미 있는 일이다. 육체적이고 단순하며 명확한 목표를 가지고 있다. 비록 칫솔로 문지르는 건 아닌 것 같지만. 이렇게까지 하는 것이 좀 과하다는 사실은 나도 인정한다. 하지만 지금은 포기할 수 없다.

며칠 전, 잉그빌드가 찾아왔었다. 낮 시간이라 아이들은 학교와 유치원에 있었다. 나는 병가를 낸 상태다. 의사가 결국 수면제를 처방해준 덕에 밤에 잠을 잘 수 있게 됐다. 하지만 별로 도움이 되지는 않는다. 깨어 있는 시간에는 여전히 피곤하다. 잉그빌드는 식탁 의자에 앉아 내가 찬장 비우는 것을 지켜보았다.

"잘했어요."

프레들리가 말했다.

"남편한테 시간을 줘요."

그가 말했다.

"이 모든 일은 어떤 방식으로든 최선이 될 거예요."

하지만 프레들리의 말을 듣고 싶지 않았다. 그런 위로의 말을 견딜 수가 없었다. 그 의미도 알 수 없었다. 그것이야말로 이 모든 일이 최선이 될 수 있는 유일한 방법이었다. 그리고 나는 위로를 받고 싶지 않았다. 특히 프레들리에게. 나는 그에게 너무 많은 이야기를 했다.

"아뇨. 당신이 뭘 알아요? 내가 아는 것은 이 집을 깨끗하게 청소해야 한다는 거예요. 그게 내가 할 일이죠. 당신은 나를 도울 수 없어요. 그런데 여기서 뭘 하는 거죠?"

"그만 가봐야겠어요." 프레들리가 말했다. 그의 입에서 나온 말 중에 유일하게 사리에 맞는 말이다.

나는 바닥을 문지르면서 가끔씩 운다. 그렇지 않을 때는 그냥 일한다. 나는 해야 할 일을 다 했다. 확실히 조금 늦었고 그 일에서 어떤 기쁨도 없고, 도덕적인 만족감 역시 없다는 것을 알면서도 했다. 양심의 가책이 느껴진다. 반면, 내 일은 이제 막 시작됐다.

바닥을 청소하기 시작한다. 무릎을 꿇고 칫솔모가 튀어나올 정도로 타일 사이를 세게 칫솔로 문지른다. 오스먼드는 이를 신경질적으로 닦는다. 이를 너무 세게 닦기 때문에 그의 칫솔 역시 이렇게 칫솔모가 튀어나와 있다. 조금 전 그 사실을 알아차린 순간 울었다. 하지만 지금은 눈물도 메말랐다. 그저 청소만 할 뿐이다. 기계처럼 일한다. 친구는 나 자신을 돌보라고 말했다. 그것은 어떻게 하는지 정말 모르겠다. 아마 속죄일 것이다. 아니면 보상 심리든가.

복도 너머로 아파트 현관문이 열렸다가 닫히는 소리가 들린다. 남편이다. 나는 생각하며 자리에 앉아 귀를 기울인다. 아니, 내 친구와 아이들이 집에 돌아온 것일 수도 있지. 어쩌면 엠마가 영화를 보지 않겠다고 고집을 부렸을지도 모른다. 동생 나이에 맞는 영화를 골랐다면 그럴 가능성도 충분하다. 어쩌면 루카스가 영화관 휴게소에서 울음을 터트렸을 수도 있고. 그랬다면 내 친구는 루카스를 데리고 집에 돌아오는 수밖에 없었을 것이다. 자리에서 일어난다. 무릎이 뻣뻣하고 아프다. 다친 무릎 상태도 최악이지만 다른 쪽 무릎 역시 아프기 시작한다. 나는 칫솔을 꼭 움켜쥔 채로 비틀거리며 거실로 향한다.

거실 한복판에 그가 서 있다. 창백하고 지쳐 보이는 그의 얼굴이 낯설다. 얼굴에 살이 빠졌고 나이가 들어 보이는 동시에 어려 보이기도 한다. 마치 주름이 쫙 펴짐과 동시에 스트레스가 얼굴에 자리 잡아 그렇게 보이는 것 같다. 울던 모양이다. 당연히 울었을 것이다. 그는 결혼식에서도, 세례식에서도 울음을 참지 못했다. 나는 멈춰서 그 자리에 가만히 서 있다.

그가 말한다.

"안녕."

내가 말한다.

"안녕."

그가 말한다.

"칫솔 들고 뭐 하는 거야?"

"청소."

"아."

집 안이 조용하다. 들리는 것은 밖에서 불어오는 가을바람 소리뿐이다.

"돌아온 거야?" 내가 묻는다.

그가 말한다.

"이번 일로 내가 어떻게 됐는지 당신은 몰라, 리케."

나는 고개를 젓는다. 그의 말이 맞다. 나는 모른다.

"나한테 이럴 수는 없어. 무슨 말인지 알아? 이 상처가— 너무 크다고."

그가 주위를 돌아본다. 벽을 살핀다.

"이런 일이 두 번째였다면 나는 견디지 못했을 거야. 당신도 알았으면 좋겠어. 두 번 다시 이런 일이 일어나서는 안 된다는 것 말이야."

나는 고개를 끄덕인다. 아, 그는 모른다. 내가 얼마나 확신하고 있는지. 다시는 이런 짓을 저지르지 않을 것이다. 하지만 아무 말도 하지 못하고 그저 고개만 끄덕인다. 그 말이 나에게 각인되는 것을 느낀다. **두 번째.** 또 다른 기회의 윤곽.

"당신이 그런 일을 또 저지른다면." 그가 말한다. 이제 그의 목소리가 갈라진다.

칫솔을 바닥에 떨어뜨리고 오스먼드에게 달려간다. 내 뺨을 그의 어깨에 묻고 남편의 체취를 들이마신다. 어린 시절, 하슬룸에 있던 그의 침실에서 그랬던 것처럼. 그곳에서 우리는 사랑을 나누는 소리가 들리지 않도록 그의 부모님이 준 오래된 휴대용 TV의 볼륨을 제일 크게 틀어놓았다.

"돌아온 거지?" 내가 속삭인다.

"그래." 오스먼드가 말한다. 목소리가 눈물 때문에 탁하다. "그럴 거야. 달리 갈 곳을 모르겠으니까."

4

그저 가엾은 사람

마 지 막 날

환기 장치가 더위를 이기지 못하고 고장 났다. 그 옆에는 온도 조절기가 달린 안전망이 있다. 가능한 온도를 낮게 설정해보지만 땀이 뚝뚝 흐른다. 바깥은 조용하다. 나는 그 자리에 앉아 강을 내려다본다. 사람은 별로 없지만 예상 밖의 관광객들, 그러니까 공원에 앉아 있거나 뉘달렌 수영장에 가기 위해 비치 타올이나 바구니를 들고 가는 젊은이들 몇 명이 보인다. 유아차를 끌고 가는 커플도 보인다. 휴가를 떠난 사람들은 대부분 해외 또는 어딘가에 있는 오두막으로 갔을 것이다. 다른 사람들 역시 해변이나 섬으로 떠났다. 우리 부서는 텅 비었고, 지난 며칠 사이 남은 사람은 머지않아 논문을 제출해야 하는 박사 학위 후보자와 나, 우리 두 사람밖에 없었다. 나는 박사 학위 후보자와 마주칠 때마다 인사를 건넨다. 그는 고통스러운 표정으로 미소를 지어 보인 뒤, 다시 논문 쓰는 일에 몰두한다.

창턱에 작은 파리 한 마리가 윙윙거리고 있다. 어떻게 들어왔는지 모르겠다. 환기 장치의 기능은 전적으로 우리가 창문을 열지 않는 데 달려 있다. 인사 담당자가 지겹도록 강조한 사실이다. 그 지시는 충실하게 이행됐다. 그 지시를 따를 필요가 없다고 생각한 사람들이 그 말을 무시하고 창문을 열었을 때, 인사 담당자가 그 사람들을 심하게 다뤘기 때문이다. 저 파리는 내가 문을 열고 들어올 때 따라 들어왔겠지. 나는 파리를 지켜본다. 파리는 이리저리 빙글빙글 돌다가 창문의 어느 한 지점에 달라붙는다. 그러다가 다시 조금씩 이동하려고 애를 쓴다. 파리가 가능한 넓은 영역을 차지하려고 그러는지, 아니면 그저 공황 상태에 빠져 앞뒤로 정신없이 움직이는지 확인하기 위해 움직임에 어떤 체계가 있는지 알아내려고 애를 쓴다.

내가 보기에는 파리의 영역 확장인 것 같다. 컴퓨터를 열고 서류를 불러내지만, 더위 때문인지 집중이 되지 않는다. 우리는 올해 휴가를 가지 않는다. 카스타네스빈겐의 아파트를 팔았음에도 불구하고, 새집을 사기 위해 돈을 많이 썼다. 그래서 올해는 아무 데도 가지 않고 집에 있기로 했다. 오스먼드와 나는 교대로 직장에 나가면서 가족들에게 좋은 일을 하고 있다. 7월에 3주 동안 일을 하지 않았기 때문에 나는 동료들에게 휴가 동안 밀린 일들을 끝내놓을 거라고 말했다. 사무실이 완전히 비게 되면 미팅도 없고, 갑작스러운 과제나 방해도 없을 것이다. 6월 초만 해도 무슨 일이든 할 수 있을 것만 같았다.

우리는 크리스마스 직전에 새집으로 이사했다. 카스타네스빈겐에서 살기는 당연히 불가능했다. 오스먼드도 나도 견딜 수가 없었다. 더군다나 요르겐과 나의 관계가 알려지는 것도 시간문제였다. 그 일은 동네 전체에 퍼질 것이다. 전업주부와 그 추종자들 모두가 그 일에 대해 떠들어댈 것이다. 쏟아지는 비난과 함께 거기서 내가 어떻게 묘사될지 이미 알고 있다. 그렇게 됐을 때 엠마를 박케헤우겐 학교에 다니게 하고 싶지 않았다. 도망친 거라고 말할 수도 있다. 지금 살고 있는 집으로 이사 갈 날을 기다리는 두 달 동안 우리는 시어머니 집에서 살았고, 많이 힘들었다. 아마 시어머니도 우리 때문에 힘들었던 것 같다. 우리가 새집으로 이사 온 뒤로 생각했던 것보다 시어머니의 연락이 적었다.

10월 말에 매물로 우리가 살던 아파트를 내놨다. 그때 우리는 이미 시어머니 집에 들어간 상태였다. 은행에서는 살인 사건 때문에 집을 팔기 힘들지도 모른다고 경고했지만, 열정적인 부동산 중개인은 전혀 낙담하지 않았다.

"걱정하지 마세요." 부동산 중개인이 텅 빈 방을 둘러보며 말했다. "이 아파트는 아무 문제 없이 팔릴 거예요. 몇 주 전에 도시 외곽 전원 지역에서 이 아파트와 비슷한 집을 팔았거든요. 기록적인 높은 가격으로요."

"정말요? 그러니까 바로 위층에서 살인 사건이 일어났는데도 말인가요?" 내가 물었다.

우리는 주방에 서 있었다. 부동산 중개인은 가로로 긴 창문으로 정원을 내려다보며 감탄하더니, 나를 돌아봤다.

"저를 믿으세요." 부동산 중개인이 립스틱을 바른 입술로 자신만만하게 미소 지었다. "여기는 토센이에요. 살인 사건 같은 일은 부동산 매매가에 아무 영향도 미치지 않을 겁니다. 그것도 침실 세 개에, 정원이 딸린 이런 아파트라면요."

그의 말이 옳았다. 아파트는 제시한 가격보다 높은 오십만 크노르에 팔렸다.

우리의 새집은 베룸에 있는 오래된 단독 주택으로, 옆에 숲이 있고 시어머니 집과 가깝다. 단지는 제법 크지만 집들은 상자 같다. 하지만 그렇게 나쁘지는 않다. 우리가 여기 산 지 6개월이 됐다. 익숙해졌다. 그러니 뿌리를 내렸다고 말할 수 있겠다. 루카스는 단지 내에 있는 유치원에 다닌다. 엠마는 이 지역 중학교에 다니기 시작한 순간, 바로 자신의 자리를 찾았다. 새해가 시작되자 몸에 딱 맞는 재킷과 디자이너 가방을 든 여자애들 몇 명이 매일 아침 우리 주차장 옆에서 엠마를 충실하게 기다리는 모습이 보였다. 예전 이웃들에게 커피를 마시러 가겠다는 약속을 했지만, 토센에 가는 것을 계속 미루고 있다. 자밀라가 문자 메시지를 보냈고, 나는 예의 바르게 답장을 보냈다. 하지만 날짜를 정하지 않았다. 우리는 바쁘다고 말했다. 이사 때문에 할 일이 많기도 했지만 상황이 정리된 후에도 마찬가지였다. 그때쯤 그들 역시 그 살인 사건에서 내 역할을 알게 된 모양이다. 왜냐하면 더 이상 아무 초대도 받지 못했기 때문이다. 엠마는 자신과 상관없는 일들은 뒤로 미루는 인상적인 능력을 보여줬다. 엠마가 새 학교에 다니기 시작한 날부터 예전 학교 친구들에 대한 이야기는 하지 않았다. 식구 중 누구도 시멘 스파레를 언급하지 않았다. 오스먼드와 나는 엠마에게 마지막에 발견됐던 고양이 사체에 대해 묻지 않았다. 그 이야기를 해봐야 하지 않느냐고 한두 번 말이 나왔음에도 불구하고. 그 일은 더는 상관이 없는 것 같았다. 그런 일이 있었다는 것이 상상조차 되지 않을 정도로 멀리 떨어져 있었다. 심지어 내가 믿고 있었던 정황증거조차 꿈을 꾼 것인지, 꾸며낸 것인지 의심스러울 지경이었다. 옛 동네에 대해서는 거의 말을 하지 않았다. 생각조차 하지 않았다. 내 의식에 일정한 간격으로 나타나는 것은 필리파 탕겐뿐이었다. 어둠이 깃든 그 애의 눈동자를 잊기 힘들었다. 하지만 다른 많은 기억과 마찬가지로 그 기억 역시 시간이 지나면 점차 흐려질 것이다. 우리는 새로운 생활을 시작했다. 깜짝 놀랄 정도로 쉬운 일이었다.

창문 너머 대기는 뜨겁고 밀도가 높다. 나는 환기 장치가 주변 환경과의 싸움에서 지는 것은 느끼며 이 자리에 앉아 있다. 직장에 남아 있는 사람은 나밖에 없다. 집중하기가 불가능하다. 내 생각들이 점점 찐득해지면서 업무는 무의미해진다. 집에 남은 오스먼드는 아마 정원에 있을 것이다. 조금 있으면 저녁 식사 준비를 위해 식료품을 사러 갈 시간이다. 내일이면 직장은 텅 빌 것이고, 아무도 내게 무슨 일을 하는지 묻지 않을 것이다. 마감이 걸려 있는 일은 없다. 문득 생각한다. 집어치우자. 이게 무슨 소용이 있어?

창문 걸쇠가 꼼짝도 하지 않는다. 나는 인사 담당자의 지시를 아주 잘 따랐다. 왜냐하면 그 창문을 몇 달, 어쩌면 몇 년 동안 연 적이 없기 때문이다. 창문을 열기 위해 있는 힘껏 어깨로 밀어낸다. 혼란에 빠진 작은 파리는 미지의 세계로 떠나간다. 바깥의 열기가 내 얼굴에 부딪힌다. 그래도 작은 파리를 탈출시켜줬다. 창문을 닫고 짐을 챙긴 뒤, 문으로 향한다. 복도에서 열심히 일하고 있는 박사 학위 후보자에게 손을 흔든다. 그는 나를 보자 억지로 미소 지어준다. 엘리베이터를 타고 출구로 나가면서, 파리가 이 건물 안에 있는 편이 낫지 않았을까 자문해본다. 온도도 견딜 만하고, 일주일에 한 번 비우는 쓰레기통에는 점심 찌꺼기가 남아 있는데. 그 파리가 밖에서는 얼마나 오래 살 수 있을지 궁금하다.

건물 앞에 있는 광장은 여전히 무덥다. 베륨에 전철역이 있어서 더 이상 자전거를 타고 다니지 않는데도 일단 멈춰 선다. 아스팔트 열기가 아지랑이로 피어오른다. 나는 그 자리에 서서 관찰한다. 이런 현상은 여기 북부에서는 상대적으로 보기 드물다. 그렇게 쳐다보고 있는 사이, 누군가 시야에 들어온다. 여자는 넓은 어깨를 드러낸 채, 폭이 좁은 바퀴가 달린 자전거를 밀고 있다. 그는 강인한 허벅지에 딱 달라붙는 자전거용 반바지를 입고 있다. 앞머리가 땀에 흠뻑 젖은 채, 머리숱이 많은 머리에 자전거용 헬멧을 썼다. 그래서인지 마치 버섯처럼 보인다. 여자가 한쪽 손을 들어 흔들더니 내 앞으로 다가온다. 그 자리에 서서 지켜본다. 도저히 믿기지 않는다. 하지만 여자가 내 앞에 멈춰 서서 헬멧을 벗자 진짜 그 사람이라는 것을 알 수 있다. 여기, 내 직장 바로 앞에서.

"이 헬멧은 정말 최악이에요." 그가 심한 노를란 방언으로 말한다. "이 헬멧을 쓰면 바보 같다는 느낌이 드는데, 파트너가 꼭 써야 한다고 고집을 부려서요. 안전제일이라면서 말이죠."

"잉그빌드. 지금 여기서 뭐하고 있어요?"

"그냥 자전거를 타는 중이었어요."

잉그빌드가 몸을 내밀면서 나를 끌어안는다. 그에게 몸을 기대자 어깨에 난 주근깨를 가로지르는 작은 땀방울이 보인다.

"이제 오토바이는 안타는 거예요?" 내가 묻자, 잉그빌드가 눈을 굴린다.

"아무래도 자전거를 타는 편이 건강에 좋으니까요. 이것도 파트너가 고집을 부린 거죠. 사실 모르겠어요. 오늘 아침에 건널목을 건너다가 버스에 치여 날아갈 뻔했거든요. 오토바이를 탔으면 일어나지 않았을 일이죠. 하지만 어쩌겠어요? 요즘에는 모두 자전거를 타야 한다고 생각하잖아요. 당신은요?"

"나는 전철을 타요."

"그럴 거라고 생각했어요. 이사 갔죠?"

"네. 이제는 베룸에 살아요. 그 일이 있은 뒤에 집을 샀어요."

잉그빌드가 미소를 짓는다. 예전에 그가 내 친구를 이런 표정으로 봤던 것이 떠오른다. 가끔 이렇게 눈을 반짝거리면서 상대방을 꿰뚫어봤다.

"사실 걱정했던 것보다는 잘 지내고 있어요." 나는 약간 빨리 말을 한다. "그쪽 동네에 내가 관심 없었다는 거 알죠? 그런 이야기를 이메일에도 제법 많이 썼으니까. 하지만 막상 가

보니까 참 좋아요. 자연 친화적이기도 하고. 게다가 도심에서 많이 떨어지지도 않았어요. 당신도 한 번 살아봐요."

잉그빌드는 내게 재빠르게 눈짓을 한 뒤, 새집으로 이사 간 것을 축하해줬다. 진심처럼 보였다. 나는 이번 여름 내내 일할 거라고 말한다. 그는 고개를 끄덕이더니 자신도 도시에 남아 있게 될 것 같다고 말한다. 우리는 그 자리에 서서 주위를 둘러본다.

"어느 쪽으로 가요? 같이 좀 걸을까요?" 잉그빌드가 묻는다.

"뉘달렌까지는 걸어갈 수 있어요. 거기서 전철을 타고 가도 되니까."

"잘됐네요. 나도 자전거를 밀고 가는 편이 낫거든요. 적어도 이 헬멧을 쓰지 않아도 되니까 말이죠."

아무 말 없이 강으로 이어지는 짧은 길을 걸어간다. 자전거를 끌고 가는 잉그빌드의 동작이 과격하다. 경험에서 오는 부드러움이 부족하다. 자전거를 많이 끌고 다니다보면 몸의 일부처럼 느껴지고, 커브나 경사가 있는 지형에서 바퀴가 어떻게 반응하는지를 본능적으로 알게 된다. 강 옆길은 제법 한산하다. 우리 옆을 지나는 사람이 없어서, 별 문제 없이 나란히 걸을 수 있다.

"몇 주 전에 판결이 나왔죠." 잉그빌드가 말한다.

"네. 들었어요."

"십이 년 형을 받았죠. 그렇게 오래 있지는 않을 거예요.

십 년 이내에 나올 테니까."

나는 고개를 끄덕인다. 그 모든 일에도 불구하고, 그 사건 기사를 읽을 때마다 온몸이 떨렸다. 메레테는 앞으로 십 년간 감옥에 갇혀 있을 것이다. 그러는 동안 필리파는 첫 연애를 경험하고, 파티에 나가기 시작하고, 초저녁부터 나이트클럽을 드나들기 시작할 것이다. 대학입학시험 대비 칼리지에 다니고, 전통적인 학교 졸업자들의 활동에 참여할 것이며, 집에서 멀리 떠나 처음으로 대학 시험을 볼 것이다. 메레테는 그 모든 것을 멀리서 지켜봐야 한다. 그러다 나는 생각했다. 요르겐은 그런 경험을 아예 할 수 없게 됐다고. 메레테는 그 사람에게서 그 기회를 뿐만 아니라 목숨 자체를 빼앗았다. 그런데 내가 왜 메레테에게 연민을 느껴야 하지?

나는 재판이 다가올수록 두려웠다. 내 이름은 공개되지 않았고 더 이상 나를 아는 사람들이 있는 토센에 살지 않았다. 그럼에도 재판은 내게 어느 정도 부담이 됐다. 나는 증언하기 전에, 언론을 통해 재판 상황을 확인했다. 보도가 아주 상세했다. 한 신문은 담당 기자를 통해 웹사이트에 정기적으로 업데이트를 할 정도였다. 그래서 재판 과정을 거의 실시간으로 알 수 있었다.

내가 보기에 메레테는 좋은 인상을 남겼다. 비록 언론들이 처음엔 메레테를 계산적인 얼음 여왕처럼 묘사했지만 진술이 시작되자 그의 그런 특징들은 다소 누그러진 것 같았다. 정기적으로 업데이트를 하는 기자는 메레테에게 호감이 있는 것 같았다. 메레테는 결혼생활이 처음부터 힘들었다고 진술했다. 변호사는 요르겐의 부정행위가 편재했다고 냉담하게 언급하면서, **제출한 엄청난 양의 증거들로** 입증될 거라고 했다. 그 뒤에 요르겐이 나를 포함한 네 명의 여자와 관계를 맺었다는 사실이 입증됐다. 그중 두 명과의 관계는 오래전에 끝났다고 했다. 내가 보기에는 변호사가 장담했던 내용에 비해 바람을 피운 상대가 생각보다 적었지만 법원에서는 그렇게 보지 않았다. 검찰의 별다른 노력 없이도 요르겐은 악명 높은 카사노바처럼 느껴졌다. 메레테는 그 결혼생활을 유지하기 위해 자신이 얼마나 많이 노력했는지 설명했다. 처음에는 남편을 위해 더 좋은 아내가 되려고 노력했고, 그것이 실패하자 남편의 방식은 그렇다는 사실을 받아들이기 위해 최선을 다했다. 왜 남편을 떠나지 않았냐고 변호사가 묻자, 메레테는 감정적으로는 그렇게 하고 싶었지만 자신의 재정 상태로는 딸과 함께 살아가는 것이 불가능한 상황이었기 때문이라고 대답했다. 메레테의 말에 의하면 요르겐은 돈을 벌어오고 그는 가정을 유지하는 것이 두 사람 사이의 암묵적인 이해였다. 비록 그 합의가 남편과 헤어질 기회를 빼앗아갔지만. 만일 이혼을 한다면 그는 가지고 있는 모든 것을 잃어야 할 상황이었다. 메레테는 그런 상황이 요르겐에게만 좋은 일이었다고 말했다. 지난날 메레테가 내 아들의 목숨을 담보로 잡고 주방에서 했던 이야기는 그가 선택한 변호 방식에 맞게 정교하게 다듬어져 있었다. 요르겐은 메레테를 이용했다. 메레테는 피해자였다.

그가 법정에서 진술한 내용에 따르면 필리파와 함께 캠핑을 떠났던 그 주말에 요르겐과 결판을 낼 작정이었다고 했다. 원래 계획은 한밤중에 몰래 집에 돌아와 남편이 바람을 피우는 현장을 잡는 것이었다. 그럴 작정으로 화물 자전거를 숨겨놓았으며 새벽 2시경에 일어나 헤드 랜턴을 쓰고 캠핑장 주차장까지 삼십 분을 걸어간 뒤, 화물 자전거를 타고 토센으로 돌아왔다고 했다. 그는 약간 떨어진 곳에 화물 자전거를 세워두고 호프모의 울타리 앞으로 걸어 내려가 집 앞에서 초인종을 울렸다. 요르겐이 메레테가 들어갈 수 있게 문을 열어줬다. 그는 혼자 있었고, 따라서 계획은 실패했다. 하지만 두 사람은 끝내 싸우기 시작했다. 메레테는 자기가 알고 있는 사실들에 대해 따졌다. 법정에서 그는 눈물로 목이 멘 채, 그 증거로 요르겐에게 자신이 읽은 문자 메시지와 그의 짐 가방에서 발견한 콘돔에 대해 말했다고 했다. 립스틱이 묻은 와인 잔 이야기 역시 나왔다. 심지어 자기 것이 아닌 브래지어를 발견한 적도 있다고 했다. 요르겐은 자신이 불성실했다는 것을 인정했으나 문제가 되지 않는다고 했다. 그는 자신이 원하는 대로 할 권리가 있다고 믿었다. 그러면서 만일 그게 메레테에게 문제가 된다면 떠나라고 말했다.

"하지만 저는 그럴 수 없었어요. 그 사람은 그 사실을 잘 알고 있었죠." 메레테가 말했다.

더욱이 그렇게 한참 말싸움을 한 끝에 요르겐이 이 이야기는 끝났다고 선언하며 서재로 들어가 버렸다고 했다. 메레테는 제정신이 아니었고, 자신이 짓밟혔다고 느꼈다. 벗어날 길이 보이지 않았다. 그가 서재 문을 열고 들어갔을 때 요르겐은 자판 위에 엎드려 자고 있었다. 요르겐이 그를 얼마나 고통스럽게 만들었는지 전혀 신경 쓰지 않을 뿐만 아니라 그들의 말다툼 역시 중요하게 여기지 않았음을 깨닫자, 메레테는 주방으로 가서 가장 날카로운 칼을 찾았다.

법정은 이 부분에 많은 시간을 할애했다. 메레테는 자신이 홧김에 범죄를 저질렀다고 주장했다. 그는 두 사람 사이에 아무리 끔찍한 일이 있었다고 해도 자신은 결코 의도적으로 이런 악행을 저지르지 않았다고 말했다. 다른 이유가 없어도 고통스러운 요르겐의 극적인 죽음과 자신의 범죄만으로도 딸에게 피해가 갈 것이다. 메레테에게 있어 가장 중요한 것은 딸의 행복이었다. 아니, 그는 요르겐이 바람을 피는 현장을 잡기 위해 혼자 시내로 돌아왔다. 그 이상은 아무것도 계획하지 않았다. 하지만 요르겐이 잠들자, 지난 십오 년간 받은 착취와 굴욕이 밀려오며 메레테를 절망 속에 빠뜨렸다. 검찰은 사전에 계획된 살인이라고 주장했다. 그게 아니라면 어째서 화물 자전거를 도둑맞은 것처럼 꾸며 몇 달 동안 창고에 보관했다가 그것을 숨기기 위해 스카르까지 간단 말인가. 그런 뒤에 누군가가 메레테와 필리파를 숲까지 데려다줬다는 사실을 확인시켜주기까지 했다. 메레테가 그렇게 한 이유는 그가 집에 돌아오지 못할 것임을 믿게 만들어 요르겐이 마음 편하게 연인을 불러들이게 만들기 위해서였다. 메레테는 강한 사람처럼 보인다. 그는 존엄성을 잃지 않으면서 연민을 불러 일으켰다.

내 마음 한편에서는 메레테가 결혼생활의 불행을 주장했을 때 언론이 맞서주기를 기대했다. 사람들이 진심으로 그를 동정하는 것이 아니라 그저 토센에서의 생활을 유지할 수 없었기 때문에 범행을 저지른 것이 아니냐고 묻는 것을 상상했다. 하지만 놀랍게도 사람들은 그런 모습을 보이지 않았다. 주요 신문 중 한 곳에서 레베카 다비드센과 비슷하게 생긴 젊고 유명한 여성학자가 메레테의 변호를 인용한 글을 실었다. 요르겐이 그 기사를 본다면 무슨 말을 했을지 궁금했다. 그 학자는 다음과 같은 글을 썼다. **이 사건은 여성들이 어떻게 남녀 간의 경제적 불평등에 영향을 받는지를 보여주고 있습니다. 자유를 찾는 것이 물리적으로 불가능해서가 아니라 그 과정에서 우리가 주도하던 삶을 포기해야 하기 때문입니다.** 이 글에 대한 반대 의견도 있었다. 살인을 옹호했다는 점에서 보면 그리 많지는 않았지만. 그리고 그런 비평들은 이내 목소리가 작아지면서 잠잠해졌다. 메레테의 동기에 대한 비판은 전혀 없었다. 그 대신 수많은 사람들이 메레테를 강하고 자존심이 강한 여성의 원형, 다시 말해 오랜 세월 희생하다가 끝내 참지 못하고 행동에 나선 여성으로 보는 것 같았다.

마침내 내 차례가 왔다. 증언하기 전, 법원에 연락해 검사와 대화를 나눌 수 있었다. 검사의 지시대로 나는 가능한 정직하게 대답했다. 사실대로만 이야기하면 두려울 게 없음에도 난 전날 밤 잠을 거의 자지 못했다. 그날 아침, 거실 창문 앞에 앉아 우리가 사는 작은 계곡 곳곳에 놓인 파란색과 하얀색의 새 집 같은 집들을 내려다봤다. 다닥다닥 붙어 있는 집집마다 사람들이 잠을 자고 있었다. 그들 중 누군가와 나를 바꿀 수 있으면 좋겠다는 생각이 들었다.

검사가 먼저 질문을 했다. 그들은 나와 요르겐의 관계에 대해 알고 싶어 했다. 잉그빌드에게 보낸 이메일이 증거로 제출됐고, 나는 그 내용을 간단하게 설명했다. 예상했듯이 변호사는 섹스에 관한 질문을 했다. 얼마나 자주 했는지, 얼마나 오래 했는지, 얼마나 많이 했는지를 물었다. 하지만 이상하게도 그 모든 것에서 고립된 기분이 들었다. 그래서 그냥 담담하게 중립적으로 최선을 다해 대답했다. 메레테의 아파트에 올라갔던 토요일에 관한 질문이 마지막이었다. 그리고 집으로 돌아갈 수 있었다.

휴정 시간에 자밀라와 마주쳤다. 그는 내 다음 증인이었다. 자밀라는 나를 끌어안지 않고, 그냥 내 손을 잡았다. 자밀라의 악수는 힘이 없었고 냉정했다. 그는 입을 꾹 다문 채, 나를 쳐다보지 않았다. 자밀라는 몸에 딱 붙는 검정색 스웨터를 입고 있었는데, 배가 볼록 나와 있었다. 사만은 보이지 않았다. 하지만 자밀라와 함께 법원 어딘가에 있었을 것이다.

오스먼드도 증언을 했다. 나는 인터넷 신문으로도 남편의 증언을 확인하지 않았다. 가능하다면 오스먼드가 증언하는 것이 너무 힘들었다고 말하는 것조차 듣고 싶지 않았다. 스파레일가 역시 증언을 했지만, 그것은 그 뒤의 일이었다. 나는 증언을 마친 뒤 그 사건에 관한 관심을 접었다. 이따금 신문 헤드라인으로 재판에 관한 기사를 보기는 했지만, 기사 내용을 읽지는 않았다. 이번 사건에서 우리의 역할은 끝났다고 생각했다. 이제 우리 인생에서 이 사건을 덮어버릴 것이다.

몇 주 전에 판결이 났고, 신문을 통해 그 사실을 알게 됐다. 메레테에게 알 수 없는 연민을 느꼈지만 오스먼드에게 말하지 않았다. 그저 신문을 옆으로 밀어놓고 생각했다. 잘된 거야. 기사에 따르면 메레테는 항소를 하지 않을 거라고 했다. 그 사실이 기뻤다. 필리파는 메레테의 자매 중 한 명이 맡았다고 들었다. 마치 내가 한 일에 대해 사과하고 연민을 표하기 위해 그에게 연락이라도 할 것처럼 행동하고 있지만, 사실 남에게 보여주기 위해서였을 뿐이다. 본심으로는 머지않아 법원 절차가 마무리되고 이 모든 문제를 영원히 묻어버릴 수 있게 됐다는 생각을 하고 있었다.

"이것이 최선 같아요. 그 사건은 끝났어요. 나는 잘 모르지만, 잉그빌드가 보기에 뭔가 문제가 있나요?"

"맞아요. 군데르센이 보기에는 아무 문제가 없겠지만. 물론 가장 중요한 것은 범인을 찾고 유죄 판결을 내리는 거죠. 우리의 사회적인 의무니까요."

"그렇죠."

잠시 아무 말 없이 걷는다. 뭔가 있다. 잉그빌드는 내게 하고 싶은 말이 있다. 하지만 별로 듣고 싶지 않다. 아무 말 없이 걸으면서, 그가 더는 말을 하지 않기를 빈다. 같이 걸어가자는 제안을 거절하고 그냥 버스를 탈 걸 그랬다.

"그냥 이번 사건에서 앞뒤가 맞지 않는 부분이 있어서요. 사소하기는 한데, 신경 쓰이네요." 잉그빌드가 말한다.

"아." 이게 끝이기를 빌어본다.

"두 가지가 특히 거슬려요. 첫 번째는 화물 자전거예요. 아니, 메레테가 그날 밤에 했던 모든 일이 거슬려나. 기억나죠?" 잉그빌드가 말을 잇는다.

"네."

"메레테는 그 자전거를 도난당한 척하고 일곱 달이나 숨겨뒀어요. 그런 뒤에 그 자전거를 숲속에 가져다놓고, 매제 차를 얻어 타고 갔다가 요르겐이 데리러 오게끔 주선을 했죠. 누가 봐도 메레테와 여동생, 딸이 그 숲에서 집으로 돌아갈 방법이 없음을 확실히 알 수 있게 말예요. 그에 앞서 메레테는 스카르로 차를 몰고 와서 수풀 사이에 자전거를 숨겨뒀어요. 그런 뒤 그날 밤에 자전거를 타고 간 거죠. 스카르에서 토센까지 말예요. 자전거는 길 건너편에 세워두고, 남편을 죽인 다음 다시 자전거를 타고 돌아갔어요. 그리고 자전거를 숨긴 뒤에 텐트로 돌아갔죠. 우리는 그 몇 시간 동안 텐트 안에서 잠든 동생과 딸이 메레테가 없어졌다는 사실을 전혀 몰랐다는 말을 믿어야 해요. 이것은 완전히 다른 이야기죠. 하지만 그럼에도 메레테는 그 일을 해냈어요. 전력을 다해서요. 그 모든 계획을 아주 세심하게 세웠고요. 도대체 왜 그런 짓을 했을까요?"

"남편이 바람 피우는 현장을 잡기 위해서라고 하지 않았나요?" 나는 아무 열의 없이 대답한다.

"그렇게 말했죠." 잉그빌드가 말한다. 하지만 지금 그는 흥분한 상태로, 땀에 젖은 뺨이 발그레 달아올라 있다. "하지만 메레테는 요르겐이 자신의 부정을 감추는 데 그다지 조심하지 않았다는 말도 했어요. 립스틱 자국이 묻은 와인 잔, 세면도구 가방 안에 든 콘돔 상자, 그 외 다른 것들도 있었죠. 그런 점을 고려해보면, 메레테는 주말에 친구랑 같이 오두막에 갔다가 집에 운전해서 돌아왔다고 했어도 상관없었을 거예요. 안 그래요? 만일 요르겐이 그렇게 노골적으로 바람을 피웠다면 이렇게 공들인 계획은 필요 없었을 텐데요."

잉그빌드의 자전거가 옆으로 휘청거린다. 그는 재빠르게 자전거를 똑바로 세운다.

"숲에 있는 텐트에서 잠을 자서 좋은 점은 시내로 들어가기 어렵다는 것밖에 없어요. 현장에 메레테의 흔적이 남지 않는다는 거죠. 그날 밤 그가 토센에 있었다는 사실을 아는 사람이 없으니까요. 필요하다면 메레테가 그곳에 없었다는 증거가 될 수도 있죠."

"그 말은 그 범행이 사전에 계획된 일이었다는 뜻인가요? 그렇게 말하고 싶은 거죠?" 내가 묻는다.

"그저 요르겐이 바람 피는 현장을 잡기 위해 메레테가 그런 일을 했다는 사실을 믿을 수 없다는 것뿐이에요. 차라리 살인을 계획했다고 생각하면 이런 수고스러운 준비도 말이 되겠죠."

메레테가 체포되던 날, 나는 경찰한테 그가 아파트를 물려받기 위해 요르겐을 계획적으로 살해했다는 인상을 받았다고 말했다. 하지만 시간이 흐르자 확신은 사라졌다. 무엇보다 메레테는 그렇게 노골적으로 말하지 않았다. 그가 이야기하는 내내 나는 루카스를 걱정하느라 정신이 없었다. 그 애가 어디에 있는지, 무슨 일을 당한 것은 아닌지, 어째서 소리가 들리지 않는지. 그 뒤로 그때 대화를 다시 떠올려봤을 때, 메레테가 자기가 요르겐을 죽였다는 말을 명확하게 했다는 기억이 없었다. 상속에 관한 이야기는 했지만 요르겐의 죽음에 따른 행운의 결과라는 것인지, 살인의 동기인지에 관해서도 이야기를 했던가? 확실하지 않았다. 이후 심문에서 군데르센이 끈질기게 물었다. 메레테가 정확하게 무슨 말을 했고 어떤 표현을 썼는지. 확실하지 않다고 대답했다. 의심의 여지는 없지만, 어떤 면에서 보면 나의 이런 불확실한 대답이 메레테에게 도움이 될 것이기에 나름대로 보상을 했다는 생각도 들었다. 만일 그가 이 범행을 계획한 것이 사실이라면 경찰은 분명히 다른 증거를 찾아낼 것이다. 경찰이 증거를 찾지 못한다면 나는 더욱 확신할 수 없게 될 것이다. 법정에서 메레테가 했던 이야기는 사실일까? 다른 말을 하는 사람은 나였을까?

우리는 잔디밭에 수건을 깔고 맥주병과 일회용 그릴을 세우는 이십대 무리의 옆을 지나친다. 그들은 활기차게 대화를 하고 있었는데, 누군가 참지 못하고 큰 소리로 웃음을 터트린다. 그는 너무 젊어서 그런지 웃음을 참는 법을 미처 배우지 못한 모양이다. 어쩌면 술에 취했을 수도 있다. 잉그빌드는 그들에게 아무 관심 없이, 이마를 찡그리고 있다.

"역시 이상해요. 그날 밤에 모두들 너무 깊이 잤다는 것이요. 텐트에 있던 필리파와 메레테의 여동생도 그렇고, 요르겐도 싸우던 중간에 컴퓨터 앞에서 잠들었다고 했죠. 혈액 검사에서 벤조디아제핀의 흔적이 나왔어요. 불안이나 불면증에 쓰는 진정제죠. 요르겐이 처방 받은 약이었어요. 지역 보건의 말로는 힘든 기억 때문에 요르겐에게 수면 장애가 있었다고 하더군요. 하지만 수면제를 먹은 다음에 컴퓨터 앞에 앉았을까요? 그것도 제법 많은 양을 복용한 뒤에? 우리가 메레테를 조사했을 때는 일주일이 지난 뒤라서 딸이나 여동생이 텐트에서 잘 잔 것이 약물 때문이었는지 조사를 할 수가 없었어요. 하지만 나는 그게 궁금해요. 정말로요."

"메레테가 그들한테 수면제를 먹였다고 생각하는 것인가요?" 내가 묻는다.

잉그빌드가 나를 흘깃 쳐다본다.

"어쩌면요. 하지만 메레테는 부인했어요. 그 여자가 진실을 털어놓기 전까지는 알아낼 수 없겠죠."

우리는 다리 아래를 걸어간다. 그늘로 들어가니 태양의 열기가 조금 가시는 느낌이다. 우리가 반대편으로 나왔을 때 잉그빌드가 말한다.

"그리고 두 번째로 신경 쓰이는 부분은 공용 출입구의 비밀번호예요. 니나 스파레가 번호 키를 만든 회사에서 출입 기록 사본을 얻어내 모두에게 나눠줬다는 사실은 알고 있어요. 리케도 그날 밤 자정 이후로는 출입한 사람이 없다는 것은 알 거예요."

"네."

"메레테는 초인종을 눌렀더니 요르겐이 문을 열어줬다고 말했어요. 메레테가 요르겐이 바람 피는 현장을 덮치기 위해 오랫동안 준비했다는 것을 생각하면 좀 이상한 이야기죠. 무엇보다 메레테는 비밀번호를 알고 있잖아요. 어째서 직접 문을 열고 들어가지 않았을까요? 들었는지 모르겠지만, 변호사 측에서 사람이 어떻게 뭔가를 원하면서 동시에 원하지 않을 수 있는지 증언할 심리학자를 데려왔어요. 메레테는 요르겐과 맞서고 싶은 마음이 들면서도 그와 동시에 남편이 연인과 섹스하는 모습을 보러 들어가고 싶지 않았다고 주장했죠. 음, 사실 내가 뭘 아나요. 그럴 수도 있겠죠. 하지만 약간 믿기지 않아서요. 그냥 아파트 안에 들어가서 소리를 지르면 되는 거 아닌가요? 그래야 남편의 애인이 어딘가에 숨거나 도망칠 가능성이 줄어들잖아요. 하지만 그러지 않았죠. 메레테는 그렇게 하는 대신 초인종을 눌렀고, 요르겐이 인터컴을 받았어요. 이 부분에 관해 내가 직접 물어봤더니 메레테 말로는 요르겐이 누구냐고 물어봤다더군요. 그래서 메레테는 자기라고 대답하면서 들어가게 해달라고 했다더군요. 그러니까 내가 말하고 싶은 것은 한밤중에, 사이가 좋지 않은데도 초인종을 왜 눌렀는지 설명도 하지 않고, 비밀번호를 입력하는 대신 굳이 자고 있었을지도 모르는 남편을 깨웠을 수도 있다는 거잖아요. 어째서 직접 문을 열고 들어가지 않았을까요? 남편에게 경고하고 싶었다는 것보다는 출입 기록이 남는다는 사실을 알고 그날 밤에 자기가 집에 왔었다는 흔적을 남기고 싶지 않았기 때문이라고 보는 쪽이 말이 되죠."

"하지만 요르겐이 메레테를 들여 보내줬잖아요? 잉그빌드 말이 사실이라면 요르겐도 이상하다고 생각하지 않았을까요?"

"그랬을 거예요. 솔직히 말할게요. 리케. 나는 메레테를 건물 안에 들어가게 해준 사람이 있다면 모든 일이 아주 수월했을 거라고 생각해요. 누구든 그를 집에 들여 보내줄 사람이 있었다면요. 아무래도 이웃 사람일 거예요. 그 사람은 요르겐이 수면제를 먹었고, 그때 메레테는 숲에 있었다는 것을 확인해줄 수도 있을 테죠."

내 호흡이 느려지기 시작한다. 열기도 가신 것 같다. 손에 감각이 사라진다. 잉그빌드와 나는 나란히 걷고 있다. 평소와 똑같은 여름날 오후다. 그렇지만 마치 모든 것이 불안정한 상태인 것처럼 나는 그를 돌아보며 말한다.

"그 사람이 누구라고 생각하는데요?"

"이 이상은 말할 수 없어요." 잉그빌드가 차갑게 말한다. "하지만 확실히 알 것 같아요. 입증할 수는 없지만 말이죠."

"그 사람을 특정한 거죠?"

"어쩌면요."

"누군데요?"

우리는 또 다른 다리 아래로 걸어간다. 이제 뉘달렌이 코앞이다. 물놀이를 하는 아이들의 웃음소리가 들린다. 휴가를 떠나지 않은 가족들이라면 여기 있을 것이다. 전철역까지는 얼마 남지 않았다.

잉그빌드가 말한다.

"확실하지 않은 상태에서 이름을 알려줄 수는 없어요. 그리고 항소기간은 올해까지죠. 세간의 이목이 몰려 있으니 이 사건은 이대로 종결될 거예요."

우연이 아니다. 조금 전 우리가 길에서 마주친 것 역시 엄청난 행운이 작용해서가 아니다. 선고가 법적 구속력을 갖게 된 다음 날, 잉그빌드 프레들리와 나는 내가 일하는 직장 바로 앞에서 마주쳤고, 대화를 나눴다.

"그 사람이 나인가요?"

그러자 잉그빌드가 걸음을 멈춘다. 우리는 서로를 향해 고개를 돌린다. 무더운 대기에 어쩐지 얼음처럼 차가운 기운이 느껴진다. 우리는 서로를 쳐다본다.

"아니에요. 리케." 잉그빌드가 대답한다.

그의 목소리는 침착하고, 눈빛에는 흔들리지 않는다. 그렇게 서로를 마주보며 서 있다. 지금 잉그빌드에게는 작은 땀 한 방울 남아 있지 않다. 목 아래와 얼굴 전체에 주근깨가 퍼진, 탱크 탑과 자전거용 반바지를 입은 잉그빌드의 모습은 정복을 입었을 때에 비하면 권위가 떨어진다. 하지만 나는 그가 경찰이라는 사실을 단 한순간도 의심한 적이 없다.

"아니에요." 잉그빌드가 다시 걸음을 옮기며 말한다. "리케가 왜 그런 일을 하겠어요? 요르겐이 죽었다는 것을 알고 있었다면 당신은 토요일에 위층에 올라가지 않았을 거예요."

"아."

무더운 날씨 덕에 내 얼굴이 달아오른 것이 눈에 띄지 않겠지만, 다른 날이었다면 틀림없이 알아차렸을 것이다.

"사만이 당신을 봤다고 했죠." 잉그빌드가 나를 곁눈질로 쳐다보며 말한다. "하지만 안심해도 돼요. 그날 아침에 메레테가 요르겐한테 문자 메시지를 수도 없이 보냈어요. 그 사람이 이미 죽었다는 사실을 우리한테 알릴 작정이었겠죠. 당신이 보낸 문자 메시지도 한 통 있었고. 사실 요르겐은 첸나이에 있는 대학교수와 스카이프 통화를 하다가 잠이 들었어요. 그 교수는 그날 밤부터 다음 날 아침까지 몇 번이나 통화를 하려고 시도했죠. 만일 리케가 그 범행에 연루돼 있었다면 그날 좀 더 교활하게 행동했을 거라고 생각해요. 물론 사람 일은 모르는 법이지만. 실은 당신이 위층에 올라갔다는 것을 부인하는 바람에 조금 의심하기는 했어요."

"잉그빌드가 나를 의심할까봐 너무 두려워서 그랬어요. 맙소사, 정말 멍청했죠. 하지만 그건… 그 사람이 물어봐서 그런 거예요. 군데르센이라서. 잉그빌드가 물어봤다면 좀 달랐을지도 몰라요."

이제는 강 건너편에 있는 가족들의 모습이 보인다. 물속을 들락날락하며 뛰어다니는 아이들의 작고 끈적거리는 몸. 비치 볼, 가방, 자전거.

"음, 다 왔네요. 여기서 전철을 탄다고 했죠?" 잉그빌드가 묻는다.

"네. 그러려고요."

잉그빌드가 자전거 손잡이에 달아났던 헬멧을 푼다.

"이 헬맷은 오토바이 헬멧에 비하면 너무 볼품없어요. 하지만 사람들이 하는 말은 뻔하죠." 잉그빌드가 한숨을 쉰다.

"안전제일." 내가 중얼거린다.

그가 싱긋 웃는다.

"맞아요."

잉그빌드가 한쪽 다리를 자전거에 걸치며 출발 준비를 한다. 그리고 나를 쳐다본다. 순간 그의 눈빛이 반짝거리는 것을 내가 알아차리기 전에 재빨리 시선을 돌린다. 잉그빌드는 손잡이를 내려다보며 조정한다.

"그건 그렇고, 오스먼드가 당신과 요르겐 사이를 미리 알게 됐잖아요. 그 이야기를 하던가요?"

"그게 무슨 말이에요?"

하지만 내 목소리는 아주 멀리서 말하는 것처럼 이상하게 들린다. 마치 내가 20미터쯤 떨어진 곳에 서서 우리를 지켜보고 있는 것 같다. 여자 두 명이 서 있다. 한 명은 자전거를 타고 있고, 다른 한 명은 여름 원피스를 입고 있다. 마치 TV 화면으로 우리를 지켜보고 있는 느낌이다. 여름 원피스를 입은 여자가 뭐라고 하는 거지? 어쩌면 나는 리모컨을 찾아 음량을 높일지도 모른다.

"군데르센이 말해버렸어요. 그 사람이 오스먼드를 심문하겠다고 불러다놓고 당신이 보낸 이메일에 대해 말한 거죠. 오스먼드도 뭔가 있는 것이 아닌지 의심하고 있었다고 했다더군요. 사실을 알고 아주 망연자실했죠. 본인이 직접 그렇게 말했다나봐요. 그런 뒤에 군데르센에게 자기가 안다는 사실을 당신한테 알리지 말라고 했어요. 리케한테 그 이야기를 듣고 싶었거나, 당신이 직접 털어놓을지 확인하고 싶었던 모양이에요."

"뭐라고요?" 내가 다시 묻는다.

내 청력에 이상이 생긴 것 같다. 귀에 이상이 생겨서 잉그빌드가 무슨 말을 하는지 알아들을 수 없는 것 같다.

"사실 수사에서 당신들 사이의 문제를 어떻게 해결하는지는 중요하지 않아요. 적어도 그 시점에서는 그렇죠. 그래서 군데르센도 그 일로 당신과 맞서지 않았던 거예요. 그리고 바로 그때 리카르드 호프모가 녹화한 영상이 등장하면서 그 뒤로 그 문제는 중요하지 않게 됐죠. 하지만 나는 당신이 그 일을 알고 있는 편이 나을 거라고 생각했어요. 일종의 호의로 말이죠."

나를 보며 미소 짓는 그의 얼굴에는 해석할 수 없는 뭔가가 담겨 있다. 기분을 내는 것인가. 아니면 배려인가? 잉그빌드가 나를 걱정해주는 것인가? 순간 그가 자전거에 올라탄다.

"조만간 다시 이야기해요, 리케. 집에 조심해서 가요."

내가 모든 것을 깨달았을 때, 전철은 시 경계선에 다다른 상태였다. 요르겐의 아파트에 올라간 토요일, 그날 있었던 일의 진상을 이제야 알았다. 그때 나는 어쩐지 안에 들어가기가 꺼려져서 복도에 서 있었다. 요르겐의 서재 문은 닫혀 있었고, 나는 뭔가 잘못된 것 같다는 느낌에 그 자리에 서 있었다. 그 당시 공기에 뭔가가 있다고 생각했다. 다시 생각해보니, 그곳에서 나면 안 되는 향이 은은하게 퍼져 있었다. 젖은 이끼. 바로 내가 자란 숲에서 나던 냄새. 그것은 내가 오스먼드를 알게 된 뒤로 그가 매일같이 쓰고 있는 애프터셰이브의 향이기도 했다.

마 지 막   저 녁

밝은 오후의 햇살이 거실로 스며든다. 나는 아이들 방에서 아래층으로 내려오면서 햇살이 만드는 줄무늬를 본다. 이곳은 아주 조용하다. 이웃들은 대부분 휴가를 떠났다. 나는 거실에서 멈춰 선다. 바깥 베란다에 오스먼드가 앉아 있다. 그는 휴대폰을 들여다보고 있는 모양이다. 내 눈에는 지금 정원용 의자 등받이 위로 솟아오른 남편의 뒤통수만 보인다. 잠시 그 자리에 멈춰 선다. 오스먼드는 내 쪽을 보고 있지 않다. 아직 내가 내려온 것을 모른다. 나는 마음을 돌릴 수도 있다. 다시 위층에 올라가 욕조를 차가운 물로 채워 목욕하는 것이다. 밖으로 나가 자전거를 타고 숲으로 들어가 작은 호수에서 수영할 수도 있다. 소리 없이 위층에 있는 침실로 올라가 침대에 누워 책을 읽을 수도 있다. 사실 내가 이렇게 해야 할 필요는 없다. 하지만 동시에 이렇게 해야만 한다는 것을 안다. 남편이 저기 앉아 있다. 우리는 저녁을 함께 먹었고, 나는 루카스를 재우러 갔다. 그는 나를 기다리고 있다. 하지만 나는 계속 이 자리에 서서 저물어가는 햇빛이 거실 바닥의 쪽모이로 세공한 마루를 가로지르며, 직사각형 모양의 빛과 그림자를 만들어내는 장면을 지켜본다.

"여보." 그가 돌아보지도 않고 말한다.

내가 다가가자, 오스먼드가 병맥주를 건네준다. 그는 내게 줄 맥주 한 병을 가져와 의자 사이에 있는 작은 테이블 위에 놓아두고 있었다. 그 옆에는 남편이 마시던 맥주가 놓여 있다. 병맥주는 여전히 차갑다. 갈색 유리 위에 맺히는 물방울을 본다.

"고마워."

"근사하지 않아?" 내가 자리에 앉자 오스먼드가 말한다. "저녁마다 이렇게 앉아 있을 수 있다는 것이 말이야. 우리만의 테라스에서."

"그래."

"그릴을 이용할 수 있는 것도 좋아. 당신은 안 그래?"

"나도 그래."

그가 웃는다.

"이제 10월까지는 매일 바비큐를 해 먹게 될 거야, 리케. 나는 그릴이 있어서 정말 행복해."

나도 입가를 끌어올리며 미소 지으려 애쓴다. 살아오면서 수없이 지었던 미소로. 보통 때는 쉬웠다. 오스먼드가 나를 쳐다보고 있다. 나는 곁눈질로 그 사실을 알아차린다. 하지만 우리 의자는 '전망'이 보이는 쪽으로 돌려져 있었다. 우리 집은 언덕 꼭대기에 위치했고, 맞은 편에는 우리 집이 있는 언덕과 이어진 일종의 계곡이 자리 잡고 있다. 우리는 언덕 아래쪽에 죽 늘어서 있는 작은 테라스 하우스들을 내려다본다. 네 채씩 자리 잡은 그 집들은 우리 집에서 보는 것보다 전망이 좋지 않다. 계곡 맨 아래쪽에는 축구장과 유치원을 지나, 주유소 주변을 돌아 나가는 도로가 있다. 그 반대편은 숲의 초입이다. 검은

가문비나무 꼭대기가 언덕의 곡선을 따라 들쭉날쭉한 선을 그리고 있다. 오스먼드가 다시 고개를 돌려 전망을 내려다본다. 그렇게 우리는 여기 앉아 있다.

"오늘 잉그빌드 프레들리와 우연히 만났어." 계곡 건너편 숲을 보며 내가 말한다.

"당신이?"

"응."

그는 말이 없다. 시간이 조금 흐른다. 멀리서 여자아이의 웃음소리가 들린다.

"자전거를 타고 있더라."

"그래."

"이야기를 좀 나눴어."

"정말?"

남편의 행동 중에 뭔가 경계하는 기색이 있나? 잘 모르겠다. 오스먼드를 돌아보지 않는다. 나는 계곡 건너편 나무들에게 말을 하듯 말한다.

"재판에 관해서. 수사에 관한 얘기도 했고."

"음."

너무 조용하다. 나는 오스먼드를 곁눈질로 살핀다. 그는 자기 소유의 테라스를 가진 사람답게 정원용 의자에 몸을 기대고 있다. 내 말을 제대로 듣고 있는지조차 알 수 없다.

"잉그빌드가 당신이 나와 요르겐의 관계에 대해 알고 있었다고 하던데. 그 형사가 말했다고. 당신도 알지, 군데르센. 그 사람이 메레테를 체포하기 전에 당신을 불러다 이야기를 했다고 말이야. 그러니까 당신이 미리 알고 있었다는 말이지."

오스먼드는 대답하지 않는다. 잠시 그대로 앉아 있다가, 내가 그를 돌아본다.

"사실이야?"

그가 나를 쳐다본다. 남편의 얼굴에는 아무 표정이 없다. 입을 꾹 다문 채, 마치 모든 것을 받아들이는 데 집중하는 듯이 눈에 초점을 맞추고 있다. 나는 어렸을 적 번개를 볼 때처럼 수를 센다. 1초, 2초.

"나한테 묻고 싶은 게 뭐야, 리케?"

차분한 남편의 목소리가 어쩐지 소름 끼친다. 뭔가가 있다. 이제까지 오스먼드에게서 한 번도 들어본 적이 없는 목소리다.

"요르겐과 내 관계에 대해 언제 알았어?"

나는 어떻게 하겠다는 결정을 내리지 못한 채 이 질문을 던진다. 내 목소리가 가늘고 낯설다. 마치 내가 다른 것, 완전히 진부한 뭔가를 묻는 것처럼 느껴진다. 오스먼드가 숨을 깊이 들이마시더니, 의자에 몸을 기댄다. 그리고 계곡 너머를 응시한다.

"오두막 여행 때 알게 됐어." 마침내 그가 말한다. "모두 모여 앉아 술을 마실 때, 요르겐이 베르겐에서 있었던 이야기를 하다가 마리아치 밴드를 설득해 〈악마를 위한 동정〉을 연주하게 했다는 거야."

"이런." 나는 조용히 말한다.

오스먼드가 숨을 들이마신다.

"화가 났어. 요르겐에게 고함을 지르기 시작했지. 마침 토론 중이던 주제에서 말도 안 되는 이유를 찾아서 말이야. 그자를 향해 쏜살같이 달려들었어. 만일 그때 우리가 많이 취해 있지 않았으면 다른 사람들은 내가 너무 화를 내는 모습을 보고 이상하게 여겼을 거야."

나는 천천히 고개를 끄덕인다. 사만이 오스먼드가 화를 많이 냈다고 했을 때 사실 믿지 않았다. 스베인은 사만이 가장 공격적이라고 생각했고, 요르겐은 그 일을 언급조차 한 적이 없었다.

"하지만 명백한 사실이었지." 오스먼드의 서늘하면서도 담담한 목소리가 살짝 떨린다. "일단 증거를 찾기 시작하자, 그리 어렵지 않게 보이더군. 언젠가 저녁에 당신이 친구를 만난다고 나갔는데 그 바로 다음 날 그 친구가 페이스북에 자기 오두막에서 찍은 사진을 올리는 거야. 당신이 나가면 십 분 뒤에 요르겐도 나갔지. 그런 일들이 너무 많았어."

오스먼드가 나를 돌아본다.

"당신 휴대폰을 보려고 하니까 암호를 바꿔버렸고. 당신은 평생 암호 같은 거 바꾼 적 없는데. 그러다가 당신이 샤워할 때 휴대폰을 몰래 훔쳐봤어. 당신이 쓰고 난 직후라 암호가 잠기지 않았을 때 말이야. 거기서 명백한 증거를 찾았지."

"그럼 왜 그때 아무 말도 하지 않았어?" 내가 속삭이듯 묻는다.

"내가 아무 말도 하고 싶지 않았을 거라고 생각해? 나는 당신한테 소리 지르고 싶었어. **이게 대체 뭐하는 짓거리냐고.** 하지만 문자 메시지였어. 마치 사랑하는 사람한테 쓰는 것 같은 내용이었지. 당신이 요르겐과 사랑에 빠졌을까봐 겁이 났어. 그래서 메레테에게 물어봤지. 어느 날 이웃 사람들이 모두 일을 나갔을 때 집에 돌아와 그 집 문을 두드렸어. 그리고 내가 알게 된 사실을 말했지. 메레테는 그대로 무너졌어. 요르겐이 오래전부터 바람을 피웠다고 하면서. 그런 일이 여러 번 있었는데, 몇 년 전에는 자기의 어린 시절 친구와도 바람을 피웠다고 했어. 메레테는 상대가 자기와 아주 가까운 사람만 아니라면 그나마 참을 수 있을 거라고 생각했대. 요르겐이 일 때문에 자리를 비웠을 때 바람을 피는 것은 몰라도, 같이 어울리는 사람들 중에 누군가와 그런 짓을 한다는 사실은 생각하기도 싫었다는 거지. 그런데 그 모든 짓을 집에서 메레테가 살고 있고, 딸이 살고 있는 집에서 하고 있었던 거야. 필리파가 알게 될지도 모를 일이었어. 메레테는 요르겐이 사람을 유혹한다고 했지. 솔직함, 자유로운 영혼, 그런 것들로. 그는 사람들이 그런데 넘어간다고 했지. 특히 여자들이 말이야. 그리고 처음 당신을 봤을 때, 요르겐이 좋아할 타입이라는 것을 알았다고 했어."

이사 오기 전 그 집에 갔을 때 파티오에서 나를 보던 메레테가 떠오른다. 나는 창가에 서서 그에게 손을 흔들었다. 메레테는 잔디밭에서 일어나 인사도 하지 않고 나를 쳐다봤다.

오스먼드가 말한다.

"요르겐이 당신을 유혹했다는 것은 알고 있었어. 아버지가 돌아가신 뒤로 당신도 나도 좀 힘들었잖아. 엄마와 관련된 일들부터, 루카스의 건강에 대한 걱정까지. 내가 당신 옆에 충분히 있어주지 못했어. 당신한테 있었던 일들에 대한 이야기도 많이 하지 못했지. 내가 많이 들어주지 못했을지도 몰라. 그래서 그때 생각했어. 이런 일이 벌어진 것은 내 탓이라고."

지금 그의 눈에는 눈물이 고여 있다.

"나는 당신을 잃을 수 없어. 리케, 내가 술 마신 채로 친구들과 차를 몰고 나갔을 때 기억해? 그 사고가 언제 났지?"

"고등학생 때였지." 내가 대답한다.

"그때 당신이 나를 떠날 거라고 생각했어. 그랬다고 해도 당신 탓은 할 수 없었지. 정말 바보 같은 짓을 저질렀으니까. 당신은 훨씬 더 나은 사람을 만날 자격이 있었어. 하지만 그때 당신은 내 옆에 남아줬지. 나는 요르겐이 그 일과 같은 거라고 생각해. 당신한테는 요르겐이 사고였던 거야. 이번에는 멍청한 짓을 한 당신을 내가 용서해줄 차례고."

"하지만 그 일은 너무 오래됐잖아." 내가 항의하듯 약하게 말한다.

"내게는 큰 의미가 있는 일이었어." 오스먼드가 변호하듯 말한다.

한참 동안 아무 말 없이 앉아 있다. 나는 생각한다. 지금이 이 자리를 피할 기회야. 욕실로 올라가 욕조를 차가운 물로 가득 채울 수 있어. 하지만 다시 입을 연다.

"잉그빌드 프레들리는 메레테한테 공범이 있을 거라고 생각해."

단호하게 말해보지만, 도리어 너무 유치하게 들린다. 그 말은 우리 사이에, 작은 탁자와 냉기가 가신 맥주병 위에 걸려 있다. 마치 그 말이 이제부터 우리가 대응해야 할 실체인 것 같다.

그 말은 한동안 그 자리에 걸려 있다. 내 숨소리가 목숨을 걸고 달린 것처럼 거칠게 들린다. 고개를 돌려 오스먼드를 쳐다본다. 그는 입을 꾹 다문 채, 차분히 전망을 내려다보며 앉아 있다. 그때 남편이 나를 돌아본다. 이제 눈물은 보이지 않는다.

"리케." 오스먼드가 말한다. 그의 목소리가 이상하게 높고 기분 나쁘게 들린다. "그 일에 관해 정말 묻고 싶어?"

내가? 그는 더 이상 내가 알던 오스먼드가 아니다. 입이 바짝 마른다. 하지만 탁자 위에 있는 맥주에 손대고 싶지 않다. 어쩐지 내가 말을 할 때마다 내 의지에 반하는 것 같다. 사실 이렇게 말하고 싶다. 아니, 그거 말이야. 나는 잘 모르겠어. 그 문제는 그냥 내버려두고 위층에 올라가서 목욕이나 할래. 나는 충동처럼 말을 내뱉는다.

"그날 밤 나는 아주 깊이 잠들었어. 평소와 다르게 말이야. 루카스가 방에 들어오는 것도 몰랐을 정도였지. 만일 당신이 밤중에 일어났다고 해도 내가 알았을까?"

"아니, 당신은 몰랐을 거야."

조금 전처럼 높고 낯선 목소리다. 그만두고 싶지만 뜻대로 되지 않는다. 마치 내 몸이 스스로 의지를 갖고 움직이는 것 같다.

"그날 밤에는 와인을 마시기 시작하자마자 피곤했어. 영화가 끝날 때까지 깨어 있지 못할 정도로. 프레들리 말로는 요르겐의 혈중에서 진정제가 나왔다고 했어. 벤조 어쩌고 하는 거."

오스먼드가 말한다.

"그래서 무슨 말이 하고 싶은 건데?"

"당신이 나한테 약을 먹였어." 나는 내 입에서 그 말이 나올 때까지 그런 생각을 했다는 것조차 알지 못했다. "당신과 나는 서로의 알리바이야. 내가 밤새 잠을 잤으면 당신도 마찬가지라고 말할 수 있는 거지. 하지만 나는 의식이 없었어. 내가 잠들어 있는 동안, 당신은 위층에 올라갔지. 아마 당신이 요르겐에게 와인을 줬거나, 뭔가 맛을 보라고 했거나, 다른 것을 줬을 거야. 하지만 당신은 그 사람한테 진정제를 줬지. 그날 밤, 당신은 그 집에 있었어. 확실해. 그런 뒤에 아래층으로 내려와 설거지를 하고, 정리를 했겠지. 그 다음은 기다릴 일만 남았을 거야. 메레테가 약속한 시간에 집에 왔고 당신이 문을 열어줬어. 물론 범행은 메레테가 저질렀겠지. 당신은 피를 보지 못하니까, 요르겐을 죽이지 못했을 거야. 하지만 메레테가 위층에 올라갔을 때 요르겐이 잠든 상태라는 것을 확인한 사람은 당신이겠지. 그 사람은 컴퓨터 앞에 엎드려 있었어. 메레테는 그 사람 목을 칼로 긋기만 하면 됐지. 빠르고 쉽게, 저항도 없이. 그런 뒤에 다시 그 집을 나간 거야. 당신은 메레테를 집에 들어오게 해준 뒤에, 다시 내 옆에 와서 누웠겠지."

관자놀이에서 맥이 뛴다. 말을 끝낸 뒤에도 숨이 가쁘다. 여전히 내가 내뱉고 있는 말을 이해할 수 없다. 오스먼드는 그 자리에 가만히 앉아 있다. 생각을 하는 모양이다. 이윽고 오스먼드는 나를 돌아보며 엄숙한 목소리로 말한다.

"요르겐 탕겐은 좋은 사람이 아니었어. 그자는 당신이 길을 잃게 만들었지. 나는 당신을 잃고 싶지 않았어. 그리고 메레테는 자유를 원했고."

그 말이 우리 사이의 바닥을 무너뜨린다. 앉아 있던 의자에서 반향이 느껴진다. 정원에서 엄마와 같이 있던 필리파가 떠오른다. 그 애를 보기만 해도, 남은 평생 슬픔 속에 살아가리란 것을 알 수 있었다.

"경찰이 나를 의심할 수도 있었어." 내 목소리가 떨린다. "그 생각은 한 거야? 그 토요일에 요르겐을 보러 올라갔었어. 당신은 몰랐겠지만, 그랬단 말이야. 경찰은 아주 쉽게 나를 범인으로 생각할 수 있었어. 아니면 다른 사람, 아무 죄 없는 누군가를 의심했을 수도 있겠지. 그때는 어떻게 할 생각이었는데? 경찰이 엠마를 범인이라고 생각했으면 어쩔 뻔 했어?"

"경찰이 당신이나 엠마를 의심했으면 내가 나섰을 거야. 나름 준비도 해뒀어. 메레테와 나는 서로를 연루시키지 않기로 했으니까. 우리 두 사람 중 누군가 붙잡힐 경우, 죄는 그 사람이 뒤집어쓰기로 했어. 위험한 일이기는 해. 하지만 그런 정도는 별일 아니라고 생각했어. 기꺼이 감수하기로 한 거지." 오스먼드가 차분히 말한다.

내 호흡이 얕아지면서, 공기가 폐에 제대로 주입되지 않는 것이 느껴진다. 숨을 깊이 들이마시면서 배 속 깊이 끌어내리려고 애를 쓴다. 하지만 그 즉시 현기증이 인다. 공황에 빠질 것 같다. 도저히 믿기지가 않는다. 오스먼드가 저지른 짓뿐만 아니라 그가 이런 식으로 말하는 것을. 요르겐 탕겐은 좋은 사람이 아니다. 그가 감수할 만한 위험이었다. 이것은 오스먼드가 하는 변명이다. 자신이 범죄자가 아닌, 그저 불쌍한 남자라고 보여주려는 것이다. 누군가의 죽음에 대한 비겁하고 무의미한 정당성이다.

"메레테 역시 요르겐의 죽음이 필요했어." 오스먼드가 어린아이에게 말하는 것처럼 천천히, 진지하게 말한다. "그리고 직접 처리했지. 나는 그저 그 일을 용이하게 만들어준 것뿐이야. 그리고 당신을 위해서였어, 리케. 당신이 일을 올바르게 잡을 기회를 가질 수 있게 한 거야. 당신이 나한테서 빠져나가지 않게."

시야의 가장자리에서 불꽃이 튀기 시작한다. 나는 호흡을 고르며 침착해지는 데 집중한다. 메레테의 눈물 나는 이야기, 고통스러운 사연에 오스먼드가 넘어간 것일까? 아니, 그는 그렇게 말하지 않았다. 내가 듣기에도 그렇지 않았다. 확실히 그 변명은 연습한 결과다. 오스먼드는 자신은 일을 용이하게 만들어준 것뿐이라고 주장하지만, 이 끔찍한 사건의 곳곳에 그의 지문이 남아 있다. 오스먼드는 오두막 여행에서 돌아올 때 스베인과 같은 차에 탄 뒤, 전날 밤에 있었던 토론에 관해 스베인의 기억이 자신에게 유리하도록 만들었다. 바로 스베인이 가지고 있던 편견을 확인시켜준 것이다. 그는 주민자치회 임원이었기에 키 열쇠를 만드는 회사에서 출입 관리 기록을 어떻게 보관하는지 자세히 알고 있었다. 오스먼드는 메레테를 찾아가 요르겐과 나에 대해 말했다. 어땠을지 상상이 간다. 그는 메레테가 분풀이를 하게 내버려뒀다가, 어느 정도 화가 가라앉았을 때 말한다. 당신도 알다시피 우리가 할 수 있는 일이 있어요. 메레테는 대가를 지불했고, 오스먼드는 처벌을 받지 않는다. 지금 그는 우리와 함께 예전부터 원했던 베룸에 있는 큰 집에 살고 있다. 자기 어머니 집과 가깝고, 토센과는 멀리 떨어져 있으며, 요르겐이 제외된 곳에서. 눈앞이 빙글빙글 돈다.

"그만 일어날게." 내가 말한다.

자리에서 일어나자 머리가 어지럽다. 순간 모든 것이 깜깜해지기에, 쓰러질까 두려웠다. 하지만 의자 등받이를 붙잡고 버틴다. 내 발로 서 있다. 집 안으로 들어가야 한다. 찬물로 세수를 하고, 잠시 쉬어야 한다. 생각을 잘해야 한다. 나는 더듬거리며 베란다 문을 찾는다.

그런데 그 앞에 엠마가 서 있다.

엠마는 이미 잠옷을 입고 있다. 헝클어진 머리카락이 얼굴 위로 흘러내렸다. 엠마가 나를 쳐다본다. 아이의 눈에서 뭔가가 움직인다. 그게 뭔지 이미 알고 있지만, 나는 결코 바로잡을 수 없을 것이다.

문이 열려 있었다. 내가 베란다로 나가면서 문을 닫지 않았던 모양이다. 내가 오스먼드와 맞서기 전에 우리가 했던 말을 아이가 듣지 못했을 리 없다. 엠마를 지키는 데 또 다시 실패했다. 뒤에서 오스먼드의 의자가 삐걱거리는 소리가 들린다. 아이의 얼굴 위로 흘러내린 머리카락을 넘겨주고 싶어 손을 들어 올렸다가, 망설인다. 내 손이 우리 사이에 떠 있다. 오스먼드가 우리 옆으로 다가오기 전에 생각해야 한다. 그래, 이제 모든 일이 다 풀릴 것이다.

옮긴이 권도희

번역가. 옮긴 책으로는 애거서 크리스티의 《비뚤어진 집》, 아서 코난 도일의 《공포의 계곡》, 존 카첸바크의 《하트의 전쟁》, 조지핀 테이의 《시간의 딸》, 타나 프렌치의 《페이스풀 플레이스》, 리비 페이지 《잠들지 않는 카페》, 로렌스 더럴의 《알렉산드리아 사중주》, 크리스티아나 브랜드의 《초대받지 않은 손님들을 위한 뷔페》, 스테이시 에리브럼스의 《정의가 잠든 사이에》 등이 있다.

나에게 진실이라는 거짓을 맹세해

첫판 1쇄 펴낸날 2024년 9월 25일

지은이 헬레네 플루드
옮긴이 권도희
발행인 조한나
책임편집 박혜인
편집기획 김교석 유승연 문해림 김유진 곽세라 전하연 조정현
디자인 한승연 성윤정
마케팅 문창운 백윤진 박희원
회계 양여진 김주연

펴낸곳 (주)도서출판 푸른숲
출판등록 2003년 12월 17일 제2003-000032호
주소 서울특별시 마포구 토정로 35-1 2층. 우편번호 04083
전화 02)6392-7871, 2(마케팅부), 02)6392-7873(편집부)
팩스 02)6392-7875
홈페이지 www.prunsoop.co.kr
페이스북 www.facebook.com/prunsoop   **인스타그램** @prunsoop

ⓒ푸른숲, 2024
ISBN 979-11-7254-024-1 (03850)

* 이 책은 저작권법에 의해 한국 내에서 보호를 받는 저작물이므로
  무단전재와 복제를 금합니다. 이 책 내용의 전부 또는 일부를 사용하려면
  반드시 저작권자와 (주)도서출판 푸른숲의 동의를 받아야 합니다.
* 잘못된 책은 구입하신 서점에서 바꾸어 드립니다.
* 본서의 반품 기한은 2029년 9월 30일까지입니다.